Das Glück wohnt so nah

MIRA® TASCHENBUCH
Band 26075

2. Auflage: März 2018
Copyright © 2018 by MIRA Taschenbuch
in der HarperCollins Germany GmbH

Neuausgabe im
MIRA Taschenbuch

Titel der amerikanischen Originalausgaben:

The Perfect Neighbor
Copyright © 1999 by Nora Roberts
erschienen bei: Silhouette Books, Toronto

Charmed
Copyright © 1992 by Nora Roberts
erschienen bei: Silhouette Books, Toronto

Published by arrangement with
HARLEQUIN ENTERPRISES II B.V./S. à r.l.

Umschlaggestaltung: büropecher, Köln
Umschlagabbildung: VLlue, Melkor3D/Shutterstock
Redaktion: Mareike Müller
Satz: GGP Media GmbH, Pößneck
Printed in Germany
Dieses Buch wurde auf FSC®-zertifiziertem Papier gedruckt.
ISBN 978-3-95649-742-1

www.mira-taschenbuch.de

Werden Sie Fan von MIRA Taschenbuch auf Facebook!

Nora Roberts

Herz gewinnt

Roman

Aus dem Amerikanischen von
Patrick Hansen

1. Kapitel

»Und? Hast du schon mit ihm gesprochen?«

»Hmm?« Cybil Campbell wandte den Blick nicht von ihrem Zeichenbrett. Mit der Fertigkeit langer Erfahrung teilte sie das Blatt Papier schwungvoll in Sektionen ein. »Mit wem hätte ich sprechen sollen?«

Ein langer, inbrünstiger Seufzer war zu hören, einer, bei dem Cybil sich ein Grinsen verkneifen musste. Sie kannte Jody Myers, ihre Nachbarin aus dem ersten Stock, sehr gut. Und wusste genau, wen diese mit »ihm« meinte.

»Mit unserem umwerfenden Mr. Geheimnisvoll in 3B, Cyb. Er ist vor einer Woche eingezogen und hat noch mit niemandem ein Wort gewechselt. Komm schon, du weißt bestimmt mehr über ihn. Schließlich wohnt er dir genau gegenüber. Wir wollen Details hören.«

»Ich war ziemlich beschäftigt.« Cybil blickte auf und sah kurz zu Jody mit ihren ausdrucksstarken braunen Augen und dem dunkelblonden Haar, die jetzt mit energischen Schritten durch den Raum ging. »Ich habe ihn kaum bemerkt.«

Jody schnaubte abfällig. »Unsinn. Du bemerkst alles.« Sie kam zum Zeichenbrett geschlendert, sah über Cybils Schulter und krauste die Nase. An diesen blauen Linien war nichts besonders spannend. Ihr gefiel es immer, wenn Cybil mit den Zeichnungen in den Kästchen begann.

»Er hat noch nicht mal seinen Namen auf dem Briefkasten angebracht. Und kein Mensch hat ihn tagsüber das Haus verlassen sehen. Nicht einmal Mrs. Wolinsky, und an der kommt garantiert keiner vorbei.«

»Vielleicht ist er ein Vampir.«

»Wow.« Die Vorstellung hatte einen gewissen Reiz. Jody spitzte die hübschen Lippen. »Wäre doch cool, was?«

»Zu cool.« Cybil konzentrierte sich weiter auf ihre Vorbereitungsarbeiten, während ihre Freundin durchs Atelier marschierte und unaufhörlich redete.

Es hatte Cybil noch nie gestört, bei der Arbeit Gesellschaft zu haben. Im Gegenteil, sie freute sich sogar darüber. Von Ruhe und Abgeschiedenheit hatte sie nie viel gehalten. Und genau deshalb lebte sie ja in New York in einem kleinen Mietshaus mit einer Handvoll schändlich neugieriger Nachbarn.

Was nicht nur ihrer Persönlichkeit entsprach, sondern ihr auch reichlich Stoff für ihre Arbeit lieferte. Und von all den Bewohnern des umfunktionierten ehemaligen kleinen Warenhauses war Jody Myers ihre Lieblingsnachbarin. Als Cybil vor drei Jahren eingezogen war, hatte sie die springlebendige und damals frisch verheiratete junge Frau kennengelernt. Jody glaubte fest daran, dass jeder so glücklich werden musste, wie sie selbst es war.

Was im Klartext hieß, verheiratet.

Und jetzt, als Mutter eines acht Monate alten Wonneproppens namens Charlie, war diese Überzeugung so unerschütterlich wie in Stein gemeißelt. Was Cybil zur obersten Zielperson machte.

»Bist du ihm denn noch nicht auf dem Flur begegnet?«

»Noch nicht.« Cybil nahm einen Bleistift und tippte sich damit gegen die volle Unterlippe. Die Augen unter den langen Wimpern waren grün wie das Meer in der Dämmerung und hätten exotisch oder sogar sinnlich gewirkt, wenn da nicht immer dieses humorvolle Funkeln gewesen wäre. »Aber

Mrs. Wolinsky ist offensichtlich nicht mehr auf der Höhe. *Ich habe nämlich gesehen, wie er tagsüber das Haus verließ. Ein Vampir ist er also nicht.«*

»Wirklich?« Begierig, alles zu erfahren, zog Jody sich einen Hocker zum Zeichenbrett. »Wann? Wo? Wie?«

»Wann? Im Morgengrauen. Wo? Er ging auf der Hauptstraße nach Osten. Und wie? Ich konnte nicht schlafen.« Die Sache fing an, Cybil Spaß zu machen. Ihre Augen blitzten belustigt, als sie auf ihrem hohen Drehhocker herumschwang. »Ich bin früh aufgewacht, weil ich immer an die Schokokekse denken musste, die noch von der Party am Vorabend übrig geblieben waren.«

»Überirdisch gute Kekse«, stimmte Jody eifrig zu.

»Genau. Deshalb konnte ich ja auch nicht mehr einschlafen, ich musste mir einen holen. Und da ich sowieso schon auf war, habe ich mir gedacht, ich kann auch genauso gut ein bisschen arbeiten. Also stellte ich mich hier ans Fenster, um erst den Keks zu genießen. Und da habe ich ihn das Haus verlassen sehen. Denn übersehen kann man ihn ja wohl kaum. Er muss mindestens eins neunzig sein. Und dann diese Schultern …«

Beide Frauen verdrehten theatralisch schmachtend die Augen.

»Jedenfalls hatte er eine Sporttasche bei sich und trug schwarze Jeans, dazu ein schwarzes T-Shirt, also wollte er vermutlich ins Fitnessstudio. Solche Schultern bekommt man nicht, wenn man den ganzen Tag herumliegt, Chips isst und Bier trinkt.«

»Aha!« Jody ließ ihren Zeigefinger in die Höhe schießen. »Du bist also doch interessiert.«

»Ich bin weder blind noch tot, Jody. Der Mann sieht gefährlich gut aus, und wenn man zu dieser geheimnisvollen

Aura noch den knackigen Hintern dazugibt …« Sie hob die Hände, die nur selten still waren, in einer hilflosen Geste an. »Wie sollte ein Mädchen sich da nicht ein paar Gedanken machen?«

»Warum denn nur Gedanken machen? Warum klopfst du nicht an seine Tür und bringst ihm ein paar von deinen selbst gebackenen Keksen? Sozusagen als Willkommensgruß. So kannst du dann auch herausfinden, was er den ganzen Tag über treibt, ob er allein dort wohnt, womit er sich seinen Lebensunterhalt verdient, ob er eine Freundin hat, woher …« Sie verstummte und lauschte mit erhobenem Kopf. »Das ist Charlie. Er ist aufgewacht.«

»Ich habe nichts gehört.« Cybil wandte den Kopf zur Tür und horchte ebenfalls, zuckte dann die Schultern. »Ich sage es dir, Jody, seit du Mutter geworden bist, hast du Ohren wie ein Luchs.«

»Ich werde ihm die Windel wechseln und einen Spaziergang mit ihm machen. Kommst du mit?«

»Kann nicht. Muss arbeiten.«

»Dann sehen wir uns heute Abend. Um sieben zum Essen.«

»Okay.« Cybil lächelte, als Jody davoneilte, um ihren Sohn von seinem Nachmittagsschläfchen aus dem Bett zu holen.

Dinner um sieben. Mit Jodys nervigem Cousin Frank. Wann würde sie endlich allen Mut zusammennehmen, fragte Cybil sich, um Jody zu sagen, dass sie damit aufhören musste, sie, Cybil, verkuppeln zu wollen?

Vermutlich erst dann, wenn sie das auch zu Mrs. Wolinsky sagen konnte. Und zu Mr. Peebles aus dem Erdgeschoss. Und der Frau aus der Reinigung. Warum waren bloß alle so versessen darauf, ihr einen Mann zu verschaffen?

Sie war vierundzwanzig, Single und glücklich. Natürlich wollte sie irgendwann eine Familie. Und vielleicht ein hübsches kleines Haus am Stadtrand. Mit einem Garten für die Kinder. Und einen Hund, ein Hund gehörte einfach dazu. Aber noch nicht. Im Moment gefiel ihr ihr Leben genau so, wie es war. Vielen Dank!

Sie stützte sich mit den Ellbogen auf das Zeichenbrett und erlaubte es sich, eine Weile aus dem Fenster zu starren und sich in Tagträumen zu verlieren. Muss wohl am Frühling liegen, dachte sie, dass ich so unruhig und rastlos bin.

Sie überlegte gerade, ob sie nicht doch mit Jody und Charlie ein wenig frische Luft schnappen sollte, als ihre Freundin ihr einen Abschiedsgruß zurief. Eine Sekunde später fiel die Haustür ins Schloss.

Dann eben nicht.

Zurück an die Arbeit, ermahnte sie sich und begann damit, die nächste Folge ihres Comicstrips »Freunde und Nachbarn« zu Papier zu bringen.

Das Zeichnen fiel ihr leicht, war ihr praktisch in die Wiege mitgegeben worden. Ihre Mutter war eine erfolgreiche, international anerkannte Künstlerin, ihr Vater der kreative Genius hinter einer bereits seit Ewigkeiten erscheinenden Satire-Serie. Zusammen hatten sie Cybil und deren Geschwistern die Liebe zur Kunst vermittelt, einen Sinn für das Absurde und eine gründliche künstlerische Ausbildung.

Als Cybil vor drei Jahren die Sicherheit des Elternhauses in Maine verließ, war das in dem Bewusstsein geschehen, hier jederzeit wieder willkommen zu sein, sollte sie in New York nicht Fuß fassen können.

Doch New York hatte sie akzeptiert.

Seit drei Jahren gewann ihr Comicstrip beständig an Beliebtheit. Cybil war stolz auf ihre Figuren, stolz auf die Schlichtheit und menschliche Wärme und den Humor. Sie beschrieb deren Alltag in lustigen oder nachdenklich stimmenden Erlebnissen und versuchte gar nicht erst, die Ironie ihres Vaters oder seine oft spitzen politischen Satiren zu kopieren. Das tägliche Leben brachte sie oft genug zum Lachen. Es gab genügend komische Situationen in der Warteschlange vor der Kinokasse, auf der Suche nach dem richtigen Paar Schuhe, beim zufälligen Kennenlernen zweier Menschen in einer Bar.

Während viele ihre Heldin Emily für eine Figur mit autobiografischen Zügen hielten, sah Cybil in ihr eine schier unerschöpfliche Quelle für neue Ideen. Und schließlich war Emily eine stattliche Blondine, die ständig Pech mit ihren Jobs und noch weniger Glück mit Männern hatte. Und was die Männer anging, so waren die Cybil nicht wichtig genug, um überhaupt ein Problem darzustellen.

Sie runzelte die Stirn über sich selbst, als ihr auffiel, dass sie den Bleistift nur dazu benutzte, um sich damit gegen die Lippen zu tippen. Irgendwie schien sie sich heute nicht konzentrieren zu können. Sie fuhr sich mit den Fingern durch das kurze braune Haar, schürzte die Lippen und zuckte mit den Schultern. Na schön, vielleicht brauchte sie einfach eine kleine Pause. Ein Stückchen Schokolade würde ihre Energie bestimmt wieder zurückbringen.

Sie schob sich mitsamt Stuhl vom Zeichentisch zurück und steckte sich den Bleistift hinters Ohr – eine gedankenverlorene Geste, die sie sich seit frühester Kindheit erfolglos abzugewöhnen versuchte –, verließ das helle Mansardenstudio und ging nach unten.

Ihre Wohnung war geräumig und offen, deshalb hatte sie ja damals auch so schnell zugegriffen. Nur eine lange Theke trennte Küche und Wohnzimmer, große Fenster ließen Licht und die Geräusche von der Straße herein. Die Geräusche, die sie die ersten Wochen nach ihrer Ankunft in der großen Stadt so begeistert und fasziniert hatten.

Sie bewegte sich geschmeidig, fließend. Noch eine Eigenschaft, die sie von ihrer Mutter geerbt hatte und die ihr Vater die »Grandeau-Grazie« nannte. Die langen Gliedmaßen hatten genau den Ansprüchen des Ballettunterrichts, um den sie als kleines Mädchen gebettelt hatte, entsprochen. Bis es ihr zu langweilig geworden war. Jetzt tappte sie mit bloßen Füßen in die Küche, zog die Kühlschranktür auf und überlegte.

Sie könnte sich etwas Interessantes zurechtmachen. Sie hatte auch Kochkurse gehabt. Da war es ihr erst zu langweilig geworden, als ihre Kreativität die der Kursleiterin um Längen überrundet hatte.

Und dann hörte sie es und seufzte. Die Musik drang über den schmalen Flur und durch die alten Wände. Das Schluchzen des Saxofons war gleichzeitig traurig und sexy, befand Cybil. Mr. Geheimnisvoll in 3B spielte leider nicht jeden Tag. Dabei wünschte sie inzwischen, er würde es tun.

Die Musik berührte sie immer zutiefst, diese lang gezogenen Noten, in denen so viel Gefühl lag, wühlten sie auf.

Ob er Musiker war? Einer, der hoffte, in New York den Durchbruch zu schaffen? Eine Frau musste ihm das Herz gebrochen haben, spann sie die Geschichte um ihn weiter, während sie ein paar Zutaten aus dem Kühlschrank holte. Ein eiskalter rothaariger Vamp, genau. Erst hatte sie ihm das Herz aus der Brust gerissen, und dann war sie mit ihren italienischen Schuhen mit den Zehn-Zentimeter-Absätzen darauf herumstolziert.

Vor ein paar Tagen hatte Cybil sich etwas anderes für ihn ausgemalt. Da war er mit sechzehn Jahren vor seiner unverschämt reichen, aber lieblosen Familie geflohen und hatte sich als Straßenmusikant in New Orleans – einer ihrer Lieblingsstädte – durchgeschlagen. Dann musste er gen Norden fliehen, weil seine Familie, an der Spitze ein geisteskranker Onkel, nach ihm suchte und mehrere Privatdetektive auf ihn angesetzt hatte.

Warum die Familie nach ihm suchte, hatte sie noch nicht so recht ausgeknobelt, aber eigentlich war das auch nicht so wichtig. Entscheidend war nur, dass er einsam und auf der Flucht war und nur Trost in seiner Musik fand.

Oder er war Undercoveragent.

Ein international gesuchter Juwelendieb.

Ein Serienkiller, der auf sein nächstes Opfer wartete.

Cybil lachte über ihre ausufernde Fantasie und starrte auf die Zutaten, die sie, ohne zu überlegen, auf dem Tresen aufgereiht hatte. Was immer der Mann aus 3B auch sein mochte – so wie es aussah, würde sie ihm Kekse backen.

Sein Name war Preston McQuinn, und als besonders rätselhaft hätte er sich nicht bezeichnet. Nicht einmal menschenscheu. Höchstens zurückhaltend. Er legte Wert auf eine ungestörte Privatsphäre, und genau deshalb wohnte er jetzt im Herzen einer geschäftigen Weltmetropole.

Vorübergehend, dachte er, während er das Saxofon in den Koffer zurücklegte. Noch zwei Monate, dann würde sein Haus an der felsigen Küste von Connecticut fertig renoviert sein. Es gab Leute, die behaupteten, es sei eine Festung, und das war ihm nur recht. In einer Festung konnte ein Mann wochenlang seine Ruhe haben, und niemand konnte eindringen, solange er die Fallgitter unten ließ.

Er stieg wieder die Treppe hinauf, ließ das fast leere Wohnzimmer zurück. Er benutzte es nur, um darin zu spielen – die Akustik war großartig. Und um zu trainieren, wenn er keine Lust hatte, ins Fitnessstudio zu gehen.

Die meiste Zeit verbrachte er oben in der Mansarde, und auch dort brauchte er für den Übergang nicht mehr als ein Bett, einen Kleiderschrank, das richtige Licht und einen Schreibtisch für seinen Laptop, den Drucker und die Papierstapel, die er recht häufig produzierte.

Selbst auf ein Telefon hätte er verzichten können, aber seine Agentin hatte ihm ein Handy aufgezwungen und ihn beschworen, es auch eingeschaltet zu lassen.

Was er tat – meistens jedenfalls.

Preston setzte sich an den Schreibtisch, zufrieden, dass die kleine Musikeinlage die Spinnweben aus seinem Kopf vertrieben hatte. Mandy, seine Agentin, knabberte seit Wochen an ihren viel zu langen Fingernägeln, weil sein neuestes Theaterstück auf sich warten ließ. Er hätte ihr raten sollen, dem Lack keinen Schaden anzutun. Das Stück würde fertig sein, wenn es fertig war, keine Minute früher.

Das war ja das Unangenehme am Erfolg: Er entwickelte eine eigene Dynamik. Hatte man einmal etwas vollbracht, das den Leuten gefiel, erwarteten sie von einem, dass man es wiederholte. Nur dieses Mal noch schneller und noch eindrucksvoller. Preston war es egal, was die Leute wollten. Sollten sie doch dem Theater die Tür einrennen, um seine Stücke zu sehen, ihm noch einen Pulitzerpreis oder »Tony Award« verleihen und ihm das Geld mit Lkws heranfahren. Seinetwegen konnten sie das Stück auch auspfeifen und ihr Eintrittsgeld zurückverlangen.

Hauptsache, sie ließen ihn in Ruhe seine Arbeit machen. Allein die war ihm wichtig.

Finanziell war er abgesichert, war er immer gewesen. Sehr zu Mandys Leidwesen, die behauptete, genau darin liege das Problem. Er sei nicht hungrig genug und deshalb publikumsscheu und arrogant. Auf der anderen Seite fand sie aber auch, dass genau das ihn zu einem Genie machte. Ihn kümmerte weder das eine noch das andere.

Groß und muskulös saß er da. Sein dunkelbraunes Haar war zerzaust, das Blau seiner Augen kühl, während er überflog, was er geschrieben hatte. Sein Gesicht war schmal, ernst und unglaublich attraktiv, aber auf eine Weise, die verriet, dass auch das ihm egal war.

Er ignorierte die Straßengeräusche, die Tag und Nacht unablässig gegen die Fenster schlugen, und tauchte hinab in die Seele des Mannes, den er auf diesem smarten kleinen Computer erschaffen hatte. Ein Mann, der verzweifelt darum kämpfte, seine Sehnsucht zu überleben.

Als es an der Tür klingelte und er sich in die Realität und den großen Raum zurückgezogen fühlte, fluchte er. Sollte er das Klingeln einfach ignorieren? Nein, wer immer es war, sie würden wiederkommen, es sei denn, er vertrieb sie jetzt ein für alle Mal.

Bestimmt war es wieder diese spitzmausige alte Lady mit den Adleraugen aus dem Erdgeschoss, die ihm schon zweimal aufgelauert hatte, als er abends zum Training gegangen war. Eigentlich verstand er es, den Leuten aus dem Weg zu gehen, aber langsam wurde es lästig. Es war sicher wirkungsvoller, wenn er sie jetzt mit ein paar unhöflichen Sprüchen bedachte, dann könnte sie empört davonschlurfen und hatte genug Gesprächsstoff für den Hausklatsch.

Als er jedoch durch den Spion blinzelte, sah er eine hübsche Brünette mit jungenhaft kurzem braunen Haar und großen grünen Augen.

Von gegenüber, erkannte er und fragte sich, was zum Teufel sie von ihm wollte. Er hatte gehofft, dass sie ihn in Ruhe lassen würde, da sie ihn die ganze erste Woche nicht belästigt hatte. Was sie, seiner Ansicht nach, zur perfekten Nachbarin gemacht hatte.

Verärgert darüber, dass sie diesen Eindruck zerstört hatte, riss er die Tür auf. »Ja?«

»Hi.« Oh ja, dachte Cybil, aus der Nähe sieht er sogar noch besser aus. »Ich bin Cybil Campbell aus 3A.« Lächelnd zeigte sie auf ihre eigene Wohnungstür.

Er zog nur eine schön geschwungene Augenbraue hoch. »Ja?«

Nicht sehr gesprächig, dachte sie und lächelte weiter. Sie wünschte, er würde wenigstens mal blinzeln, damit sie einen Blick in seine Wohnung werfen konnte. Schließlich konnte sie schlecht den Hals recken, wenn er sie unentwegt anstarrte, ohne neugierig zu erscheinen. Was sie natürlich nicht war. Wirklich nicht.

»Ich habe Sie vorhin spielen gehört. Ich arbeite zu Hause, wissen Sie. Die Musik dringt durch.«

Falls sie sich über die Musik beschweren wollte, hatte sie Pech. Er spielte, wann immer ihm danach war. Er musterte sie kühl. Der Mund war sinnlich, die Nase keck, die Füße lang und schmal mit rosa lackierten Nägeln.

»Meistens vergesse ich, die Stereoanlage einzuschalten, wenn ich arbeite«, fuhr sie fröhlich fort, wobei ihm das kleine Grübchen an ihrem Mundwinkel auffiel. »Deshalb freue ich mich immer, wenn Sie spielen. Ralph und Sissy standen auf Vivaldi. Nicht schlecht, aber auf die Dauer etwas eintönig. Ralph und Sissy haben vor Ihnen in der Wohnung gewohnt«, erklärte sie. »Sie sind nach White Plains gezogen, weil Ralph eine Affäre mit einer Verkäuferin aus dem Kaufhaus angefangen hat ... Nun, eigentlich hatte er keine Affäre, aber er stand kurz davor, und Sissy hat ihm gedroht, die Scheidung einzureichen und ihm den letzten Cent aus der Tasche zu ziehen, wenn sie nicht woandershin ziehen würden. Mrs. Wolinsky hat ihnen sechs Monate gegeben, aber ich denke, die beiden schaffen es. Nun, wie dem auch sei ...«

Sie hob einen sonnengelben Teller, auf dem sich unter Frischhaltefolie ein Berg Schokoladenkekse häufte. »Ich habe Ihnen ein paar Kekse gebracht.«

Er senkte den Blick, und sie nutzte die Gelegenheit, an ihm vorbei in sein leeres Wohnzimmer zu schauen.

Der arme Kerl kann sich nicht einmal eine Couch leisten, dachte sie. Und dann lag der Blick aus den unfreundlichen blauen Augen auch schon wieder auf ihr.

»Warum?«, fragte er unvermittelt.

»Warum was?«

»Warum bringen Sie mir Kekse?«

»Na ja, manchmal backe ich welche, wenn ich mich nicht auf meine Arbeit konzentrieren kann. Und wenn ich sie behalte, esse ich sie alle auf und hasse mich dafür.« Das Grübchen war wieder da. »Mögen Sie keine Kekse?«

»Ich habe nichts dagegen.«

»Na, dann lassen Sie sich die Kekse schmecken.« Sie drückte ihm den Teller in die Hand. »Und willkommen in der Hausgemeinschaft. Falls Sie etwas brauchen, ich bin meistens zu Hause.« Sie wedelte mit einer schmalen Hand. »Und sollten Sie etwas über Ihre Nachbarn wissen wollen, ich wohne seit ein paar Jahren hier und kenne jeden.«

»Will ich nicht.« Er trat zurück und schloss die Tür.

Verblüfft starrte Cybil auf die weiße Fläche vor ihrem Gesicht. Sie war ziemlich sicher, dass ihr in den vierundzwanzig Jahren ihres Lebens noch niemand die Tür vor der Nase zugeschlagen hatte. Und jetzt, da sie diese Erfahrung gemacht hatte, wurde ihr bewusst, dass ihr das überhaupt nicht gefiel.

Am liebsten hätte sie gegen die Tür gehämmert und ihre Kekse zurückverlangt. Aber so tief wollte sie nicht sinken, also drehte sie sich abrupt um und ging in ihre eigene Wohnung.

Jetzt wusste sie, dass Mr. Geheimnisvoll zwar atemberaubend gut aussah und eine göttliche Figur besaß, aber auch übellaunig war wie ein verwöhnter Zweijähriger, der dringend einen Klaps auf den Po brauchte. Nun, ihr sollte es egal sein. Sie konnte ihm auch aus dem Weg gehen.

Sie knallte die eigene Tür nicht zu. Er würde es nur hören und abfällig diesen umwerfenden Mund verziehen. Doch kaum war sie in der Sicherheit ihre eigenen vier Wände, drehte sie sich zur Tür um und streckte ihm in einem Anfall kindischen Gehabes die Zunge heraus und zog eine Fratze.

Danach ging es ihr etwas besser.

Trotzdem blieben folgende Tatsachen festzustellen: Der Mann hatte ihre Kekse, ihren Lieblingsteller und ihre Abneigung.

Und sie kannte noch nicht einmal seinen Namen.

Preston bereute nicht, was er getan hatte. Nicht eine Sekunde. Er ging davon aus, dass seine bewusste Unfreundlichkeit ihm diese aufdringliche Nachbarin mit der kecken Nase und den sexy rosafarbenen Fußnägeln ein für alle Mal vom Hals halten würde. Das Letzte, was er brauchte, war ein Empfangskomitee der Hausbewohner auf seiner Schwelle, vor allem, wenn es von einer munter drauflosplappernden Brünetten mit Grübchen und den Augen einer Nixe angeführt wurde.

Verdammt, in New York interessierte man sich nicht für seine Nachbarn. Er war ziemlich sicher, dass das ein allgemeines Gebot in dieser Stadt war. Und wenn nicht, dann sollte es eines werden.

Zu seinem Pech war sie auch noch Single – er zweifelte nicht daran. Denn wäre da ein Partner, hätte sie sich garantiert über dessen wunderbare Eigenschaften ausgelassen. Dass sie zu Hause arbeitete und er ihr vermutlich dauernd über den Weg laufen würde, sprach zusätzlich gegen sie.

Und dass sie die besten Schokoladenkekse machte, die er je gesehen hatte, war einfach unverzeihlich.

Solange er arbeitete, konnte er die Kekse ignorieren. Wenn die Worte aus ihm herausflossen, würde er sogar einen Atomangriff ignorieren können. Doch sobald er aus seiner kreativen Welt auftauchte und den Blick vom Bildschirm nahm, musste er daran denken, dass die Kekse in der Küche auf dem bunten Teller lagen.

Er dachte an sie, während er duschte, sich anzog und dann trainierte, um den Schaden an seiner Haltung, hervorgerufen durch stundenlanges Sitzen vor dem Bildschirm, wieder auszubügeln. Schon seine Lehrerin in der dritten Klasse, Schwester Maria-Josef, hatte seine Sitzhaltung als erbarmungswürdig bezeichnet.

Als er irgendwann nach unten ging, um sich ein wohlverdientes Bier zu gönnen, warf er einen Blick auf den Teller mit den Keksen, während er die Dose öffnete und den ersten Schluck nahm. Warum eigentlich nicht? dachte er. Sie in den Müll zu werfen war unnötig. Schließlich hatte er dieser vorwitzigen Cybil eine nachhaltige Abfuhr erteilt.

Sie würde allerdings ihren Teller zurückhaben wollen. Da konnte er genauso gut die Ware testen, bevor er ihr den Teller vor die Tür stellte.

Er biss in einen Keks und brummte anerkennend. Er aß einen zweiten und stieß ein schwärmerisches Schnauben aus.

Nachdem er fast zwei Dutzend verdrückt hatte, fluchte er.

Das Zeug macht süchtig, dachte er grimmig. Ihm war leicht übel, und er fühlte sich so träge wie schon lange nicht mehr. Halb angewidert, halb gierig starrte er auf den fast leeren Teller. Er brachte den letzten Rest seiner Willenskraft auf, kippte die letzten Kekse in eine Plastikschüssel und ging durch den Raum, um sein Saxofon zu holen.

Er würde ein paarmal um den Block laufen müssen, bevor er in den Club ging.

Als er die Wohnung verließ, hörte er jemanden die Treppe heraufstampfen. Hastig zog er sich wieder zurück und ließ die Tür einen Spaltbreit offen. Und dann hörte er die Schnellfeuerstimme seiner Nachbarin. Der, die ihm die leckeren Kekse gebracht hatte. Als er sah, dass sie allein war, zog er eine Augenbraue hoch.

»Nie wieder«, murmelte sie. »Und wenn sie mir Bambussplitter unter die Fingernägel schiebt oder mir glühende Eisen vor die Augen hält. Das ist mir egal. Nie wieder eine solche Tortur. Das war's, Schluss, aus und vorbei.«

Sie hatte sich umgezogen, fiel Preston auf. Sie trug eine schwarze Hose, einen perfekt sitzenden schwarzen Blazer und darunter eine Bluse in der Farbe reifer Erdbeeren. Lange Ohrringe baumelten an ihren Ohrläppchen.

Während sie eine winzige Handtasche öffnete, führte sie ihr Selbstgespräch weiter. »Das Leben ist zu kurz, um sich zwei Stunden lang so zu langweilen. Das wird sie mir nie wieder antun. Ich weiß doch, wie man Nein sagt. Ich muss es nur üben. Wo zum Teufel ist mein Schlüssel?«

Beim Geräusch der sich hinter ihr öffnenden Tür zuckte sie zusammen und fuhr herum. Preston bemerkte, dass die Ohrgehänge nicht zu ihrem Aufzug passten, und fragte sich, ob das Absicht oder Gleichgültigkeit war. Da es ihr nicht einmal gelingen wollte, den Wohnungsschlüssel in dieser Handtasche zu finden, die kleiner war als seine Handfläche, ging er von Letzterem aus.

Sie wirkte erregt, aufgewühlt und energiegeladen. Und sie duftete sogar noch besser als ihre Kekse.

»Warten Sie«, sagte er nur und verschwand in seiner Wohnung, um ihren Teller zu holen.

Cybil hatte nicht die geringste Absicht zu warten. Hektisch suchte sie weiter nach dem Schlüssel und fand ihn in der schmalen Innentasche. Genau dort, wo sie ihn verstaut hatte, damit sie genau wusste, wo er war, und ihn schnell fand.

Doch er war noch schneller. Schon war er wieder da. Die Wohnungstür fiel hinter Preston zu. In der einen Hand hielt er den Saxofonkoffer, in der anderen ihren Keksteller.

»Hier.« Er würde sie nicht fragen, was diesen trotzigen Ausdruck auf ihr Nixengesicht gebracht hatte. Er bezweifelte nicht, dass sie es ihm sofort erzählen würde – ausführlichst.

»Gern geschehen«, fauchte sie und riss ihm den Teller aus der Hand. Ihr Kopf dröhnte, denn sie hatte sich zwei Stunden lang anhören müssen, wie spannend Jodys Cousin Frank den Aktienmarkt fand. Sie war schlechter Laune und beschloss, Mr. Geheimnisvoll klar und deutlich ihre Meinung zu sagen, solange sie in Stimmung war.

»Hören Sie, wenn Sie keinen Kontakt wollen, mir soll's recht sein. Ich brauche nicht noch mehr Freunde«, sagte sie und unterstrich die Worte, indem sie mit dem Teller wedelte. »Um genau zu sein, ich habe sogar so viele, dass ich keine neuen mehr annehmen kann, bis einer von den alten außer Landes zieht. Aber es gibt keinen Grund, sich wie ein unmöglicher Banause zu benehmen. Ich habe mich nur vorgestellt und Ihnen ein paar verdammte Kekse vorbeigebracht, mehr nicht.«

Seine Lippen zuckten, doch er hielt sich zurück. »Verdammt gute Kekse«, bemerkte er und bereute es sofort, als die Wut in ihren Augen in Heiterkeit umschlug.

»Ach wirklich?«

»Ja.« Er ging davon und ließ sie leicht geschmeichelt und völlig verblüfft zurück.

Also berief sie sich auf ihr liebstes Hobby: Sie handelte rein impulsiv. Sie schloss ihre Wohnungstür auf, stellte rasch den Teller in der Küche ab, schloss wieder ab und folgte ihrem Nachbarn so leise wie möglich.

Das würde eine tolle Episode für Emily abgeben. Wenn es richtig lief, konnte das Stoff für die nächsten Wochen werden.

Natürlich würde Emily verrückt nach diesem Typen sein müssen, beschloss Cybil, während sie auf Zehenspitzen die Treppen hinunterzurennen versuchte. Normale Anziehungskraft würde da nicht reichen, es musste schon ein richtiges Schmachten sein, vielleicht sogar Besessenheit.

Atemlos und aufgeregt von der Verfolgungsjagd wirbelten unzählige Möglichkeiten durch Cybils Kopf. Jetzt war sie bei der Haustür angekommen und lugte vorsichtig hinaus.

Er hatte schon fast den ganzen Häuserblock hinter sich zurückgelassen. Ganz schön lange Schritte, die mein Nachbar da macht, dachte Cybil grinsend und folgte ihm.

Emily würde natürlich eine richtige Verfolgungsjagd veranstalten, sich hinter Laternenpfählen verstecken, an Hauswänden entlangschleichen, sich in Hauseingänge drücken, nur für den Fall, dass er sich umdrehen sollte und …

Fast hätte sie aufgeschrien. Mit einem Satz sprang sie hinter einen Laternenpfahl, als ihre Zielperson einen lässigen Blick über die Schulter warf. Die Hand auf das rasend klopfende Herz gepresst, wagte Cybil, die Nase hervorzustecken und sah ihn gerade noch um die Ecke biegen.

Sie verfluchte sich, weil sie zu der Dinnereinladung Schuhe mit hohen Absätzen gewählt hatte, anstatt flache Sandalen anzuziehen. Mit einem tiefen Atemzug spurtete sie zu der Straßenecke.

Zwanzig Minuten später taten ihre Füße höllisch weh, und ihr anfänglicher Enthusiasmus hatte sich längst gelegt. Wanderte dieser Mann etwa jede Nacht mit seinem Saxofon ziellos durch die Stadt?

Vielleicht war er gar nicht unhöflich, sondern verrückt. Er war gerade aus der Psychiatrie entlassen worden, in die seine stinkreiche Familie ihn eingewiesen hatte, damit er das ihm rechtmäßig zustehende Erbe der verstorbenen Großmutter nicht antreten konnte. Und in all den Jahren hatte ein sadistischer Psychiater ihn gequält und mit Medikamenten vollgestopft, deshalb wusste er jetzt nicht mehr, wie man normal mit Leuten umging.

Ja, genau so etwas würde Emily sich ausdenken – in dem Wissen, dass ihre bedingungslose Liebe und ihre aufopfernde Zärtlichkeit ihn heilen würden. Natürlich würden alle Nachbarn und Freunde versuchen, ihr das auszureden, aber bevor man sich noch recht versah, würde Mr. Geheimnisvoll …

Cybil blieb wie angewurzelt stehen, als er in einem kleinen heruntergekommenen Club namens »Delta's« verschwand.

Endlich, dachte sie erleichtert und strich sich das Haar zurück. Jetzt brauchte sie nur hineinzuschlüpfen, sich eine dunkle Ecke zu suchen und abzuwarten, was als Nächstes geschehen würde.

2. Kapitel

Es roch nach Whiskey und Rauch, doch der Club erschien Cybil nicht so abschreckend, wie sie erwartet hatte, sondern eher ... stimmungsvoll. Im Halbdunkel tauchten Scheinwerfer eine kleine Bühne in bläuliches Licht. Runde Tische, kaum größer als Kuchenplatten, drängten sich im Raum, und obwohl an allen Tischen Gäste saßen, war die Lautstärke erträglich.

An Orten wie diesem sprach man bestimmt nur im Flüsterton, plante Treffen, wann man sich wo wiedersehen konnte, heimliche Affären ...

An der massiven Bar an der Längsseite des Raumes saßen Männer auf Barhockern und hielten ihren Drink fest, als müssten sie ihn vor Rivalen beschützen.

So ein Club gehört eher in einen alten Schwarz-Weiß-Film aus den Vierzigerjahren, dachte Cybil. Die Art Film, in dem die weibliche Hauptfigur ein langes, eng anliegendes Kleid trug und leuchtend rote Lippen hatte. Ihr platinblondes Haar würde fast die Hälfte ihres Gesichts bedecken, während sie im Scheinwerferlicht auf der Bühne stand und mit rauchiger Stimme eine Ballade ins Mikrofon hauchte, über den Mann, der ihr das Herz gebrochen hatte. Und ebenjener Mann würde an der Bar sitzen und mit brütendem Blick in seinen Drink starren, den Hut tief in die Stirn gezogen ...

Mit anderen Worten, es war einfach perfekt.

So unauffällig wie möglich schob Cybil sich an der Rückwand entlang, fand einen der wenigen freien Plätze und beobachtete den geheimnisvollen neuen Nachbarn durch eine Nebelwand aus Zigarettenrauch.

Er trug Schwarz, Jeans und T-Shirt. Die Lederjacke hatte er schon abgelegt. Die Frau, mit der er sprach, sah atemberaubend aus. Afroamerikanerin, in einem leuchtend roten Overall, der jede Kurve betonte, stand sie neben ihm, und als sie den Kopf in den Nacken legte und lachte, wirkte sie hinreißend charmant und verführerisch.

Zum ersten Mal sah Cybil ihn lächeln. Nein, ein Lächeln war das nicht. Das wäre eine viel zu harmlose Bezeichnung dafür, wie sein ernstes, strenges Gesicht sich plötzlich entspannte und aufzuleuchten schien. Dieses überwältigende Grinsen besaß eine solche Kraft, dass man es wahrlich nicht mehr nur »Lächeln« nennen konnte.

Von einer Sekunde zur anderen spiegelten sich darin Zuneigung, Lebensfreude und Humor. Automatisch stützte Cybil das Kinn auf eine Hand und strahlte zurück.

Sie vermutete, dass er und die wunderschöne Amazone ein Liebespaar waren, und sah sich in ihrem Verdacht bestätigt, als die Frau sein Gesicht zwischen die Hände nahm und ihn herzhaft küsste. Natürlich, dachte Cybil, ein so geheimnisvoller Mann muss eine exotische Geliebte haben, und natürlich treffen sie sich in einer dunklen, verrauchten Bar, in der die Musik verträumt und traurig ist.

Sie fand es herrlich romantisch und seufzte wehmütig.

Auf der Bühne kniff Delta den genervten Preston zärtlich in die Wange. »Jetzt verfolgen die Frauen dich schon, was?«

»Sie ist verrückt.«

»Soll ich sie hinauswerfen?«

»Nein.« Er sah nicht zu ihr hinüber, aber er spürte den Blick aus ihren großen grünen Augen. »Ich bin sicher, dass sie harmlos ist.«

Delta lächelte amüsiert. »Ich sehe sie mir mal genauer an. Wenn eine Frau meinem Zuckerschnäuzchen nachsteigt, muss ich wissen, woraus sie gemacht ist, nicht wahr, André?«

Der magere Schwarze am Klavier hob den Blick von seinen Tasten gerade lange genug, um sie anlächeln zu können, aus einem Gesicht, das so alt war wie das abgenutzte Instrument, auf dem er spielte. »Nur zu, Delta. Aber tu der Kleinen nichts. Können wir loslegen?«, fragte er Preston.

»Fang du an, ich hole dich ein.«

Während Delta von der Bühne glitt, entlockten Andrés lange, schmale Finger seinem Instrument wahre Zauberklänge. Preston schloss die Augen und ließ Melodie und Stimmung auf sich wirken, dann spürte er, wie die Musik in ihm an die Oberfläche drängte.

Er ließ sich davontragen. Es klärte seinen Kopf, verbannte alle Wörter und Figuren und Szenen, die sich darin tummelten. Wenn er spielte, gab es nichts als die Musik und das fast schmerzhafte Glück, sie zu machen.

Er hatte Delta einmal anvertraut, es sei ähnlich wie Sex. Musik verlangte einem etwas ab, gab etwas zurück. Und es war immer zu schnell vorbei.

Von ihrem Tisch in der hinteren Ecke starrte Cybil fasziniert auf die Bühne. Sie ließ sich von den tiefen Blues-Klängen einhüllen, sank mit ihnen in die Tiefe, richtete sich mit den plötzlichen Schluchzern des Saxofons wieder auf. Ihn spielen zu sehen war ganz anders, als die Musik nur durch die Wände hindurch zu hören. Ihn zu sehen hatte viel mehr Kraft, Kummer, Energie und noch mehr erotische Anziehungskraft.

Es war eine Musik, zu der man weinen konnte. Lieben. Träumen.

Sie lächelte versonnen und war so versunken, dass sie Delta nicht bemerkt hatte.

»Worüber freuen Sie sich so?«

»Hm?« Überrascht drehte Cybil sich zu der Frau in Rot um. »Sie ist wunderbar. Die Musik. Sie geht mir ans Herz.«

Delta zog eine Braue hoch. Das Mädchen sah nicht nur hübsch, sondern auch intelligent aus. Ganz und gar nicht wie eine Verrückte. »Trinken Sie etwas, oder belegen Sie nur den Platz?«

»Oh.« Natürlich, dachte Cybil. Dies ist eine Bar. »Es ist Whiskey-Musik.« Sie lächelte wieder. »Ich nehme einen Whiskey.«

Delta zog kritisch die Braue noch höher. »Sind Sie überhaupt alt genug, um einen Whiskey zu bestellen, Kleine?«

Cybil sparte sich den Seufzer. So etwas passierte ihr immerzu. Sie griff nach der Handtasche und holte ihren Führerschein heraus.

Delta sah ihn sich genau an. »Okay, Cybil Angela Campbell, ich hole Ihren Whiskey.«

»Danke.« Zufrieden stützte Cybil wieder das Kinn auf die Hand und lauschte der Musik, bis Delta zurückkehrte. Erstaunt sah sie, wie die Frau nicht nur ein, sondern zwei Gläser auf den Tisch stellte und sich dann auf den Stuhl neben ihr niederließ.

»Was tun Sie an einem Ort wie diesem, Cybil? Sie würden besser in ein nettes romantisches Restaurant passen.«

Cybil öffnete schon den Mund, als ihr klar wurde, dass sie schlecht zugeben konnte, ihrem rätselhaften Nachbarn durch ganz Soho gefolgt zu sein. »Ich wohne nicht weit von hier und bin ganz spontan hereingekommen.« Sie hob ihr Glas und zeigte damit zur Bühne. »Jetzt bin ich froh darüber«, sagte sie und trank.

Delta betrachtete sie mit geschürzten Lippen. Die junge Frau vor ihr mochte vielleicht aussehen wie ein Cheerleader, aber sie trank ihren Whiskey wie ein Mann. »Sie sollten nicht allein im Dunkeln durch die Straßen laufen, meine Liebe. Jemand könnte Sie fressen.«

Über dem Rand des Glases blitzten Cybils Augen. »Oh, das glaube ich nicht, meine Liebe.«

Delta überlegte, dann nickte sie. »Mag sein. Delta Pardue.« Sie stieß mit ihrem Glas an Cybils. »Das hier ist mein Laden.«

»Ihr Laden gefällt mir, Delta.«

»Mag sein.« Wieder ertönte das Lachen. »Aber auf jeden Fall gefällt Ihnen mein Zuckerschnäuzchen dort oben. Sie haben Ihre hübschen Katzenaugen auf ihn gerichtet, seit Sie hier hereingekommen sind.«

Cybil ließ den Whiskey im Glas kreisen, während sie überlegte, wie sie reagieren sollte. Delta war kräftiger als sie, und das hier war ihre Bar. Und der mysteriöse Nachbar ihr Mann. Es hatte keinen Sinn, sich mit einer potenziellen neuen Freundin direkt beim ersten Treffen anzulegen.

»Er ist sehr attraktiv«, meinte Cybil lässig. »Da fällt es schwer, nicht hinzusehen. Und das werde ich auch weiter tun, denn mit einer Freundin wie Ihnen wird er die Blicke anderer Frauen sicher nicht erwidern.«

Delta lächelte, dass ihre weißen Zähne blitzten. »Vielleicht können Sie ja doch selbst auf sich aufpassen. Sie sind ein schlaues Mädchen, was?«

Cybil schmunzelte in ihren Whiskey. »Ja, das bin ich. Und ich mag Ihren Club wirklich. Seit wann haben Sie die Bar, Delta?«

»Die? Ich bin seit zwei Jahren hier.«

»Und davor? Aus Ihrer Stimme höre ich New Orleans heraus.«

Delta legte den Kopf schräg. »Sie haben gute Ohren.«

»Habe ich, ja, für Dialekte. Aber bei Ihrem konnte ich unmöglich danebenliegen. Ich habe Familie in New Orleans. Meine Mutter ist dort aufgewachsen.«

»Ich kenne keine Campbells. Wie war ihr Mädchenname?«, erkundigte Delta sich.

»Grandeau.«

Delta lehnte sich zurück. »Grandeaus kenne ich viele. Sind Sie mit Miss Adelaide verwandt?«

»Meine Großtante.«

»Eine tolle Lady.«

Cybil schnaubte. »Muffig, schlecht gelaunt und kalt wie der Winter. Die Zwillinge und ich – mein Bruder und meine Schwester – haben sie immer für eine böse Hexe gehalten.«

»Sie hat Macht, ja, aber die stammt vom Geld und von ihrem Namen. Grandeau also, was? Wer ist Ihre Mama?«

»Geneviève Grandeau Campbell, die Malerin.«

»Miss Gennie.« Delta stellte ihr Glas ab und bog sich vor Lachen. »Miss Gennies kleines Mädchen in meiner Bar.« Sie klopfte sich immer noch lachend mit der Hand auf die Brust. »Oh, die Welt ist einfach ein wunderbarer Ort!«

»Sie kennen meine Mutter?«

»Meine Mama hat bei Ihrer *Grandmère* geputzt, Kleine.«

»Mazie? Sie sind Mazies Tochter? Oh.« Cybil ergriff spontan Deltas Hand. »Meine Mutter hat dauernd von Mazie geredet. Als ich klein war, haben wir sie mal besucht. Wir saßen vorn auf der Veranda, tranken selbst gemachte Limonade und aßen die besten Beignets überhaupt. Und mein Vater hat sie gezeichnet.«

»Sie hat die Zeichnung in ihr Wohnzimmer gehängt und war sehr stolz darauf. Ich war damals in der Stadt, als Ihre Familie ankam, auf der Arbeit. Meine Mama hat noch Wochen später von dem Besuch erzählt. Sie hatte Miss Gennie sehr in ihr Herz geschlossen.«

»Oh, warten Sie erst, bis ich ihnen erzählt habe, dass ich Sie getroffen habe. Wie geht es Ihrer Mutter, Delta?«

»Sie ist im vergangenen Jahr gestorben.«

»Oh.« Cybil drückte Deltas Hand voller Mitgefühl. »Das tut mir so leid.«

»Sie hatte ein gutes Leben und ist im Schlaf gestorben. Ihre Mama und Ihr Dad waren auf der Beerdigung. Sie saßen in der Kirche und standen am Grab. Sie kommen aus einer guten Familie, kleine Cybil.«

»Ja, das tue ich. Genau wie Sie.«

Preston verstand es einfach nicht. Da saß Delta, eine der vernünftigsten Frauen, die er kannte, mit dieser hübschen Verrückten an einem Tisch. Und nicht nur das, sie steckten auch noch die Köpfe zusammen, hielten Händchen, tranken Whiskey und lachten wie die besten Freundinnen.

Seit über einer Stunde ging das nun schon so.

»Sieh dir das an, André.« Preston lehnte sich ans Klavier.

André lockerte die Finger und steckte sich eine Zigarette an. »Gackern wie zwei Hühner, die beiden. Das ist ein hübsches Mädchen, Mann. Sie hat Temperament.«

»Ich hasse Temperament«, knurrte Preston. Er hatte keine Lust mehr zu spielen und verstaute das Saxofon. »Bis zum nächsten Mal.«

»Jederzeit.«

Am liebsten wäre er einfach davongegangen, aber irgendwie störte es ihn, dass seine gute Freundin sich mit dieser Verrückten anfreundete. Außerdem sollte seine neugierige Nachbarin wissen, dass er sie durchschaut hatte.

Doch als er an ihren Tisch trat, lächelte sie nur fröhlich zu ihm hinauf. »Hi. Spielen Sie nicht mehr? Es war wunderschön.«

»Sie sind mir gefolgt.«

»Ich weiß, das war unhöflich von mir. Aber jetzt bin ich froh darüber. Ich habe Ihnen gern zugehört, und sonst hätte ich Delta nie getroffen. Wir waren gerade …«

»Tun Sie das nie wieder«, unterbrach er sie in scharfem Ton und ging.

»Oh, oh, der ist stinksauer.« Delta gluckste vergnügt. »Richtiges Eis in den Augen, dass einem das Mark gefriert.«

»Ich sollte mich entschuldigen.« Cybil sprang auf. »Ich will nicht, dass er böse auf Sie ist.«

»Auf mich? Er ist …«

»Ich komme bald wieder.« Sie gab Delta einen Kuss auf die Wange, was Delta überrascht blinzeln ließ. »Keine Sorge, ich kriege das schon hin.«

Delta sah ihr nach, wie sie hinausrannte. »Ach Kleine, du hast ja keine Ahnung, worauf du dich da einlässt«, murmelte sie lächelnd. »Und mein Freund Zuckerschnäuzchen auch nicht.«

Draußen sprintete Cybil über den Bürgersteig. »He!«, rief sie ihm nach und ärgerte sich, dass sie Delta nicht nach seinem Namen gefragt hatte. »He!« Sie riskierte einen verstauchten Knöchel und rannte schneller.

»Es tut mir leid«, keuchte sie, als sie ihn eingeholt hatte, und zupfte an seinem Ärmel. »Wirklich. Es ist allein meine Schuld.«

»Hat jemand etwas anderes behauptet?«

»Ich hätte Ihnen nicht folgen dürfen. Es war eine reine Impulshandlung – ich hatte schon immer Schwierigkeiten damit, einem Impuls zu widerstehen –, aber ich war noch so wütend wegen dieses Idioten, Frank, und ich … Ist ja auch egal. Ich wollte nur … Könnten Sie ein wenig langsamer gehen?«

»Nein.«

Cybil verdrehte die Augen. »Schon gut, schon gut, Sie hätten nichts dagegen, wenn mich ein Lastwagen überfährt. Aber seien Sie wenigstens Delta nicht böse. Wir haben uns nur unterhalten und herausgefunden, dass ihre Mutter mal für meine Großmutter gearbeitet hat. Und sie – Delta, meine ich – kennt meine Eltern und ein paar von meinen Cousins und Cousinen auf der Grandeau-Seite, also haben wir uns auf Anhieb gut verstanden.«

Jetzt blieb er stehen und starrte sie an. »Von all den Bars in all den Städten auf der ganzen Welt …«, murmelte er so entnervt, dass sie lachen musste.

»… musste ich Ihnen ausgerechnet in diese folgen und mich dann auch mit Ihrer Freundin anfreunden. Tut mir leid.«

»Mit meiner Freundin? Delta?«

Zu Cybils Erstaunen konnte der Mann lachen. Wirklich lachen, so tief und melodisch, dass sie erleichtert seufzte.

»Wirkt Delta, als wäre sie die *Freundin* von irgendjemandem? Mann, von welchem Planeten kommen Sie?«

»Es ist ja nur ein Ausdruck, ich wollte nichts unterstellen und sie Ihre *Geliebte* nennen.«

Seine Augen funkelten belustigt. »Die Vorstellung hätte gewiss ihren Reiz, Kindchen, aber der Typ, mit dem ich gerade auf der Bühne war, hätte sicher etwas dagegen. Zufällig ist er nämlich Deltas Ehemann und mein Freund.«

»Der magere Kerl am Klavier? Wirklich?« Cybil überlegte mit geschürzten Lippen, fand es reizend und sehr romantisch. »Ist das nicht bezaubernd?«

Preston schüttelte nur den Kopf und ging weiter.

»Ich meinte …« Er musste doch gemerkt haben, dass sie noch nicht fertig war. Sie eilte neben ihm her. »Ich bin sicher, sie ist nur an meinen Tisch gekommen, um mich abzuchecken. Um sicherzustellen, dass ich Sie nicht drangsaliere. Sie hat es doch nur gut gemeint. Ich möchte nicht, dass Sie ärgerlich auf Delta sind.«

»Ich bin nicht ärgerlich auf Delta. Sie dagegen sind so weit über den üblichen Rahmen eines Ärgernisses hinausgegangen, dass mir dafür kein Wort mehr einfallen will.«

Sie zog einen Schmollmund. »Wie schon gesagt, es tut mir leid. Ab jetzt werde ich äußerst sorgfältig darauf achten, Ihnen aus dem Weg zu gehen. Da Sie das ja offensichtlich wünschen.«

Sie reckte die kecke Nase in die Luft und stolzierte in die entgegengesetzte Richtung davon.

Hübsche Beine, dachte Preston und sah ihr einen Moment nach. Dann bog er achselzuckend um die Ecke. Er sollte froh sein, dass er sie los war. Und wenn sie nachts allein durch die Gegend lief, war das nicht sein Problem. Wäre sie ihm erst gar nicht gefolgt, würde sie jetzt nicht allein durch die Gegend laufen müssen.

Er würde sich keine Sorgen um sie machen.

Nach ein paar Schritten machte er mit einem leisen Fluch kehrt. Er würde zusehen, dass sie heil nach Hause kam, das war alles. Danach war er nicht mehr für sie verantwortlich und würde sie vergessen.

Er war noch gut einen halben Häuserblock von ihr entfernt, als es passierte. Ein Mann löste sich aus dem Schatten und packte Cybil. Sie stieß einen schrillen Schrei aus, während sie mit ihm kämpfte. Preston ließ den Saxofonkoffer fallen und raste mit geballten Fäusten los.

Und dann kam er schlitternd zum Stehen und beobachtete verdutzt, wie Cybil sich nicht nur von dem Angreifer losriss, sondern dem Kerl auch noch das Knie in den Schritt rammte und ihn dann, als er einknickte, mit einem perfekten Aufwärtshaken bewusstlos schlug.

»Ich habe nur zehn Dollar bei mir. Zehn lausige Dollar, du Trottel!«, schrie sie, während Preston sich von seiner Verblüffung erholte und ihr zur Seite eilte. »Wenn du Geld brauchst, warum fragst du nicht einfach?«

»Sind Sie verletzt?«

»Ja, verdammt. Und das ist Ihre Schuld. Wenn ich nicht so wütend auf Sie gewesen wäre, hätte ich nicht so hart zugeschlagen.«

Sie rieb sich die Knöchel der rechten Hand. Preston ergriff ihr Handgelenk. »Lassen Sie mal sehen. Bewegen Sie die Finger.«

»Lassen Sie mich in Ruhe.«

»Kommen Sie, bewegen Sie die Finger.«

»He!«, rief eine Frau, die sich auf der anderen Straßenseite aus einem Fenster beugte. »Soll ich die Cops rufen?«

»Ja«, rief Cybil ungeduldig zurück, während sie die Finger bewegte und Preston die Knöchel abtastete. Dann atmete sie tief durch, um sich zu beruhigen »Ja, bitte. Danke.«

»Sie sind ein höflicher Mensch, was?«, murmelte Preston. »Nichts gebrochen, aber Sie sollten es trotzdem röntgen lassen.«

»Vielen Dank, Doktor.« Sie entriss ihm ihre Finger, hob das Kinn und machte mit der unverletzten Hand eine Geste, die Preston geradezu königlich erschien. »Sie können gehen. Es ist alles in Ordnung.«

Der Mann, der auf dem Bürgersteig lag, bewegte sich stöhnend, und Preston setzte einen Fuß auf seinen Hals. »Ich glaube, ich bleibe noch eine Weile. Warum holen Sie mir nicht mein Saxofon? Ich habe es fallen gelassen, als ich noch glaubte, Rotkäppchen vor dem bösen Wolf retten zu müssen.«

Fast hätte sie ihn angefaucht, er solle sich den Koffer gefälligst selbst holen. Doch wenn sie diesem Idioten auf dem Boden noch einen Haken verpassen musste, würde sie sich nur noch mehr verletzen. Steif und würdevoll ging sie das Stückchen die Straße hinauf und holte den Koffer.

»Danke«, sagte sie, als sie zurückkam.

»Wofür?«

»Dafür, dass Sie mir zu Hilfe eilen wollten.«

»Vergessen Sie's.« Preston erhöhte den Druck, als der Mann auf dem Boden zu fluchen begann.

Zehn Minuten später hielt der Streifenwagen neben ihnen. Cybil hatte nicht die geringsten Schwierigkeiten, eine ausführliche Aussage zu machen, und Preston hoffte schon, sich heraushalten und unauffällig verschwinden zu können, als einer der Polizisten sich zu ihm umdrehte.

»Haben Sie gesehen, was passiert ist?«

Preston seufzte. »Ja.«

Und so war es fast zwei Uhr morgens, als Preston mit Cybil die Treppe zu ihren jeweiligen Wohnungen hinaufstieg. Außer einem beginnenden Kopfschmerz hatte er auch noch den üblen Nachgeschmack des Kaffees aus dem Polizeirevier auf der Zunge.

»Irgendwie war das doch aufregend, nicht? All die guten Cops und die bösen Jungs. Auf so einem Polizeirevier ist es richtig schwierig, sie auseinanderzuhalten. Der Schlips war der einzige Unterschied. Ich frage mich, warum Polizisten Krawatten tragen müssen. War das nicht nett von dem Beamten, mir alles zu zeigen? Sie hätten mit auf die Besichtigungstour kommen sollen. Die Verhörzimmer sehen genauso aus, wie ich sie mir vorgestellt habe. Dunkel und unheimlich.«

Er war sicher, dass sie der einzige Mensch auf der Welt war, der es interessant fand, auf der Straße überfallen zu werden.

»Ich bin richtig aufgedreht«, verkündete sie. »Sie nicht auch? Möchten Sie ein paar Kekse? Ich habe noch ganz viele.«

Am liebsten hätte er sie einfach ignoriert, während er die Schlüssel aus seiner Tasche zog. Doch sein Magen erinnerte ihn daran, dass er seit acht Stunden nichts mehr gegessen hatte. Und ihre Kekse waren nun einmal ein kleines Wunder.

»Vielleicht.«

»Toll.« Sie schloss ihre Tür auf, ließ sie offen, streifte ihre Schuhe ab und ging in die Küche. »Kommen Sie herein«, rief sie ihm zu. »Ich tue sie Ihnen auf einen Teller, damit Sie sie mitnehmen können, aber Sie brauchen nicht auf dem Hausflur zu warten.«

Er folgte ihr, ohne die Tür zu schließen, und sah sich in ihrer Wohnung um. Hell und fröhlich eingerichtet, mit viel Krimskrams und ein paar edlen Dingen, die elegante Akzente setzten. Die Hände in den Taschen, blendete er ihr überschäumendes Dauergeplapper aus und wanderte umher, während sie die Kekse aus einem Behälter nahm, der wie eine Kuh – mit einem irren Grinsen – geformt war, und auf den gleichen gelben Teller legte, den er schon kannte.

»Sie reden zu viel.«

»Ich weiß.« Sie zupfte an ihren Ponyfransen. »Vor allem, wenn ich nervös oder aufgedreht bin.«

»Sie sind das nicht immer?«

»Meistens.«

Ihm fielen einige Fotos, mehrere Ohrringe, ein einzelner Schuh, ein Liebesroman und der Apfelblütenduft auf. Alles passte zu ihr, fand er. Dann blieb er vor einem gerahmten Comicstrip an der Wand stehen.

»Freunde und Nachbarn«, sagte er und las die Unterschrift unter dem letzten Bild. Cybil. Mehr nicht. »Sind Sie das?«

Sie warf einen Blick über die Schulter. »Ja. Das ist mein Strip. Sie lesen sicher keine Comics, was?«

Er erkannte einen Seitenhieb, wenn er ihn hörte. Er drehte sich zu ihr um. Es musste an der späten Stunde liegen, dass er fand, sie sehe nach dem langen Tag erstaunlich frisch, hübsch und reizvoll aus. »Grant Campbell … Ist das Ihr alter Herr?«

»Er ist nicht alt, aber ja, er ist mein Vater.«

Die Campbells also, dachte Preston. Und die wurden praktisch im gleichen Atemzug mit den MacGregors genannt. Was für ein Zufall. Er ging auf die andere Seite des Küchentresens und nahm sich einen der Kekse vom Teller, die sie in einem interessanten geometrischen Muster anordnete.

»Mir gefällt seine Arbeit, sein scharfzüngiger Humor.«

»Das wird ihn sicher freuen.« Als er nach einem weiteren Keks griff, lächelte Cybil. »Möchten Sie einen Schluck Milch dazu?«

»Nein. Haben Sie ein Bier?«

»Zu Keksen?« Sie verzog das Gesicht, trat jedoch an den Kühlschrank. Preston konnte sehen, dass alle Regale gut mit Lebensmittelvorräten bestückt waren, als sie sich hinabbeugte. Ihre Haltung wiederum bot ihm die Möglichkeit, festzustellen, was eine perfekt sitzende schwarze Hose für ein äußerst reizvolles weibliches Hinterteil so alles tat – bis ihm eine Bierflasche in die Hand gedrückt wurde.

»Ist das okay? Chuck mag es.«

»Chuck hat einen guten Geschmack. Ihr Freund?«

Sie verzog das Gesicht und holte ihm ein Glas, bevor er ihr sagen konnte, dass er aus der Flasche trinken wollte. »Das muss dann wohl heißen, dass ich wie jemand wirke, der einen ›Freund‹ hat … Aber nein. Er ist Jodys Ehemann. Jody und Chuck Myers, direkt unter Ihnen in 2B. Ich war heute Abend mit den beiden essen. Und mit Jodys unerträglich langweiligem Cousin Frank.«

»Darüber haben Sie also gemurmelt, als Sie vorhin nach Hause kamen?«

»Habe ich gemurmelt?« Stirnrunzelnd biss sie in einen Keks. Dieses Murmeln gehörte auch zu den Angewohnheiten, die sie unbedingt loswerden musste. »Wahrscheinlich. Das war das dritte Mal, dass Jody mir Frank aufgedrängt hat. Er ist Börsenmakler, fünfunddreißig, Single, gut aussehend, wenn man den kernigen Typ mit steifem Nacken und kantigem Kinn mag. Er fährt ein BMW-Coupé, besitzt eine Wohnung an der Upper East Side, ein Sommerhaus in den Hamptons, trägt Armani-Anzüge, mag die ländliche französische Küche und hat ein makelloses Gebiss.«

Wider Willen war Preston amüsiert. Er spülte den Keks mit kaltem Bier hinunter. »Warum sind Sie dann nicht längst verheiratet und auf der Suche nach einer Maisonettewohnung in Westchester?«

»Genau das fragt mich meine Freundin Jody auch immer. Ich sage Ihnen, warum.« Sie wedelte mit ihrem angebissenen Keks. »Erstens, ich will weder heiraten noch nach Westchester ziehen. Und zweitens, was viel wesentlicher ist – ich würde mich lieber an einen Termitenhügel binden als an Frank.«

»Was stimmt denn nicht mit ihm?«

»Er langweilt mich«, sagte sie, dann blickte sie zerknirscht drein. »Das war nicht nett von mir, was?«

»Es klingt ehrlich.«

»Das ist es.« Sie nahm sich noch einen Keks. »Er ist ganz nett, aber ich glaube, er hat seit fünf Jahren weder ein Buch gelesen noch einen Film gesehen. Ein paar ganz elitäre vielleicht, aber keinen nur so zum Spaß. Weil er dann nämlich sofort zum selbst ernannten Kritiker wird.«

»Ich kenne den Mann nicht einmal, aber er bringt mich schon jetzt zum Gähnen.«

Sie lachte. »Beim Abendessen betrachtet er sich in der Rückseite seines Löffels – ob sein Haar noch richtig sitzt. Eine tadellose Erscheinung ist ihm das Wichtigste. Und dann redet er den ganzen Abend über Aktien und Renditen. Außerdem küsst er wie ein Fisch.«

»Tatsächlich?« Er vergaß, dass er sich seine Kekse schnappen und verschwinden wollte. »Und wie ist das?«

»Sie wissen schon.« Sie formte den Mund zu einem O und lachte wieder. »Wahrscheinlich küssen Fische gar nicht, aber wenn sie sich küssen würden, dann müsste es wohl so sein. Heute Abend hätte ich es fast geschafft, ihm zu entgehen, aber dann hat Jody doch ihren Kopf durchgesetzt.«

»Und auf die Idee, einfach Nein zu sagen, sind Sie nicht gekommen?«

»Natürlich.« Sie lächelte verlegen. »Irgendwie schaffe ich es nie, mich rechtzeitig vorher davonzumachen. Aber Jody hat mich sehr gern, und aus irgendeinem mir unerfindlichen Grund hat sie Frank sehr gern. Sie ist überzeugt, dass wir ein wunderbares Paar abgeben würden. Sie wissen doch, wie es ist, wenn jemand, den man mag, Druck auf einen ausübt.«

»Nein, weiß ich nicht.«

Sie dachte an sein leeres Wohnzimmer. Keine Möbel. Und jetzt auch noch keine Familie. »Schade. Es ist zwar manchmal sehr lästig, aber ich möchte nicht darauf verzichten.«

»Wie geht's der Hand?«, erkundigte er sich, als er sah, wie sie sich die Knöchel rieb.

»Oh. Tut noch etwas weh und wird mich morgen beim Zeichnen etwas behindern, aber vielleicht kann ich das Erlebnis zu einem guten Strip verarbeiten.«

»Ich kann mir nicht vorstellen, dass Emily einen Straßenräuber zu Boden schlägt.«

Cybil strahlte. »Sie lesen ja *doch* Comics.«

»Hin und wieder.« Sie war viel zu hübsch. Zu klug. Und die Versuchung, herauszufinden, ob sie auch so gut schmeckte, war entschieden zu groß.

Genau das passiert, dachte Preston, wenn man mitten in der Nacht mit einer Frau, die das Leben viel zu leicht nimmt, Kekse isst.

»Sie haben vielleicht nicht die Ironie Ihres Vaters und auch nicht das künstlerische Genie Ihrer Mutter, aber Sie können sicherlich ein nettes kleines Talent für das Absurde vorweisen.«

Sie lachte trocken auf. »Vielen Dank. Das Urteil war zwar nicht erbeten, aber ich nehme es zur Kenntnis.«

»Kein Problem.« Er nahm den Teller. »Danke für die Kekse.«

Sie kniff die Augen zusammen, als er zur Tür ging. Wie groß ihr Talent für das Absurde war, würde er noch merken. Und zwar in ein paar ihrer nächsten Comicstrips.

»He.«

Er drehte sich um. »He, was?«

»Haben Sie eigentlich auch einen Namen, Apartment 3B?«

»Ja, ich habe einen Namen, 3A. Er lautet McQuinn.« Er balancierte sein Bier auf dem Keksteller und schloss die Tür hinter sich.

3. Kapitel

Wenn Cybil den Kopf voller Szenen und Figuren hatte, konnte sie arbeiten, bis ihre Finger sich verkrampften und weder Stift noch Pinsel hielten.

Während sie sich mit Keksen vollstopfte, dafür aber Diätlimonade trank, um sich zumindest einreden zu können, auf diese Art die Kalorien auszugleichen, verbrachte Cybil den nächsten Tag damit, Emilys und Caris neuestes Abenteuer zu zeichnen. Auf dem Papier, Bild für Bild, erstellten Emily und ihre Freundin Cari – die mit der Zeit übrigens mehr und mehr Charakterzüge mit Jody Myers teilte – einen Plan, um die Geheimnisse des rätselhaften Mr. Geheimnisvoll aufzudecken.

Cybil würde ihn »Quinn« taufen, aber erst in einigen Folgen.

Drei Tage lang wich sie kaum vom Zeichenbrett. Jody hatte einen eigenen Schlüssel, also konnte sich die Freundin selbst hereinlassen, wenn sie auf einen kurzen Plausch zu Besuch kam. Und Jody öffnete auch gern die Tür, wenn Mrs. Wolinsky oder ein anderer Nachbar vorbeischaute.

Am dritten Abend hatten sich in ihrer Wohnung genug Leute versammelt, um eine kleine Party zu feiern, während Cybil dabei war, die lange Sonntagsausgabe ihres Strips zu kolorieren.

Jemand hatte die Stereoanlage eingeschaltet, aber selbst von der Musik ließ Cybil sich nicht stören. Fröhliches Lachen und lebhafte Gespräche drangen nach oben in ihr Atelier, und ein neuer Gast wurde begeistert begrüßt.

Als Cybil der Geruch von frischem Popcorn in die Nase stieg, fragte sie sich, ob ihr wohl jemand etwas davon nach oben bringen würde.

Sie lehnte sich zurück und betrachtete zufrieden ihr Werk. Nein, sie hatte nicht den Biss ihres Vaters und auch nicht die Meisterhaftigkeit ihrer Mutter, aber ein »nettes kleines Talent« hatte sie mit Sicherheit. Sie konnte zeichnen, recht gut sogar – wenn sie in der richtigen Stimmung war –, und der Comicstrip bot ihr die Möglichkeit, auf ihre ganz eigene Art einen Kommentar zur Gesellschaft abzugeben. Vielleicht legte sie nicht den Finger in offene Wunden in der Politik, aber ihre Figuren brachten die Leute zum Schmunzeln, wenn sie morgens eilig ihren Kaffee tranken oder am Sonntag ausgiebig frühstückten.

Und was am wichtigsten ist, dachte sie jetzt, es macht mich zufrieden. Wenn McQuinn aus 3B sich einbildete, er hätte sie mit seiner Bemerkung über das »nette kleine Talent« beleidigt, so irrte er gewaltig. Sie war eigentlich recht glücklich damit.

Von drei Tagen Arbeit und dem dabei Erreichten angeregt, nahm sie das Telefon ab, als es läutete, und hätte fast vor Behagen gesungen. »Hallo?«

»Na, das ist ja ein richtig fröhliches Mädel.«

»Grandpa!« Cybil machte es sich bequem und lockerte die verkrampften Muskeln. »Ja, ich bin ein fröhliches Mädel, und es gibt niemanden, mit dem ich jetzt lieber reden möchte.«

Juristisch gesehen war Daniel MacGregor nicht ihr Großvater, aber so genau nahm das keiner von ihnen. Dazu hatten sie sich viel zu gern.

»Ist das so? Warum hast du dann deine Großmutter noch nicht angerufen? Du weißt, was für Sorgen sie sich um dich macht, seit du allein in New York bist.«

»Allein?« Belustigt hielt sie den Hörer so, dass der Party-trubel bis nach Hyannis Port drang. »Das bin ich nur selten.«

»Du hast die Wohnung schon wieder voller Leute?«

»Sieht ganz so aus. Wie geht es dir? Und wie geht es den anderen? Komm, erzähl mir alles.«

Sie lauschte, lächelte und lachte, während er ihr von ihrer Familie, Tanten und Onkeln, Cousins und Cousinen und den Babys berichtete. Besonders freute sie sich, als er ihr von dem für den Sommer geplanten Familientreffen erzählte.

»Wunderbar. Ich kann es kaum erwarten, alle wiederzusehen. Es ist schon so lange her, seit Ian und Naomi im Herbst geheiratet haben. Ich vermisse euch.«

»Warum dann bis zum Sommer warten? Uns kannst du hier immer antreffen.«

»Vielleicht überrasche ich euch ja wirklich.«

»Deswegen rufe ich überhaupt an. Weil ich eine Überraschung für dich habe«, begann Daniel. »Ich wette, du weißt noch nicht, dass unsere kleine Naomi schwanger ist. Dieses Jahr werden wir eine zweite Krippe unter dem Weihnachtsbaum haben.«

»Oh Grandpa, das ist ja herrlich! Ich rufe die beiden gleich an. Darcy und Mac bekommen auch eins, also werden wir zu Weihnachten viele Babys im Arm halten können.«

»Eine junge Frau, die Babys so gern hat, sollte sich daranmachen, selbst eins zu bekommen.«

Cybil lächelte. Das kannte sie schon. »Aber meine Cousinen leisten doch schon ganze Arbeit.«

»Ha! Das bedeutet nicht, dass du dich vor deiner Pflicht drücken kannst, kleines Mädchen. Du magst von Geburt eine Campbell sein, aber im Herzen bist du auch eine MacGregor.«

»Ich könnte nachgeben und Frank heiraten.«

»Den mit dem Fischmund?«

»Nein, er küsst nur wie ein Fisch. Na ja … vielleicht hat er auch einen Fischmund. Wir könnten euch ein paar Guppys machen«, scherzte sie.

»Pah. Du brauchst einen Mann, keine Forelle in einem italienischen Anzug. Einen Mann mit mehr im Kopf als nur Dollars und Cents. Einen, der Sinn für Kunst hat und vernünftig genug ist, dich vor Ärger zu bewahren.«

»Das kann ich selbst«, entgegnete sie, beschloss jedoch, ihm nichts von dem Überfall zu erzählen. »Und Grandma wird dich wohl kaum an mich abtreten, also muss ich hier in der großen bösen Stadt vor mich hin leiden.«

Er lachte dröhnend. »Bei all den Männern in dieser Stadt dort solltest du doch einen finden, der zu dir passt. Du gehst doch hoffentlich aus und sitzt nicht den ganzen Tag über deinen komischen Geschichten?«

»Im Moment schon, weil ich eine tolle Idee hatte, an der ich unbedingt arbeiten musste. Genau gegenüber ist ein neuer Mieter eingezogen. Ein mürrischer, ziemlich arroganter Kerl. Nein, um genau zu sein, er ist unhöflich und unverschämt. Ich glaube, er ist arbeitslos, abgesehen davon, dass er ab und zu in einer Bar hier in der Nähe Saxofon spielt. Er ist der ideale neue Nachbar für Emily.«

»So?«

»Er bleibt den ganzen Tag in seiner Wohnung und spricht mit keinem Menschen. Er heißt McQuinn.«

»Woher kennst du seinen Namen, wenn er mit niemandem spricht?«

»Grandpa.« Sie lächelte selbstzufrieden. »Du weißt doch, wenn ich mit jemandem reden will, bringe ich ihn auch dazu. Nicht, dass er unbedingt eine Plaudertasche ist, selbst wenn man ihn mit selbst gebackenen Keksen ködert, aber immerhin habe ich ihm seinen Namen aus der Nase ziehen können.«

»Und gefällt er dir?«

»Ja, er sieht gut aus, sehr gut sogar. Er wird Emily um den Verstand bringen.«

»Wird er das?«, fragte Daniel und lachte entzückt.

Nachdem er von seiner Ehrenenkelin alles erfahren hatte, was er wissen wollte, studierte Daniel MacGregor einen Moment lang gedankenverloren seine Fingernägel, polierte sie an seinem Hemd und wählte dann leise vor sich hin summend eine andere Nummer. Er grinste breit, als ein unwirsches »Ja, was gibt's?« am anderen Ende ertönte.

»Ah, Sie haben ein so sonniges Gemüt, McQuinn. Mir wird ganz warm ums Herz.«

»Mr. MacGregor.« Der schottische Akzent war unverkennbar. Seine Stimmung änderte sich schlagartig, und lächelnd lehnte Preston sich zurück.

»Richtig. Und wie fühlen Sie sich in der neuen Wohnung? Haben Sie sich schon eingelebt?«

»So weit ganz gut. Ich muss Ihnen nochmals dafür danken, dass ich sie nutzen darf, solange mein Haus eine Baustelle ist. In dem Trubel hätte ich keine einzige Zeile zustande gebracht.« Stirnrunzelnd starrte er auf die Wand, durch die von der anderen Flurseite her eindeutige Partygeräusche drangen. »Obwohl es hier auch nicht viel ruhiger ist. Meine Nachbarin scheint etwas zu feiern.«

»Cybil? Sie ist meine Enkelin, wissen Sie. Ein sehr umgängliches und kontaktfreudiges Kind.«

»Wem sagen Sie das? Ich wusste gar nicht, dass sie Ihre Enkelin ist.«

»Nun ja, so gut wie. Warum reißen Sie sich nicht mal von Ihrer Arbeit los, mein Junge, und gehen auf die Party?«

»Nein, danke.« Da würde er lieber Rohrreiniger trinken. »Ich glaube, halb Soho drängt sich bei ihr. Ihr Haus, Mr. Mac-

Gregor, ist voller Leute, deren Lieblingsbeschäftigung reden ist. Ihre Enkelin scheint die Wortführerin zu sein.«

»Sie ist eben ein freundliches Mädchen. Es beruhigt mich zu wissen, dass Sie für eine Weile ihr Nachbar sind. Sie sind doch ein eher vernünftiger Typ, McQuinn. Deshalb möchte ich Sie auch um den Gefallen bitten, sie ein wenig im Auge zu behalten. Sie kann sehr naiv sein, wenn Sie wissen, was ich meine. Ich mache mir Sorgen um sie.«

Preston dachte daran, wie Cybil den Straßenräuber mit der Schnelligkeit und der Präzision eines Leichtgewichtsboxers aufs Pflaster geschickt hatte, und musste lächeln. »Ich an Ihrer Stelle würde mir überhaupt keine Sorgen machen.«

»Jetzt, wo Sie dort sind, nicht mehr. So ein hübsches junges Ding wie Cybil … Sie ist doch ein hübsches Persönchen, nicht wahr?«

»Süß.«

»Clever auch. Und pflichtbewusst, selbst wenn es den Anschein hat, als würde sie durchs Leben tanzen. Wer Tag für Tag einen beliebten Comicstrip produziert, muss schon etwas im Kopf haben, meinen Sie nicht auch? Muss kreativ, künstlerisch begabt und diszipliniert genug sein, um Termine einzuhalten. Aber das kennen Sie ja, nicht? Theaterstücke zu schreiben ist kein leichtes Geschäft.«

»Nein.« Preston rieb sich die überanstrengten Augen, müde und erschöpft, weil es mit der Arbeit nicht so voranging wie erhofft. »Das ist es nicht.«

»Aber Sie haben eine Gabe, McQuinn, eine seltene. Das bewundere ich.«

»In letzter Zeit war sie eher ein Fluch. Trotzdem danke.«

»Sie sollten mal ausgehen, an etwas anderes denken. Küssen Sie eine hübsche Frau. Auch wenn ich nicht viel vom Schreiben verstehe … Ich habe zwei Enkel, die sich damit ihren Lebensunterhalt verdienen, und das sogar recht gut. Sie sind mitten in einer brodelnden Großstadt, also machen Sie das Beste daraus, bevor Sie sich wieder in Ihr Haus zurückziehen und die Türen verbarrikadieren.«

»Vielleicht tue ich das.«

»Ach, und McQuinn ... Sie brauchen Cybil nicht wissen zu lassen, dass ich Sie gebeten habe, ein wenig auf sie aufzupassen. Sie ist dann immer gleich so eingeschnappt. Aber ihre Großmutter sorgt sich halb zu Tode wegen des Mädchens.«

»Von mir wird sie es nicht erfahren«, versprach Preston.

Da der Lärm ihn früher oder später sowieso verrückt gemacht hätte, schaltete Preston den PC aus und verließ die Wohnung. Er spielte in der Bar, stellte aber rasch fest, dass selbst das ihn nicht von dem ablenkte, was ihm unaufhörlich durch den Kopf ging.

Es fiel ihm allzu leicht, sich vorzustellen, wie Cybil irgendwo dahinten am Tisch saß, das Kinn in die Hände gestützt, ein Lächeln um den Mund, einen verträumten Blick in den Augen.

Sie hatte sich in einen der besser bewachten Winkel seines Selbst geschlichen, und das verabscheute er zutiefst.

Deltas Club war für ihn immer eine Zuflucht gewesen. Manchmal fuhr er den weiten Weg von Connecticut hierher, nur um mit André auf die Bühne zu steigen und zu spielen, bis die Anspannung des Tages sich in Musik auflöste und dann verflüchtigte.

Danach fuhr er zufrieden nach Hause. Oder wenn es zu spät war, legte er sich einfach auf die Liege im Hinterzimmer der Bar und schlief dort bis zum nächsten Morgen.

Im Club ließen alle ihn in Ruhe, und keiner erwartete von ihm mehr, als er zu geben bereit war.

Doch jetzt, nachdem Cybil hier gewesen war, starrte er immer wieder zu dem Tisch hinüber, an dem sie gesessen hatte, und fragte sich, ob sie wohl wiederkommen würde. Um ihm mit diesen großen grünen Augen zuzusehen.

»He, Mann«, sagte André und nahm einen Schluck Wasser aus dem Glas, das immer auf seinem geliebten Klavier stand. »Heute Abend spielst du nicht nur den Blues. Heute Abend hat es dich selbst erwischt.«

»Hm, schon möglich.«

»Wenn ein Mann so aussieht wie du, ist meistens eine Frau im Spiel.«

Preston schüttelte den Kopf und hob mit gerunzelter Stirn sein Saxofon an die Lippen. »Nein. Keine Frau. Es ist die Arbeit.«

André beobachtete Preston und schürzte nachdenklich die Lippen, als der etwas spielte, das wie ein Pulsschlag vibrierte. »Wenn du das sagst, mein Freund. Wenn du es sagst.«

Gegen drei Uhr kam er nach Hause, fest entschlossen, an Cybils Tür zu hämmern und Ruhe zu verlangen. Dass die Party vorbei war, enttäuschte ihn fast ein wenig. Aus ihrer Wohnung drang kein Laut.

Er öffnete seine Tür, machte sie hinter sich zu und beschloss, die unerwartete Ruhe zu nutzen. Also machte er sich einen Kaffee, so stark, dass der Löffel stehen blieb, und setzte sich an den PC, um in sein Stück zurückzukehren. Zurück in die Köpfe seiner Figuren, die ihr Leben ruinierten, weil sie den Zugang zu ihren eigenen Herzen verloren hatten.

Als der plötzliche Energieschub nachließ, ging bereits die Sonne auf. Aber es war das Beste, was er seit Wochen geschrieben hatte, und er feierte es, indem er sich angezogen und so, wie er war, bäuchlings aufs Bett fallen ließ.

Und dort träumte er.

Von einem hübschen Gesicht, eingerahmt von schimmerndem braunen Haar, in dem riesige Augen standen, die die Farbe junger Weidentriebe hatten und von langen Wimpern bedeckt waren. Von einer sanften Stimme, die unaufhörlich wie ein munterer Gebirgsbach murmelte.

Warum muss alles immer so ernst sein? fragte sie ihn und schlang die Arme um seinen Nacken.

Weil das Leben eine erste Angelegenheit ist.

Das ist aber nur die eine Seite der Medaille. Und es gibt noch so viele andere Medaillen. Willst du nicht mit mir tanzen?

Das tat er bereits. Sie waren zusammen im »Delta's«, und obwohl sonst niemand im Club anwesend war, erklang Musik, voll, weich, schwül.

Ich werde dich nicht im Auge behalten. Das kann ich mir gar nicht erlauben.

Aber das tust du doch schon.

Ihre Stirn reichte ihm gerade bis zum Kinn. Als sie den Kopf in den Nacken warf und sich verführerisch mit der Zungenspitze über die Lippen fuhr, spürte er die heiße Welle, die durch seinen Körper fuhr.

Aber das ist längst nicht alles, was du willst, nicht wahr?

Ich will dich nicht.

Da war dieses Lachen wieder, leicht und heiter wie Frühlingsluft, perlend wie Champagner. *Es hat keinen Zweck zu lügen, noch dazu in deinen eigenen Träumen. In deinen Träumen kannst du mit mir tun, was immer du willst. Da macht es keinen Unterschied.*

Ich will dich nicht, wiederholte er und zog sie gleichzeitig mit sich auf den Boden …

Er erwachte schweißgebadet und hatte sich im Laken verheddert. Zuerst war er entsetzt, verwirrt und schließlich, als sein Kopf klar wurde, amüsiert.

Die Frau war eine wahre Plage, entschied er, und das Einzige, was der Realität in diesem schmerzhaft erotischen Traum entsprach, war die Tatsache, dass er sie nicht wollte.

Er rieb sich das Gesicht und sah auf die Armbanduhr, die er nicht abgelegt hatte. Es war nach vier Uhr nachmittags. Seit einer Woche hatte er zum ersten Mal acht Stunden am Stück geschlafen. Was machte es da schon, wenn er die Nacht zum Tag und den Tag zur Nacht gemacht hatte?

Er stapfte nach unten in die Küche, trank den Rest des lauwarmen Kaffees und aß den einzigen Bagel, den er ausgegraben hatte, der noch essbar aussah. Es würde ihm nichts anderes übrig bleiben, er würde einkaufen müssen.

Aber erst ging er an seine Fitnessgeräte, stemmte Gewichte, um seinen Körper daran zu erinnern, dass er nicht nur dazu geschaffen war, vor einem Computer zu sitzen. Froh darüber, dass der Schweiß, der sein T-Shirt tränkte, dieses Mal nichts mit sexuellen Fantasien zu tun hatte, duschte er ausgiebig und gönnte sich die erste Rasur seit drei – oder waren es vier? – Tagen.

Er spielte mit dem Gedanken, sich zur Abwechslung einmal ein anständiges Mahl zuzubereiten. Aber dazu musste er sich in das grauenhafte Gewühl auf dem Markt begeben. Er ließ sich davon nicht die Laune verderben, zog sich an und öffnete fröhlich pfeifend die Wohnungstür.

Cybil ließ die Hand sinken, mit der sie gerade auf seine Klingel hatte drücken wollen. »Gut, dass Sie zu Hause sind.«

Schlagartig war seine Stimmung im Keller, als er daran dachte, was er geträumt hatte. »Was?«

»Sie müssen mir einen Gefallen tun.«

»Nein, muss ich nicht.«

»Es ist ein Notfall.« Bevor er an ihr vorbeigehen konnte, packte sie seinen Arm. »Es geht um Leben oder Tod. Um mein Leben und möglicherweise um den Tod von Johnny. Das ist Mrs. Wolinskys Neffe. Denn einer von uns wird es nicht überleben, wenn ich mit ihm ausgehen muss. Deshalb habe ich ihr erzählt, dass ich heute Abend schon verabredet bin.«

»Und was geht mich das an?«

»Ach kommen Sie, McQuinn. Ich bin eine verzweifelte Frau. Sie hat mir keine Zeit zum Nachdenken gelassen, und ich bin eine miserable Lügnerin. Ich meine, ich lüge nur selten, deshalb habe ich überhaupt keine Übung darin. Sie wollte unbedingt wissen, mit wem ich ein Date habe, und weil mir niemand einfiel, habe ich einfach gesagt … mit Ihnen.«

Sie war wirklich verzweifelt, und deshalb stellte sie sich ihm in den Weg.

»Hören Sie, lassen Sie mich eines klarstellen: Das ist nicht mein Problem.«

»Nein, es ist meins. Das weiß ich, und ich hätte mir etwas Besseres einfallen lassen, wenn sie mich nicht mitten in der Arbeit damit überfallen hätte.« Sie fuhr sich mit beiden Händen durchs Haar. »Sie lauert am Fenster, wetten? Sie wird es mitbekommen, wenn wir beide nicht zusammen aus dem Haus gehen.«

Sie drehte sich um, ging auf dem Flur hin und her und massierte sich die Schläfen, als würde sie dadurch besser nachdenken können. »Sie brauchen nur mit mir nach draußen zu gehen und so tun, als hätten wir einen netten Abend vor uns. Wir trinken irgendwo einen Kaffee, verbringen zwei Stunden zusammen und kommen zusammen zurück. Das müssen wir, weil sie sonst misstrauisch wird. Mrs. Wolinsky entgeht nichts. Ich gebe Ihnen hundert Dollar dafür.«

Die Vorstellung war so verrückt, dass er kurz vor der Treppe stehen blieb. »Sie wollen mich dafür bezahlen, dass ich mit Ihnen ausgehe?«

»Na ja, nicht ganz … aber so ungefähr. Ich weiß, Sie können das Geld brauchen, und es ist nur fair, Sie für Ihre Zeit zu entschädigen. Hundert Dollar, McQuinn, für zwei Stunden. Und ich spendiere auch den Kaffee.«

Er lehnte sich gegen die Wand und musterte sie. Die Situation war so absurd, dass sie schon wieder reizvoll war. Auf so abwegige Ideen war er bei seiner Arbeit schon lange nicht mehr gekommen. »Kein Kuchen?«

Ihr Lachen klang erleichtert. »Sicher. Wenn Sie Kuchen wollen, bekommen Sie auch Kuchen.«

»Und?«

»Und?«, wiederholte sie verwirrt. »Oh ja, das Geld. Augenblick.«

Hastig verschwand sie in ihrer Wohnung. Er hörte sie drinnen rumoren und die Treppe hinaufrennen. »Zwei Minuten, ja?«, rief sie. »Ich muss mich nur noch schnell zurechtmachen.«

»Die Zeit läuft.«

»Ja, schon klar. Wo, zum Teufel, ist mein … ah, da! Zwei Minuten, länger nicht. Ich will nicht, dass sie meint, mir sagen zu müssen, dass man Männer besser halten kann, wenn man Lippenstift auflegt.«

Das musste er ihr zugestehen. Wenn sie zwei Minuten sagte, meinte sie auch zwei Minuten. Sie kam aus der Wohnung herausgerannt, in Stöckelschuhen, die Lippen dunkelrosa und mit baumelnden Ohrringen – wieder zwei verschiedene, wie ihm auffiel –, in der Hand einen funkelnagelneuen Hundertdollarschein.

»Hier«, sagte sie. »Ich bin Ihnen wirklich dankbar. Ich weiß, wie albern das wirken muss, aber ich möchte ihr nicht wehtun, darum geht's.«

»Wenn Mrs. Wolinskys Gefühle Ihnen hundert Dollar wert sind, dann ist das Ihre Sache.« Belustigt steckte er das Geld ein. »Gehen wir. Ich habe Hunger.«

»Oh, Sie wollen essen? Einverstanden. Ich gebe Ihnen ein Essen aus. Ganz in der Nähe gibt es ein kleines Restaurant mit guter Pasta. Bitte, tun Sie einfach so, als wüssten Sie nicht, dass sie am Fenster steht, ja?«, murmelte sie auf dem Weg zur Haustür. »Seien Sie ganz natürlich. Nehmen Sie meine Hand. Bitte.«

»Warum?«

»Herrgott, stellen Sie sich nicht so an.« Sie griff nach seiner Hand, schob die Finger in seine und strahlte ihn an. »Dies ist unser erstes Date, Mensch. Tun Sie so, als würden Sie sich freuen.«

»Sie haben mir nur hundert Dollar gegeben«, erinnerte er sie und war überrascht, als sie auflachte.

»Sie sind wirklich ein unnachgiebiger Mann, 3B. Wirklich unnachgiebig. Vielleicht verbessert ein warmes Mahl ja Ihre Laune.«

Es half tatsächlich. Aber es hätte schon einen härteren Mann als ihn gebraucht, um einer riesigen Schüssel dampfender Spaghetti mit Fleischklößen und Cybils ansteckender Fröhlichkeit zu widerstehen.

»Gut, was?« Sie sah ihm zu, wie er sich mit gesundem Appetit durch seine Portion arbeitete. Der arme Kerl, dachte sie. Vermutlich hatte er seit Wochen nichts Vernünftiges in den Magen bekommen. »Ich esse immer zu viel, wenn ich herkomme. Eine Portion reicht für mindestens sechs hungrige Teenager. Den Rest nehme ich immer mit nach Hause und esse dann am nächsten Tag noch mal viel zu viel. Sie könnten mich vor diesem Schicksal bewahren und sich meine Portion einpacken lassen.«

»Fein.« Er goss Chianti in ihre Gläser nach.

»Ich wette, es gibt mindestens ein Dutzend Clubs in der Stadt, die Sie liebend gern anheuern würden.«

»Was?«

»Ihr Saxofon.« Sie lächelte, und gegen seinen Willen starrte er auf ihren Mund und das Grübchen daneben.

»Sie sind so gut, ich kann mir vorstellen, dass Sie bestimmt bald eine feste Arbeit finden werden.«

Amüsiert hob er sein Glas. Sie hielt ihn also für einen arbeitslosen Musiker. Auch gut. »Auftritte kommen und gehen.«

»Übernehmen Sie auch private Partys?« Sie beugte sich vor. »Ich kenne viele Leute. Irgendjemand gibt immer eine Party.«

»Das glaube ich. In Ihren Kreisen.«

»Ich könnte Sie empfehlen. Wenn Sie nichts dagegen haben, ein wenig auf Achse zu sein.«

»Wohin?«

»Ein paar meiner Verwandten besitzen Hotels. Atlantic City ist nicht weit von hier. Ich nehme an, Sie haben keinen Wagen.«

Er dachte an seinen nagelneuen Porsche, der in einer Mietgarage stand. »Nicht bei mir.«

Lachend knabberte sie am Brot. »Na ja, von New York nach Atlantic City zu kommen ist nicht so schwer.«

So unterhaltsam diese ganze Geschichte auch war, er fand es vernünftiger, wieder ein wenig auf Abstand zu gehen. »Cybil, ich brauche niemanden, der mein Leben organisiert. Das kann ich sehr gut allein.«

»Stimmt, das ist eine schreckliche Angewohnheit von mir.« Keineswegs beleidigt, brach sie das Brot entzwei und reichte ihm ein Stück. »Immerzu mische ich mich ein, und dann ärgere ich mich, wenn andere das bei mir tun. Wie Mrs. Wolinsky zum Beispiel, die Präsidentin des Clubs ›Lasst uns einen netten jungen Mann für Cybil finden‹. Es macht mich rasend.«

»Weil Sie keinen netten jungen Mann wollen.«

»Oh, doch, sicher, irgendwann schon. Wenn man aus einer großen Familie stammt, wird einem das wohl automatisch mitgegeben, dass man selbst auch eine möchte. Aber bis dahin ist noch viel Zeit. Ich lebe gern in der Großstadt und kann hier tun, was ich will und wann ich es will. Ich hasse geregelte Arbeitszeiten, deshalb habe ich auch vor dem Zeichnen keinen Job lange halten können. Nicht, dass die Cartoons keine Arbeit wären, und natürlich gehört Disziplin dazu, aber ich kann mir die Arbeit und die Zeit selbst einteilen. Wie Sie bei Ihrer Musik, schätze ich.«

»Mag sein.« Seine Arbeit war nur selten ein Vergnügen, nicht so wie bei ihr. Seine Musik dagegen schon.

»McQuinn.« Lächelnd schob sie ihre Schüssel zur Seite. Das wird noch eine gute Mahlzeit für ihn abgeben, dachte sie. »Wann sind Sie eigentlich mal locker genug, um in einer Unterhaltung mehr als jeweils nur einen oder zwei Sätze von sich zu geben?«

Er biss die Hälfte von seinem letzten Fleischklößchen ab und musterte sie. »Im November. Im November rede ich viel. Das ist die Zeit des Übergangs, da werde ich immer philosophisch.«

Sie lachte. »Sie haben einen eigenartigen Humor. Ganz schön hinterhältig.« Dann lehnte sie sich zurück und seufzte zufrieden. »Möchten Sie ein Dessert?«

»Auf jeden Fall.«

»Okay, aber bestellen Sie nicht Tiramisu, weil ich sonst gezwungen bin, Sie um einen Bissen nach dem anderen anzubetteln, bis ich die Hälfte gegessen habe und ins Koma falle.«

Er winkte dem Kellner, und es wirkte so gewandt und befehlsgewohnt, dass sie erstaunt die Stirn runzelte.

»Tiramisu«, verlangte er. »Und zwei Gabeln.« Er sah Cybil an. »Ich will wissen, ob Sie wenigstens im Koma mal den Mund halten.«

»Bestimmt nicht.« Sie klopfte sich auf die Brust, weil sie so lachen musste. »Ich rede sogar im Schlaf. Meine Schwester hat immer gedroht, mir ein Kissen aufs Gesicht zu pressen.«

»Ich glaube, ich würde Ihre Schwester mögen.«

»Adria ist toll, vermutlich genau Ihr Typ. Cool, feinsinnig und begnadet. Sie hat eine Kunstgalerie in Portsmouth.«

Preston beschloss, dass sie sich auch den Rest des Weins schmecken lassen konnten. Es war ein sehr guter Chianti, und das erklärte vermutlich auch, warum er sich so entspannt fühlte wie seit Wochen nicht mehr. Nein, seit Monaten. Vielleicht sogar seit Jahren. »Bringen Sie mich mit ihr zusammen?«

»Gut möglich, dass Sie ihr gefallen.« Cybil betrachtete ihn über ihr Glas hinweg und genoss das angenehme Gefühl, das der Wein in ihr auslöste. »Auf Ihre … raue … ungehobelte Art sehen Sie verdammt attraktiv aus. Sie spielen ein Musikinstrument, was sie in ihrer Liebe zur Kunst ansprechen könnte. Und Sie sind zu egoistisch, um sie auf einen Thron zu setzen. Das tun sonst die meisten Männer.«

»So?« Dass seine gesprächige Begleiterin auf dem besten Wege war, sich einen Schwips anzutrinken, entging ihm nicht.

»Sie ist so schön, die Männer können nicht anders. Aber Adria schreckt es eher ab, wenn die Männer von ihrem Aussehen so hin und weg sind. Vermutlich würde sie Ihnen das Herz brechen.« Sie schwenkte heftig das Glas. »Aber das würde Ihnen vielleicht ganz guttun.«

»Ich habe kein Herz«, sagte er, als eine Kellnerin das Tiramisu servierte. »Ich dachte, das hätten Sie längst gemerkt.«

»Natürlich haben Sie ein Herz.« Cybil kapitulierte, hob seufzend die Gabel, nahm einen Bissen von dem Dessert und stöhnte genussvoll auf. »Sie haben es nur in eine Rüstung gesteckt, damit es niemand mehr durchstechen kann. Gott, schmeckt das nicht herrlich? Lassen Sie nicht zu, dass ich mehr als diesen einen Bissen esse, okay?«

Sprachlos starrte er sie an. Dass die kleine Verrückte von gegenüber ihn so genau, so mühelos durchschaut hatte, erstaunte ihn zutiefst, denn denen, die von sich behaupteten, ihn zu lieben, war es nicht gelungen.

»Warum sagen Sie das?«

»Was? Ich habe Sie doch gebeten, mich nicht davon essen zu lassen. Oder sind Sie ein Sadist?«

»Schon gut.« Er beschloss, es auf sich beruhen zu lassen, und zog das Tiramisu zu sich heran. »Meins«, sagte er nur und machte sich darüber her.

Er musste ihr nur einmal mit seiner Gabel auf die Finger schlagen, um sie davon abzuhalten, noch einmal nach seinem Dessert zu langen.

»Also, mir hat es Spaß gemacht.« Cybil hakte sich auf dem Nachhauseweg bei ihrem Nachbarn ein. »Wirklich. Es war wesentlich unterhaltsamer als ein Abend mit Johnny. Den muss ich dauernd daran hindern, seine Hand unter meinen Rock zu schieben.«

Aus einem unerfindlichen Grund irritierte Preston diese Vorstellung, aber er sah nur an ihr herunter. »Sie tragen keinen Rock.«

»Ich weiß. Ich war nicht sicher, ob ich um das Date mit Johnny herumkomme, und das hier sollte mein automatisches Abwehrsystem sein.«

Abwehrsystem? Er fand die weite safranfarbige Hose äußerst sexy und eher anziehend denn abstoßend. »Warum machen Sie mit Johnny nicht einfach das, was Sie mit dem Straßenräuber gemacht haben?«

»Weil Mrs. Wolinsky ihn vergöttert, und ich bringe es nicht fertig, ihr zu sagen, dass ihr Augapfel Hände wie ein Affe hat.«

Er musste über ihre bildhafte Sprache lächeln. »Der Vergleich ist zwar seltsam, aber ich verstehe, was Sie meinen. Sie lassen sich einfach zu leicht herumstoßen.«

»Ganz bestimmt nicht.«

»Ganz bestimmt doch«, erwiderte er, bevor er sich zusammenriss, um diesen Wortwechsel nicht noch kindischer werden zu lassen. »Sie lassen sich von Ihrer Freundin Joanie …«

»Jody.«

»Meinetwegen … diesen Cousin aufschwatzen und von der alten Lady von unten den Neffen mit den flinken Händen. Der Himmel allein weiß, wie viele andere Freunde Ihnen sonst noch ihre entfernten Verwandten aufdrängen. Und das alles nur, weil Sie nicht Nein sagen können.«

»Sie meinen es nur gut.«

»Sie mischen sich in Ihr Leben ein. Ob gut gemeint oder nicht.«

»Ach, ich weiß nicht.« Sie atmete heftig aus und lächelte zu einem jungen Paar auf der anderen Straßenseite hinüber. »Nehmen wir zum Beispiel meinen Großvater. Nun ja, wenn man's genau nimmt, ist er gar nicht mein richtiger Großvater, sondern der Schwiegervater der Schwester, Shelby, meines Vaters. Und meine Mutter ist die Cousine der Ehepartner seiner anderen beiden Kinder. Es ist etwas kompliziert, wenn man genau sein will.«

»Was Sie gar nicht sein wollen.«

»Richtig. Da gibt es noch diese verworrene Familienverbindung zwischen Daniel und Anna MacGregor und meinen Eltern, also warum sollte man so kleinkariert sein? Meine Tante Shelby hat den MacGregor-Sohn Alan geheiratet. Vielleicht haben Sie von ihm gehört, er hat mal im Weißen Haus gelebt.«

»Ja, bei dem Namen klingelt was bei mir.«

»Und meine Mutter, Geneviève Campbell, geborene Grandeau, ist eine Cousine von Justin und Diana Blade, Geschwister, die wiederum mit den Geschwistern MacGregor verheiratet sind, Serena beziehungsweise Caine. Also sind Daniel und Anna für mich Grandpa und Grandma. Sind Sie mitgekommen?«

»Noch kann ich folgen, aber der Grund, warum Sie mir das erzählen, ist mir nicht so recht klar.«

»Oh … mir eigentlich auch nicht«, gestand sie fröhlich und festigte ihren Griff um seinen Arm, als sie schwankte. »Der Wein … Ach ja, jetzt weiß ich wieder. Einmischen, darum ging's. Mein Großvater … Daniel MacGregor ist der ungeschlagene Weltmeister im Einmischen. Wenn's ums Verkuppeln geht, kann ihm keiner das Wasser reichen. Ich sage Ihnen, McQuinn, der Mann ist ein wahrer Zauberer. Bisher hat er …«, sie blieb stehen und zählte an den Fingern ab, »… für sieben Cousins und Cousinen die passenden Ehepartner aufgetrieben.«

»Was meinen Sie mit ›aufgetrieben‹?«

»Fragen Sie mich nicht, wie er das schafft. Er hat einfach das Gespür dafür, findet den idealen Partner, und dann bringt er sie irgendwie zusammen und überlässt alles andere dem natürlichen Lauf der Dinge. Und bevor man sich's versieht, läuten schon die Hochzeitsglocken. Heute am Telefon hat er mir mitgeteilt, dass mein Cousin Ian und seine Frau das erste Baby erwarten. Sie haben letzten Herbst geheiratet. Dieser Mann ist einfach nicht aufzuhalten.«

»Sagt ihm denn niemand, dass er sich da heraushalten soll?«

»Doch, dauernd. Alle.« Sie legte den Kopf in den Nacken und grinste. »Aber er ignoriert es. Ich schätze, als Nächstes wird er bei Adria oder Mel an die Arbeit gehen. Mein Bruder Matthew muss erst noch ein bisschen reifen.«

»Was ist mit Ihnen?«

»Oh, ich bin zu gerissen für ihn. Ich kenne alle seine Tricks und werde mich frühestens in ein paar Jahren verlieben. Und Sie?«

»Was soll mit mir sein?«

»Waren Sie schon mal verliebt, McQuinn? Stellen Sie sich nicht so dumm.«

»Nein.«

»Das kommt schon noch. Warten Sie's nur ab.« Plötzlich blieb sie wieder abrupt stehen. »Oh verdammt. Das ist Johnnys Wagen. Also ist er doch aus New Jersey hergefahren. Verdammt, verdammt, verdammt. Na schön, hier ist mein Plan.«

Sie wirbelte zu ihm herum und blinzelte, als sich alles in ihrem Kopf drehte. »Ich hätte das letzte Glas Wein nicht trinken sollen, aber noch bin ich Herr über mein Schicksal.«

»Da gehe ich jede Wette ein, Kindchen.«

»Und zwar so weit, dass ich erkenne, warum Sie mich ›Kindchen‹ nennen – damit Sie sich überlegen fühlen und Distanz wahren können, aber darum geht es jetzt nicht. Also, wir spazieren noch ein Stück die Straße entlang, bis wir direkt vor ihrem Fenster sind. Aber ganz natürlich, ja?«

»Das wird hart, aber ich werde mir Mühe geben.«

»Ich liebe diesen sarkastischen Hauch in Ihrem Humor. Kommen Sie. Ja, so ist gut.« Sie zog ihn mit sich. »Also, genau hier stellen wir uns hin, okay? Hier sieht sie uns. Passen Sie auf, gleich bewegen sich ihre Gardinen.«

Weil es ihm wie ein harmloser Streich schien und es ihm zu gefallen begann, wie sie sich an ihm festhielt, machte er mit und warf einen schnellen Blick nach oben. »Genau zur richtigen Zeit. Und was kommt jetzt, Frau Regisseurin?«

»Sie werden mich küssen müssen.«

Er zuckte zusammen. »Was?«

»Und es muss echt aussehen. Wenn Sie das schaffen, wird sie einsehen, dass Johnny keine Chance hat. Jedenfalls für eine Weile. Und ich gebe Ihnen noch fünfzig Dollar dazu.«

Er fuhr sich mit der Zungenspitze über die Zähne. Sie hatte den Kopf in den Nacken gelegt und sah unverschämt reizvoll aus, wie eine Rosenknospe in einem verwilderten Garten. »Sie geben mir fünfzig Dollar, damit ich Sie küsse?«

»Als Bonus. Das hier könnte Johnny ein für alle Mal nach New Jersey zurückbefördern. Stellen Sie sich einfach vor, Sie stehen auf der Bühne. Es muss nichts bedeuten. Sieht sie noch immer her?«

»Ja«, sagte er, obwohl er nicht zum Fenster schaute und nicht die geringste Ahnung hatte.

»Gut. Lassen Sie es romantisch wirken, ja? Legen Sie langsam die Arme um mich, beugen Sie sich herab und ...«

»Ich weiß, wie man eine Frau küsst, Cybil.«

»Natürlich wissen Sie das. Es sollte auch keine Beleidigung sein, aber das hier muss perfekt in Szene gesetzt ...«

Es gab nur ein Mittel, um sie endlich zum Schweigen bringen. Das bestand darin, die Sache hinter sich zu bringen. Und zwar auf seine Art. Also legte er nicht langsam die Arme um sie, sondern zog sie so stürmisch an sich, dass sie fast den Boden unter den Füßen verlor. Er erhaschte nur einen kurzen Blick auf die großen grünen Augen, die sich vor Schreck weiteten, bevor er die Lippen auf ihre presste und den beginnenden Wortschwall schon im Ansatz erstickte.

Er hat recht, war ihr letzter vernünftiger Gedanke, er hat sogar absolut recht. Er weiß, wie man eine Frau küsst.

Sie musste sich an seinen Schultern festhalten. Und sich auf die Zehenspitzen stellen.

Dann stöhnte sie auf.

In ihrem Kopf schien sich alles immer schneller zu drehen. Das Herz schlug ihr bis zum Hals und machte ihr das Atmen unmöglich. Sie fühlte sich hilflos, verloren und schwach, während sein Mund Hitze in ihrem Körper aufwallen ließ, als säße sie direkt neben einem offenen, lodernden Feuer.

Seine Lippen waren so fest, so stark und so atemberaubend gierig. Was anderes hätte sie tun sollen, als ihn von ihrem Mund trinken zu lassen?

Es war wie in dem Traum, dachte er. Nur besser. Viel, viel besser. Er hatte sich ausgemalt, wie sie schmecken würde. Die Wirklichkeit war viel überwältigender. In seiner Vorstellung hatte ihr Körper nicht annähernd so heftig gebebt, und ihre Hände hatten sich auch nicht so in sein Haar verkrallt, während sie lustvoll an seinem Mund stöhnte.

Er schob sie von sich, aber nur um zu überprüfen, ob ihre Augen sich verdunkelt hatten, ob ihre Wangen von der gleichen Hitze brannten, die durch seinen Körper raste. Sie starrte ihn nur an, ihr Atem kam unregelmäßig und heftig über leicht geöffnete Lippen, ihre Finger waren immer noch in seinem Haar vergraben.

»Der nächste geht auf meine Rechnung«, murmelte er und presste seine Lippen wieder auf ihren Mund.

Ein Hupen zerriss die Stille. Jemand fluchte. Ein Wagen raste vorbei, und der Fahrtwind traf sie mit voller Wucht. Irgendwo wurde ein Fenster aufgerissen. Laute Musik drang nach draußen mitsamt dem Geruch eines verbrannten Dinners.

Doch Cybil fühlte sich wie am Strand einer verlassenen Insel, mit den Füßen im kristallblauen Wasser.

Als er sich zum zweiten Mal von ihr löste, tat er es ganz langsam und strich mit den Händen an ihren Armen hinab bis zu ihren Ellbogen und wieder zurück zu den Schultern, fast zärtlich. Ein Zeitraum, der ausreichte, damit sie einmal den Kopf rollen konnte, bevor sie McQuinn wieder ansah.

Am liebsten hätte er auf der Stelle mit ihr schlafen wollen, sie ganz und gar besitzen, jeden Zentimeter ihres schmalen, verführerischen Körpers. Hätte sie und ihre offenbar angeborene Fröhlichkeit, die wie eine Sonne in ihr strahlte und ihm so unangemessen erschien, verschlingen wollen. Er wollte diese unmögliche, unerschöpfliche Energie spüren, wollte sie unter sich und über sich fühlen.

Und er war sicher, dass sie beide hinterher nichts als Bitterkeit empfinden würden.

Er lockerte den Griff auf ihren Schultern. Langsam, damit sie wieder auf eigenen Füßen stehen konnte, ohne zu schwanken. Dann ließ er sie los. »Ich denke, das müsste reichen.«

»Reichen?«, wiederholte sie atemlos und starrte ihn verständnislos an.

»Um Mrs. Wolinsky zufriedenzustellen.«

»Mrs. Wolinsky?« Verwirrt schüttelte sie den Kopf. »Oh. Oh ja.« Sie atmete tief durch und ging fest davon aus, dass sich ihre Sinne innerhalb der nächsten Jahre bestimmt wieder beruhigen würden. »Wenn das nicht hilft, hilft gar nichts. Du bist verdammt gut, McQuinn.«

Ein widerwilliges Lächeln umspielte seine Lippen. Diese Frau war fast unwiderstehlich. Er nahm ihren Arm und drehte sie zum Hauseingang. »Du bist auch nicht schlecht, Kindchen.«

4. Kapitel

Cybil sang lautstark im Duett mit Aretha Franklin, während sie arbeitete. Durch das offene Fenster drangen die kühle Aprilbrise und der Lärm der Großstadt. Ihre Stimmung passte zum strahlenden Sonnenschein.

Sie drehte sich zum Spiegel an der Wand und versuchte ein schockiertes Gesicht zu machen, um eine Vorlage für ihre Comicfigur zu haben. Aber außer einem Grinsen brachte sie nichts zustande.

Natürlich war sie vorher schon geküsst worden. Sie war auch schon von einem Mann umarmt und gehalten worden. Aber verglichen mit dem, was sie auf dem Bürgersteig mit ihrem Nachbarn von gegenüber erlebt hatte, kamen ihre Erfahrungen mit anderen Männern einem Vergleich zwischen einem Feuerwerkskörper und einer Atombombe nahe.

Der eine zischte, knallte laut und amüsierte für einen kurzen Moment, die andere explodierte mit ungeheurer Macht und veränderte die Landschaft für die nächsten Jahrhunderte.

Das Schwindelgefühl in ihr hatte mehrere Stunden lang angehalten.

Sie liebte dieses schwindelerregende, die Muskeln schwächende und rein weibliche Gefühl, vergötterte jede Sekunde davon. Konnte es etwas Herrlicheres geben, als sich zugleich schwach und stark, verwirrt und klar, irrational und vernünftig zu fühlen?

Und sie brauchte nur die Augen zu schließen und sich zu erinnern, um es noch einmal zu spüren.

Sie fragte sich, was er wohl denken und fühlen mochte. Niemand konnte von einer Erfahrung solchen Ausmaßes unberührt bleiben. Immerhin war er mit ihr bei dieser Atomexplosion dabei gewesen. Ein Mann konnte eine Frau nicht so küssen und dann nicht unter irgendwelchen Nachwirkungen leiden.

Sie schmunzelte, sie seufzte, sie beugte sich über ihr Zeichenbrett und sang aus vollem Halse mit Aretha mit.

»Du meine Güte, Cyb, hier ist es ja eiskalt!«

Cybil hob den Kopf und strahlte. »Hi, Jody. Hi, süßer Charlie.«

Das Baby schenkte ihr ein schläfriges Lächeln, während Jody zum Fenster ging, den Kleinen auf ihrer Hüfte. »Du sitzt direkt vor einem offenen Fenster. Da draußen können es nicht mehr als fünfzehn Grad sein.« Schnaubend schloss sie es.

»Mir ist warm.« Cybil legte den Zeichenstift hin, um Charlies Pausbacke zu streicheln. »Ist es nicht faszinierend, wie Männer ihr Leben anfangen? Als niedliche kleine Babys, und dann … wow, dann sind sie nicht mehr wiederzuerkennen.«

»Ja.« Skeptisch sah Jody ihre Freundin an, sah die leicht glasigen Augen. »Du siehst seltsam aus. Bist du okay?« Sie legte eine mütterliche Hand an Cybils Stirn. »Kein Fieber. Streck die Zunge heraus.«

Cybil gehorchte und schielte gleichzeitig dabei, was Charlie zu einem hellen Jauchzer veranlasste. »Ich bin nicht krank, im Gegenteil, ich fühle mich großartig.«

»Hmm.« Jody spitzte wenig überzeugt die Lippen. »Ich werde jetzt Charlie hinlegen, damit er sein Morgenschläfchen halten kann. Er ist völlig fertig. Dann koche ich uns Kaffee, und du erzählst mir, was los ist.«

»Sicher.« Cybil träumte schon wieder. Sie nahm einen roten Stift und malte hübsche kleine Herzen auf ihr Notizpapier.

Da es ihr Spaß machte, malte sie immer größere. In eines davon zeichnete sie Prestons Gesicht.

Er hat ein außerordentliches Gesicht, dachte sie. Ein harter Mund, kühle Augen und ausgesprochen markante Züge, noch betont durch das dichte dunkle Haar. Doch wenn er ein wenig lächelte, dann wurde dieser harte Mund weicher. Und seine Augen blickten dann auch nicht mehr kühl.

Sie liebte es, ihn zum Lachen zu bringen. Es hörte sich immer so an, als wäre er ein wenig aus der Übung. Da kann ich ihm helfen, dachte sie vergnügt und zeichnete sein Gesicht noch einmal, diesmal mit einem Lachen darauf. Schließlich zählte es zu ihren netten kleinen Talenten, Menschen zum Lachen zu bringen.

Und wenn sie ihm erst geholfen hatte, einen festen Job zu finden, würde er sich auch nicht mehr so viele Sorgen machen müssen und würde sicher öfter lachen.

Sie würde ihm eine Arbeit besorgen, darauf achten, dass er anständig und regelmäßig aß – sie kochte sowieso immer zu viel für eine einzelne Person –, und konnte bestimmt jemanden ausfindig machen, der ihm für wenig Geld eine gebrauchte Couch überlassen würde.

Sie kannte genug Leute, die den Ball für ihn ins Rollen bringen konnten. Dann würde er sich bestimmt besser fühlen, sobald er sicheren Boden unter den Füßen hatte, oder etwa nicht? Das war ja kein Einmischen. Einmischen war die Spezialität ihres Großvaters. Sie würde nur einem Nachbarn helfen.

Einem umwerfend attraktiven Nachbarn, dessen Küsse eine Frau praktisch ins Delirium versetzen konnten.

Natürlich war das nicht der Grund, weswegen sie ihm half. Cybil schüttelte sich leicht und drehte hastig den Zettel mit den Herzen um. Schließlich hatte sie Mr. Peebles auch geholfen, eine gute Fußpflegerin zu finden. Und der war wohl kaum ein Adonis mit kühlem Blick und zärtlichen Händen, oder?

Natürlich nicht.

Sie war einfach nur eine gute Nachbarin. Und wenn sich daraus ... mehr ergab, nun, warum nicht?

Zufrieden mit sich und ihrem Plan zog sie die Beine unter und machte sich wieder an ihre Arbeit.

Jody deckte das Baby vorsichtig zu und dachte wie immer dabei, dass Charlie das schönste Kind war, das diese Erde je gesehen hatte. Nachdem ihm die Augen zugefallen waren und sein Teddybär neben dem Kissen Wache hielt, ging Jody nach unten, um die Musik leiser zu stellen.

In Cybils Küche genauso sehr zu Hause wie in ihrer eigenen, goss Jody frischen Kaffee in zwei sonnengelbe Becher, suchte zwei Preiselbeermuffins heraus und trug das Tablett nach oben.

Dieses Vormittagsritual gehörte mit zu den besten Stunden des Tages.

Über die letzten Jahre war Cybil ihr so lieb geworden wie eine Schwester. Eigentlich lieber, dachte sie jetzt und krauste leicht die Nase. Ihre eigenen Schwestern protzten ständig mit ihren Männern, ihren Häusern, ihren Kindern – wo doch ein Blinder mit Krückstock sehen konnte, dass ihr Mann Chuck und ihr Sohn Charlie den anderen Meilen voraus waren. Cybil hörte zu. Cybil hatte ihr mit Rat und Tat zur Seite gestanden, als es um die schwierige Entscheidung ging, ob sie ihre Arbeit aufgeben und zu Hause bleiben sollte, um sich ganz um Charlie kümmern zu können. Es war Cybil gewesen, die sie und Chuck beruhigt hatte, als die jungen Eltern bei jedem Bäuerchen und jedem Niesen des Babys in Panik geraten waren.

Es gab keine bessere Freundin auf der Welt. Und genau deshalb war Jody auch fest entschlossen, Cybil zu ihrem eigenen Glück zu verhelfen.

Sie trug das Tablett nach oben, stellte es auf dem Tisch ab und reichte Cybil einen Kaffeebecher.

»Danke, Jody.«

»Dein Comicstrip gefällt mir. Emily in Trenchcoat und mit Schlapphut verfolgt Mr. Geheimnisvoll quer durch ganz Soho. Wie kommt sie nur immer wieder auf solche Ideen?«

»Sie ist ein sehr impulsives und höchst dramatisches Wesen.« Cybil brach sich ein Stück Muffin ab. Sie sprachen immer über Emily und die anderen Figuren wie über echte Menschen. »Und sie ist neugierig. Sie muss einfach wissen, was läuft.«

»Und du? Hast du schon etwas über unseren Mr. Geheimnisvoll herausgefunden?«

»Ja«, seufzte sie. »Er heißt McQuinn.«

»Das habe ich gehört.« Alarmiert zeigte Jody mit einem Finger auf Cybil. »Du hast gerade geseufzt.«

»Nein, nur laut ausgeatmet.«

»Nein, du hast geseufzt. Was gibt's?«

»Na ja … um ehrlich zu sein …« Sie konnte es kaum abwarten, darüber zu reden. »Wir sind gestern Abend … ausgegangen, sozusagen.«

»Ausgegangen? Wie bei einem Date?« Eiligst zog Jody sich einen Stuhl heran, setzte sich und beugte sich aufgeregt vor. »Wo? Wie? Wann? Einzelheiten, Cyb.«

»Okay. Also …« Cybil drehte sich zu ihrer Freundin um, bis sie fast Gesicht an Gesicht zusammensaßen. »Du weißt doch, dass Mrs. Wolinsky immer versucht, mir ihren Neffen anzudrehen?«

»Nicht schon wieder.« Jody verdrehte die dunklen Augen. »Wieso merkt sie denn nicht, dass ihr beide überhaupt nicht zueinander passt?«

Nur ihre tiefe Zuneigung zu Jody hielt Cybil davon ab, die Freundin darauf hinzuweisen, dass sie mit der gleichen Blindheit geschlagen war, wenn es um die mögliche Kombination Cybil – Frank ging.

»Weil sie ihn liebt. Wie auch immer, gestern Abend hatte sie ein neues Date für mich arrangiert, und ich wollte … ich konnte einfach nicht. Schwör mir erst, dass du es ihr nicht sagen wirst. Niemandem.«

»Nur Chuck.«

»In so einem Fall sind Ehemänner von dem Schweigeschwur ausgeschlossen. Also … ich habe ihr gesagt, ich sei schon verabredet. Mit McQuinn.«

»Du hattest ein Date mit 3B?«

»Nein, das habe ich nur gesagt, weil ich verlegen war und mir nichts anderes einfiel. Du weißt ja, wie ich losplappere, wenn ich lüge.«

»Du solltest üben.« Nickend biss Jody in einen Muffin. »Dann lernst du es schon noch.«

»Vielleicht. Jedenfalls wurde mir schnell klar, dass sie am Fenster stehen wird, um zu beobachten, wie wir gemeinsam das Haus verlassen. Also habe ich mit McQuinn einen Deal ausgehandelt, damit er mitmacht. Ich habe ihm hundert Dollar gegeben und ihn zum Essen eingeladen.«

»Du hast ihn bezahlt?« Jodys Augen wurden erst groß, dann schmal. »Das ist brillant. Wie bist du auf hundert Dollar gekommen? Ist das der … übliche Tarif?«

»Keine Ahnung, aber es schien mir angemessen. Er hat keinen festen Job, und ich dachte mir, er kann das Geld und eine warme Mahlzeit gut gebrauchen. Es war ein netter Abend«, erzählte sie lächelnd. »Gute Spaghetti und ein interessantes Gespräch. Leider ziemlich einseitig, denn McQuinn spricht nicht viel.«

»McQuinn …« Jody ließ den Namen über die Zunge rollen. »Das klingt weiterhin ziemlich rätselhaft. Kennst du inzwischen denn wenigstens seinen Vornamen?«

»Nein, ist irgendwie nicht angesprochen worden. Aber hör zu, es wird noch besser. Wir sind also auf dem Rückweg, und er ist viel lockerer als sonst, fast freundlich. Da sehe ich plötzlich Johnny Wolinskys Wagen vor unserem Haus und gerate in Panik. Ich denke mir, Mrs. Wolinsky hört nur damit auf, mir Johnny aufzudrängen, wenn sie wirklich überzeugt ist, dass ich einen Freund habe. Also biete ich McQuinn fünfzig Dollar dafür, dass er mich küsst.«

Jody krauste die Nase und nahm einen Schluck Kaffee. »Du hättest darauf bestehen sollen, dass das in den hundert mit eingeschlossen ist.«

»Nein, das war nicht vereinbart, und für neue Verhandlungen war keine Zeit. Sie sah aus dem Fenster. Also hat er es getan, direkt auf dem Bürgersteig vor ihrer Wohnung.«

»Wow!« Jody schob sich den Rest ihres Muffins in den Mund. »Und wie hat er es gemacht?«

»Na ja, er hat mich mehr oder weniger … einfach an sich gerissen.«

»Oh Mann. Gerissen … Das klingt aufregend.«

»War es auch. Er ist so groß. Ich musste mich auf die Zehenspitzen stellen.«

Jody leckte sich einen Krümel von der Lippe. »Ja, er ist wirklich groß. Und gebaut ist der …«

»Gebaut, das kannst du wohl laut sagen. Ich meine, er ist ein Schrank von einem Mann.«

»Oh Himmel.« Jody seufzte genießerisch und rieb sich mit einer Handfläche über den Magen. »Wow. Also, du stehst nun da auf Zehenspitzen … Und dann?«

»Dann hat er … mich einfach geküsst. Ohne Vorwarnung.«

»Oh … erst gerissen und dann geküsst. Ohne Vorwarnung.« Jody gestikulierte aufgeregt und verteilte damit Krümel im Zimmer. »Ein klassisches Manöver, das lange nicht jeder Mann beherrscht. Chuck hat bis zu unserem sechsten Date damit gewartet. So kam es dann auch, dass wir schließlich zusammen in meinem Bett saßen und chinesisch gegessen haben.«

»McQuinn brauchte keine Vorlaufzeit. Er hat es auf Anhieb gemacht. Und zwar so richtig. Und dann, als sich alles in meinem Kopf drehte, hat er mich von sich abgehalten und angesehen.«

»Und dann?«

»Und dann … hat er es noch mal gemacht.«

»Ein Doppelschlag.« Mit Tränen der Begeisterung in den Augen griff Jody nach Cybils Hand. »Es gibt Frauen, die in ihrem ganzen Leben keinen Doppelschlag erleben. Sie träumen davon, aber es geschieht kein zweites Mal.«

»Das war mein erstes Mal«, gestand Cybil. »Es war … herrlich!«

»Okay, okay. Und der Kuss, du weißt schon … Wie war er?«

»Unglaublich heiß.«

»Oh, ich muss das Fenster aufmachen. Ich fange an zu schwitzen.« Jody sprang auf, öffnete es und sog die frische Luft ein. »Es war also heiß, sehr heiß. Erzähl weiter.«

»Es war, als würde man … verschlungen. Als würde dein ganzer Körper …« Hilflos hob Cybil die Hände. »In deinem Kopf dreht sich alles wie wild, und du meinst zu schweben und … Ich weiß nicht, wie ich es beschreiben soll.«

»Du musst.« Jody stellte sich dicht vor Cybil und fasste sie bei den Schultern. »Ich platze sonst noch vor Aufregung. Auf einer Punkteskala von eins bis zehn – wie hoch?«

Cybil schloss die Augen. »Dafür gibt es keine Skala.«

»Es gibt immer eine Skala. Du kannst sagen, dass es über die Messlatte hinausgeschossen ist, aber es gibt trotzdem immer eine.«

»Nein, Jody, in diesem Fall ist eine solche Skala nicht anwendbar.«

Jody trat einen Schritt zurück und musterte Cybil scharf. »Dass es angeblich keine Skala geben soll, ist ein Märchen der Großstadt.« Sie stemmte die Hände in die Hüften. »Und dass es Küsse gibt, die nicht zu messen sind, ist ein romantisches Gerücht.«

»Es gibt sie«, beharrte Cybil sachlich. »Glaub mir, Jody, es gibt sie. Ich bin der lebende Beweis.«

»Du meine Güte! Ich muss mich hinsetzen.« Jody ließ ihren Worten Taten folgen und fiel auf einen Stuhl, ohne den Blick von Cybil zu wenden. »Du hast es wirklich erlebt. Ich glaube dir, Cyb. Tausende würden dir nicht glauben. Millionen würden dich nur mit einem verächtlichen Blick bedenken, aber ich glaube dir, Cyb.«

»Ich wusste, dass ich mich auf dich verlassen kann.«

»Du weißt, was das bedeutet, oder? Er hat dich für immer verdorben. Ab jetzt wird selbst eine Zehn dir nicht mehr reichen. Du wirst immer auf den nicht zu messenden Kuss warten.«

»Daran habe ich auch schon gedacht.« Cybil tippte mit einem Bleistift auf die Tischplatte. »Ich glaube aber, man kann ein durchaus glückliches Leben führen und sich mit Küssen zwischen, sagen wir, sieben und zehn begnügen, selbst nach dieser Erfahrung. Die Menschen fliegen ja auch zum Mond, kehren aber immer wieder auf die Erde zurück.«

»Sehr vernünftig«, murmelte Jody gerührt und den Tränen nahe. »Und so tapfer.«

»Danke. Aber bis dahin«, bemerkte Cybil lächelnd, »kann es nicht schaden, hin und wieder an die Tür gegenüber zu klopfen.«

Um nicht übereifrig zu erscheinen, widmete Cybil den ganzen nächsten Morgen ihrer Arbeit. Erst gegen zwei dachte sie an eine kleine Pause. Vielleicht würde ihr Nachbar ja auch gern eine Tasse Kaffee trinken, oder er hatte Lust auf einen kleinen Spaziergang an diesem sonnigen Apriltag.

Er musste wirklich öfter mal aus dieser Wohnung raus und an die frische Luft. Ausnutzen, was diese Stadt zu bieten hatte. Cybil konnte sich vorstellen, wie er hinter seiner verschlossenen Tür saß und sich sorgte, wie er einen Job finden und die Rechnungen zahlen sollte.

Sie war sicher, dass sie ihm da helfen konnte. Sie sah keinen Grund, warum sie nicht ein paar Leuten von ihm erzählen sollte, die ihm vielleicht den einen oder anderen Gig verschaffen würden.

Während sie in ihrem Schlafzimmer stand und sich Gedanken darüber machte, was sie anziehen sollte, hörte sie die Töne des Saxofons erklingen. Das tiefe, sinnliche Pulsieren des Instruments ließ ihre Haut prickeln.

Er brauchte eine Pause, mal etwas anderes, das diesen zynischen Ausdruck aus seinen Augen vertreiben würde. Damit er erkannte, dass das Leben voller großartiger Überraschungen war. Sie wollte ihm dabei helfen, diese unterschwellige Enttäuschung, die sein ganzes Sein auszufüllen schien, wettzumachen.

Immerhin hatte sie ihn zum Lachen gebracht, dazu, dass er sich entspannte. Und wenn es ihr einmal gelungen war, dann konnte sie es auch wieder schaffen. Sie sehnte sich danach, ihn wieder lachen zu sehen, wollte dieses Grinsen aufblitzen sehen, wenn es ihr gelang, durch seinen zynischen Schutzschild zu dringen.

Und wenn sich dabei ein bisschen Erotik entwickelte – warum nicht!

Sie war auf der Treppe nach unten und summte fröhlich vor sich hin, als der Summer an ihrer Sprechanlage sich meldete.

»Ja?«

»Ich möchte zu McQuinn, 3A.«

»McQuinn wohnt in 3B.«

»Auch gut. Warum macht er nicht auf?«

»Vermutlich hört er Sie nicht. Er übt.«

»Lassen Sie mich herein, Herzchen, ja? Ich bin seine Agentin und hab's eilig.«

Seine Agentin. Cybil war begeistert. Wenn McQuinn eine Agentin hatte, dann musste sie sie unbedingt kennenlernen. Sie hatte schon ein halbes Dutzend Namen im Kopf, Leute, bei denen er sich um einen neuen Job bewerben konnte. »Sicher. Kommen Sie herauf.«

Sie ließ die Agentin ins Haus, öffnete ihre Wohnungstür und wartete.

Die Frau, die in einem eleganten roten Kostüm aus dem selten benutzten Fahrstuhl trat, sah sehr professionell und sehr erfolgreich aus, wie Cybil erstaunt feststellte. Sie war schlank und drahtig, mit einem unverwechselbaren Gesicht, verärgert blitzenden blauen Augen und einer geradezu unglaublichen blonden Mähne.

Der lederne Aktenkoffer in ihrer rechten Hand musste in etwa so viel gekostet haben, wie man für ein Apartment in Manhattan monatlich an Miete zahlte.

Warum war McQuinn arbeitslos, wenn seine Agentin sich ein solches Outfit leisten konnte?

»3A?«

»Ja. Ich bin Cybil.«

»Amanda Dresher. Danke, Cybil. Unser Junge geht nicht ans Telefon und hat offenbar vergessen, dass wir um eins im ›Four Seasons‹ verabredet waren.«

»Im ›Four Seasons‹?« Verblüfft starrte Cybil die Frau an. »An der Park Avenue?«

»Gibt es noch ein Hotel, das so heißt?« Lachend hielt Mandy den Summer von 3B gedrückt, denn sie kannte ihren Schützling. »Preston ist mein größtes Talent, aber er kann verdammt schwierig sein.«

»Preston«, wiederholte Cybil und brauchte fast eine Minute, ehe sie begriff. »Preston McQuinn. Der Schriftsteller.« Sie stieß zitternd den Atem aus, Ausdruck einer Mischung aus tiefster Beschämung und dem Gefühl, verraten worden zu sein. »Er hat ›Verstrickungen der Seelen‹ geschrieben.«

»Genau der«, bestätigte Mandy lächelnd. »Komm schon, McQuinn, mach auf! Ich hatte gehofft, wenn er ein paar Monate in der Stadt ist, könnte ich besser an ihn herankommen. Aber es ist immer noch ein wahres Hindernisrennen. Der Bursche raubt mir den letzten Nerv. Na endlich …«

Heftiger als nötig wurde der Schlüssel im Schloss gedreht, dann die Tür aufgerissen. »Was zum Teufel … Mandy?«

»Wir waren zum Lunch verabredet«, fauchte die Agentin. »Und warum gehst du nicht ans Telefon?«

»Die Verabredung habe ich vergessen, und mein Handy hat nicht geläutet.«

»Wieder mal den Akku nicht aufgeladen?«

»Wahrscheinlich nicht.« Er sah zu Cybil hinüber, die ihn aus großen Augen in einem blassen Gesicht anstarrte. »Komm herein. Gib mir eine Minute.«

»Ich habe dir schon eine Stunde gegeben.« Mandy warf einen Blick über die Schulter. »Danke, dass Sie mich hereingelassen haben, Süße.«

»Kein Problem.« Dann sah Cybil Preston geradewegs in die Augen. »Du Schuft«, sagte sie leise und schloss ihre Wohnungstür.

»Gibt es hier keine Sitzgelegenheit?«, beschwerte Mandy sich hinter ihm.

»Nein. Doch. Oben. Verdammt«, murmelte er und wehrte sich gegen den Anflug seines schlechten Gewissens. Mit einem Achselzucken tat er es ab und warf die Tür zu. »Hier unten bin ich nicht oft.«

»Im Ernst? Wer ist die Kleine von gegenüber?«, fragte seine Agentin und stellte den Aktenkoffer auf den Küchentresen.

»Niemand. Campbell. Cybil Campbell.«

»Sie kam mir gleich bekannt vor. Sie zeichnet ›Freunde und Nachbarn‹, nicht wahr? Ich kenne ihren Agenten. Er ist ganz vernarrt in sie. Behauptet, sie sei die einzige Klientin ohne Komplexe und Neurosen, die er jemals hatte. Jammert nicht, hält immer ihre Termine, muss nicht getröstet werden und bringt ihm im Moment eine Menge Geld ein mit Sammelbänden und Kalendern und allem möglichen anderen Marketingkram.«

Sie warf Preston einen wehmütigen Blick zu. »Ich würde zu gern wissen, wie es ist, einen neurosefreien Klienten zu haben, der sich Verabredungen merkt und mir etwas zum Geburtstag schenkt.«

»Die Neurosen gehören dazu, aber das mit unserem Lunch tut mir wirklich leid.«

Ihre Verärgerung ging in Besorgnis über. »Was ist los, Preston? Du siehst völlig fertig aus. Schreibblockade?«

»Nein. Das Stück wächst. Besser, als ich erwartet hätte. Ich habe einfach nur zu wenig Schlaf bekommen.«

»Weil du die Nächte über auf der Bühne stehst und spielst?«

»Nein.« Weil er immerzu an die Frau aus 3A denken musste. Weil er rastlos hin und her ging. Weil er die Frau aus 3A begehrte. Die Frau, die ihn spätestens jetzt für eine noch niedrigere Daseinsform als Schleim hielt. »Nur eine schlechte Nacht, Mandy.«

»Okay.« Da sein Verhalten und sein Aussehen sie zutiefst irritierten, sorgte sie sich um ihn. Sie ging zu ihm und massierte ihm kurz die verspannten Schultern. »Aber du bist mir ein Mittagessen schuldig. Wie wäre es mit einem Kaffee?«

»Auf dem Herd. Heute Morgen um sechs war er frisch.«

»Ich koche neuen.« Sie füllte die Kaffeemaschine, schaltete sie ein und schaute in die Schränke. Prestons Wohlergehen lag ihr am Herzen. »Himmel, McQuinn, machst du einen Hungerstreik? Hier drin sind nur Krümel von Kartoffelchips und etwas, das mal Brot gewesen sein muss und mittlerweile ein Eigenleben entwickelt hat.«

»Ich bin gestern nicht zum Einkaufen gekommen.« Sein Blick wanderte zur Wohnungstür, seine Gedanken zu Cybil. »Meistens bestelle ich mir etwas.«

»Mit dem Handy, das nicht funktioniert?«

»Ich werde es aufladen, Mandy.«

»Tu das. Hätte es funktioniert, würden wir jetzt im ›Four Seasons‹ sitzen und mit Champagner feiern.« Lächelnd beugte sie sich über den Tresen. »Ich habe es geschafft, Preston. Der Vertrag ist unter Dach und Fach. ›Verstrickungen der Seelen‹ wird eine der großen Hollywood-Produktionen werden. Du bekommst den Produzenten und den Regisseur, den du wolltest, und die Option, das Drehbuch selbst zu schreiben. All das und ein nettes kleines Honorar, das nicht zu verachten ist.«

Sie nannte ihm eine siebenstellige Summe.

»Ich will nicht, dass sie es verhunzen«, war Prestons einzige Reaktion.

»Typisch.« Mandy seufzte. »Wenn es ein Haar in der Suppe gibt, findest du es. Dann schreib das Drehbuch.«

»Nein.« Kopfschüttelnd trat er ans Fenster, um die Nachricht zu verdauen. Ein Film konnte nie so intim und atmosphärisch dicht wie ein Theaterstück sein, aber er würde seine

Arbeit Millionen von Menschen nahebringen. Und es war seine Arbeit, die zählte.

»Ich will nicht wieder nach Hollywood, Mandy. Ich will mich nicht mehr so tief darin verstricken. Nicht als Autor.«

Sie goss Kaffee in zwei Becher und brachte sie mit ans Fenster. »Dann als Berater.«

»Na schön. Mach das fest, ja?«

»Gut, lässt sich machen. So, und wenn du jetzt aufhörst, vor Freude durch die Wohnung zu tanzen, können wir vielleicht über dein nächstes Stück reden.«

Immerhin drang ihr trockener Ton bis zu ihm durch, seine Mundwinkel zuckten sogar. Er setzte seine Kaffeetasse auf der Fensterbank ab, drehte sich zu ihr um und nahm ihr hageres Gesicht zwischen die Hände. »Mandy, du bist die beste und mit Sicherheit auch die geduldigste Agentin in der ganzen Branche.«

»Da hast du recht. Ich hoffe, du bist so stolz auf dich wie ich. Willst du deine Familie nicht anrufen?«

»In ein paar Tagen. Ich muss das erst einmal verdauen.«

»Es wird bald überall Schlagzeilen machen. Du willst doch nicht, dass sie es aus den Medien erfahren?«

»Nein. Du hast recht.« Endlich lächelte er. »Ich rufe sie an, sobald ich das Handy aufgeladen habe. Weißt du was? Ich lade dich jetzt zum Champagner ein.«

»Gute Idee. Ach, eins noch«, fügte sie hinzu, als er schon auf der Treppe war. »Die hübsche Miss 3A. Erzählst du mir, was zwischen euch beiden läuft?«

»Ich weiß nicht, ob es da etwas zu erzählen gibt«, murmelte er.

Preston wusste es noch immer nicht, als er später am Abend an Cybils Tür klopfte. Aber er hatte gewusst, dass eine Entschuldigung fällig war, als er den Ausdruck in ihren Augen gesehen hatte.

Wobei ... eigentlich hätte es sie ja von Anfang an nichts angehen sollen. Er hatte sie nicht darum gebeten, in seinem Leben herumzuschnüffeln. Im Gegenteil, er hatte sogar alles getan, um sie davon abzuhalten.

Bis gestern Abend, dachte er und stieß zischend den Atem aus.

Miserables Urteilsvermögen. Seinerseits. Er hätte seinem Impuls nicht nachgeben und ihr Spiel nicht mitmachen dürfen. Und er hatte den Fehler auch noch potenziert, weil er Spaß dabei gehabt hatte.

Und sie geküsst hatte.

Was er nicht getan hätte, schloss er in Gedanken den Kreis, wenn sie ihn nicht darum gebeten hätte.

Als Cybil die Tür aufzog, hatte er seine Entschuldigung parat.

»Hör zu, es tut mir leid«, begann er ungeduldig. »Aber es ging dich nun mal nichts an. Das sollten wir vorab klarstellen.«

Er wollte eintreten, hielt aber mitten in der Bewegung inne, als sie eine Hand an seine Brust legte. »Ich will dich nicht in meiner Wohnung haben.«

»He, du hast diese ganze Sache angefangen. Nun gut, es war meine Schuld, dass sie ein wenig außer Kontrolle geraten ist, aber ...«

»Was habe ich angefangen?«

»Alles«, knurrte er und ärgerte sich darüber, dass ihm plötzlich die Worte ausgegangen waren. Hasste diesen Ausdruck in ihren Augen, als hätte er sie getreten.

»Okay. Vielleicht habe ich damit angefangen. Ich hätte dir eben keine Kekse bringen dürfen. Das war hinterhältig von mir. Ich hätte mir keine Sorgen machen dürfen, weil ich dachte, du hättest keinen Job. Ich hätte dir keine warme Mahlzeit spendieren dürfen, weil ich dachte, du könntest sie dir nicht leisten.«

»Verflucht, Cybil.«

»Du hast mich glauben lassen, du seist ein mittel- und arbeitsloser Musiker, und hast dich wahrscheinlich köstlich über mich amüsiert. Der brillante, mit Auszeichnungen überhäufte Schriftsteller Preston McQuinn, Autor der überwältigenden, tief aufwühlenden ›Verstrickungen der Seelen‹. Ich wette, du hast dich gewundert, dass ich deine Arbeit überhaupt kenne. Ich, das unbedarfte, flatterhafte kleine Ding aus 3A.«

Sie schob ihn einen Schritt zurück. »Jemand, der Comicstrips zeichnet, kann sich doch unmöglich mit wahrer Kunst auskennen, nicht wahr? Mit ernstem Theater, mit anspruchsvoller Literatur. Und warum hättest du dich da auch nicht königlich über mich amüsieren sollen? Du aufgeblasener, engstirniger, arroganter Kerl.« Ihre Stimme drohte zu versagen, auch wenn sie sich schwor, es nicht zuzulassen. »Dabei wollte ich dir nur helfen.«

»Ich habe dich nicht um deine Hilfe gebeten.« Er sah, dass sie den Tränen nahe war, und je näher sie dem Weinen kam, desto wütender wurde er. Er wusste genau, Frauen setzten Tränen ein, um einen Mann zu zerstören. Bei ihm würde ihr das nicht gelingen. »Meine Arbeit geht nur mich etwas an.«

»Deine Arbeit wird am Broadway gespielt. Damit geht sie alle an«, schoss sie zurück. »Und außerdem hat das nichts damit zu tun, dass du vorgegeben hast, ein Saxofonspieler zu sein.«

»Ich spiele Saxofon, weil es mir verdammt noch mal gefällt, Saxofon zu spielen! Ich habe überhaupt nichts vorgegeben. Du hast es einfach unterstellt.«

»Und du hast nichts getan, um das zu berichtigen.«

»Und selbst wenn. Ich bin in diese Wohnung gezogen, weil ich meine Ruhe haben und allein sein wollte. Und was passiert? Erst bringst du mir Kekse, dann verfolgst du mich, und dann muss ich die halbe Nacht auf einem Polizeirevier verbringen. Danach muss ich mit dir ausgehen, weil du zu feige bist, einer siebzig Jahre alten Frau zu sagen, dass sie ihre Nase gefälligst aus deinem Leben heraushalten soll. Und als krönenden Höhepunkt bietest du mir fünfzig Dollar dafür, dass ich dich küsse.«

Erniedrigung und Scham ließ die erste Träne über ihre Wange rollen, und in ihm zog sich etwas zusammen. »Hör auf«, sagte er barsch. »Fang nicht damit an.«

»Ich soll nicht weinen, wenn du mich erniedrigst? Wenn du mich dazu bringst, mich zu schämen und mir lächerlich vorzukommen?« Sie wischte die Tränen nicht fort, sondern sah ihn mit feuchten Augen an. »Tut mir leid, aber ich weine nun mal, wenn man mir wehtut.«

»Das hast du dir selbst eingebrockt.« Er musste das sagen, weil er es glauben wollte. Verzweifelt trat er die Flucht an und ging zu seiner eigenen Wohnungstür.

»Du hast die Fakten aufgezählt, Preston«, sagte sie leise. »Schön ordentlich in perfekter Reihenfolge. Aber die Gefühle dahinter sind dir völlig entgangen. Ich habe dir Kekse gebracht, weil ich glaubte, du könntest einen Freund gebrauchen. Dafür, dass ich dir gefolgt bin, habe ich mich bereits entschuldigt, aber ich entschuldige mich gern noch einmal dafür.«

»Ich will keine …«

»Ich bin noch nicht fertig«, sagte sie mit so leiser Würde, dass ihn die nächste Welle Schuldgefühl übermannte. »Ich habe dich zum Essen eingeladen, weil ich einer sehr netten alten Lady nicht wehtun wollte und weil ich dachte, du wärest hungrig. Es war für mich ein schöner Abend, und ich habe etwas gefühlt, als du mich küsstest. Und ich dachte, du hättest auch etwas dabei gefühlt. Also hast du recht.« Sie nickte kühl, auch wenn sich die nächste Träne aus ihrem Auge stahl. »Ich habe es mir selbst eingebrockt. Ich nehme an, du sparst dir sämtliche Gefühle für deine Arbeit auf und findest keinen Weg, sie in dein Leben zu lassen. Das tut mir leid für dich. Und es tut mir auch leid, dass ich offensichtlich verbotenes Gebiet betreten habe. Ich werde dich nicht wieder belästigen.«

Bevor ihm eine Antwort einfiel, verschwand sie in ihrer Wohnung und schloss die Tür zu. Er hörte, wie Schlüssel und Riegel einrasteten. Nach kurzem Zögern drehte er sich um, ging in seine eigene Wohnung und folgte ihrem Beispiel, indem er abschloss.

Jetzt hatte er, was er wollte. Ruhe. Einsamkeit. Sie würde nicht wieder an seine Tür klopfen und seine Gedanken stören, ihm keine unsinnigen Gespräche aufzwingen und ihn nicht ablenken. Und keine Gefühle in ihm wecken, mit denen er nicht umgehen konnte.

Erschöpft und angewidert von sich selbst stand er da und starrte in sein leeres Zimmer.

5. Kapitel

Preston fand kaum Schlaf, und wenn, dann träumte er von Cybil. In seinen Träumen fand er sich in enger Umarmung mit ihr, eingezwängt in eine Ecke, mit dem Rücken zur Wand, am Rande eines Abgrunds.

Immer war sie es, die ihn dorthin manövriert hatte – in eine Situation, in der er nur in eine Richtung gehen konnte: auf sie zu.

Wenn er das dann tat, wurden die Träume so maßlos erotisch, dass, wenn er sich endlich daraus herausreißen konnte, unendlich wütend war und den Geschmack ihrer Lippen auf seinem Mund spürte.

Er hatte keinen Hunger mehr, stocherte lustlos in seinem Essen, wenn er sich überhaupt etwas machte. Nichts schmeckte ihm, alles erinnerte ihn an das einfache Mahl, das sie vor ein paar Abenden zusammen eingenommen hatten.

Er lebte von Kaffee, trank Unmengen davon, bis seine Hände vor Nervosität zitterten und sein Magen mit Sodbrennen protestierte.

Aber er konnte zumindest arbeiten. Es schien, als würde er sich immer besser in eine Story, in die Gefühle seiner Charaktere hineinversetzen können, wenn seine eigenen Gefühle sich in Aufruhr befanden. Es war geradezu schmerzhaft, diese Gefühle aus seinem eigenen Herzen herausfließen zu lassen und zusehen zu müssen, wie die Figuren, die er geschaffen hatte, sie gierig verschlangen. Trotzdem brauchte er diesen Austausch, lebte dabei seltsamerweise auf.

Ihm fiel ein, was Cybil ihm vorgeworfen hatte, bevor sie ihre Tür verschloss. Dass er seine Gefühle in der Arbeit verausgabte und sie nicht in sein Leben ließ.

Sie hatte recht damit, und so war es auch besser. Es gab nur wenige Menschen, denen er genug vertraute, um ihnen seine Gefühle zu offenbaren. Seine Eltern, seine Schwester ... auch wenn sein Bedürfnis, ihre Erwartungen zu erfüllen, häufig ein zweischneidiges Schwert war.

Dann waren da noch Delta und André, die wenigen echten Freunde, die er sich erlaubte und die nicht mehr von ihm erwarteten als er von sich selbst.

Mandy, die ihn antrieb, wenn er es brauchte, ihm zuhörte, wenn er etwas loswerden musste, und die sich um ihn kümmerte, selbst wenn er unfreundlich und barsch war.

Er brauchte keine Frau, die sich in sein Herz einschlich. Nicht noch einmal. Er hatte seine Lektion gelernt. So gründlich, dass alle potenziellen Anwärterinnen nach Pamela keine Chance mehr hatten, in dieses verletzliche Gebiet vorzustoßen.

Pamela hatte ihn geheilt, endgültig. Mit ihren Lügen, ihrem Betrug. Im zarten Alter von fünfundzwanzig konnte ein Mann sehr viel lernen, was ihm sein ganzes Leben lang nutzen würde. Da er aufgehört hatte, an die Liebe zu glauben, hatte er auch nie wieder danach gesucht.

Trotzdem konnte er nicht aufhören, an Cybil zu denken.

In den letzten drei Tagen hatte er sie öfter ausgehen sehen. Und er war mehr als einmal abgelenkt gewesen durch das Lachen und die Musik, die aus ihrer Wohnung gedrungen waren.

Sie litt ganz offensichtlich nicht. Also warum litt er dann?

Schuld. Das war es. Er hatte sie verletzt, was weder nötig noch Absicht gewesen war. Er war von ihr bezaubert gewesen, zögernd nur, aber unbestreitbar bezaubert. Er hatte ihr nicht das Gefühl geben wollen, dass er sich über sie lustig machte.

Also hatten Tränen immer noch eine Wirkung auf ihn, obwohl er ganz genau wusste, wie falsch und kalkulierend sie sein konnten.

Doch auf Cybils Wange hatten sie weder falsch noch kalkulierend ausgesehen, erinnerte er sich jetzt. Sondern so natürlich wie Regen.

Er würde das Problem – sein Problem – nicht lösen können, bevor er diese Sache mit ihr ins Reine brachte. Seine Entschuldigung war nicht gerade die beste gewesen, das konnte er sich ruhig eingestehen. Also würde er sich erneut entschuldigen, jetzt, nachdem sie etwas Zeit gehabt hatte, ihre Gefühle, mit denen sie so offen umging, wieder unter Kontrolle zu bekommen.

Schließlich gab es keinen Grund, warum sie Feinde sein sollten. Sie war die Enkeltochter eines Mannes, den er bewunderte und respektierte. Daniel MacGregor würde dieses Kompliment wohl kaum erwidern, wenn er erfuhr, dass Preston McQuinn sein geliebtes kleines Mädchen zum Weinen gebracht hatte.

Und Preston wurde klar, dass ihm Daniel MacGregors Meinung von ihm wichtig war.

Und auch, meldete sich eine lästige kleine Stimme in seinem Kopf, was Cybil über ihn dachte.

Das waren die Gründe, warum er unruhig in dem leeren Wohnzimmer auf und ab tigerte, anstatt zu arbeiten. Er hatte sie ihre Wohnung verlassen hören, war aber nicht schnell genug nach unten gekommen, um sie abzufangen.

Nun, er konnte warten. Irgendwann musste sie ja wieder zurückkommen. Und dann würde er ihr gegenübertreten und ihr eine zivilisierte Entschuldigung anbieten. Diese Frau hatte ja ganz augenscheinlich ein weiches Herz. Sie würde ihm sicherlich vergeben. Und dann konnten sie endlich wieder normale Nachbarn sein.

Da blieb allerdings noch die Sache mit den hundert Dollar. Erst hatte es ihn amüsiert, jetzt kam er sich schäbig vor.

Bestimmt war sie inzwischen in der Lage, über die ganze Sache zu lachen. Eine Frau mit einem so sonnigen Gemüt konnte ihm nicht ewig böse sein.

Er wäre überrascht gewesen, wenn er gesehen hätte, mit welch böser und finsterer Miene Cybil in diesem Moment im Fahrstuhl nach oben fuhr.

Es ärgerte sie zutiefst, dass sie an der Tür von diesem Mc-Quinn vorbeimusste, um zu ihrer eigenen zu gelangen. Was wiederum diesen Ärger nur noch verstärkte, weil sie dann automatisch daran denken musste, wie dumm sie gewesen war – und welche Närrin er aus ihr gemacht hatte.

Sie verlagerte das Gewicht der beiden Einkaufstüten, die sie trug, um den Schlüssel aus ihrer Tasche zu kramen. Sie hatte keine Lust, auch nur eine Sekunde länger als nötig im Hausflur herumzustehen.

Der Lift erreichte mit dem typischen dumpfen Laut das Stockwerk. Cybil suchte noch immer nach dem Schlüssel, als sie den Fahrstuhl verließ.

Sie biss die Zähne zusammen, und ihr Blick wurde frostig, als sie ihren Nachbarn sah.

»Cybil.« Noch nie hatte er ihre Augen so eiskalt glitzern sehen, und das brachte ihn aus der Fassung. »Äh, lass mich dir die Tüten abnehmen.«

»Nicht nötig, danke.« Hoffentlich tauchten diese verdammten Schlüssel bald auf.

»Doch, das ist es, wenn du weiter in deiner Handtasche wühlst.« Er versuchte es mit einem Lächeln, das jedoch sofort wieder verschwand, als er nach einer ihrer Tüten griff, Cybil aber nicht losließ, und sie dann beide an der Tüte zerrten. Schließlich entriss er sie ihr einfach. »Verdammt noch mal, ich habe mich doch entschuldigt. Wie oft soll ich das denn noch sagen? Was muss ich denn sonst noch tun, damit du dich wieder beruhigst?«

»Fahr zur Hölle!«, fauchte sie. »Wie oft muss ich das noch sagen?«

Endlich fand sie den Schlüssel und steckte ihn ins Schloss. »Gib mir die Tüte wieder.«

»Ich trage sie dir hinein.«

»Ich sagte, gib mir die verdammte Tüte.« Er tat es nicht, und wieder zerrten sie beide daran. »Dann behalt sie von mir aus.«

Sie stieß die Tür auf, doch bevor sie sie ihm vor der Nase zuschlagen konnte, hatte er sich in ihre Wohnung gedrängt. Ihre Blicke trafen sich, und er war sicher, in Cybils Augen das Aufglitzern von Gewaltbereitschaft erkennen zu können.

»Denk nicht einmal daran«, warnte er. »Ich bin kein unterernährter Straßenräuber.«

Zwar glaubte sie, ihm durchaus ein paar blaue Flecken zufügen zu können, aber dann würde er sich nur noch wichtiger vorkommen. Also drehte sie sich nur auf dem Absatz ihrer pinkfarbenen Wildlederturnschuhe um, marschierte in die Küche und stellte ihre Tüte auf den Tresen. Er folgte ihr und stellte seine dazu.

»Danke für die Lieferung. Willst du ein Trinkgeld?«

»Sehr komisch. Wo wir gerade von Geld reden …« Er holte die Hundertdollarnote, die sie ihm gegeben hatte, aus seiner Hosentasche. »Hier.«

Sie warf nur einen gleichgültigen kurzen Blick auf den Schein. »Das nehme ich nicht zurück. Du hast es dir verdient.«

»Ich behalte dein Geld nicht. Nicht nach diesem schlechten Scherz.«

»Schlechter Scherz!« Das Eis in ihren Augen verwandelte sich in lodernde Flammen. »Das war es also für dich, ja? Haha!

Und da wir gerade von Geld reden …«, imitierte sie ihn, »ich schulde dir noch fünfzig Dollar mehr, nicht wahr?«

Das saß. Preston biss die Zähne zusammen, als sie in ihrer Handtasche nach dem Portemonnaie suchte. »Übertreib es nicht, Cybil. Nimm das verdammte Geld zurück.«

»Nein.«

»Nimm es.« Er packte ihren Arm und drückte ihr den Schein in die Hand. »Und jetzt …« Abrupt brach er ab, als sie die Banknote genüsslich in winzige Schnipsel zerriss.

»So, das Problem wäre gelöst«, meinte sie gelassen.

Er holte tief Luft, in der Hoffnung, seine Beherrschung wahren zu können. »Das war unglaublich dumm von dir.«

»Findest du? Nun, das passt ja dann ins Bild, nicht wahr? Ich wollte dich nicht enttäuschen. Du kannst jetzt gehen.«

Ihre Stimme klang plötzlich wie die einer Königin, die einen Lakaien entließ.

Er blinzelte verdattert. »Sehr gut, wirklich sehr wirkungsvoll«, murmelte er. »Dieser hoheitsvolle Ton ist in dieser Situation so völlig unerwartet.«

Ihre nächste Bemerkung, in dem gleichen Ton hervorgebracht, war zwar ebenso unerwartet, aber keineswegs damenhaft.

»Das funktioniert auch«, gestand er ihr zu. »Dabei bin ich sicher, dass das kein Kompliment war.«

Sie drehte sich einfach um, marschierte um den Tresen herum und begann, ihre Einkäufe zu verstauen. Wenn Beleidigungen nicht die gewünschte Wirkung zeigten, würde er vielleicht verschwinden, wenn sie ihn ignorierte.

Es hätte funktioniert, wenn er nicht bemerkt hätte, dass ihre Finger zitterten, als sie eine Schachtel auf ein Regal schob. Sofort verschwanden all seine Wut und Empörung. Zurück blieb nur das schlechte Gewissen.

»Cybil, es tut mir leid.« Er beobachtete, wie sie zögerte, bevor sie eine Dosensuppe aus einer der Tüten nahm. »Die ganze Sache hat ein Eigenleben entwickelt, und ich habe es nicht verhindert. Das hätte ich aber tun sollen.«

»Du hättest mich nicht anzulügen brauchen. Ich hätte dich in Ruhe gelassen.«

»Ich habe nicht gelogen … oder habe es zumindest nie absichtlich vorgehabt. Aber ich habe zugelassen, dass du etwas Falsches glaubtest. Ich möchte nur ungestört arbeiten. Ich brauche Ruhe, unbedingt.«

»Ich hindere dich nicht daran. Wer hat sich denn gerade in eine fremde Wohnung gedrängt?«

Preston schob die Hände in die Hosentaschen, nahm sie wieder heraus und legte sie auf den Tresen. »Ich habe dich verletzt. Und es wäre nicht nötig gewesen. Das tut mir leid.«

Sie schloss die Augen, als sie spürte, wie der Eispanzer, den sie um ihr Herz gelegt hatte, zu schmelzen begann. »Warum hast du es dann getan?«

»Weil ich dafür sorgen wollte, dass du auf deiner Seite des Flurs bleibst. Weil ich dich attraktiver fand, als mir lieb war. Und weil ein Teil von mir es amüsant fand, dass du mir unbedingt zu einer Arbeit verhelfen wolltest.«

Er sah, wie sie die Schultern straffte, und merkte, dass er ins nächste Fettnäpfchen getreten war. »So habe ich es nicht gemeint. Cybil, du hast mir hundert Dollar geboten, damit ich mit dir essen gehe. Wie sollte ich das nicht amüsant finden? Hundert Dollar, weil du eine alte Frau nicht verletzen und einem arbeitslosen Musiker eine heiße Mahlzeit spendieren wolltest. Das war … süß. Glaub mir, das ist ein Wort, das mir nicht so leicht über die Lippen kommt.«

»Es ist erniedrigend«, flüsterte sie und begann, die zweite Tüte zu leeren.

»So solltest du es nicht sehen.« Er wagte es, um den Tresen herumzugehen und sich neben sie zu stellen. »Es ist nur schiefgegangen, weil das Timing falsch war, und das ist meine Schuld. Ich hätte dir bei dem Essen sagen sollen, wer ich bin, dann hättest du darüber gelacht. Stattdessen habe ich dich zum Weinen gebracht, und das halte ich nicht aus.«

Sie verharrte regungslos und starrte in den Kühlschrank. Sie hätte nicht gedacht, dass ihm die ganze Sache überhaupt etwas ausmachte. Doch es ging ihm zu Herzen. Und gegen ein bedrücktes Herz kam sie einfach nicht an.

Mit einem tiefen Atemzug beschloss sie, dass sie wohl noch mal von vorn anfangen sollten. Eine lockere Freundschaft, mehr nicht. »Möchtest du ein Bier?«

Schlagartig entspannten sich seine schmerzenden Schultern. »Gern.«

»Habe ich mir gedacht.« Sie holte eine Flasche heraus, machte sie auf und griff nach einem Glas. »So viel hast du noch nie geredet, seit ich dich kenne.« Sie gab ihm das volle Glas. »Du musst ja jetzt einen völlig trockenen Mund haben.«

»Danke.«

Das Grübchen an ihrem Mund war wieder da, als sie lächelte. »Aber die Kekse sind alle.«

»Du könntest welche backen.«

»Vielleicht.« Sie wandte sich wieder den Lebensmitteln zu. »Aber eigentlich hatte ich vor, einen Kuchen zu backen.«

Ja, dachte er, sie ist wirklich attraktiver, als mir lieb ist. Cybil trug ein viel zu großes Männerhemd, schlicht weiß, Leggings, so blau wie der Sommerhimmel, und diese unmöglichen Schuhe.

Da sie nur zum Einkaufen gegangen war, bezweifelte er, dass sie dieses erregende Parfüm aufgelegt hatte, um irgendjemanden zu beeindrucken, sondern nur für sich selbst. Aus keinem anderen Grund trug sie wahrscheinlich auch an einem Ohr zwei große goldene Kreolen und am anderen einen winzigen Brillantstecker.

Doch alles zusammen ergab eine faszinierende Kombination.

Als sie sich wieder zu der Einkaufstüte umdrehte, fasste er nach ihrem Handgelenk. »Sind wir quitt?«

»Sieht so aus.«

»Dann ist da noch etwas.« Er stellte das Bier ab. »Ich träume von dir.«

Diesmal war es ihr Mund, der schlagartig trocken wurde. Und in ihrem Magen flatterten Tausende von Schmetterlingen los. »Was?«

»Ich träume von dir«, wiederholte er und trat auf sie zu, bis sie mit dem Rücken am Kühlschrank stand. Jetzt steht sie mit dem Rücken zur Wand, schoss ihm durch den Kopf. »Davon, wie ich mit dir zusammen bin, wie ich dich berühre.« Mit den Fingerspitzen strich er ganz sacht über ihre Brüste. »Und wenn ich morgens aufwache, habe ich deinen Geschmack auf den Lippen.«

»Oh.«

»Du hast gesagt, dass du etwas gefühlt hast, als ich dich küsste. Und du dachtest, ich hätte es auch.« Ohne den Blick von ihrem Gesicht zu wenden, ließ er die Hände zu ihren Hüften hinabwandern. »Du hattest recht.«

Ihre Knie wurden weich. Sie schluckte. »Hatte ich?«

»Ja. Und ich möchte es wieder fühlen.«

Sie wich zurück, als er sich vorbeugte. »Warte!«

Er hielt ganz dicht vor ihrem Mund inne. »Warum?«

Jeder klare Gedanke hatte sich verflüchtigt. »Ich weiß nicht.«

Er verzog die Lippen zu einem seiner seltenen Lächeln. »Wenn es dir wieder einfällt, kannst du mich ja aufhalten«, schlug er vor, und dann küsste er sie.

Es war genauso wie vor Mrs. Wolinskys Fenster. Dabei war sie überzeugt gewesen, dass es nicht so sein würde, nicht so sein konnte. Nicht so berauschend, so allumfassend. Aber alles in ihr schien nur darauf gewartet zu haben. Jody hat recht, dachte sie noch, er hat mich auf ewig verdorben.

Hell, frisch und sanft wie ein Sonnenstrahl. So war sie. Warm, süß, großzügig. All das, von dem er ganz vergessen hatte, wie sehr er es brauchte, hielt er zitternd in seinen Armen.

Und er brauchte es nicht nur, er wollte es. Er begehrte Cybil. Mit einer Macht und einer Gier, die er nie erwartet hätte.

»Hier«, murmelte er heiser an ihrem Hals. »Hier und jetzt.«

»Nein.« Das war das Letzte, was sie aus ihrem Mund zu hören erwartet hatte, während er mit tastenden Händen ihren Körper erkundete. Doch sie wiederholte es, obwohl das Verlangen durch ihre Adern raste. »Nein. Warte.«

Er hob den Kopf. Das Blau seiner Augen glich dem einer stürmischen See. »Warum?«

»Weil ich …« Sie legte den Kopf in den Nacken und stöhnte auf, als er seine Hände wieder auf ihre Brüste legte und jedes Nervenende in ihr zum Leben erwachte.

»Ich will dich.« Mit den Daumen umkreise er die unter dem Stoff längst festen Knospen. »Und du willst mich.«

»Ja, aber …« Sie umfasste seine Schultern, lockerte jedoch ihren Griff, während sie mit geschlossenen Augen gegen das wachsende Verlangen kämpfte. »Es gibt ein paar Dinge, bei denen ich nie meinem spontanen Impuls nachgebe. Es tut mir leid, aber das hier gehört dazu.«

Sie öffnete die Augen, stieß zitternd den Atem aus. Wie genau er sie betrachtete, so eindringlich, so durchdringend, obwohl das Verlangen seinen Verstand umnebelt hatte.

Er war in der Lage, Abstand zu halten, die Situation zu überschauen und abzuwägen.

»Dies ist kein Spiel, Preston.«

Er zog eine Braue hoch. Sie schien seine Gedanken lesen zu können. »Nein? Nein«, bestätigte er, denn er glaubte ihr. »Diese Art von Spiel beherrschst du nicht, nicht wahr?«

Eine andere Frau hatte es beherrscht, das wurde Cybil plötzlich klar. Und mit einem Mal ahnte sie, warum er so war, wie er war. Er tat ihr unendlich leid. »Ich weiß nicht. Ich habe es noch nie gespielt.«

Er machte einen Schritt zurück und schien sich plötzlich wieder ganz unter Kontrolle zu haben, während sie immer noch völlig durcheinander war. Unbewusst hob sie die Hand und fuhr sich mit den Fingerspitzen über den Hals, wo sein Mund eben noch ihre Haut zum Prickeln gebracht hatte.

»Ich brauche Zeit, bevor ich so etwas tue. Mit jemandem zu schlafen ist ein Geschenk, das man nicht gedankenlos vergeben sollte«, flüsterte sie.

Ihre Worte berührten etwas in ihm, und aus einem ihm unerfindlichen Grund beruhigten sie ihn auch. »Das wird es aber oft.«

Sie schüttelte den Kopf. »Nicht von mir.«

Da er gegen das Verlangen ankämpfen musste, ihr sanft über die Wange zu streicheln, hakte er lieber die Daumen in die Hosentaschen. Es war besser, wenn er sie nicht mehr berührte. Nicht jetzt. »Und das soll mich dazu bringen, auf Abstand zu gehen?«

»Es soll dir dabei helfen, zu verstehen, warum ich Nein sage, obwohl ich viel lieber Ja sagen würde. Denn wir beide wissen, dass du mich mühelos dazu bringen könntest, Ja zu sagen.«

Sein Atem ging schneller. »Deine Ehrlichkeit ist nicht ungefährlich.«

»Du brauchst die Wahrheit.« Sie kannte niemanden, der Ehrlichkeit dringender brauchte. »Und ich lüge keinen Mann an, mit dem ich irgendwann intim werden möchte.«

Er trat wieder auf sie zu, sah, wie ihre Lippen erbebten und sie den Atem anhielt. Ja, er konnte sie dazu bringen … und diese Macht stieg ihm zu Kopf. Aber wenn er diese Macht benutzte, so wurde ihm klar, würde er etwas zerstören, von dem er nicht sicher war, ob es überhaupt existierte.

»Du brauchst Zeit«, sagte er deshalb nur. »Kannst du einschätzen, wie viel?«

»Nein, nicht wirklich.« Sie rang sich ein schwaches Lächeln ab. »Aber sobald ich es weiß, wirst du es als Erster erfahren.«

»Wie lange auch immer, vielleicht könnten wir zwei Tage abziehen«, murmelte er und erlaubte sich, mit seinen Lippen flüchtig über ihren Mund zu fahren.

Cybil riss die Augen bewusst weit auf, weil sie so hoffte, sich besser konzentrieren zu können. Trotzdem schien alles vor ihren Augen zu verschwimmen. »Nun, möglich, ja. Es könnte klappen.«

»Wie wäre es mit einer Woche?«, murmelte er und vertiefte den Kuss langsam, bis sie schlaff wurde.

Als er sich von ihr löste, legte sie eine Hand auf ihr Herz. »Zwei. Vierzehn Tage, damit könnten wir es versuchen.« Sie atmete tief durch.

Das Letzte, was er erwartet hatte, wo er ein so großes körperliches Verlangen spürte, war, dass ein Lachen aus ihm herausbrach. »Also gut, aber lass uns später noch mal darüber verhandeln.«

»Einverstanden, gut. Sehr clever.« Sie konzentrierte sich auf die elementaren Bedürfnisse wie das Atmen, während er sich umdrehte und sein Glas wieder zur Hand nahm. »Nun, ich … ich habe so viel …« Sie zeigte auf die leeren Tüten.

»Lebensmittel eingekauft?« Ihre Verwirrung befriedigte ihn zutiefst.

»Ja, Lebensmittel. Ich dachte mir, ich mache etwas zu …«

Er wartete, während sie sich mit der Hand über die Stirn strich und verwundert den Herd anstarrte. »Essen?« half er aus.

»Ja, genau, das war es. Dinner. Schon seltsam, wie einem manchmal die Wörter ausgehen. Ich wollte Dinner machen.« Sie stieß den Atem aus. »Möchtest du zum Dinner bleiben?«

Er trank einen Schluck Bier und lehnte sich an den Tresen. »Darf ich dir beim Kochen zusehen?«

»Sicher. Du könntest dich setzen und Gemüse schneiden.«

»Okay.« Die Vorstellung übte plötzlich einen immensen Reiz auf ihn aus. Also ging er auf die andere Seite des Tresens und setzte sich auf einen Hocker. »Kochst du oft?«

»Ja. Ich koche gern. Es ist kreativ und abenteuerlich, finde ich. Die ganzen Zutaten, Hitze, die genaue Zeiteinteilung, Gerüche und verschiedene Aromen und Konsistenzen.«

»Und … kochst du manchmal nackt?«

Sie schnupperte gerade an einer Paprikaschote. Lachend legte sie die rote Frucht auf den Tresen. »McQuinn, du hast einen Scherz gemacht.« Sie griff nach seiner Hand und drückte seine Finger. »Ich bin so stolz auf dich!«

»Das war kein Scherz, sondern eine ernst gemeinte Frage.«

Sie nahm sein Gesicht zwischen die Hände und gab ihm einen herzhaften Kuss auf den Mund. Hätte er sich im Spiegel sehen können, er hätte sich mit diesem albernen Grinsen nie erkannt. »Was ist nun? Tust du es manchmal?«

»Grundsätzlich nie, wenn ich Hühnchen im Schmortopf mache. Und genau das werde ich jetzt tun.«

»Kein Problem, ich habe eine äußerst lebhafte Vorstellungskraft.«

Sie lachte, doch als ihr das Funkeln in seinen Augen auffiel, schluckte sie und räusperte sich. »Ich denke, ich könnte ein Glas Wein gebrauchen. Möchtest du Wein?« Als Antwort hob er sein noch fast volles Bierglas. »Ach so, natürlich.«

Sie nahm eine Flasche Weißwein aus dem Kühlschrank und drehte sich kichernd zu ihm um. »Hör auf damit.«

»Womit?«

»Mir das Gefühl zu geben, ich wäre nackt. Leg Musik auf, ja?« Sie zeigte ins Wohnzimmer hinüber. »Und mach ein Fenster auf. Es ist heiß hier. Lass mir eine Minute Zeit, meinen Kopf von lüsternen Gedanken zu klären, damit mir ein anderes Thema einfallen kann, über das wir reden können.«

»Mit dem Reden hast du doch wohl nie Probleme, oder?«

»Für dich ist das eine Beleidigung«, erwiderte sie, während er von dem Hocker herunterglitt. »Ich sehe das nicht so. Im Gegenteil, ich betrachte mich als Konversationsexperten.«

»Ist das heutzutage die Bezeichnung für eine Klatschbase?«

»Was sind wir doch heute Abend wieder geistreich und humorvoll«, meinte sie unbeschwert und hätte sich nicht mehr freuen können.

»Muss an der Gesellschaft liegen«, murmelte er und ging prüfend ihre CDs durch. »Zumindest hast du einen guten Geschmack, was Musik betrifft.«

»Hattest du etwas anderes erwartet?«

»Auf jeden Fall hatte ich nicht Aretha Franklin und B. B. King erwartet. Allerdings hast du auch ausreichend von leichtgewichtigen Trällerliedchen hier stehen.«

»Was ist verkehrt an fröhlicher Musik?«

Als Antwort hielt er eine »Best of«-CD der »Partridge Family« hoch. »Das ist der absolute Tiefpunkt in der Musikgeschichte«, meinte er.

»Entschuldige mal bitte, aber diese CD ist ein Geschenk von einem sehr lieben Freund und außerdem ein echter Klassiker.«

»Ein Klassiker, was?«, knurrte er.

»Offensichtlich hältst du nichts von Nostalgie, und außerdem ist dir die Gesellschaftskritik der Texte anscheinend völlig entgangen.«

»Ich wette, du kennst alle Texte auswendig.«

Sie unterdrückte ein Kichern und widmete sich mit Hingabe dem Waschen von Gemüse. »Natürlich. Während einer strahlenden kurzen Episode in meiner Jugend war ich sogar mal in einer Band.«

»Hätte ich mir denken können«, murmelte er und entschied sich für B. B. King.

»Lead Vocals und Bassgitarre. Die ›Turbos‹.« Lächelnd kam sie an den Tresen. »Jesse, das war unser Leadgitarrist, war fasziniert von Autos.«

»Du spielst Gitarre?«

»Ja. Nun, ich habe mal Gitarre gespielt. Eine rote Fender. Ich kann mir vorstellen, dass meine Mutter sie aufbewahrt hat, zusammen mit meinen Ballettschuhen, dem alten Chemiekasten, den Entwürfen aus der Zeit, als ich noch Modedesignerin werden wollte, und den Sammelbänden über die richtige Tierhaltung, als ich noch eine Karriere als Tierärztin vor Augen hatte. Das war zu der Zeit, bevor mir klar wurde, dass ich als Tierärztin die Tiere nicht nur streicheln würde, sondern auch einschläfern müsste.«

Sie suchte ein scharfes Messer heraus und legte es mit einem Holzbrett zusammen auf den Tresen. »Das waren alles Entdeckungsreisen.«

»Spitzenschuhe und Bassgitarre waren Entdeckungsreisen?«

Sie nickte. »Ja, weil ich nicht wusste, was ich werden wollte. Alles, was ich ausprobierte, machte anfangs großen Spaß, irgendwann wurde es dann Arbeit. Kannst du Paprika in kleine Streifen schneiden?«

»Nein. Und das, was du jetzt machst, ist keine Arbeit für dich?«

Sie seufzte und schnitt die Paprika selbst. »Doch, schon, es ist sogar viel Arbeit, aber es macht immer noch großen Spaß. Befriedigt dich das Schreiben nicht?«

»Selten.«

Cybil sah fragend zu ihm hin. »Warum machst du es dann?«

»Weil es nicht zulässt, dass ich etwas anderes mache. Das ist meine einzige Entdeckungsreise.«

Sie nickte und begann mit den Champignons. »So ist es auch für meine Mutter. Sie wollte nie etwas anderes tun als Malen. Manchmal, wenn ich ihr zusehe, erkenne ich, wie anstrengend und schmerzhaft es für sie ist, ihre Vision mit dem Pinsel auf die Leinwand zu bannen, um es genau so auszudrücken, wie sie es sieht. Aber wenn sie es geschafft hat, strahlt sie vor Glück. Diese unglaubliche Befriedigung, vielleicht sogar ein kleiner Schreck, weil sie dazu fähig ist. So ähnlich, kann ich mir vorstellen, muss es für dich sein.« Sie sah von den Champignons auf, erkannte, dass Preston sie durchdringend studierte. »Es überrascht dich immer wieder, dass ich in der Lage bin, unter die Oberfläche zu schauen, nicht wahr?«

Er hielt sie bei der Hand fest, bevor sie sich abwenden konnte. »Wenn das so sein sollte, bedeutet das nur, dass ich derjenige bin, der dich nicht versteht. Und bis ich es tue, werde ich dich wahrscheinlich immer wieder kränken.«

»Ich bin geradezu lächerlich einfach zu durchschauen.«

»Nein. Anfangs dachte ich das auch, aber dann stellte ich fest, wie groß dieser Irrtum ist. Du bist wie ein Irrgarten, Cybil. Mit Hunderten von Biegungen und Überraschungen und unerwarteten Nischen und Winkeln.«

Langsam breitete sich ein unglaublich schönes Lächeln auf ihrem Gesicht aus. »Das ist das Netteste, was du je zu mir gesagt hast.«

»Ich bin nicht unbedingt ein netter Mann. Wenn du clever wärst, würdest du mich hinauswerfen und die Tür verschließen.«

»Da ich clever bin, habe ich mir das auch schon überlegt. Allerdings …«, sanft legte sie eine Hand an seine Wange, »… scheint es, als wärst du meine neue Entdeckungsreise.«

»Bis der Spaß aufhört und es Arbeit wird?«

Seine Augen blickten so ernst. Und er war immer sofort bereit, das Schlimmste zu vermuten. »McQuinn, du bist bereits Arbeit, und trotzdem sitzt du in meiner Küche.« Sie lächelte. »Weißt du, wie man Karotten in dünne Sticks schneidet?«

»Nicht die geringste Ahnung.«

»Dann sieh mir genau zu. Das nächste Mal hilfst du mit.« Geschickt schälte sie eine Karotte und sah ihn an. »Bin ich immer noch nackt?«

»Möchtest du es sein?«

Lachend goss sie sich ein Glas Wein ein.

Es dauerte länger als gedacht, ein einfaches Gericht zuzubereiten, wenn man durch angeregte Konversation, sehnsüchtige, vielsagende Blicke und zärtliche Berührungen abgelenkt wurde.

Und es dauerte noch länger, dieses einfache Gericht zu essen, wenn man auf dem besten Wege war, sich in den Mann, der einem gegenübersaß, zu verlieben.

Cybil erkannte die Anzeichen – das unregelmäßige Schlagen ihres Herzens, das Flattern ihres Pulses, das Verlangen, das durch ihre Adern floss. Und wenn das alles sich dann auch noch mit leisen Seufzern und verträumtem Lächeln vermischte, war es nicht mehr weit, bis man sich verliebt hatte.

Sie fragte sich, wann der genaue Zeitpunkt wohl kommen würde.

Es dauerte auch lange, sich voneinander zu verabschieden, wenn man im dunklen Hausflur stand und sich küsste.

Und noch länger, in den Schlaf zu finden, wenn der ganze Körper vor Sehnsucht und Verlangen schmerzte und romantische Bilder sich im Kopf drehten.

Als sie seine Musik leise durch die Wände dringen hörte, lächelte sie in sich hinein und ließ sich davon in den Schlaf lullen.

6. Kapitel

Sein Haar war noch feucht vom Duschen, als Preston sich in seiner Küche auf den Hocker setzte, den Cybil ihm mitgegeben hatte. Er überflog die Zeitung, während er Cornflakes und eine Banane aß. Auch die hatte er von ihr bekommen, nachdem sie einen Blick in seine leeren Schränke geworfen hatte.

Selbst ein absoluter Tölpel in der Küche – damit musste sie wohl ihn gemeint haben – sei in der Lage, kalte Milch in eine Schüssel mit Cornflakes zu geben und eine Banane in Scheiben zu schneiden, hatte sie gesagt.

Er hatte beschlossen, nicht beleidigt zu sein, auch wenn er sich nicht für so unfähig in der Küche hielt wie sie ihn offensichtlich. Immerhin hatte er den Salat angemacht, oder etwa nicht? Während sie ein wahres Wunderwerk mit zwei Schweinekoteletts vollbracht hatte.

Diese Frau war eine unglaubliche Köchin. Allerdings brachte das mit sich, dass er immer schneller die Lust auf die Sandwiches verlor, die er sich schnell zurechtmachte, wenn er Hunger hatte.

Es schien sie auch nicht im Mindesten zu stören, dass sie seit dem ersten Mahl, das sie für ihn gekocht hatte, nicht mehr zusammen ausgegangen waren. Er konnte sich vorstellen, dass das nicht mehr lange anhalten würde. Irgendwann würde sie es sicher leid sein, für ihn zu kochen, und in ein Restaurant gehen wollen.

Die Menschen langweilten sich generell schnell und sehnten sich nach Veränderungen, wenn der Reiz des Neuen schwand und Routine sich einschlich.

Irgendwie hatten sie schon eine Routine zusammen entwickelt. Tagsüber machte jeder mit seinem eigenen Leben weiter. Nun, außer den wenigen Ausnahmen, als Cybil an seine Tür geklopft und ihn zu einem Spaziergang überredet hatte. Über den Markt oder um einfach nur ein bisschen frische Luft zu schnappen oder um eine Lampe zu kaufen.

Preston sah über die Schulter in sein Wohnzimmer und betrachtete mit gerunzelter Stirn den bronzenen Frosch, der einen dreieckigen Lampenschirm hochhielt. Er verstand es noch immer nicht, wie sie ihn dazu gebracht hatte, sich so ein Ding zu kaufen. Und dann hatte sie ihn auch noch überredet, Mrs. Wolinsky den Lehnstuhl abzukaufen, den diese unbedingt loswerden wollte.

Zu Recht, dachte er. Wer wollte schon so ein grün-gelb kariertes Monstrum in seiner Wohnung stehen haben? Das Ding sah grässlich aus, war aber erstaunlich bequem.

Und wenn man eine Lampe und einen Sessel hatte, brauchte man natürlich auch einen Tisch. Seiner war ein Chippendale und musste dringend aufgearbeitet werden. Deshalb sei er ja auch so preisgünstig gewesen, hatte Cybil gemeint.

Zufällig hatte sie einen Bekannten, der alte Möbel als Hobby aufarbeitete. Sie würde ihn kontaktieren.

Und eine Freundin, die Floristin war. Deshalb stand auf seinem Küchentresen jetzt eine Vase mit leuchtend gelben Margeriten.

Dann war da noch der Freund – Preston war mittlerweile zu der Überzeugung gelangt, dass es eine ganze Legion davon geben musste –, der New Yorker Szenen malte und sie auf der Straße verkaufte. Und ob Preston nicht ein paar Gemälde gebrauchen könne, die seine kahlen Wände ein wenig aufheitern würden.

Zwar hatte er Cybil deutlich gesagt, dass er nicht die Absicht hatte, irgendetwas aufzuheitern, trotzdem hingen jetzt drei eigentlich sogar sehr gute Aquarelle im Wohnzimmer.

Von Teppichen war auch schon die Rede gewesen.

Keine Ahnung, wie sie es schaffte. Kopfschüttelnd beugte er sich wieder über sein Frühstück. Sie redete einfach so lange auf einen ein, bis man nachgab und die Brieftasche zückte.

Ansonsten ließen sie einander in Ruhe.

Obwohl, da war der Samstagnachmittag gewesen, an dem sie mit Besen und Schrubber und Eimer und weiß der Himmel was sonst noch zur Invasion angetreten war. Wenn er schon in der Wohnung lebe, dann müsse diese zumindest sauber sein, hatte sie verkündet. Und anstatt an seinem Stück zu arbeiten, hatte er drei Stunden lang Böden geschrubbt und Staub gewischt.

Aber da hätte er sie auch fast in sein Bett bekommen. Es war ganz knapp davor gewesen.

Sie hatte entsetzt und sprachlos im Türrahmen gestanden, hatte leider ihre Stimme doch sehr bald wiedergefunden – um ihm eine Gardinenpredigt zu halten. Er solle gefälligst mehr Respekt für sein Arbeitszimmer und erst recht für sein Schlafzimmer zeigen, da beides ein und derselbe Raum sei. Warum zum Teufel hielt er die Vorhänge geschlossen? Ob er gern in einer dunklen Höhle lebe? Ob seine Religion es ihm verbieten würde, Wäsche zu waschen?

Dass er sie gepackt und ihren Mund mit einem Kuss verschlossen hatte, war reine Selbstverteidigung gewesen.

Und wenn sie auf dem Weg zum Bett nicht über einen Berg schmutziger Wäsche gestolpert wären, dann hätten sie den Nachmittag sicherlich dort verbracht anstatt in einem öffentlichen Waschsalon.

Allerdings musste er zugeben, dass es auch seine Vorteile hatte, in einer sauberen Wohnung zu leben, auch wenn es ihm kaum auffiel, wenn eine Wohnung nicht sauber war. Es gefiel ihm, sich auf frische Laken fallen zu lassen – obwohl er sehr viel lieber mit Cybil zusammen daraufgefallen wäre. Und man konnte sich auch nur schlecht beschweren, wenn man einen Schrank öffnete und dort tatsächlich etwas zu essen fand.

Selbst der sexuelle Frust machte sich bezahlt. Er arbeitete wie ein Besessener, die Worte strömten nur so aus ihm heraus und zu Papier. Das Stück hatte eine andere Nuance bekommen, richtete den Fokus mehr auf eine der weiblichen Figuren. Eine Frau mit ungeheurer Lebenslust, überschäumender Energie und unverbrüchlichem Optimismus. Sie würde verführt werden von einem Mann, der keine dieser Eigenschaften besaß. Einem Mann, der sich nicht zurückhalten konnte und ihr diese Eigenschaften raubte, die Frau damit zerstörte.

Natürlich sah er die Parallelen zwischen dem, was er erschuf, und dem, was war, aber er weigerte sich, sich darüber Sorgen zu machen.

Er nippte an seinem Kaffee und nahm sich vor, Cybil zu fragen, warum Kaffee bei ihm immer seltsam abgestanden schmeckte. Danach schlug er die Comicseite auf, um nachzusehen, was sie sich dieses Mal hatte einfallen lassen.

Er überflog den Strip, runzelte die Stirn und las ihn gleich noch ein zweites Mal.

Cybil saß bereits am Zeichenbrett, bei offenem Fenster, denn der Frühling meinte es gut. Eine warme Brise drang von draußen herein, zusammen mit dem chaotischen Straßenlärm.

Nachdem sie das Blatt eingeteilt hatte, legte sie den Kopf schräg und starrte auf das erste weiße Kästchen. Noch war es doppelt so groß wie das Format, in dem es fertig in zwei Wochen in der Tageszeitung erscheinen würde. Cybil hatte es schon genau in ihrem Kopf – die Einleitung, die Situation, die Pointe, zusammengefasst in fünf Bilder, die ihre Leserschaft beim morgendlichen Kaffee zum Schmunzeln bringen würden.

Der menschenscheue Mr. Geheimnisvoll, jetzt als Quinn bekannt, hockte in seiner Höhle und schrieb an seinem großen amerikanischen Roman. Der ebenso erotische wie launische Schriftsteller war so sehr in seine Arbeit vertieft, dass er nicht merkte, dass Emily auf der Feuerleiter stand und ihr Fernglas durch den Spalt in seinen dauernd zugezogenen Vorhängen schob, um einen Blick auf sein neuestes Werk zu erhaschen.

Über sich selbst amüsiert – denn mit ihren eigenen vorsichtigen Fragen und dezenten Andeutungen, wie denn sein Stück vorankam, war Cybil die zivilisiertere Version ihres Comic-Counterparts –, brachte Cybil die ersten Striche aufs Papier und begann die Comicversion des Mannes von gegenüber zu zeichnen.

Sie übertrieb dabei maßlos, seine guten wie auch seine schlechten Seiten. Die athletische Gestalt, das markante Gesicht, die kühlen Augen. Seine Unhöflichkeit, die unverblümte Art, den Humor und seine völlige Verständnislosigkeit gegenüber der Welt, in der Emily lebte.

Der arme Kerl, dachte sie, er hat ja keine Ahnung, was er mit ihr anfangen soll.

Als es an der Tür klingelte, schob sie sich den Bleistift hinters Ohr. Sicher hatte Jody ihren Schlüssel vergessen.

Auf dem Weg zur Tür füllte sie ihren Kaffeebecher auf. »Augenblick. Ich komme.«

Als sie allerdings die Tür aufzog, schmolz sie dahin. Es war nicht Jody, sondern die lebende Ausgabe von Mr. Geheimnisvoll. Sein Haar schimmerte noch feucht, und er trug kein Hemd. Mann oh Mann, dachte sie. Jetzt sieh sich einer nur mal diese

Brustmuskulatur an. Sie musste sich zusammennehmen, um sich nicht genießerisch mit der Zunge über die Lippen zu fahren.

Barfuß, mit verblichenen Jeans stand er vor ihr, und sein Gesicht war so wunderbar mürrisch und ernst.

»Hi«, begrüßte sie ihn heiter und unbeschwert, während sie sich vorstellte, wie sie an ihm knabbern würde. »Ist dir unter der Dusche die Seife ausgegangen? Brauchst du welche?«

»Was? Nein.« Er hatte völlig vergessen, dass er nur halb angezogen war. Er hob die Zeitung in seiner Hand. »Es geht um das hier.«

»Komm herein.« Es war sicher, sagte sie sich. Jody musste jeden Moment auftauchen, sie würde Cybil schon daran hindern, über Preston herzufallen. »Nimm dir Kaffee, und komm mit nach oben. Ich arbeite gerade, und es läuft ganz gut.«

»Ich will ja nicht stören, aber …«

»Mich kann man nicht so leicht stören«, sagte sie über die Schulter zu ihm und stieg die Treppe hinauf. »Ich habe Zimtbagels, falls du einen möchtest.«

»Nein«, knurrte er, goss sich dann aber doch einen Becher Kaffee ein und nahm einen Bagel.

Er war noch nie hier oben gewesen, einfach deshalb, weil er nie gekommen war, wenn sie arbeitete. Er quälte sich selbst mit einem Blick in ihr Schlafzimmer, betrachtete das große Bett mit der blauen Tagesdecke und dem farbenfrohen Berg aus Kissen, und sofort malte er sich aus, was er darauf alles mit Cybil machen würde.

Es duftete nach ihr. Frisch, weiblich und ganz leicht nach Vanille.

In einer Schale lagen Rosenblüten, neben dem Bett ein Buch, und auf der Fensterbank standen Kerzenleuchter.

»Alles gefunden?«, rief sie.

Er schüttelte sich leicht. »Ja. Hör mal, Cybil …« Er betrat ihr Atelier. »Himmel, wie kannst du bei dem Lärm arbeiten?«

Sie hob nur kurz den Blick. »Welcher Lärm? Ach, der.« Sie zeichnete weiter, mit einem neuen Bleistift, denn den hinter dem Ohr hatte sie vergessen. »Das ist wie Hintergrundmusik. Ich höre es fast gar nicht mehr.«

Der Raum war praktisch und auf kreative Weise eingerichtet. Hohe, ordentlich eingeräumte Regale enthielten alle Materialien, die sie zum Zeichnen und Kolorieren brauchte, hier und da war amüsanter Krimskrams eingestreut. An der Wand hingen Bilder, eines von dem Straßenmaler, wie er erkannte, zwei andere von ihrer Mutter.

In einer Ecke stand eine interessante abstrakte Metallskulptur, daneben an der Wand ein gemütlich aussehender Diwan mit noch mehr Kissen. In einem Tintenfass stand ein Strauß Veilchen und verbreitete seinen Duft.

Cybil dagegen sah überhaupt nicht praktisch aus. Sie saß über ihr Zeichenbrett gebeugt, barfuß und mit untergeschlagenen Beinen, rosafarbenen Zehennägeln, einem Bleistift hinter einem Ohr und einem goldenen Ohrring am anderen.

Sie sah unglaublich sexy aus.

Neugierig ging er zu ihr und sah ihr über die Schulter. Ein Verhalten, das, wie er sich selbst eingestand, bei jedem, der das bei seiner Arbeit gewagt hätte, zum sofortigen gewaltsamen Ableben geführt hätte. »Wozu sind die blauen Linien?«

»Zur Einteilung und für die Perspektive«, erklärte sie, ohne die Arbeit zu unterbrechen. »Für die Tageszeitungen muss ich fünf Kästchen füllen. Dazu brauche ich ein Thema, einen Gag und eine Schlusspointe.«

Stirnrunzelnd starrte er auf die erste Zeichnung. »Soll ich das sein?«

»Hmm. Hol dir einen Hocker. Du nimmst mir das Licht.«

Er ignorierte ihre Aufforderung. »Was tut sie da?« Er tippte auf das zweite Kästchen. »Spioniert sie mir nach? Spionierst *du* mir etwa nach?«

»Unsinn. An deinem Schlafzimmerfenster gibt es doch gar keine Feuerleiter.« Sie schaute in ihren Spiegel, zog mehrere verschiedene Grimassen – was ihr einen verständnislosen Blick von ihm einbrachte – und begann mit dem dritten Kästchen.

»Was ist hiermit?«, fragte er und klopfte mit der Zeitung auf ihre Schulter.

»Was soll damit sein? Hmm, du duftest herrlich.« Schnuppernd drehte sie sich um. »Welche Seife ist das?«

»Lässt du den Typen in der nächsten Ausgabe duschen?« Als sie nachdenklich die Lippen spitzte, schüttelte Preston den Kopf. »Auf keinen Fall. Irgendwo muss es eine Grenze geben. Ich fand es ja ganz lustig, als du diese Karikatur von mir in deinen Comicstrip aufgenommen hast, aber …«

Er brach ab, als ihre Wohnungstür geöffnet und wieder geschlossen wurde. »Wer ist das?«

»Jody und Charlie. Du findest meine neue Figur also gut?« Sie hörte auf zu zeichnen und lächelte ihn an. »Ich hatte mich schon gefragt, weil du es nicht erwähntest. Weißt du, manche Leute erkennen sich gar nicht wieder. Wahrscheinlich liegt es daran, dass sie kein Bewusstsein für die eigene Person haben. Aber bei dir hatte ich es schon erwartet, wenn du den Strip siehst. Hi, Jody. Hi, Charlie.«

Selbst als glücklich verheiratete Frau fiel es Jody schwer, nicht allzu offensichtlich auf die muskulöse nackte Männerbrust zu starren. »Oh … hi. Stören wir?«

»Nein. Preston hatte nur ein paar Fragen zum Strip.«

»Ich liebe den neuen Typen. Er hat Emily den Kopf verdreht. Ich bin richtig gespannt, wie es weitergeht.« Sie begann zu strahlen, als Charlie ein lautes »Da!« hören ließ und die kleinen Ärmchen nach Preston ausstreckte.

»Seit Neuestem ist jeder Mann, den er sieht, ›Da‹ für ihn. Chuck ist gar nicht so begeistert davon, aber Charlie ist im Moment eben mehr von Männern fasziniert.«

»Aha.« Geistesabwesend streichelte Preston Charlie über das feine Haar. »Ich wollte nur eine Sache wegen dieses Comicstrips abklären«, setzte er an und drehte sich wieder zu Cybil.

»Da!«, kam es erneut von Charlie, der die Arme immer noch ausgestreckt hielt und breit lachte.

»Wie nah genau kommen deine Figuren an die Realität heran?«, fragte er und setzte sich ganz automatisch das Baby auf die Schultern, während er redete.

Cybils Herz schmolz dahin. »Du magst Kinder.«

»Nein, ich werfe sie grundsätzlich bei der ersten Gelegenheit aus einem Fenster im dritten Stock«, knurrte Preston ungeduldig und schüttelte den Kopf, als Jody entsetzt aufschrie. »Entspannen Sie sich, ihm geht es bestens. Aber ich will trotzdem wissen, wie das mit diesem Comicstrip ist.« Er hielt Charlie fest und warf die Zeitung auf den Zeichentisch.

»Oh, die ›Es-gibt-keine-Skala‹-Episode. Das hier ist eigentlich nur Teil eins. Die Fortsetzung erscheint in der morgigen Ausgabe. Ich finde, es ist ganz gut geworden.«

»Chuck und ich haben uns vor Lachen ausgeschüttet, als wir es heute Morgen gelesen haben«, warf Jody jetzt ein. Sie hatte sich davon überzeugt, dass es ihrem Baby gut ging, und entspannte sich.

»Da sind also diese beiden Frauen …«

»Emily und Cari …«

»Mittlerweile ist mir klar, wer die beiden sind«, murmelte er und betrachtete Cybil und Jody argwöhnisch mit zusammengekniffenen Augen. »Und die beiden diskutieren und bewerten, Herrgott noch mal, den Kuss, den Quinn Emily gegeben hat?«

»Ja, sicher. Hat Chuck gelacht?«, wollte Cybil von Jody wissen. »Ich habe mich nämlich gefragt, ob Männer den Witz auch verstehen oder ob er nur bei Frauen ankommt.«

»Oh nein. Chuck hat sich halb totgelacht.«

»Entschuldigt.« Preston hob mit einer seiner Meinung nach anbetungswürdigen Geduld die Hand. »Tauscht ihr beiden wirklich eure sexuellen Erlebnisse aus und bewertet sie auf einer Skala von eins bis zehn, damit die amerikanischen Zeitungsleser bei ihren Frühstückscornflakes etwas zum Lachen haben?«

Aus großen Augen warf Cybil ihm einen unschuldigen Blick zu. »Also wirklich, McQuinn, du nimmst das viel zu ernst. Es ist nur ein Comicstrip.«

»Das heißt, alles über die ›Keine-Skala‹-Episode ist nur ein kleiner Scherz?«

»Was denn sonst?«

Er musterte ihr Gesicht. »Ich hoffe, wenn ich dich eines Tages ins Bett bekomme, muss ich nicht am nächsten Morgen in der Zeitung eine Bewertung meiner Leistung in fünf Kästchen lesen.«

»Oh …« Jody trat von einem Fuß auf den anderen. »Ich glaube, ich gehe jetzt besser nach unten und lege Charlie hin. Er muss sein Schläfchen machen.« Sie nahm ihr Kind von Preston zurück und eilte hinaus.

»McQuinn.« Cybil tippte mit dem Bleistift aufs Zeichenbrett und grinste. »Ich habe so eine Ahnung, dass fünf Kästchen dazu nicht ausreichen würden. Dazu würde ich mindestens eine Seite brauchen.«

»Ist das ein Scherz oder eine Drohung?«

Als sie nur lachte, drehte er sie auf ihrem Hocker zu sich und küsste sie stürmisch. »Schick deine Freundin weg, und ich zeige dir, wie viele Seiten du brauchen würdest.«

»Nein, sie bleibt. Sie ist das Einzige, was mich davon abgehalten hat, mich dir an den Hals zu werfen, als du hereinkamst.«

»Willst du mich in den Wahnsinn treiben?«

»Nein, nicht mit Absicht. Es ist wohl eine Art Nebeneffekt.« Ihr Puls hatte sich rasant beschleunigt. »Du musst gehen. Es gibt anscheinend doch etwas, das mich von der Arbeit abhalten kann. Und das bist du.«

Da er keinen Grund sah, warum nur er allein verrückt werden sollte, beugte er sich erneut vor und nahm ihren Mund in Besitz. »Wenn du das hier beschreibst, und wie dich kenne, wirst du das …«, er knabberte sinnlich an ihrer Unterlippe, »… dann sei wenigstens genau.«

Er ging zur Tür und drehte sich um, gerade noch rechtzeitig, um sie erschauern zu sehen. »Meine Küsse sprengen also jede Skala, ja?« Und plötzlich wurde ihm klar, dass er das nicht amüsant fand, sondern äußerst befriedigend.

Als sie nicht mehr zustande brachte, als die Hände in einer hilflosen Geste anzuheben, musste er lachen. Und er lächelte immer noch, als er schwungvoll die Treppe hinunterlief und zur Wohnungstür hinausging.

»Ist er weg?«, flüsterte Jody und steckte den Kopf ins Atelier.

»Oh Jody, was soll ich bloß tun?«, stöhnte Cybil. Sie schob sich den zweiten Bleistift hinters Ohr, schickte damit den dort verbliebenen ersten zu Boden und hatte nicht einmal mehr die Energie zu fluchen. »Ich dachte, ich hätte alles im Griff. Ich meine, was ist falsch daran, sich mit einem interessanten und umwerfend attraktiven Mann auf eine heiße, leidenschaftliche Affäre einzulassen?«

»Lass mich nachdenken.« Jody nahm sich den Kaffee, den Preston nicht angerührt hatte. »Okay, ich hab's. Nichts. Die Antwort auf diese Frage lautet: Nichts ist daran falsch.«

»Und wenn man sich ein bisschen in ihn verliebt, erleichtert das die Entscheidung doch nur, richtig?«

»Richtig. Sonst wäre es, als ob man zu viel Schokolade auf einen Schlag essen würde. Man genießt es, aber danach fühlt man sich ein wenig unwohl und schämt sich.«

»Und wenn man nicht nur verliebt ist, sondern liebt? Was tut man dann?«

Jody stellte den Becher ab. »Du liebst ihn? Seit wann das?«

»Seit eben.«

»Oh Cybil.« Voller Mitgefühl legte Jody die Arme um ihre Freundin und wiegte sie sanft hin und her. »Früher oder später musste das passieren.«

»Ich weiß, aber ich dachte, es würde später sein.«

»Das tun wir alle.«

»Er wird meine Liebe nicht wollen. Es wird ihn nur ärgern.« Sie legte den Kopf an Jodys Schulter und atmete zitternd aus. »Ich bin ja selbst nicht begeistert davon, aber ich werde mich daran gewöhnen müssen.«

»Natürlich. Der arme Frank.« Jody tätschelte tröstend Cybils Schulter. »Er hatte nie eine Chance, was?«

»Tut mir leid.«

»Na ja.« Jody tat den Misserfolg ihres Lieblingscousins mit einer Handbewegung ab. »Was willst du jetzt tun?«

»Ich weiß nicht. Ich fürchte, weglaufen und mich verstecken kommt nicht infrage.«

»Das wäre feige.«

»Ja, feige. Und wenn ich einfach so tue, als würde es von allein vorbeigehen?«

»Das wäre dumm.«

Cybil holte tief Luft. »Wie wäre es mit Shopping?«

»Guter Vorschlag.« Jody eilte zur Tür. »Ich bitte Mrs. Wolinsky, auf Charlie aufzupassen, und dann gehen wir dieses Problem an wie zwei richtige Frauen.«

Cybil kaufte sich ein neues Kleid. Ein kurzes, hautenges, schwarzes Stück Sünde, was Jody zu dem Ausruf veranlasste: »Der Mann ist verloren«, als Cybil es anprobierte.

Außerdem kaufte sie sich neue Schuhe. Mit hohen Absätzen, so spitz wie ein fein geschliffenes Skalpell.

Sie kaufte sich neue Dessous. Und zwar solche, die eine Frau nur anzieht, damit der Mann sie ihr vom Leibe reißt.

Und sie stellte sich vor, wie Prestons große Hände ihr die hauchzarten Strümpfe an den Beinen abstreifen würden.

Danach suchte sie Blumen, Kerzen und Wein aus.

Und sie besorgte die Zutaten für ein Essen, das sämtliche Sinne kitzelte und Appetit auf etwas machte, das erst nach dem Nachtisch kam, aber mindestens genauso verführerisch war.

Sie kam bepackt wie ein Lastesel nach Hause, aber sie war ruhig und gelassen.

Jetzt blieb noch, die perfekte Szenerie zu gestalten, und das gab ihr etwas, worauf sie sich konzentrieren konnte. Weil sie den Rest des Tages benötigen würde, um alles zu arrangieren, schrieb sie Preston eine Nachricht und klebte den Zettel an ihre Wohnungstür.

Dann schloss sie ab, atmete tief durch und nahm alles mit nach oben ins Schlafzimmer.

Sie stellte Vasen und Schüsseln mit zarten Lilien und duftenden Rosen auf Tische, Kommoden und Fensterbänke. Dazu kamen Kerzen, weiß, einzeln oder im Trio, und ein halbes Dutzend duftende Teelichte auf einer runden Spiegelglasscheibe.

Einige davon zündete sie bereits an, damit der Raum sich mit sanftem Licht und feinem Aroma füllte, während sie arbeitete.

Sie wickelte zwei neue langstielige Weingläser aus und platzierte sie auf dem niedrigen Tisch vor dem Korbsofa. Erinnerte sich daran, den Wein kalt zu stellen.

Nachdenklich schaute sie zum Bett hinüber. Wäre es zu offensichtlich, die Tagesdecke zurückzuschlagen? Dann lachte sie über sich selbst. Darauf kam es jetzt auch nicht mehr an.

Als sie sich umsah und feststellte, dass alles so war, wie sie es sich vorstellte, und nichts mehr fehlte, ging sie nach unten, um mit den Vorbereitungen für das Abendessen zu beginnen.

Sie lauschte und hoffte, dass er etwas spielen würde, damit ein Teil von ihm bei ihr wäre. Aber kein Laut drang aus seiner Wohnung.

Sorgfältig suchte sie stimmungsvolle Musik aus und legte die CDs in den Wechsler.

Zufrieden kehrte sie ins Schlafzimmer zurück und breitete das neue Kleid auf dem Bett aus. Die Vorfreude ließ sie zittern, als sie die aufreizenden schwarzen Dessous danebenlegte. Sie malte sich aus, wie sie sich darin fühlen würde.

Selbstsicher, dachte sie. Verführerisch und mächtig und zu allem entschlossen.

Das Verlangen, das allein bei der Vorstellung in ihr aufstieg, ließ ihr Herz klopfen, während sie ein heißes Schaumbad einließ.

Sie goss sich ein Glas Wein ein und zündete noch mehr Kerzen an, bevor sie in die Wanne stieg. Dann schloss sie die Augen und stellte sich vor, es wäre nicht das Wasser, sondern Prestons Hände, die sie an sich spürte.

Eine Stunde später war sie gerade dabei, sich am ganzen Körper einzucremen, damit ihre Haut weich sein und wunderbar duften würde, als Preston die Nachricht entdeckte und von ihrer Wohnungstür nahm.

McQuinn. Ich habe etwas vor. Bis später. Cybil.

Sie hatte etwas vor? Er hatte den ganzen Tag an sie denken müssen, und sie hatte etwas vor?! Er las die Nachricht ein zweites Mal. Wut stieg in ihm auf, Wut auf sie beide. Nicht einmal die dumme Idee, einen weiteren albernen Abend mit ihr zu verbringen, hatte er sich aus dem Kopf schlagen können! Und sie hatte etwas vor!

Herrgott, er hatte ihr sogar Blumen gekauft! Er wusste gar nicht mehr, wie lange es her war, dass er das für eine Frau getan hatte.

Wütend zerknüllte er die Nachricht. Warum war er so enttäuscht? Er hätte es wissen müssen. Frauen waren eben so. Dass er das bei Cybil vergessen hatte, war allein seine Schuld.

Bis später? Sie würde sich noch wundern!

Anscheinend spielte sie also doch Spielchen. Aber das musste er ja nicht mitmachen, oder?

Er marschierte zurück in seine Wohnung, warf den Strauß Flieder auf den Küchentresen und schleuderte den zerknüllten Zettel quer durch den Raum. Dann schnappte er sich das Saxofon und marschierte hinaus, um sich in Deltas Bar abzureagieren.

Um genau halb acht nahm Cybil die gefüllten Champignons aus dem Ofen. Der Tisch war für zwei gedeckt, noch mehr Kerzen und Blumen waren hinzugekommen. Zusammen mit dem Wein wartete im Kühlschrank ein herrlich bunter Avocado-Tomaten-Salat. Alles war perfekt arrangiert.

Nach der Vorspeise und dem ersten Gang würde sie ihn mit ihren Meeresfrüchte-Crêpes von den Füßen hauen.

Wenn alles nach Plan verlief, würden sie das Abendessen mit eisgekühltem Champagner und frischen Himbeeren mit Schlagsahne beschließen. Im Bett.

»So, Cybil.« Sie nahm die Schürze ab und ging zum Spiegel, um den Sitz ihres Kleides zu überprüfen. Danach schlüpfte sie in die neuen Schuhe, legte noch einen Hauch Parfüm auf und strahlte ihr Bild im Spiegel an. »Auf geht's.«

Sie schwebte über den Hausflur, drückte auf seine Klingel und wartete mit heftig klopfendem Herzen. Sie trat von einem Fuß auf den anderen und klingelte ein zweites Mal.

»Du bist nicht da? Wie kannst du nur?«, redete sie vor sich hin. »Hast du die Nachricht nicht bekommen? Doch, das musst du. Der Zettel klebt nicht mehr an der Tür. Ich habe dir doch geschrieben, dass wir uns später sehen.«

Sie hämmerte mit der Faust gegen seine Tür. Dann erstarrte sie und blinzelte.

»Ich habe geschrieben, dass ich etwas vorhabe. Oh nein! Du hast es nicht kapiert, was? Du Holzkopf. *Dich* hatte ich vor. Oh Mist!« Sie rannte in ihre Wohnung, griff sich den Schlüssel, wurde gewahr, dass sie nichts hatte, wohin sie ihn stecken konnte. Mit einem Achselzucken stopfte sie ihn sich in den BH, anstatt Zeit zu verschwenden und nach oben zu laufen, um ihre Tasche zu holen.

Dreißig Sekunden später riskierte sie einen gebrochenen Hals, indem sie auf hohen Absätzen die Treppe hinunterraste.

»Probleme, Zuckerschnäuzchen? Mit einer Frau?«

Preston machte gerade eine Pause, um sich die Kehle zu befeuchten, und sah Delta an. »Keine Frau. Keine Probleme.«

»Hallo, hier Delta.« Sie tippte mit der Fingerspitze an seine Wange. »Seit Tagen kommst du jeden Abend her und spielst wie ein Mann, dem eine Frau im Kopf herumspukt und der auch gar nichts dagegen hat, dass sie das tut. Aber heute kommst du viel früher als sonst und spielst wie einer, der Probleme mit der Frau hat. Hast du dich mit dem hübschen kleinen Mädchen gestritten?«

»Nein. Wir haben beide andere Dinge zu erledigen.«

»Sie ist noch nicht bereit, was?« Delta sah ihn nicht ohne Mitgefühl an. »Manche Frauen brauchen eben mehr Romantik als andere.«

»Mit Romantik hat das nichts zu tun.«

»Vielleicht ist genau das dein Problem.« Delta legte einen Arm um seine Schultern. »Hast du ihr je Blumen gekauft? Ihr gesagt, dass sie wunderschöne Augen hat?«

»Nein.« Verdammt, er hatte mit Blumen vor ihrer Tür gestanden. Aber sie war nicht mal da gewesen. »Ich will mit ihr schlafen, ich will sie nicht umwerben.«

»Oje. Bei einer Frau wie ihr lässt sich das nicht trennen.«

»Deshalb bin ich ohne eine Frau wie sie besser dran. So einfach ist das.« Er griff nach dem Saxofon und hob eine Augenbraue. »Lässt du mich jetzt spielen, oder willst du mir Ratschläge für mein Liebesleben erteilen?«

Kopfschüttelnd rutschte sie vom Barhocker. »Wenn du irgendwann ein Liebesleben haben solltest, mein Lieber, kannst du jederzeit meinen Rat einholen.«

Er spielte eine Melodie, hörte auf die Musik in seinem Kopf, in seinem Blut. Er ließ die Töne einfach kommen, aber selbst das verdrängte Cybil nicht aus seinem Kopf. Trotzdem würde er das ausnutzen, redete er sich ein. Hier, wo Mitteilen ein Vergnügen war. Nicht wie mit Worten, die oft nur Schmerz verursachten.

Die Töne drangen heraus, pulsierten in der Luft, verzogen sich zu einem Schluchzen.

Und dann trat sie durch die Tür.

Ihr Blick war voller Geheimnisse, als er durch den Qualm im Club hindurch auf seinen traf und ihn gefangen hielt. Sie glitt auf einen Barhocker, und das Lächeln, das sie ihm zuwarf, ließ seine Handflächen feucht werden. Sie fuhr sich mit der Zunge über ihre Lippen und strich über ihr hautenges schwarzes Kleid. Vom Bauchnabel bis zum Hals. Und zurück.

Fasziniert starrte er auf ihre Beine, als sie sie übereinanderschlug, so betont langsam, dass sie es einstudiert haben musste. Dann ließ sie eine Hand von der Wade über das Knie zum Schenkel gleiten, eine Geste, darauf ausgerichtet, dass der Blick eines Mannes dieser Bewegung folgen musste.

Preston war da keine Ausnahme, und sein Herz machte einen Satz, wie ein Wolf, der sich auf seine Beute stürzte.

Während er spielte, lehnte sie sich provozierend zurück und legte einen Arm über die Lehne. Als der letzte Ton verklang, fuhr sie sich erneut mit der Zungenspitze über die roten Lippen.

Dann stand sie auf, den Blick unverwandt auf ihn gerichtet, strich sich über die Taille, drehte sich auf einem dieser tödlichen Absätze um und schlenderte mit wiegenden Hüften zum Ausgang. Dort sah sie über die Schulter, zog einladend eine Augenbraue hoch und verschwand durch die Tür.

Der Fluch, den er ausstieß, als er das Saxofon sinken ließ, war nicht druckreif.

»Und? Gehst du darauf ein, mein Freund?«

Preston ging in die Hocke, um das Saxofon im Koffer zu verstauen. »Sehe ich so dumm aus, André?«

»Nein.« Schmunzelnd spielte André weiter. »Nein, natürlich nicht.«

7. Kapitel

Cybil wartete auf dem Bürgersteig, als Preston aus der Bar herauskam. Sie stand im fahlen Schein einer Straßenlaterne, eine Hand auf der vorgereckten Hüfte, den Kopf leicht zur Seite gelegt, ein angedeutetes Lächeln auf den Lippen. Unwillkürlich musste er an ein elegantes Foto denken, ein Kunstwerk, geschaffen für ein elitäres Magazin.

Sex in Schwarz und Weiß.

Er ging auf sie zu, nahm immer mehr von ihrer Erscheinung in sich auf, je näher er kam. Das whiskeyfarbene kurze Haar, das ihr Gesicht umrahmte. Das kurze schwarze Kleid, das sich wie eine zweite Haut an ihren Körper schmiegte.

Kein Schmuck, der den Blick vom Wesentlichen ablenkte.

Endlos hohe Absätze, um endlos lange Beine zu betonen.

Die einzigen Farben waren das Grün ihrer Augen und das Rot ihrer Lippen. Lippen, die sich jetzt, wie ihm auffiel, zu einem sehr überlegenen und selbstsicheren weiblichen Lächeln verzogen.

Er war drei Schritte von ihr entfernt, als ihr Duft ihm entgegenschlug und ihn wie eine Hand den Rest des Weges heranzog.

»Hallo, Nachbar.« Ihr Gruß klang wie ein Schnurren und sandte eine weitere Hitzewelle durch seine Lenden.

Er legte den Kopf schief, zog leicht eine Augenbraue hoch. »Ich dachte, du hast etwas vor … Nachbarin?«

»Ja, das hier.« Sie machte den letzten Schritt auf ihn zu, schlang die Arme um seinen Hals, schmiegte sich an ihn und lachte. »Du warst es, was ich vorhatte, du Holzkopf.«

Lag es an ihrer Ankündigung oder an dem Schimpfwort, dass er argwöhnisch die Augen zusammenkniff?

»Wirklich?«

»McQuinn.« Sie drehte den Kopf, bis ihr Mund nur einen Hauch von seinem entfernt war. Dann, den Blick fest auf seine Augen gerichtet, leckte sie sich über die Lippen. »Hatte ich dir nicht versprochen, dass du es als Erster erfährst?«

»Ja, das hast du.« Mit seiner freien Hand umfasste er ihren Nacken. »Wie schnell bist du auf den Absätzen?«, murmelte er nur Millimeter von ihrem Mund entfernt.

Sie lachte leise, verführerisch, ein wenig atemlos. »Nicht sehr schnell, aber wir haben die ganze Nacht, oder?«

»Vielleicht reicht die nicht.« Er trat zurück und nahm ihre Hand. »Wann hast du dir die Waffen besorgt? Dein Kleid, die Schuhe«, fügte er hinzu, als sie ihn verständnislos anblickte.

»Oh, diesen Fummel meinst du.« Dieses Mal klang ihr Lachen warm und voll. »Ich habe das Kleid heute gekauft und dabei an dich gedacht. Und als ich es vorhin anzog, habe ich mir ausgemalt, wie es wohl sein würde, wenn du es mir wieder ausziehst.«

»Du musst geübt haben«, erwiderte er, als er die Sprache wiederfand. »Denn das hier beherrschst du verdammt gut.«

»Ehrlich gesagt ist es das erste Mal. Ich improvisiere einfach.«

»Dann bist du ein Naturtalent.«

Sie fand es erstaunlich, dass eine milde Frühlingsnacht ihr plötzlich so schwül erschien wie ein Sommer in den Tropen. »Ich hätte mich in meiner Nachricht an dich genauer ausdrücken sollen, tut mir leid. Aber ich hatte zu viel im Kopf.« Sie war entzückt, dass sie mit den hohen Absätzen groß genug war, um genau auf seinen Mund blicken zu können. »Zu viel von dir.«

»Dieser Zettel hat mich stinkwütend gemacht.« Es war gar nicht so schwer, das zuzugeben.

»Du musst mir verzeihen, dass ich das sehr schmeichelhaft finde. Als ich an deine Tür klopfte und keine Antwort kam, habe ich ähnlich empfunden. Ich habe viel Zeit darauf verwandt, alles für dich vorzubereiten. Du kannst dich also auch geschmeichelt fühlen.«

»Es muss einiges an Zeit gekostet haben, sich in dieses Kleid zu zwängen.«

»Nicht nur das.« Bis jetzt hatte sie ihren Herzschlag einigermaßen unter Kontrolle halten können, doch jetzt, da sie bei ihrem Apartmenthaus angelangt waren, begann es ungestüm zu hämmern. »Ich habe uns ein Abendessen gemacht.«

»Wirklich?« Er fühlte sich nicht nur geschmeichelt und erregt, sondern gerührt.

»Ein ganz besonderes sogar«, gestand sie verlegen. »Und dazu gibt es einen spritzigen trockenen Weißwein … und zum Dessert gekühlten, edlen Champagner.«

Sie zog ihn ins Haus und in den Fahrstuhl. Dort lehnte sie sich an die Wand. »Ich dachte mir, den könnten wir im Bett genießen.«

Er hielt Sicherheitsabstand, denn wenn er sie jetzt berührte, würden sie die Fahrstuhlkabine für lange Zeit nicht verlassen. »Gibt es noch etwas, das ich wissen sollte?«

»Oh, ich bin sicher, du brauchst dir nichts aufzuschreiben.« Sie trat aus dem Lift, warf Preston ein träges Lächeln über die Schulter zu und ging auf ihre Tür zu.

Sollte er es schaffen, ihre Wohnung zu betreten, ohne vorher zu explodieren, dann würde er ihr zeigen, dass auch er etwas vorhatte. »Schlüssel?«, verlangte er heiser.

»Hm.« Ohne die Augen von ihm zu wenden, schob Cybil einen Finger in ihr Dekolleté, fühlte das Metall und sah, wie Prestons Blick der Bewegung folgte, aufloderte, zu sprühen begann. »So was Dummes.« Sie zog die Hand wieder hervor und umkreiste mit den Fingerspitzen ihre Halsmulde. »Ich kann ihn nicht finden. Vielleicht solltest du mal nachsehen.«

Er hatte Neuigkeiten für die Welt der Medizin: Es war möglich, dass ein Mensch überlebte, selbst wenn alles Blut aus seinem Kopf absackte.

Langsam fuhr er mit dem Finger über die einladende Rundung ihrer Brust, tauchte in die schwarze Spitze ein. Spürte, wie Cybil erschauerte, hörte, wie sie scharf den Atem einsog und anhielt. Er ließ sich Zeit, streichelte fast abwesend über heiße Haut, massierte die harte Knospe, bis die grünen Augen dunkel und verhangen wurden.

»Ich bin sicher, du bist derjenige, der geübt hat«, stieß sie heiser hervor und brachte ihn damit zum Lächeln.

»Ich improvisiere einfach«, benutzte er ihre Worte.

»Meinetwegen kannst du ruhig so weitermachen.«

Er dachte auch gar nicht daran, aufzuhören. »Sieht so aus, als hätte ich den Schlüssel gefunden«, sagte er und griff danach.

»Ja.« Cybil atmete tief auf. »Ich wusste, dir würde es gelingen.«

Er steckte den Schlüssel ins Schloss, drehte ihn, öffnete die Tür. »Bitte mich herein, Cybil.«

»Tritt ein.«

Er schob sie rückwärts hinein, verschloss die Tür und ging weiter, die Hände an ihren Hüften.

»Dinner?«

»Das kann warten.« Im Vorbeigehen nahm er den Telefonhörer ab.

»Wein?«

»Später. Viel später.« Ihre Absätze stießen gegen die unterste Stufe. Er lächelte. »Geh weiter.«

Ihre Knie waren so weich, dass sie sich auf dem Weg nach oben an seinen Schultern abstützen musste.

»Bitte mich, dich zu berühren.«

»Berühre mich.« Sie seufzte, als sie seine Hände auf ihrem Körper spürte.

»Bitte mich, dich zu schmecken.«

»Schmecke mich.« Sie stöhnte auf, als er ihre Brüste mit den Lippen streifte.

Sie erreichten ihre Schlafzimmertür, und Cybil spürte seinen Mund an ihrem Hals, an ihrer Wange. Sie verzehrte sich danach, ihn auf ihren Lippen zu spüren.

»Küss mich.«

»Das werde ich.« Aber er fuhr nur mit der Zungenspitze über ihre Mundwinkel, mehr nicht. »Ich will Licht.«

»Nein, ich habe Kerzen. Überall.« Sie löste sich von ihm, um die Streichhölzer vom Tisch zu nehmen. »Ich schaff's nicht, ich zittere zu sehr. Ist das nicht albern?«

Er nahm ihr die Schachtel ab und strich mit einem Finger über ihren Schenkel. »Nein, ist es nicht. Ich will, dass du zitterst. Bleib hier«, sagte er und ging durchs Zimmer, um die Kerzen anzuzünden.

Goldener Schein erfüllte das Zimmer.

Er warf die Streichhölzer achtlos beiseite und kam zu ihr zurück. »Und jetzt …« Er fasste sie um die Taille. »Bitte mich, mit dir zu schlafen.«

»Liebe mich.«

Er küsste sie voller Leidenschaft, und sie klammerte sich an ihn. Das war es, was sie wollte. Den Taumel der Sinne, den Rausch des Verlangens. »Ich will dich.« Sie bedeckte sein Gesicht mit Küssen. »Ich will dich im Bett.«

Sie stöhnte, als er sie herumwirbelte und dann an sich presste. Im Spiegel sah sie, wie sein Blick voller Begierde ihren ganzen Körper eroberte.

»Wir haben die ganze Nacht«, sagte er und knabberte erst an ihrem Hals, dann an der Schulter.

Sie sah und fühlte, wie er seine Hände um ihre Brüste legte, über die Seide und Spitze strich und die Finger darunterschob. Cybil wartete ungeduldig darauf, dass er ihr Kleid öffnete.

Aber das tat er nicht.

»Sag mir, dass du mehr willst.«

»Preston …«

Er ließ die Hände sinken, streichelte ihre Schenkel von den Knien bis zum Bauch. »Sag mir, dass du mehr willst.«

Ihr Kopf fiel auf seine Schulter. »Ich will mehr«, hauchte sie, als sie seine Finger zwischen den Beinen fühlte.

»Ich auch.«

Aus seidigem Stoff wurde seidige Haut, und ihm stockte der Atem. Ihr Duft raubte ihm den Verstand, aber er ließ sich trotzdem Zeit und zügelte das ungestüme Verlangen, das in ihm auf Befreiung wartete.

Denn er wusste, wenn er ihm freien Lauf ließ, würde es sie beide verschlingen.

Zärtlich nagte er an ihrem Nacken und an den Schultern, während er den Reißverschluss ihres Kleides öffnete. Dann streifte er es an ihr hinab.

Sex in Schwarz und Weiß, dachte er wieder.

Selbst durch den Nebel hindurch, der sie zu umgeben schien, sah Cybil, wie in seinen Augen etwas aufblitzte. Etwas Gefährliches. Ein wenig schockiert wurde ihr klar, dass sie genau das wollte. Die Gefahr, das Risiko, die Spannung, ihn zu entfesseln.

Ein Gefühl von Macht erfüllte sie, während sie die Hände auf seine legte und sie über ihren Körper führte. »Das hier habe ich heute gekauft«, flüsterte sie und presste seine Hände auf ihre Brüste. »Damit du es mir vom Leib reißen kannst.«

Sie schob ihre Finger zwischen seine, tastete mit ihm zusammen über die Seide und stieß einen leisen Seufzer aus, als er daran zog und der zarte Stoff nachgab.

In diesem Moment verlor er die Beherrschung.

Er küsste sie wild und zog sie mit sich aufs Bett.

Er fühlte, wie sie sich ihm entgegenbog, als er sie dort berührte, wo ihr Verlangen am größten war. Er beugte sich über ihre Brüste und spürte ihr Herzklopfen an den Lippen.

Seine Erregung wurde übermächtig, während sie an seinem Hemd zerrte. Ihr Mund war so gierig wie seiner, ihre Berührungen so ungeduldig wie seine, als sie nach seinen Jeans tastete. Und als sie ihre Finger um ihn schloss, schien das Feuer der Leidenschaft ihn zu verzehren.

Sie wühlte sich mit ihm in die Decke und schlang keuchend die Beine um ihn.

Und als er endlich in sie eindrang, explodierte die Lust in ihm, und das Gefühl ließ ihn bis in die Seele hinein erbeben.

Mehr, war alles, was er denken konnte. Er musste mehr von ihr haben. Während er sich immer heftiger in ihr bewegte, sah er ihr in die Augen, sah, wie sie dunkler wurden und kaum noch etwas wahrzunehmen schienen.

Als er spürte, dass sie kurz vor der Erfüllung stand, ließ er sich gehen. Ihre Blicke und ihre Körper verschmolzen im selben Moment miteinander, und sie gaben sich einander völlig hin.

Langsam durchzog eine selige Entspannung ihren Körper, obwohl er auf ihr und in ihr blieb.

»Atmen wir noch?«, flüsterte sie irgendwann.

Er drehte den Kopf, fühlte den Pulsschlag an ihrem Hals. »Dein Herz schlägt.«

»Das ist gut. Deins auch?«

»Sieht so aus.«

»Dann können wir für die nächsten fünf oder zehn Jahre so liegen bleiben. Eher werde ich mich wohl kaum rühren können.«

Er sah sie an. Obwohl ihre Augen geschlossen waren, wusste Cybil, dass er sie mit diesen klaren blauen Augen musterte. Sie lächelte. »Ich habe dich nach allen Regeln der Kunst verführt, McQuinn. Danke, dass du dich revanchiert hast.«

»Gern geschehen. Das war das Mindeste, was ich tun konnte.«

»So war es noch nie für mich.« Sie schlug die Augen auf. »So etwas habe ich noch nie gefühlt.«

Noch bevor sie das letzte Wort ausgesprochen hatte, wusste sie, dass sie einen Fehler begangen hatte. Sein Blick wurde verschlossen, er zog sich zurück. Solange es leicht und simpel blieb, solange sie beim Sex blieben, war er bei ihr. Es durfte keine Zärtlichkeit, kein Herz, kein gefährliches Gefühl ins Spiel kommen, die die Waagschale aus dem Gleichgewicht bringen würden.

Der Schmerz, den sie fühlte, galt ihnen beiden.

»Du hast tolle Hände.« Sie achtete darauf, dass ihr Lächeln keck und sexy wirkte, während sie ihre Finger unter seiner Hand bewegte.

»Deine sind auch nicht zu verachten.« Er rollte sich auf den Rücken und ärgerte sich über sich selbst, weil ihr verwirrter Blick tief in ihm etwas ausgelöst hatte.

Er würde nicht zulassen, dass sich die Dinge zwischen ihnen in diese Richtung entwickelten. Denn sobald das geschah, war es zu Ende. Der Teil in ihm, der aus Hoffnung und Herz bestand, war schon seit Langem versteinert.

Sie wollte sich an ihn kuscheln, die Wärme seiner Haut spüren, aber sie nahm an, dass auch das tabu war. Halt dich zurück, dachte sie, sonst geht er sofort.

Also setzte sie sich auf und fuhr sich durch das zerzauste Haar. »Ich glaube, der Wein wird uns jetzt schmecken, was?«

»Oh ja.« Er strich über ihre Wade, einfach, weil er sie berühren musste, weil er diesen Kontakt nicht aufgeben wollte. »Du sagtest was von einem Abendessen.«

»McQuinn, dich erwartet ein Festmahl.« Sie küsste ihn wie beiläufig. »Alles ist fertig, bis auf die Meeresfrüchte-Crêpes. Und die werde ich vor deinen staunenden Augen zubereiten.«

»Du willst kochen?«

»Hmm.«

Er sah ihr nach, als sie aus dem Bett glitt und einen Bademantel aus dem Schrank nahm. »Wozu ist das?«

»Das?«, fragte sie lachend und zog ihn an. »Das nennt man allgemein einen Bademantel. Er dient dazu, Blößen zu bedecken.«

Er ging zu ihr und zog den Gürtel wieder auf. »Zieh ihn aus.«

Ein erregender Schauer rann ihr über den Rücken. »Ich dachte, du willst essen.«

»Will ich auch. Und ich möchte dir zusehen, wie du kochst.«

»Dann … oh.« Lachend knotete sie den Gürtel wieder zu. »Ich koche nicht nackt. Diese erotischen Fantasien kannst du dir direkt aus dem Kopf schlagen.«

Nein, er war da ganz anderer Meinung. »Ich dachte da eher an …«, er ging zum Bett zurück, suchte, fand und hielt den schwarzen Spitzenstraps hoch, »… so etwas.«

Erst überrascht, dann abwägend, sah sie ihn an. »Kein kluger Käufer besorgt sich nur ein Teil davon. Ich habe noch ein zweites Set gekauft. In Feuerrot.«

Lächelnd ließ er die schwarze Spitze fallen. »Dann zieh's an. Ich habe riesigen Hunger.«

In sexy Dessous zu kochen war riskant. Wie sehr, wurde Cybil klar, als Preston sie kurz darauf gegen die Tür zur Speisekammer drängte.

Erstaunlich.

Und sie mit sich auf den Teppich im Wohnzimmer zog.

Unglaublich.

Und unter der heißen Dusche über sie herfiel. Eine Erfahrung, die sie in Zukunft unbedingt wiederholen wollte.

Die ganze Nacht hindurch hatte er sie nicht losgelassen, sie erregt, hatte nicht genug von ihr bekommen können. Genauso wenig wie sie von ihm. Es hatte Momente gegeben, unzählige Momente, in denen sie sich so sehr in Einklang bewegt hatten, eine solche Einheit gebildet hatten, dass es ihr schien, als würde sein Herz in ihrer Brust schlagen.

Die Kerzen waren längst heruntergebrannt, und von draußen drang das erste Licht des Tages herein, als Cybil erschöpft und glücklich einschlief.

Stunden später wachte sie auf. Allein.

Sie wusste, es sollte ihr nicht wehtun, dass er nicht neben ihr lag, nicht mit ihr zusammen aufwachte. So würde es nicht zwischen ihnen sein. Sie wusste das, hatte es akzeptiert. Man würde sich nicht gegenseitig zärtliche Nichtigkeiten ins Ohr flüstern, sich einander nicht das Innerste der Seele offenbaren.

Ihre Beziehung war rein körperlich, sein Herz blieb außen vor. Und ihres war ihr Problem, nicht seins.

Woher sollte er auch wissen, dass sie sich noch nie so absolut einem Mann hingegeben hatte? Wie hätte er erkennen sollen, dass die Lust in ihr, diese Gier nach ihm, von ihrer Liebe angetrieben worden war, ihrer reinen, bedingungslosen Liebe?

Cybil rieb sich müde die Augen und zwang sich aufzustehen.

Ich bin mit offenen Augen in diese Affäre gegangen, dachte sie, während sie das Schlafzimmer aufräumte. Sie war sich über die Grenzen bewusst gewesen. Seine Grenzen. Sie konnten zusammen sein, Zeit miteinander verbringen, einander genießen, solange bestimmte Linien nicht überschritten wurden.

Nun, fein. Sie würde deswegen nicht in Kummer ertrinken. Sie hatte absolute Kontrolle über ihre Gefühle und war allein verantwortlich für ihre Handlungen. Sie würde jetzt nicht zusammenbrechen, nur weil sie sich mit einem aufregenden, faszinierenden, unglaublich interessanten Mann eingelassen hatte.

»Verdammt!« Sie schleuderte die neuen Schuhe in den Schrank. »Verdammt, verdammt, verdammt!«

Cybil warf sich aufs Bett und griff nach dem Telefon. Sie musste einfach mit jemandem reden. Und wenn es um etwas so Wichtiges ging, dann gab es nur einen Menschen auf der Welt.

»Mama? Mama, ich habe mich verliebt«, sagte sie und brach in Tränen aus.

Prestons Finger flogen über die Tastatur. Er hatte keine drei Stunden geschlafen, aber sein Körper war hellwach, sein Geist gestochen klar. Sein erstes erfolgreiches Theaterstück hatte er sich abringen müssen, Wort um Wort. Doch dieses strömte nur so aus ihm heraus. Wie Wein aus einer Zauberflasche, die nur darauf gewartet hatte, entkorkt zu werden.

Es war voller Leben, und zum ersten Mal seit langer Zeit war auch er es.

Er sah alles genau vor sich. Die Charaktere, die Handlung, das Bühnenbild. Die Verlorenen, die Verdammten, die Triumphierenden.

Eine Welt in drei Akten.

Da war diese Energie, die die Menschen auf den Seiten ausströmten, die er bereits auf der Bühne vor sich sehen konnte. Er kannte sie alle, in- und auswendig, wusste, was sich in ihren Köpfen, in ihren Herzen abspielte. Konnte ganz genau vorhersagen, was sie zum Jubeln bringen und was sie zerstören würde.

Dieser Hoffnungsschimmer, der plötzlich in ihrem Leben aufgetaucht war, war gar nicht geplant gewesen, aber er war jetzt da. Ein dünner heller Faden, der sich unauffällig eingewebt hatte, ein noch wirrer Pfad, auf dem Preston jetzt mit seinen Figuren wandelte.

Er schrieb, bis ihm nichts mehr einfiel. Als er sich umsah, stellte er erstaunt fest, dass es schon fast wieder dunkel geworden war. Er hatte nicht die geringste Ahnung, wie spät es sein mochte, welcher Wochentag es war … aber das war auch unwichtig. Sein Nacken war steif, sein Magen leer und der Kaffee in der Tasse neben ihm längst kalt und wenig appetitlich.

Preston stand auf, reckte sich und zog die Vorhänge am Fenster beiseite. Draußen tobte ein Frühjahrssturm, es regnete in Strömen. Er hatte nichts davon mitbekommen. Jetzt betrachtete er die Blitze, die über den Himmel zuckten, die Fußgänger, die hastig über die Straße eilten, entweder zum nächsten Termin oder auf der Suche nach Schutz.

Der Händler an der Ecke verkaufte Regenschirme und machte an diesem Abend ein Riesengeschäft. Niemand in New York schien einen Regenschirm länger zu besitzen, als es dauerte, bis der Asphalt wieder trocken war.

Preston fragte sich, ob Cybil auch gerade aus dem Fenster sah und die gleiche Szene beobachtete. Was würde sie wohl dabei denken? Mit Sicherheit würde sie etwas so Simples und Normales wie einen Sturm in der Stadt in ihrem Comicstrip zu etwas Lustigem verarbeiten.

Ja, sie würde sich den Regenschirmmann vornehmen, eine vollständige Biografie um ihn herum aufbauen, eine Lebensgeschichte mit Namen, familiärem Hintergrund und einmaliger Persönlichkeit. Und der anonyme Straßenverkäufer würde zu einem Teil ihrer Welt werden.

Sie besaß ein einzigartiges Talent, Menschen in ihre Welt zu ziehen.

So wie ich jetzt zu ihrer Welt gehöre, dachte Preston. Er hatte nichts dagegen tun können, hatte nicht widerstehen können, die Tür zu dieser bunten, farbenfrohen Welt zu öffnen und in die Irrungen und Wirrungen, in die Verzückungen und Überraschungen, in die anziehende Energie einzutauchen.

Aber sie schien nicht zu begreifen, dass er nicht dorthin gehörte.

Sobald er in dieser Welt war, sobald Cybil bei ihm war, glaubte er sogar manchmal, er könnte verweilen. Dass, wenn er es nur zuließe, das Leben für ihn genauso simpel und normal sein könnte.

Wie ein Frühlingssturm.

Aber Stürme legten sich wieder.

Fast hätte er es zugelassen. An dem Morgen, als er neben ihr aufgewacht war. Fast wäre er in dem warmen Bett liegen geblieben, neben dem warmen Körper, der sich im Schlaf an ihn geschmiegt hatte. Sie hatte so ... so zart ausgesehen, dachte er jetzt. So einladend. Das Gefühl, das ihn durchzuckte, als er sie im schwachen Dämmerlicht im Schlaf betrachtet hatte, war ein ganz anders geartetes Verlangen gewesen. Eine Sehnsucht, zu halten, ein Bedürfnis, sich alles von der Seele zu reden und fest an Träume zu glauben.

Es war besser gewesen, sie nicht zu wecken. Besser für sie beide.

Er zog die Vorhänge wieder zu und ging hinunter in die Küche.

Er setzte frischen Kaffee auf, durchwühlte die Schränke nach etwas Essbarem und spielte mit dem Gedanken, ob er sich ein Nachmittagsschläfchen leisten sollte.

Stattdessen dachte er an sie. Und an die Nacht, die sie miteinander verbracht hatten. Das würde das Einschlafen unmöglich machen.

Was trieb sie wohl da auf der anderen Seite des Flurs?

Er hatte kein Recht dazu, jetzt an ihre Tür zu klopfen, sie bei ihrer Arbeit zu unterbrechen, nur weil er fertig mit seiner war. Nur weil der Regen an seine Fenster trommelte und ihn gereizt und unruhig machte. Nur weil er sie wollte.

Er war gern allein, erinnerte er sich, während er im Wohnzimmer auf und ab marschierte. Es war diese Gereiztheit, ohne die er nicht arbeiten konnte.

Aber er wollte mit ihr zusammen dasitzen und den fallenden Regen betrachten. Wollte sie wieder lieben, träge, langsam, lasziv, während draußen große Tropfen auf die Straßen fielen und das Bett ihnen wie ein Kokon im Unwetter war, der sie vor allem schützte, nur nicht vor sich selbst.

Er wollte sie mehr, als ihm lieb war.

So versuchte er sich davon zu überzeugen, dass alles in Ordnung war, solange es beim »Wollen« blieb. Es war diese feine Grenze zwischen »Wollen« und »Brauchen«, die es zu beachten galt. »Brauchen« war gefährlich. Wie nahe war er dieser Grenzlinie schon gekommen?

Wenn eine Frau sich auf diese Weise in die Gedanken eines Mannes schlich, veränderte das den Mann. Machte ihn angreifbar und ließ ihn Dinge von sich selbst preisgeben, die besser niemand kennen sollte.

Sie war nicht Pamela. Er war weder so blind noch so dumm zu glauben, alle Frauen wären Lügnerinnen und Betrügerinnen und kalt wie Eis. Er hatte noch nie jemanden kennengelernt, der weniger zu Ränken und Intrigen fähig wäre als Cybil Campbell.

Trotzdem änderte das nichts an den grundlegenden Tatsachen.

Vom »Wollen« zum »Brauchen« und dann als Nächstes zur Liebe waren es nur wenige Schritte, noch dazu konnte man leicht ins Schlittern geraten. War ein Mann erst einmal ausgerutscht und gestürzt, bemühte er sich hinterher umso mehr, das Gleichgewicht zu halten. Er wollte weder die Verzweiflung noch die Verletzlichkeit oder gar den Verlust seines Selbst, die automatisch mit Intimität einhergingen. Außerdem hatte er längst eingesehen, dass er zu solchen Sachen gar nicht in der Lage war.

Was also letztendlich bedeutete, dass es keinen Grund zur Sorge gab.

Er nippte an dem frischen Kaffee und starrte auf die Wohnungstür, als könne er durch sie hindurch und in die Wohnung gegenüber sehen.

Sie verlangte ja gar nicht mehr als Leidenschaft, ein bisschen Gesellschaft und Spaß. Genau wie er. Und ihr war völlig klar, dass dieses Arrangement zwischen ihnen zeitlich begrenzt war.

In ein paar Wochen würde er New York hinter sich lassen. New York und Cybil. Jeder von ihnen würde sein eigenes Leben weiterleben. Sie hier in der Großstadt mit ihren vielen Freunden, er allein und zufrieden in der Abgeschiedenheit seines Hauses.

Heftiger als nötig stellte er den Becher ab, als ihm bewusst wurde, wie unangenehm ihm diese Vorstellung war.

Wir könnten uns ja hin und wieder sehen, dachte er bei sich und begann wieder mit seiner Wanderung durchs Zimmer. Sein Haus in Connecticut war nicht so weit entfernt, dass er nicht öfter mal nach New York pendeln könnte. Hatte er nicht genau aus diesem Grund diese Lage gewählt? Er kam sowieso regelmäßig in die Stadt. Da konnte es auch öfter sein.

Bis sie einen anderen findet, dachte er und steckte die Hände in die Hosentaschen. Warum sollte eine Frau wie sie sich mit so wenig begnügen? Warum sollte sie darauf warten, dass er ab und zu aus Connecticut hereinschneite?

Und das wäre auch in Ordnung, dachte er, noch während sein Temperament bereits in ihm zu brodeln begann. Er verlangte ja nichts von ihr! Sollte sie sich doch ruhig mit irgendeinem Idioten vergnügen, den ihre Freunde ihr aufdrängten.

Aber nicht, das schwor er bei Gott, solange er noch ihr gegenüber wohnte!

Preston eilte zur Tür, um ein paar Dinge klarzustellen, und riss sie genau in dem Augenblick auf, als Cybil sich auf dem Flur strahlend in die Arme eines hochgewachsenen Mannes mit von der Sonne gebleichtem braunen Haar warf.

»Immer noch das hübscheste Mädchen in New York«, sagte der Fremde. »Gib mir einen Kuss.«

Und während sie genau das ausgiebig tat, überlegte Preston bereits, auf welche Weise er den Kerl umbringen würde.

8. Kapitel

»Matthew! Warum hast du mir nicht gesagt, dass du kommst? Seit wann bist du hier? Wie lange bleibst du? Oh, ich freue mich ja so, dich zu sehen! Du bist ganz nass. Komm rein und zieh die Jacke aus. Wann kaufst du dir endlich eine neue? Die hier sieht aus, als hätte sie mehrere Kriege mitgemacht.«

Matthew lachte nur, hob sie hoch und küsste sie wieder. »Du kannst noch immer nicht den Mund halten.«

»Wenn ich glücklich bin, sprudle ich einfach über. Wann musst du … Oh, Preston«, rief sie, als sie ihn bemerkte, und strahlte ihn an. »Ich habe dich gar nicht gesehen.«

»Das ist offensichtlich.« Mit bloßen Händen, entschied Preston. Ja, er würde diesen Kerl in der abgewetzten Lederjacke mit bloßen Händen auseinandernehmen. Stück für Stück. Das wäre am befriedigendsten. Und dann würde er die Stückchen an Cybil verfüttern. »Ich will euer Wiedersehen nicht stören.«

»Ist das nicht toll? Matthew, das ist Preston McQuinn.«

»McQuinn?« Matthew fuhr sich mit der Zunge über die Zähne und sah den Nachbarn etwas besorgt an. Er hatte die ungute Ahnung, dass der Mann ihm eben diese liebend gern ausschlagen würde. »Der Autor? Als ich das letzte Mal in der Stadt war, habe ich eins Ihrer Stücke gesehen. Cyb hat vor Rührung wie ein Schlosshund geheult. Ich musste sie praktisch aus dem Theater tragen.«

»So schlimm war es gar nicht«, protestierte Cybil.

»Doch, das war es. Früher bist du manchmal sogar schon bei Werbespots für Geburtstagskarten in Tränen ausgebrochen.«

»Das stimmt doch gar nicht, und außerdem … Oh, mein

Telefon. Augenblick!« Sie sprintete in ihre Wohnung und ließ die beiden Männer allein zurück, die sich mit argwöhnischen Blicken taxierten.

»Ich bin Bildhauer«, begann Matthew lässig. »Und da ich dazu meine Hände brauche, erzähle ich Ihnen besser, dass ich Cybils Bruder bin, bevor ich Ihnen eine gebe.«

»Bruder?« Preston entspannte sich ein wenig, aber nicht viel. »Sie sehen ihr nicht ähnlich.«

»Nicht sehr. Wollen Sie meinen Ausweis sehen, McQuinn?«

»Das war Mrs. Wolinsky«, verkündete Cybil, als sie zurückkam. »Sie hat dich gesehen, war aber nicht schnell genug an der Tür, um dich abzufangen.« Kichernd kniff sie Matthew in beide Wangen. »Ich soll dir sagen, dass du noch hübscher geworden bist.«

»Hör bloß damit auf.«

»Aber du bist doch hübsch. So ein tolles Gesicht – die gesamte Damenwelt liegt dir zu Füßen.« Sie lachte und ergriff Prestons Hand. »Kommt, das müssen wir mit einem Drink feiern.«

Preston wollte ablehnen, doch dann zuckte er mit den Schultern. Es konnte nichts schaden, sich Cybils Bruder etwas genauer anzusehen.

»Bildhauer also, ja? Was genau machen Sie?«

»Hauptsächlich arbeite ich mit Metall.« Matthew zog die Lederjacke aus und warf sie über einen Sessel. Die Jacke lag keine Sekunde auf der Armlehne, als Cybil sie auch schon wieder aufnahm.

»Ich hänge sie zum Trocknen ins Bad. Preston, würdest du den Wein einschenken?«

»Sicher.«

»Hat sie Bier im Haus?«, fragte Matthew und lehnte sich an den Tresen. Er zog eine Augenbraue hoch, als er sah, wie gut Preston sich offensichtlich in Cybils Küche auskannte.

»Ja.« Preston nahm zwei Dosen aus dem Kühlschrank, riss sie auf und kümmerte sich um Cybils Wein. »Sie arbeiten im Süden?«

»Ja, New Orleans sagt mir mehr zu als Neuengland. Schon vom Wetter her. Da kann ich auch draußen arbeiten, wenn ich will. Cyb hat nichts von Ihnen erzählt. Wann sind Sie eingezogen?«

Preston nahm einen großen Schluck Bier, wobei ihm auffiel, dass Matthews Augen fast genau die gleiche Farbe hatten wie Cybils Haar – wie guter, lang gelagerter Whiskey. »Kürzlich.«

»Sie arbeiten schnell, was?«

»Kommt darauf an.«

»Preston«, seufzte Cybil. »Hättet ihr keine Gläser nehmen können?«

»Wir brauchen keine Gläser«, erwiderte ihr Bruder grinsend, ohne dabei jedoch den herausfordernden Blick von Preston zu wenden. »Wir trinken unser Bier wie echte Männer. Und danach verschlingen wir die Dosen.«

»Dann möchtest du wahrscheinlich auch gar kein Abendessen.«

»Das würde ich mir nie entgehen lassen«, entgegnete er und setzte sich auf einen Hocker. »Davon hattest du mal vier.«

»Preston hat sich einen geliehen. Was machst du in New York, Matthew?« Sie schaute in den Kühlschrank.

»Ich muss meine Herbstausstellung vorbereiten. Ich bleibe nur ein paar Tage.«

»Und natürlich wohnst du im Hotel, habe ich recht?«

»Hier gibt sich ja den ganzen Tag einer nach dem anderen die Klinke in die Hand. Das würde mich wahnsinnig machen.« Er zeigte mit seiner Dose auf Preston. »Sie wohnen ja schon ein bisschen hier, nicht? Dann wissen Sie ja, wie es bei Cyb zugeht. Wie in einem Hühnerstall.« Er erschauerte theatralisch.

»Matthew ist professioneller Einsiedler«, erklärte Cybil, während sie mit den Vorbereitungen für ein kleines Festmahl begann. »Ihr beide werdet euch gut verstehen. Preston ist genauso menschenscheu.«

»Sehr vernünftig.« Matthew lächelte Preston schief an. Vielleicht könnte er diesen Typen ja doch noch sympathisch finden. »Cyb hat mich mal überredet, bei ihr zu wohnen«, fuhr er fort und stibitzte sich einen Cracker von dem Teller, den Cybil hingestellt hatte. »Der reinste Horror, drei Tage lang. Andauernd kamen Leute. Sie standen überall herum, plauderten, tranken und brachten Verwandte und Haustiere mit.«

»Es war nur ein einziger und noch dazu kleiner Hund.«

»Der erst ständig ungebeten auf meinen Schoß sprang und dann meine Socken fraß.«

»Hättest du deine Socken nicht herumliegen lassen, hätte er sie nicht fressen können. Außerdem hat er nur ein bisschen daran gekaut.«

»Das ist alles eine Frage des Standpunkts, nicht wahr? Siehst du, in einem zivilisierten Hotel kommt nur die Putzkolonne und der Zimmerservice vorbei, und die klopfen vorher an und bringen zudem keine kleinen Hunde mit scharfen Zähnen mit.« Matthew kniff ihr in die Nase. »Aber du darfst mir etwas kochen, Schwesterherz.«

»Du bist viel zu gut zu mir.«

»Haben Sie denn schon mal Cybs Hühnchenpastete probiert, McQuinn?«

»Noch nicht.«

»Na, dann sehen Sie jetzt mal genau zu, wie ich sie überrede, die für uns zu machen.«

Preston fand es interessant zu beobachten, wie Cybil und ihr Bruder miteinander umgingen. Voller Zuneigung, Humor und manchmal auch mit Verärgerung. So war es auch zwischen ihm und seiner Schwester gewesen. Vor Pamela.

Danach hatte es natürlich noch Zuneigung gegeben, aber die Ungezwungenheit war verschwunden. Allzu oft hatte zwischen ihnen Verlegenheit geherrscht, die vorher nicht existiert hatte.

Bei den Campbells dagegen war Verlegenheit ein Fremdwort. Fröhlich lachend erzählten sie die peinlichsten Geschichten übereinander. Und nachdem sie alles ausgeschlachtet hatten, machten sie sich gemeinsam über die abwesende Schwester und die verschiedenen Cousins und Cousinen her.

Als er in seine Wohnung zurückkehrte, überlegte er, ob er Teile davon in den zweiten Akt seines Theaterstücks einarbeiten sollte, damit die Zuschauer zur Abwechslung auch mal etwas zum Schmunzeln hatten.

Arbeit, so beschloss er, war wohl die beste Alternative, um den Rest der Nacht herumzubringen, nachdem Cybil nun wohl vorerst mit ihrem Bruder beschäftigt war.

»Dein Freund gefällt mir.« Matthew streckte die Beine aus und schwenkte genießerisch den Brandy in seinem Glas, den Cybil zu seinen Ehren geöffnet hatte.

»Wie praktisch. Mir nämlich auch«, erwiderte Cybil lächelnd.

»Ein bisschen trocken für dich, oder nicht?«

»Ach, weißt du …« Sie ließ sich neben ihm auf das Sofa fallen. »Ab und zu tut eine Abwechslung mal ganz gut.«

»Ist es das, was er ist? Eine Abwechslung?« Er zupfte an ihrem Ohrläppchen. »Ihr beide habt ja keine Sekunde verschwendet, euch aneinanderzuklammern, kaum dass ich nach oben gegangen bin, um zu telefonieren.«

»Wenn du telefoniert hast, wie konntest du dann sehen, was wir gemacht haben?« Sie lächelte zuckersüß und klimperte mit den Wimpern. »Es sei denn, du hast uns nachspioniert.«

»Ich spioniere nicht. Ich habe mich nur in einem strategisch abgepassten Moment über die Brüstung gebeugt, und da habe ich es gesehen. Und da der Mann dich den ganzen Abend mit Blicken verschlungen hat, so als wüsste er ganz genau, dass du viel besser schmeckst als deine Hühnchenpastete – die übrigens großartig war, Schwesterherz –, brauchte ich nur zwei und zwei zusammenzählen.«

»Du bist wirklich clever, Matthew. Ich denke, ich kann dir sagen – da du sowieso keine Ruhe geben wirst –, dass Preston und ich zusammen sind.«

»Schläfst du mit ihm?«

Sie riss übertrieben schockiert die Augen auf. »Der Himmel bewahre … nein! Wir haben beschlossen, uns als Canasta-Partner zusammenzutun. Natürlich ist uns beiden klar, welch große Verantwortung das mit sich bringt, aber wir sind überzeugt, wir werden damit fertig.«

»Sehr komisch.«

»Mit Komik verdiene ich mein Geld.«

»Und jetzt verdienst du es, indem du McQuinn von gegenüber in Emilys rätselhaften Quinn verwandelst?«

»Wie hätte ich widerstehen können?«

Matthew trommelte nervös mit den Fingern auf dem Polster. »Emily glaubt, dass sie sich in Quinn verliebt hat.«

Cybil schwieg einen Moment, bevor sie den Kopf schüttelte. »Emily ist eine Comicfigur, die das tut, was ich ihr sage. Sie ist nicht ich.«

»Aber sie besitzt ein paar deiner Eigenschaften, nicht nur liebenswerte, sondern auch störende.«

»Stimmt. Deshalb mag ich sie.«

Stirnrunzelnd starrte Matthew in sein Glas. »Hör zu, Cyb, ich will mich nicht in dein Privatleben einmischen, aber ich bin nun mal dein großer Bruder.«

»Und diese Rolle spielst du so gut.« Sie küsste ihn auf die Wange. »Du brauchst dir keine Sorgen zu machen. Preston nutzt deine kleine Schwester nicht aus.« Sie nahm ihm das Glas aus der Hand, nippte am Brandy und gab es ihm zurück. »Ich habe *ihn* ausgenutzt. Ich habe ihm Kekse gebacken, und seitdem ist er mein Lustsklave.«

»Immer noch das alte lose Mundwerk …« Weil er sich ungemütlich fühlte, stand Matthew auf und ging hin und her. »Also, ich will ja keine Details hören, aber …«

»Schade, ich hatte mich schon so darauf gefreut, dir alles brühwarm zu berichten. Ich könnte dir auch ein paar Videos zeigen …«

»Halt den Mund, Cybil, ja?« Mittlerweile fühlte er sich mehr als nur unwohl, er war verlegen. Er blieb stehen und fuhr sich mit einer Hand durch das Haar. »Ich weiß, du bist erwachsen, und du bist echt süß, trotz dieser Nase.«

»Meine Nase ist sehr attraktiv«, behauptete sie überzeugt und schnüffelte.

»Wir alle haben lange und sorgfältig daran gearbeitet, dich das glauben zu machen. Und wir sind so stolz, dass du diesen körperlichen Makel so würdevoll erträgst.«

Cybil musste lachen. »Sei still, Matthew.«

»Alles, was ich sagen will, ist … sei vorsichtig, ja?«

Ihr Blick wurde weich. »Ich liebe dich, Matthew. Trotz dieses nervösen Zuckens in deinem Gesicht.«

»In meinem Gesicht zuckt es nicht.«

»Ja, wir haben alle hart daran gearbeitet, dich das glauben zu lassen.« Sie lachte und schlang die Arme um ihn. »Es ist schön, dich hierzuhaben. Kannst du nicht noch eine Weile bleiben?«

»Leider nicht.« Er legte die Wange an ihren Kopf. »Ich will für ein paar Tage nach Hyannis, um in Ruhe zu zeichnen. Grandpa hat mal wieder so lange genervt, bis ich nachgegeben habe.«

»Darin ist er unschlagbar.« Mit einem Grinsen lehnte Cybil sich zurück. »Und? Verzehrt sich Grandma wieder nach dir?«

»Oh ja, sie kaut Fingernägel vor Sorge und zerfleischt sich innerlich vor Sehnsucht. Warum kommst du nicht nach? Damit würdest du dem alten Herrn einen Gefallen tun. Außerdem könnten wir uns dann gegenseitig unterstützen, wenn er mal wieder mit der alten Leier anfängt, warum wir nicht unsere Pflicht gegenüber der Familie tun, heiraten und eine ganze Meute von kleinen neuen Menschen produzieren.«

»Hm. In den letzten Wochen hat er ein paarmal hier angerufen – hat mir gar nicht die Chance gelassen, ihn zuerst anzurufen.« Sie überlegte und überschlug Termine und andere Erledigungen im Kopf. »Ich habe vorgearbeitet, also könnte ich mir ein paar Tage Zeit nehmen. Übermorgen allerdings habe ich ein Meeting, das ich nicht absagen kann.«

»Dann komm danach.« Er legte den Kopf schräg und musterte sie. »Du könntest deinen Canasta-Partner ja bitten, dich zu begleiten«, sagte er dann zögernd. »Wir veranstalten ein Kartenturnier.«

»Das könnte ihm vielleicht sogar gefallen«, murmelte sie. »Ich frage ihn. *Ich* komme auf jeden Fall nach.«

»Gut.« Matthew hoffte, dass Preston die Einladung annehmen würde. Zu gern würde er miterleben, wie Daniel McGregor ihn sich vorknöpfte.

Es war schon nach Mitternacht, als Matthew sich auf den Weg ins Hotel machte. Cybil sagte sich, es sei besser, nach oben und ins Bett zu gehen. Schließlich hatte sie in der Nacht zuvor nicht viel Schlaf bekommen. Und Preston auch nicht. Ja, das wäre nur vernünftig – ins Bett kriechen, das Licht löschen und den nötigen Schlaf nachholen.

Also tat sie genau das Unvernünftige, ging über den Hausflur und läutete an seiner Tür.

Sie dachte gerade, er könnte vielleicht schon zu Bett oder in den Club gegangen sein, als von innen Schlösser und Riegel aufgemacht wurden.

»Hi, ich habe dir gar keinen Gutenacht-Drink angeboten«, begann sie unbeschwert, als er öffnete.

Preston warf einen Blick über ihre Schulter, sah wieder zu ihr. »Wo ist dein Bruder?«

»Auf dem Weg ins Hotel. Ich habe eine Flasche Brandy aufgemacht, und ...«

Den Rest bekam sie nicht mehr heraus, nicht einmal einen überraschten Aufschrei, denn er zog sie in seine Wohnung, stieß die Tür zu und drückte sie dagegen. Dann küsste er sie.

Erst als er seine Lippen langsam von ihrem Mund zu ihrem Nacken wandern ließ, konnte sie nach Luft schnappen. »Ich nehme an, du möchtest keinen Brandy.« Er zog ihr schon das T-Shirt aus, also machte sie sich an seinem zu schaffen. »Und After-Dinner-Pralinen wohl auch nicht.«

Das Verlangen, das ihn schlagartig befallen hatte, als er sie sah, war übermächtig. Jeder Versuch, sich wieder unter Kontrolle zu bekommen, blieb ohne Erfolg.

Cybil schmiegte sich an ihn, genauso drängend, genauso wild, und stöhnte auf, als er ihr die Hose über die Hüften streifte.

Was immer sie ihm bieten konnte, es gehörte ihm.

Er schmiegte seine Hände um ihre Brüste, senkte den Kopf, legte die Lippen um eine Knospe und saugte daran. Ihre Haut war wie warme Seide, und er wollte sie an seiner spüren.

So viel zu fühlen und es zu überleben ist unmöglich, war Cybils letzter klarer Gedanke, während seine Finger, seine Lippen, seine Zunge ihr die Vernunft raubten.

Wie aus weiter Ferne hörte sie ihren eigenen leisen Aufschrei, als ihr Körper unter der Wucht der unerwarteten Erfüllung erbebte. Keuchend lehnte sie sich gegen die Tür und klammerte sich an seine Schultern. Sie fühlte sich wehrlos, ihm ausgeliefert, und es war ein Gefühl, das neues Verlangen in ihr weckte.

Sie tastete über seine feuchte Haut. Sein Mund war unnachgiebig, forderte mehr, bis sie sich unter seinen Liebkosungen wand und einem zweiten Höhepunkt entgegenstrebte.

Er fuhr mit den Lippen über ihre Wangen und ihr Kinn bis zu ihrem Hals, über erhitzte Haut, die erregend nach Salz und Frau schmeckte. Wortlos zog er sie mit zum Sessel, dann auf sich und hob ihre Hüften an.

Ihre Blicke trafen sich, und er sah, wie das sanfte, wolkige Grün ihrer Augen sich verdunkelte und verschwamm, wie die langen Wimpern zuckten, als er sie langsam auf sich herabsinken ließ.

Sie umschloss ihn, umgab ihn mit ihrer Hitze, und ihr Aufstöhnen erregte ihn nur noch mehr. Sie ließ den Kopf in den Nacken fallen und begann sich auf ihm zu bewegen. Auf und ab, immer schneller, immer ungestümer.

Jetzt bestimmte sie das Tempo, den Rhythmus, und er ließ sie gewähren. In ihrem Gesicht spiegelten sich Lust und Entschlossenheit, und ihr Atem ging stoßweise. Bald wusste er nicht mehr, wo sein Körper endete und ihrer begann. Und dann umschloss sie ihn noch fester und beinahe triumphierend, als sie spürte, wie ihre Erfüllung zu seiner wurde.

Danach schmiegte sie sich an ihn. Ihren Kopf an seiner Schulter zu fühlen, ihre Lippen an seinem Hals war herrlich, und er machte die Augen zu, um es zu genießen.

Ihm fiel ein, was sie zu ihm gesagt hatte. Dass noch niemand sie so berührt hatte wie er.

Und niemand war wie sie durch die Lust hindurch zu seinem Herzen vorgedrungen. Doch so mühelos er die Worte auch zu Papier brachte, so schwer fiel es ihm, sie ihr gegenüber auszusprechen.

»Ich habe den ganzen Abend an nichts anderes gedacht.« Wenigstens das konnte er ihr gestehen.

»Hmm. Wenn ich mir vorstelle, dass ich fast zu Bett gegangen wäre …« Seufzend schob sie die Nase in sein Haar. »Ich wusste, dass dieser Sessel ideal für dich ist.«

Er schmunzelte. »Ich dachte daran, ihn neu beziehen zu lassen. Aber jetzt werde ich ihn in Bronze gießen lassen.«

Sie lehnte sich zurück und nahm sein Gesicht zwischen die Hände. »Ich liebe deine kleinen unerwarteten Anfälle von Humor.«

»Das ist nicht komisch«, entgegnete er gespielt ärgerlich. »Es wird mich eine Menge Geld kosten.«

Er hoffte auf ein Lachen von ihr. Ein Laut, an den er sich so gewöhnt hatte, dass er ihn mittlerweile hören musste. Doch sie lächelte nur wehmütig. »Preston«, flüsterte sie und küsste ihn.

Es war ein sanfter, zärtlicher Kuss. Einer, der eher die Seele als das Blut aufwühlte. Einer, der nach seinem Herzen tastete, es mit zaghaften Fingern streichelte und in ihm Sehnsucht weckte. Nach etwas, an das zu glauben er sich weigerte.

Etwas in ihm verlagerte sich. Seine Hände begannen vor Anstrengung zu zittern, weil er versuchte, diese Veränderung aufzuhalten. Doch gegen dieses süße Sehnen hatte er keine Chance.

Er hatte die Grenze zwischen »Wollen« und »Brauchen« überschritten, und mit Erschrecken erkannte er, dass er schon auf dem besten Wege war, den nächsten Schritt in die Liebe hineinzustolpern.

Seufzend presste sie die Wange an seine. Und ging ihren heimlichen Wünschen nach.

»Dir ist kalt«, flüsterte er.

»Ein wenig.« Sie hielt die Augen geschlossen und versuchte sich damit abzufinden, dass nicht alle Wünsche in Erfüllung gingen. »Ich habe Durst. Möchtest du auch ein Glas Wasser?«

»Ja, ich hole es.«

»Nein, lass nur.« Sie glitt von ihm, und er war erstaunt, dass es ihm wie ein großer Verlust erschien. »Hast du einen Bademantel?«

Irgendwie brachte er ein unbeschwertes Lächeln zustande. »Diese Sache mit den Bademänteln scheint eine Besessenheit von dir zu sein.«

»Schon gut.« Sie zog sein Hemd an. »Matthew mag dich«, erzählte sie auf dem Weg in die Küche.

»Ich ihn auch.« Er atmete tief durch, um sein inneres Gleichgewicht wiederzufinden. »Das Stück in deinem Atelier, ist das von ihm?«

»Ja. Es ist toll, nicht? Er besitzt eine einzigartige Sicht der Dinge. Ihm bei der Arbeit zuzusehen ist ein erstaunliches Erlebnis. Vorausgesetzt, er bringt einen nicht vorher um.«

Sie goss Mineralwasser in ein Glas und leerte es zu einem Drittel, bevor sie zu Preston zurückging. Er blinzelte leicht erstaunt, als sie es sich auf seinem Schoß bequem machte und sich zusammenrollte wie eine Katze.

»Also«, begann sie und bot ihm ihr Glas an, »wie wäre es mit einem kleinen Ausflug?«

»Ein Ausflug?«

»Ein paar Tage nach Hyannis Port. Matthew will unsere Großeltern besuchen. Die MacGregors. Ich dachte mir, ich könnte auch hochfahren. Grandpa liebt es, sich darüber zu beschweren, dass wir nicht öfter zu Besuch kommen. Es ist toll dort. Das Haus ist … unbeschreiblich. Aber es würde dir gefallen. Und die Menschen auch. Wie wär's, willst du mal den Alltagstrott hinter dir lassen, McQuinn?«

»Klingt nach einem Familientreffen.« Verwundert stellte er fest, dass die Aussicht, ein paar Tage ohne sie verbringen zu müssen, ihn bedrückte.

»Bei den MacGregors ist alles ein Familientreffen. Grandpa hat gern viele Leute um sich. Er ist weit über neunzig und steckt voller Energie.«

»Ich weiß. Er ist faszinierend. Beide sind faszinierend.« Er sah, wie Cybil die Stirn runzelte. »Ich kenne sie beide. Flüchtig. Sie sind Bekannte meiner Eltern.«

»Wirklich? Das wusste ich nicht. Ich habe dir doch von den komplizierten Familienverhältnissen erzählt, nicht wahr? MacGregor – Blade, Blade – Grandeau, Grandeau – Campbell, Campbell – MacGregor … obwohl, nicht unbedingt in dieser Reihenfolge.«

»Fang bloß nicht damit wieder an. Mir raucht schon der Kopf.«

Sie lachte. »Nun, da du sie und Matthew kennst, komm doch einfach mit. Es ist ja nicht so, als würdest du dich unter Fremden wiederfinden.« Sie strich mit den Lippen von seinem Ohr zum Hals. »Es wird bestimmt Spaß machen.«

»Hier auf diesem Sessel könnten wir sogar noch mehr Spaß haben.«

Sie lachte sinnlich. »Auf Schloss MacGregor gibt es viele, viele Zimmer«, flüsterte sie. »Und in manchen davon stehen große, weiche Betten.«

»Wann brechen wir auf?«

»Ehrlich?« Begeistert lehnte sie sich zurück. »Übermorgen? Ich habe am Vormittag eine Besprechung. Danach können wir gleich losfahren. Ich miete einen Wagen.«

»Ich habe einen Wagen.«

Sie legte den Kopf auf die Seite. »Hmm. Ist er sexy?«

»Wie denkst du über viertürige Mittelklassewagen?«

»Sicherlich vernünftige Autos, sehr zuverlässig, sehr sparsam. Vernünftige Autos sind immer gut.«

»Tja, dann wird dir mein Porsche wohl nicht gefallen.«

»Ein Porsche?« Sie strahlte. »Ein Cabrio?«

»Was sonst?«

»Mit fünf Gängen?«

»Tut mir leid, dich enttäuschen zu müssen – sechs Gänge.«
Ihre Augen weiteten sich. »Wirklich? Darf ich fahren?«

»Klar. Wenn bis übermorgen Eiszapfen in der Hölle von der
Decke hängen … sitzt du am Steuer.«

Sie zog einen Schmollmund und spielte mit seinem Haar.
»Ich bin eine ausgezeichnete Autofahrerin.«

»Bestimmt.« Bevor er sich von ihr überreden lassen würde,
beschloss er, dass es besser sei, sie abzulenken. Also rollte er das
kalte Glas über ihren nackten Rücken. Sie zuckte nach vorn,
und ihre Brüste pressten sich gegen seine Haut.

»Was, meinst du, könnte passieren, wenn wir diesen Sessel
nach hinten kippen?«

»Alle möglichen erstaunlichen Dinge«, wisperte sie und
drehte den Kopf, damit er leichter an ihren Hals kam. »Wusstest du, dass dieses Haus meinem Großvater gehört?«

»Sicher. Er hat mir schließlich von der Wohnung erzählt, als
ich eine Unterkunft in New York suchte. Dreh den Hals … Ja,
genau so.«

»Er hat dir von dieser Wohnung erzählt?« Irgendwie schaffte
er es, seine Position so zu verändern, dass er halb auf ihr lag.
Das lenkte sie von dem unguten Verdacht ab, der in ihr aufkeimte. »Wann hat er … Oh, das ist gut. Mach weiter.«

»Danke. Aber es wird noch besser.«

9. Kapitel

Das Haus der MacGregors stand hoheitsvoll und unbeugsam auf einer Klippe oberhalb der tosenden Meeresbrandung. Es war aus grauem Stein, hatte Türme und Vorsprünge und wurde überragt von einem Fahnenmast, an dem das Familienwappen im Wind flatterte. Kurz, ein stolzes Gemäuer.

Die wilden Rosen, die an den Mauern hinaufkletterten und im Sommer leuchtend blühen würden, nahmen ihm nichts von seiner imposanten Wirkung, sondern verliehen dem Anwesen zusätzlich noch etwas Märchenhaftes.

»Halt«, murmelte Preston und legte eine Hand auf Cybils Arm. »Halt an.«

Weil sie verstand, was der Anblick in ihm auslöste, und es sie glücklich machte, dass er so reagierte, bremste sie sanft. »Wie aus einem Märchen, nicht wahr?« Sie beugte sich vor, um den Wohnsitz ihrer Großeltern durch den Nieselregen hindurch zu betrachten. »Aber keine von diesen schnulzigen Geschichten, sondern ein richtiges Abenteuer.«

»Ich habe Fotos gesehen, aber die zeigen es nicht annähernd so, wie es ist. Wenn man davorsteht, ist es ungleich eindrucksvoller.«

»Es ist nicht nur einfach ein Haus, es ist ein unglaublich großzügiges Heim. Wenn wir zu Besuch kommen, gibt es immer etwas Neues, irgendetwas Wunderbares zu sehen und zu erleben.« Wie jetzt. Mit Preston, dachte sie. »Macht sich gut im Regen, nicht wahr?«

»Bei jedem Wetter, schätze ich.«

»Du hast recht. Du müsstest es mal im Winter sehen. Zu Weihnachten kommen wir immer her. Schnee und Wind verwandeln das Haus in etwas geradezu Unwirkliches, etwas Zeitloses. Letztes Jahr am Ende des Sommers, als die Rosen überall an den Mauern blühten und der Himmel sich stahlblau über der Burg ergoss, hat mein Cousin Duncan hier geheiratet. Aber wenn es regnet, fühlt man sich nach Schottland versetzt.« Sie lächelte verträumt.

»Warst du schon mal dort?«

»Hmm. Zweimal. Und du?«

»Nein.«

»Du solltest hinfliegen. Du stammst von dort. Du würdest staunen, wie sehr du deine Wurzeln spürst, wenn du im schottischen Hochland die Luft einatmest oder an einem der Seen stehst.«

»Vielleicht tue ich das. Ich habe vor, mir zwei Wochen Pause zu gönnen, um den Druck loszuwerden, wenn mein Theaterstück fertig ist.« Er sah sie an. »Wie kommst du mit dem Wagen zurecht?«

»Kann ich nicht sagen. Schließlich durfte ich ihn gerade einmal fünfundvierzig Sekunden fahren. Wenn du mich morgen eine längere Ausfahrt damit …«

»Selbst deine einzigartigen Überredungskünste werden dir nicht mehr Zeit einbringen, als es dauert, vom Haus bis zum Tor zu fahren.«

Cybil zuckte mit den Schultern. Wir werden sehen, dachte sie, fuhr den Hügel hinauf und parkte vor der Haustür. »Danke.« Sie gab ihm einen Kuss und die Wagenschlüssel.

»Gern geschehen.«

»Das Gepäck können wir nachher holen. Jetzt rennen wir erst mal ins Haus und trinken einen Whiskey am Kamin.«

Sie stieg aus, rannte zum Portal, schüttelte den Kopf wie ein nasser Hund und lachte fröhlich.

Volle zehn Sekunden konnte er sich nicht rühren. Konnte ihr nur nachstarren durch den Regenvorhang. Das nasse Haar lag wie eine Kappe um ihren Kopf, ihr Gesicht leuchtete vor Lebensfreude. Er wollte sich einreden, dass es nur Verlangen war, was er fühlte, simpel und unkompliziert.

Aber Verlangen ging nur selten so tief, und es griff auch nicht mit eisigen Fingern nach dem Herzen.

Wenn er es nicht ignorieren konnte, dann würde er es eben strikt verneinen.

Er stieg aus, in den Regen, ließ sich den Wind ins Gesicht schlagen und dachte dabei an eine Frau, die neckend seine Wangen tätschelte, dann lief er ihr hinterher. Und während Cybil entzückt auflachte, zog er sie an sich und küsste sie leidenschaftlich.

Der fast brutale Kuss ließ sie schwanken, aber sie spürte die nur mühsam kontrollierte Verzweiflung, das unbändige Verlangen, die Wut in dem Körper, der sich an ihren presste. Sie hob die Hände, streichelte sein Gesicht und schlang die Arme fest um seinen Hals. »Preston!«

Er hörte ihr Murmeln wie aus weiter Ferne, es rauschte in seinen Ohren, und das hatte nichts mit der Brandung und dem Regen zu tun. Ihre sanfte Stimme ließ ihn den Griff lockern, zärtlicher werden. Noch ein Kuss, sanft und tief, dann riss er sich fast gewaltsam von ihr los.

»Auf das hier werde ich wohl in den nächsten Tagen verzichten müssen, wenn die ganze Familie dabei ist«, murmelte er und schob ihr eine klitschnasse Strähne hinter das Ohr.

»Nun …« Sie holte tief Luft, um sich zu beruhigen. »Das wird mir dann wohl so lange reichen müssen«, meinte sie lächelnd, nahm ihn bei der Hand und zog ihn ins Haus.

In der Eingangshalle war es einladend warm. An den hohen Wänden hingen breite Schwerter, Schilde glitzerten im Licht.

Schließlich war es das Heim eines Kriegers, eines Kriegers, der seine Herkunft nie vergessen hatte. Es duftete nach frischen Blumen, altem Holz und Tradition.

»Cybil!« Freudestrahlend kam Anna MacGregor die breite Treppe herunter und öffnete weit die Arme, um Cybil fest an sich zu drücken.

»Grandma.« Tief atmete sie den Duft der geliebten Frau ein. »Wie schaffst du es nur, immer so wunderschön auszusehen?«

Anna lachte und drückte Cybil noch fester an sich. »In meinem Alter sieht man höchstens präsentabel aus.«

»Du nicht. Du bist immer noch schön. Nicht wahr, Preston?«

»Sehr schön.«

»Man ist nie zu alt für eine taktvolle Lüge aus dem Mund eines gut aussehenden jungen Mannes.« Anna ließ einen Arm um Cybils Hüfte liegen und streckte Preston den anderen entgegen. »Hallo, Preston. Ich glaube nicht, dass Sie sich noch an mich erinnern. Als ich Sie das letzte Mal sah, können Sie nicht älter als sechzehn gewesen sein.«

»So ungefähr«, bestätigte er und ergriff ihre Hand. »Aber ich kann mich sehr gut an Sie erinnern, Mrs. MacGregor. Es war auf dem Frühlingsball in Newport, und Sie waren sehr nett zu einem Jungen, der überall sein wollte, nur nicht dort.«

»Sie erinnern sich wirklich. Jetzt fühle ich mich geschmeichelt. Kommt, Kinder, wärmt euch auf. Der Regen ist ungemütlich kalt.«

»Wo sind Grandpa und Matthew?«

»Oh.« Lächelnd führte Anna die beiden durch die Eingangshalle in den Raum, den die Familie scherzhaft als Thronsaal bezeichnete. »Daniel hat den armen Matthew auf die Swimmingpool-Pumpe angesetzt. Sie funktioniert nicht richtig, und du weißt ja, wie wichtig deinem Großvater seine täglichen Bahnen sind. Er behauptet, das Schwimmen halte ihn jung.«

»Alles hält ihn jung.«

Der große Raum trug seinen Namen zu Recht, denn das zentrale Möbelstück war Daniels gewaltiger Lehnstuhl, der auf einem scharlachroten Teppich stand. Auch die anderen Möbel waren massiv und mit aufwendigem Schnitzwerk verziert. Die Lampen verbreiteten warmes Licht in der hereinbrechenden Dämmerung, und im Kamin flackerte bereits ein großes Feuer.

»Wir werden Tee trinken. Daniel wird vermutlich darauf bestehen, dass wir zur Feier eures Besuchs Whiskey hinzufügen. Er nutzt jeden Vorwand aus. Setzt euch, macht es euch bequem«, forderte sie die beiden auf. »Wenn ich ihm nicht sofort Bescheid sage, dass ihr hier seid, wird er mir ewig Vorwürfe machen.«

»Setz du dich«, erwiderte Cybil. »Ich gehe zu ihm. Dann kann ich auch gleich den Tee bestellen.«

»Du bist ein liebes Mädchen.« Anna tätschelte Cybils Hand und nahm am Kamin Platz. »Warst du schon immer.« Dann zeigte sie auf den Sessel neben ihrem. »Preston, Daniel und ich haben uns vor einigen Monaten Ihr letztes Theaterstück in Boston angesehen. Es ist uns wirklich zu Herzen gegangen. Ihre Familie muss sehr stolz auf Sie sein.«

»Ich glaube, die war eher überrascht.«

»Manchmal läuft das auf dasselbe hinaus. Eigentlich erwarten wir nie wahres Genie von unseren Kindern oder Geschwistern, ganz gleich, wie sehr wir sie auch lieben und bewundern. Und wenn es dann so weit ist, fragen wir uns überrascht, wie es nur möglich war, dass wir dieses Genie all die Jahre über verkannt haben.«

»Sie scheinen meine Familie gut zu kennen«, erwiderte er leise. »Dann müssen Sie auch wissen, dass das Stück viele autobiografische Züge hat.«

»Ja, das ist mir bewusst. Manchmal muss man eine Wunde ausbrennen, sonst fängt sie an zu eitern. Geht es Ihrer Schwester gut?«

»Ja. Sie hat ihre Kinder. Sie lebt für sie.«

»Und Sie, Preston? Leben Sie für Ihre Arbeit?«

»Offenbar.«

»Entschuldigung.« Anna hob die Hände. »Ich wollte nicht indiskret sein. Das überlasse ich normalerweise meinem Mann. Ich bin nur interessiert, weil ich mich an den Jungen auf dem Ball erinnere, der auf seine Schwester aufpasste. Es hat mich daran denken lassen, wie Alan und Caine immer ein Auge auf Serena hatten – und wie sehr sie sich darüber aufgeregt hat. Ihre Schwester heißt Jenna, nicht wahr?«

»Ja.« Jetzt lächelte er. »Es hat sie halb wahnsinnig gemacht.« Doch das Lächeln verschwand schon wieder. »Wenn ich besser aufgepasst hätte, wäre sie nicht so verletzt worden.«

»Preston, nicht Sie waren es, der sie verletzt hat«, erinnerte Anna ihn. »Und ehrlich gesagt wollte ich dieses Thema gar nicht aufbringen. Erzählen Sie mir lieber, woran Sie im Moment arbeiten. Oder halten Sie solche Dinge lieber geheim?«

»An einer Liebesgeschichte, die in New York spielt. Jedenfalls scheint das Stück diese Richtung genommen zu haben.«

Als in der Halle ein dröhnendes Lachen ertönte, warf er einen Blick über die Schulter. Ja, dachte Anna, es scheint wirklich in diese Richtung zu gehen.

»Hast du dem Mann etwa immer noch keinen Whiskey angeboten, Anna?«

Daniel trat ein, und schon erfüllte er den Raum. Allein durch seine Größe, die Ausstrahlung und die eindrucksvolle tiefe Stimme, die einfach nicht älter wurde. Seine blauen Augen glitzerten kristallklar wie die Seen seiner Heimat, das Haar und der Vollbart waren schlohweiß.

»Heißt man so einen Mann willkommen, der aus dem Regen kommt und mein Lieblingsenkelkind aus der Großstadt hergebracht hat?«

»Na toll«, brummte Matthew, der hinter Daniel eingetreten war. »Als ich deine Poolpumpe reparieren sollte, war *ich* dein Lieblingsenkelkind.«

»Na, jetzt ist sie doch wieder heil, oder?«, konterte Daniel und versetzte ihm lachend einen Schlag auf die Schulter, der einem Grizzly alle Ehre gemacht hätte.

»Gut, Sie zu sehen, Mr. MacGregor.« Preston ging durch den Raum und streckte Daniel die Hand entgegen.

Was Daniel allerdings nie reichte, wenn er einen Menschen interessant fand und mochte. Er ergriff die Hand, zog Preston herzlich an seine Brust und schloss ihn in eine Umarmung ein, die einer Eisenfalle gleichkam.

»Sie sehen fit aus, McQuinn, und ein Whiskey macht einen Schotten immer noch fitter.«

»Aber nur ein Tropfen in deinem Tee, Daniel«, ermahnte Anna ihren Mann, als sie aufstand, um die Karaffe zu holen.

»Ein Tropfen«, murrte er wie ein kleines Kind. »Also, Anna, wirklich.«

»Zwei Tropfen«, gab sie lächelnd nach. »Sagen Sie, Preston, rauchen Sie Zigarren?«

»Sehr selten.«

Anna drehte sich um und warf ihrem Mann einen warnenden Blick zu. »Wenn ich Sie also mit einer ertappe, werde ich wissen, wer sie Ihnen in die Hand gedrückt hat.«

»Die Frau gönnt mir aber auch gar nichts«, beschwerte Daniel sich. »Setzen Sie sich, mein Junge, und erzählen Sie mir, wie Sie und Cybil sich vertragen.«

»Wie wir uns vertragen?«, wiederholte Preston alarmiert.

»Ihr seid doch Nachbarn, oder?«

»Ja.« Erleichtert nahm er Platz. »Wir wohnen gegenüber.«

»Sie ist hübsch wie eine Rose, nicht wahr?«

»Grandpa.« Seufzend rollte Cybil einen voll beladenen Teewagen herein. »Lass McQuinn in Ruhe. Er ist noch keine zehn Minuten hier.«

»Wieso?« Daniel kniff die Augen zusammen. »Du bist doch hübsch, oder etwa nicht?«

»Ich bin hinreißend.« Lachend küsste sie ihn auf die Nase und nutzte die Gelegenheit, um sich über sein Ohr zu beugen. »Benimm dich, dann kippe ich dir vielleicht etwas von meinem Whiskey in deinen Tee, während sie nicht hinsieht«, flüsterte sie.

Daniel lächelte verschwörerisch. »Das ist mein Mädchen«, erwiderte er ebenso leise.

»Solche Hörnchen hast du unter Garantie noch nie gegessen, McQuinn.« Zufrieden mit sich, dass sie den Großen MacGregor erfolgreich bestochen hatte, legte Cybil frisch gebackene Hörnchen auf einen Teller. »Solche krieg nicht mal ich hin. Ich komme zwar nahe heran, aber so wollen sie mir einfach nicht gelingen.«

»Cybil ist eine gute Köchin«, stimmte Daniel zu und zog die buschigen Brauen zusammen, als er sah, wie seine Frau genau zwei mickrige Tropfen Whiskey in seine Teetasse gab. »Hast du wenigstens ab und zu für den Mann gekocht, Mädel? Wie sich das für anständige Nachbarn gehört?«

»Sie hat gestern Abend Hühnchenpastete für uns gemacht.« Matthew strich dick Erdbeermarmelade auf sein Hörnchen. Immerhin hatten Cybil und er abgemacht, sich gegenseitig zu unterstützen. »Preston, wollen Sie einen richtigen Whiskey, oder trinken Sie ihn im Tee?«, fragte er laut.

»Pur und im Glas, bitte.«

»Wie ein Mann ihn trinkt«, brummte Daniel und warf einen betrübten Blick in seine Tasse. »So, dann haben Sie also schon probiert, was unsere Cybil zu bieten hat«, fuhr er fort und musste sich das Grinsen verkneifen, als Preston sich fast an seinem Whiskey verschluckte.

»Wie bitte?«

»Ihre Kochkünste«, erläuterte Daniel mit wahrer Unschuldsmiene. Aye, der Junge zappelt am Haken, dachte er bei sich. »Eine Frau, die so kocht wie mein kleiner Liebling hier, sollte eine Familie haben, die sie füttern kann.«

»Grandpa.« Cybil tippte mit der Fingerspitze gegen ihr Whiskeyglas.

Wenn ein Mann sich zwischen einem Drink und der Zukunft seiner Enkeltochter entscheiden muss, was hat er schon für eine Wahl? dachte Daniel. Manchmal muss man eben Opfer bringen. »Welcher Mann weiß eine gut gekochte Mahlzeit nicht zu schätzen, das möchte ich mal wissen. Stimmen Sie mir da nicht zu, mein Junge?«

Preston ahnte, dass er sich auf dünnem Eis bewegte. »Ja«, sagte er trotzdem.

»Na also!« Daniel schlug mit der Faust auf den Tisch. Teller klirrten, Besteck sprang. »Ha! McQuinn ist ein guter und ehrenvoller Name. Und Sie machen ihm alle Ehre.«

»Danke«, antwortete Preston vorsichtig.

»Aber ein Mann in Ihrem Alter sollte an das denken, was nach ihm kommt. Sie müssen doch schon dreißig sein.«

»Stimmt.« Woher zum Teufel wusste MacGregor das?

»Wenn ein Mann dreißig wird, ist es höchste Zeit, dass er Stellung bezieht. Dass er an seine Pflicht gegenüber seinem Namen und seiner Familie denkt.«

»Dann habe ich ja noch ein paar Jahre Zeit«, flüsterte Matthew Cybil zu.

Sie verpasste ihm einen Rippenstoß. »Tu etwas«, zischte sie.

»Wenn er dann mit mir anfängt, wird dich das etwas kosten«, warnte er.

»Ich zahle jeden Preis.«

»Okay.« Fröhlich ließ Matthew sich in einen Sessel fallen. »Grandpa, habe ich dir eigentlich schon von der Frau erzählt, mit der ich schon ein paarmal ausgegangen bin?«

»Nein.« Daniel blinzelte erst verwirrt, dann wandte er sich mit argwöhnischem Blick seinem Enkel zu. »Und wer sollte das sein, hm? Ich dachte, du bist viel zu sehr mit deinen großen Spielzeugen aus Metall beschäftigt, um dich für Frauen zu interessieren.«

»Oh, ich interessiere mich sogar sehr für sie.« Lächelnd hob Matthew sein Glas. »Und die hier ist eine ganz besondere.«

»Tatsächlich?« Daniel lehnte sich zurück und richtete jetzt seine volle Aufmerksamkeit auf Matthew. »Ja, sie muss schon was Besonderes sein, um dich länger als nur für ein paar Minuten zu interessieren.«

»Mit Minuten komme ich längst nicht mehr hin. Ihr Name ist Lulu«, log Matthew aus dem Stegreif. »Lulu LaRue. Obwohl ... ich glaube, das ist nur ihr Künstlername. Sie macht Tabledance.«

»Tabledance!«, polterte Daniel los, während seine Frau das Lachen mit einem Hüsteln kaschierte und sich dann hinter ihrer Teetasse verbarg. »Sie tanzt auf Tischen? Doch nicht etwa nackt?«

»Natürlich nackt. Sonst wäre es doch witzlos. Ich sage dir, sie hat die unglaublichste Tätowierung auf ihrem ...«

»Nackt und tätowiert! Da hört sich doch alles auf! Matthew Campbell, du brichst deiner Großmutter das Herz! Anna, hast du das gehört?«

»Natürlich, Daniel. Matthew, hör auf, deinen Großvater an der Nase herumzuführen.«

»Ja, Ma'am.« Matthew zuckte mit den Schultern, grinste und sah zu, wie Daniels Augen zu schmalen blauen Schlitzen wurden. »Aber ich sehe nicht ein, warum ich keine nackte, tätowierte Tänzerin haben kann, wenn ich sie will.«

Viel später, nachdem der Regen aufgehört hatte und Preston sich in ihr Zimmer und in das große Himmelbett geschlichen hatte, summte Cybil zufrieden vor sich hin.

Es war ein nahezu perfekter Tag gewesen.

Perfekt genug, um sich an den Mann zu schmiegen, den sie liebte. Und von dem sie in dieser Märchenwelt träumen konnte, dass er die Mauern der Burg mit bloßen Händen eingerissen hatte, um sie zu finden. Dass er ihre Liebe erwiderte. Und für immer blieb.

»Erklär mir mal was«, murmelte Preston. Er war viel zu entspannt, um sich Sorgen darüber zu machen, wie wohl er sich fühlte, hier mit ihr zu liegen, ihren Arm auf seiner Brust zu fühlen, ihren Kopf an seiner Schulter und die Wärme ihrer Haut an seinem Körper.

»Einverstanden. Also, trotz intensiver Forschungen konnte die genaue Zahl der Engel, die auf einem Stecknadelkopf tanzen können, nie ermittelt werden.«

»Ich dachte immer, es seien 634.«

»Das ist reine Spekulation. Ebenso konnte in einem ähnlich gearteten Forschungsgebiet nie bewiesen werden, wie viele Frösche man küssen muss, bevor man einen Prinzen findet.«

»Davon war auszugehen. Aber eigentlich …«, er liebte ihr vergnügtes Kichern, wenn sie sich so an ihn kuschelte, »wollte ich wissen – und da müsstest du doch Experte sein –, was zum Teufel da vorhin beim Tee mit deinem Großvater los war.«

»Was meinst du?« Sie hob den Kopf, sah ihn fragend an und verdrehte die Augen. »Ach das. Ich habe dich nicht vorgewarnt, weil ich dummerweise angenommen hatte, es wäre nicht nötig. Tut mir leid, ich war einfach zu optimistisch.«

Sie schob sich auf ihn. »Weißt du eigentlich, dass du wunderbare Augen hast, McQuinn? Sie sind fast durchsichtig, so als könnte ich im Mondschein hineintauchen und darin verschwinden.«

»Ist das ein echtes Kompliment, oder versuchst du gerade, meiner Frage auszuweichen?«

»Beides.« Aber da das Thema sich nun mal nicht vermeiden lassen würde, setzte sie sich auf und griff nach dem Bademantel, den sie am Fußende abgelegt hatte.

»Warum verhüllst du dich regelmäßig, sobald wir ernsthaft miteinander reden?«

Zu seiner Überraschung errötete sie ein wenig. »Vielleicht ein letzter Rest an Schamhaftigkeit, der tief in mir schlummert?«

»Sehr tief«, meinte er, lächelte aber nur, als sie den Gürtel verknotete. »Und jetzt zu deinem Großvater und seinem plötzlichen Interesse an meinem guten Namen … oder wie er es beim Dinner ausdrückte, dem starken Blut und der guten Herkunft.«

»Na ja, McQuinn, du bist nun mal Schotte.«

»Einer, dessen Familie seit drei Generationen in den USA lebt.«

»Das siehst du viel zu eng.« Sie stand auf und goss ihnen ein Glas Wasser aus dem Krug auf dem Nachttisch ein. »Zuallererst möchte ich mich entschuldigen«, sagte sie, ohne Preston anzusehen. »Ich hoffe, du verstehst, denn Grandpa meint es nur gut. Er liebt mich, und er hätte das bestimmt nicht getan, wenn er dich nicht mögen würde.«

In Prestons Magen machte sich ein nervöses Gefühl breit. »Was hätte er nicht getan?«

»Es war mir nicht klar ... oder zumindest nicht so richtig, bis wir hier ankamen. Aber ich hätte es wissen müssen«, murmelte sie und reichte ihm das Glas. »Als du neulich erwähntest, dass ihr euch kennt und er dir die Wohnung angeboten hat, da hätte es mir schon auffallen sollen.« Sie zuckte mit einer Schulter. »Aber es hätte sowieso keinen Unterschied mehr gemacht.«

»Was, Cybil?«

Sie stieß den Atem aus und sah ihm direkt in die Augen. »Dass er dich ausgesucht hat ... für mich, verstehst du? Er macht das, weil er mich liebt«, fügte sie rasch hinzu. »Er will mein Bestes ... oder das, was er dafür hält. Ehe, Familie, Heim ... und all das scheinst du zu sein.«

Das war kein nervöses Gefühl mehr, das war eine ausgewachsene Panik in seinem Magen. »Wie zum Teufel kommt er darauf?«, fragte er scharf und stellte das Glas heftig ab.

»Das ist keine Beleidigung, McQuinn«, ihre Stimme war um einige Grade abgekühlt, »sondern ein Kompliment. Wie gesagt, er liebt mich sehr, und offenbar hält er dich für einen guten Ehemann für mich und einen guten Vater für all die Urgroßenkel, die er sich von mir wünscht.«

»Ich dachte, du willst nicht heiraten.«

»Ich habe nicht gesagt, dass ich es will. Aber er will es für mich.« Sie schob das Kinn vor, stand vom Bett auf, ging zur Kommode und bürstete sich viel zu heftig das Haar. »Und die Tatsache, dass es dich so offensichtlich entsetzt, finde ich beleidigend.«

»Soll ich es etwa amüsant finden?«

»Ich finde es süß.«

»Du hältst es also für süß, dass dein über neunzigjähriger Großvater dir deine Heiratskandidaten aussucht?«

»Er greift sich ja nicht irgendjemanden von der Straße und führt ihn mir wie auf einer Auktion vor.« Auf geradezu lächerliche Weise verletzt, knallte sie die Bürste zurück auf den Schminktisch. »Nur keine Panik, McQuinn. Ich habe weder ein Brautkleid gekauft noch eine Hochzeitskapelle gebucht. Und wenn ich heiraten will, bin ich durchaus in der Lage, mir meinen Ehemann selbst auszusuchen. Wie ich bereits sagte, habe ich das aber noch lange nicht vor.«

Weil ihr nichts Besseres einfiel, cremte sie sich die Hände ein. »Jetzt bin ich müde und möchte zu Bett. Und da du keinen Wert darauf legst, nach dem Sex mit mir zusammen einzuschlafen, solltest du jetzt gehen.«

War sie nur schlecht gelaunt, oder steckte mehr hinter diesem Funkeln in ihren Augen, das er im Spiegel erkennen konnte? »Warum bist du so wütend?«

»Warum ich wütend bin?«, wiederholte sie leise und wusste nicht, ob sie schreien oder weinen sollte. »Wie kann jemand, der so einfühlsam über Menschen schreibt, eine solche Frage stellen? Was glaubst du, warum ich wütend bin, Preston?«

Sie drehte sich zu ihm um. Es war immer besser, ein Problem frontal anzugehen. »Weil du da in dem Bett sitzt, das wir gerade geteilt haben, das noch warm von mir ist, und du völlig entsetzt bist darüber, dass jemand, der mich liebt, glaubt, es könnte oder sollte zwischen uns beiden mehr als Sex geben.«

»Natürlich gibt es zwischen uns mehr als Sex«, entgegnete er. Jetzt begann auch sein Temperament zu brodeln. Er stand auf und zog wütend seine Jeans an.

»Wirklich? Gibt es das wirklich?«

Bei der kühlen, tonlosen Frage sah er zu ihr hinüber und spürte, wie sein Schuldgefühl sich regte. »Du bist mir wichtig, Cybil, das weißt du.«

»Du findest mich amüsant, das ist etwas anderes.«

Ja, da war mehr, wurde ihm klar, als sie sich von ihm abwandte. Sie war verletzt. Irgendwie hatte er ihr schon wieder wehgetan. Unabsichtlich. Er nahm sie beim Arm und zog sie an sich. »Du bist mir wichtig.«

Ihr Herz, das schon fast ganz ihm gehörte, gab nach. Sie drückte seine Hand und ließ sie dann los. »Na gut, vergessen wir es einfach.«

Das hätte er liebend gern getan, hätte es gern so unkompliziert gehalten, doch das Lächeln, das sie ihm zuwarf, bevor sie ans Fenster trat, war bitter gewesen. »Cybil, mehr als das habe ich nicht.«

»Ich habe auch nicht mehr verlangt. Der Mond ist aufgegangen, und die Wolken sind fort. Morgen können wir auf den Klippen spazieren gehen.« Sie rieb sich die Arme, während ihr Herz weinte. »Es ist kühl. Ich glaube, wir sollten Holz nachlegen.«

»Ja, mache ich.«

Das Feuer im Kamin flackerte noch hell und warm, aber er nahm ein Holzscheit aus dem geschnitzten Kasten und legte es in die Flammen. Sah zu, wie das Feuer gierig an der neuen Nahrung leckte, sie einschloss, ganz umhüllte.

Für eine lange Zeit war das Knistern der Holzscheite der einzige Laut in dem Zimmer.

Vielleicht fühlte er sich gerade deshalb so stark zu Cybil hingezogen, eben weil sie nicht mehr verlangte. »Willst du dich nicht setzen?«

»Nein«, sagte sie leise. »Ich stehe gern hier und betrachte die Sterne. In New York sieht man die Sterne nicht. Das liegt an all den Lichtern. Man vergisst einfach, nach oben zu schauen. In Maine, wo ich aufgewachsen bin, bedecken sie den ganzen Himmel. Mir ist nie klar, wie sehr ich sie vermisse, bis ich sie wieder sehe. Man kann lange ohne bestimmte Dinge auskommen, gut leben und zufrieden sein, ohne dass einem bewusst wird, wie sehr manche Dinge einem fehlen.«

Als er die Hände auf ihre Schultern legte, zuckte sie zusammen. Doch sie lächelte, als sie sich zu ihm umdrehte. »Lass uns nach draußen gehen, solange sie noch zu sehen sind.«

»Ich möchte, dass du dich hinsetzt und mir zuhörst.«

»Na gut.« Sie strengte sich an, um lässig zu wirken, und ging zu einem der Sessel am Kamin. »Ich höre.«

Er setzte sich neben sie, beugte sich vor und schaute ihr ins Gesicht. »Ich wollte schon immer schreiben. Nicht die Romane, auf die mein Vater gehofft hatte, sondern immer nur Theaterstücke. Im Kopf war für mich alles ganz klar. Das Bühnenbild, jede Szene, die Bewegungen der Schauspieler, das Licht. Oft, vielleicht zu oft, war das die Welt, in der ich lebte. Du stammst aus einer prominenten Familie, die viele gesellschaftliche Verpflichtungen hat.«

»Das ist wahr.«

»Ich auch. Und ich habe diese Seite des Familienlebens toleriert, manchmal sogar genossen. Aber meistens habe ich sie gemieden.«

»Du schätzt deine Privatsphäre«, stellte sie fest. »Das verstehe ich. Mein Vater und Matthew sind genauso.«

»Ich schätze sie, und mehr noch, ich brauche sie.« Zu aufgewühlt, um sitzen zu bleiben, stand er auf und wanderte rastlos umher. »Ich liebe meine Eltern und meine Schwester, auch wenn wir uns nicht immer verstehen. Bestimmt habe ich ihnen oft wehgetan, ohne es zu wollen, aber ich liebe sie, Cybil.«

»Natürlich«, begann sie, brach jedoch ab, als er den Kopf schüttelte.

»Meine Schwester Jenna war immer sehr offen und kontaktfreudig. Sie ist eine hübsche Frau. Sie war noch nicht ganz einundzwanzig, als sie heiratete. Meinen besten Freund vom College. Ich habe die beiden miteinander bekannt gemacht.«

Es tat immer noch unglaublich weh, dass er es gewesen war, der diese ganze elende Geschichte in die Wege geleitet hatte. Er starrte auf das Wasserglas und wünschte, es wäre Whiskey.

»Sie passten so gut zusammen, waren so voller Liebe und Zuversicht. Ein Jahr später kam Jacob auf die Welt, und kurz nach seiner Geburt war Jenna schon wieder schwanger – und überglücklich.«

Die Hände in den Taschen, trat er ans Fenster, aber die Sterne sah er nicht. »Ungefähr zu der Zeit wurde mein erstes Stück aufgeführt, in einem kleinen Provinztheater. Aber mein Vater ist ein bekannter Schriftsteller, und das machte die Arbeit des Sohnes interessant.«

»Deine Arbeit ist auch ohne deinen Vater interessant«, erklärte Cybil überzeugt und erhaschte den vielsagenden, dankbaren Blick, den er ihr zuwarf.

»Das hoffe ich doch. Aber damals, am Anfang, wusste ich es noch nicht. Es war mir unheimlich wichtig, dass mein Stück Anerkennung findet, weil es gut ist, nicht, weil der Autor einen bekannten Namen trägt. Es war mein allererstes Werk und deshalb so wichtig für mich.«

Weil er schwieg, um sich sammeln zu können, erzählte Cybil von sich. »In der Nacht, bevor mein erster Comicstrip gedruckt wurde, habe ich nicht geschlafen. Ich liebte die Arbeit, aber ich hätte es nicht ertragen, wenn ich meinen Erfolg nur dem Namen meines Vaters verdankt hätte.«

»Das ging mir genauso«, murmelte er. »Die Arbeit muss immer am wichtigsten sein. Damals, bei meinem ersten Stück, habe ich mich um alles selbst gekümmert. Die Rollenvergabe, die Proben, die Bühne, einfach alles.«

Sie lächelte. »Ich wette, du hast alle verrückt gemacht, einschließlich dich selbst.«

»Das glaube ich auch. Die Schauspielerin, die die Hauptrolle spielte, war atemberaubend, die schönste Frau, die ich je gesehen hatte. Ich war hingerissen von ihr.«

Er sah Cybil an. »Ich war gerade erst fünfundzwanzig und hoffnungslos in sie verliebt. Jede Minute, die ich mit ihr verbrachte, war für mich ein Geschenk. Sie auf der Bühne zu sehen, sie das sprechen zu hören, was ich geschrieben hatte … Wie sie mich ansah und lächelnd fragte, ob ich es mir so vorgestellt hatte. Je wichtiger sie mir wurde, desto unwichtiger wurde das Stück.«

Selbst jetzt ertrug er es kaum, daran zu denken, was er so leichtfertig beiseitegeworfen hatte. Und was er gestohlen hatte. »Sie war so sanft und zart. Sogar ein wenig schüchtern, wenn sie nicht auf der Bühne stand. Ich habe mir ständig Ausreden einfallen lassen, um Zeit mit ihr verbringen zu können, dann wurde mir klar, dass sie es genauso machte. An einem Sonntagnachmittag wurden wir ein Liebespaar, in ihrem Bett, und danach weinte sie an meiner Schulter und gestand mir, dass sie mich liebte. Ich glaube, in dem Moment hätte ich für sie mein Leben geopfert.«

Cybil faltete die Hände in ihrem Schoß und fragte sich, wie es wohl sein mochte, von einem Mann wie ihm so sehr geliebt zu werden. Aber sie schwieg, denn sie ahnte, dass da noch mehr war. Das, was ihm solche Qualen bereitete.

»Wochenlang drehte meine Welt sich nur um sie«, fuhr Preston fort. »Die Premiere war ein Erfolg und bekam anständige Kritiken. Aber für mich war das Stück nur etwas, dem ich die Frau verdankte, die ich liebte. Allein das war wichtig.«

»Die Liebe sollte am wichtigsten sein.«

»So?« Er lachte, und der zynische Ausdruck kehrte in seine Augen zurück. »Aber Worte bleiben, Cybil. Deshalb sollte ein Schriftsteller vorsichtig mit ihnen umgehen.«

Die Liebe bleibt. Sie wollte es aussprechen, aber sie wusste schon, dass seine nicht geblieben war.

»Ich machte ihr Geschenke, ging mit ihr tanzen oder in den Club, weil sie gern unter Menschen war«, erzählte er. »Sie war so schön, also brauchte sie die richtige Kleidung, den passenden Schmuck, weil ich wollte, dass jeder sie bewunderte. Und wenn sie mal knapp bei Kasse war, stellte ich ihr einen Scheck aus. Warum sollte ich ihr nicht helfen? Es war nur Geld, und ich hatte genug davon.«

Cybil ahnte, in welche Richtung es gehen würde. Wie gern hätte sie ihn in den Arm genommen, ihn getröstet, aber in seinem Blick, in seiner Stimme lag nicht Trauer, sondern Bitterkeit.

»Sie hatte Talent, und ich wollte ihr helfen, eine bedeutende Schauspielerin zu werden. Also habe ich meinen Einfluss – den meines Vaters, meiner Familie – genutzt.«

»Du hast sie geliebt«, sagte Cybil leise, denn sie spürte schon seinen Schmerz. »Was du für dich selbst nie eingesetzt hättest, benutztest du für einen Menschen, den du liebtest.«

»Und deshalb soll es in Ordnung sein?« Er schüttelte heftig den Kopf. »Nein, es ist überhaupt nicht richtig, einen anderen Menschen für etwas zu benutzen. Aber ich habe es getan. Sie sprach von Heirat, schüchtern, fast sehnsüchtig, aber ich zögerte. Ich sagte, wir sollten warten. Bis nach dem Stück, bis sie erfolgreich war, bis wir in New York lebten. Wir wollten zusammen unser eigenes Theater aufmachen.«

Zusammen. Ein Wort, das nur allzu oft nicht hielt, was es versprach, dachte er. »Dann kam sie eines Tages zu mir, weinend, zitternd, so blass, dass diese wunderbare Haut fast durchsichtig war. Sie sagte mir, sie sei schwanger. Es sei allein ihre Schuld, und was sollte sie jetzt nur tun? Sie hatte kein Geld, nur unendliche Angst, dass ich sie hassen könnte. Sie flehte mich an, ihr nicht böse zu sein und sie nicht zu verlassen.«

»Du warst ihr nicht böse.«

»Natürlich nicht. Weder hasste ich sie, noch war ich ihr böse. Ja, auch ich hatte Angst, war erschüttert, aber ein Teil von mir war auch begeistert. Die Entscheidung war mir aus den Händen genommen worden. Ich brauchte jetzt nicht mehr praktisch zu denken, sondern konnte sie sofort heiraten, konnte mit ihr zusammen ein Leben aufbauen.«

Er marschierte unruhig im Zimmer auf und ab, wie gefangen im Käfig seiner eigenen Vergangenheit. »Geld war kein Problem. Mit fünfundzwanzig war mir ein großer Teil meines Erbes ausgezahlt worden, und mit dreißig würde ich noch mehr bekommen. Geld war also nicht das Problem«, wiederholte er und stocherte viel zu heftig mit dem Schürhaken im Feuer.

»Ich nahm sie in den Arm, trocknete ihre Tränen und beruhigte sie, dass alles gut werden würde. Wir würden heiraten, in Newport bleiben, bis das Baby auf der Welt war, und dann nach New York ziehen. Zu dritt und glücklich. Nach einer rührenden Abschiedsszene kehrte sie in ihre kleine Wohnung zurück, um ihre Familie anzurufen und von den wunderbaren Neuigkeiten zu erzählen. Wir hatten vereinbart, noch am Abend nach der Vorstellung zu meinen Eltern zu fahren und es ihnen zu erzählen. Ich begann, Pläne zu machen. Stellte mir mich als ihr Ehemann und als Vater des Kindes vor, das wir zusammen erschaffen hatten.«

»Du wolltest das Baby«, stellte Cybil fest und erinnerte sich daran, mit welcher Selbstverständlichkeit er mit dem kleinen Charlie umgegangen war.

»Ja.« Er drehte sich zu ihr um, stand mit dem Rücken zum Feuer. So als könnten die heißen Flammen die eiskalten Erinnerungen in ihm verbrennen. »Ich wollte sie, das Baby und das gemeinsame Leben, das ich mir so wunderbar ausmalte. Und dann, als ich noch im siebten Himmel war, stand meine Schwester vor der Tür.«

Er sah es immer noch vor sich, jedes einzelne Bild, jede Bewegung. Ein Stück auf der Bühne … »Wie Pamela war auch sie blass und zitterte und weinte. Und wie Pamela war sie schwanger, man konnte es schon sehen. Deshalb war ich ja auch so besorgt um sie. Sie warf sich schluchzend in meine Arme und brachte endlich heraus, dass ihr Mann sie betrog.«

Seine Stimme veränderte sich, wurde hart, kalt und tonlos. »Sie hatte Jacob bei unserer Mutter gelassen und war nach Hause gefahren, weil sie etwas vergessen hatte. Er hatte wohl nicht mit ihr gerechnet. Als sie ins Schlafzimmer kam, stieg er gerade hastig in seine Hose, und im Bett lag eine Frau.«

»Oh Preston, wie schrecklich.« Sie stand auf, um ihn zu trösten, aber er entzog sich ihrer Umarmung. Und dann begriff sie. Die Szenen, die er ihr beschrieben hatte. Die Szenen in seinem Theaterstück. »Oh nein … Mein Gott!«

»In ›Verstrickungen der Seelen‹ hieß sie Leanna, aber in Wirklichkeit war sie Pamela. Hübsch und klug und eiskalt. Eine Frau, die schauspielern konnte, ohne den Text zu lernen. Die von einem Mann alles bekommen konnte, was sie wollte. Geld, Einfluss, Karriere. Sie hätte mich sogar geheiratet, um ihrem Baby einen prominenten Nachnamen zu verschaffen. Dem Baby, das mein bester Freund, der Ehemann meiner Schwester, gezeugt hatte. Aber ich war nicht mehr in der Stimmung.«

»Du hast sie geliebt, und sie hat dich tief verletzt. Es tut mir so leid. Für deine ganze Familie.«

»Ja, ich habe sie geliebt, aber sie hat mich etwas gelehrt. Man kann seinem Herzen nicht trauen. Meine Schwester hat ihrem getraut, und es hat sie fast umgebracht. Ohne Jacob und das Baby hätte sie es nicht überlebt. Die beiden brauchten sie, nur das hat Jenna aufrecht gehalten.«

»Aber du hattest niemanden, der dich brauchte. Das muss furchtbar gewesen sein.«

»Ich hatte meine Arbeit. Und die grimmige Befriedigung, einer Frau gegenüberzustehen, die unser Leben zerstört hatte. Sie weinte und schwor, alles sei nur gelogen. Ein schreckliches Missverständnis. Sie flehte mich an, ihr zu glauben, und fast hätte ich es sogar getan. Sie war wirklich gut.«

»Nein«, murmelte Cybil bewegt, »du hast sie geliebt, du wolltest ihr glauben.«

»Wie auch immer. Wir stritten uns, und ein paar der schönen Hüllen, die ihre wahre Natur verdeckten, fielen ab. Endlich konnte ich erkennen, was sie wirklich war: eine Lügnerin und Betrügerin, ein kalkulierendes Biest. Eine Frau, die sich nichts dabei dachte, zum Vergnügen mit dem Mann einer anderen zu schlafen, um dann zu dem Mann zurückzukehren, der ihr materielle Sicherheit bieten konnte.« Er lächelte dünn. »Aber sie hat die Saison noch zu Ende gespielt. Die Show musste schließlich weitergehen.«

»Wie hast du das ausgehalten?«

»Sie war gut, und ich brauchte nur daran zu denken, dass die Arbeit wichtiger als sie war. Wichtiger als alles andere.« Er sah Cybil forschend an. »Findest du das gefühlskalt von mir?«

»Nein.« Sie legte die Hände erst auf seine Schultern, dann an seine Wangen. »Nein, ich finde es tapfer.« Sie schmiegte sich an ihn und seufzte, als er endlich seine Arme um sie schlang. »Sie hat nicht mal das winzigste Stück deines Herzens verdient, Preston. Damals nicht und jetzt nicht.«

»Jetzt ist sie nur noch eine interessante Figur in einem Theaterstück. Aber nie mehr werde ich jemandem so viel geben. Ich kann es nicht, weil ich nichts mehr zu geben habe.«

»Wenn du das glaubst, hat sie dir viel mehr als ein winziges Stück deines Herzens genommen.« Sie hob den Kopf. Ihre Augen waren feucht. »Du hast sie gewinnen lassen.«

»Keiner hat gewonnen. Meine Schwester nicht, mein Freund nicht, ich nicht. Drei zerstörte Leben, und alles, was sie daraus bekommen hat, waren ein paar Vorsprechtermine. Niemand hat gewonnen«, flüsterte er noch einmal und strich ihr eine Träne von der Wange. »Weine nicht. Ich habe dir das nicht erzählt, um dich zum Weinen zu bringen. Ich wollte nur, dass du verstehst, wer ich bin.«

»Ich weiß, wer du bist, und ich leide mit dir.«

»Cybil.« Er zog sie noch näher zu sich heran. »Wenn du dein Herz so dicht unter der Oberfläche trägst, wird irgendwann jemand kommen und es dir brechen.«

Sie schloss die Augen. Aber sie sagte ihm nicht, dass das schon geschehen war.

10. Kapitel

Daniel beschloss, dass es an der Zeit war, mit dem jungen Preston McQuinn ein kleines Gespräch unter vier Augen zu führen. Während Cybil mit Anna irgendwo in einem anderen Teil des Hauses beschäftigt war, war es ein Leichtes, den Mann in sein Büro im Turm zu locken. Und Matthew … nun, sicherlich war der Junge irgendwo auf der Suche nach Inspirationen für ein neues Spielzeug aus Metall.

Matthews Skulpturen verwirrten ihn immer wieder, genauso wie sie ihn stolz machten.

»Setzen Sie sich, mein Junge.« Daniel trat ans Bücherregal, zog ein Exemplar von »Krieg und Frieden« heraus und nahm sich aus der so entstandenen Öffnung eine Zigarre. »Sie auch?«

Preston zog eine Augenbraue hoch. »Nein, danke. Interessante Literatur, Mr. MacGregor.«

»Nun, ein Mann muss sich was einfallen lassen, wenn ihm seine Frau nicht ständig im Nacken sitzen soll.« Daniel schnupperte an der Zigarre, seufzte genießerisch und zündete sie ohne Hast an. Danach holte er aus der untersten Schublade seines Schreibtisches eine große Muschel, die ihm als Aschenbecher diente, sowie einen kleinen batteriebetriebenen Ventilator. Seine neueste Errungenschaft, damit Anna den Rauch nicht riechen würde.

»Meine Frau will nicht, dass ich rauche.« Voller Unverständnis und Bedauern schüttelte Daniel den Kopf. »Und je älter sie wird, desto besser wird ihr Geruchssinn. Wie ein Spürhund«, murmelte er und lehnte sich zurück. »Also …«

»Und wenn sie hier heraufkommt?«, wollte Preston wissen.

»Darüber machen wir uns erst Gedanken, wenn es so weit ist, mein Junge.« Immerhin brachte der Respekt für seine Frau ihn doch dazu, den Ventilator ein wenig näher zu sich heranzuziehen. »Und nun erzählen Sie mal. Was macht Ihr Theaterstück? Läuft es gut?«

»Ja, das tut es.«

»Ich frage nicht nur als Investor, sollten Sie wissen. Ich interessiere mich für Sie.«

»So?«

»Ich bewundere die Arbeit Ihres Vaters. Habe hier ein paar von seinen Büchern.« Daniel blies eine Rauchwolke zur Decke. »Ein Vögelchen hat mir zugezwitschert, dass Hollywood sich für Ihre Arbeit interessiert, McQuinn.«

»Sie haben offensichtlich ein feines Gehör für Vögel.«

»Ja, ganz bestimmt. Wie gefällt Ihnen die Idee, dass eins Ihrer Stücke verfilmt wird?«

»So weit ganz gut.«

»Sie spielen Poker, nicht wahr, McQuinn?«

»Gelegentlich.«

»Ich wette, Sie spielen verdammt gut. Sie lassen sich nur schwer in die Karten blicken. Das gefällt mir.« Nachdenklich streifte Daniel die Asche an der Muschel ab. »Sie bleiben also noch ein paar Wochen in New York?«

»Ungefähr noch einen Monat. Bis dahin müsste das Haus wieder bewohnbar sein.«

»Ein schönes Haus, groß genug und am Meer.« Daniel lächelte, als Preston die Augen zusammenkniff. »Oh, die Vögel erzählen mir alles Mögliche. Ein Mann braucht ein eigenes Haus. Manche von uns sind eben nicht dafür gemacht, in einem Taubenschlag zu leben, wo ein ständiges Kommen und Gehen herrscht. Wir Männer brauchen Platz für unsere Familien und einen Ort, wo man auch mal eine verdammte Zigarre rauchen kann, ohne sich stundenlang Vorwürfe anhören zu müssen!«

Während Daniel mit entrüstet zusammengezogenen Brauen an seiner Zigarre zog, zuckte es um Prestons Lippen. »Da haben Sie recht. Obwohl mein Haus nicht annähernd an das Ihre heranreicht.«

»Sie sind doch noch jung, oder? Ein Haus wächst mit einem. Und Sie brauchen die See, so wie ich, weil Sie mit dem Meer vor Ihrer Haustür aufgewachsen sind.«

»Ich ziehe die Großstadt vor.« Da er keine Ahnung hatte, worauf diese Unterhaltung abzielte, entspannte er sich vorerst nicht. »Müsste ich irgendwo in einem Vorort leben, würde ich mir wahrscheinlich innerhalb kürzester Zeit die Kehle durchschneiden.«

Daniel lachte und paffte. Durch den Rauch beäugte er Preston listig. »Sie sind ein Mann, der seine Ruhe braucht, und das ist nur vernünftig. Aber wenn Ruhe und Privatsphäre zu Isolation werden, dann ist das ungesund, oder etwa nicht?«

Preston neigte leicht den Kopf zur Seite. »Ich sehe keine Nachbarn, die ihren Rasen mähen oder ihre Hecken schneiden, wenn ich aus den Fenstern der MacGregor-Burg hier schaue.«

Daniel versteckte sein Lächeln hinter seinem weißen Bart. »Nein, das werden Sie auch nicht, McQuinn. Doch wenn wir auch unsere Privatsphäre schätzen, so leben wir doch nicht isoliert. Wir haben eine große Familie, die immer Leben ins Haus bringt. Sie wissen sicher, dass Cybil am Meer aufgewachsen ist.« Er klemmte sich die Zigarre zwischen die Zähne. »An der Küste von Maine, wo ihr Vater sein Privatleben hütet wie ein Staatsgeheimnis.«

»So sagt man, ja.«

»Er ist ein guter Mann, selbst wenn er ein Campbell ist.«
Nachdenklich trommelte Daniel mit den Fingern auf seinen
Schreibtisch. »Es gab mal eine Zeit, da hätte ein Highlander
eher mit einer Ratte sein Bett geteilt, als einem Campbell die
Tür zu seinem Heim zu öffnen. Sie halten doch ihm und den
Seinen den 45er nicht vor, oder, McQuinn?«

Es dauerte eine Weile, bevor Preston begriff, dass Daniel sich
auf den Jakobineraufstand von vor über zweihundert Jahren
bezog. Da er überzeugt war, ein Lachen würde nicht gut aufge-
fasst werden, kaschierte er es mit einem Hüsteln. »Nein«, sagte
er dann ernst. »Die Zeiten ändern sich. Man muss nach vorn
schauen.«

»Genau das sage ich auch immer.« Daniel ließ die Faust auf
den Tisch fallen. »Nun, wie schon erwähnt, er ist ein guter
Mann, und seine Frau ist eine gute Frau. Kommt selbst aus bester Familie. Ihre Kinder machen ihnen alle Ehre.«

Ohne den geringsten Schimmer, wohin das führen sollte,
nickte Preston nur. »Ich bin sicher, Sie haben recht.«

»Natürlich habe ich recht. Das haben Sie doch schon selbst
bemerkt, oder? Cybil ist eine kluge und hübsche Frau. Ein
Herz, so groß wie der Mond und so warm wie die Sonne. Sie
zieht die Menschen ganz natürlich in ihren Bann. Sie ist etwas
ganz Besonderes.«

»Ich finde sie einzigartig.«

»Das ist sie. Da ist nicht eine Unze Niedertracht in ihr.«
Daniels Augen beobachteten Preston jetzt genau. »Allzu oft
ignoriert sie ihre eigenen Gefühle, um die anderer nicht zu verletzen. Das heißt aber nicht, dass sie sich als Fußabtreter benutzen lässt, schließlich hat sie schottisches Blut in den Adern. Sie
wird kratzen und beißen, wenn man sie in eine Ecke drängt,
aber sie würde eher sich selbst wehtun als einem anderen Menschen. Und das macht mir Sorgen.«

Auch wenn er nur von einem anderen hörte, was er selbst dachte, rutschte Preston unruhig auf dem Sessel herum. »Ich glaube nicht, dass Sie sich Sorgen um Cybil machen müssen.«

»Es ist das Recht und die Pflicht von Großeltern, sich um die eigenen Küken zu sorgen. Cybil braucht jemanden, dem sie all die Liebe geben kann, die sie in ihrem Herzen gesammelt hat. Der Mann, der ihr Herz gewinnt, wird ein glückliches Leben führen.«

»Ja, das wird er.«

»Sie haben ein Auge auf sie geworfen, McQuinn.« Daniel beugte sich vor. »Und dazu brauche ich kein Vögelchen, das mir das ins Ohr zwitschert. Das sehe ich auch so.«

»Wie Sie schon sagten, sie ist eine hübsche Frau«, antwortete Preston vorsichtig.

»Und Sie sind dreißig und alleinstehend. Welche Absichten haben Sie?«

Immerhin waren sie endlich beim Kernpunkt angekommen. »Ich habe keine.«

»Dann wird es Zeit.« Daniel schlug mit der Faust auf den Schreibtisch. »Sie sind weder blind noch dumm, oder?«

»Nein.«

»Worauf warten Sie dann noch? Das Mädchen ist genau das, was Sie brauchen, um Sie etwas aufzuheitern. Um Sie aus der Höhle herauszuholen, in die Sie sich wie ein Bär mit Verdauungsstörungen verkrochen haben.« Er kniff die Augen zusammen und unterstrich seine Worte, indem er mit der Zigarre in Prestons Richtung stach. »Und wenn ich nicht sicher wäre, dass Sie der Beste für Cybil sind, hätte ich Sie nicht in ihre Nähe gelassen, das kann ich Ihnen versprechen.«

»Sie haben mich sogar in ihre Nähe *gelockt*, Mr. MacGregor.« Er fühlte sich wie in einer Falle, und das machte ihn wütend. Er sprang von seinem Stuhl auf. »Sie haben mich ihr praktisch direkt auf die Schwelle gesetzt. Mit dem Vorwand, mir einen Gefallen zu tun.«

»Ich habe Ihnen den größten Gefallen Ihres Lebens getan, mein Junge, und Sie sollten mir dafür danken, anstatt mich anzusehen, als wollten Sie mir an die Gurgel springen.«

»Ich weiß nicht, wie der Rest Ihrer Familie und Ihrer Bekannten damit umgeht, dass Sie sich in ihr Leben einmischen, aber ich für meinen Teil kann gut darauf verzichten«, entgegnete Preston scharf.

»Wenn Sie so gut darauf verzichten können«, donnerte Daniel los, »warum trauern Sie dann immer noch etwas nach, das längst vorbei ist – oder nie richtig existierte –, anstatt das zu ergreifen, was sich Ihnen jetzt bietet?«

Prestons hitziger Blick wurde eisig. »Das ist allein meine Sache.«

»Nein, das ist Ihre Charakterschwäche.« Daniel war höchst erfreut über Prestons Wut und noch mehr darüber, dass er sie so sehr kontrollierte. »Und ein Mann hat das Recht, sich ein oder zwei Schwächen zu leisten. Ich hatte über neunzig Jahre Zeit, um die Menschen zu beobachten, sie genauer zu studieren und sie zu durchschauen für das, was sie sind. Ich sage Ihnen was, McQuinn, entweder sind Sie noch zu jung oder zu stur, um sich selbst zu erkennen. Aber glauben Sie mir, Sie und Cybil sind das ideale Paar. Sie beide ergänzen einander perfekt.«

»Da täuschen Sie sich.«

»Ha! Tue ich nicht! Es ist doch offensichtlich. Das Mädel hätte Sie nicht in dieses Haus eingeladen, wenn es nicht längst in Sie verliebt wäre. Und Sie wären nicht gekommen, wenn Sie nicht auch in sie verliebt wären.«

Tja, da wird er blass, dachte Daniel und lehnte sich zufrieden zurück. Manchen Menschen machte die Liebe Angst.

»Sie haben sich verrechnet«, entgegnete Preston leise, während in ihm etwas rebellierte. »Das zwischen Cybil und mir hat mit Liebe nichts zu tun. Und falls ich ihr wehtun sollte … wenn ich ihr wehtue«, verbesserte er sich, »tragen Sie einen Teil der Schuld daran.«

Preston marschierte hinaus und ließ Daniel allein mit seiner Zigarre zurück. Kummer gehört mit zur Liebe, dachte dieser, da ändert niemand was dran. Auch wenn es ihm jetzt schon leidtat, dass sein kleines Mädchen Kummer haben würde. Ja, und er war auch bereit, einen Teil der Schuld zu akzeptieren. Denn wenn der Junge endlich aufhörte, wie eine sture Forelle am Haken zu zappeln, und Cybil glücklich machte – wessen Verdienst wäre das, wenn nicht das von Daniel MacGregor?

Lachend zog der alte Mann genießerisch an seiner Zigarre.

Cybil bedauerte, dass der Ausflug nach Hyannis Preston in so gereizte Stimmung versetzt hatte. Eine Stimmung, die sich selbst in der einen Woche seit ihrer Rückkehr nach New York nicht verbessert hatte.

Er war ein schwieriger Mann. Das akzeptierte sie. Und jetzt, da sie wusste, was er durchgemacht hatte, verstand sie es sogar.

Ein so sensibler Mann wie er, mit einem so großen Herzen, würde lange brauchen, bis er wieder vertrauen konnte. Bevor er sich erlauben würde, wieder etwas zu fühlen.

Sie konnte warten.

Aber es tat weh, wenn er sich allzu schnell von ihr abwandte, sich hinter seiner Arbeit verbarrikadierte, in seine Musik abtauchte oder allein lange Spaziergänge zu den unmöglichsten Zeiten unternahm.

Gerade diese Spaziergänge zeigten ihr überdeutlich, dass er allein sein wollte, dass er nichts mit ihr teilen wollte.

Sie redete sich ein, seine Arbeit würde ihm Probleme bereiten, auch wenn er schon ewig nicht mehr mit ihr über sein Stück geredet hatte. Sie nahm an, er unterstelle ihr, sie würde weder die Qualen noch die Freude nachvollziehen können, die seine Arbeit ihm brachte. Oder was genau daran ihn so auffraß.

Es war schon immer leichter für sie gewesen, sich selbst zu belügen als andere.

Das Zeichnen half ihr, diese Situation zu ertragen. Inzwischen erforderte ihre eigene Arbeit mehr Zeit und Energie. Die Besprechung, die kurz vor dem Ausflug nach Hyannis stattgefunden hatte, war ein entscheidender Wendepunkt gewesen. Aber das hatte sie niemandem erzählt. Nicht einmal Preston.

Reiner Aberglaube, dachte sie, als sie jetzt vor dem Haus aus dem Taxi stieg. Sie hatte nicht darüber sprechen wollen, bevor alles unter Dach und Fach war.

Jetzt war es das.

Sie presste eine Hand auf die Brust, fühlte ihr Herz rasend schlagen und hörte sich selbst kichern. Jetzt war es endlich real, und sie konnte es kaum abwarten, allen davon zu erzählen.

Vielleicht würde sie eine Party geben, um ihren Erfolg zu feiern. Eine fröhliche, ausgelassene, laute Fete. Mit Champagner und Luftballons, Pizza und Kaviar.

In Gedanken schon bei den Vorbereitungen, stürmte sie die Treppe hinauf. Sie musste unbedingt ihre Eltern anrufen, die ganze Familie. Sie würde sich Jody greifen, damit sie zusammen jubeln konnten.

Aber erst musste sie es Preston sagen.

Mit beiden Händen trommelte sie übermütig einen Takt an seine Tür. Sicher arbeitete er, aber das hier konnte nicht warten. Er würde es verstehen.

Sie würden feiern, sich mitten am Nachmittag einen kleinen Schwips antrinken, ausgelassen sein und am helllichten Tag miteinander schlafen.

Als er öffnete, strahlte sie ihn an.

»Hi, ich bin gerade erst zurück. Du wirst es nicht glauben.«

Er war unrasiert, sah zerzaust aus und ärgerte sich selbst darüber, dass ihr Anblick ausreichte, um ihn sofort aus der Welt seines Stücks herauszureißen. Ein einziger Blick reichte. »Ich arbeite, Cybil.«

»Ich weiß. Tut mir leid. Aber ich platze, wenn ich es noch länger für mich behalten muss.« Sie strich über seine Wangen. »Du siehst aus, als könntest du eine Pause gebrauchen.«

»Ich bin mittendrin«, begann er, aber da rauschte sie auch schon an ihm vorbei in seine Wohnung.

»Ich wette, du hast noch nichts gegessen. Ich hatte gerade den unglaublichsten Lunch aller Zeiten in diesem ganz neuen In-Bistro im Zentrum. Was hältst du davon, wenn ich dir ein Sandwich mache, und dann ...«

»Ich will kein Sandwich.« Er hörte selbst, wie scharf seine Stimme klang, aber er machte sich nicht die Mühe, höflicher zu werden, als er zur Küchenanrichte ging und sich einen Kaffee eingoss, der schon seit Stunden schal war. »Ich habe auch keine Zeit, um zu essen. Ich will arbeiten.«

»Aber du musst doch was essen.« Sie steckte den Kopf in den Kühlschrank, aber da hörte sie ihn schon wieder die Treppe nach oben hinaufsteigen. »Na gut, vergiss das Sandwich. Dann muss ich dir eben so erzählen, wie mein Tag verlaufen ist.« Sie folgte ihm nach oben. »Du meine Güte, McQuinn, hier ist es ja so dunkel wie in einer Höhle.« Sie eilte ans Fenster, um die Vorhänge aufzuziehen.

»Verdammt noch mal, lass das, Cybil.«

Sie hielt in der Bewegung inne, dann ließ sie die Hand sinken. Und ihre Stimmung sank mit. Preston saß schon wieder am PC und hatte sich in eine Welt zurückgezogen, zu der er ihr keinen Zugang gestattete.

Er arbeitete bei künstlichem Licht und kaltem Kaffee. Und mit dem Rücken zu ihr.

Nichts von dem, was sie fühlte, was in ihr wie eine heiße Quelle sprudelte, bedeutete ihm etwas.

»Es fällt dir so leicht, mich zu ignorieren«, murmelte sie. »Mich gar nicht wahrzunehmen.«

Der Schmerz in ihrer Stimme war nicht zu überhören. Aber er wappnete sich dagegen, weigerte sich, sich schuldig zu fühlen. »Es ist nicht leicht, aber im Moment ist es nötig.«

»Ja, du arbeitest, und ich besitze die Frechheit, das Genie zu unterbrechen, ein so grandioses Projekt zu stören. Eines, dessen Größe ich wohl kaum verstehen dürfte.«

Er warf ihr einen irritierten Blick über die Schulter zu. »Du kannst arbeiten, wenn Leute um dich herumschwirren, ich nicht.«

»Andererseits fällt es dir auch leicht, mich zu ignorieren, wenn du nicht arbeitest.«

Er schob sich vom Schreibtisch ab und drehte sich zu ihr um. »Ich bin nicht in der Stimmung, mich mit dir zu streiten.«

»Und alles hängt natürlich immer von deiner Stimmung ab, nicht wahr? Ob du mit mir zusammen oder allein sein willst. Ob du mit mir redest oder schweigst. Ob du mich berührst oder dich abwendest.«

Es klang so endgültig, dass Panik in ihm aufstieg. »Wenn es dir nicht passt, hättest du es mir sagen sollen.«

»Du hast recht, Preston. Ich sollte es dir sagen, und das tue ich jetzt. Es passt mir nicht, wie ein lästiger Störenfried abgeschoben zu werden. Und wenn du dann einen Moment Zeit hast, gönnst du mir die Ehre deiner Aufmerksamkeit. Es passt mir nicht, wie du Dinge, die mir wichtig sind, als unbedeutend abtust.«

»Du willst, dass ich aufhöre zu arbeiten und mir anhöre, wie du deinen Tag mit Shopping und beim Lunch verbracht hast?«

Sie wollte etwas erwidern, öffnete den Mund, schloss ihn wieder. Doch zuvor war ein Laut über ihre Lippen gekommen, der zeigte, wie verletzt sie war.

»Es tut mir leid.« Wütend auf sich selbst stand er auf. Sie sah aus, als hätte er sie geohrfeigt. »Mein Stück nähert sich dem Ende, und da bin ich immer nervös und ungenießbar.« Er fuhr sich mit der Hand durchs Haar. »Lass uns nach unten gehen.«

»Nein, ich muss los.« Weil sie fühlte, dass sie gleich weinen würde. »Ich muss noch ein paar Anrufe erledigen. Außerdem habe ich Kopfschmerzen.« Sie rieb sich die Schläfen. »Das macht mich reizbar. Ich glaube, ich brauche ein Aspirin und Schlaf.«

Sie ging in Richtung Tür, blieb stehen, als er eine Hand auf ihren Arm legte. Er spürte ihr Zittern, und eine mannshohe Welle von Schuld und Scham schlug über ihm zusammen. »Cybil …«

»Es geht mir nicht gut, Preston. Ich werde mich hinlegen.«

Sie schüttelte seine Hand ab und eilte davon. Als die Tür ins Schloss fiel, zuckte er zusammen. »Du verdammter Idiot«, flüsterte er und rieb sich erschöpft die Augen. »Warum hast du sie nicht auch gleich noch getreten, wenn du schon mal dabei warst?«

Angewidert von sich selbst ging er im Zimmer auf und ab, die Hände tief in die Taschen gesteckt. Irgendwann zog er die Vorhänge auf.

Das Sonnenlicht war so gleißend, dass er die Augen zusammenkniff. Er arbeitete nun mal lieber im Halbdunkel. Und er brauchte sich dafür nicht zu rechtfertigen. Er brauchte sich vor niemandem für seine Arbeitsgewohnheiten zu rechtfertigen.

Aber er brauchte sie auch nicht zu verletzen.

Verflucht, sie war wirklich zum ungünstigsten Zeitpunkt hereingeschneit. Er hatte ein Recht auf seine Ruhe, auf die Abgeschiedenheit, wenn die Worte nur so aus ihm herausflossen.

Er ignorierte sie auch nicht oder nahm sie nicht wahr.

Wie zum Teufel ignorierte man denn eine Frau, die einem einfach nicht mehr aus dem Kopf ging?

Aber er hatte es versucht, oder etwa nicht? Mit voller Absicht. Seit dem Gespräch mit Daniel MacGregor in dessen Büro im Turm von Hyannis Port.

Weil der alte, schlaue, gerissene Mann, der sich in alles einmischte, recht hatte.

Ja, er, Preston, war bereits in Cybil Campbell verliebt.

Das war es, was er ignorieren musste. Das war es, wovon er sich immer wieder abwenden musste. Bevor es ihn unwiderruflich erwischt hätte, bis es von allein verschwand.

Das Risiko mit der Liebe würde er nicht noch einmal eingehen. Nicht, wenn er genau wusste, was passieren konnte. Dass die Liebe Herz und Seele und Verstand ruinieren konnte. Er würde nicht zulassen, dass er jemals wieder so verletzlich wurde.

Ich werde schon über sie hinwegkommen, versuchte er sich zu überzeugen und zog die Vorhänge wieder zu. Er würde die Dinge wieder ins richtige Lot bringen, und dann würden sie beide sich besser fühlen.

Und was sein miserables Benehmen während der letzten Tage anging – nun, er würde es wiedergutmachen bei ihr. Das hatte sie nun wirklich nicht verdient. Sie hatte bisher immer nur gegeben, und er hatte nie etwas anderes getan als genommen.

Da er wusste, dass Arbeiten jetzt nicht mehr infrage kam, ging Preston nach unten. Er überlegte, ob er zu ihr gehen und an ihre Tür klopfen sollte, ihr die Entschuldigung anbieten sollte, die angebracht war. Aber auch Cybil hatte ein Recht auf Privatsphäre, und die wollte er ihr lassen. Also würde er einen Spaziergang machen.

Erst als er die Blumen in dem kleinen Straßenkarren auf dem Bürgersteig sah, kam ihm der Gedanke, einen Strauß für Cybil zu kaufen. Keine Rosen, die waren zu steif. Margeriten auch nicht, die waren zwar fröhlich, aber zu einfach. Also entschied er sich für die Tulpen in zartem Gelb und cremigem Weiß.

Sobald er den Strauß in der Hand hielt, fühlte er sich besser.

Preston ging weiter. Dabei wurde ihm klar, dass er schon viel zu viel Zeit hatte verstreichen lassen, ohne wirklich seinen Kopf und seine Gedanken zu klären. Und je klarer seine Gedanken jetzt wurden, desto mehr musste er über die Worte nachdenken, die sie vorhin zu ihm gesagt hatte.

Wie oft hatte sie nicht schon ihre eigenen Stimmungen und Wünsche beiseitegeschoben, um den seinen zu entsprechen? Auch hier hatte der Große MacGregor den Nagel auf den Kopf getroffen. Es lag einfach in ihrer Natur, sich zuerst um die Wünsche anderer zu kümmern, bevor sie an ihre eigenen dachte.

Er kannte niemanden, der so selbstlos, so großzügig war und sich so absolut wohl in der eigenen Haut fühlte. Er selbst hatte diese Eigenschaften längst abgelegt, nur wenn er mit ihr zusammen war, erinnerte er sich daran.

Sie war so aufgeregt gewesen, als sie bei ihm hereingeplatzt war. Aber er hatte sich schon so daran gewöhnt, dass sie immer so war, dass er gar nicht auf die Idee gekommen war, es könnte etwas Besonderes passiert sein, etwas ganz Spezielles, das diesen Glanz in ihre Augen gezaubert hatte.

Nun, diesen Glanz hatte er ja schnellstens und restlos vertrieben, nicht wahr?

Er hatte sie als selbstverständlich hingenommen, wurde ihm klar. Eigentlich vom ersten Augenblick an.

Das ließ sich ändern. Und er würde es ändern. Er würde ihr ebenso viel zurückgeben, wie sie ihm geboten hatte, dann wären sie zumindest quitt. Und wenn die Zeit kam, da sie sich voneinander verabschieden mussten – und diese Zeit würde kommen –, dann würde ihnen zumindest vielleicht die Chance bleiben, es als gute Freunde zu tun.

Aber er konnte sich ein Leben ohne sie nicht mehr vorstellen.

Er war den ganzen Nachmittag unterwegs, bis zum frühen Abend. Und als er dann mit einem Blumenstrauß vor ihrer Tür stand, kam er sich nicht mehr albern vor, sondern ruhig und entschlossen. Cybil öffnete, und er hatte das Gefühl, genau das Richtige zu tun.

»Hast du dich ein wenig ausgeruht?«

»Ja.« Sie war in den Schlaf geflüchtet wie ein erschrecktes Kaninchen in seinen Bau. »Danke.«

»Hast du Lust auf ein bisschen Gesellschaft?« Er hob die Blumen. Und erkannte den Ausdruck sprachloser Überraschung in ihren Augen. »Und auf Tulpen?«

»Oh … gern. Die sind wunderschön. Ich hole eine Vase.«

Wie wenig erwartete sie von ihm, wenn ein einfacher Blumenstrauß schon einen solchen Schock in ihr auslöste? »Das mit vorhin tut mir leid.«

»Oh.« Die Blumen sind also eine Wiedergutmachung, dachte sie, während sie die blaue Vase aus dem Schrank holte. Sie wehrte sich gegen die Enttäuschung, weil sie gehofft hatte, er würde ihr einfach nur eine Freude machen wollen, und drehte sich lächelnd zu ihm um. »Schon gut. Das kommt davon, wenn man einen Bären in seiner Höhle stört.«

»Das war's? Viele Frauen würden es einem Mann nicht so leicht machen«, sagte er erstaunt.

»Ich bin nicht nachtragend. Hast du nicht riesiges Glück?«

Er nahm ihre Hand und küsste die Innenfläche. »Ja, das habe ich«, erwiderte er und sah zum zweiten Mal den schockierten Ausdruck in ihrem Gesicht.

Er begriff, wie wenig Zärtlichkeit er ihr geschenkt hatte, erschreckt über seine eigene Dummheit. Nicht einmal den Hauch von Romantik. »Ich dachte mir, wenn es dir besser geht, würdest du vielleicht gern essen gehen.«

Sie blinzelte. »Ausgehen?«

»Nur, wenn du willst. Wenn nicht«, sagte er und ging um den Tresen herum, »könnten wir auch zu Hause essen. Was immer du willst«, flüsterte er, bevor er die Hände um ihr Gesicht legte und ihre Stirn küsste.

»Wer sind Sie? Und wie kommen Sie in Prestons Körper?«, scherzte sie.

Schmunzelnd küsste er sie auf beide Wangen. »Sag mir, was du willst, Cybil.«

So berührt werden. So angesehen werden. »Ich … ich kann uns etwas kochen.«

»Wenn du lieber zu Hause bleiben möchtest, kümmere ich mich um das Abendessen.«

»Du? *Du*? Na schön, das reicht. Ich rufe die Polizei.«

Er zog sie an sich. »Keine Angst, ich habe nicht vor, selbst zu kochen. Das würden wir nicht überleben.« Er schmiegte sein Gesicht in ihr Haar. »Ich werde uns etwas bestellen.«

»Ja«, sagte sie nur und staunte darüber, dass er sie einfach nur in den Armen hielt, als wäre das genug, als wäre das alles, was zählte.

»Du bist verspannt«, murmelte er, während er ihre Schultern massierte. »Ich glaube nicht, dass ich dich schon mal so erlebt habe. Hast du noch Kopfschmerzen?«

»Die sind fast weg.«

»Warum gehst du nicht nach oben und nimmst ein heißes Bad? Und dann ziehst du einen dieser Bademäntel an, auf die du so versessen bist, und wir essen in aller Ruhe zu Abend?«

»Hör zu, ich bin in Ordnung, ich kann …« Sie sprach nicht weiter, als seine Lippen ganz leicht über ihren Mund strichen, sich zurückzogen, erneut liebkosten, so zart, so zärtlich, dass ihr die Knie weich wurden.

»Nun geh schon.« Er hielt sie von sich ab, während sie ihn ungläubig und mit verhangenen Augen anstarrte. »Ich kümmere mich um alles.«

»Na schön. Ich glaube, ich bin doch noch nicht ganz auf dem Damm.« Was immerhin erklären würde, warum sie in ihrer eigenen Wohnung die Treppe nach oben nicht finden konnte. »Die … äh … die Nummer der Pizzeria liegt neben dem Telefon.«

»Gut, ich mach das schon.« Er schob sie lächelnd zur Treppe. »Jetzt geh und entspann dich.«

»Okay.« Mitten auf der Treppe blieb sie stehen und drehte sich um. »Preston?«

»Ja?«

»Bist du …« Leise lachend schüttelte sie den Kopf. »Schon gut. Ich brauche nicht lange.«

»Lass dir ruhig Zeit«, empfahl er ihr. Die würde er brauchen, um alles für sie vorzubereiten.

Wenn schon die Andeutung von Romantik sie nahezu sprachlos machen konnte, dann würde es ihr schwerfallen, auch nur ein einziges Wort herauszubringen, wenn der Abend so ablaufen würde, wie er sich das vorstellte.

Kaum war sie im Bad verschwunden, griff er nach dem Telefonhörer. »Jody? Hier ist Preston McQuinn … Ja … Hören Sie, hat Cybil ein Lieblingsrestaurant?«, fragte er. »Nein, nicht den Imbiss.« Er lachte. »Mir schwebt da eher etwas Nobles vor, vielleicht Französisch.«

Bei Jodys zutiefst verblüfftem »Oh« musste er grinsen, bevor er den Namen aufschrieb, den sie ihm nannte. »Ich nehme nicht an, dass Sie die Telefonnummer zur Hand haben … Doch? Das ist ja großartig. Mal sehen, ob Sie das noch überbieten können. Von welchem Dessert auf der Speisekarte fällt sie ins Koma?« Er notierte es. »Alles klar … Etwas Besonderes?« Er schaute zur Treppe und lächelte. »Nein, nichts Besonderes. Nur ein gemütliches Abendessen zu Hause. Danke für den Tipp.«

Er lachte, als Jody ihn mit Fragen bombardierte. »He, wir wissen doch beide, dass sie Ihnen morgen sowieso alles brühwarm erzählen wird.«

Dann legte er auf, wählte die Nummer des Restaurants und bestellte, was er brauchte. Anschließend rollte er in Gedanken die Hemdsärmel auf und machte sich an die Arbeit.

11. Kapitel

Cybil befolgte Prestons Vorschlag und ließ sich Zeit. Die brauchte sie auch, um sein neues, ungewohntes Verhalten zu verarbeiten. Oder war das nur eine Seite seiner Persönlichkeit, die er ihr bisher nicht gezeigt hatte?

Wie hätte sie ahnen können, dass in ihm so viel Zärtlichkeit steckte? Dass er sie ihr schenken würde? Und dass es ihr angesichts dieser Zärtlichkeit so schwerfallen würde, ihre Gefühle im Zaum zu halten?

Sie liebte ihn, wenn er achtlos und schlecht gelaunt war, wenn er amüsiert und amüsant war, wenn er leidenschaftlich und wild war. Wie viel mehr konnte sie ihn überhaupt noch lieben, wenn er zärtlich und liebevoll war?

Er gab sich wirklich alle erdenkliche Mühe, um sich bei ihr für sein verletzendes Verhalten zu entschuldigen. Dabei wusste er wahrscheinlich nicht einmal, was genau er getan hatte. Aber es war ihm wichtig genug – sie war ihm wichtig genug, dass er es wieder geradebiegen wollte.

Wie hätte sie sich da verweigern können?

Ein ruhiger, gemütlicher Abend zu Hause würde ihnen beiden guttun. Er fühlte sich nicht wohl in Menschenmengen, und sie hatte im Moment nicht die Energie dafür. Sie würden Pizza essen, ein wenig fernsehen, wieder unbeschwert miteinander lachen. Sie würden locker scherzen und plaudern, und dann würden sie sich auf dem Sofa lieben, während ein alter Film über den Bildschirm flimmerte.

Sie würden die Dinge wieder einfach machen. Denn einfach

und unkompliziert war es am besten für sie beide.

Cybil atmete tief durch, bevor sie den Bademantel aus blauer Seide überzog, mit den Fingern durch das fast trockene Haar fuhr und zur Treppe ging.

Auf halbem Weg nach unten hörte sie die Musik. Leise und verträumt. Verführerisch. Nun ja, Preston mochte Musik, so hielt ihre Überraschung nicht lange an. Sie ging weiter. Bis sie die brennenden Kerzen sah. Dutzende. Ein ganzes Lichtermeer.

Und Preston stand in dem flackernden Licht und wartete auf sie.

Er hatte sich umgezogen, trug jetzt ein schwarzes Hemd und hatte sich den Zweitagebart abrasiert. Er streckte ihr die Hand entgegen, und sie ergriff sie, bezaubert davon, wie das Kerzenlicht sein Haar schimmern ließ und seine blauen Augen dunkler machte.

»Fühlst du dich besser?«

»Ja. Was geht hier vor?«

»Wir essen zu Abend.«

»So ein Aufwand für ...« Er küsste ihre Hand, knabberte an ihren Fingerspitzen, bis ihr der Atem stockte. »... Pizza?«, brachte sie heraus, und er lächelte nur.

»Ich mag es, dich bei Kerzenschein anzuschauen. Zu sehen, was das Licht mit deinen Augen macht. Diese unglaublich exotischen, großen Augen«, sagte er und küsste sie auf die geschlossenen Lider. »Und mit deiner Haut.« Er strich mit den Lippen über ihre Wangen. »So zart und weich. Ich fürchte, ich habe ganz vergessen, wie sie sich anfühlt.«

»Was?« Alles in ihrem Kopf begann sich ganz gemächlich zu drehen.

»Ich habe dich vernachlässigt, Cybil, und war unaufmerksam. Das wird mir heute Abend nicht passieren.« Er hob ihre Hände wieder an den Mund, und ihr Herz schlug schneller.

»Ich habe etwas für dich«, sagte er und nahm ein kleines, mit einer rosafarbenen Schleife verziertes Etui vom Tresen.

Sofort legte sie die Hände hinter den Rücken. »Ich brauche keine Geschenke. Ich will sie nicht.«

Er runzelte die Stirn, bis ihm aufging, dass sie an Pamela dachte. »Ich weiß, dass du sie weder brauchst noch willst. Aber als ich sie sah, musste ich an dich denken, das ist alles.« Er hielt ihr das Etui hin. »Mach es einfach auf. Bitte.«

Weil sie sich albern vorkam, nahm sie das Etui und zog vorsichtig die Schleife auf. »Nun, wer mag keine Geschenke, nicht wahr? Außerdem hast du nicht an meinen Geburtstag gedacht.«

»Wirklich?« Er hörte sich so erschreckt und schuldig an, dass sie lachen musste.

»Der war im Januar. Da kanntest du mich noch gar nicht, aber das ist keine Entschuldigung, also …« Sie verstummte und starrte auf die winzigen Fische aus Achat, die wie an einer Angelschnur an ihren Ohren hängen würden.

Sie lachte herzhaft auf, nahm die Ohrringe heraus und hielt sie in die Höhe, ließ sie baumeln. »Die sind ja lustig.«

»Ich weiß.«

»Ich finde sie toll.«

»Das dachte ich mir.«

Ihre Augen blitzten, als sie sich die Ohrringe anlegte. »Na, was denkst du?«

»Sie passen zu dir. Auf jeden Fall.«

»Das ist so süß von dir …« Sie schlang die Arme um ihn und küsste ihn ausgiebig, sodass sein Blut zu kochen anfing. Dann hörte er sie schnüffeln.

»Oh Gott, das nicht. Hör auf. Bitte nicht.«

»Tut mir leid.« Sie presste das Gesicht an seinen Hals. »Es ist nur … die Blumen … die Kerzen … und diese Fische … alles an einem Abend …« Sie holte tief Luft. »Schon vorbei.«

»Gott sei Dank.« Mit dem Daumen strich er eine Träne von ihren Wimpern. »Bereit für den Champagner?«

»Champagner?« Verwirrt hob sie die Hände zu einer hilflosen Geste. »Wer wäre nicht bereit für Champagner?«

Sie sah ihm nach, als er in die Küche ging, eine Flasche aus ihrem Kühler nahm und sie öffnete. Was ist nur in ihn gefahren? fragte sie sich. Er war so entspannt und unbeschwert und romantisch …

»Du hast dein Stück fertig! Oh Preston, du bist fertig.«

»Nein, bin ich nicht. Noch nicht ganz.« Er ließ den Korken knallen und goss die Gläser voll.

»Oh.« Verwirrt nahm sie das Glas, legte den Kopf schräg, versuchte auszuknobeln, was hier vor sich ging. »Was feiern wir dann?«

»Dich.« Er stieß mit ihr an. »Nur dich.« Er legte eine Hand an ihre Wange und hob sein Glas an ihre Lippen.

Sie trank, aber es war nicht der Champagner, der ihr zu Kopf stieg, sondern die Art, wie Preston sie ansah. »Ich weiß nicht, was ich sagen soll.«

»Das hat es ja noch nie gegeben.« Lächelnd nahm er einen Schluck, schmeckte den Champagner, schmeckte sie.

»Aha, das alles ist also nur ein Trick, um mich zum Schweigen zu bringen.« Schmunzelnd genoss sie das Prickeln des Champagners auf der Zunge. »Sehr schlau.«

»Ich habe noch gar nicht richtig angefangen.« Er nahm ihr Glas, stellte es ab und zog sie an sich. Selbst als sie ihm ihre Lippen zum Kuss bot – den Kuss erwartete, Hitze und Leidenschaft erwartete –, legte er nur seine Wange an ihre und begann sich mit ihr zum Rhythmus der Musik zu bewegen. »Ich habe dich noch nie zum Tanzen aufgefordert.«

»Nein.« Sie schloss die Augen. »Noch nie.«

»Tanz mit mir, Cybil.«

Sie strich an seinem Rücken hinauf, legte den Kopf an seine Schulter und gab sich der Musik und ihm hin. Aneinandergeschmiegt drehten sie sich in der von Kerzenlicht durchfluteten Küche.

Als seine Lippen ihr Kinn streiften, wandte sie den Kopf, sodass sein Mund über ihren glitt. Ihr Puls schlug einen vollen, harten Rhythmus, und ihre Glieder waren weich wie geschmolzenes Wachs.

»Preston«, flüsterte sie und hob sich auf die Zehenspitzen, um ihm noch mehr zu geben.

»Das wird das Essen sein«, murmelte er an ihren Lippen.

»Was?«

»Die Türklingel. Dinner.«

»Oh.« Sie hatte tatsächlich angenommen, dieses Klingeln hätte es nur in ihrem Kopf gegeben. Sie musste sich an der Anrichte abstützen, als Preston sie losließ, um die Tür zu öffnen.

»Ich hoffe, du bist nicht enttäuscht«, sagte er, während er aufschloss. »Es ist keine Pizza.«

»Das macht nichts. Mir ist alles recht.« Wie sollte sie überhaupt essen, wo ihr Bauch voller wild flatternder Schmetterlinge war?

Sie bekam jedoch große Augen, als statt eines Botenjungen zwei Kellner in Livree eintraten. Erstaunt beobachtete sie, wie die beiden das Essen auf dem Tisch arrangierten, den Preston bereits mit ihrem besten Geschirr gedeckt hatte. Keine zehn Minuten später waren sie wieder fort, und Cybil suchte nach Worten.

»Hungrig?«

»Ich … Es sieht herrlich aus.«

»Komm, setz dich.« Er nahm ihre Hand, führte sie zum Tisch vor dem Fenster und küsste ihren Nacken.

Sie musste gegessen haben, aber sie wusste nicht, was oder wie es geschmeckt hatte. Denn das Einzige, woran sie sich erinnerte, war Preston. Daran, wie er ihre Hand geküsst und gelächelt hatte. Wie er ihr Glas immer wieder nachfüllte, bis sie zu träumen glaubte.

Wie er sie ansah, als er aufstand und die Hand nach ihr ausstreckte. Wie er sie auf seine Arme hob, die Treppe hinauftrug und im Schlafzimmer behutsam aufs Bett legte.

Er zündete die Kerzen an, wie er es schon einmal getan hatte, doch dieses Mal, als er zu ihr kam und sich neben sie legte, war seine Berührung so sanft wie eine Feder.

Und dann küsste er sie.

Er gab mehr, als er überhaupt zu haben geglaubt hatte. Er fand in ihrer Reaktion mehr, als er für möglich gehalten hatte. Wenn sie erbebte, empfand er nicht Triumph, sondern Zärtlichkeit.

Und die gab er ihr zurück.

Lang andauernde, seidene, unendlich zärtliche Küsse. Ausgiebige, sanfte Liebkosungen. Er hob sie auf eine duftende Wolke empor, und die Welt jenseits davon wurde klein und unwichtig.

Langsam streifte er den Bademantel von ihren Schultern, und wie im Rausch sah sie, wie er sich zurücklehnte, um mit seinem Blick dem Finger zu folgen, den er an ihr hinabgleiten ließ.

»Du bist so schön, Cybil.« Er schaute ihr tief in die Augen. »Wie oft habe ich vergessen, dir das zu sagen? Dir das zu zeigen?«

»Preston …«

»Nein. Ich möchte sehen, wie du es genießt, von mir so berührt zu werden, wie ich dich längst hätte berühren sollen«, murmelte er und strich mit den Fingerspitzen über ihre Haut.

Ihr Atem ging schneller, und die Wirklichkeit um sie herum verblasste. Dann senkte er den Kopf, und mit den Lippen folgte er der Spur, die er vorher mit dem Finger gezogen hatte.

Es war, als ob eine Wolke aus Zärtlichkeit und Erregung sie umfinge. Und dann kam die erste Welle jener fast unwirklichen Ekstase, die ihren ganzen Körper erfasste und ein herrliches Gefühl von wohliger Erschöpfung zurückließ.

Er wollte, dass sie es auskostete, nicht explosiv, sondern ausgiebig, ohne Hast. Er erkundete sie, entdeckte sie neu und verweilte, wann immer er sie heftiger atmen hörte und sie sich ihm entgegenbog.

Irgendwann war er so weit wie sie, und der Wunsch, mit ihr zu verschmelzen, wurde übermächtig. Er flüsterte ihren Namen, als er in sie glitt, und stöhnte auf, als sie die Beine fest um ihn schlang.

Er küsste sie mit sanfter Leidenschaft, während sie sich unter ihm wand und sich an ihn klammerte.

Als Cybil viel später erwachte, war er bei ihr und hielt sie so, wie er sie auch im Schlaf gehalten hatte.

»Das ist mit Sicherheit die Nummer eins auf der Hitliste der romantischen Abende der Neuzeit.«

Geschickt wechselte Jody Charlies Windel und schmuste mit ihm, während sie das sagte. »Das lässt jede Kutschenfahrt am Valentinstag alt aussehen und verdrängt sogar die Diamantohrringe in dem Dutzend weißer Rosen meiner Cousine Sharon auf Platz zwei. Gott, sie wird sich grün und blau ärgern.«

»Noch nie hat sich jemand so viel Mühe für mich gegeben.« Cybil drückte verträumt Charlies Teddy an ihre Wange. »Es war einfach … einfach himmlisch.«

Jody setzte sich Charlie auf die Hüfte und ging voran ins Wohnzimmer, damit er dort auf dem Teppich Krabbeln üben konnte. »So gut?«

»Noch besser. So als hätte er mir mein Herz abgenommen, nur um es mir aus seiner Hand wieder anzubieten.«

»Oh Mann.« Da sie mittlerweile selbst weiche Knie bekommen hatte, ließ Jody sich auf einen Sessel fallen. »Das ist wunderschön, Cyb, einfach wunderschön. Vielleicht solltest du mal daran denken, einen Liebesroman zu schreiben.«

Noch immer ganz von ihrem Glück erfüllt, breitete Cybil die Arme aus und drehte sich einmal um die eigene Achse. Charlie ließ sich jauchzend auf den Po fallen und klatschte begeistert in die kleinen Händchen.

»Ich bin ja so verliebt, Jody. Ich verstehe nicht, wieso ich nicht aus den Ohren rauche bei so viel Liebe. In einem einzelnen Körper kann es doch gar keinen Platz dafür geben.«

»Oh …« Jody seufzte lang und hingebungsvoll. »Wann wirst du es ihm sagen?«

»Das kann ich nicht.« Jetzt seufzte auch Cybil, hob Charlies roten Gummihammer auf und klopfte sich damit in die Handfläche. »Ich traue mich nicht, ihm etwas zu sagen, das er nicht hören will.«

»Cyb, der Typ ist verrückt nach dir.«

»Ja, er empfindet etwas für mich, und vielleicht, wenn er sich davon überzeugen lässt, dass ich ihn nicht im Stich lasse, wird er noch mehr für mich empfinden.«

»Ihn im Stich lassen?« Allein bei der Vorstellung regte Jody sich auf. »Du hast noch nie jemanden im Stich gelassen! Allerdings … vielleicht solltest du dich im Moment mal ein bisschen mehr um Cybil kümmern.«

»Er hat Gründe, um so vorsichtig zu sein«, sagte sie und schüttelte den Kopf, bevor Jody etwas erwidern konnte. »Ich kann es dir nicht erzählen. Aber du kannst mir glauben, es sind wichtige Gründe.«

»Na schön.«

»Danke. Ich muss los. Ich habe noch tausend Dinge zu erledigen. Brauchst du irgendwas?«

»Um genau zu sein, ja. Wenn du sowieso rausgehst …«

»Ich schreib's einfach mit auf die Liste. Für Mrs. Wolinsky soll ich auch ein paar Sachen besorgen, und Mr. Peebles habe ich zugesagt, dass ich ihm Trauben vom Markt mitbringe, wenn sie gut aussehen. Lass mich nur eben meine Einkaufsliste finden.«

»Ich frage ja nur, weil du sowieso einkaufen musst. Und weil du es bist.« Jody biss sich auf die Lippe, dann begann sie zu grinsen. »Aber sag bloß keinem, dass du es für mich holst, okay?«

»Nein, geht klar.« Abgelenkt kramte Cybil in ihrer Tasche nach dem Zettel. »Irgendwo hier drinnen muss sie doch sein …«

Natürlich dauerte es länger als geplant – aber das schien beim Einkaufen grundsätzlich so zu sein. Bis Cybil bei Mrs. Wolinsky alles abgeliefert und Mr. Peebles die Trauben gebracht hatte, war es bereits fünf Uhr nachmittags, als sie endlich an Jodys Wohnungstür klopfte.

Cybil stieß frustriert einen zischenden Laut aus, als keine Reaktion auf ihr Klopfen erfolgte. Anscheinend hielt die Freundin die Spannung aus, während Cybil unbedingt Klarheit brauchte. Aber entweder war Jody mit Charlie auf einem kleinen Spaziergang, oder sie besuchte gerade einen anderen Nachbarn. Wie auch immer, sie würde warten müssen.

Die Arme voll bepackt, stieg Cybil in den Fahrstuhl nach oben. Und strahlte übers ganze Gesicht, als sie Preston sah, der offensichtlich auf sie wartete. »Hi.«

»Hi, Frau Nachbarin.« Er nahm ihr die Tüten ab und küsste sie. »Warte«, sagte er, als sie den Kuss beendete. »Lass uns das noch mal tun.«

»Okay.« Lachend schlang sie die Arme um ihn, stellte sich wieder auf die Zehenspitzen und begrüßte ihn noch leidenschaftlicher. »Wie war das?«

»Schon besser. Was hast du in den Tüten? Ziegelsteine?«

Sie suchte nach ihrem Wohnungsschlüssel. »Hauptsächlich Lebensmittel, Putzmittel und so alles Mögliche. Die Äpfel sahen so gut aus, da habe ich dir ein paar mitgebracht. Das ist gesünder als Schokoriegel oder alte Bagels, wenn du bei der Arbeit zwischendurch mal was knabbern willst.« Sie fand den Schlüssel und öffnete die Tür. »Ach ja, und Salmiakgeist für deine Fenster, damit man wieder hindurchschauen kann.«

»Äpfel und Salmiakgeist.« Er stellte die Tüten auf den Tresen. »Was kann ein Mann mehr verlangen?«

»Frischen Käsekuchen. Ich konnte nicht widerstehen.«

»Der wird warten müssen.« Er zog sie an sich, hob sie hoch und wirbelte sie herum.

»Du bist ja großartig gelaunt«, stellte sie lächelnd fest und küsste ihn wieder. »Wenn dein Grinsen noch breiter wird, könnte ich glatt in diesen Riesenmund hineinpassen.«

»Und du würdest bestimmt besser schmecken als der Käsekuchen. Das Stück ist fertig.«

»Wirklich?« Sie legte die Hände an seinen Nacken. »Das ist ja wunderbar.«

»So schnell war ich noch nie. Ich muss es noch einmal überarbeiten, aber es ist alles da. Das habe ich auch dir zu verdanken.«

»Mir?«

»Es ist so viel von dir eingeflossen. Als ich aufhörte, mich dagegen zu wehren, schrieb es sich fast von allein.«

»Ich bin sprachlos. Was hast du denn über mich geschrieben? Wie bin ich? Was tue ich? Kann ich es lesen?«

»Das nennst du sprachlos?« Er stellte sie wieder auf die Füße. »Wenn ich ein wenig daran gefeilt habe, kannst du es lesen. Lass uns in das kleine Restaurant an der Ecke gehen und feiern.«

»Dahin? So etwas willst du mit Spaghetti und Fleischklößchen feiern?«

»Genau.« Es war sentimental, aber das war ihm egal. »Mit dir und dort, wo du mal einem armen Musiker eine warme Mahlzeit spendiert hast.«

»Kommt das etwa auch im Stück vor? Dass ich dich bezahlt habe? Oje.«

»Keine Angst, es wird dir gefallen.«

»Wie heiße ich? In dem Stück, meine ich«, fragte sie aufgeregt.

»Zoe.«

»Zoe?« Sie spitzte nachdenklich die Lippen, überlegte, und dann zeigte sich das Grübchen an ihrem Mund. »Das gefällt mir.«

»Ein geläufigerer Name passte einfach nicht zu ihr.« Er lachte, leicht unsicher. »Sie hat sie mir alle wieder ins Gesicht zurückgeschleudert.«

»Du siehst so glücklich aus.« Cybil strich ihm übers Haar. »Es ist schön, dich so zu sehen.«

»Das bin ich jetzt häufiger. Komm, lass uns gehen.«

»Ich muss erst die Einkäufe wegräumen und mein Gesicht zurechtmachen, dann können wir gehen.«

»Mach du dein Gesicht. Ich übernehme das Wegräumen.«

»Stopf bloß nicht alles einfach in die Schränke. Es gibt ein System«, rief sie von der Treppe her.

»Beeil dich«, antwortete er und begann die Sachen aus den Tüten zu holen.

In der letzten Stunde wäre er fast verrückt geworden, während er auf sie gewartet hatte. Er wollte ihr unbedingt sagen, dass das Stück fertig war. Wollte es ihr zuerst sagen. Und einen Weg finden, ihr zu sagen, dass sich in den letzten Wochen vieles für ihn geändert hatte.

Und wenn er es noch so sehr ignorierte, verleugnete, verdrängte – die Veränderungen waren da. Ihm war klar geworden, dass er zum ersten Mal seit langer, langer Zeit einfach nur glücklich war.

Ja, sie hatte recht. Er sah glücklich aus. Er war glücklich. Aber das lag nicht nur an dem Stück. Cybil war der Grund, war von Anfang an der Grund gewesen.

Sie machte ihn glücklich.

Es war sein Stück, durch das ihm das klar geworden war. Diese unterschwellige Hoffnung, die durchschimmerte, war gar nicht beabsichtigt gewesen, als er zu schreiben begonnen hatte. Aber sie war eindeutig da – und man konnte sich ihr nicht entziehen.

Es war ihm durch sein eigenes Leben klar geworden, in das sie gerauscht war. Mit Keksen und Geplapper und Mitgefühl. Mit Großzügigkeit und Lachen und Lebensfreude und Elan.

Was er für sie empfand – so wie sie war, hatte sie ihm gar keine andere Wahl gelassen, als das für sie zu empfinden –, erfüllte ihn, machte ihn ganz und, so gestand er sich ein, hatte ihn im wahrsten Sinne des Wortes gerettet.

Der letzte Satz seines Stückes drückte es aus.

Die Liebe heilt alle Wunden.

Mit der Zeit, mit ein bisschen Mühe, würde er mit ihr das aufbauen können, woran er niemals mehr geglaubt hatte, dass es überhaupt existierte.

Er griff in die zweite Tüte und zog eine Schachtel heraus. Und als er die Aufschrift las, geriet die Welt, die ihm eben noch so unerschütterlich erschienen war, erst ins Wanken und dann aus den Fugen.

»Ich wollte mich umziehen, aber ich will keine Zeit verschwenden. Lass uns lieber feiern.« Cybil kam die Treppe heruntergerannt. An ihren Ohren baumelten die Fische, die er ihr geschenkt hatte. »Ich muss nur noch rasch Jody anrufen, ob sie schon zurück ist. Dann können wir los.«

»Was zum Teufel ist das, Cybil?« Mit blassem Gesicht und kaltem Zorn in den Augen warf er den Schwangerschaftstest auf den Tresen. »Bist du schwanger?«

»Ich …«

»Du glaubst, du bist schwanger, aber du sagst mir nichts davon. Wann wolltest du es mir denn erzählen? Wenn dir Ort, Zeit und Stimmung passen?«

Die freudige Erregung, die eben noch ihre Wangen rot gefärbt hatte, verschwand mit einem Schlag. Jetzt war sie genauso blass wie er. »Denkst du das wirklich, Preston?«

»Was soll ich denn sonst denken? Du kommst hier an, strahlst übers ganze Gesicht, als hättest du keine einzige Sorge auf der Welt, und dann finde ich das hier.« Er klopfte auf die Schachtel. »Und du bist diejenige, die behauptet, dass sie keine Spielchen spielt und nicht lügt. Aber was ist das hier denn anderes?«

»Und damit bin ich nicht besser als Pamela, nicht wahr?« Zitternd vor Enttäuschung starrte sie ihn an. Die Freude, das Glück, das sie den ganzen Tag über in ihrem Herzen getragen hatte, verbrannte zu kalter Asche. »Berechnend, hinterhältig. Noch eine Frau, die dich nur ausnutzen will.«

Ich muss mich beruhigen, sagte er sich vor, mich beherrschen, aber das Gefühl, betrogen worden zu sein, nachdem er endlich, endlich wieder vertrauen wollte, schnitt durch ihn hindurch wie eine rostige Klinge. »Hier geht es um dich und mich, um sonst niemanden. Ich will eine Erklärung.«

»Ich frage mich, ob es jemals nur dich und mich und sonst niemanden gegeben hat«, murmelte sie. »Ich gebe dir eine Erklärung, Preston. Ich habe für dich Äpfel gekauft, für 1B Weintrauben, für Mrs. Wolinsky ein paar Kleinigkeiten und das praktische Rosa-oder-Blau-Set dort für Jody. Sie und Chuck hoffen nämlich, dass Charlie einen Bruder oder eine Schwester bekommt.«

»Jody?«

»Richtig.« Jedes Wort, das sie aussprach, tat ihr weh. »Ich bin nicht schwanger, da kannst du ganz beruhigt sein.«

»Es tut mir leid.«

»Mir auch. Schrecklich leid sogar.« Ihre Augen brannten, als sie nach der Schachtel griff. »Jody war so aufgeregt, als sie mich bat, ihr das hier mitzubringen. So voller Hoffnung. Für manche Menschen ist der Gedanke, ein Kind zu bekommen, etwas Schönes. Aber nicht für dich.« Sie stellte die Schachtel wieder ab und zwang sich, ihn anzusehen. »Für dich ist es etwas Bedrohliches, eine böse Erinnerung an eine böse Zeit.«

»Ich habe falsch reagiert, Cybil. Wie ein richtiger Trottel.«

»Du hast instinktiv reagiert. Was hättest du getan, wenn der Test für mich gewesen wäre? Wenn ich schwanger wäre? Hättest du gedacht, dass ich dir eine Falle gestellt habe? Dich mit einem Kind an mich binden will? Dass ich absichtlich schwanger geworden bin, um dein Leben zu ruinieren? Oder gar, dass das Baby von einem anderen Mann ist und ich hinter deinem Rücken über dich lache?«

»Nein, das hätte ich nicht gedacht.« Diese Vorstellung entsetzte ihn zutiefst. »Das ist doch albern. Natürlich nicht.«

»Was ist so albern daran? Sie hat es getan, warum sollte ich es nicht auch tun, oder? Du hast sie zurückgeholt. Du hast die Tür für sie offen gelassen.«

»Du hast recht. Cybil, ich …«

Sie wich abrupt zurück, als er die Hand ausstreckte. »Nicht. Ich weiß nicht, ob du mich für ein kalkulierendes Biest oder für ein naives und leicht zu manipulierendes Dummchen hältst, aber ich bin weder das eine noch das andere. Ich bin einfach nur ich und war immer ehrlich zu dir. Du hattest kein Recht, mir so wehzutun, und ich hätte es nie zulassen dürfen. Aber damit ist jetzt Schluss. Ich möchte, dass du gehst.«

»Ich werde nicht gehen, bevor wir das hier geklärt haben.«

»Es ist geklärt. Ich mache dir keinen Vorwurf, denn ich habe selbst Schuld. Ich habe zu viel gegeben und zu wenig verlangt. Du warst auch ehrlich, du hast mir nicht verschwiegen, wie wenig du mir geben kannst. Du hast gesagt: ›Ich bin, was ich bin. Nimm es oder lass es.‹ Es ist meine Schuld, dass ich mich darauf eingelassen habe, aber ich kann so nicht mehr weitermachen. Ich brauche jemanden, der mich respektiert, der mir vertraut. Mit weniger begnüge ich mich nicht. Deshalb möchte ich, dass du gehst.«

Sie ging zur Tür und riss sie auf. »Verschwinde endlich!«

Ihre Augen blitzten, aber in ihnen schwammen Tränen. Ihre Hände waren zu Fäusten geballt, aber sie zitterten. Er ging zur Tür und sah sie an.

»Ich habe mich geirrt. Gründlich geirrt. Es tut mir leid, Cybil.«

»Mir auch.« Sie wollte die Tür hinter ihm zuknallen, zögerte jedoch und holte tief Luft. »Ich habe gelogen. Ich war nicht immer ehrlich zu dir, aber jetzt bin ich es. Ich habe mich in dich verliebt, Preston. Traurig, aber wahr.«

Er sagte ihren Namen, ging auf sie zu, doch sie schloss die Tür. Und er hörte, wie die Schlösser und Riegel einrasteten.

Fluchend hämmerte er gegen das Holz, ging auf dem Flur hin und her und marschierte in seine Wohnung, um sie anzurufen. Sie nahm jedoch nicht ab.

Er baute sich vor ihrer Tür auf, versuchte es erneut mit wildem Klopfen. Und als ihm klar wurde, dass alles, was er in seinem Leben lieben und schätzen gelernt hatte, ihm entglitt, flehte er sie durch die Tür an, ihn hereinzulassen.

Doch sie war oben, in ihrem Schlafzimmer, und hörte ihn nicht, während sie im Dunkeln weinte.

12. Kapitel

»Ich sollte diesem Mistkerl sämtliche Knochen brechen. Erst die Arme, dann die Beine und dann schön langsam zum Schluss den Hals umdrehen.«

Grant Campbell marschierte energisch durch die große Küche des Heims, das er mit seiner Frau geschaffen hatte, seine Stimmung so düster und wild wie die See, die draußen gegen die Felsen donnerte.

»Das würde ihr auch nicht helfen.« Gennie drehte sich vom Fenster, an dem sie Ausschau nach ihrer Tochter hielt, zu ihrem Mann um. Groß und schlank und immer noch ein bisschen gefährlich, dachte sie. Immer noch der Mann, in den sie sich vor so vielen Jahren verliebt hatte. Und er war auch viel, viel mehr.

»Ja, aber ich würde mich dann besser fühlen«, brummte Grant. »Ich gehe jetzt und hole sie.«

»Nein, nicht.« Gennie legte eine Hand auf seinen Arm, bevor er zur Tür stürzen konnte. »Lass sie eine Weile in Ruhe.«

»Es ist schon dunkel«, sagte er und fühlte sich schrecklich hilflos.

»Sie wird hereinkommen, wenn sie so weit ist.«

»Ich ertrag's nicht. Ich halte diesen Ausdruck in ihren Augen nicht aus, für den dieser Kerl verantwortlich ist.«

»Sie wird den Schmerz verarbeiten müssen, bevor die Wunde heilen kann. Das wissen wir doch beide.« Und weil sie beide es brauchten, schlang Gennie die Arme um ihn und lehnte den Kopf an seine Schulter. »Sie weiß, wir sind für sie da.«

»Es war einfacher, als sie sich noch beim Spielen Ellbogen und Knie aufgeschürft haben.«

»Damals hast du allerdings anders darüber gedacht.« Sie lachte, voll und warm, genau wie früher, als er ihr das erste Mal begegnet war. Sie lehnte den Kopf zurück und umfasste sein Gesicht mit beiden Händen. »Dir hat es immer mehr wehgetan als ihnen.«

»Am liebsten würde ich sie einfach auf meinen Schoß ziehen, sie halten und wiegen, bis alles wieder gut ist.« Er lehnte seine Stirn an Gennies. »Und dann gehe ich zu diesem Dreckskerl und reiße ihm das Herz aus der Brust.«

»Ich komme mit«, erwiderte sie und war froh, dass er amüsiert gluckste.

So fand Cybil ihre Eltern vor, als sie in die Küche trat. Eng beisammen, Stirn an Stirn, den Blick tief in die Augen des anderen getaucht.

Das war es, was sie für sich wollte. Intimität, Vertrauen, ein nicht zu zerstörendes Band. Was sie auch bereit zu geben war.

Sie ging zu den beiden hin und legte die Arme um sie. »Wisst ihr eigentlich, wie oft ich hier hereingekommen bin und euch so zusammen hab stehen sehen? Und wie unglaublich schön das ist?«

»Dein Haar ist ganz nass.« Grant rieb seine Wange am Kopf seiner Tochter.

»Ich habe den Wellen zugeschaut.« Sie hob den Kopf, um ihren Vater auf die Wange zu küssen. »Hör auf, dir ständig Sorgen zu machen, Dad.«

»Das geht nicht. Vielleicht, wenn du fünfzig bist.« Er tätschelte ihre Wange. »Willst du einen Kaffee?«

»Nein, danke. Ich werde heiß baden, und dann werde ich mich mit einem Buch ins Bett verkriechen. Als ich noch ein

Teenager war, hat das immer geholfen, um den Liebeskummer zu vergessen.«

»Allerdings habe ich dir in solchen Krisenzeiten das Bad eingelassen«, meldete sich ihre Mutter. »Warum also mit der Tradition brechen?«

»Das brauchst du nicht zu tun, Mama.«

»Lass mich dich doch ein bisschen verwöhnen.« Gennie legte einen Arm um Cybils Schultern.

Mit einem Seufzer ließ sich Cybil von ihrer Mutter zur Küche hinausführen. »Ehrlich gesagt, ich hatte gehofft, dass du das tun würdest.«

»Dein Vater muss allein sein, damit er in Ruhe auf und ab marschieren und auf deinen jungen Mann fluchen kann.«

»Er ist nicht ›mein junger Mann‹«, protestierte Cybil murmelnd, während sie die breite Wendeltreppe nach oben hinaufstiegen. »War er nie.«

»Aber du bist kein Teenager mehr«, sagte Gennie sanft, als sie das Zimmer betraten, in dem Cybil ihre Jungmädchenträume geträumt hatte. »Und es ist auch mehr als eine Schwärmerei.«

Die Tränen kamen wieder, ließen sich nicht aufhalten, überfluteten ihr Herz. Cybil schüttelte den Kopf. »Ach Mama …«

»Aber, aber, mein Baby.« Gennie führte Cybil zu dem Bett, auf dem immer noch die gleiche farbenfrohe Tagesdecke lag wie früher. Sie zog ihre Tochter neben sich und hielt sie fest in ihren Armen.

»Ich wünschte, ich könnte ihn hassen.« Die Geborgenheit tat ihr so wohl, und Cybil klammerte sich weinend an ihre Mutter. »Wenigstens für ein Weilchen. Dann könnte ich aufhören, ihn zu lieben.«

»Ich wünschte, ich könnte dir sagen, dass du recht hast. Manche Männer sind so unnachgiebig, so verwirrend.« Gennie wiegte ihre Tochter, während sie sprach. »Ich kenne dich durch und durch, mein Baby. Und ich weiß, wenn du ihn liebst, dann muss er es wert sein.«

»Er ist wunderbar. Er ist schrecklich. Oh Mama.« Cybil richtete sich auf. »Er ist genau wie Dad.«

»Der Himmel möge dir helfen!« Lachend zog Gennie sie wieder zu sich heran.

»Ich habe die Geschichte immer so gern gehört.« Cybil schluchzte auf und nahm dankbar das Taschentuch von ihrer Mutter entgegen. »Wie ihr euch kennengelernt habt … Dein Wagen, der mitten im Sturm stehen blieb, du hattest dich verfahren und bist auf den Leuchtturm zugestolpert, in dem er wie ein Einsiedler lebte. Und er war so gereizt und schrecklich unhöflich.«

Sie hielt inne, um sich zu schnäuzen, während Gennie ihr über das Haar strich und hinzufügte: »Er konnte mich gar nicht schnell genug loswerden.«

»Er behauptet ja immer noch, du wärst uneingeladen bei ihm hereingeplatzt. Und dass er wütend war, weil du so nass und so schön warst.« Cybil seufzte und musterte das Gesicht ihrer Mutter, mit dem dunklen Teint, den ausgeprägten hohen Wangenknochen, dem weich fallenden dunklen Haar, das einen seidigen Rahmen für dieses Antlitz bildete. »Du bist immer noch schön, Mama.«

»Du hast meine Augen«, sagte Gennie sanft, »deshalb fühle ich mich schön.«

Der Tränenflut müde, wischte Cybil sich über das Gesicht. »Wir passen einfach nicht zusammen«, sagte sie schließlich. »Preston und ich, meine ich. Er ist so sehr auf seine Privatsphäre bedacht, wird völlig von seiner Arbeit absorbiert. Aber es ist nicht so, als hätte er keinen Humor.«

Sie erhob sich seufzend und ging zum Fenster, blickte zum Mond hinauf, der seine Strahlen über das Wasser schickte.

»Manchmal ist es sogar reizvoll. Seine Stimmung ändert sich so schnell, dass man nie weiß, was einen erwartet. Und dann ist da diese unglaubliche Sensibilität, und einem wird klar, dass er schreckliche Angst davor hat, jemandem zu vertrauen, Gefühle für jemanden zu haben. Und dann berührt er dich, und du bist verloren. Denn alles, was er ist, was ihn ausmacht, ist da, wenn er dich berührt. Und doch lässt er dich nie ganz an sich herankommen.«

»Du liebe Güte, er ist tatsächlich wie dein Vater! Cybil, du musst selbst entscheiden, was das Beste für dich ist. Aber wenn du ihn liebst und es nicht wenigstens versuchst, könnte es sein, dass du dein ganzes Leben lang nicht glücklich wirst.«

»Er hält mich für leichtlebig und extravagant.« Stolz und Kampfbereitschaft ließen ihre Stimme wieder fester klingen, was Gennie enorm beruhigte. »Und er bildet sich ein, meine Arbeit sei weniger wert als seine, nur weil sie anders ist. Er vertraut mir nicht. In der einen Minute schnippt er mich wie eine lästige Fliege fort, und in der nächsten kann er seine Finger nicht von mir lassen.«

Sie wirbelte herum, nun bereit, noch mehr bitterböse Beschwerden loszuwerden, als ihr das Lächeln auf dem Gesicht ihrer Mutter auffiel. »Was ist?«

»Wo hast du denn noch so einen gefunden? Ich dachte, ich hätte den Einzigen aufgetrieben, der so ist.«

»Grandpa hat ihn gefunden.«

Gennies Lächeln wurde scharf, sie zog ihre aristokratisch geschwungenen Augenbrauen in die Höhe. »Oh«, sagte sie in dem königlichen Tonfall, von dem Cybil wusste, wie gefährlich es wurde, wenn sie ihn benutzte. »So, hat er das also, ja?«

Und zum ersten Mal in vierundzwanzig Stunden lächelte Cybil.

Mit gerunzelter Stirn verstaute Preston sein Saxofon im Koffer. Diese verdammte Frau. Nicht einmal auf der Bühne wurde er seine Frustration los. Und arbeiten konnte er erst recht nicht. Er hatte einen grauenhaften Tag hinter sich, hatte abwechselnd auf den Monitor seines Computers gestarrt und an Cybils Tür geklopft.

Bis ihm aufgegangen war, dass sie nicht zu Hause war.

Sie hatte ihn verlassen. Das Vernünftigste, was sie getan hatte, seit sie ihn kennengelernt hatte. Und nach reiflicher Überlegung war er zu dem Schluss gekommen, dass es das Beste für sie beide sein würde, wenn er verschwunden war, bevor sie zurückkehrte. Von wo auch immer.

Am Morgen würde er nach Connecticut fahren. Bauarbeiter, Klempner, Elektriker und wer immer ihn sonst noch in den nächsten Wochen heimsuchen würde, konnte er ertragen, aber nicht, der Frau gegenüber zu wohnen, die er liebte und die er durch seine eigene Dummheit verloren hatte.

Alles, was sie ihm gesagt hatte, stimmte. Er hatte keine Entschuldigung. Er konnte sich nicht einmal wehren.

»Ich werde eine Weile nicht hier sein, André.«

Der Pianist hob den Kopf, sah durch den Rauch der Zigarette, die ihm im Mundwinkel hing, zu Preston hin. »Aha?«

»Ich fahre morgen nach Connecticut zurück.«

»Hat sie dich rausgeschmissen?« André zog die Augenbrauen hoch und lehnte sich zurück. »Und du ziehst also den Schwanz ein?«

Preston lachte trocken auf und griff nach seinem Koffer. »Wir sehen uns.«

»Du weißt, wo du mich findest.« Als Preston ihm den Rücken zukehrte, winkte er seiner Frau und zeigte mit gerecktem Daumen auf seinen Freund.

Sie nickte ihm zu und stellte sich Preston in den Weg. »Du gehst heute früher als sonst, Zuckerschnäuzchen.«

»Ich bin nicht gut drauf. Außerdem muss ich morgen früh raus. Ich fahre zurück nach Connecticut.«

»Zurück in die Einöde?« Sie lächelte und hakte sich bei ihm unter. »Dann sollten wir wenigstens einen Abschiedsdrink zusammen nehmen. Ich werde dein hübsches Gesicht vermissen.«

»Ich deines auch.«

»Und wahrscheinlich nicht nur meines, was?« Mit zwei gestreckten Fingern gab sie dem Barkeeper ein Zeichen. »Das kleine Mädchen ist der Grund, nicht wahr? Sie hat dir den Blues gegeben. Und dieses Mal kannst du ihn nicht in dein Saxofon fließen lassen. Nicht bei dieser Frau.«

»Nein, bei dieser Frau nicht.« Er hob sein Glas. »Es ist vorbei.«

»Warum?«

»Weil sie es so will.« Er trank. Der Alkohol brannte, aber er wärmte nicht.

Delta lachte auf. »Wann hätte ein Mann das jemals so einfach hingenommen?«

»Wenn eine Frau es ernst meint, dann nimmt der Mann es hin.«

»McQuinn.« Delta tätschelte ihm die Wange. »Du bist ein Narr.«

»Das bestreite ich ja gar nicht. Deshalb ist es ja auch vorbei. Ich hab's ruiniert, und ich muss damit leben.«

»Du hast es ruiniert, du musst es reparieren.«

»Wenn man jemanden so sehr verletzt, dann hat er das Recht, dich auszuschließen.«

»Honey, wenn man jemanden so sehr liebt, dann hat man das Recht, dieses Schloss erst aufzubrechen und dann auf alle viere zu gehen und um Verzeihung zu bitten.« Sie musterte ihn durchdringend. »Liebst du sie so sehr?«

Abwesend drehte er sein Glas zwischen den Fingern, starrte in die goldene Flüssigkeit. »Ich wusste nicht einmal, dass ich so sehr lieben kann. Dass es so etwas überhaupt gibt.«

»Ach Zuckerschnäuzchen.« Delta küsste ihn herzhaft auf den Mund. »Geh und brich das Schloss auf.«

Er schüttelte den Kopf, stürzte den Rest seines Whiskeys hinunter und verließ Delta's Bar.

Delta hat unrecht, sagte er sich. Manche Dinge waren eben nicht zu reparieren und manche Schlösser nicht aufzubrechen, also sollte man es besser gar nicht erst versuchen. Warum sollte Cybil ihn wieder einlassen? Er konnte das Bild nicht vergessen, wie sie schlagartig bleich geworden war, wie riesig und verletzt ihre Augen in diesem Gesicht gestanden hatten, wie die ersten Tränen gefallen waren, Wuttränen, Tränen maßloser Enttäuschung.

Er hatte gar nicht das Recht dazu, sie zu bitten, ihn anzuhören. Vor ihr auf die Knie zu fallen und sie um Verzeihung anzuflehen.

Dass er den ganzen Weg bis zum Apartmenthaus gerannt war, wurde ihm erst bewusst, als er schwer atmend vor Jodys Tür stand und dagegenhämmerte.

»Du lieber Himmel!« Jody schaute durch den Spion und riss die Tür auf. Würde Chuck nicht wie ein Stein schlafen, hätte sie nicht aus dem Bett springen müssen, bevor der Lärm Charlie aufwecken würde. »Es ist nach Mitternacht. Sind Sie verrückt?«

»Wo ist sie, Jody?«

Sie schnupperte und hob mit Würde – die nur schwer zu halten war, wenn man einen pinkfarbenen Bademantel mit Kätzchenmuster trug – das Kinn. »Sind Sie etwa betrunken?«

»Ich hatte einen Whiskey, aber ich bin nicht betrunken.«
Nie in seinem Leben hatte er sich nüchterner gefühlt. Oder ver-
zweifelter. »Wo ist Cybil?«

»Da kommen Sie gerade zu der Richtigen. Als ob ich Ihnen
das sagen würde, nachdem Sie ihr das Herz gebrochen haben.
Gehen Sie zurück in Ihre Höhle«, sagte sie und unterstrich ihre
Worte mit einer dramatischen Geste. »Bevor ich Chuck aufwe-
cke und jeden anderen in diesem Haus. Vielleicht lynchen sie
Sie ja auf der Stelle.« Ihre Unterlippe begann zu zittern. »Denn
alle lieben Cybil.«

»Ich auch.«

»Oh ja, sicher. Deshalb haben Sie sie auch dazu gebracht,
sich die Augen auszuheulen.« Sie zog ein zerknülltes Taschentuch aus der Tasche des Bademantels hervor und tupfte sich
damit die Augen, weil ihr selbst die Tränen kamen.

Preston konnte nur die Lider schließen, als ihn dieses uner-
messliche Schuldgefühl überkam. »Bitte, sagen Sie mir, wo sie
ist.«

»Warum sollte ich?«

»Damit ich mich ihr zu Füßen werfen und sie um Verzeihung anflehen kann. Damit sie mir einen Tritt verpassen kann.
Ich habe ihn verdient. Herrgott, Jody, sagen Sie mir endlich, wo
sie ist. Ich muss mit ihr sprechen.«

Sie schnüffelte, musterte sein bleiches Gesicht und erkannte
in seinem Blick pure Verzweiflung. »Sie lieben sie wirklich?«

»Ja. Sie kann mich meinetwegen auch wegschicken, wenn es
das ist, was sie will. Aber erst muss ich mit ihr reden.«

Jody seufzte. Sie war nun mal eine hoffnungslose Romantikerin. »Sie ist bei ihren Eltern in Maine. Ich schreibe Ihnen die
Adresse auf.«

Von der Erleichterung erschüttert, erstarrt vor Dankbarkeit,
konnte er wieder nur die Augen schließen. »Danke.«

»Sollten Sie ihr noch mal wehtun«, murmelte sie, während sie die Anschrift notierte, »bringe ich Sie eigenhändig um.«

»Ich werde mich nicht einmal wehren«, erwiderte er und atmete tief durch. »Sind Sie … äh …«

»Ja, ich bin ›äh‹.« Lächelnd legte sie eine Hand auf ihren Bauch. »Mein Arzt hat den Valentinstag errechnet. Ist das nicht perfekt?«

»Ja, toll. Herzlichen Glückwunsch.« Er nahm den Zettel, den sie ihm reichte, legte seine Hände an ihre Wangen und gab ihr einen Kuss. »Danke.«

Jody wartete, bis er die Treppe hinuntergerannt war, erst dann atmete sie aus. »Oh ja«, murmelte sie und schloss die Tür. »Ich kann mir gut vorstellen, dass seine Küsse jede Skala sprengen. Das Potenzial ist auf jeden Fall da.« Dann kreuzte sie die Finger und sah an die Decke. »Viel Glück, Cybil.«

»Dieser MacGregor«, knurrte Grant Campbell mit zusammengebissenen Zähnen, und seine dunkelbraunen Augen funkelten zornig, während Bilder von Mord und Totschlag vor seinem geistigen Auge aufblitzten. »Hinterlistiger alter Ziegenbock!«

Es war wahrlich nicht das erste Mal, dass Grant diesem Gefühl in ähnlicher Weise Ausdruck verliehen hatte, seit Gennie ihm am Abend zuvor von Daniels Plan erzählt hatte, ihre Tochter und Preston McQuinn vor den Traualtar zu locken. Deshalb machte sie sich auch gar nicht mehr die Mühe, das Lächeln zu unterdrücken. Sie wusste, ihr Mann verehrte Daniel MacGregor.

»Ich glaube, vorhin war es noch ›alter Kuppler, der seine Nase überall reinsteckt‹ … oder so ähnlich.«

»Wenn er nicht so alt wie Methusalem wäre, würde ich ihm in den Hintern treten.«

»Grant.« Gennie legte den Skizzenblock weg. Bevor ihr Mann mit diesem Umhermarschieren aufhören würde, würde der Ahornbaum, den sie gerade mit zarten ersten Knospen zeichnete, längst in voller herbstlicher Farbenpracht stehen. »Du weißt, er hat es nur aus Liebe getan.«

»Hat aber nicht funktioniert, was?«

Gennie wollte ihm antworten, doch da hörte sie ein Auto näher kommen. Sie legte die Hand über die Augen und blinzelte in die Vormittagssonne. »Da wäre ich nicht so sicher«, sagte sie und fühlte, wie ihr warm ums Herz wurde.

»Wer zum Teufel ist das?«, brummte Grant. Das sagte er fast immer, wenn jemand es wagte, ihn in seiner Abgeschiedenheit zu stören. »Wenn das wieder so ein dämlicher Tourist ist, hole ich die Schrotflinte.«

»Du hast keine Schrotflinte.«

»Ich werde mir eine kaufen, verlass dich darauf.«

Gennie konnte nicht anders. Sie sprang auf, warf den Skizzenblock auf die Holzbank und umarmte ihren Mann stürmisch. »Oh Grant, ich liebe dich.«

Seine finstere Stimmung lichtete sich augenblicklich. »Geneviève.« Er senkte den Kopf und küsste sie, bis das so vertraute Verlangen in ihm erwachte und die Wärme in sein Herz floss. »Wer immer es ist, sag ihnen, sie sollen verschwinden und nie wiederkommen.«

Gennie hielt die Arme um ihn geschlungen, legte den Kopf an seine Schulter und beobachtete, wie der tolle kleine Sportwagen über den engen, mit Schlaglöchern und Querrinnen übersäten Weg holperte. Seit Jahren weigerte Grant sich strikt, ihn planieren zu lassen. »Ich denke, das liegt ganz bei Cybil.«

»Was?« Grant kniff die Augen zusammen und starrte auf den Wagen, der sich jetzt rasch dem Haus näherte. »Du glaubst, er ist es? Umso besser«, knurrte er und wäre losmarschiert, wenn seine Frau die Arme nicht noch fester um ihn gelegt hätte. »Jetzt komme ich doch noch dazu, jemandem ins Hinterteil zu treten.«

»Benimm dich.«

»Ich denke ja gar nicht daran.«

Preston bemerkte Cybils Eltern erst, als er ein besonders tiefes Schlagloch erwischte. Er war zu sehr damit beschäftigt gewesen, denjenigen zu verfluchen, der diesen Graben mitten im Nichts als eine Straße ausgab. Doch als er den Blick hob, um beim nächsten Loch vorgewarnt zu sein, sah er das Paar, das im Garten eines großen weißen Hauses stand.

Nein, die beiden standen nicht nur einfach da. Sie hielten sich in den Armen wie ein frisch verliebtes Pärchen, auf dem frischen Grün des Rasens, vor einer altmodischen, von hübschen Sträuchern gesäumten Bank. Die Eltern der Frau, die er liebte.

Er fragte sich, wer von den beiden ihm wohl als Erster den Hals umdrehen würde.

Resigniert hielt er das Lenkrad umklammert und bahnte sich seinen Weg über den Pfad, während er die Landschaft überblickte. Hier würde er dann wohl in irgendeinem flachen Grab verscharrt werden.

Er kannte diesen Ort von Geneviève Campbells Bildern. Hier hatte sie gemalt, mit viel Liebe und Hingabe. Der romantische weiße Leuchtturm, der das Kliff überragte, die Felsen, die im Licht der Morgensonne in vielen Farben schimmerten, die vom Wind gebeugten Bäume, all das verband sich zu einer wilden Schönheit, die sie in ihren Bildern eingefangen hatte.

Das weiße Haus mit den vielen Fenstern, der überdachten Terrasse und den hübschen Blumenbeeten davor wirkte einladend und gemütlich.

Hier ist Cybil aufgewachsen, dachte er, in dieser wunderbaren, wilden Umgebung.

Er bremste den Wagen ab, aber die Erleichterung darüber, dass er endlich nicht mehr durchgeschüttelt wurde, hielt nicht lange an. Das Paar auf dem Rasen hatte sich umgedreht und schaute erwartungsvoll zu ihm hin. Selbst auf die Entfernung hin konnte Preston genau die Gefühle erkennen, die sich auf dem Gesicht von Cybils Vater widerspiegelten.

Und mit einem Willkommen hatten die nicht das Geringste zu tun.

Er stieg aus dem Wagen, fest entschlossen, so lange am Leben zu bleiben, bis er Cybil gesagt hatte, was er ihr sagen wollte. Danach gab es wohl keine Garantien mehr.

Kein Wunder, dachte Gennie jetzt, während sie Preston auf sich zukommen sah, dass es Cybil so erwischt hat. Aber sie spürte auch, wie Grant sich verspannte, und krallte warnend ihre Finger in seinen Arm. Er zitterte wie ein Kampfhund an der Leine.

»Mrs. Campbell, Mr. Campbell.« Preston nickte ihnen zu, streckte jedoch vorsichtshalber nicht die Hand aus. Es würde schwierig werden, mit nur einer Hand am Computer zu tippen. »Ich bin Preston McQuinn. Ich muss Cybil sprechen.«

»Wie alt sind Sie, McQuinn?«

Bei der Frage, so völlig ruhig und gelassen vorgebracht, ohne jedoch dabei die Drohung zu kaschieren, runzelte Preston verwirrt die Stirn. »Dreißig.«

Grant legte den Kopf schräg. »Wenn Sie einunddreißig werden wollen, steigen Sie wieder in Ihren Wagen, legen den Rückwärtsgang ein und verlassen mein Grundstück.«

Preston lockerte unbewusst die Schultern wie ein Boxer vor dem Kampf. »Nicht, bevor ich mit Cybil gesprochen habe.

Danach können Sie mich auseinandernehmen. Oder es wenigstens versuchen.«

»Sie werden nicht einmal auf zehn Meter an meine Tochter herankommen.« Grant hob Gennie hoch und stellte sie beiseite, als wäre sie eine Spielzeugpuppe. Und während er einen drohenden Schritt nach vorn machte, hielt Preston die Hände an den Seiten. Cybils Vater hatte das Recht auf den ersten Schlag.

»Hört sofort auf!« Gennie Campbell stellte sich zwischen die beiden, legte jedem eine Hand auf die Brust und warf erst ihrem Mann, dann Preston einen strengen Blick zu.

Preston hatte das Gefühl, von einer Königin gerügt worden zu sein, dann setzte sein Herz einen Schlag lang aus. »Sie hat Ihre Augen.« Er musste schlucken. »Cybil. Sie hat Ihre Augen.«

Das sanfte Grün in Genevièves Augen nahm einen warmen Ton an. »Ja, die hat sie. Sie ist auf dem Kliff, hinter dem Leuchtturm.«

»Verdammt, Gennie.«

Spontan hob Preston seine Hand und legte sie auf Gennies, die noch immer auf seiner Brust lag. »Ich danke Ihnen.« Er hob den Blick und sah Grant offen an. »Ich werde sie nicht verletzen. Nie wieder.«

»Verdammt«, murmelte Grant ein zweites Mal, als Preston mit langen, entschlossenen Schritten zum Leuchtturm eilte. »Warum hast du das getan?«

Seufzend drehte Gennie sich zu ihm um und nahm sein Gesicht zwischen die Hände. »Weil er mich an jemanden erinnert.«

»Unsinn.«

Sie lachte. »Und ich glaube, unsere Tochter wird sehr bald eine sehr glückliche Frau sein.«

Ihr Mann schnaubte wütend. »Ich hätte ihm wenigstens einen Kinnhaken verpassen sollen. Schon aus Prinzip. Er hätte mich gelassen.« Er sah Preston nach, bis der hinter dem weißen Sockel des Leuchtturms verschwand. »Und ich glaube, ich hätte es getan, wenn dieser eine Blick in deine Augen ihn nicht so von den Füßen gehauen hätte. Er ist wahnsinnig verliebt in unsere Tochter.«

»Ich weiß. Erinnerst du dich noch daran, wie viel Angst man dann hat?«

»Es ist immer noch beängstigend.« Lachend zog er sie an sich. »Der Junge hat Mut, das muss man ihm lassen«, bemerkte er. »Und da sie deine Tochter ist, wird Cybil ihn eine ganze Weile zittern lassen, bevor sie ihm verzeiht.«

»Natürlich wird sie das. Er hat es verdient. Was die beiden betrifft, hatte Daniel völlig recht«, fügte sie hinzu.

»Ich weiß.« Grant lächelte seiner Frau zu. »Aber das erzählen wir ihm nicht. Soll er ruhig noch ein wenig in Ungewissheit leiden.«

Cybil saß auf einem Felsen, den Wind im Haar, den Kopf über einen Zeichenblock gebeugt, der Bleistift in ihrer Hand flog nur so über das Papier.

Ihr Anblick raubte Preston den Atem. Er war die ganze Nacht durchgefahren, ohne Pause, und hatte sich auszumalen versucht, was er empfinden würde, wenn er sie wiedersah. Und ein Mal, ein einziges Mal, hatte seine Erfindungsgabe ihm den Dienst versagt.

Er sprach ihren Namen aus, dann wurde ihm klar, dass sein unsicheres Flüstern nicht gegen das Rauschen von Wind und Wasser ankommen konnte. Er ging den schmalen, ausgetretenen Pfad zum Meer hinunter.

Vielleicht hatte sie ihn gehört, oder vielleicht veränderte sein Schatten das Licht. Vielleicht hatte sie seine Anwesenheit auch einfach gespürt. Sie hob den Kopf, wilde Emotionen zogen durch ihre grünen Augen wie bei einem Wintersturm auf See.

Dann, so als würde seine Anwesenheit sie nicht im Geringsten interessieren, zeichnete sie weiter. »Du hast einen weiten Weg hinter dir, McQuinn.«

»Cybil.« Seine Kehle war rau.

»Wir haben hier ungern Besucher. Mein Vater redet oft davon, dass er den Weg verminen will. Schade, dass er noch nicht dazu gekommen ist.«

»Cybil«, wiederholte er und hätte sie gern berührt.

»Hätte ich dir noch etwas zu sagen gehabt, hätte ich es in New York getan.« Geh weg, dachte sie. Geh, bevor die Tränen kommen.

»Ich habe *dir* etwas zu sagen.«

Sie warf ihm einen desinteressierten Blick zu. »Hätte ich es hören wollen … das Gleiche gilt auch hier.« Sie klappte den Block zu und stand auf. »Und nun …«

»Bitte.« Er hob eine Hand und ließ sie wieder sinken, als ihre Augen warnend aufblitzten. »Hör mir erst zu, und wenn du dann immer noch willst, dass ich gehe, werde ich gehen. Du bist einfach zu fair, um … um mir nicht zuzuhören.«

»Na gut.« Sie setzte sich wieder auf den Felsen, schlug den Block auf. »Ich werde weiterarbeiten.«

»Ich …« Er wusste nicht, wie und wo er anfangen sollte. All die Reden, die er sich zurechtgelegt und geprobt hatte, all die Bitten und Versprechen, sie waren weg. »Meine Agentin ist gestern deinem begegnet.«

»Wirklich? Wie klein die Welt doch ist.«

Wäre er nicht so versunken in ihren Anblick gewesen, hätte er sich vielleicht unter ihrem beißenden Ton gekrümmt. »Er hat ihr von der Fernsehserie erzählt, die sie nach deinem Comicstrip produzieren wollen. Sie sagte mir, dass es eine ganz große Sache ist.«

»Für manche schon.«

»Davon hast du mir gar nichts erzählt.«

Sie bedachte ihn mit einem weiteren Blick. »Du interessierst dich nicht für meine Arbeit.«

»Das ist nicht wahr, aber ich kann dir nicht verdenken, dass du das glaubst. Ich habe es rekonstruiert, von der Zeit her, meine ich. Der Tag, an dem du zu mir kamst und schier vor Aufregung platzen wolltest ... Du wolltest es mir erzählen, nicht wahr? Und ich habe alles verdorben. Ich ...« Er starrte auf die aufgewühlte See hinaus. »Ich war zu sehr mit dem Stück beschäftigt. Und mit meinen Gefühlen für dich. Mit den Gefühlen, die ich nicht haben wollte.«

Ihre Finger krampften sich um den Bleistift, die Spitze brach ab. Wütend schob sie ihn hinters Ohr und wühlte in der Tasche nach einem neuen. »Wenn es das ist, was du mir sagen wolltest, hast du es jetzt getan. Du kannst gehen.«

»Nein, das ist es nicht. Aber ich wollte mich dafür entschuldigen und dir sagen, dass ich mich für dich freue.«

»Hurra!«

Er schloss die Augen und ballte die Hände zu Fäusten. Sie kann also doch grausam sein, dachte er. Wenn jemand es verdient hat. »Alles, was du an jenem Abend, als du mich aus deinem Leben geworfen hast, zu mir sagtest, war richtig. Vollkommen richtig. Ich habe zugelassen, dass meine Vergangenheit sich zwischen mich und mein Glück stellt. Etwas, das vor langer Zeit geschehen ist. Zwischen uns. Ich habe es benutzt, um mir das Beste zu versagen, was mir jemals passiert ist.«

Er öffnete die Augen wieder und ging an den Rand der Klippe. »Ich habe mit ansehen müssen, wie die Welt meiner Schwester zerbrach, wie sie kämpfte, um den Verrat und den

Schmerz zu überwinden. Weil ihr kleiner Sohn sie brauchte und weil sie ein zweites Kind bekam, noch bevor die Tinte auf den Scheidungspapieren trocken war.«

Cybil klappte den Zeichenblock zu. Wie konnte so etwas sie kaltlassen? Wie konnte es ihr nicht ans Herz gehen? »Ich weiß, es war die Hölle für sie. Für euch beide. Niemand sollte so etwas durchmachen müssen, Preston.«

»Nein, das sollte niemand. Aber so etwas passiert nun mal.«

Er drehte sich um und schaute ihr in die Augen. Erstaunt nahm er in ihnen einen Anflug von Mitgefühl wahr. »Es würde funktionieren, nicht wahr? Ich könnte versuchen, mit der Geschichte meiner Schwester dein Mitleid zu erregen. Aber das will ich nicht. Und das werde ich auch nicht.«

Hoch über ihm kreischten die Möwen. Ihre weißen Flügel blitzten am blauen Himmel auf, wenn sie sich hinabstürzten, um über der Gischt zu kreisen, und sich dann durch den Wind wieder nach oben kämpften.

Cybil kam hierher, erkannte er, an diese Stelle zwischen Himmel und Meer, wenn sie den Ort ihrer Kindheit besuchte. Wenn sie, was selten genug vorkam, mit ihren Gedanken allein sein wollte.

Und plötzlich erschien es ihm richtig, dass er ihr hier, an einem Ort, der nur ihr gehörte, verriet, was er dachte. Was er fühlte.

»Ich habe Pamela geliebt«, begann er. »Was zwischen ihr und mir passiert ist, hat mich verändert.«

»Ich weiß.« Ich werde ihm verzeihen müssen, dachte Cybil, während das Eis um ihr Herz zu schmelzen begann. Bevor ich ihn loslasse.

»Ich habe sie geliebt«, wiederholte er und drehte sich zu ihr um. Er machte einen Schritt auf sie zu. »Aber was ich für sie gefühlt habe, verblasst gegen das, was ich für dich empfinde. Was ich fühle, wenn ich an dich denke. Wenn ich dich ansehe. Es überwältigt mich, Cybil. Es schmerzt. Es macht mir Angst ... und Hoffnung.«

Ihr Herz schlug schneller, als sie in seinem Gesicht etwas sah, von dem sie nie geglaubt hatte, dass sie es dort sehen würde. Um sich nicht einer Illusion hinzugeben, schaute sie die lange, endlose Felsenküste entlang.

»Hoffnung? Worauf hoffst du denn?«, fragte sie leise.

»Auf ein Wunder«, erwiderte er hastig und sprach schneller als sonst, weil er befürchtete, dass es keine Rolle mehr spielte. Dass es schon zu spät war. »Ich habe dir wehgetan. Ohne es zu wollen. Als ich dachte, du wärst schwanger, war ich wütend auf mich selbst. Weil ich hoffte, ein Kind mit dir zu haben wäre ein Weg, dich an mich zu binden.«

Als sie herumwirbelte, mit entsetztem Blick, fuhr er sich mit der Hand durchs Haar. »Ich weiß, du wolltest nicht heiraten, aber wenn du wirklich ... Ich hätte dich dazu drängen können. Und meine einzige Waffe gegen solche Gedanken war, meinen Zorn von mir selbst auf dich zu lenken.«

»Mich zur Heirat drängen?«, wiederholte sie verblüfft und stand mühsam auf. Sie ging ein paar Schritte und starrte auf die Wellen, die tief unter ihr gegen die Felsen krachten. Es ging alles so schnell. Wie sollte sie das verkraften? Wieso war plötzlich alles anders?

»Das soll keine Entschuldigung sein, aber ich habe nie geglaubt, dass du es geplant hattest. Dass du mich zu etwas zwingen wolltest. Ich bin noch keinem Menschen begegnet, der weniger berechnend ist als du, Cybil. Du bist eine warmherzige, großzügige Frau, die sich mehr freuen und mehr für etwas begeistern kann als jeder, den ich kenne. Dich in meinem Leben zu haben ... Du hast mich glücklich gemacht, Cybil, und ich fürchte, ich habe ganz vergessen, wie man das ist.«

»Preston.« Sie sah ihn an, und er verschwamm vor ihren Augen, weil die Tränen ihr die Sicht nahmen.

»Bitte, lass mich zu Ende erzählen. Hör mir einfach nur zu.« Er griff nach ihren Händen. »Ich liebe dich, Cybil. Alles an dir bringt mich vollkommen aus der Fassung. Du hast gesagt, dass du mich liebst. Und dass du nicht lügst.«

»Nein.« Jetzt sah sie ihn wieder deutlich vor sich. Die Erschöpfung in seinen Augen. Die Anspannung in seinem Gesicht. Hätte er ihre Hände nicht so fest in seinen gehalten, hätte sie versucht, sie fortzustreicheln. »Nein, ich lüge nicht.«

»Ich brauche dich«, gestand er. »Ich brauche dich viel mehr, als du mich brauchst. Ich weiß, du kannst über das hier hinwegkommen und weiterleben. Du bist zu stark, zu offen für Neues, um es nicht zu tun. Nichts würde dich davon abhalten, so zu sein, wie du bist. Du kannst mir sagen, dass ich gehen soll. Du wirst mich vergessen. Welche Rolle ich auch immer in deinem Leben gespielt habe, es wird dich nicht daran hindern, glücklich zu sein.«

Er wandte seinen Blick nicht von ihrem Gesicht. »Ich werde nie über uns beide hinwegkommen. Ich werde nie aufhören, dich zu lieben, und nie aufhören, all das zu bereuen, womit ich dich vertrieben habe. Du kannst mir sagen, dass ich gehen soll«, flüsterte er mit tonloser Stimme. »Und das werde ich.« Hilflos hob er die Hände und senkte den Blick. »Bitte, verlang nicht, dass ich gehen soll.«

»Glaubst du das wirklich?«, fragte sie leise. »Glaubst du allen Ernstes, ich könnte dich vergessen?« Es erstaunte sie, wie ruhig ihre Stimme und ihr Herz waren, während sie wartete, bis er den Kopf hob und sie ansah. »Vielleicht könnte ich darüber hinwegkommen und eines Tages glücklich werden. Aber warum sollte ich das riskieren? Warum sollte ich dich auffordern zu gehen, wenn ich will, dass du bleibst?«

Er atmete mit einem Seufzer aus, zog Cybil an sich und schwankte vor Erleichterung. Sie spürte, wie er erbebte, als er seine Stirn an ihre Schulter legte.

»Du hast nicht zugelassen, dass ich alles ruiniere.« Seine Stimme klang rau, und sein Herz schlug so heftig an ihrem, als wollte es mit ihm verschmelzen.

»Nein, das habe ich nicht.« Sie klammerte sich an ihn, bewegt von der Erkenntnis, dass er so viel für sie fühlte. Dieser starke, eigensinnige, ernste Mann zeigte Schwäche, weil seine Liebe so gewaltig war. »Das konnte ich nicht. Ich brauche dich auch.«

Er hielt sie von sich ab und strich ihr mit den Daumen über die Wangen. »Ich liebe dieses Gesicht. Ich dachte, ich hätte es verloren.« Er küsste ihre Augenbrauen, ihre Lider. »Ich dachte, ich hätte dich verloren. Cybil, ich kann nicht …«

Worte reichten nicht aus. Er brach ab und küsste sie. Er wollte zärtlich sein und ihr zeigen, wie behutsam er in Zukunft sein würde, aber das Gefühl, das ihn beherrschte, war so wild und mächtig wie das Meer unter ihnen. Und das alles drückte sich in diesem Kuss aus.

Als er sich von ihr löste, waren ihre Augen feucht. »Weine nicht«, bat er sanft.

»Du wirst dich daran gewöhnen müssen. Wir Campbells sind ein emotionaler Haufen.«

»Das habe ich schon gemerkt. Dein Vater wollte mich in ganz kleine Stücke reißen.«

»Wenn er sieht, dass du mich glücklich machst, lässt er dich am Leben«, erwiderte sie grinsend, und dann brach das Lachen aus ihr heraus. »Er wird dich lieben, Preston, und meine Mutter auch. Erstens, weil ich es tue, und zweitens, weil du so bist, wie du bist.«

»Launisch, unwirsch und aufbrausend?«

»Ja.« Sie lachte wieder, als er das Gesicht verzog. »Ich könnte es bestreiten, aber ich bin eine miserable Lügnerin.« Sie nahm seine Hand und zog ihn mit sich. »Ich liebe es hier. Hier sind meine Eltern sich begegnet, hier haben sie sich verliebt. Mein Vater lebte damals im Leuchtturm. Wie ein Einsiedler, nur für seine Arbeit, und es störte ihn, dass eine Frau ihn davon abhielt.«

Sie warf Preston einen Blick zu. »Er ist launisch, unwirsch und aufbrausend.«

Jetzt musste Preston lächeln. »Klingt nach einem vernünftigen Mann.« Er hob ihre Hand an die Lippen. »Cybil, kommst du mit mir nach Newport, um meine Familie kennenzulernen?«

»Gern.« Sie legte den Kopf schräg, als sie den inzwischen vertrauten intensiven Ausdruck in seinen Augen sah. »Was ist?«

Er blieb im Schatten des hohen Leuchtturms stehen. »Ich weiß, du willst weder heiraten noch in einem Haus auf dem Land leben. Du lebst gern in New York, mitten im Trubel, und ich erwarte auch nicht, dass …« Er unterbrach sich. »Mein Haus wird dir gefallen. Es ist ein großartiges altes Gemäuer, direkt an der Küste. Genau wie das hier. Wie auch immer«, nahm er den Faden wieder auf und schüttelte den Kopf, als sie schwieg. »Ich erwarte nicht, dass du deinen Lebensstil änderst. Aber falls du dich irgendwann entscheiden solltest, mich zu heiraten und mit mir eine Familie zu gründen, wirst du es mir sagen?«

Ihr Herz schien einen Satz zu machen, aber sie nickte nur. »Du wirst der Erste sein, der es erfährt.«

Mehr konnte er im Moment nicht verlangen, also drückte er ihre Hand. »Okay.«

Er ging weiter und blieb verblüfft stehen, als sie nicht mitging, sondern ihn mit ausgestrecktem Arm festhielt, sodass nur ihre Finger sich berührten. »Preston?«

»Ja?«

»Ich will dich heiraten und mit dir eine Familie gründen.« Sie strahlte ihn an, als er verwirrt blinzelte. »Siehst du, du bist der Erste, der es erfährt.«

Aus Hoffnung wurde grenzenlose Freude. »Stimmt.« Er zog sie an sich, und sie taumelte in seine Arme. »Aber musstest du mich so lange zittern lassen?«

Sie lachte, als er sie hochhob und herumwirbelte, bis ihr schwindlig wurde.

– ENDE –

Nora Roberts

Das geheime Amulett

Roman

Aus dem Amerikanischen von
Sonja Sajlo-Lucich

Prolog

Magie existiert. Wer sollte das anzweifeln, wenn es einen Regenbogen und wilde Blumen, die Musik des Windes in den Bäumen und die stille Erhabenheit der Sterne gibt?

Jeder, der liebt, spürt, wie die Magie ihn berührt. Es ist ein so selbstverständlicher und doch so außergewöhnlicher Teil unseres Lebens.

Dann gibt es jene, die mehr besitzen. Die auserwählt wurden, ein Erbe zu empfangen, seit endlosen Zeiten über die Jahrhunderte weitergereicht. Ihre Vorfahren waren Merlin, der Zauberer, Ninian, die Fee, Rhiannon, die Elfenkönigin, die Wegwarte aus Deutschland, jene jungfräuliche Maid, die, zur Blume verwandelt, nach ihrem Liebsten Ausschau hält, die Dschinns aus Arabien. In diesen Auserwählten pulsiert das Blut von Finn, dem Kelten, der ehrgeizigen Morgan le Fay und anderer, deren Namen nur im Geheimen geflüstert werden. Ihre Kräfte sind wunderbar und durchdringen alles.

Als die Welt noch jung war und Magie so selbstverständlich wie der Regen und die Sonne, wie der Tag und die Nacht, tanzten Elfen in den Wäldern und vereinten sich – manchmal aus Mutwilligkeit, manchmal aus Liebe – mit den Sterblichen. Sie tun es heute noch.

Ihre Linie reichte weit zurück. Ihre Kraft war uralt. Schon als Kind verstand sie, dass es einen Preis für solche Gaben zu zahlen gab. Ihre liebenden Eltern konnten diesen Preis weder mindern noch selbst bezahlen, konnten nur lieben, unterweisen und zusehen, wie das junge Mädchen zur jungen Frau heranwuchs. Die Eltern konnten nur dabeistehen und hoffen, während sie die Freuden und Leiden dieser faszinierendsten aller Reisen durchmachte.

Und da sie mehr als andere fühlte, weil es das war, was ihre Gabe ihr abverlangte, lernte sie, den Frieden zu schätzen und zu lieben.

Als erwachsene Frau lebte sie ein ruhiges, abgeschiedenes Leben, war oft allein, doch ohne den Schmerz der Einsamkeit zu verspüren.

Als Hexe akzeptierte sie ihr Geschenk und vergaß nie die Verantwortung, die mit dieser Gabe einherging.

Manchmal. Nur manchmal sehnte sie sich, so wie Sterbliche und andere seit Anbeginn der Zeiten, nach der einen, der wahren, bedingungslosen Liebe. Denn sie wusste besser als die meisten, dass es keine Macht, keine Beschwörung und keinen Zauber gab, die mächtiger und wirkungsvoller waren als die Liebe eines reinen und weiten Herzens.

1. Kapitel

Als Anastasia das kleine Mädchen neugierig durch die Heckenrosen lugen sah, ahnte sie nicht, dass dieses Kind ihr Leben verändern würde. Sie arbeitete in ihrem Garten, wie so oft, und summte vor sich hin, genoss den Duft der Blumen und die Wärme der Erde. Die Septembersonne schien, das leise Rauschen der Wellen, die an die Felsen am Ende des abfallenden Hanges schlugen, war sanfter Hintergrund für das Summen der Bienen und den Gesang der Vögel. Der große graue Kater lag ausgestreckt dösend neben ihr, die Schwanzspitze zuckte ab und an, wohl in einem angenehmen Katzentraum. Über alldem lag eine fast träumerische Idylle.

Ein Schmetterling landete auf ihrer Hand, und sacht streichelte sie mit einer Fingerspitze über die hauchfeinen blauen Ränder der Flügel. Als der Falter sich wieder in die Lüfte erhob, hörte sie das Rascheln. Und als sie hinüberblickte, entdeckte sie ein kleines Gesicht, das durch die Hecke aus Rosen spähte.

Ana musste lächeln. Ein hübsches Gesicht mit einem kleinen, aber energischen Kinn, einer vorwitzigen Stupsnase und großen Augen, von der gleichen Farbe wie der Spätsommerhimmel. Ein seidig glänzender brauner Haarschopf vervollständigte das Bild.

Das Mädchen lächelte zurück, der Schalk blitzte in den blauen Augen.

»Hallo«, sagte Ana freundlich und mit einer Selbstverständlichkeit, als würden jeden Tag kleine Mädchen durch die Rosenhecke auftauchen.

»Hi.« Die Stimme des Mädchens war hell und klar und klang ein wenig atemlos. »Du kannst Schmetterlinge fangen? Ich habe noch nie einen so streicheln können.«

»Es wäre auch sehr unhöflich, sie zu streicheln, wenn sie dich vorher nicht dazu eingeladen hätte würden, oder?« Ana strich sich mit dem Arm das Haar aus der Stirn. Am Tag zuvor hatte sie einen Umzugswagen ein Stück weiter oben an der Straße gesehen. Sie nahm an, dass sie gerade einen ihrer neuen Nachbarn kennenlernte. »Seid ihr nebenan eingezogen?«

»Ja. Wir werden jetzt hier wohnen. Ich mag das. Vom Fenster meines Zimmers kann ich direkt auf das Wasser blicken. Ich habe sogar schon eine Robbe gesehen. In Indiana gab's die nur im Zoo. Darf ich zu dir rüberkommen?«

»Aber natürlich.« Ana legte die kleine Gartenschaufel beiseite, während das Mädchen sich durch die Hecke zwängte. »Wen haben wir denn hier?«, fragte sie und deutete auf das zappelnde Fellbündel, das das Mädchen im Arm hielt.

»Das ist Daisy.« Das Kind drückte dem Welpen einen liebevollen Kuss auf den Kopf. »Sie ist ein Golden Retriever. Ich durfte sie mir aussuchen, bevor wir aus Indiana weggegangen sind. Sie ist mit uns im Flugzeug geflogen, und wir hatten beide überhaupt keine Angst. Ich muss auf sie aufpassen und sie füttern und ihr frisches Wasser geben und sie bürsten und alles so was, denn ich habe die Verantwortung für sie.«

»Sie ist sehr hübsch«, sagte Ana ernsthaft. Und sicher sehr schwer für ein Mädchen von fünf oder sechs. Sie streckte die Arme aus. »Darf ich?«

»Magst du Hunde?« Das Mädchen plapperte munter weiter, während es den Hund in Anas Arme legte. »Ich mag Hunde und Katzen und alle Tiere. Sogar die Hamster von Billy Walker. Irgendwann werde ich vielleicht sogar ein eigenes Pferd kriegen. Wenn ich ein paar Jahre älter bin. Wir werden sehen. Das sagt mein Daddy immer: ›Wir werden sehen.‹«

Ana streichelte den Welpen und wurde mit einem begeisterten feuchten Hundekuss übers ganze Gesicht belohnt. Sie war hingerissen von dem Kind. »Ich mag Hunde auch, und Katzen und alle Tiere«, sagte sie lächelnd. »Mein Cousin hat Pferde. Zwei ganz große und außerdem auch ein neues Fohlen.«

»Wirklich?« Das Mädchen setzte sich ins trockene Gras und begann, den großen Kater zu streicheln. »Ob ich sie sehen darf?«

»Er wohnt nicht weit von hier entfernt, vielleicht klappt es ja. Du musst aber vorher deine Eltern fragen.«

»Meine Mommy ist im Himmel. Sie ist jetzt ein Engel.«

Mitgefühl versetzte Anas Herz einen Stich. Sie strich der Kleinen über den Kopf und öffnete sich. Aber da war kein Schmerz, und das war eine Erleichterung. Da waren nur gute Erinnerungen. Bei der Berührung sah das Mädchen auf und lächelte.

»Ich heiße Jessica. Aber du kannst mich ruhig Jessie nennen.«

»Ich bin Anastasia.« Und weil sie nicht widerstehen konnte, beugte sie sich vor und setzte einen kleinen Kuss auf die vorwitzige Stupsnase. »Aber du kannst mich ruhig Ana nennen.«

Nachdem die offizielle Vorstellung also erledigt war, bombardierte Jessie Ana mit Fragen und gab mit ihrem munteren Geplauder großzügig Auskunft über sich selbst. Sie hatte gerade Geburtstag gehabt und war sechs geworden. Nächsten Dienstag würde sie in die erste Klasse der neuen Schule kommen. Lila war ihre Lieblingsfarbe, und Bohnen konnte sie überhaupt nicht ausstehen.

Ob Ana ihr beibringen könnte, wie man Blumen pflanzte? Wie hieß denn die Katze? Ob sie auch ein kleines Mädchen habe? Und warum nicht?

So saßen sie gemeinsam im Sonnenschein, ein kleiner Kobold in pinkfarbenen Shorts und eine junge Frau mit Erde an den Händen und auf den gebräunten Beinen, während Kater Quigley Daisys tollpatschige Aufforderungen zum Spiel hoheitsvoll ignorierte.

Anas langes, weizenblondes Haar wurde von einem Band im Nacken zusammengehalten, aus dem sich einige Strähnen gelöst hatten, die der Wind um ihr Gesicht spielen ließ. Sie war ungeschminkt. Ihre überwältigende, zarte Schönheit war so natürlich wie ihre Macht. Eine Kombination aus keltischen Gesichtszügen, grauen Augen, dem vollen, schön geschwungenen Mund der Donovans – und noch etwas anderem, etwas Geheimnisvollem, das sich nur erahnen ließ. Ihr Gesicht war das Spiegelbild ihres weiten Herzens.

Der Welpe marschierte zu einem Kräuterbeet und schnüffelte aufgeregt, Ana lachte über etwas, das Jessie gerade erzählte.

»Jessie!« Der Ruf klang über die Rosenhecke. Die Stimme eines Mannes, tief, voll und eindeutig voller Ärger und Sorge. »Jessica Alice Sawyer! Kannst du mir mal erklären, was du da machst?«

»Oh, oh. Er hat meinen vollen Namen benutzt.« Doch Jessies Augen funkelten verschmitzt, als sie auf die Füße sprang. Ganz augenscheinlich fürchtete sie keine Schelte.

»Ich bin hier, Daddy! Hier bei Ana. Komm doch bitte auch mal her.«

Nur einen Augenblick später ragte ein Mann über die Hecke. Es benötigte keiner besonderen Gabe, um die Wellen der Erleichterung und des Ärgers zu spüren. Ana blinzelte kurz, überrascht, dass dieser raubeinig wirkende Mann der Vater der quicklebendigen kleinen Elfe sein sollte, die jetzt neben ihr auf und ab hüpfte.

Vielleicht liegt es an dem Zweitagebart, dass er so gefährlich aussieht, dachte sie. Aber nein, korrigierte sie sich. Selbst unter dem dunklen Schatten war ein markantes Gesicht mit scharfen Konturen und harten Linien zu erkennen, vollen Lippen, die jetzt ärgerlich zusammengepresst waren. Nur die Augen waren die gleichen wie die seiner Tochter, von einem strahlenden, hellen Blau, jetzt allerdings hatte die Ungeduld sie düsterer werden lassen. Im Sonnenlicht blitzten satte Rottöne in dem dunklen, wirren Haar auf, durch das er sich jetzt seufzend fuhr.

Von ihrem Platz auf dem Rasen wirkte der Mann riesig auf Ana. Durchtrainiert und beunruhigend kräftig, in einem zerrissenen T-Shirt und ausgewaschenen Jeans, deren Naht an einer Seite aufgeplatzt war.

Er warf einen langen, verärgerten und augenscheinlich misstrauischen Blick auf Ana, bevor er sich Jessie zuwandte. »Jessica, hatte ich dir nicht gesagt, du sollst im Garten bleiben?«

»Stimmt schon«, gab Jessie bereitwillig zu. »Aber Daisy und ich haben Ana singen gehört, und als wir nachgesehen haben, da hatte sie diesen Schmetterling auf ihrer Hand. Und sie hat uns erlaubt, herüberzukommen. Sie hat eine Katze, siehst du? Und ihr Cousin hat Pferde. Und ihre Cousine hat eine Katze und einen Hund.«

Ganz offensichtlich an Jessies unaufhörliches Geplapper gewöhnt, wartete ihr Vater auf das Ende des Wortschwalls. »Wenn ich dir sage, du sollst im Garten bleiben, und du dann nicht da bist, mache ich mir Sorgen.«

Es war eine einfache Feststellung, in ruhigem Ton gemacht. Ana respektierte den Mann dafür, dass er weder seine Stimme anhob noch mit Strafe drohte, um seinen Standpunkt klarzumachen. Und sie fühlte sich genauso gescholten wie Jessie.

»Es tut mir leid, Daddy«, murmelte die Kleine mit hängendem Kopf.

»Ich muss mich wohl auch entschuldigen, Mr. Sawyer.« Ana erhob sich und legte Jessie eine Hand auf die Schulter. Sah ganz so aus, als steckten sie gemeinsam in dieser Patsche. »Ich habe sie eingeladen herüberzukommen, und ich habe ihre Gesellschaft so genossen, dass ich mir keine Gedanken darüber gemacht habe, jemand könnte sie vielleicht suchen.«

Er sagte nichts, musterte sie nur durchdringend mit diesen hellen Augen, bis sie sich am liebsten unter diesem Blick gewunden hätte. Als er sich wieder Jessie zuwandte, wurde Ana klar, dass sie den Atem angehalten hatte.

»Du solltest jetzt zurückkommen und Daisy füttern.«

»Okay.« Jessie hob den sich wehrenden Welpen auf die Arme und hielt mitten im Schritt inne, als ihr Vater sie eindringlich ansah.

»Und du solltest Mrs. ...?«

»Miss«, half Ana aus. »Donovan. Anastasia Donovan.«

»... Miss Donovan danken, dass sie dich ertragen hat.«

»Danke, dass du mich ertragen hast, Ana.« Jessies Ton war sehr, sehr höflich, aber ihr Lächeln verschwörerisch. »Darf ich wiederkommen?«

»Das hoffe ich doch.«

Mit einem fröhlichen Lächeln trat Jessie durch die Rosenhecke zu ihrem Vater. »Ich wollte dir keine Sorgen machen, Daddy.«

Er beugte sich vor und versetzte ihrer Nase einen zärtlichen Stüber. »Freche Göre.« Ana hörte die grenzenlose Liebe, die in diesem entnervten Tadel lag.

Kichernd rannte Jessie mit dem Welpen auf dem Arm davon. Und Anas Lächeln erstarb, sobald sie den Kopf wandte und den Blick aus den kühlen blauen Augen auf sich liegen sah.

»Sie ist ein wunderbares Kind«, setzte Ana an und wurde sich verwundert bewusst, dass sie ihre feuchten Handflächen an den Shorts abwischen musste. »Ich entschuldige mich dafür, nicht darauf geachtet zu haben, dass Sie wissen, wo sie ist. Aber ich hoffe wirklich, Sie erlauben ihr, mich wieder zu besuchen.«

»Es oblag nicht Ihrer Verantwortung.« Seine Stimme war sachlich, weder freundlich noch unfreundlich. Ana hatte die unangenehme Gewissheit, genauestens abgeschätzt zu werden, von Kopf bis Fuß. »Jessie ist sehr neugierig und offen. Manchmal übertreibt sie in beidem. Ihr ist noch nicht bewusst, dass es Menschen auf dieser Welt gibt, die das ausnützen könnten.«

Jetzt in dem gleichen kühlen Ton erwiderte Ana: »Ich weiß, was Sie meinen, Mr. Sawyer. Allerdings kann ich Ihnen versichern, dass es nicht meine Angewohnheit ist, kleine Mädchen zum Frühstück zu verspeisen.«

Er lächelte. Langsam, träge. Eine Bewegung der Lippen, die seinem Gesicht alle Härte nahm und es überwältigend attraktiv machte. »Nun, Miss Donovan, Sie entsprechen keineswegs meiner Vorstellung von einem Ungeheuer. Außerdem muss ich mich für das unhöfliche Benehmen entschuldigen. Ich hatte Angst um Jessie, daher war ich so unfreundlich. Es ist noch nicht einmal alles ausgepackt, und schon habe ich sie verloren.«

»Nur verlegt.« Ana wagte ein neuerliches vorsichtiges Lächeln. Sie sah zu dem zweigeschossigen Holzhaus hinüber, dessen weiße Fensterrahmen in der Sonne funkelten. Obgleich sie ihre Privatsphäre liebte, war sie doch froh, dass das Haus nicht lange leer geblieben war. »Es ist schön, ein Kind in der direkten Nachbarschaft zu haben, vor allem eines, das so nett und lebendig ist wie Jessie. Ich hoffe wirklich, sie darf wieder herkommen. Ich würde mich über ihre Gesellschaft freuen.«

»Manchmal frage ich mich, ob es überhaupt einen Unterschied macht, was ich ihr erlaube und was nicht.« Er schnippte leicht gegen eine der zarten Rosenblüten. »Solange Sie diese hier nicht durch eine drei Meter hohe Ziegelsteinwand ersetzen, wird sie wiederkommen.« Zumindest wusste er jetzt, wo er Jessie zu suchen hatte, sollte sie wieder verschwinden. »Und schicken Sie sie ruhig nach Hause, wenn sie Ihre Gastfreundschaft zu sehr strapaziert.« Er steckte die Hände in die Hosentaschen. »Jetzt sollte ich besser zum Haus zurückgehen, bevor sie unser Dinner an Daisy verfüttert.«

»Mr. Sawyer?«, rief Ana hinter ihm her, als er sich schon umgedreht hatte. »Willkommen in Monterey. Ich hoffe, Sie werden sich hier wohlfühlen.«

»Danke.« Mit langen Schritten ging er über den Rasen zurück zu der breiten Veranda und verschwand im Haus.

Ana blieb noch einen Moment regungslos stehen. Sie konnte sich nicht entsinnen, jemals eine solche Energie in der Luft gespürt zu haben. Mit einem langen Seufzer sammelte sie schließlich ihre Gartengeräte zusammen, während Quigley ihr um die Beine strich.

Auch hatte sie noch nie feuchte Hände bekommen, nur weil ein Mann sie angesehen hatte.

Allerdings hatte sie auch noch nie ein Mann auf diese Art angesehen. Als würde er sie ansehen, in sie hineinsehen und sie durchschauen, alles gleichzeitig. Ziemlich guter Trick, dachte sie, während sie die Geräte in ihr Gewächshaus zurückstellte.

Ein interessantes Paar, Vater und Tochter. Nachdenklich blickte sie durch die Glasscheiben des Treibhauses zu dem Nachbargebäude, das in der Mitte des angrenzenden großen Grundstücks lag. Als direkter Nachbar war es nur natürlich, dass sie sich Gedanken machte und Fragen stellte. Aber Ana war auch gescheit genug, hatte durch eigene schmerzliche Erfahrungen gelernt, darauf zu achten, dass diese Gedanken einen gewissen Grad der normalen Freundlichkeit nicht überschritten.

Es gab nur wenige, die das akzeptierten, was nicht zum Normalen gehörte. Der Preis für ihre Gabe war ein sehr empfindsames und verletzliches Herz, das bereits die grausame Kälte der Zurückweisung hatte erleiden müssen.

Aber damit hielt sie sich nicht mehr auf. Nein, als sie an den Mann und sein Kind dachte, musste sie sogar lächeln. Was er wohl getan hätte, fragte sie sich mit einem leisen Lachen, wenn ich ihm gesagt hätte, dass ich zwar kein Ungeheuer bin, aber dafür eine Hexe?

In der sonnigen Küche, inmitten eines schrecklichen Durcheinanders, wühlte Boone Sawyer sich durch einen Karton, bis er die Bratpfanne fand, nach der er gesucht hatte. Der Umzug nach Kalifornien war der richtige Schritt gewesen – davon war er überzeugt, aber er hatte eindeutig den Zeitaufwand und die Unannehmlichkeiten unterschätzt, die es verursachte, wenn man ein Heim so einfach von einem Ort an einen anderen verlegen wollte.

Was kam mit, was konnte man zurücklassen? Eine Speditionsfirma finden, sein Auto war ebenfalls geliefert worden, während er mit Jessie und dem Hund, in den sie sich auf Anhieb verliebt hatte, geflogen waren. Die passenden Gründe finden, um den Umzug vor Jessies besorgten Großeltern zu rechtfertigen. Der Papierkram für die Anmeldung in der neuen Schule. Erst einmal eine passende Schule finden …!

Nun, das Schlimmste lag hinter ihm. Hoffte er zumindest. Jetzt musste er nur noch die Kartons auspacken und einen Platz für all die Dinge und den Krimskrams finden, um aus diesem fremden Haus ein Heim zu machen.

Jessie war glücklich hier. Das war die Hauptsache, war immer die Hauptsache gewesen. Andererseits, dachte er, während er Hackfleisch für Chili con Carne in der Pfanne briet, ist Jessie überall glücklich. Ihr sonniges Gemüt und ihre erstaunliche Fähigkeit, überall Freunde zu finden, waren ein Segen, aber sie verwirrten ihn immer wieder. Wie schaffte es ein Kind, das im zarten Alter von zwei Jahren seine Mutter verloren hatte, so ausgeglichen, so unbeschwert und so absolut normal zu sein?

Wäre da nicht Jessie – er wäre nach Alice' Tod längst verrückt geworden.

Er dachte nicht mehr so oft an Alice. Häufig ertappte er sich dabei, dass er sich deshalb schuldig fühlte. Er hatte sie geliebt – Gott, wie hatte er sie geliebt! –, und das Kind, das sie gemeinsam gezeugt hatten, war der lebende Beweis dieser Liebe. Aber mittlerweile hatte er mehr Zeit ohne Alice leben müssen, als er mit ihr verbracht hatte. Und obwohl er entschlossen gewesen war, sich an die Trauer zu klammern, als Beweis seiner Liebe, war ebendiese Trauer immer schwächer geworden, langsam dahingeschmolzen unter den Anforderungen, die das tägliche Leben an ihn stellte.

Alice weilte nicht mehr unter den Lebenden. Jessie dagegen lebte und wurde mit jedem Tag, den sie heranwuchs, quicklebendiger. Diese Menschen, beide, hatten den Ausschlag zu der schwierigen Entscheidung gegeben, nach Monterey zu ziehen. In Indiana, in dem Haus, das Alice und er zusammen gekauft hatten, hatte es zu viele Erinnerungen gegeben. Sowohl seine Eltern als auch seine Schwiegereltern wohnten keine zehn Minuten Autofahrt entfernt. Als einziges Enkelkind war Jessie für beide Großelternpaare der Mittelpunkt gewesen – und oft der Grund für kleine Eifersüchteleien.

Und Boone selbst … Nun, er konnte gar nicht mehr zählen, wie oft er sich mehr oder weniger diskrete Ratschläge hinsichtlich der Erziehung seiner Tochter hatte anhören müssen – bis hin zu vehementer Kritik. Außerdem waren da noch diese, manchmal recht plumpen, Kuppelversuche gewesen. Ein Kind braucht eine Mutter, ein Mann braucht eine Frau. Und entsprechend diesem Leitsatz hatte seine Mutter es sich zur Lebensaufgabe gemacht, die perfekte Frau zu finden, die diese Stelle ausfüllen könnte, die eine hervorragende Ehefrau und Mutter sein würde.

Das war es, was ihn am meisten aufgeregt hatte. Und die Einsicht, wie einfach es wäre, sich im Haus zu verkriechen und sich in Erinnerungen zu ergehen. Deshalb die Entscheidung umzuziehen.

Arbeiten konnte er überall. Die Wahl war hauptsächlich wegen des Klimas, des beschaulichen Lebensstils und der Schulen auf Monterey gefallen. Und, wie er sich nur selbst eingestand, weil eine kleine Stimme ihm eingeflüstert hatte, dass dieser Ort genau richtig war. Für Jessie und ihn.

Es gefiel ihm, dass er nur ans Fenster treten musste und das Meer sehen konnte. Oder diese hohen, schlanken Zypressen. Noch besser gefiel ihm, dass er nicht von Nachbarn umgeben war. Alice war diejenige von ihnen beiden gewesen, die gern in Gesellschaft war. Und an diesem Ort kam noch hinzu, dass der Verkehrslärm von der Straße nicht bis hierher drang.

Es hatte sich einfach richtig und gut angefühlt. Und Jessie gab dem Ganzen bereits ihre persönliche Note. Es stimmte schon, als er hinausgesehen und seine Tochter nirgendwo hatte sehen können, hatte die Angst ihm den Magen zusammengezogen. Er hätte wissen sollen, dass sie bereits jemanden kennengelernt hatte, mit dem sie sich unterhalten konnte. Jemanden, den sie mit ihrem kindlichen Charme bezaubern konnte.

Diese Frau.

Mit einer tiefen Falte auf der Stirn setzte Boone den Deckel auf die Pfanne, um das Chili köcheln zu lassen. Er goss sich eine Tasse Kaffee ein und trat auf die Veranda. Schon seltsam. Er hatte die Frau gesehen und sofort gewusst, dass Jessie bei ihr sicher war. In diesen grauen Augen stand nichts als Güte und Sanftmut zu lesen. Es war seine eigene Reaktion, eine sehr primitive Reaktion, die seine Muskeln verkrampft und seine Stimme hatte rau werden lassen.

Verlangen. Prompt, schmerzhaft und höchst unangebracht.

Eine solche Reaktion auf eine Frau hatte er nicht mehr verspürt, seit … Er musste über sich selbst grinsen. Nie wieder. Mit Alice war es wie eine stille Vollkommenheit gewesen. Ein sanftes und unabänderliches Zusammenkommen, das er immer wie einen Schatz in der Erinnerung hüten würde.

Aber das hier … das war wie eine Strömung gewesen, die einem den Boden unter den Füßen wegriss und einen immer weiter abtrieb, während man sich verzweifelt bemühte, das Ufer zu erreichen.

Es ist auch lange her, erinnerte er sich selbst und sah einer Möwe nach, die über das weite Wasser glitt. Eine völlig normale Reaktion auf eine schöne Frau, also eine durchaus akzeptable Erklärung. Denn schön war sie unbestreitbar, auf eine ruhige, klassische Art – wobei man seine heftige Reaktion auf sie wohl als das genaue Gegenteil bezeichnen musste. Und das verabscheute er. Er hatte weder Zeit noch Lust, sich mit Reaktionen auf gleich welche Frau zu beschäftigen.

Da war Jessie, an die er denken musste.

Er griff in die Tasche, zog ein Zigarettenpäckchen hervor und steckte sich eine Zigarette an, sich kaum der Tatsache bewusst, dass er die ganze Zeit zu der Rosenhecke hinübersah.

Anastasia also. Der Name passte zu ihr. Wunderbar altmodisch, elegant, ungewöhnlich.

»Daddy!«

Boone zuckte zusammen, wie ein Teenager, den der Direktor auf der Jungentoilette auf frischer Tat beim Rauchen ertappt hatte. Er räusperte sich und lächelte seine streng dreinblickende Tochter schief an.

»Jetzt stell dich nicht gleich so an, Jess. Ich rauche doch immerhin nur noch ein halbes Päckchen pro Tag.«

Sie verschränkte die Arme vor der schmalen Brust. »Die sind schlecht für dich. Die machen deine Lungen schwarz.«

»Ich weiß.« Er trat die Zigarette aus, ohne noch einen letzten Zug getan zu haben. Unter diesen weisen jungen Augen war ihm das einfach nicht möglich. »Ich höre ja auf, ganz bestimmt.«

Jessie lächelte – eines von diesen erschreckend wissenden »Na-klar-doch«-Lächeln –, und er steckte die Hände in die Hosentaschen und imitierte James Cagney. »Nicht doch, Sie werden mich doch nicht wegen eines einzigen Zugs in Einzelhaft stecken, oder?«

Sie hatte ihm längst vergeben, und kichernd kam sie zu ihm, um ihn zu umarmen. »Du bist albern, Daddy. Damit du's nur weißt.«

»Stimmt.« Er stemmte sie an den Ellbogen hoch und gab ihr einen herzhaften Kuss. »Und du bist eigentlich ziemlich klein.«

»Bald werde ich genauso groß sein wie du.« Sie schlang die Beine um seine Hüften und ließ sich hintenüberfallen, bis ihr Haar fast den Boden berührte. Das war eine ihrer Lieblingsbeschäftigungen.

»Keine Chance.« Er hielt sie sicher und fest und schlenkerte sie ein wenig hin und her. »Ich werde immer größer sein als du.« Er zog sie wieder hoch. »Und klüger und stärker.« Mit seinen Bartstoppeln rieb er spielerisch über ihre Wange, bis sie vor Vergnügen jauchzte und atemlos lachte. »Und ich werde auch immer besser aussehen.«

»Und kitzliger sein!«, rief sie triumphierend und steckte ihre Finger in seine Seiten.

In diesem Punkt hatte sie auf jeden Fall recht. Er fiel mit ihr auf die Bank. »Okay, okay. Ich gebe auf!« Er holte tief Atem und zog sie fest an sich heran. »Du wirst immer mehr Tricks auf Lager haben.«

Mit rosigen Wangen und leuchtenden Augen hüpfte sie auf seinem Schoß herum. »Unser neues Haus gefällt mir.«

»Wirklich?« Er strich mit der Hand über ihren Kopf und genoss, wie immer, das seidige Gefühl an seiner Handfläche. »Mir auch.«

»Können wir nach dem Dinner an den Strand gehen und Robben suchen?«

»Klar.«

»Kann Daisy mitkommen?«

»Sicher.« Da er bereits ausreichend Erfahrung mit Pfützen auf dem Teppich und zerkauten Socken gemacht hatte, sah er sich argwöhnisch um. »Wo ist Daisy eigentlich in diesem Moment?«

»Sie macht ein Nickerchen.« Jessie legte den Kopf an die Schulter des Vaters. »Sie war sehr müde.«

»Kann ich mir denken. Es war ja auch ein anstrengender Tag.« Lächelnd küsste er Jessie aufs Haar, hörte sie gähnen und spürte, wie sie auf seinem Schoß schwerer wurde.

»Es war mein erster Tag. Heute habe ich Ana getroffen.« Weil ihre Lider so schwer waren, schloss sie sie einfach, eingelullt durch den rhythmischen Herzschlag ihres Vaters. »Sie ist nett. Sie hat gesagt, sie zeigt mir, wie man Blumen pflanzt.«

»Hm.«

»Sie kennt alle Blumennamen.« Jessie gähnte noch einmal, und als sie wieder sprach, klang ihre Stimme bereits schläfrig. »Daisy hat ihr übers ganze Gesicht geleckt, und sie hat nicht geschimpft, nur gelacht. Es hat sich hübsch angehört. Wie das Lachen einer Fee«, murmelte sie und war schon eingeschlafen.

Boone saß still da, hielt Jessie fest und sicher in seinen Armen und lächelte vor sich hin. Die Vorstellungskraft seiner Tochter. Er bildete sich gerne ein, dass sie das von ihm hatte.

Rastlos, dachte Ana, während sie in der Dämmerung über den felsigen Strand wanderte. Sie konnte einfach nicht im Haus bleiben, sich um ihre Pflanzen und Kräuter kümmern, wenn sie diese innere Unruhe verspürte.

Die Brise vom Meer her würde die Ruhelosigkeit verscheuchen, dessen war sie sicher. Sie hielt ihr Gesicht in den Wind. Ein schöner, langer Spaziergang, und dann würde sie auch die Ausgeglichenheit wiederfinden, den Frieden und die Ruhe, die zu ihrem Leben gehörten wie das Atmen.

Unter anderen Umständen hätte sie ihren Cousin und ihre Cousine angerufen und vorgeschlagen, etwas zusammen zu unternehmen. Aber Morgana hatte es sich bestimmt schon mit Nash gemütlich gemacht. Außerdem brauchte sie in diesem späten Stadium der Schwangerschaft so viel Ruhe wie möglich. Und Sebastian war noch nicht von seiner Hochzeitsreise zurück.

Es hatte Ana noch nie gestört, allein zu sein. Sie genoss die Einsamkeit der Bucht, den Strand, das leise Geräusch der Wellen, wenn sie gegen die Steine schlugen, die Schreie der Möwen, die sich fast wie Lachen anhörten.

So wie sie auch das Lachen des Kindes genossen hatte. Und das des Mannes, das der Wind am Nachmittag zu ihr herübergetragen hatte. Ein schöner Laut. Es war nicht nötig gewesen, dabei zu sein, um sich darüber zu freuen.

Jetzt, während die Sonne langsam versank und den Horizont in glühende Farben tauchte, spürte Ana, wie die Ruhelosigkeit verflog. Wie hätte sie etwas anderes fühlen können als Harmonie, hier, allein, während sie den Zauber des ausklingenden Tages beobachtete?

Sie kletterte auf ein Stück Treibholz, einen dicken Baumstamm, nahe genug am Wasser, dass die feine Gischt ihr Gesicht benetzte. Abwesend fühlte sie den Stein in ihrer Jackentasche und nahm ihn hervor, rieb ihn zwischen den Fingern, während sie der Sonne zusah, die wie ein glühender Ball im Meer versank.

Der Stein in ihrer Hand wurde warm. Ana sah auf das kleine Juwel herab, dessen perlmutterner Glanz in der Dämmerung erstrahlte. Mondstein. Sie lächelte über sich selbst. Mondmagie. Schutz für den nächtlichen Wanderer. Eine Hilfe zur Selbstanalyse. Und natürlich ein Talisman, dem Kräfte innewohnten, die der Liebe förderlich waren.

Welche von diesen Eigenschaften wohl heute Abend wichtig war?

Noch während sie über sich selbst leise lachte und den Stein wieder in ihre Tasche gleiten ließ, hörte sie, wie ihr Name gerufen wurde.

Da kam auch schon Jessie auf sie zugerannt, den tapsigen Welpen auf den Fersen. Und ihr Vater, etliche Meter hinter ihr, so als zögere er, näher zu kommen. Ana überließ sich einen Moment der Frage, ob die überschäumende Energie und Offenheit des Kindes den Vater vielleicht umso distanzierter wirken ließen.

Sie kletterte von dem Baumstamm herunter und breitete die Arme aus. Es war das Natürlichste der Welt, dass Jessie sich von ihr auffangen und im Kreis herumwirbeln ließ. »Hallo, Sonnenschein. Suchst du mit Daisy etwa nach Elfenmuscheln?«

Jessies Augen wurden groß. »Elfenmuscheln? Wie sehen die denn aus?«

»Genau so, wie man sie sich vorstellt. Entweder bei Sonnenaufgang oder -untergang. Nur dann kann man sie finden.«

»Mein Daddy hat gesagt, dass Elfen im Wald leben und sich meistens verstecken, weil die Menschen nicht so genau wissen, wie man mit ihnen umgehen muss.«

»Das stimmt.« Sie lachte und stellte das Mädchen wieder auf die Füße. »Aber Elfen mögen auch das Wasser und die Berge.«

»Ich würde zu gern mal eine kennenlernen, aber Daddy sagt, dass sie fast nie mit Menschen reden, weil niemand mehr so richtig an sie glaubt. Nur Kinder.«

»Das kommt daher, dass Kinder der Magie noch so viel näher sind.« Ana schaute auf, während sie sprach. Boone war zu ihnen getreten, und die Sonne, die hinter seinem Rücken unterging, warf dunkle Schatten auf sein Gesicht, die bedrohlich und gleichzeitig sehr anziehend wirkten. »Wir sprachen gerade von Elfen«, teilte sie ihm mit.

»Ich hab's gehört.« Er legte eine Hand auf Jessies Schulter. Auch wenn die Geste sehr unaufdringlich war, die Bedeutung war unmissverständlich. Mein.

»Ana sagt, dass es hier am Strand Elfenmuscheln gibt und dass man sie nur bei Sonnenaufgang oder -untergang finden kann. Wirst du eine Geschichte darüber schreiben?«

»Wer weiß?« Das Lächeln, das er seiner Tochter schenkte, war warm und voller Zärtlichkeit. Als sein Blick jedoch über Ana fuhr, rann ihr ein Schauer über den Rücken. »Wir haben Ihren Abendspaziergang gestört.«

»Nein.« Gereizt zuckte Ana die Achseln. Sie wusste genau, was er meinte: Sie hatte seinen und Jessies Spaziergang gestört! »Ich wollte nur noch einen Blick aufs Meer werfen, bevor ich hineingehe. Es wird langsam kühl.«

»Wirst du mir denn helfen, Elfenmuscheln zu finden?«, fragte Jessie bittend.

»Irgendwann einmal, sicher.« Wenn der Vater nicht wie ein Wachhund danebenstand und sie mit seinem Blick durchbohrte. »Jetzt ist es schon zu dunkel, und ich muss ins Haus zurück.« Sie versetzte Jessie einen sanften Nasenstüber. »Gute Nacht.« Den Vater bedachte Ana mit einem knappen Nicken.

Boone sah ihr nach, wie sie davonging. Vielleicht wäre ihr nicht so kalt geworden, dachte er, wenn sie etwas tragen würde, das ihre Beine warm hielt. Diese schlanken, wohlgeformten Beine. Er stieß ungeduldig den Atem aus.

»Komm, Jess, rennen wir um die Wette nach Hause.«

2. Kapitel

»Ich würde ihn zu gern kennenlernen.« Ana sah von dem Pot-pourri aus getrockneten Blütenblättern auf, das sie zusammen-stellte, und blickte Morgana mit gerunzelter Stirn an. »Wen?«

»Den Vater dieses kleinen Mädchens, das dich so bezaubert hat.« Erschöpfter, als sie zuzugeben bereit war, strich Morgana sich mit der Hand über ihren Bauch. »Du sprudelst über mit Informationen über die Kleine und bist geradezu verdächtig einsilbig, wenn es um Daddy geht.«

»Weil er mich nicht so sehr interessiert«, erwiderte Ana leichthin. Sie mengte dem Potpourri Zitrone bei. Sie wusste genau, wie besorgt Morgana war. »Der Mann ist so kühl und distanziert, wie Jessie herzlich und offen ist. Wenn nicht so offensichtlich wäre, wie sehr er sie liebt, wäre er mir wahr-scheinlich sogar unsympathisch. So ist er mir einfach nur gleichgültig.«

»Sieht er gut aus?«

Ana hob fragend eine Augenbraue. »Im Vergleich zu?«

»Zu einer Kröte.« Morgana lachte und beugte sich vor. »Komm schon, Ana. Spann mich doch nicht so gemein auf die Folter.«

»Nun, hässlich ist er nicht.« Ana stellte die Schale mit dem Potpourri beiseite und suchte auf dem Regal nach dem richti-gen Öl, das sie dazugeben wollte. »Man kann wohl sagen, dass er ein markantes Gesicht hat. Sieht irgendwie fast gefährlich aus. Durchtrainierte Figur, aber nicht wie ein Gewichtheber.« Sie las mit gerunzelter Stirn die Etiketten auf zwei Ölfläschchen und versuchte zu entscheiden. »Eher wie ein Langstreckenläufer. Drahtig, erschreckend fit.«

Genießerisch lächelnd stützte Morgana ihr Kinn in die Hand. »Weiter, erzähl mir mehr.«

»Also wirklich! Und das von einer verheirateten Frau, die noch dazu bald mit Zwillingen niederkommt.« Ana lachte und entschied sich schließlich für Rosenöl, um der Mischung Eleganz zu verleihen. »Also, wenn du unbedingt etwas Positives hören musst … Er hat unglaublich schöne Augen. Sehr klar, sehr blau. Wenn diese Augen Jessie ansehen, sind sie einfach umwerfend. Wenn sie mich anschauen, sehr misstrauisch.«

»Aber wieso denn?«

»Ich habe nicht die leiseste Ahnung.«

Morgana schüttelte den Kopf. »Anastasia, das interessiert dich doch sicher genug, um es herauszufinden, oder? Du brauchst doch nur mal ganz vorsichtig einen Blick zu riskieren.«

Mit geübter Hand ließ Ana etwas Rosenöl auf die Blätter fallen. »Du weißt, wie ungern ich mich aufdränge.«

»Also wirklich …«

Bei Morganas enttäuschter Miene musste Ana lächeln. »Selbst wenn ich neugierig wäre … ich glaube nicht, dass ich sehen möchte, was da im Herzen von Mr. Sawyer so alles vor sich geht. Ich habe das unbestimmte Gefühl, dass es recht unangenehm werden könnte, sich mit ihm zu verbinden. Selbst wenn es nur ein paar Momente sind.«

»Du bist die Empathin.« Morgana zuckte die Schultern. »Wenn Sebastian hier wäre, könnte er dir sofort sagen, was sich im Kopf dieses Mannes abspielt.« Sie nippte an dem Elixir, das Ana für sie gemixt hatte. »Ich könnte es für dich tun. Ich habe schon seit Wochen keinen Grund mehr gehabt, die Kristallkugel zu benutzen. Ich komme noch aus der Übung.«

»Nein.« Ana küsste ihre Cousine auf die Wange. »Danke.« Sie gab das Potpourri in einen kleinen Netzbeutel. »Hier, ich möchte, dass du dies immer bei dir trägst. Und den Rest der Mischung verteilst du in Schalen im Haus und im Laden. Du arbeitest doch nur noch zwei Tage in der Woche?«

»Zwei, manchmal auch drei.« Morgana lächelte beruhigend, weil Ana so besorgt um sie war. »Ich übertreibe es nicht, wirklich nicht, Liebes. Nash lässt es gar nicht dazu kommen.«

Mit einem abwesenden Nicken verschloss Ana den Beutel. »Trinkst du den Tee, den ich dir gegeben habe?«

»Jeden Tag. Und ja, ich benutze auch dein Öl regelmäßig. Außerdem trage ich immer einen Rhyolith gegen emotionalen Stress, einen Topas gegen äußere Stresseinflüsse, einen Zirkon für positive Einstellung und einen Bernstein für die gute Laune bei mir.« Sie drückte Anas Hand. »Glaub mir, ich bin von allen Seiten wirklich bestens geschützt.«

»Es ist nur natürlich, dass ich mich so anstelle.« Ana stellte das Säckchen mit dem Potpourri neben Morganas Handtasche, dann überlegte sie es sich anders und ließ den Beutel selbst in die Tasche gleiten. »Schließlich ist es unser erstes Baby.«

»Babys«, verbesserte Morgana.

»Also noch mehr Grund, um ein wenig achtsamer zu sein. Zwillinge kommen immer früher, diese Erfahrung habe ich jedenfalls gemacht.«

Morgana gestattete sich einen kleinen Seufzer. »Ich hoffe wirklich, dass diese beiden es tun. Nicht mehr lange, und ich brauche einen Lastkran, um mich zu setzen und wieder aufzustehen.«

»Du brauchst mehr Ruhe. Und leichte Bewegungsübungen«, wies Ana an. »Was sowohl das Herumwuchten und Auspacken von Kisten ausschließt als auch das stundenlange Stehen, um Kunden zu bedienen!«

»Jawohl, Ma'am. Ich werde mich bemühen, mich genauestens an die Anweisungen zu halten.«

»Und jetzt lass uns nachsehen.« Sanft legte Ana beide Hände auf den gewölbten Leib ihrer Cousine, spreizte langsam die Finger und öffnete sich für das Wunder.

Im gleichen Moment spürte Morgana, wie ihre Müdigkeit verflog. Stattdessen fühlte sie sich wunderbar wohl und ausgeglichen. Durch ihre halb geschlossenen Lider erkannte sie, dass Anas Augen dunkel geworden waren, die Farbe von Zinn angenommen hatten. Der Blick war starr auf etwas gerichtet, das nur Ana sehen konnte.

Während ihre Finger über den Bauch ihrer Cousine strichen, knüpfte Ana das Band. Sie spürte das Gewicht und für einen unglaublich intensiven Moment das Leben, das in diesem Leib pulsierte. Dann die Erschöpfung, die Müdigkeit, die Schwere. Aber auch die glückliche Erwartung, die wachsende Vorfreude und das ehrfurchtsvolle Staunen, dass sie dieses neue Leben in sich trug.

Dann öffnete sich Anas Herz noch mehr, ein Ziehen erfasste ihren Körper. Und sie begann zu lächeln.

Jetzt war sie dieses Leben, erst das eine, dann das andere. Traumlos in dem dunklen, warmen Leib gebettet, versorgt und beschützt von der Mutter, bis der Moment kommen würde, sich der Außenwelt zu stellen. Zwei Herzen, die kraftvoll unter dem Herzen der Mutter schlugen. Winzige Finger, die sich streckten, ein träger Tritt.

Ana kam wieder zu sich zurück. Allein. »Dir geht es gut. Euch allen geht es gut.«

»Ich weiß.« Morgana verschränkte ihre Finger mit Anas. »Aber ich fühle mich trotzdem beruhigter, wenn du es mir sagst. Genau wie das Wissen mich beruhigt, dass du da sein wirst, wenn es so weit ist.«

»Du weißt, dass ich nirgendwo anders sein würde.« Ana zog ihrer beider verschränkte Hände an ihre Wange. »Aber ist Nash mit mir als Hebamme einverstanden? Was denkt er darüber?«

»Er vertraut dir – genauso sehr, wie ich dir vertraue.«

Anas Blick wurde weich. »Du hast wirklich Glück gehabt, Morgana, einen Mann zu finden, der akzeptiert und versteht, ja, sogar schätzt, was du bist.«

»Ich weiß. Die Liebe zu finden ist schon wunderbar genug, aber die Liebe mit ihm zu finden …« Morganas Lächeln erstarb. »Ana, Liebes, das mit Robert ist schon so lange her.«

»Ich denke nicht mehr an ihn. Zumindest nicht an ihn als Person. Irgendwo auf einer unwegsamen Straße habe ich eben eine falsche Abbiegung genommen.«

Entrüstung ließ Morganas Blick hart werden. »Er war ein Narr und deiner nicht wert.«

Statt Trauer verspürte Ana eher den Drang zu kichern. »Du hast ihn nie gemocht, Morgana. Von Anfang an nicht.«

»Stimmt.« Morgana setzte ihr Glas ab. »Sebastian übrigens auch nicht, wenn du dich erinnerst.«

»Oh ja. Aber ich erinnere mich auch, dass Sebastian Nash gegenüber äußerst misstrauisch war.«

»Das war etwas ganz anderes. Doch«, bestärkte sie, als sie Ana grinsen sah. »Sebastian wollte mich beschützen. Bei Robert war er so höflich, dass es schon beleidigend war.«

»Ja, ich weiß es noch.« Ana zuckte die Schultern. »Was mich wiederum erst recht herausgefordert hat. Ich war eben jung«, sagte sie mit einer abwinkenden Geste, »und so naiv zu glauben, dass, nur weil ich verliebt war, es auf der anderen Seite auch so sein müsste. Dumm genug, um ehrlich zu sein. Und dumm genug, völlig am Boden zerstört zu sein, als diese Offenheit erst mit Unglauben und dann mit Zurückweisung belohnt wurde.«

»Ich weiß, wie verletzt du warst, aber ich weiß auch, dass du es besser machen könntest.«

»Ganz sicher«, stimmte Ana bereitwillig zu, denn auch sie hatte ihren Stolz. »Aber manchen von uns ist es eben nicht bestimmt, sich mit Außenstehenden zusammenzutun.«

Morgana wurde ungeduldig. »Da hat es genügend Männer gegeben, mit und ohne Elfenblut, die sich für dich interessiert haben, Cousine.«

»Schade nur, dass ich mich nicht für sie interessiert habe.« Ana lachte. »Ich bin schrecklich wählerisch, Morgana. Und mir gefällt mein Leben so, wie es ist.«

»Wenn ich nicht genau wüsste, dass das stimmt, würde ich mir wahrscheinlich einen kleinen Liebeszauber für dich einfallen lassen. Nichts Ernstes, natürlich«, fügte Morgana mit einem amüsierten Blitzen in den Augen hinzu. »Nur, um dich ein wenig abzulenken.«

»Danke, aber ich kann für meine eigene Ablenkung sorgen.«

»Das weiß ich ebenso gut wie die Tatsache, dass du vor Wut platzen würdest, sollte ich es wagen, mich einzumischen.« Sie schob sich mit dem Stuhl vom Tisch ab und erhob sich, nur einen Sekundenbruchteil darüber betrübt, ihre sonstige Anmut verloren zu haben. »Lass uns einen kleinen Spaziergang durch den Garten machen, bevor ich nach Hause fahre.«

»Aber nur, wenn du versprichst, die Füße hochzulegen, sobald du bei dir bist.«

»Einverstanden.«

Die Sonne schien warm, die Brise war mild. Beides würde ihrer Cousine guttun, dachte Ana. Genauso wie die Tatsache, dass Nash darauf bestehen würde, dass seine Frau sich für ein Nickerchen hinlegte, sobald sie zu Hause war.

Gemeinsam bewunderten sie den spät blühenden Rittersporn, die kräftigen Farben der Astern und die großen, prunkvollen Zinnien.

»Hast du schon etwas für den Abend vor Allerheiligen geplant?«, fragte Morgana.

»Nein, eigentlich nichts.«

»Wir hatten gehofft, du würdest zu uns kommen. Zumindest für ein paar Stunden. Nash macht schon jetzt einen riesigen Aufruhr und tut schrecklich geheimnisvoll.«

Ana lachte auf. »Wenn ein Mann seinen Lebensunterhalt mit dem Schreiben von Horrorfilm-Drehbüchern verdient, kann man doch wohl davon ausgehen, dass er sich einiges für Halloween einfallen lässt. Das werde ich mir auf keinen Fall entgehen lassen.«

»Schön. Vielleicht wird sich Sebastian ja danach für unsere eigene kleine Feier zu dir und mir gesellen.« Morgana beugte sich gerade ungelenk vor, um den Thymian und die Zitronenmelisse zu begutachten, als sie das kleine Mädchen und den jungen Hund durch die Rosenhecke schlüpfen sah. Sie richtete sich wieder auf. »Wir bekommen Gesellschaft.«

»Jessie.« Erfreut über den Besuch, blickte Ana doch besorgt zum Nachbarhaus hinüber. »Weiß dein Vater, wo du bist?«

»Er hat gesagt, ich darf herkommen, wenn ich dich draußen sehe und du nicht beschäftigt bist. Du bist doch nicht beschäftigt, oder?«

»Nein.« Sie konnte nicht widerstehen, beugte sich zu Jessie und gab ihr einen Kuss auf die Wange. »Das ist meine Cousine Morgana«, sagte sie dann. »Ich habe ihr schon erzählt, dass du meine neue Nachbarin bist.«

»Ich weiß. Sie sind die mit dem Hund und der Katze. Ana hat's mir gesagt.« Jessies Neugier war sofort geweckt und wurde nur noch größer, als ihr Morganas Leibesumfang auffiel. »Haben Sie da ein Baby drin?«

»Ja. Um genau zu sein, zwei Babys.«

»Zwei?« Jessie riss die Augen auf. »Woher wissen Sie das?«

»Ana hat's mir gesagt.« Lachend legte sich Morgana die Hand auf den Bauch. »Und weil da drinnen so viel Bewegung ist, dass es unmöglich nur ein Baby sein kann.«

»Die Mommy von meiner Freundin Missy, Mrs. Lopez, hatte nur ein Baby in ihrem Bauch. Aber sie ist so dick geworden, dass sie kaum noch laufen konnte.« Aus ihren blauen Augen warf sie einen hoffnungsvollen Blick zu Morgana. »Mrs. Lopez hat mich fühlen lassen, wie das Baby sich da drinnen bewegt hat.«

Morgana war von dem Kind entzückt. Sie nahm die Hand der Kleinen und legte sie sich auf den Leib, während Ana Daisy davon abhielt, weiter Blumen aus den Beeten zu graben.

»Fühlst du es?«

Jessie nickte begeistert, als sie die Bewegung unter ihrer Handfläche spürte. »Oh ja! Bumms! Ein richtiger Tritt! Tut das eigentlich weh?«

»Nein.«

»Meinen Sie, sie kommen bald raus?«

»Das hoffe ich.«

»Daddy sagt, die Babys wissen genau, wann sie rauskommen müssen, weil ihnen ein kleiner Engel das ins Ohr flüstert.«

Dieser Sawyer mochte vielleicht kühl und distanziert sein, aber er war auch sehr weise. Und anscheinend sehr süß. »Da kann ich deinem Daddy nur zustimmen«, sagte Morgana mit einem Lächeln.

»Und dieser Engel bleibt dann für immer und ewig bei dem Baby.« Jessie presste vorsichtig ihr Ohr an Morganas Bauch. Vielleicht würde sie ja etwas hören können. »Wenn man sich ganz schnell umdreht, dann kann man seinen eigenen Engel hinter sich sehen. Manchmal versuche ich es, aber ich bin wohl nicht schnell genug.« Sie sah zu Morgana auf. »Engel sind nämlich sehr schüchtern.«

»Ja, das habe ich auch schon gehört.«

»Ich aber nicht.« Jessie drückte einen kleinen Kuss auf Morganas Bauch, bevor sie davonhüpfte. »In meinem ganzen Körper ist nicht ein Quäntchen Schüchternheit. Das sagt Grandma Sawyer immer.«

»Grandma Sawyer muss eine sehr weise Frau sein«, ließ Ana sich vernehmen, während sie Daisy gerade noch davon abhalten konnte, Quigleys Nachmittagsschläfchen zu stören.

Beide Frauen freuten sich über die quicklebendige Gesellschaft, während sie zusammen durch die Blumenbeete schlenderten – nun, Ana und Morgana schlenderten, Jessie hüpfte, rannte und tanzte.

Als sie langsam zurück zum Haus und zu Morganas Auto gingen, legte Jessie vertrauensvoll ihre Hand in Anas. »Ich habe keine Cousins oder Cousinen. Ist es schön, wenn man welche hat?«

»Sehr schön sogar. Morgana, Sebastian und ich sind zusammen groß geworden. So wie richtige Geschwister.«

»Ich weiß, wie man ein Brüderchen oder ein Schwesterchen bekommt, weil mein Daddy mir das erklärt hat. Aber wie bekommt man einen Cousin oder eine Cousine?«

»Nun, wenn dein Vater einen Bruder oder eine Schwester hat und die dann Kinder bekommen, dann sind diese Kinder deine Cousins oder Cousinen.«

Jessie konzentrierte sich, um diese Information zu verdauen. »Und wie ist das bei euch?«

»Oh, das ist ein bisschen kompliziert.« Morgana lachte und lehnte sich für einen Moment an ihren Wagen. »Anas, Sebastians und mein Vater sind Brüder. Und unsere Mütter sind alle Schwestern. Sozusagen sind wir also doppelte Cousins.«

»Das ist ja toll. Wenn ich schon keine Cousins haben kann, dann kriege ich vielleicht wenigstens ein Geschwisterchen. Aber mein Daddy sagt immer, ich allein halte ihn genügend auf Trab.«

»Das kann ich mir vorstellen«, stimmte Morgana ernst zu, während Ana sich das Grinsen verkniff. Als sie sich das Haar aus der Stirn strich, sah Morgana auf. Dort oben, an einem Fenster im zweiten Stock des Nachbarhauses, stand ein Mann. Zweifelsohne Jessies Vater.

Anas Beschreibung passt, überlegte Morgana nachdenklich. Allerdings war er sehr viel attraktiver und ganz bestimmt auch sehr viel sexier, als sie zugegeben hatte. Es war diese kleine Unterlassung, die Morgana zum Lächeln brachte. Sie hob die Hand und winkte freundlich. Nach einem kurzen Zögern erwiderte Boone den Gruß.

»Das ist mein Daddy.« Jessie fuchtelte wild mit den Armen in der Luft. »Da oben arbeitet er, aber wir haben noch nicht alles ausgepackt.«

»Was macht dein Daddy denn?«, fragte Morgana, da klar war, dass Ana diese Frage nicht stellen würde.

»Oh, er schreibt Geschichten. Wirklich ganz tolle Geschichten, über Hexen und Elfenprinzessinnen und Drachen und Zauberberge. Manchmal darf ich ihm helfen. Aber jetzt muss ich gehen. Morgen ist mein erster Schultag, und Daddy hat gesagt, ich soll nicht zu lange bleiben. Bin ich zu lange geblieben?«

»Aber nein.« Ana küsste sie auf die Wange. »Und du kannst jederzeit wiederkommen.«

»Bye!« Damit stürmte sie auch schon davon, über den Rasen, den tapsigen Hund auf den Fersen.

»Ich war selten so bezaubert. Und selten so ausgelaugt.« Morgana schob sich hinter das Lenkrad ihres Wagens. »Dieses

Mädchen ist ein entzückender Wirbelwind.« Sie lehnte sich aus dem Fenster und klimperte mit dem Autoschlüssel. »Der Vater ist auch nicht zu verachten.«

»Es muss schwierig für einen Mann sein, ein Mädchen allein großzuziehen.«

»So wie ich das mit einem kurzen Blick abschätzen kann, scheint er mir durchaus fähig dazu zu sein.« Morgana startete den Motor. »Er schreibt also Geschichten über Hexen und Drachen. Interessant. Wie hieß er noch, sagtest du? Sawyer?«

»Ja.« Ana blies sich das Haar aus der Stirn. »Muss dann wohl Boone Sawyer sein.«

»Es könnte ihn interessieren zu erfahren, dass du Bryna Donovans Nichte bist – immerhin arbeiten sie ja im gleichen Genre. Ich meine, wenn du Lust hast, einen Kontakt herzustellen.«

»Habe ich aber nicht«, erwiderte Ana entschieden.

»Ah ... nun, vielleicht hast du das bereits.« Morgana legte den Rückwärtsgang ein. »Alles Gute, Cousine.«

Ana kämpfte immer noch mit ihrem Stirnrunzeln, als Morgana längst von der Auffahrt gefahren war.

Nachdem Ana bei Sebastian die Pferde versorgt hatte, verbrachte sie den folgenden Vormittag damit, ihre Potpourris und Duftöle, die Heilkräuter und Tinkturen auszuliefern. Manche wurden in Kisten und Kartons verpackt und postalisch verschickt. Obwohl sie mehrere große Abnehmer für ihre Produkte in der näheren Umgebung hatte – Morganas Laden »Wicca« war einer davon –, belieferte sie einen großen Kundenstamm auch außerhalb.

Ihr geschäftlicher Erfolg befriedigte Ana. Vor sechs Jahren hatte sie mit dem Geschäft begonnen, ein Projekt, das ihren Bedürfnissen und ihrem Ehrgeiz entsprach und ihr zudem den

Luxus garantierte, von zu Hause aus zu arbeiten. Es ging ihr nicht um das Geld. Das Donovan-Vermögen hätte ausgereicht, um sie und ihre Familie für den Rest des Lebens in Wohlstand leben zu lassen. Aber genau wie Morgana mit ihrem Laden und Sebastian mit seinen Investitionen in verschiedene Projekte brauchte sie einfach das Gefühl, etwas Produktives zu tun.

Sie war eine Heilerin. Aber es war unmöglich, jeden zu heilen. Schon vor Langem hatte sie lernen müssen, dass es nur zerstörerische Auswirkungen hatte, wollte man alle Übel auf der Welt bekämpfen. Ein Preis für ihre Gabe war das Wissen, dass es Schmerzen gab, die sie nicht lindern konnte. Aber sie konnte ihre Gabe auch nicht verneinen, daher gebrauchte sie sie nach bestem Wissen und Gewissen.

Die Lehre von den Heilkräutern hatte sie schon immer fasziniert, und sie wusste, dass sie den sprichwörtlichen »grünen Daumen« für Pflanzen hatte. Vor Jahrhunderten wäre sie wahrscheinlich die weise alte Frau im Dorf gewesen. Eine Vorstellung, die sie immer wieder amüsierte. Heute, in der modernen Welt, war sie eine Geschäftsfrau, die Badeessenzen und Tinkturen zusammenstellte und dafür ihr Geld bekam.

Und wenn sie es für angebracht hielt, fügte sie auch noch ein kleines bisschen Magie hinzu. Aber das blieb allein ihr überlassen.

Sie war glücklich. Glücklich mit dem, was das Schicksal bisher für sie bereitgehalten und was sie selbst aus ihrem Leben gemacht hatte.

Selbst wenn ich schlechte Laune gehabt hätte, dachte sie jetzt, dieser Tag hätte die trübe Stimmung vertrieben. Der milde Sonnenschein, die sanfte Brise, der Hauch des sich ankündigenden Regens in der Luft. Aber es würde noch Stunden dauern, ehe der Regen kam, und wenn er kam, dann würde er sanft und erfrischend sein.

Um diesen wunderbaren Tag auszukosten, beschloss sie, draußen zu arbeiten und neue Kräuter auszusäen.

Boone beobachtete Ana. Schon wieder. Noch eine schlechte Angewohnheit, dachte er und schnitt eine Grimasse, während er auf die Zigarette zwischen seinen Fingern schaute. Er schien nicht viel Glück damit zu haben, sich diese Marotten abzugewöhnen. Und mit der Arbeit kam er auch nicht voran – seit er einen Blick aus dem Fenster geworfen und sie da draußen gesehen hatte.

Sie wirkte immer so … so elegant, entschied er. Eine Art natürliche Eleganz, die von innen kam und weder durch die mit Grasflecken übersäten abgeschnittenen Jeans noch von dem mit Erde beschmutzten T-Shirt gemindert wurde.

Es lag an der Art, wie sie sich bewegte. Als wäre die Luft süßer Wein, an dem sie sich labte, während sie hindurchschwebte.

Sehr poetisch. Er ermahnte sich, sich die Poesie für seine Bücher aufzubewahren.

Vielleicht lag es auch einfach nur daran, dass sie so sehr seinem Bild der Elfenprinzessin entsprach, von der er so oft schrieb. Etwas Ätherisches, eine Aura wie aus einer anderen Welt umgab sie. Und dann diese ruhige Stärke in ihren Augen. Boone war nie der Meinung gewesen, Elfenprinzessinnen würden sich leicht unterkriegen lassen.

Und doch war da ihr graziler Körper … Himmel, er hätte besser nicht damit anfangen sollen, an ihren Körper zu denken. Diese Zartheit hatte nichts mit Verletzlichkeit zu tun, sondern mit der Personifizierung des Weiblichen. Einer Weiblichkeit, die jeden Mann, der auch nur einen Funken Leben in sich verspürte, verwirrte, reizte, lockte – einfach umhaute.

Und Boone Sawyer war ein sehr lebendiger Mann.

Was machte sie da nur? Ungeduldig drückte er die Zigarette aus und trat näher ans Fenster. Sie war in dem Gartenhäuschen verschwunden und kam jetzt wieder raus, einen haushohen Stapel Blumentöpfe auf dem Arm.

Typisch Frau, dachte er. Immer trauen sie sich mehr zu, als sie in Wirklichkeit tragen können.

Noch während er dies dachte und sich in seiner männlichen Überlegenheit sonnte, sah er Daisy über den Rasen rennen. Der Hund jagte eine große graue Katze.

Er hatte die Hand schon am Fenster, bereit, es aufzustoßen und den Hund zurückzupfeifen. Aber da war es auch schon zu spät.

In Zeitlupe hätte man es für modernen Tanz halten können, mit einer höchst interessanten Choreografie.

Die Katze schoss wie ein grau gestromter Blitz zwischen Anas Beinen hindurch. Ana schwankte. Die Tontöpfe, die sie hielt, wackelten. Boone fluchte, atmete aber sofort erleichtert auf, als Ana im selben Moment die Balance wiedergewann.

Doch noch bevor alle Luft aus seinen Lungen gewichen war, kam Daisy. Auch sie flitzte durch Anas Beine, und dieses Mal gelang es Ana nicht, das Gleichgewicht zu halten. Der Hund hatte sie im wahrsten Sinne des Wortes von den Füßen gefegt. Ana ging zu Boden, die Töpfe flogen in die Luft.

Noch durch sein eigenes lautes Fluchen hörte Boone das Klirren, als er die Treppe hinunter- und so schnell wie möglich auf die Veranda stürmte.

Als er bei Ana ankam, murmelte sie leise etwas vor sich hin, das sich wie ein exotischer Fluch anhörte. Er konnte es ihr weiß Gott nicht verübeln. Ihre Katze saß auf einem Baum und fauchte den kleinen kläffenden Hund bitterböse an, der um den Stamm herumhüpfte. Keiner der Tontöpfe, die sie getragen hatte, war heil geblieben, Hunderte von Scherben lagen überall verstreut.

Boone krümmte sich innerlich und räusperte sich. »Alles in Ordnung mit Ihnen?«

Auf allen vieren, das lange Haar im Gesicht, warf sie den Kopf zurück und sah zu ihm hoch. »Oh, alles bestens.«

»Ich stand am Fenster.« Das war sicher nicht der geeignete Zeitpunkt, um ihr zu gestehen, dass er sie beobachtet hatte. »Ich meine, ich kam gerade am Fenster vorbei«, verbesserte er also. »Da habe ich die Jagd und den Zusammenstoß gesehen.« Er ging in die Hocke und half, die Scherben einzusammeln. »Ich muss mich wirklich für Daisy entschuldigen. Wir haben sie erst seit ein paar Tagen, und wir haben bisher noch keine große Möglichkeit gehabt, sie zu trainieren.«

»Sie ist noch ein Baby. Es ist völlig zwecklos, einen Hund für etwas zu bestrafen, das seiner Natur entspricht.«

»Ich werde Ihnen die Töpfe ersetzen.« Warum nur fühlte er sich so linkisch?

»Ich habe noch andere.« Da das Fauchen und Bellen immer hektischer wurde, setzte Ana sich auf die Fersen. »Daisy!« Der Befehl kam ruhig, aber entschieden und wurde sofort befolgt. Mit wild wedelndem Schwanz kam der Welpe zu Ana herübergetapst, um ihr ausgiebig das Gesicht zu lecken. Ana weigerte sich allerdings, sich davon umstimmen zu lassen. Sie legte die Finger um Daisys Schnauze. »Sitz!«, ordnete sie an, und der junge Hund ließ sich gehorsam auf sein Hinterteil fallen. »Jetzt benimm dich.« Mit einem leisen Fiepen legte Daisy sich hin und stützte reumütig den Kopf auf die Pfoten. Anas Lektion wirkte.

Boone war genauso beeindruckt, wie er verdutzt war. »Wie haben Sie das denn um alles in der Welt geschafft?«, fragte er kopfschüttelnd.

»Zauberei«, erwiderte sie knapp, dann überlegte sie es sich und lächelte schwach. »Ich konnte schon immer gut mit Tieren umgehen. Daisy ist einfach nur glücklich und aufgeregt und will unbedingt spielen. Sie werden ihr beibringen müssen, dass nicht alles, was Spaß macht, auch erlaubt ist.« Ana kraulte Daisy den Kopf und erntete dafür einen verehrungsvollen Blick aus treuen Hundeaugen.

»Ich hab's schon mit Bestechung versucht.«

»Auch eine Möglichkeit.« Sie streckte sich nach einer Scherbe aus, die unter dem Stock einer üppig blühenden Klematis lag.

In diesem Moment sah er den tiefen Kratzer an ihrem Arm. »Sie bluten ja!«

Sie sah hinab. An ihren Beinen waren auch ein paar kleinere Schnittwunden. »Lässt sich nur schwer vermeiden, wenn Scherben auf einen herunterregnen.«

Er kam blitzschnell auf die Füße und zog Ana hoch. »Verflucht, ich hatte Sie gefragt, ob Sie in Ordnung sind.«

»Nun, ich …«

»Das muss gereinigt werden.« Jetzt sah er auch, dass Blut an ihrem Schenkel hinablief, und er reagierte, wie er bei Jessie reagiert hätte. Er geriet in Panik. »Oh, mein Gott!« Er hob die verdutzte Ana ohne großes Aufheben auf seine Arme und rannte zur nächstgelegenen Tür.

»Wirklich, es gibt keinen Grund …«

»Das kommt alles wieder in Ordnung, Baby. Keine Bange. Es wird alles wieder gut.«

Halb belustigt, halb verärgert, schnaubte Ana, als er mit ihr in die Küche stürmte. »In diesem Fall können wir wohl auf den Notarzt verzichten. Wenn Sie mich nur endlich …« Er ließ sie eher unsanft auf einen der hellen Küchenstühle fallen. »… runterlassen würden.«

Hektisch eilte er zur Spüle und ließ kaltes Wasser über ein Tuch laufen. Schnell, effektiv und heiter, das waren die Codeworte, auf die es in einem solchen Moment ankam, das wusste er aus Erfahrung. Also atmete er tief durch, um sich zu beruhigen.

»Wenn wir das erst mal gesäubert haben, ist es gar nicht mehr so schlimm. Sie werden sehen.« Boone setzte bewusst ein Lächeln auf, ging zu Ana zurück und kniete sich vor sie hin. »Ich werde ganz vorsichtig sein.« Sacht begann er das Blut abzutupfen, das auf Anas Wade getrocknet war. »Gleich haben wir es. Schließen Sie einfach die Augen, und entspannen Sie sich.« Noch ein tiefer Atemzug. »Ich kannte mal einen Mann«, begann er eine Geschichte zu improvisieren, wie er es immer in solchen Fällen bei seiner Tochter tat. »Der lebte in einem kleinen Dorf, das hieß Briarwood. Und da gab es hoch oben auf dem Hügel ein verwunschenes Schloss.«

Ana, die ihm gerade sehr entschieden hatte sagen wollen, dass sie durchaus in der Lage sei, sich selbst um ihre Wunden zu kümmern, überlegte es sich anders und stellte fest, dass sie sich tatsächlich entspannte. Sie ließ es geschehen.

»Die Mauer des Schlosses war ganz überwachsen mit einer Dornenhecke, lange, rasiermesserscharfe Dornen, und seit Jahren hatte niemand das Schloss gesehen, weil keiner es wagte, über diese Dornenhecke zu klettern. Aber der Mann lebte allein, und er war sehr neugierig. Jeden Tag ging er von seinem Haus zu der Mauer und stellte sich auf die Zehenspitzen, denn dann konnte er die Türmchen und Erker und den hohen Turm sehen, die in der Sonne funkelten.«

Boone schlug das feuchte Tuch um und tupfte vorsichtig über den Schnitt. »Er konnte niemandem sagen, was er tief in seinem Herzen fühlte, wann immer er dort stand. Er wollte so gern über die Mauer klettern. Manchmal, wenn er nachts im Bett lag und schlief, träumte er davon. Aber die Angst vor den dicken Dornen hielt ihn immer zurück. Dann, eines Tages, es war Hochsommer, als der Duft der Blumen so schwer war, dass man ihn fast trinken konnte, reichte es ihm nicht mehr, sich die Türme nur anzusehen. Irgendetwas flüsterte ihm zu, dass das, was er sich am meisten auf dieser Welt wünschte, hinter dieser mit Dornen bewachsenen Mauer lag. Also machte er sich daran hinüberzuklettern. Aber immer wieder fiel er hinunter auf den Boden, seine Hände und Arme waren schon ganz zerkratzt und teilweise blutig. Trotzdem versuchte er es immer wieder.«

Seine Stimme klang so beruhigend – seine Berührungen allerdings waren alles andere als das. Ein leises Ziehen breitete sich in Ana aus, behutsam, warm, begann im Zentrum ihres Körpers, dehnte sich immer weiter, bis in die letzten Nervenzellen. Boone strich jetzt über ihren Oberschenkel, wo der scharfe Rand einer Scherbe die Haut aufgeritzt hatte. Ana ballte die Faust, während sich ihr Magen verkrampfte.

Sie wollte, dass er aufhörte. Sie wollte, dass er weitermachte. Sie wusste nicht, was sie wollte.

»Es dauerte den ganzen Tag«, fuhr Boone mit der vollen, hypnotisierenden Stimme des Geschichtenerzählers fort. »In der Hitze mischte sich das Blut mit Schweiß, aber er gab nicht auf. Konnte einfach nicht aufgeben, weil er sicher wusste, wie er noch nie etwas gewusst hatte, dass seine Erfüllung, seine Zukunft und sein Schicksal auf der anderen Seite der Mauer lagen. Seine Hände waren zerschnitten und bluteten, aber er zog sich an den dornigen Kletterpflanzen hoch. Erschöpft und unter großen Schmerzen schaffte er es, gelangte auf die Mauer und fiel dann, tiefer und tiefer, auf das dichte weiche Gras, das bis an die Mauer des verzauberten Schlosses heranwuchs.

Der Mond stand hoch am Himmel, als er wieder erwachte. Er war verwirrt und wusste nicht, wo er war. Mit letzter Kraft schleppte er sich über den dichten Rasen, über die Zugbrücke und betrat die große Halle des Schlosses, das ihn seit seiner Kindheit in seinen Träumen verfolgt hatte. Sobald er die Schwelle überschritt, flammten hundert Fackeln an den Wänden auf. Im gleichen Moment waren auch all seine Wunden und

Schnitte geheilt. Und in der Mitte des Kreises, den die Fackeln bildeten, in der Halle aus weißem Marmor, stand die schönste Frau, die er je gesehen hatte. Ihr Haar hatte die Farbe des Sonnenlichts und ihre Augen die von Rauch. Noch bevor sie die schönen Lippen zu einem Lächeln verzog und sprach, wusste er, dass sie es war, für die er sein Leben riskiert hatte. Sie trat vor und reichte ihm ihre Hand. Und alles, was sie sagte, war: ›Ich habe auf dich gewartet.‹«

Während er die letzten Worte sprach, hob Boone den Blick zu Anas Gesicht. Er war so verwirrt und desorientiert wie der Mann in der Geschichte, die er gerade erfunden hatte. Wann hatte sein Herz so wild zu schlagen begonnen? Wie konnte er überhaupt denken, wenn das Blut heiß in seinen Ohren und seinen Lenden rauschte? Während er um Fassung rang, starrte er sie an.

Ihr Haar hatte die Farbe des Sonnenlichts und ihre Augen die von Rauch.

Dann wurde ihm bewusst, dass er vor ihr kniete, eine Hand weit oben auf ihrem Schenkel, die andere erhoben, um dieses wunderbare Haar wie Sonnenschein sanft zu berühren.

Boone richtete sich so hastig auf, dass er fast den Tisch umgeworfen hätte. »Sie müssen entschuldigen«, sagte er, weil ihm nichts Besseres einfiel. Als sie ihn nur weiter anstarrte, die Ader an ihrem Hals pochte hart und deutlich sichtbar, setzte er noch mal an. »Ich habe mich mitreißen lassen, als ich sah, dass Sie bluteten. Es gelingt mir nie, ruhig zu bleiben, wenn Jessie mit Kratzern nach Hause kommt.« Um sich nicht völlig zum Narren zu machen, warf er ihr das feuchte Tuch zu. »Hier. Ich denke, Sie können jetzt selbst weitermachen.«

Sie nahm das Tuch. Sie brauchte einen Moment Ablenkung, bevor sie es wagen konnte, wieder zu sprechen. Wie war es möglich, dass ein Mann sie mit einer Geschichte und dem Verarzten von kleinen Schnitten so anrühren konnte, dass sie verzweifelt um Beherrschung ringen musste, obwohl er sich entschuldigt hatte?

Selbst schuld, dachte Ana und rieb – viel heftiger als nötig – über den Schnitt an ihrem Arm. Es war ihre Gabe und ihr Fluch, dass sie so viel mehr fühlte.

»Sie sehen eigentlich aus, als müssten Sie sich dringend setzen«, sagte sie brüsk, stand dann auf, um eine ihrer eigenen Tinkturen aus dem Schrank zu nehmen. »Möchten Sie vielleicht etwas Kaltes zu trinken?«

»Nein … Ja, doch.« Auch wenn er ernsthaft bezweifelte, dass selbst ein ganzer Eimer eiskalten Wassers das Feuer in seinem Körper löschen könnte. »Sobald ich Blut sehe, gerate ich immer in Panik.«

»Panik oder nicht, Sie haben sich wacker geschlagen.« Sie schenkte ein Glas Limonade aus der Karaffe ein, die sie aus dem Kühlschrank holte. »Und es war eine hübsche Geschichte.« Sie lächelte jetzt.

»Die Geschichten dienen dazu, Jessie und mich zu beruhigen, wenn wir eine solche Jod-und-Pflaster-Sitzung haben müssen.«

»Jod brennt so schrecklich.« Sie trug braune Flüssigkeit auf ihre gesäuberten Schrammen auf. »Ich kann Ihnen etwas mitgeben, das auf keinen Fall wehtut. Für Ihre nächste Sitzung.«

»Was ist das?« Misstrauisch schnupperte er an dem Fläschchen. »Riecht nach Blumen.« Genau wie sie, stellte er angenehm berührt fest.

»Besteht auch zum größten Teil daraus. Kräuter, Blumen, eine Prise hiervon, ein bisschen davon.« Sie verschloss die Flasche und stellte sie beiseite. »Es ist ein natürliches Desinfektionsmittel. Ich bin Herbalistin.«

»Oh.«

Bei seiner skeptischen Miene musste sie lachen. »Ich weiß. Die meisten Leute vertrauen nur der Medizin, die sie in der Apotheke bekommen. Dabei vergessen sie, dass die Menschen sich jahrhundertelang mit dem geholfen haben, was die Natur ihnen bot.«

»Ja, sicher. Aber sie sind auch an Blutvergiftung gestorben, weil sie sich an einem rostigen Nagel geritzt hatten.«

»Stimmt«, gab sie zu. »Wenn kein kundiger Heiler aufzutreiben war.« Da sie nicht vorhatte, Bekehrungsarbeit zu leisten, wechselte sie das Thema. »Wie war Jessies erster Schultag?«

»Oh, sie konnte es gar nicht erwarten. Ich war derjenige, in dessen Magen Steine lagen.« Er lächelte, nur kurz. »Ich möchte Ihnen danken, dass Sie so großzügig mit ihr sind. Sie hat die Tendenz, sich regelrecht auf die Menschen zu stürzen. Es käme ihr gar nicht in den Sinn, dass sie vielleicht lästig fallen könnte.«

»Aber sie ist mir überhaupt nicht lästig.« Ana holte einen Teller und legte Kekse auf. »Im Gegenteil, sie ist mir sehr willkommen. Sie ist sehr süß, völlig natürlich und hellwach. Außerdem vergisst sie nie ihre Manieren. Sie haben wunderbare Arbeit mit ihrer Erziehung geleistet.«

Er nahm sich einen Keks und sah Ana nachdenklich an. »Jessie macht es mir sehr leicht.«

»Aber so unbeschwert sie auch ist – es kann nicht einfach sein, ein Kind allein großzuziehen. Selbst wenn beide Elternteile da wären, bezweifle ich, dass es leicht ist, mit einem solchen Energiebündel wie Jessie fertig zu werden.« Ana wählte einen Keks aus, deshalb entging ihr, wie Boone argwöhnisch die Augen zusammenkniff. »Ihre Fantasie muss sie von Ihnen geerbt haben. Es muss herrlich für ein Kind sein, einen Vater zu haben, der solch wunderbare Geschichten erzählen kann.«

Sein Blick wurde scharf. »Woher wissen Sie, was ich tue?«

Das Misstrauen überraschte sie zwar, aber sie lächelte. »Ich bin ein Fan, ein sehr großer Fan übrigens, von Boone Sawyer.«

»Ich kann mich nicht entsinnen, Ihnen meinen Vornamen genannt zu haben.«

»Nein, haben Sie auch nicht«, gab Ana bereitwillig zu. »Sind Sie einem Kompliment gegenüber immer so negativ eingestellt, Mr. Sawyer?«

»Ich hatte meine Gründe, weshalb ich mich hier niedergelassen habe.« Er setzte sein Glas mit leisem Klirren ab. »Die Vorstellung, dass eine Nachbarin meine Tochter verhört und ihre Nase in meine Angelegenheiten steckt, gefällt mir nicht.«

»Verhören?« Ana verschluckte sich fast an dem Wort. »Ich soll Jessie verhören? Wie käme ich dazu?«

»Um mehr über den reichen Witwer zu erfahren, der im Nachbarhaus wohnt.«

Für einen langen, einen sehr langen Moment konnte sie nur mit offenem Mund starren. »Wie unglaublich eingebildet und arrogant! Glauben Sie mir, ich mag es, Jessie um mich zu haben. Von Ihrer Gesellschaft war nie die Rede!«

Da er fest davon überzeugt war, ihre Empörung wäre nur gespielt, lächelte er verächtlich. Er kannte diesen Typ zur Genüge, aber für Jessie würde es eine Enttäuschung sein. »Dann ist es doch höchst verwunderlich, dass Sie meinen Vornamen kennen, wissen, dass ich allein erziehender Vater bin und wie ich mein Geld verdiene, nicht wahr?«

Sie wurde nur sehr selten wütend. Es lag einfach nicht in ihrer Natur. Aber jetzt musste sie sich teuflisch beherrschen, um nicht überzukochen. »Um ehrlich zu sein, ich bin nicht der Meinung, dass Sie eine Erklärung verdient haben, aber ich werde Ihnen trotzdem eine geben. Nur um zu sehen, wie Sie sich wieder aus dem Fettnäpfchen herausziehen wollen.« Sie drehte sich um. »Kommen Sie mit.«

»Ich will aber nicht …«

»Ich sagte, kommen Sie mit.« Sie verließ die Küche, ohne sich nach ihm umzudrehen, absolut sicher, dass er ihr folgen würde.

Was er auch tat. Unwillig und zögernd zwar, aber er folgte ihr. Sie gingen unter einem Bogen hindurch in einen sonnendurchfluteten Raum mit weißen Korbmöbeln, deren Chintzpolster im Licht schimmerten. Überall lagen glitzernde Kristalle, Statuen von Elfen und Zauberern und Feen standen dekorativ auf Regalen und Tischchen. Unter einem weiteren Bogen ging es in ein gemütliches Bücherzimmer mit einem offenen Kamin und noch mehr mystischen Figuren.

Ein himbeerrotes Sofa mit weichen Kissen stand am Fenster, lud zu einem nachmittäglichen Schläfchen ein. Hauchfeine Spitzenvorhänge an hohen Fenstern wehten in der leichten Brise, und der typische Geruch nach Büchern mischte sich mit dem Aroma der Blumen im Garten, das durch die offenen Flügeltüren strömte.

Ana ging schnurstracks auf ein Regal zu und stellte sich auf die Zehenspitzen, um einige Bücher vom obersten Brett herauszuziehen.

»›Der Wunsch des Milchmädchens‹«, las sie laut vor und griff nach dem nächsten Buch. »›Der Frosch, die Eule und der Fuchs‹. ›Mirandas dritter Wunsch.‹« Sie warf ihm einen Blick über die Schulter zu. »Es ist eine Schande, dass ich Ihnen beweisen muss, wie sehr mir Ihre Arbeit gefällt.«

Betreten steckte er die Hände in die Hosentaschen. Er war längst zu der Überzeugung gelangt, dass er sich mächtig geirrt hatte, und überlegte, wie er sich am besten aus der Affäre ziehen konnte. »Es kommt nicht oft vor, dass erwachsene Frauen Märchen lesen.«

»Das ist äußerst schade. Auch wenn Ihnen dieses Lob eigentlich gar nicht zusteht, werde ich Ihnen trotzdem sagen, dass Ihre Werke sehr lyrisch und wertvoll sind, sowohl für Kinder als auch für Erwachsene.« Sie war noch lange nicht versöhnt und stellte zwei der Bücher wieder zurück ins Regal. »Aber vielleicht liegt es auch daran, dass es in meinem Blut liegt. Oft hat mich eine der Geschichten meiner Tante in den Schlaf gewiegt. Meiner Tante Bryna Donovan«, fügte sie betont hinzu und genoss es, seine Augen vor Erstaunen groß werden zu sehen. »Ich nehme stark an, der Name sagt Ihnen etwas.«

Zurechtgestutzt stieß Boone den Atem aus. »Ihre Tante also.« Er sah zu dem Regal und erkannte die Gesamtausgabe der Geschichten von Bryna Donovan über Zauberei und magische Märchenländer direkt neben seinen Büchern. »Wir haben ein paarmal miteinander korrespondiert. Ich bewundere ihre Werke seit Jahren.«

»Ich auch. Und da Jessie erwähnte, dass ihr Vater Geschichten über Elfenprinzessinnen und Drachen schreibe, schloss ich, dass der Mr. Sawyer von nebenan wohl Boone Sawyer sein müsse. Es war nicht nötig, eine Sechsjährige zu verhören.«

»Es tut mir leid.« Nein, er war mehr verlegen denn beschämt, aber es würde reichen müssen. »Ich habe schon einmal eine … unangenehme Erfahrung machen müssen. Noch gar nicht so lange her.« Er nahm eine Elfenstatue zur Hand und drehte sie gedankenverloren, während er weitersprach. »Jessies Kindergärtnerin … Sie hat alle möglichen Informationen aus der Kleinen herausgeholt. Wobei das ja nun wirklich nicht schwer ist. Jessie ist immer bereit, alles sofort freiheraus zu erzählen.«

Er stellte die Statue wieder auf ihren Platz zurück und wurde noch verlegener, weil er sich zu einer Erklärung verpflichtet fühlte. »Diese Frau hat Jessies Gefühle manipuliert, ihr Bedürfnis nach einer Mutterfigur ausgenutzt. Sie hat ihr viel zusätzliche Aufmerksamkeit zukommen lassen, hat mich zu Gesprächen über Jessie zu sich bestellt, ist sogar so weit gegangen, für eine diese Unterredungen ein Dinner zu arrangieren, bei dem … Nun, belassen wir es dabei zu sagen, dass sie mehr an dem ungebundenen Mann mit der ansehnlichen Karriere interessiert war als an Jessies Wohlergehen. Jessie ist durch das Ganze sehr verletzt worden.«

Ana tippte mit dem Finger auf sein Buch, bevor sie es zurück ins Regal schob. »Ich kann mir vorstellen, wie schwierig das für Sie beide war. Aber ich kann Ihnen versichern, ich bin nicht auf der Suche nach einem Mann. Selbst wenn ich es wäre, würde ich nie solche Taktiken anwenden.«

»Nochmals, es tut mir leid. Nachdem ich jetzt nicht mehr im Fettnäpfchen stehe, fällt mir vielleicht noch eine bessere Entschuldigung ein.«

Ihr kühler Blick mit den hochgezogenen Augenbrauen sagte ihm deutlich, dass er noch lange nicht aus dem Schlimmsten heraus war.

»Ich denke, es reicht, wenn wir beide wissen, woran wir sind. Nun, ich bin sicher, Sie wollen wieder an Ihre Arbeit zurück. Und ich muss auch noch etwas tun.«

Sie ging an ihm vorbei in die gefliese Halle und zog die Haustür auf. »Sagen Sie Jessie, sie möchte doch nachher vorbeikommen und mir von ihrem ersten Schultag berichten.«

Ein Rausschmiss, höflich, aber unmissverständlich. »Ich werde es ihr ausrichten.« Boone trat nach draußen. »Und verarzten Sie Ihre Kratzer regelmäßig.«

Aber da hatte sie ihm schon mit einem kräftigen Schwung die Tür vor der Nase zugeschlagen.

3. Kapitel

Wirklich toll hingekriegt, Sawyer. Mit einem tiefen Seufzer setzte Boone sich kopfschüttelnd an seinen PC. Erst rennt sein Hund Ana in ihrem eigenen Garten um, dann hat der große starke Held seinen Auftritt und fummelt ihr unaufgefordert an den Schenkeln herum, und zu guter Letzt beleidigt er sie, zweifelt ihre Integrität an und beschuldigt sie mehr oder weniger offen, seine Tochter zu benutzen, um ihn einzufangen.

Und das alles an einem einzigen kurzen Nachmittag, dachte er angewidert von sich selbst. Ein Wunder, dass sie ihn nicht am Kragen gepackt und mit einem Tritt hinausbefördert hatte, anstatt ihm nur die Tür vor der Nase zuzuschlagen.

Warum, um alles in der Welt, hatte er sich so blödsinnig benommen? Sicher, er hatte einschlägige Erfahrungen gemacht. Aber das war nicht der ausschlaggebende Grund, und er wusste es.

Hormone. Das war es. Er lächelte bitter. Jene Art von überschäumenden Hormonen, die eher bei einem Teenager zu vermuten waren denn bei einem erwachsenen Mann und mit denen er nicht gerechnet hatte.

Er hatte in Anas Gesicht geschaut, in dieser sonnendurchfluteten Küche. Hatte ihre warme Haut unter den Händen gefühlt und den verführerischen Duft gerochen, den sie ausströmte – und das Verlangen gefühlt. Unerhört heftiges Verlangen. Für einen verrückten Moment hatte er mit erschreckender Klarheit vor sich gesehen, wie er sie von diesem Stuhl hoch und in seine Arme riss, um diesen unglaublich weichen

Mund in Besitz zu nehmen und alles um sich herum zu vergessen.

Dieses Verlangen war so heftig und so unerwartet gekommen, dass er einfach nach einem anderen Grund hatte suchen müssen. Nach irgendeinem perfiden Plan, einer Taktik, deren Opfer er geworden war.

Der leichteste Weg, dachte er mit einem schweren Seufzer. Ihr die Schuld dafür zu geben. Ihr den Vorwurf zu machen, sich in sein Leben zu drängen.

Natürlich hätte er die ganze Sache auch einfach verdrängen können, vergessen, nie wieder dran denken, wenn da nicht … ja, wenn er nicht den gleichen Hunger in ihren Augen gesehen hätte.

Sicher, er verfügte über eine ausgesprochen ausgeprägte Einbildungskraft, aber das, was er da gesehen hatte, was er gefühlt hatte, war real gewesen.

Für einen kurzen Moment hatte die Luft vor Verlangen geradezu gesummt, wie eine gespannte Harfensaite. Dann hatte er sich zurückgezogen, so, wie es auch angebracht war. Ein Mann sollte seine Nachbarin nun wirklich nicht in der Küche verführen.

Wahrscheinlich hatte er damit jede Chance zerstört, sie überhaupt näher kennenzulernen – in dem Augenblick, da ihm klar geworden war, wie gern er Miss Anastasia Donovan näher kennenlernen würde.

Er holte eine Zigarette aus dem Päckchen und zog sie zwischen zwei Fingern hindurch, während er überlegte, wie er es wiedergutmachen könnte. Als ihm die Erleuchtung kam, war die Lösung so einfach, dass er laut herauslachte. Hätte er nach einem Weg gesucht, das Herz einer schönen Jungfer zu erobern – was er natürlich nicht tat! –, hätte es nicht perfekter sein können.

Äußerst zufrieden mit sich selbst, arbeitete er am Computer, bis es Zeit war, Jessie von der Schule abzuholen.

Eingebildeter Affe!

Ana fand das Ventil für ihre Wut in der Arbeit mit Mörser und Stößel. Es war sehr befriedigend, etwas zu zermalmen, selbst wenn es sich dabei nur um unschuldige getrocknete Kräuter handelte, die sie zu einem feinen Puder verarbeitete. Man stelle sich vor! Allein die Idee, dass sie, ausgerechnet sie, auf Männerfang sei! Als wenn Boone so unwiderstehlich wäre! Als würde sie sich in ihrem Turm nach dem Prinzen in schimmernder Rüstung verzehren! Der Mann hatte vielleicht Nerven!

Immerhin hatte sie den Triumph auskosten können, ihm eine Abfuhr zu erteilen. Und wenn es auch völlig untypisch für sie war, jemandem die Tür vor der Nase zuzuknallen – es war ein großartiges Gefühl gewesen. So großartig, dass sie sich überlegte, ob sie es nicht mal öfter tun sollte.

Eine Schande, dass er so talentiert war. Man konnte auch nicht leugnen, dass er ein wundervoller Vater war. Das waren Eigenschaften, die man leider bewundern musste. Außerdem konnte niemand bestreiten, dass er attraktiv war und eine fast magnetische Anziehungskraft ausstrahlte, die zusammen mit einem kleinen Touch Schüchternheit und einem großen Anteil von wilder, ungezähmter Männlichkeit äußerst verlockend wirkte.

Und dann diese Augen. Diese unglaublichen Augen, die einem den Atem raubten, wenn sie einen anblickten.

Ana runzelte verärgert die Stirn und packte den Stößel fester. An so etwas hatte sie nun wahrlich kein Interesse.

Es hatte da einen Moment in der Küche gegeben, als er so sanft über ihre Haut strich und seine angenehme Stimme alle anderen Geräusche abblockte, da hatte sie sich zu ihm hingezogen gefühlt.

Na schön, sich von ihm erregt gefühlt. Das war schließlich kein Verbrechen.

Aber dann hatte er diese Stimmung zerstört, und das war ihr nur recht. Von jetzt an würde sie in ihm nichts anderes als Jessies Vater sehen. Sie würde auf Distanz achten, und wenn es sie umbrachte. Freundlichkeit war nur so weit erlaubt, wie es die Beziehung zu diesem reizenden, außergewöhnlichen Kind erleichterte.

Es machte ihr große Freude, Jessie um sich zu haben, und sie würde diese Freude nicht für eine spontane, wenn auch durchaus berechtigte Abneigung gegenüber dem Vater des Kindes opfern.

»Hi!«

Da tauchte das kleine Koboldgesicht an der Fliegentür auch schon auf. Und Ana merkte, wie schwer es war, den Ärger aufrechtzuerhalten, wenn man sich diesen lachenden Augen gegenübersah.

Ana legte Mörser und Stößel beiseite und lächelte zurück. Wahrscheinlich musste sie dankbar sein, dass Boone die Auseinandersetzung zwischen ihnen nicht als Anlass genommen hatte, um Jessie von ihr fernzuhalten.

»Sieht so aus, als hättest du den ersten Schultag überlebt. Hat die Schule den ersten Tag mit dir auch überlebt?«

»Klar. Meine Lehrerin heißt Mrs. Farrell. Sie hat ganz graue Haare und riesengroße Füße. Aber sie ist nett. Und ich habe Marcie und Todd und Lydia und Frankie kennengelernt und noch ganz viele andere. Am Morgen haben wir …«

»Stopp!« Lachend hob Ana die Hände. »Vielleicht solltest du erst einmal hereinkommen, bevor du mir von deinem aufregenden Tag berichtest.«

»Ich krieg die Tür von allein gar nicht auf, weil ich die Hände voll habe.«

»Oh.« Entgegenkommend öffnete Ana die Gittertür. »Was hast du denn da alles?«

»Geschenke.« Atemlos stellte Jessie ein Paket auf dem Tisch ab. Dann hielt sie ein großes Blatt mit einer Zeichnung hoch. »Wir durften heute Bilder malen. Ich habe zwei gemacht, eines für Daddy und eines für dich.«

»Für mich?« Gerührt nahm Ana das farbenfrohe Bild entgegen. Erinnerungen an ihre eigene Schulzeit stiegen in ihr auf. »Das ist wunderschön, Sonnenschein.«

»Sieh, das hier bist du.« Jessie deutete auf eine Figur mit gelben Haaren. »Und das hier ist Quigley.« Mit kindlicher Hand gezeichnet, aber eindeutig erkennbar. »Und all die Blumen. Die Rosen und Margeriten und dieses ganze Ritterzeugs …«

»Rittersporn«, murmelte Ana gerührt.

»Genau. Und die anderen auch«, fuhr Jessie, ohne Luft zu holen, fort. »Ich kann mich nicht mehr an alle Namen erinnern, aber du hast gesagt, du wirst sie mir beibringen.«

»Ja, das werde ich auch. Das Bild ist ganz toll, wirklich, Jessie.«

»Ich hab Daddy auf der Veranda vor unserm neuen Haus gemalt. Da steht er nämlich am liebsten. Er hat sich wirklich sehr über das Bild gefreut und es an den Kühlschrank gehängt.«

»Das ist eine großartige Idee.« Ana ging zu ihrem Kühlschrank und befestigte die Zeichnung mit Magneten in der Mitte der Tür.

»Ich male gern. Mein Daddy kann ganz toll malen, und er hat mir erzählt, dass meine Mommy es noch besser konnte. Deshalb ist es nur natürlich für mich, gern zu malen, sagt er immer.« Jessie legte ihre kleine Hand in Anas und schaute zu ihr hoch. »Bist du böse auf mich?«

»Nein, Herzchen, warum sollte ich?«

»Daddy hat mir erzählt, dass Daisy dich umgerannt hat und alle deine Töpfe kaputt gemacht hat und dass du ganz viele Kratzer abbekommen hast.« Sie studierte die Schramme auf Anas Arm und setzte dann einen vorsichtigen Kuss darauf. »Es tut mir sehr leid.«

»Ist schon in Ordnung. Daisy hat es ja nicht absichtlich getan.«

»Sie hat auch bestimmt nicht mit Absicht Daddys Schuhe zerkaut und ihn dazu gebracht, ganz viele böse Wörter zu sagen.«

Ana musste sich auf die Lippen beißen, um nicht zu grinsen. »Nein, ganz bestimmt nicht.«

»Daddy hat fürchterlich laut geschrien, und Daisy hat vor lauter Angst mitten auf den Teppich gemacht. Da hat er sie durch das ganze Haus gejagt, immer wieder, und das sah so lustig aus, dass ich lachen musste und gar nicht mehr aufhören konnte. Dann hat Daddy auch gelacht und gesagt, dass er bald eine Hundehütte im Garten bauen wird und Daisy und mich da hineinsteckt.«

Ana hatte längst alle Hoffnung aufgegeben, ernst zu bleiben. Lachend hob sie Jessie auf die Arme. »Ich kann mir vorstellen, dass du und Daisy viel Spaß zusammen in der Hundehütte haben werdet. Aber wenn du die Schuhe deines Vaters retten willst, warum lässt du mich nicht ein bisschen mit Daisy arbeiten?«

»Weißt du denn, wie das geht? Kannst du ihr Tricks beibringen und das alles?«

»Oh, ich denke schon.« Sie setzte sich Jessie auf die Hüfte und rief nach Quigley, der unter dem Küchentisch ein Nachmittagsschläfchen gehalten hatte. Der Kater erhob sich nur sehr unwillig, streckte sich ausgiebig und kam schließlich unter dem Tisch hervor.

»Jetzt pass auf, Jessie.« Ana sah zu dem Kater hinunter. »Sitz, Quigley.« Man merkte dem armen Kater an, wie er mit einem Seufzer gute Miene zum bösen Spiel machte. »Mach Männchen, Quigley.« Ergeben setzte der Kater sich auf die Hinterpfoten und hob die Vorderpfoten in die Luft wie ein Zirkustiger. »Sehr schön. Wenn du einen Salto machst, spendiere ich dir nachher eine Dose Thunfisch.«

Quigley schien zu überlegen. Was war schon ein Salto im Vergleich zu einer Dose Thunfisch? Das kleine Kunststück war so einfach und Thunfisch … Das lohnte sich. Also sprang Quigley, drehte sich einmal in der Luft und landete wieder elegant auf den Pfoten. Als Jessie begeistert applaudierte, ließ er sich nieder und putzte sich bescheiden.

»Ich wusste nicht, dass Katzen auch Kunststücke können.«

»Quigley ist auch eine ganz besondere Katze.« Ana stellte Jessie wieder auf den Boden, um Quigley zu streicheln. Er schnurrte laut wie ein Güterzug und rieb den Kopf an ihrem Bein. »Seine Familie ist in Irland, wie auch der größte Teil meiner Familie.«

»Ist er da denn nicht einsam?«

Lächelnd kraulte Ana den Kater unterm Kinn. »Wir haben doch einander. Sag, möchtest du vielleicht etwas zu knabbern, während du mir von deinem Tag erzählst?«

Das Angebot war verlockend, aber Jessie zögerte. »Ich glaube nicht, dass ich das sollte. Es ist doch schon fast Zeit fürs Dinner, und Daddy … Oh, fast hätte ich es vergessen!« Sie rannte zum Tisch zurück, um ein in Geschenkpapier eingewickeltes Päckchen zu holen. »Das ist für dich, von Daddy.«

»Von …« Ohne dass es ihr bewusst wurde, verschränkte Ana die Hände hinter dem Rücken. »Was ist es denn?«

»Ich weiß es.« Jessies Augen glitzerten vor Aufregung. »Aber ich darf es nicht sagen, sonst ist es ja keine Überraschung mehr. Du musst es selbst öffnen.« Sie nahm das Päckchen und drückte es Ana in die Arme. »Magst du keine Geschenke?«, fragte die Kleine, als Ana die Hände immer noch hinter dem Rücken hielt. »Mir gefallen Geschenke, und Daddy macht immer ganz tolle …«

»Ich bin sicher, dass er das tut, aber …«

»Magst du Daddy nicht?« Jessie schob die Unterlippe vor. »Bist du böse auf ihn, weil Daisy deine Blumentöpfe zerbrochen hat?«

»Nein. Nein, natürlich bin ich nicht böse auf ihn.« Zumindest nicht wegen der zerbrochenen Töpfe. »Es war nicht seine Schuld. Und natürlich mag ich ihn … Ich meine, ich kenne ihn ja nicht so gut, aber ich … nun …« In die Enge getrieben, lächelte Ana und setzte neu an. »Ich bin einfach nur überrascht, dass er mir etwas schenkt, obwohl ich doch gar nicht Geburtstag habe.« Um dem Kind den Gefallen zu tun, nahm sie das Päckchen und schüttelte es nahe an ihrem Ohr. »Da klappert nichts«, sagte sie, und Jessie klatschte aufgeregt in die Hände und kicherte.

»Rate! Rate, was es ist!«

»Äh … eine Posaune?«

»Nein, eine Posaune ist doch viel größer.« Vor Aufregung hüpfte Jessie auf und ab. »Mach es auf, und sieh nach!«

Es lag nur an der freudigen Spannung des Kindes, dass ihr Herz schneller schlug, redete Ana sich ein. Um Jessie den Gefallen zu tun, riss sie das Papier mit Schwung ab. »Oh.« Mehr konnte sie nicht sagen.

Es war ein Buch, ein großes Kinderbuch mit einem schneeweißen Einband. Auf dem Buchdeckel prangte die wunderschöne Illustration einer Frau in einem fließenden blauen Kleid, mit einer Krone auf dem goldblonden Haar.

»›Die Elfenkönigin‹«, las Ana laut vor. »Von Boone Sawyer.«

»Es ist funkelnagelneu«, wurde ihr von Jessie mitgeteilt.

»Man kann es noch gar nicht im Laden kaufen, aber Daddy kriegt immer die ersten Ausgaben geliefert.« Die Kleine strich mit der Hand vorsichtig über das Bild. »Ich habe ihm gesagt, sie sieht aus wie du.«

»Ein wunderbares Geschenk«, sagte Ana mit einem Seufzer. Und ein hinterlistiges. Wie sollte sie jetzt noch wütend auf ihn sein können?

»Er hat auch was für dich reingeschrieben.« Viel zu ungeduldig, um noch abwarten zu können, klappte Jessie den Buchdeckel auf. »Siehst du, genau hier.«

Für Anastasia, in der Hoffnung, dass ein Märchen den gleichen guten Zweck erfüllt wie eine weiße Fahne. Boone

Anas Lippen verzogen sich zu einem Lächeln, unmöglich, es zu verhindern. Wie hätte jemand eine so charmante Bitte um Waffenstillstand ablehnen sollen?

Genau darauf zählte Boone natürlich. Während er einen Umzugskarton mit dem Fuß aus dem Weg trat, sah er durchs Fenster hinüber zum Nachbarhaus. Nichts regte sich.

Er ging davon aus, dass es sicher einige Tage dauern würde, bis Ana sich wieder beruhigt hatte, aber er war auch sicher, einen Riesenschritt in die richtige Richtung gemacht zu haben. Schließlich wollte er keine Unstimmigkeiten zwischen sich und Jessies neuer Freundin bestehen lassen.

Er ging zurück zum Herd und drehte die Hitze unter der Pfanne mit den Hähnchenbrustfilets herunter, dann machte er sich daran, die Kartoffeln zu pürieren.

Jessies Leibgericht – Kartoffelpüree. Ginge es nach Jessie, würden sie jeden Tag nichts anderes als Püree essen. Natürlich oblag es ihm, auf eine gesunde und abwechslungsreiche Ernährung zu achten.

Boone goss etwas mehr Milch in den Topf und gab einen Stich Butter hinzu. Wenn es einen Teil des Vaterseins gab, den er sofort und ohne Bedenken aufgeben würde, dann den Druck, jeden Tag zu entscheiden, was er zum Dinner servieren sollte.

Das Kochen selbst war gar nicht so schlimm, nein, es war die tägliche Wahl zwischen Braten, gegrilltem Hähnchen, Kotelett und all dem anderen. Kam noch hinzu, was dazu serviert werden sollte. Aus schierer Verzweiflung hatte er angefangen, Rezepte aus Zeitschriften auszuschneiden – natürlich hinter verschlossenen Türen –, um für mehr Abwechslung zu sorgen.

Er hatte sogar auch schon mal ernsthaft daran gedacht, eine Haushälterin einzustellen. Sowohl seine Mutter als auch seine Schwiegermutter hatten ihn dazu gedrängt, und dann hatten sie mit ihrem ehrgeizigen kleinen Konkurrenzkampf begonnen, wer wohl die Erste wäre, die die passende Frau fände, um diese Stelle auszufüllen. Aber die Vorstellung, dass jemand in seinem Haus lebte, jemand, der vielleicht sogar bei seiner Tochter das Sagen übernehmen würde, hatte ihn von dieser Idee abgebracht und dazu veranlasst, alles beim Alten zu lassen.

Jessie war seine Tochter. Einhundert Prozent. Trotz Essensauswahl und Einkäufen im Supermarkt war das genau so, wie es ihm am besten gefiel.

Trippelnde Schritte auf der Veranda unterbrachen seine Gedanken.

»Gutes Timing, Froschgesicht. Ich wollte gerade nach dir rufen.« Er drehte sich um, leckte sich einen Klecks Püree vom Finger und erblickte Ana in der Tür, eine Hand auf Jessies Schulter. Sein Magen zog sich so abrupt zusammen, dass Boone sich fast gekrümmt hätte. »Oh, hallo. Mit Ihnen hatte ich nicht gerechnet.«

»Ich wollte Sie nicht stören«, setzte Ana an. »Ich wollte Ihnen nur für das Buch danken. Es war sehr nett von Ihnen, es mir zu schenken.«

»Freut mich, dass es Ihnen gefällt.« Ihm fiel auf, dass immer noch das Küchenhandtuch im Hosenbund steckte, und hastig zog er es fort. »Es war das beste Friedensangebot, das mir eingefallen ist.«

»Es hat funktioniert.« Sie fand das Bild, wie er da so geschäftig am Herd stand, sehr einnehmend, und lächelte. »Danke. Aber jetzt werde ich Sie wohl besser wieder Ihren kulinarischen Vorbereitungen überlassen.«

»Kann sie nicht hereinkommen, Daddy?« Jessie zog bereits an Anas Hand. »Bitte.«

»Ja, natürlich.« Er versetzte einem weiteren Karton einen Stoß und schaffte ihn so aus dem Weg. »Wir haben immer noch nicht alles ausgepackt. Es dauert länger, als ich mir das vorgestellt hatte.«

Aus Höflichkeit – und Neugier – trat Ana ein. An den Fenstern hingen noch keine Vorhänge, und mehrere Kartons standen immer noch auf dem grauen Fliesenboden. Aber auf der königsblauen Arbeitsplatte stand bereits ein glänzendes Keramikgefäß in Form des weißen Kaninchens aus »Alice im Wunderland« für Kekse, eine Teekanne wie die des verrückten Hutmachers und ein Zuckertopf in Form einer Haselmaus. Topflappen hingen an kleinen Messinghaken neben dem Ofen, und die Kühlschranktür war über und über bedeckt mit Jessies Zeichnungen. In einem Körbchen in der Ecke döste Daisy friedlich vor sich hin.

Noch nicht ausgepackt und recht chaotisch, dachte Ana, aber schon ein Heim. »Ein wunderbares Haus«, sagte sie laut. »Kein Wunder, dass es so schnell einen Käufer gefunden hat.«

»Willst du mein Zimmer sehen?« Jessie zog wieder an Anas Hand. »Ich habe ein Bett mit einem Dach darüber, und ganz viele Stofftiere.«

»Du kannst Ana später nach oben mitnehmen«, warf Boone ein. »Jetzt solltest du dir erst mal die Hände waschen.«

»Okay.« Jessie sah flehend zu Ana hoch. »Aber nicht weggehen, ja?«

»Möchten Sie vielleicht ein Glas Wein?«, bot Boone an, als Jessie davonstürmte. »Um den Waffenstillstand zu besiegeln?«

»Ja, gern.« Die Blätter mit den Zeichnungen raschelten, als Boone die Kühlschranktür aufzog. »Jessie ist eine richtige kleine Künstlerin. Es war sehr süß von ihr, mir ein Bild zu malen.«

»Lassen Sie sie das nur nicht hören, sonst werden Sie Ihre Wände damit tapezieren müssen.« Mit der Weinflasche in der Hand zögerte er. Wo hatte er die Weingläser hingestellt? Hatte er sie überhaupt schon ausgepackt? Ein Blick in die Schränke sagte ihm, dass sie noch in irgendeinem Karton sein mussten. »Können Sie Chardonnay auch aus einem Bugs-Bunny-Glas trinken?«

Ana lachte. »Kein Problem.« Sie wartete, bis er ihr und sich eingeschenkt hatte – sein Wein floss in ein Elmer-Fudd-Glas. »Willkommen in Monterey«, sagte sie und hob Bugs Bunny zu einem Toast.

»Danke.« Als sie ihn so anlächelte und ihre Lippen an dem Weinglas ansetzte, um zu trinken, verlor er den Faden. »Ich … äh, leben Sie schon lange hier?«

»Mein ganzes Leben, mit Unterbrechungen.« Der Duft des brutzelnden Hähnchens und die fröhliche Unordnung in der Küche machten es so behaglich, dass sie sich tatsächlich entspannte. »Meine Eltern hatten ein Haus hier und eines in Irland. Jetzt leben sie die meiste Zeit in Irland, aber meine Cousins und ich haben uns hier niedergelassen. Morgana wurde in dem Haus geboren, in dem sie jetzt wohnt, am Seventeen Mile Drive. Sebastian und ich wurden in Irland geboren, auf Schloss Donovan.«

»Schloss Donovan«, murmelte er.

Sie lachte leise. »Das hört sich prahlerisch an, aber so ist es. Ziemlich alt, ziemlich abgelegen und sehr hübsch. Und seit Jahrhunderten im Besitz der Donovan-Familie.«

»In einem irischen Schloss geboren«, meinte er versonnen. »Vielleicht erklärt das, warum ich beim ersten Mal, als ich Sie sah, überzeugt war, dass da eine Fee hinter den Rosenbüschen lebt.« Sein Lächeln verschwand, und er sprach weiter, ohne nachzudenken. »Ihr Anblick hat mir den Atem geraubt.«

Ihre Hand mit dem Glas blieb mitten in der Luft hängen, ihre Lippen öffneten sich überrascht und verwirrt. »Ich …« Um sich einen Moment Zeit zu geben und wieder klar denken zu können, nippte sie erst einmal an ihrem Wein. »Ich nehme an, ein Teil Ihres Talents liegt in der Fähigkeit, Feen hinter Büschen, Elfen im Garten und Zauberer in den Baumkronen zu erblicken.«

»Ja, wahrscheinlich.« Sie roch so gut. Wie die frische Brise, die den Duft der Blumen und den Geruch des Meers durch seine Fenster heranbrachte. Er machte einen Schritt auf sie zu, überrascht und keineswegs bekümmert darüber, den plötzlich wachsamen Ausdruck in ihren Augen zu sehen. »Was machen die Kratzer, Frau Nachbarin?« Sanft legte er seine Hand auf ihren Arm und fuhr mit dem Daumen darüber, bis er den heftig schlagenden Puls in ihrer Armbeuge fühlen konnte. Was immer ihn da gepackt hatte, hatte die gleiche Wirkung auf sie. »Tut es noch weh? Ich hoffe, Sie haben keine Schmerzen mehr.«

»Nein.« Ihre Stimme klang heiser, erstaunte sie selbst, erregte ihn. »Nein, schon lange nicht mehr. Das war doch nur ein kleiner Ausrutscher.«

»Sie riechen nach Blumen.«

»Das ist die Salbe ...«

»Nein.« Er legte einen Finger der anderen Hand unter ihr Kinn. »Sie riechen immer nach Blumen. Wilde Blumen und Meeresgischt.«

Wie war es geschehen, dass sie plötzlich an der Anrichte lehnte, sein Körper den ihren – nur leicht – berührte? Sein Mund, der ihren Lippen so nahe war, so verführerisch nahe, dass sie ihn fast schmecken konnte?

Und sie sehnte sich danach, ihn zu schmecken, verlangte danach mit einer plötzlichen Intensität, die jeden anderen Gedanken aus ihrem Kopf vertrieb. Langsam, ohne den Blick von ihm zu wenden, hob sie die Hand und legte sie auf seine Brust, auf die Stelle, wo sie den kräftigen Herzschlag fühlen konnte. Kräftig, wild und ungestüm.

So würde auch der Kuss sein, das wusste sie.

Als hätte Boone ihre Gedanken erraten und wollte sie bestätigen, griff er in ihr Haar und zog sie unmerklich näher heran. Es war warm, er hatte gewusst, dass es warm sein würde. So wie das Sonnenlicht, dessen Farbe es hatte. Für einen Moment dachte er nur an den Kuss, der kommen würde, den unermesslichen Genuss, den dieser Kuss schenken würde. Sein Mund war nur einen Atemhauch von ihrem entfernt, als er die Schritte seiner Tochter auf den Treppenstufen hörte.

Boone zuckte von Ana zurück, als hätte er sich verbrannt. Sprachlos starrten sie einander an, beide überwältigt und verwirrt von der Kraft dessen, was beinahe passiert wäre.

Was mache ich hier eigentlich? fragte Boone sich entsetzt. Greife mir einfach eine Frau in der Küche, während die Hähnchen in der Pfanne verkohlen, das Püree im Topf kalt wird und meine Tochter durchs Haus hüpft.

»Ich sollte gehen.« Ana stellte ihr Glas ab, bevor es ihr aus den zitternden Fingern fallen konnte. »Ich wollte eigentlich nur eine Minute vorbeischauen.«

»Ana.« Er stellte sich ihr in den Weg, nur für den Fall, dass sie auf die Tür zu sprinten wollte. »Ich habe den Eindruck, dass das, was hier gerade zwischen uns passiert ist, völlig untypisch für uns beide ist. Meinen Sie nicht auch?«

Sie sah ihn mit ernsten grauen Augen an. »Ich kenne Sie doch gar nicht. Daher weiß ich nicht, was typisch für Sie ist und was nicht.«

»Nun, ich habe noch nie die Angewohnheit gehabt, Frauen in der Küche zu verführen, während meine Tochter oben ist. Und ganz bestimmt ist es nicht meine Gewohnheit, mich vom ersten Anblick an nach einer Frau zu verzehren.«

Ana wünschte, sie hätte das Glas nicht abgesetzt. Ihre Kehle war staubtrocken. »Wahrscheinlich wollen Sie jetzt hören, dass ich Ihnen das abnehme. Aber das tue ich nicht.«

Ärger funkelte in seinen Augen auf. »Dann werde ich es Ihnen wohl beweisen müssen, oder?«

»Nein, Sie …«

»Meine Hände sind quietschsauber!« Völlig arglos gegenüber der Spannung, die in der Luft lag, kam Jessie in die Küche getanzt, die Hände vor sich ausgestreckt in Erwartung der kommenden Inspektion. »Warum muss ich mir eigentlich die Hände waschen? Ich esse doch gar nicht mit den Fingern.«

Boone nahm sich zusammen und kniff seiner Tochter leicht in die Nase. »Weil die fiesen kleinen Bakterien es lieben, sich von den Fingern kleiner Mädchen in deren Kartoffelbrei zu schleichen.«

»Iiih!« Jessie zog eine angeekelte Grimasse, dann lachte sie. »Daddy macht den besten Kartoffelbrei auf der ganzen Welt. Willst du nicht auch mal probieren? Ana kann doch mit uns essen, oder, Daddy?«

»Ich sollte jetzt wirklich lieber …«

»Aber natürlich kann sie zum Essen bleiben.« Sein Lächeln glich dem seiner Tochter, allerdings lag da etwas sehr viel Gefährlicheres in seinem Blick, als Boone Ana musterte. »Wirklich, wir würden uns freuen, wenn Sie blieben. Zu essen ist genug da. Und es wäre doch eine gute Gelegenheit, sich besser kennenzulernen. Vorher.«

Ana brauchte nicht zu fragen, was er mit »vorher« meinte. Das war eindeutig. Aber sosehr sie auch versuchte, ihren Ärger die Oberhand über die plötzliche Erregung gewinnen zu lassen, es gelang ihr nicht. »Es ist sehr nett, dass Sie mich einladen wollen«, sagte sie mit bewundernswerter Ruhe, »aber ich kann wirklich nicht.« Sie lächelte Jessie an, die ein enttäuschtes Gesicht zog. »Ich muss noch zum Haus meines Cousins fahren und die Pferde versorgen.«

»Nimmst du mich mal mit, damit ich sie auch sehen kann?«

»Wenn dein Vater es dir erlaubt.« Ana beugte sich vor und küsste Jessie auf den Schmollmund. »Danke für das schöne Bild.« Vorsichtshalber trat sie einen Schritt zurück. »Und für das Buch«, sagte sie in Boones Richtung. »Ich weiß, dass ich es gern lesen werde. Gute Nacht.«

Ana rannte zwar nicht, aber sie gestand sich ein, dass sie flüchtete. Wieder zu Hause, öffnete sie für Quigley erst die versprochene Dose Thunfisch, dann zog sie sich um, um in Jeans und Jeanshemd zu Sebastian zu fahren.

Ich muss nachdenken, beschloss sie, als sie sich die Stiefel anzog. Wirklich gründlich überlegen, das Pro und Kontra genau abwägen, alle Konsequenzen in Betracht ziehen. Sie musste lachen, als sie sich vorstellte, wie Morgana reagieren würde: Sie würde die Augen zur Decke aufschlagen und Ana beschuldigen, sich mal wieder wie die typische Waage zu benehmen.

Vielleicht lag es an ihrem Sternzeichen, dass Ana keine Schwierigkeiten hatte, immer beide Seiten zu verstehen. Allerdings verkomplizierte das die Dinge häufiger, als dass es Lösungen brachte. In diesem speziellen Fall war sie allerdings sicher, dass Besonnenheit und ein klarer Kopf die richtige Antwort waren.

Na schön, vielleicht fühlte sie sich wirklich ausgesprochen stark von Boone angezogen. Gerade der körperliche Aspekt kam sehr plötzlich und völlig unerwartet. Natürlich hatte sie schon vorher Verlangen nach einem Mann gespürt, aber nie so jäh und so heftig. Üblicherweise würde das tiefe Wunden reißen.

Und das war auf jeden Fall etwas, das zu bedenken war. Die Stirn in tiefe Falten gelegt, griff sie nach ihrer Jeansjacke und ging nach unten.

Sicher, sie war erwachsen, frei und ungebunden, und daher wäre es nur völlig selbstverständlich, würde sie sich eine Beziehung zu einem ebenso erwachsenen, freien und ungebundenen Mann erlauben.

Allerdings wusste sie auch, wie zerstörerisch Beziehungen sein konnten, wenn es einem Partner nicht möglich war, den anderen so zu akzeptieren, wie er war, mit allen Eigenheiten, die ihn ausmachten.

Immer noch mit sich debattierend, verließ sie das Haus. Sie schuldete Boone keine Erklärung. Es gab keine Verpflichtung, ihn über ihr Erbe aufzuklären, so wie sie es vor Jahren bei Robert versucht hatte. Selbst wenn sich zwischen ihnen eine Beziehung entwickeln sollte, brauchte sie ihm gar nichts zu sagen.

Ana stieg in ihren Wagen und setzte rückwärts zur Auffahrt hinaus. Es hatte nichts mit Betrug zu tun, wenn man einen Teil von sich zurückhielt. Das war Selbsterhaltungstrieb und Selbstschutz. Diese Lektion hatte sie auf die harte Art lernen müssen. Außerdem war es albern, diesen Punkt überhaupt in Betracht zu ziehen, wenn sie ja noch nicht einmal wusste, ob sie eine Beziehung mit Boone eingehen wollte.

Gelogen. Sie wollte. Es hatte mehr damit zu tun, ob sie es sich erlauben konnte.

Immerhin war er ihr direkter Nachbar. Wenn die Beziehung schieflief, würde es sehr schwer werden, auf Jahre nebeneinander zu leben.

Und nicht zuletzt war da noch Jessie. Ana hatte sich schon in das Mädchen verliebt. Sie wollte diese Freundschaft nicht riskieren, nur weil sie ihren eigenen Bedürfnissen nachgab. Rein körperlichen Bedürfnissen, sagte Ana sich, während sie die kurvige Straße entlangfuhr.

Gut, Boone würde ihr bestimmt einiges an körperlichen Freuden bieten können, daran zweifelte sie keinen Moment. Aber der emotionale Preis könnte für alle Beteiligten viel zu hoch sein.

Nein, da war es doch besser, wenn sie Jessies Freundin blieb und zu dem Vater der Kleinen einen vernünftigen Abstand hielt.

Das Dinner war vorüber und eine nicht sehr erfolgreiche Übungsstunde mit Daisy abgehalten – immerhin setzte sie sich, wenn man ihr das Hinterteil herunterdrückte. Danach hatte es viel Geplansche in der Badewanne gegeben, ein wenig Toben für Vater und seine saubere Tochter. Und dann die obligatorische Gutenachtgeschichte und das ebenso rituelle letzte Glas Wasser.

Jetzt, nachdem Jessie eingeschlafen war und das Haus still dalag, gönnte Boone sich einen Brandy auf der Veranda. Da stapelten sich Formulare der neuen Schule auf seinem Schreibtisch, die noch ausgefüllt werden mussten, aber das würde er später machen.

Diese eine Stunde, diese ruhige Stunde, wenn der Himmel schon dunkel war und der Mond aufging, gehörte ihm.

Boone sah den Wolken nach, die Regen versprachen, lauschte dem hypnotischen Schlagen der Wellen, dem Zirpen der Grillen im Gras – das er übrigens bald würde mähen müssen – und sog tief den würzigen Duft der Blumen ein.

Kein Wunder, dass er sofort zugegriffen hatte, als er das Haus zum ersten Mal sah. An keinem anderen Ort war er je so entspannt gewesen, hatte er diesen inneren Frieden gespürt und einfach das Gefühl, dass alles seine Richtigkeit hatte. Der Ort inspirierte ihn. Die geheimnisvollen Zypressen, die magischen Pflanzen, die auf den Klippen wuchsen, die leeren Strände bei Nacht.

Die ätherisch schöne Frau nebenan. Sie war wie eine wundervolle Erscheinung aus einer seiner Geschichten.

Er lächelte in sich hinein. Für jemanden, der seit ewig langer Zeit nicht mehr an Frauen als solche gedacht hatte, verwandte er jetzt wirklich eine ganze Menge Gedanken auf diese eine.

Es hatte lange gedauert, bis er Alice' Tod verkraftet hatte. Obwohl er während der letzten Jahre nicht unbedingt wie ein Mönch gelebt hatte, so empfand er sich doch nicht mehr als auf dem Heiratsmarkt verfügbar. Sein Leben war nicht leer, und nach dem Verarbeiten des Schmerzes hatte Boone akzeptiert, dass es weiterging und gelebt werden musste.

Er nippte an seinem Brandy und genoss einfach die Nacht, als er Anas Wagen hörte. Natürlich hatte er nicht darauf gewartet, versicherte er sich, als er auf seine Armbanduhr sah. Trotzdem verschaffte es ihm eine gewisse Befriedigung, dass sie so früh zurückkam. Viel zu früh, als dass sie von einer Verabredung hätte kommen können.

Nicht, dass es ihn irgendetwas anginge, wie und mit wem sie ihre Zeit verbrachte.

Er konnte ihre Auffahrt nicht einsehen, aber da die Nacht so still war, hörte er das Schlagen der Wagentür, dann das der

Haustür. Er legte die Füße aufs Verandageländer und versuchte sich vorzustellen, wie sie sich durch das Haus bewegte.

Erst würde sie in die Küche gehen. Richtig, das Licht ging an, und er erkannte ihre Gestalt durchs Fenster. Wahrscheinlich brühte sie sich einen Tee, oder vielleicht schenkte sie sich auch ein Glas Wein ein.

Dann ging das Licht wieder aus, und in Gedanken folgte er ihr durchs Haus. Die Treppen hoch, wieder Licht. Aber diesmal schien es Boone eher der Schein von Kerzen zu sein, keine Lampe. Augenblicke später hörte er leise Musik. Harfenklänge. Eindringlich, romantisch, melancholisch.

Kurz, ganz kurz nur, tauchte ihre Silhouette am Fenster auf. Boone konnte ihre feminine Figur deutlich erkennen, als sie sich das Hemd auszog.

Hastig schluckte er den Brandy hinunter und wandte den Kopf ab. So verlockend es auch sein mochte, so weit würde er nicht sinken. Allerdings überkam ihn das überwältigende Bedürfnis nach einer Zigarette, und mit einer gemurmelten Entschuldigung an seine schlafende Tochter steckte er sich eine an.

Der Rauch hing in der Luft, und der erste tiefe Zug beruhigte seine Nerven. Boone gab sich damit zufrieden, den Harfenklängen zu lauschen.

Erst lange Zeit später ging er ins Haus und zu Bett, schlief schließlich ein mit dem sanften Tröpfeln von Regen auf dem Dach und dem Nachhall von Harfenklängen in seinem Kopf.

4. Kapitel

Die Cannery Road war erfüllt von Geräuschen. Vorbeischlendernde Menschen, die sich unterhielten und lachten, das helle Schrillen einer Fahrradklingel, die spitzen Schreie der Möwen, die darauf hofften, ein paar Krümel zu ergattern. Ana gefiel der Trubel ebenso, wie sie die Ruhe und den Frieden ihres Gartens genoss.

Geduldig schob sie sich mit dem Wochenendverkehr vor. Als sie zum ersten Mal an Morganas Laden vorbeifuhr, ergab sie sich in die Tatsache, dass das königliche Wetter Touristen und Ansässige aus ihren Häusern gelockt hatte. Ein Parkplatz war heute wohl Mangelware. Anstatt sich darüber zu ärgern, dass sie ihren Wagen nie vor Morganas Laden würde abstellen können, bog sie drei Häuserblocks weiter in eine Seitenstraße ein.

Als sie gerade den Kofferraum öffnete, hörte sie das quengelige Weinen eines Kindes und das entnervte Zischeln der müden Eltern.

»Wenn du nicht sofort damit aufhörst, Timothy, gibt es heute gar nichts mehr. Das ist mein Ernst. Es reicht jetzt. Los, lauf endlich weiter, wir wollen ja heute noch weiterkommen, hörst du?«

Die Antwort des kleinen Timothy auf diese Aufforderung war, dass er wie ein Sack auf dem Bürgersteig zusammenfiel, und auch das Zerren der Mutter an dem schlaffen Arm half überhaupt nichts. Ana verkniff sich ein Lächeln, denn es war offensichtlich, dass die Eltern im Moment kein Auge für die

Komik der Situation hatten. Die Arme voller Pakete und Einkaufstüten, waren ihre Mienen alles andere als belustigt.

Der arme Timothy steht kurz davor, sich eine Tracht Prügel einzufangen, dachte Ana, auch wenn es höchst unwahrscheinlich ist, dass er dadurch kooperativer wird. Daddy schob seine Pakete bereits Mommy in den Arm und bückte sich mit verkniffenem Mund.

Es ist ja nichts Großes, dachte Ana. Und sie sehen alle so müde und unglücklich aus. Zuerst knüpfte sie das Band zum Vater, fühlte die Liebe, den Ärger und die Verlegenheit. Dann zum Kind – hier Verwirrung, Müdigkeit und tiefes Unglücklichsein, weil es den großen Stoffelefanten im Schaufenster gesehen und nicht bekommen hatte.

Ana schloss die Augen. Die Hand des Vaters holte aus, um dem Jungen einen Klaps auf den dick gepolsterten Windelpo zu geben, der Junge hielt die Luft an, bereitete sich darauf vor, einen gellenden Schrei ob dieser Erniedrigung auszustoßen.

Plötzlich seufzte der Vater, und seine Hand sank schlaff an seine Seite. Timothy blickte vorsichtig auf, mit rotem Gesicht und Tränen auf den heißen Wangen.

Der Vater ging in die Hocke und breitete die Arme aus. »Du bist müde, hm?«

Unter Schluckauf rappelte Timothy sich auf und schmiegte sich seinem Daddy in die Arme. »Durst«, brachte er stockend hervor.

»Na schön, mein Großer.« Die Hand des Vaters schwenkte zum Po des Kindes, aber nur, um ihn liebevoll zu tätscheln. »Warum gehen wir nicht alle zusammen in ein Café und trinken etwas Kühles?« Er warf seiner Frau, die am Ende ihrer Kräfte schien, ein aufmunterndes Lächeln zu. »Ihm fehlt nur sein Mittagsschläfchen, der braucht einfach mal eine kleine Pause.«

Zusammen gingen sie davon, müde, aber entspannter.

Vor sich hin lächelnd, hob Ana den Kofferraumdeckel an. So ein Familienurlaub konnte ganz schön anstrengend sein. Beim nächsten Mal, wenn sie sich wieder anfauchen wollten, wäre Ana nicht in der Nähe, um zu helfen. Aber sie war ganz sicher, sie würden sich auch so irgendwie durchschlagen.

Ana warf sich die Schultertasche auf den Rücken und begann die Kisten auszuladen, Waren, die sie für Morgana zusammengestellt hatte – Potpourris, Duftöle, Körpercremes, winzige Duftkissen, Tonika, persönliche Parfüms.

Sechs Kartons insgesamt. Zuerst überlegte Ana, ob sie zweimal laufen sollte, doch dann entschied sie, dass sie, wenn sie die Kisten nur sorgfältig genug ausbalancierte, auch alles auf einmal tragen konnte.

Sie stapelte, schichtete, richtete aus. Es gelang ihr auch, mit dem Ellbogen den Deckel des Kofferraums zu schließen. Sie war einen halben Häuserblock weit gekommen, als sie anfing, sich zu verwünschen. Warum nur machte sie das immer wieder? Zweimal bequem gelaufen wäre viel einfacher gewesen als einmal schwierig. Die Kartons waren nicht unbedingt schwer, aber sperrig. Auf den Bürgersteigen tummelten sich die Ausflügler, und der Wind blies ihr das Haar ins Gesicht. Nur durch ein hektisches Ausweichmanöver gelang es ihr, eine Kollision mit einer Gruppe von Teenagern zu vermeiden. Ana fluchte innerlich über ihre Sturheit.

»Brauchen Sie Hilfe?«

Wütend auf sich selbst und unhöfliche Teenager im Allgemeinen, drehte sie sich um. Und da stand Boone. In lässiger Baumwollhose und Polohemd sah er einfach großartig aus. Jessie saß auf seinen Schultern und klatschte lachend in die Hände.

»Wir sind Karussell gefahren und haben ein Eis gegessen, und dann haben wir dich gesehen.«

»Sieht aus, als würden Sie immer noch zu viel auf einmal tragen«, bemerkte Boone trocken.

»Die Kisten sind nicht schwer. Das sieht nur so aus. In Wirklichkeit sind sie kinderleicht.«

Er klopfte auf Jessies Schenkel, und auf das Zeichen hin glitt sie seinen Rücken hinunter. »Wir werden Ihnen ein paar davon abnehmen.«

»Danke, aber es geht schon.« Es war dumm und albern, Hilfe abzulehnen, die sie gut gebrauchen konnte. Aber sie hatte Boone die ganze Woche über erfolgreich gemieden, und es war ihr sogar – mehr oder weniger – gelungen, nicht an ihn zu denken. »Ich möchte Ihnen keine Umstände machen und Ihre Pläne durcheinanderbringen, Sie hatten sicher etwas anderes vor.«

Boone sah seine Tochter an. »Wir haben eigentlich gar keine genauen Pläne, oder, Jessie?«

»Nöö. Wir bummeln nur ein bisschen. Heute ist nämlich unser freier Tag.«

Ana konnte das Lächeln nicht zurückhalten, genauso wenig wie den besorgten Ausdruck in den Augen, als sie zu Boone sah. Er musterte sie in der für ihn typischen durchdringenden Art. Das Lächeln, das um seine Mundwinkel spielte, hatte weniger mit Humor, sondern eher mit einer Herausforderung zu tun.

»Ich hab's nicht mehr so weit«, setzte Ana an und griff hastig nach einem Paket, das rutschen wollte. »Ich kann … wirklich, das geht schon …«

»Sehr schön.« Ohne auf ihren Widerspruch einzugehen, nahm Boone ihr die Kartons aus dem Arm. Sein Blick ruhte auf ihr. »Wozu sind Nachbarn da?«

»Ich kann auch was tragen.« Jessie wollte unbedingt helfen und hüpfte aufgeregt auf und ab.

»Danke.« Ana händigte ihr die leichteste Kiste aus. »Die Sachen sind für den Laden meiner Cousine, nur ein Stückchen die Straße hinunter.«

»Hat sie ihre Babys schon bekommen?«, fragte Jessie, während sie gemeinsam weitergingen.

»Nein, noch nicht.«

»Ich habe Daddy gefragt, wie es kommt, dass sie zwei Babys in ihrem Bauch hat, und er hat gesagt, dass es manchmal eben doppelt so viel Liebe gibt.«

Wie soll irgendjemand einem solchen Mann widerstehen, fragte Ana sich. Ihre Augen waren warm und freundlich, als sie seinem Blick begegneten. »Ja, manchmal ist das so. Sie scheinen immer die richtige Antwort zu haben«, murmelte sie Boone zu.

»Nicht immer.« Er hätte nicht sagen können, ob er erleichtert oder verärgert war, dass er die Hände voller Kisten und Pakete hatte. Denn wären sie frei gewesen, hätte er dem Drang, Ana zu berühren, kaum widerstehen können. »Aber man sollte versuchen, die passende für den Moment zu finden. Wo haben Sie sich versteckt, Anastasia?«

Die Wärme in ihrem Blick verschwand. »Versteckt?«

»Ja, ich habe Sie seit Tagen nicht in Ihrem Garten gesehen. Sie schienen mir nicht der Typ zu sein, der sich so leicht einschüchtern lässt.«

Da Jessie direkt vor ihnen herhüpfte, verkniff Ana sich die bissige Erwiderung, die ihr auf der Zunge lag. »Ich weiß nicht, was Sie meinen. Ich habe zu arbeiten. Wie so viele andere übrigens auch.« Sie deutete mit dem Kopf auf die Kisten in seinem Arm. »Sie tragen gerade einiges von meiner Arbeit.«

»So ist das also. Na, da bin ich ja froh, dass ich mich nicht habe hinreißen lassen, an Ihre Tür zu klopfen und zu fragen, ob Sie mir eine Tasse Zucker leihen können. Fast hätte ich es getan, aber dann schien es mir doch zu plump.«

Sie warf ihm einen schiefen Seitenblick zu. »Ich weiß Ihre Zurückhaltung zu schätzen.«

»Das sollten Sie auch.«

Ana blies sich nur das Haar aus der Stirn und rief nach Jessie. »Gehen wir hier entlang, damit wir zur Hintertür hereinkönnen. An Samstagen herrscht normalerweise immer reger Betrieb im Laden, und ich möchte nicht durch den ganzen Laden laufen und die Kunden stören müssen.«

»Was für ein Laden ist das eigentlich?«, wollte Boone wissen.

»Oh.« Ana lächelte wieder. »Dort wird alles Mögliche verkauft. Ich kann mir denken, dass Sie das Warensortiment interessant finden. Da sind wir schon.« Sie deutete auf eine Tür, die von Terrakottatöpfen mit überquellenden blutroten Geranien flankiert war. »Kannst du bitte die Tür aufhalten, Jessie?«

»Klar.« Ganz versessen darauf, herauszufinden, was hinter dieser Tür lag, schob Jessie die Tür auf und ließ ein begeistertes Jauchzen hören. »Sieh nur, Daddy!« Jessie setzte ihr Paket auf dem ersten sich bietenden freien Platz ab und stürzte auf die große weiße Katze zu, die auf einem Stuhl saß und sich putzte.

»Jessica!« Boones Ruf war knapp und entschieden und ließ seine Tochter mitten in der Bewegung innehalten. »Was habe ich dir über Tiere gesagt, die du nicht kennst?«

»Aber Daddy, er ist doch so schön. Ich will ihn doch nur ein bisschen streicheln.«

»Sie«, verbesserte Ana und stellte ihre Kisten ab. »Dein Vater hat recht, Jessie. Nicht alle Tiere mögen kleine Kinder.«

Jessie juckte es in den Fingern, dieses dichte weiße Fell zu streicheln. »Mag sie denn Kinder?«

»Manchmal mag Luna überhaupt niemanden.« Lachend kraulte Ana die Katze hinter den Ohren. »Aber wenn du sehr respektvoll zu ihr bist, gibt sie vielleicht ihr königliches Einverständnis, und dann kommt man sehr gut mit ihr aus.« Ana lächelte Boone zuversichtlich zu. »Luna kratzt nicht. Wenn sie genug hat, stolziert sie einfach davon.«

Heute war Luna offensichtlich in der Stimmung, sich ein paar Aufmerksamkeiten gefallen zu lassen. Sie rieb ihren Kopf an Jessies ausgestreckter Hand.

»Sie mag mich!« Jessie lachte glücklich. »Daddy, sieh, sie mag mich!«

»Ja, ich sehe es.«

»Morgana hat normalerweise immer etwas Kühles zu trinken hier hinten.« Ana öffnete den kleinen Kühlschrank. »Möchten Sie etwas?«

»Gern.« Eigentlich hatte er keinen Durst, aber das Angebot bot ihm die Chance, noch länger zu bleiben. Er lehnte sich an die Küchenanrichte und betrachtete Ana, die Gläser hervorholte. »Zum Laden geht's da durch?«

Er zeigte auf eine Tür, und Ana nickte. »Und der Lagerraum ist da. Das meiste von dem, was Morgana verkauft, sind Einzelstücke, ihr Lager ist nicht groß.«

Boone griff über Anas Schulter nach der Rosmarinpflanze, die in einem Topf auf der Fensterbank wuchs, und rieb die aromatischen Blätter zwischen den Fingern. »Sie verkauft also Kräuter und solches Zeug?«

Ana ignorierte bemüht die Tatsache, dass er ihr viel zu nahe war. Sie konnte den Duft der See an ihm riechen, wahrscheinlich hatte er mit seiner Tochter die Möwen gefüttert. »So ungefähr.« Sie drehte sich um und drückte ihm ein Glas in die Hand. »Hier. Limonade. Morgana hat sie selbst gemacht.«

»Danke.« Er wusste, es war nicht gerade fair und wahrscheinlich höchst unvernünftig, aber er blieb stehen, wo er war, und rührte sich nicht vom Fleck. Ana musste den Kopf in den Nacken legen, um ihn ansehen zu können. »Das wäre vielleicht auch ein gutes Hobby für Jessie und mich. Vielleicht könnten Sie uns zeigen, wie man Kräuter anbaut.«

»Es ist nicht anders als bei allen anderen lebenden Dingen.« Es kostete sie Mühe, ihre Stimme neutral und fest zu halten, wenn das Atmen so schwierig war. »Man braucht Sorgfalt, Umsicht und Aufmerksamkeit. Boone, Sie stehen mir im Weg.«

»Das hoffe ich doch.« Die Augen intensiv auf ihr Gesicht gerichtet, legte er eine Hand an ihre Wange. »Anastasia, ich denke wirklich, wir müssen miteinander …«

»Abgemacht ist abgemacht, Schatz.« Eine energische Stimme drang von der Tür herüber, als diese geöffnet wurde. »Alle zwei Stunden regelmäßig eine Viertelstunde hinsetzen.«

»Aber das ist doch lächerlich«, kam die Erwiderung. »Himmel, du tust gerade so, als wäre ich die einzige Frau auf der Welt, die je schwanger war.« Mit einem Seufzer trat Morgana in den Raum. Sie zog die Brauen hoch, als sie das Trio erblickte – vor allem über die Art, wie Boone Sawyer ihre Cousine in eine Zimmerecke gedrängt hatte. Kaum zu glauben.

»Du bist die einzige schwangere Frau in meiner Welt …« Nash brach ab. »He, Ana, du kommst genau richtig. Sag du Morgana, dass sie es langsam angehen lassen soll. Und wenn du schon mal hier bist, kannst du auch gleich …« Er warf einen Blick auf den Mann neben ihr, dann erschien ein breites Grinsen auf seinem Gesicht. »Boone? Das gibt's doch nicht! Boone Sawyer, du verdam…«

Er hielt sich gerade noch rechtzeitig zurück, hauptsächlich wohl deshalb, weil Morgana ihm mit Rücksicht auf die Anwesenheit eines kleinen Mädchens den Ellbogen in die Rippen gestoßen hatte. Also durchschritt Nash mit großen Schritten den Raum, griff Boones Hand und versetzte ihm in typisch männlicher Art einen satten Schlag auf die Schulter. »Was machst du denn hier?«

»Ich bringe eine Warenlieferung vorbei, glaube ich.« Grinsend drückte Boone Nashs Hand. »Und du?«

»Ich versuche, meine Frau zu bändigen. Gott, wie lange ist das jetzt her? Vier Jahre?«

»So in etwa.«

Morgana legte beide Hände auf ihren Leib. »Ihr zwei kennt euch anscheinend.«

»Und ob wir das tun. Boone und ich haben uns auf einer Autorenkonferenz kennengelernt. Das war vor ungefähr zehn Jahren, stimmt's? Mensch, ich hab dich nicht mehr gesehen, seit …« Seit Alice' Beerdigung, hatte Nash sagen wollen. Er erinnerte sich nur zu gut an die Verzweiflung, die Trauer, die Fassungslosigkeit in Boones Blick, als er neben dem Grab seiner Frau stand. »Wie geht es dir denn?«

»So weit ganz gut.« Boone hatte verstanden. »Uns beiden geht es gut.«

»Das ist schön.« Eine Hand auf Boones Schulter, drückte er noch einmal fest die Hand seines Freundes und drehte sich dann zu Jessie um. »Du musst Jessica sein.«

»Ja.« Die Kleine, immer begeistert, neue Menschen kennenzulernen, strahlte Nash an. »Und wer bist du?«

»Ich bin Nash.« Er ging vor ihr in die Hocke. Außer den Augen war Jessica das Spiegelbild ihrer Mutter. Unbeschwert und heiter, hübsch wie eine kleine Elfe. Er hielt ihr ganz formell die Hand hin. »Freut mich, dich kennenzulernen.«

Sie kicherte und schüttelte die dargebotene Hand. »Hast du die Babys in Morganas Bauch getan?«

Für einen Moment war er sprachlos, dann lachte er. »Du hast es erraten. Aber ich überlasse es Ana, sie da rauszuholen. Also, erzählt mal, was macht ihr zwei denn in Monterey?«

»Wir leben jetzt hier«, klärte Jessie ihn auf. »In dem Haus direkt neben Ana.«

»Im Ernst?« Nash grinste breit in Boones Richtung. »Seit wann das denn bloß?«

»Jetzt knapp über eine Woche. Ich hatte schon gehört, dass du hergezogen seist. Ich hätte mich bei dir gemeldet, wenn die Umzugskartons alle ausgepackt gewesen wären. Allerdings wusste ich nicht, dass du die Cousine meiner Nachbarin geheiratet hast.«

»Die Welt ist klein und voller Überraschungen, nicht wahr?« Morgana sah mit schief gelegtem Kopf zu Ana. Es war ihr nicht entgangen, dass ihre Cousine bisher kein einziges Wort gesagt hatte. »Da anscheinend niemand mich vorstellen will, werde ich es wohl selbst tun müssen. Ich bin Morgana.«

»Entschuldige, Schatz.« Nash schob Jessie bequemer auf seine Hüfte. »Komm, setz dich.«

»Ich kann durchaus …«

»Setz dich.« Das kam von Ana, die einen Stuhl hervorzog.

»Überstimmt.« Seufzend ließ sich Morgana auf dem Stuhl nieder. »Gefällt es Ihnen in Monterey?«, fragte sie Boone.

»Sehr.« Boones Blick glitt automatisch zu Ana. »Mehr, als ich erwartet hatte.«

»Ich finde es schön, wenn ich mehr bekomme, als ich erwarte.« Lachend rieb Morgana über ihren gewölbten Leib. »Wir müssen uns bald alle mal zusammensetzen. Dann können Sie mir Dinge über Nash erzählen, von denen er nicht will, dass ich sie erfahre.«

»Schatz, du weißt doch, ich bin ein offenes Buch.« Nash küsste seine Frau aufs Haupt und blinzelte Ana zu. »Sind das die Sachen, auf die Morgana gewartet hat?«

»Ja, alles da.«

Froh, endlich etwas zu haben, mit dem sie sich ablenken konnte, wandte Ana sich zu dem Stapel Kisten um. »Ich pack's für dich aus, Morgana. Hier, probier diese Veilchen-Körperlotion aus, bevor du sie in den Laden stellst. Ich habe auch extra mehr von dem Seifenkraut-Shampoo mitgebracht.«

»Gut, denn es ist alles ausverkauft.« Morgana nahm die Körperlotion und drehte den Verschluss auf. »Hm, herrlicher Duft.« Sie gab sich etwas auf den Handrücken und verrieb es. »Fühlt sich gut auf der Haut an.«

»Aus Veilchen und Irisch Moos.« Ana sah von der Kiste auf. »Nash, warum zeigst du Jessie und Boone nicht den Laden?«

»Gute Idee. Ich denke, du wirst hier vieles finden, das dich interessieren wird«, sagte Nash zu Boone.

Boone warf Ana noch einen Blick über die Schulter zu. »Anastasia, nicht wegrennen.«

»Na, da schau her.« Morgana lehnte sich auf dem Stuhl zurück und blickte so zufrieden drein wie die Katze, die den Sahnetopf ausschleckt. »Willst du mich aufklären?«

Heftiger als nötig riss Ana an dem Klebeband des nächsten Kartons. »Worüber?«

»Über dich und diesen umwerfenden Nachbarn, natürlich. Kannst du dir das nicht denken?«

»Da gibt es nichts aufzuklären.«

»Liebes, ich kenne dich. Als ich diesen Raum betrat, warst du so von ihm hypnotisiert, dass ich einen Tornado hätte heraufbeschwören können, und dir wäre es nicht einmal aufgefallen.«

Ana holte geflissentlich Fläschchen und Tiegel aus der Kiste. »Mach dich nicht lächerlich. Du hast keinen Tornado mehr heraufbeschworen, seit wir den ›Zauberer von Oz‹ das erste Mal gesehen haben.«

»Ana.« Morganas Stimme war warm und fest. »Ich liebe dich.«

»Ich weiß. Ich liebe dich auch.«

»Du warst noch nie nervös. Vielleicht fasziniert es mich deshalb so sehr zu sehen, wie fahrig du bist. Und es sorgt mich auch.«

»Ich bin nicht nervös.« Sie ließ zwei Fläschchen fallen und zog eine Grimasse. »Okay, okay, ich geb's zu. Ich muss einfach nur gründlich nachdenken.« Sie drehte sich zu Morgana um. »Ja, er macht mich nervös. Das liegt daran, dass ich mich zu ihm hingezogen fühle. Aber ich muss nachdenken.«

»Worüber?«

»Wie ich damit umgehe. Mit ihm, meine ich. Ich habe nicht vor, den gleichen Fehler noch einmal zu begehen, besonders da alles, was sich zwischen mir und Boone abspielt, auch Jessie betrifft.«

»Ach, Liebes, bist du etwa dabei, dich in ihn zu verlieben?«

»Das ist doch absurd.« Zu spät bemerkte Ana, dass sie diese Möglichkeit viel zu heftig abgestritten hatte, um noch glaubwürdig zu wirken. »Ich bin eben nur aufgekratzt, das ist alles. Es hat schon lange keinen Mann mehr gegeben, der so auf mich wirkt. So körperlich, meine ich. Seit …« Noch nie, nie zuvor. Und sie fürchtete, dass es auch nie wieder so passieren würde. »Seit … langer Zeit eben.«

Morgana streckte ihrer Cousine die Hände entgegen. »Sebastian und Mel kommen in zwei Tagen aus den Flitterwochen zurück. Warum bittest du Sebastian nicht, nachzusehen? Es würde dich bestimmt beruhigen, wenn du es weißt.«

Entschieden schüttelte Ana den Kopf. »Nein. Nicht, dass ich nicht auch schon daran gedacht hätte. Aber ich will, dass das, was auch immer geschehen mag, zu fairen Bedingungen geschieht. Das Wissen würde mir einen Vorteil über Boone verschaffen, und das wäre unfair. Ich habe das Gefühl, dass faire Bedingungen wichtig sind, für uns beide.«

»Du wirst es am besten wissen. Aber lass mich dir etwas sagen, von Frau zu Frau.« Um ihre Lippen spielte ein Lächeln. »Und von Hexe zu Hexe. Es macht keinen Unterschied, ob man das Wissen besitzt oder nicht, wenn ein Mann erst einmal dein Herz berührt hat. Nicht den geringsten.«

Ana nickte. »Dann werde ich darauf achten müssen, dass er meines nicht anrührt, bis ich bereit bin.«

»Das ist unglaublich«, stieß Boone aus und ließ seinen Blick durch »Wicca« schweifen. »Einfach unglaublich.«

»Genau das habe ich auch gedacht, als ich das erste Mal hier hereinkam.« Nash nahm einen Kristallstab auf, an dessen Ende ein Amethyst aufgesetzt war. »Ich vermute, Leute aus unserem beruflichen Umfeld sind besonders für dieses Zeug hier zu begeistern.«

»Märchen.« Boone nahm den Stab von Nash entgegen und wandte seine Aufmerksamkeit dann der Bronzestatue zu, die einen zähnebleckenden Wolf darstellte. »Oder diejenigen, die sich mit dem Okkulten beschäftigen. Dazwischen liegt nur eine sehr feine Trennlinie. Dein letzter Film hat mir übrigens eine Gänsehaut verpasst, genau wie er mich zum Lachen gebracht hat.«

Nash grinste. »Es liegt immer auch Humor im Horror.«

»Niemand kann das besser als du.« Boone sah zu Jessie hinüber. Sie stand vor einem silbernen Miniaturschloss, über dem sich ein Regenbogen aus klarem Kristall spannte und das Licht in allen Farben reflektierte. Sie rührte sich nicht, stand nur andächtig da und hatte die Hände hinter dem Rücken verschränkt. »Hier komme ich nicht heraus, ohne etwas mitzunehmen.«

»Sie ist wunderhübsch«, sagte Nash und dachte, wie so oft, an die Kinder, die er bald selbst haben würde.

»Sie sieht aus wie ihre Mutter.« Boone sah die Frage im Blick seines Freundes. »Trauer vergeht, Nash, ob du es willst oder nicht. Alice war ein wunderbarer Teil meines Lebens, und sie hat mir das größte Geschenk überhaupt gemacht. Ich bin dankbar für jeden einzelnen Moment, den ich mit ihr verbringen durfte.« Er legte den Kristallstab ab. »Aber jetzt will ich wissen, wie es kommt, dass der eingefleischteste Junggeselle der Welt verheiratet ist und auf die Geburt von Zwillingen wartet.«

»Forschungsarbeit.« Nash wippte grinsend auf den Fersen vor und zurück. »Ich wollte aus L. A. raus, aber in erträglicher Entfernung zum Pendeln. Ich war erst kurz hier, als ich Informationen für mein Skript brauchte. Ich kam in diesen Laden, und da war sie.«

Natürlich war das lange nicht alles. Es gab noch viel mehr. Aber es lag nicht bei Nash, Boone über das Erbe der Donovans aufzuklären. Selbst dann nicht, wenn die Chance bestanden hätte, dass Boone ihm das abnehmen würde.

»Wenn du dich entschließt, von der Klippe zu springen, dann hält dich wohl nichts zurück, was?«

»Dich doch aber auch nicht, oder? Indiana ist ziemlich weit weg, soweit ich weiß.«

»Ich wollte ja auch nicht pendeln«, bemerkte Boone mit einem schiefen Grinsen. »Meine Eltern, Alice' Eltern … Jessie und ich wurden immer mehr zu ihrer Lebensaufgabe. Deshalb wollte ich etwas verändern, für uns beide.«

»Und ziehst direkt neben Ana ein, was?« Nash kniff die Augen zusammen. »Das große Holzhaus, mit all dem Glas und der riesigen Veranda?«

»Genau das.«

»Großartige Wahl.« Nash sah wieder zu Jessie hinüber. Sie war durch den ganzen Laden geschlendert und wieder bei dem kleinen Schloss angelangt. Sie hatte kein Wort gesagt, nicht einen Ton davon, wie sehr sie es haben wollte, und das machte die Sehnsucht in ihrem Blick umso wirkungsvoller. »Wenn du es nicht für sie kaufst, werde ich es tun.«

Als Ana in den Laden kam, um die Regale aufzufüllen, sah sie, wie nicht nur das silberne Schloss, sondern auch ein Kristallstab, die fast einen Meter hohe Statue einer geflügelten Fee – auf die sie selbst schon ein Auge geworfen hatte –, ein kristallener Sonnenfänger in Form eines Einhorns, ein Zauberer aus Zinn, der eine Kristallkugel in seiner Hand hielt, und eine Geode von der Größe eines Baseballs an der Kasse abgerechnet wurden.

»Wir sind schwach«, sagte Boone mit einem schiefen Grinsen auf Anas erstaunt hochgezogene Augenbrauen hin. »Absolut keine Willenskraft.«

»Aber einen äußerst erlesenen Geschmack.« Sie strich mit den Fingern über die Flügel der Fee. »Sie ist doch wunderbar, nicht wahr?«

»Die beste, die ich je gesehen habe. Ich denke mir, ich stelle sie in mein Arbeitszimmer, als Inspiration. Sie wird ihre Schönheit dort entfalten.«

»Eine gute Idee.« Sie schaute in die kleine Schale, die alle möglichen Kristalle enthielt. »Malachit, für klares Denken.« Mit dem Finger rührte sie vorsichtig in den geschliffenen Steinen, überlegte, verwarf, traf eine Wahl. »Sodalith gegen Verwirrung, Mondstein für die Sensibilität. Und natürlich Amethyst, für die Intuition.«

»Natürlich.«

Sie ignorierte ihn. »Ein Kristall für alle guten Dinge.« Sie neigte leicht den Kopf und studierte ihn. »Jessie sagte, Sie wollen mit dem Rauchen aufhören?«

Er zuckte die Achseln. »Ich versuche es nach und nach einzuschränken.«

Sie gab ihm einen Kristall. »Hier, tragen Sie den in Ihrer Tasche. Die Steine gehen aufs Haus.« Als sie mit ihren Fläschchen und Tiegeln weiterging, rieb er den Stein zwischen den Fingern. Na schön. Schaden würde es wohl nicht. Und es war ein Geschenk von ihr.

Er glaubte weder an magische Kristalle noch an eine Kraft in Steinen – obwohl sich sicherlich eine gute Geschichte daraus machen lassen würde. Boone musste auch zugeben, dass sie eigentlich ganz nett aussahen, wie sie da so in einer kleinen Schale auf seinem Schreibtisch standen. Atmosphäre, dachte er, genau wie die Geode, die er als Briefbeschwerer benutzte.

Alles in allem war es ein sehr ergiebiger und angenehmer Nachmittag gewesen. Er und Jessie hatten sich prächtig amüsiert. Karussell, Eiscreme, auf der Cannery Row und am Fisherman's Wharf entlangschlendern. Dass sie Ana getroffen hatten, war ein zusätzlicher Bonus gewesen. Und herauszufinden, dass Nash praktisch nur einen Steinwurf entfernt lebte, war einfach unbezahlbar.

Ihm fehlte männliche Gesellschaft. Komisch, das war ihm gar nicht so richtig bewusst geworden. Die letzten Monate waren mehr als hektisch gewesen, mit der Planung und dem tatsächlichen Umzug. Mit dem Einleben an einem neuen Ort. Und Nash, obwohl ihre Freundschaft während der letzten Jahre hauptsächlich über Korrespondenz weitergeführt worden war, war genau die Art Mann, die Boone bevorzugte. Unbeschwert, lässig, loyal, einfallsreich – sie hatten sich auf Anhieb verstanden.

Es würde ihm diebischen Spaß machen, Nash ein paar Ratschläge zu geben, wenn seine Zwillinge auf der Welt waren – sozusagen von Vater zu Vater.

Oh ja, dachte er und fischte den Mondstein aus der Schale, um ihn gegen das Licht zu halten, die Welt war wirklich klein und voller Überraschungen. Sein ältester und bester Freund, verheiratet mit der Cousine der Nachbarin. Jetzt würde es sehr schwierig für Ana werden, ihm aus dem Weg zu gehen.

Denn ganz gleich, was sie auch behauptete – genau das hatte sie getan. Er hatte das sichere Gefühl – er gestand sich ein, dass er sehr zufrieden darüber war –, dass er die holde Maid von nebenan verdammt nervös machte.

Er hatte schon fast vergessen, wie es war, wenn eine Frau leicht errötete oder verlegen den Blick abwandte. Oder wenn der Puls an ihrem Hals deutlich sichtbar zu pochen begann. Die meisten Frauen, deren Begleitung er in den letzten Jahren genossen hatte, waren sehr gewandt und elegant gewesen – und daher absolut ungefährlich, fügte er mit einem stillen Lächeln hinzu. Er hatte sich in ihrer Gesellschaft wohlgefühlt, aber da war nichts Geheimnisvolles gewesen.

Wahrscheinlich war er einfach ein Mann, den die altmodische Art mehr anzog. Der Rosen-und-Mondschein-Typ, dachte er mit einem leisen Lachen.

Und dann sah er sie, und das Lachen blieb ihm im Hals stecken.

Sie war in ihrem Garten, ging, nein, schwebte durch das silbrige Licht, die graue Katze neben sich, die immer wieder in die Schatten eintauchte. Das Haar fiel ihr offen über die bloßen Schultern, schimmerte wie Goldstaub auf dem blassblauen Kleid. Sie trug einen Korb an ihrem Arm, und er glaubte, sie singen zu hören, als sie Blumen schnitt und in den Korb legte.

Sie sang ein uraltes Lied, das von Generation zu Generation weitergegeben wurde. Es war nach Mitternacht, und Ana glaubte sich allein und unbeobachtet. Die erste Vollmondnacht im Herbst war die Nacht, um zu ernten. So wie die erste Vollmondnacht im Frühling die Nacht war, um zu säen. Sie hatte bereits den Kreis gezogen, der das Areal reinigte.

So sanft und vorsichtig, als wären es Kinder, legte sie Blumen und Kräuter in den Korb.

In ihren Augen war Magie. In ihrem Blut war Magie.

»Im Mondschein, in Schatten und Licht, es sind diese Blüten, die ich erwähle, weil sie die Kraft in sich hüten. Die Kraft zu heilen und die Macht zu befreien. Genau wie ich, denn so soll es sein.«

Sie pflückte Betonie und Vanille, grub Alraunen aus und wählte Wurmkraut und Balsam, Rosen und dann noch etwas Salbei.

»Heut' Nacht, um zu ernten, morgen Nacht, um zu säen. Nur das nehmen, was durch meiner Hände Arbeit entstand. Immer im Gedenken, zu welchem Zweck. Auf dass niemand zu Schaden komme.«

Nachdem sie die Beschwörung gesprochen hatte, vergrub sie das Gesicht in den Blumen und atmete tief den würzigen Duft ein.

»Ich habe mich ernsthaft gefragt, ob Sie echt sind.«

Ihr Kopf zuckte hoch, und dann sah sie ihn, nur ein Schatten bei der dunklen Hecke. Er trat durch diese Hecke und wurde zu einem Mann.

Ihr Herz, das ihr bis zum Hals schlug, beruhigte sich langsam wieder. »Sie haben mich erschreckt.«

»Das tut mir leid.« Es musste am Mondlicht liegen, dass sie so … so wie verzaubert aussah. »Ich habe noch spät gearbeitet, und als ich aus dem Fenster sah, erkannte ich Sie. Ein bisschen spät, um Blumen zu pflücken.«

»Der Mond scheint doch hell.« Ana lächelte. Er hatte nichts gesehen, was er nicht hätte sehen dürfen. »Ich hätte erwartet, Sie wüssten, dass allem, was im Mondlicht gepflückt wird, Zauberkräfte innewohnen.«

Er erwiderte ihr Lächeln. »Haben Sie vielleicht auch Rapunzeln dabei?«

Sie lachte über die Anspielung auf das Grimmsche Märchen. »Um genau zu sein, ja. Rapunzeln dürfen in keinem Zaubergarten fehlen. Ich werde Ihnen ein paar Pflanzen eintopfen, wenn Sie möchten. Sie können sich gerne auch andere Pflanzen aussuchen.«

»Zu Magie sage ich nie Nein.« Die Brise spielte so verführerisch mit ihrem Haar. Er ergab sich dem Moment und griff mit den Fingern hinein. Er sah, wie das Lachen in ihren Augen erstarb, Platz für etwas anderes machte, das sein Blut zum Sieden brachte.

»Sie sollten besser zurückgehen. Jessie ist doch allein im Haus.«

»Sie schläft.« Er kam näher, gerade so, als wäre ihr Haar ein Seil, an dem er zu ihr herangezogen wurde. Er war jetzt in dem Kreis, innerhalb der Magie, die sie beschworen hatte. »Die Fenster stehen offen, ich kann es hören, sollte sie mich rufen.«

»Es ist spät.« Ana umfasste den Korb so fest, dass die Weiden in ihre Hände stachen. »Ich muss …«

Sanft nahm er ihr den Korb ab und stellte ihn auf die Erde. »Ich auch.« Mit einer Hand strich er ihr über Haar und Gesicht. »Dringend sogar.«

Als er den Kopf beugte und seinen Mund näher und näher an ihren heranbrachte, erschauerte sie und versuchte ein letztes Mal, die Kontrolle zu behalten. »Boone, wenn Sie und ich etwas miteinander beginnen, könnte das die Dinge für uns alle komplizieren.«

»Vielleicht bin ich es ja leid, dass alles so einfach ist.« Er drehte den Kopf, nur ein wenig, strich mit den Lippen über ihre Wange, hinauf zu ihrer Schläfe. »Es überrascht mich, dass Sie es nicht wissen. Einem Mann bleibt gar keine andere Wahl, als eine Frau zu küssen, wenn sie im Mondlicht Blumen pflückt.«

Sie spürte, wie ihr Widerstand dahinschmolz. »Und sie hat keine andere Wahl, als ihn gewähren zu lassen und sich zu ergeben.«

Ihr Kopf fiel zurück, sie lud ihn ein. Er hatte sich vorgenommen, sacht zu sein, sanft das zu nehmen, was sie ihm darbot. Die Nacht schien dafür wie geschaffen, mit ihren Aromen und Düften und der leisen Musik des Wassers, das an die Felsen schlug. Die Frau in seinen Armen war schlank und zart, und die feine Seide ihres Kleides streichelte kühl die samtweiche Haut.

Doch als er fühlte, wie er in dem weichen, üppigen Mund versank, als ihr Duft ihn verführerisch einhüllte, da zog er sie hart an sich und ergriff fordernd Besitz.

Leidenschaft, Verlangen, Hunger. Sie kamen so prompt, von einem Sekundenbruchteil zum anderen. Nicht ein vernünftiger Gedanke drang durch diesen dichten Dunst aus Gefühlen, den sie ihm brachte. Die scharfe Spitze der Begierde durchstieß ihn, ließ ihn einen Laut ausstoßen, der nur teilweise Wonne ausdrückte.

Schmerz. Er spürte ihn wie tausend Nadeln. Und doch konnte er sich nicht von ihr lösen, konnte sich nicht dazu bringen, den Mund von ihren Lippen zu nehmen. Er hatte Angst. Angst, sie würde sich in Rauch auflösen, wenn er sie losließ. Angst, er würde nie wieder so fühlen.

Sie konnte es nicht besänftigen, nicht lindern. Ein Teil von ihr wollte ihn beruhigend streicheln, wollte es ihm leichter machen und ihm versprechen, dass alles in Ordnung kommen würde, für sie beide. Aber sie konnte nicht. Er hatte sie völlig niedergeschmettert. Ob es ihr eigenes Begehren war, der Widerhall seiner Leidenschaft, der sie einhüllte, oder beides, sie wusste es nicht. Doch das Resultat war der komplette Verlust von Vernunft und Willenskraft.

Sie hatte es gewusst. Ja, vom ersten Augenblick an war sie sicher gewesen, dass diese erste Zusammenkunft wild und ungestüm sein würde. Sie hatte sich danach gesehnt, so wie sie sich davor gefürchtet hatte. Jetzt befand sie sich jenseits von Angst. So wie auch er, konnte sie dieser Mischung aus Schmerz und Lust nicht widerstehen.

Ihre zitternden Hände glitten zu seinem Gesicht, höher zu seinem Haar, griffen hinein. Ihr Körper, von Schauern gepackt, presste sich an seinen. Als sie seinen Namen an seinen Lippen hauchte, war sie atemlos.

Aber er hörte sie, hörte sie, als tönte ihre sanfte Stimme direkt in seinem Kopf. Sie zitterte, aber vielleicht war auch er es, der zitterte. Diese Ungewissheit irritierte ihn, und langsam, vorsichtig, machte er sich von ihren Lippen los.

Er hielt sie fest, seine Hände auf ihren Schultern, sein Blick auf ihrem Gesicht. Im Mondlicht konnte sie sich in seinen Augen erkennen, in diesen blauen Meeren. Gefangen in ihnen.

»Boone …«

»Nein, nicht.« Er brauchte den Moment, um sich zu fassen. Mein Gott, er hätte sie fast ganz genommen. »Noch nicht.« Er küsste sie, ein zärtlicher, langer Kuss, der das, was immer von ihrem Widerstand übrig geblieben sein mochte, endgültig zerstörte. »Ich wollte dir nicht wehtun.«

»Das hast du nicht.« Sie presste die Lippen zusammen. »Du hast mich verwirrt.«

»Ich hatte geglaubt, vorbereitet zu sein.« Er strich mit der Hand über ihren Arm, bevor er sie freigab. »Jetzt frage ich mich, ob man überhaupt je auf so etwas vorbereitet sein kann.« Weil er nicht sicher war, was passieren würde, wenn er sie wieder berührte, vergrub er beide Hände in den Hosentaschen. »Vielleicht liegt es am Mond, vielleicht an dir. Ich will offen sein, Anastasia. Ich habe keine Ahnung, wie ich damit umgehen soll. Ich bin einfach nur vollkommen verwirrt.«

»Nun.« Sie schlang die Arme um ihren Körper. »Dann sind wir schon zu zweit.«

»Wenn Jessie nicht wäre, würdest du heute nicht allein in dieses Haus zurückgehen. Und ich gehe nie leichtfertig mit Intimität um.«

Etwas ruhiger, nickte sie. »Wenn Jessie nicht wäre, würde ich dich bitten, heute Nacht bei mir zu bleiben.« Sie holte tief Luft. Es war wichtig, ehrlich zu sein. »Es wäre das erste Mal für mich.«

»Dein erstes …« Bei dem Gedanken an ihre Unschuld überkam ihn Angst – und eine unglaubliche Erregung.

Ihr Kinn schoss hoch. »Ich schäme mich nicht deswegen.«

»Nein, das meinte ich nicht …« Sprachlos, fassungslos, fuhr er sich durch das Haar. Unschuldig. Eine Jungfrau mit goldenen Haaren in einem seidenen Kleid, einen Korb mit Blumen zu ihren Füßen. Und diesem Bild sollte ein Mann widerstehen und allein nach Hause gehen. »Ich nehme an, du hast keine Ahnung, was das einem Mann antut.«

»Nein, ich bin schließlich kein Mann.« Ana bückte sich nach ihrem Korb. »Aber ich weiß, dass ich bald erfahren werde, was es für eine Frau heißt, sich zum ersten Mal hinzugeben. Deshalb scheint es mir angebracht, dass wir beide sehr genau darüber nachdenken.« Sie lächelte, versuchte es zumindest. »Es ist sehr schwer, klar zu denken, wenn Vollmond ist und die Blumen in voller Blüte stehen. Deshalb sage ich jetzt Gute Nacht, Boone.«

»Ana.« Er berührte ihren Arm, aber er hielt sie nicht. »Nichts wird geschehen, wenn du es nicht willst.«

Sie schüttelte den Kopf. »Doch. Aber nichts wird geschehen, wenn es nicht sein soll.«

Das Kleid wehte hinter ihr her, als sie mit schwebenden Schritten auf ihr Haus zueilte.

5. Kapitel

Der Schlaf hatte lange nicht kommen wollen. Boone wälzte sich nicht im Bett, er starrte im Dunkeln an die Decke. Er hatte zugesehen, wie das Mondlicht verblasste und der Dämmerung des neuen Morgens Platz machte.

Jetzt, da die Sonne hoch am Himmel stand und Lichtbänder auf das Bett warf, lag er ausgestreckt auf dem Bauch, das Gesicht in den Kissen, und schlief tief und fest. Im Traum hob er Ana auf seine Arme, trug sie eine schier endlose weiße Wendeltreppe aus Marmor empor. Oben, über bauschigen weißen Wolken, schwebte ein riesiges Bett, umgeben von Kaskaden aus weißem Satin. Hunderte von langen, schlanken Kerzen flackerten, strömten ihren Duft aus. Vanille, Jasmin … er konnte es riechen. So wie er ihren Duft wahrnahm, diesen stillen, verführerischen Duft, der ihr folgte, wo immer sie auch hinging.

Sie lächelte. Das Haar wie Sonnenlicht. Die Augen wie Rauch. Als er sie auf das Bett legte, sanken sie zusammen tief ein, als lägen sie auf Wolken. Harfentöne erklangen, romantisch, ergreifend, und ein leises Flüstern, hauchzart wie die Wolken selbst …

»Daddy!«

Boone erwachte mit einem Schlag, als seine Tochter sich auf seinen Rücken warf. Sein unverständliches Knurren brachte sie zum Kichern. Sie beugte sich vor und pflanzte einen dicken Kuss auf seine stoppelige Wange.

»Daddy, wach endlich auf. Ich habe schon Frühstück für dich gemacht.«

»Frühstück?« Er brummte ins Kissen, versuchte den Schlaf abzuschütteln und die Bilder des Traums zu verscheuchen. »Wie spät ist es?«

»Der kleine Zeiger steht auf der Zehn und der große Zeiger auf der Drei. Ich habe Zimttoast gemacht und Orangensaft in die kleinen Gläser eingeschüttet. Das schmeckt dir doch immer.«

Brummend drehte er sich auf den Rücken und schaute Jessie aus verschlafenen Augen an. Sie sah frisch aus wie der junge Morgen, in ihrer pinkfarbenen Bluse und den pinkfarbenen Shorts. Die Knöpfe waren falsch geknöpft, aber sie hatte sich gekämmt. »Wie lange bist du denn schon auf?«

»Schon Stunden! Ich habe Daisy nach draußen gelassen und sie gefüttert. Dann habe ich mich angezogen und mich gewaschen und mir die Zähne geputzt und mich gekämmt. Dann habe ich mir Cartoons angesehen. Und als ich hungrig geworden bin, habe ich Frühstück gemacht.«

»Du warst also schon richtig fleißig.«

»Ja, und ich war auch ganz leise, damit du ganz bestimmt ausschlafen kannst.«

»Stimmt.« Boone machte sich daran, ihre Knöpfe zu richten. »Dafür hast du eine Belohnung verdient.«

»Wirklich?« Ihre Augen leuchteten auf. »Was kriege ich denn?«

»Wie wär's mit einem pinkfarbenen Bauch?« Boone rollte sich mit ihr auf dem Bett herum, bis sie vor lauter Lachen und Quietschen ganz außer Atem war. Er ließ sie gewinnen, täuschte völlige Erschöpfung vor, als sie auf seinem Rücken saß und auf und ab hüpfte. »Gegen dich habe ich einfach keine Chance.«

»Weil ich mein Gemüse immer aufesse und du nicht.«

»Wenn du dreiunddreißig bist, musst du den Rosenkohl auch nicht mehr aufessen.«

»Aber mir schmeckt Rosenkohl.«

Er grinste ins Kissen. »Das kommt daher, weil ich ein so guter Koch bin. Meine Mutter war eine lausige Köchin.«

»Jetzt kocht sie gar nicht mehr. Sie und Grandpa Sawyer gehen immer aus zum Essen.«

»Weil Grandpa Sawyer ein kluger Mann ist.«

»Du hast gesagt, wir könnten sie heute anrufen, und Nana und Pop auch. Können wir?«

»Sicher. Nachher.« Er drehte sich wieder um und musterte seine Tochter. »Vermisst du sie, Baby?«

»Ja.« Jessie steckte die Zunge zwischen die Zähne und schrieb konzentriert mit einem Finger den Namen »Sawyer« auf seine Brust. »Es ist schon komisch, dass sie nicht hier sind. Werden sie uns besuchen kommen?«

»Auf jeden Fall.« Das Schuldgefühl gehörte wohl mit zum Elternsein. »Wärst du lieber in Indiana geblieben?«

»Nie!« Ihre Augen wurden groß. »Da gibt es keinen Strand und keine Robben und auch nicht das große Karussell und keine Ana. Das hier ist der schönste Ort der Welt!«

»Ja, mir gefällt es hier auch.« Boone setzte sich auf und gab seiner Tochter einen Kuss. »Und jetzt zisch ab, damit ich mich anziehen kann.«

»Kommst du gleich runter?«

»Aber ja. Ich habe so großen Hunger, dass ich bestimmt Hunderte von Zimttoasts verschlingen könnte.«

Entzückt hüpfte sie zur Tür. »Dann mache ich gleich noch viel mehr.«

Da er wusste, dass sie ihn beim Wort nehmen würde, beeilte Boone sich mit dem Duschen und verzichtete aufs Rasieren. Über den Traum wollte er nicht nachdenken. Er war sowieso einfach genug zu durchschauen. Er wollte Ana, das war keine neue Eröffnung, und das ganze Weiß in den Bildern stand für ihre Unschuld.

In abgeschnittenen Jeansshorts und einem T-Shirt, das so zerschlissen war, dass es eigentlich besser als Putzlumpen gedient hätte, beeilte er sich, in die Küche zu kommen und nach dem Rechten zu sehen.

Jessie verteilte gerade großzügig Butter auf einem Toast. Sie war sehr in ihre Beschäftigung vertieft. Auf dem Tisch stand ein Teller, mit einem ganzen Haufen von Toasts, nicht wenige davon verbrannt. Der Geruch nach Zimt hing in der Luft.

Boone setzte Kaffee auf, bevor er sich vorsichtig eine Scheibe Toast nahm. Kalt, hart wie Stein und mit einer dicken Kruste von Zimt und Zucker überzogen. Anscheinend hatte Jessie das Talent zum Kochen von ihrer Großmutter geerbt.

»Schmeckt toll«, sagte er und schluckte bemüht. »Mein Sonntagmorgenlieblingsfrühstück.«

»Darf Daisy auch etwas davon haben?«

Boone besah sich den Stapel Toastscheiben, blickte auf die kleine Hündin, die erwartungsvoll hechelnd vor ihm saß. Mit etwas Glück konnte er mindestens die Hälfte des Frühstücks dem Hund überlassen. »Ich denke schon.« Er nahm eine Scheibe, hielt sie vor Daisys Augen hoch und befahl knapp: »Sitz.«

Daisy hechelte weiter mit heraushängender Zunge und wedelte mit dem Schwanz.

Er drückte ihr Hinterteil hinunter und wiederholte den Befehl. Daisy verschlang den Toast und war äußerst zufrieden mit sich.

»Sie hat's geschafft, Daddy.«

»So ungefähr.« Er richtete sich auf, um sich eine Tasse Kaffee zu holen. »Nachher gehen wir mit ihr raus und wiederholen die Lektion.«

»Gut.« Jessie kaute fröhlich an ihrem Toast. »Vielleicht kann Ana uns ja helfen, wenn ihr momentaner Besuch weg ist.«

»Besuch?«, fragte Boone, während er nach der Tasse griff.

»Ich habe sie draußen mit einem Mann gesehen. Sie hat ihn ganz fest umarmt und ihm einen dicken Kuss gegeben.«

»Sie …« Die Tasse fiel scheppernd um.

»Du hast fettige Finger, Daddy«, sagte Jessie kichernd.

»Ja.« Er hielt den Rücken zu Jessie gewandt, während er die Tasse wieder hinstellte und sich Kaffee eingoss. »Äh, was für ein Mann war es denn?« Er war sicher, dass seine Stimme unbeteiligt klang – zumindest für eine erst Sechsjährige.

»Er ist unheimlich groß und hat ganz dunkle Haare. Sie haben zusammen gelacht und sich an den Händen gehalten. Vielleicht ist es ja ihr Freund.«

»Freund«, wiederholte Boone zwischen zusammengepressten Zähnen.

»Was ist denn, Daddy?«

»Nichts. Der Kaffee ist heiß.« Er trank ihn schwarz. Händchen halten also. Sich küssen. Diesen Kerl wollte er sich selbst ansehen. »Warum setzen wir uns nicht einfach auf die Veranda und versuchen jetzt noch mal, Daisy zu trainieren, Jess?«

»Fein.« Das neue Lied, das sie in der Schule gelernt hatte, vor sich hin summend, nahm Jessie den Teller mit Toast. »Ich esse gern draußen, wenn es so schön ist.«

Aber Boone setzte sich nicht auf einen der Verandasessel, sondern stellte sich, den Kaffeebecher in der Hand, an das Geländer. Im angrenzenden Garten war niemand zu sehen, und das machte es nur noch schlimmer. So blieb es seiner Fantasie überlassen, sich auszumalen, was Ana und ihr großer dunkelhaariger Freund im Haus trieben. Allein.

Er aß drei Scheiben Toast, ohne es zu merken, und spülte sie mit heißem Kaffee hinunter, während er genauestens plante, was er zu Miss Anastasia Donovan sagen würde, wenn er sie das nächste Mal traf.

Wenn sie sich einbildete, sie könnte ihn in der einen Nacht küssen, dass ihm Hören und Sehen verging, und dann am nächsten Tag mit irgendeinem fremden Kerl herummachen, dann hatte sie sich getäuscht.

Er würde ihr schon zeigen, wo es langging. Sobald er sie zwischen die Finger bekam, würde er …

Seine Gedanken wurden unterbrochen, als Ana aus ihrer Küchentür trat und nach jemandem im Haus rief.

»Ana!« Jessie sprang von der Bank auf und winkte wild. »Hallo, Ana!«

Mit zusammengekniffenen Augen beobachtete Boone, wie Ana sich in ihre Richtung umdrehte. Ihr Winken kam zögernd, und ihr Lächeln schien ihm gezwungen. Da war doch etwas faul.

Sicher, ich wäre auch nervös, wenn ich einen fremden Kerl im Haus hätte, dachte Boone grimmig.

»Darf ich zu ihr gehen und ihr zeigen, was wir mit Daisy machen, Daddy?«

»Sicher.« Er stellte den leeren Kaffeebecher auf dem Geländer ab. »Geh nur.«

Jessie griff sich einen weiteren Toast, rief nach Daisy und zu Ana, sie möge doch warten, dann rannte sie davon.

Boone dagegen wartete, bis er den Mann aus dem Haus kommen sah. Oh ja, er war groß, fast zwei Meter. Boone stellte sich automatisch aufrechter hin. Und sein Haar war wirklich schwarz. Und lang. Floss in – romantischen, wie jede Frau es mit Sicherheit bezeichnen würde – Locken über den Hemdkragen.

Der Kerl war braun gebrannt, schien äußerst fit zu sein und wirkte höchst elegant. Boone stieß zischend den Atem aus, als der Fremde seinen Arm ganz selbstverständlich um Anas Schultern legte.

Das werden wir noch sehen, entschied Boone verbissen und stieg die Verandastufen hinunter, die Hände in die Hosentaschen vergraben.

Bis er bei der Rosenhecke angekommen war, plapperte Jessie bereits aufgeregt über Daisys Erfolge, und Ana lachte herzlich, den Arm um die Hüfte des Fremden gelegt.

»Ich würde mich auch setzen, wenn ich dafür einen Zimttoast«, sagte der Mann gerade und zwinkerte Ana zu.

»Du würdest doch alles tun, solange dir nur jemand was zu essen vorsetzt«, neckte Ana gutmütig, bevor sie Boone bei der Hecke bemerkte. »Oh.« Es war sinnlos, das Erröten verhindern zu wollen. »Guten Morgen.«

»Wie geht's?« Boone nickte ihr kurz zu, dann wanderte sein Blick sofort misstrauisch zu dem Mann an ihrer Seite. »Wir wollten nicht stören, solange du … Besuch hast.«

»Nein, ist schon in Ordnung, ich …« Ana brach ab, verwirrt durch die Spannung, die plötzlich in der Luft surrte. »Sebastian, das ist Jessies Vater, Boone Sawyer. Boone, mein Cousin Sebastian Donovan.«

»Cousin?«, wiederholte Boone verdutzt, und Sebastian machte sich nicht einmal die Mühe, sein wissendes Grinsen zu verbergen.

»Nur gut, dass Ana uns so schnell miteinander bekannt gemacht hat. Ich mag meine Nase nämlich genau so, wie sie ist.« Sebastian streckte die Hand aus. »Freut mich. Ana hat uns schon erzählt, dass sie neue Nachbarn hat.«

»Er hat die Pferde, Daddy.«

»Ich erinnere mich.« Sebastians Händedruck war fest und kräftig, und hätte er nicht das amüsierte Funkeln in den Augen gesehen, wäre Boone dieser Mann wahrscheinlich auf Anhieb sympathisch gewesen. »Sie haben gerade geheiratet, nicht wahr?«

»Stimmt genau. Meine …« Sebastian drehte sich um. »Ah, da ist sie ja, meine Angebetete, die Sonne meines Lebens.«

Eine große schlanke Frau mit wirren kurzen Haaren kam in staubigen Stiefeln zu ihnen herüber. »Lass den Unsinn, Donovan.«

»Ah, meine schüchterne Braut.« Für jedermann war sichtbar, dass sie sich neckten. Sebastian nahm ihre Hand und führte sie an seine Lippen. »Anas Nachbarn, Jessie und Boone Sawyer. Meine ewige Liebe, Mary Ellen.«

»Mel«, verbesserte sie hastig. »Nur Donovan wagt es, mich Mary Ellen zu nennen. Ein wunderbares Haus haben Sie da«, fügte sie anerkennend hinzu und deutete mit dem Kopf auf das Nachbargebäude.

»Mr. Sawyer schreibt Märchen, Kinderbücher. Ähnlich wie Tante Bryna«, erklärte Ana.

»Wirklich? Toll.« Mel lächelte Jessie zu. »Ich wette, das gefällt dir.«

»Mein Daddy schreibt die besten Geschichten auf der ganzen Welt. Und das ist Daisy. Wir haben ihr beigebracht, wie sie sich hinsetzen muss. Darf ich zu euch kommen und mir eure Pferde ansehen? Ana hat mir schon ganz viel von ihnen erzählt.«

»Natürlich.« Mel ging in die Hocke und streichelte dem Welpen das Fell. Während Mel sich mit Jessie unterhielt, sah Sebastian zurück zu Boone.

»Ein schönes Haus.« Er hatte sogar selbst mit dem Gedanken gespielt, es zu kaufen. Das Funkeln trat wieder in Sebastians Augen. »Und eine exzellente Lage.«

Es wäre albern, so zu tun, als hätte er die Anspielung nicht verstanden. »Ja, uns gefällt es sehr gut.« Mutwillig streckte Boone die Hand aus und strich Ana mit einem Finger über die Wange. »Du siehst etwas blass aus heute Morgen, Anastasia.«

»Mir geht es gut.« Es war leicht, die Stimme ruhig zu halten, aber Ana wusste auch, wie leicht es für Sebastian war, ihre Gedanken zu lesen. Sie fühlte auch schon, wie er es sanft versuchte, und sie war ziemlich sicher, dass er seine neugierige mentale Nase bereits in Boones Kopf steckte. »Entschuldige mich bitte einen Moment, ich habe Sebastian etwas Weißdorn versprochen.«

»Hattest du denn gestern Nacht keinen geschnitten?«

Ihr Blick traf auf Boones, hielt ihn fest. »Den brauche ich für etwas anderes.«

»Wir wollen euch nicht länger aufhalten. Komm, Jess.« Boone griff nach Jessies Hand. »War nett, Sie beide kennenzulernen. Ana, wir sehen uns bald.«

Sebastian besaß so viel Takt, dass er wartete, bis Boone außer Hörweite war. »Sieh mal einer an. Kaum bin ich zwei Wochen weg, und schon bringst du dich in ernsthafte Schwierigkeiten.«

»Mach dich nicht lächerlich.« Ana wandte sich ab und marschierte auf ein Kräuterbeet zu. »Ich stecke nicht in Schwierigkeiten.«

»Darling. Liebste Ana. Dein Nachbar stand kurz davor, mir an die Gurgel zu springen, hättest du mich nicht als deinen Cousin vorgestellt.«

»Ich hätte dich beschützt«, sagte Mel ganz ernst.

»Ach, meine Retterin.«

»Also«, fuhr Mel fort, »für mich sah es eher so aus, als wollte er Ana an den Haaren fortschleifen.«

»Ihr beide redet völligen Unsinn.« Ana schnitt Weißdorn, ohne sich umzusehen. »Er ist ein sehr netter Mann.«

»Dessen bin ich sicher«, murmelte Sebastian. »Aber weißt du, mit Männern ist das so eine Sache – sie verteidigen ihr Territorium. Etwas, das Frauen sehr oft nicht verstehen.«

»Oh, bitte.« Mel stieß ihm den Ellbogen in die Seite.

»Das ist nun mal eine Tatsache, liebste Mary Ellen. Ich bin in sein Territorium eingedrungen. Zumindest nahm er das an. Und ich würde wesentlich weniger von ihm halten, hätte er nicht versucht, es zu verteidigen. Sag mal, Ana, wie wichtig ist er dir?«

»Das geht dich nicht das Geringste an.« Ana richtete sich auf und fasste die Pflanzenstiele viel zu fest. »Und ich würde es zu schätzen wissen, Cousin, wenn du dich da heraushalten würdest.«

»Deshalb hast du mich ja auch abgeblockt. Dein Nachbar war allerdings nicht so erfolgreich.«

»Es ist einfach unhöflich«, murmelte Ana. »Unhöflich und impertinent, wie du einfach so in anderer Leute Köpfe schaust.«

»Er gibt eben gerne an«, kam Mel ihr zu Hilfe.

»Stimmt überhaupt nicht.« Sebastian schüttelte beleidigt den Kopf. »Ich sehe nie ohne Grund nach. In diesem Fall bin ich der einzige männliche Verwandte, den du auf diesem Kontinent hast. Daher ist es meine Pflicht, mich über die Lage zu informieren. Und auch über die Mitspieler.«

Mel konnte nur kopfschüttelnd mit den Augen rollen, während Ana sich versteifte.

»Ach ja?« Mit funkelndem Blick stach sie Sebastian den Zeigefinger in die Brust. »Dann lass mich dir eines erklären: Nur weil ich eine Frau bin, bedeutet das nicht automatisch, dass ich Schutz oder Hilfe oder irgendwas anderes von einem Mann brauche, verwandt oder nicht. Ich komme seit sechsundzwanzig Jahren bestens allein zurecht, oder hast du das vergessen?«

»Nächsten Monat sind es siebenundzwanzig«, bot Sebastian hilfreich an.

»Halt einfach den Mund, Sebastian.«

»So redet sie nur, wenn sie nicht mehr weiterweiß«, informierte Sebastian Mel sachlich. »Normalerweise ist sie nämlich sehr sanft und äußerst höflich.«

»Sei vorsichtig, oder ich gebe Mel einen Trank, den sie in deine Suppe mischen kann und der deine Stimmbänder für Tage funktionsunfähig macht.«

»Oh.« Mel horchte interessiert auf. »Kannst du ihn mir nicht auch so geben?«

»Was solltest du schon damit anfangen? Immerhin bin ich derjenige von uns, der kocht«, stellte Sebastian fest. Dann zog er Ana in seine Arme. »Komm schon, Liebes, sei nicht böse. Ich muss mir doch Sorgen um dich machen. Das ist mein Job.«

»Es gibt keinen Grund, sich zu sorgen.« Aber sie gab langsam nach.

»Hast du dich in ihn verliebt?«

Sofort versteifte sie sich wieder. »Also nun wirklich, Sebastian. Ich kenne ihn doch kaum eine Woche.«

»Was heißt das schon?« Über Anas Schulter warf er Mel einen langen Blick zu. »Bei mir hat es nicht so lange gedauert, bis ich erkannte, dass der einzige Grund, warum Mel mir so auf die Nerven ging, der war, dass ich völlig verrückt nach ihr war. Sie hat natürlich wesentlich länger gebraucht, um zu akzeptieren, dass sie ebenso verrückt nach mir war. Aber sie ist ja auch ausgesprochen stur.«

»Ich will diesen Trank, Ana«, ließ Mel sich vernehmen und sah ihren Mann spöttisch an.

Sebastian ignorierte die Bedrohung und hielt Ana auf Armeslänge von sich ab, um sie zu betrachten. »Ich frage nur, weil er auf jeden Fall mehr als nur nachbarschaftliches Interesse an dir hat. Um genau zu sein, er …«

»Das reicht. Was immer du in seinem Kopf gesehen hast, behalte es für dich. Ich meine es ernst, Sebastian«, fuhr sie fort, bevor er ihr ins Wort fallen konnte. »Ich ziehe es vor, die Dinge auf meine Art zu erledigen.«

»Wenn du darauf bestehst«, seufzte er.

»Ja, das tue ich. Und jetzt nimm deinen Weißdorn und geh nach Hause und benimm dich wie ein frischverheirateter Ehemann.«

»Das ist überhaupt der beste Vorschlag, den ich den ganzen Tag gehört habe.« Mel fasste ihren Mann mit festem Griff am Arm und zog. »Lass sie in Ruhe, Donovan. Ana ist ein großes Mädchen und kann sich selbst um ihre Angelegenheiten kümmern.«

»Aber sie sollte zumindest wissen …«

»Raus.« Mit einem erstickten Lachen versetzte Ana ihm einen leichten Schubs. »Raus aus meinem Garten, ich muss noch arbeiten. Und wenn ich einen Telepathen brauche, werde ich dich anrufen.«

Er gab nach und küsste sie auf die Wange. »Sieh zu, dass du das auch tust.« Dann bildete sich langsam ein listiges Lächeln auf seinem Gesicht, als er mit seiner Frau davonging. »Weißt du, eigentlich bleibt uns noch Zeit, bei Morgana und Nash vorbeizuschauen.«

»Einverstanden.« Mel sah über ihre Schulter zurück zu Ana. »Ehrlich gesagt, ich will auch wissen, was die beiden von diesem Typen halten.«

Für die nächsten Tage beschäftigte Ana sich im Haus. Es war nicht so, als würde sie Boone aus dem Weg gehen wollen. Nein, sie hatte einfach viel zu tun. Ihr Vorrat neigte sich dem Ende zu und musste dringend aufgefüllt werden.

In dem kleinen Raum neben der Küche bewahrte sie Destilliergefäße und Glasfläschchen auf, Phiolen und Silberschalen. Die Blumen und Wurzeln und Kräuter, die sie im

Mondlicht geerntet hatte, waren alle fein säuberlich in Morgentau gewaschen und für die jeweilige Verwendung sortiert worden.

Da war Mohnsirup zu kochen und Ysop zu trocknen. Sie brauchte bestimmte Essenzen und Öle, und sie musste noch Aufgüsse und Sude fertigstellen.

Es gab also genug zu tun. Ana liebte ihre Arbeit, liebte die Gerüche und Aromen, die ihre Küche und ihren Arbeitsraum erfüllten, sie erfreute sich an den Blumen, den hübschen rosa Blüten des Majorans, dem kräftigen Violett des Fingerhuts, dem sonnigen Gelb des Goldlacks.

Sie schmeckte gerade die verdünnte Lösung von Enzianessenz ab und verzog bei dem bitteren Geschmack das Gesicht, als Boone an die Fliegengittertür klopfte.

»Diesmal brauche ich wirklich eine Tasse Zucker«, sagte er mit einem charmanten Lächeln, bei dem ihr Herz doppelt so schnell zu schlagen begann. »Ich habe diese Woche die Aufsicht in der Frühstückspause, und ich muss für morgen Kekse backen.«

Mit geneigtem Kopf musterte sie ihn. »Du könntest auch welche kaufen.«

»Also wirklich, welche Pausenaufsicht, die etwas auf sich hält, bringt gekaufte Kekse für Erstklässler mit?«

Das Bild, wie er Teig rührte, ließ sie lächeln. »Komm herein, eine Tasse kann ich wohl erübrigen. Aber lass mich das hier eben zu Ende machen.«

»Es riecht wundervoll hier.« Er beugte sich über einen Topf, der auf dem Herd köchelte. »Was machst du hier eigentlich?«

»Nicht!« Ihre Warnung kam rechtzeitig, bevor er den Finger in die dunkle Flüssigkeit tunken konnte. »Das ist Belladonna. In dieser Form unter gar keinen Umständen zum Verzehr bestimmt.«

»Belladonna.« Er zog die Brauen enger zusammen. »Heißt das etwa, du mischst Gift?«

»Ich stelle eine Salbe her. Gegen Entzündungen und Rheuma. Außerdem ist es nicht giftig, wenn es richtig verarbeitet wird. Es ist ein Beruhigungsmittel.«

Mit noch immer gerunzelten Brauen blickte er in den Nebenraum, der einem Chemielabor glich. »Brauchst du dafür nicht eine Lizenz oder so was?«

»Ich bin ausgebildete Herbalistin, mit einem Diplom in Pharmakognosie, falls dich das beruhigt.« Sie schlug seine Hand von einem anderen Topf weg. »Und das da ist nichts für neugierige Anfänger.«

»Hast du was gegen Schlaflosigkeit? Außer diesem Belladonna?«

Sie war sofort besorgt. »Du kannst nicht schlafen? Hast du Fieber?« Sie fühlte seine Stirn und stand reglos da, als er ihre Hand fasste.

»Beide Fragen muss ich mit Ja beantworten. Und man kann sagen, dass du die Ursache und das Heilmittel bist.« Er führte ihre Hand von seiner Stirn an seine Lippen. »Vielleicht bin ich eine Pausenaufsicht, aber ich bin auch ein Mann, Ana. Ich kann nicht mehr aufhören, an dich zu denken.« Er drehte ihre Hand um, presste seine Lippen auf die Stelle am Gelenk, wo der Puls wild hämmerte. »Und ich kann nicht damit aufhören, mich nach dir zu sehnen.«

»Es tut mir leid, wenn ich dir schlaflose Nächte bereite. Das ist nicht meine Absicht.«

Er hob eine Augenbraue. »Wirklich? Das kann ich dir jetzt fast nicht glauben.«

Sie konnte das Lächeln nicht ganz zurückhalten. »Nun, natürlich fühle ich mich ein wenig geschmeichelt, dass ich dich wach halte. Und es ist sehr schwer zu wissen, was dagegen zu tun ist.« Sie wandte sich um und schaltete die Herdplatte aus. »Ich selbst fühle mich auch etwas rastlos.« Sie schloss die Augen, als sie seine Hände auf ihren Schultern fühlte.

»Schlaf mit mir.« Er strich mit den Lippen sanft über ihren Nacken. »Ich werde dir nicht wehtun, Ana.«

Nein, nicht absichtlich, dachte sie, das nicht. Dazu besaß er zu viel Wärme. Aber würden sie einander wehtun, wenn sie ihrem Bedürfnis nach Liebe nachgab und gleichzeitig das vor ihm zurückhielt, was sie wirklich war?

»Das ist ein großer Schritt für mich, Boone.«

»Für mich auch.« Sanft drehte er sie zu sich herum, damit sie ihn ansehen konnte. »Seit Alice' Tod hat es niemanden für mich gegeben. Da war die eine oder andere Frau, aber es bedeutete uns beiden nicht mehr als das Füllen einer körperlichen Leere. Mit keiner von ihnen wollte ich mehr Zeit verbringen, reden. Ana, ich mag dich sehr gern.« Er beugte den Kopf und küsste sie sehr zärtlich, sehr vorsichtig. »Ich weiß nicht, wie es passiert ist, so schnell, so tief, aber es stimmt. Ich hoffe wirklich, du glaubst meinen Worten.«

Selbst ohne direkte Verbindung konnte sie es fühlen. Und irgendwie machte es die Dinge nur noch komplizierter. »Ich glaube dir.«

»Ich habe nachgedacht. Da ich nicht schlafen konnte, blieb mir ausreichend Zeit dazu.« Abwesend steckte er eine lockere Haarnadel zurück in ihr Haar. »In jener Nacht habe ich dich gedrängt, ja sogar erschreckt.«

»Nein.« Sie zuckte die Achseln und wandte sich wieder ihren Mixturen zu, um sie in Flaschen einzufüllen. »Doch, wahrscheinlich hast du das.«

»Wenn ich gewusst hätte, dass du … Wenn ich geahnt hätte, dass du noch nie …«

Mit einem Seufzer verschloss sie die Flasche. »Meine Jungfräulichkeit ist eine bewusste Entscheidung, Boone, und nichts, dessen ich mich schäme.«

»Ich wollte damit nicht sagen …« Er stieß zischend die Luft aus. »Na, so dumm stelle ich mich selten an.«

Sie nahm einen anderen Trichter, füllte eine weitere Flasche. »Du bist nervös.«

Neiderfüllt stellte er fest, dass ihre Hände völlig ruhig waren, als sie die nächste Flasche verschloss. »Ich denke, zu Tode verängstigt trifft es besser. Ich war grob zu dir, das hätte ich nicht sein dürfen. Aus vielen Gründen. Dass du unerfahren bist, ist nur einer davon.«

»Du warst nicht grob.« Sie fuhr mit ihrer Arbeit fort, es beruhigte ihre Nerven, die genauso gespannt waren wie seine. Solange sie sich auf etwas konzentrieren konnte, konnte sie sich auch den Anschein geben, gelassen zu sein. »Du bist ein leidenschaftlicher Mann. Dafür musst du dich nicht entschuldigen.«

»Aber dafür, dass ich dich gedrängt habe. Und weil ich heute hier herübergekommen bin, in der vollen Absicht, die Dinge heiter und unbeschwert zu halten, und dich wieder bedränge.«

Ein Lächeln spielte um ihre Lippen, als sie zum Spülbecken ging, um die Schalen auszuwaschen. »Ist es das, was du tust?«

»Ich hatte mir fest vorgenommen, dich nicht zu fragen, ob du mit mir schlafen willst. Ich wollte dich nur einladen, ein wenig Zeit mit mir zu verbringen. Dinner vielleicht, oder ausgehen. Oder was immer Leute machen, die sich kennenlernen wollen.«

»Ja, das würde mir gefallen. Was auch immer.«

»Schön.« Das war doch gar nicht so schwer gewesen. »Vielleicht am Wochenende. Freitagabend. Ich werde wohl einen Babysitter finden.« Sein Blick wurde ernster. »Jemanden, dem ich vertrauen kann.«

»Ich dachte, du würdest für Jessie und mich ein nettes Abendessen kochen.«

Eine Zentnerlast fiel von seinen Schultern. »Es würde dir nichts ausmachen?«

»Es würde mir Spaß machen.«

»Also gut.« Er nahm ihr Gesicht in seine Hände. »Ja, sehr gut sogar.« Der Kuss war so süß, und falls da etwas in seinem Innern zerriss, so, wie es sich anfühlte, dann würde er schon damit fertig werden. »Am Freitag dann.«

Das Lächeln fiel ihr leicht, auch wenn ihr Körper sich anfühlte, als hätte er soeben ein Erdbeben überstanden. »Ich bringe den Wein mit.«

»Einverstanden.« Er hätte sie zu gern noch einmal geküsst, aber er fürchtete, sie zu verschrecken. »Bis dann.«

»Boone.« Sie holte ihn bei der Tür ein. »Willst du nicht den Zucker mitnehmen?«

Er grinste. »Ich habe gelogen.«

Sie kniff die Augen zusammen. »Du hast keine Pausenaufsicht, und du backst keine Kekse?«

»Doch, das schon. Aber ich habe mindestens drei Kilo Zucker im Vorratsschrank. He, es hat doch funktioniert, oder?«

Er pfiff fröhlich vor sich hin, als er wieder zu seinem Haus hinüberging.

6. Kapitel

»Warum ist Ana denn noch nicht hier? Wann kommt sie denn endlich?«

»Bald«, antwortete Boone seiner Tochter wohl zum zehnten Mal. Viel zu bald, fügte er in Gedanken hinzu. Er hinkte seinem Zeitplan hinterher. Die Küche sah aus wie ein Schlachtfeld. Er hatte zu viele Töpfe benutzt. Obwohl … das tat er eigentlich immer. Er verstand nicht, wie jemand kochen konnte, ohne nicht jeden verfügbaren Topf und jede Pfanne aus dem Schrank zu holen.

Das »Hähnchen cacciatore« roch eigentlich ganz gut, aber er war nicht sicher, ob es auch gelingen würde. Dumm, tadelte er sich selbst, ausgerechnet jetzt ein neues Rezept auszuprobieren. Aber er war einfach der Meinung gewesen, Ana hätte etwas Besseres verdient als den üblichen Freitagshackbraten.

Jessie trieb ihn zum Wahnsinn, was an sich eine Seltenheit war. Die Kleine war so aufgeregt wegen Anas Besuch, dass sie ihn, seit er sie aus der Schule abgeholt hatte, ständig mit denselben Fragen löcherte.

Der Hund hatte sich natürlich genau diesen Nachmittag ausgesucht, um Boones Kissen im Schlafzimmer zu zerfetzen, und Boone hatte wertvolle Zeit damit zubringen müssen, Hund und Federn nachzujagen.

Sein Agent hatte angerufen, um ihm mitzuteilen, dass aus »Mirandas dritter Wunsch« nun ein Zeichentrickfilm werden sollte. Eines der großen Fernsehstudios hatte sich gemeldet. Das war zwar eine äußerst erfreuliche Nachricht, aber jetzt musste er sehen, dass er irgendwie einen Trip nach L. A. in seinen Terminkalender hineinquetschen konnte.

Jessie wollte unbedingt bei der Mädchengruppe mitmachen und hatte ihn großzügigerweise als Gruppenleiter vorgeschlagen. Die Vorstellung, sechs- und siebenjährigen Mädchen beizubringen, wie man aus Eierkartons Schmuckkästchen bastelte, ließ ihm das Blut in den Adern gefrieren. Wenn er es richtig anpackte, würde es ihm vielleicht mit viel Erfindergeist hinsichtlich der Ausreden gelingen, sich aus der Schlinge zu ziehen.

»Bist du auch ganz sicher, dass sie kommt, Daddy?«

»Jessica.« Der strenge Tonfall reichte aus, dass sie schmollend die Unterlippe vorschob. »Weißt du, was mit kleinen Mädchen passiert, die immer die gleichen Fragen stellen?«

»Nöö.«

»Mach nur weiter so, und du wirst es herausfinden. Und jetzt geh und pass auf, dass Daisy nicht die Möbel zerkaut.«

»Bist du sehr böse auf sie?«

»Ja. Achte du darauf, dass du nicht die Nächste bist, auf die ich böse bin.« Er schwächte die Drohung mit einem sanften Klaps auf den Po ab. »Lauf, bevor ich dich in die Kasserolle packe und in den Ofen schiebe.«

Zwei Minuten später ertönte unglaublicher Lärm, der bewies, dass Jessie Daisy aufgespürt hatte und die beiden jetzt miteinander tobten. Das helle, laute Bellen und das übermütige Quietschen von Jessie taten ein Übriges, um den Kopfschmerz zu potenzieren.

Ein Aspirin, das war es, was er brauchte. Oder besser noch – einen Urlaub auf einer einsamen Insel. Ganz allein – ohne eine Menschenseele.

Er wollte gerade losbrüllen – wahrscheinlich wäre sein Kopf dann endgültig explodiert –, als Ana an die Tür klopfte.

»Hallo. Das riecht aber gut.«

Er konnte nur hoffen, dass dem wirklich so war. Sie sah mehr als gut aus. Ihr locker schwingendes Seidenkleid stellte wundervolle Dinge mit ihrem Körper an. Wie zum Beispiel das Betonen der sanften Schultern unter den dünnen Trägern. An einer langen Kette hing ein goldenes Amulett, gerade knapp über Anas Brüsten. Kristalle blitzten darin auf, die von den passenden tropfenförmigen Ohrringen reflektiert wurden.

Ana lächelte. »Du hattest doch Freitag gesagt, oder habe ich mich geirrt?«

»Ja. Freitag.«

»Dann … wirst du mich hereinbitten?«

»Entschuldige.« Himmel, er kam sich tölpelhaft vor wie ein Teenager. Nein, verbesserte er sich, ein Teenager würde nie so unbeholfen sein. »Tut mir leid, aber heute ist nicht mein Tag.«

Ana hob die Augenbrauen, als sie das Durcheinander von Töpfen und Schüsseln überblickte. »Ich sehe schon. Brauchst du Hilfe?«

»Ich denke, ich habe alles unter Kontrolle.« Er nahm die Flasche entgegen, die sie ihm reichte. Ihm fiel auf, dass da kein Etikett war, aber Verzierungen in dem hellgrünen Glas. »Selbst gemacht?«

»Ja, mein Vater macht so was. Er hat …«, sie zögerte, »… ein magisches Händchen dafür.«

»Gebraut in den Kellern von Schloss Donovan.«

»Um genau zu sein, ja.« Sie beließ es dabei und ging zum Herd, während Boone Kristallgläser aus dem Schrank nahm. »Heute kein Bugs Bunny?«

»Nein, der arme Kerl hatte einen tödlichen Unfall in der Spülmaschine.« Er goss goldfarbenen Wein in die Gläser. »Kein sehr schöner Anblick.«

Ana lachte und hob ihr Glas. »Auf Nachbarn.«

»Ja, auf Nachbarn«, stimmte er zu und stieß mit ihr an. »Wenn sie alle so aussehen würden wie du, wäre ich verloren.« Er nippte und zog eine Augenbraue in die Höhe. »Der nächste Toast geht auf deinen Vater. Der Wein ist einfach unglaublich.«

»Das ist eines von seinen vielen Hobbys, könnte man vielleicht sagen.«

»Was ist da drin?«

»Apfel, Geißblatt, Sternfrucht. Du kannst ihm das Kompliment persönlich aussprechen, wenn du möchtest. Er und der Rest der Familie kommen am Abend vor Allerheiligen zu mir.«

»Deine Eltern überqueren den Atlantik und kommen extra für Halloween in die Staaten?«

»Ja. Es ist so eine Art Familientradition.« Sie konnte nicht widerstehen, nahm den Deckel von der Pfanne und schnupperte. »Mhm, ich bin beeindruckt.«

»So war das ja auch gedacht.« Ebenso unfähig zu widerstehen, nahm er eine Strähne ihres Haares in seine Hand. »Erinnerst du dich noch an die Geschichte, die ich dir an dem Tag erzählte, als Daisy dich umgerannt hat? Ich habe das Gefühl, ich sollte sie niederschreiben. Dieser Drang war so stark, dass ich das, woran ich gerade arbeite, erst einmal zur Seite gelegt habe.«

»Es war eine wunderschöne Story.«

»Normalerweise hätte ich damit warten können. Aber ich muss unbedingt erfahren, warum diese Frau all die Jahre allein in dem Schloss lebt. War es ein Fluch? Oder hat sie es selbst so gewählt? War es ein Zauber, der den Mann dazu gebracht hat, über diese Dornenmauer zu klettern?«

»Das zu entscheiden liegt bei dir.«

»Nicht entscheiden. Herausfinden.«

»Boone ...« Sie fasste seine Hand, sah darauf, runzelte die Stirn. »Was hast du dir denn da angetan?«

»Die Haut über den Fingerknöcheln abgeschürft.« Er zuckte die Schultern, spreizte die Finger, machte eine Faust. »Ich musste die Waschmaschine reparieren.«

»Du hättest zu mir kommen und mich das versorgen lassen sollen.« Sie strich vorsichtig mit einem Finger über die Wunde, wünschte sich, es wäre ihr möglich, das zu heilen. »Es ist sehr schmerzhaft.«

Er wollte es leugnen, bemerkte seinen Fehler rechtzeitig. »Ich gebe Jessie immer einen Kuss, um es besser zu machen.«

»Ein Kuss kann wahre Wunder bewirken«, stimmte sie zu und drückte ihre Lippen auf die Wunde. Kurz, nur ganz kurz erlaubte sie sich die Verbindung, nur um sicherzugehen, dass sich da keine Entzündung entwickelte. Sie fand heraus, dass die Knöchel zwar wund waren, aber der Schmerz erträglich. Der wahre Schmerz saß hinter seinen Augen, ein Druck in seinem Kopf. Wenigstens dabei konnte sie ihm helfen.

Mit einem Lächeln strich sie ihm das Haar aus der Stirn. »Du arbeitest zu viel. Das Haus in Ordnung bringen, an der Geschichte schreiben, dir Sorgen machen, ob du die richtige Entscheidung getroffen hast, hierherzuziehen. Vor allem wegen Jessie.«

»Mir war bis zu diesem Augenblick nicht klar, dass ich so leicht zu durchschauen bin.«

»Das ist nicht schwierig zu erraten.« Sie legte die Finger an seine Schläfen und begann in leichten Kreisen zu massieren. »Und jetzt machst du dir auch noch die Mühe, für mich zu kochen.«

»Ich wollte ...«

»Ich weiß.« Sie hielt inne, als sie den stechenden Schmerz hinter ihren eigenen Augen fühlte. Um ihn abzulenken, berührte sie seine Lippen mit ihren, absorbierte den Schmerz und ließ ihn langsam abebben. »Danke, das war wirklich sehr aufmerksam.«

»Gern geschehen«, murmelte er und vertiefte den Kuss.

Ihre Hände glitten von seinen Schläfen, hinunter zu seinen Schultern. Dieser Schmerz war wesentlich schwieriger zu absorbieren – das schmerzende Sehnen, das sie durchflutete. Pulsierend. Pochend. Lockend.

Viel zu verlockend.

»Boone.« Beklommen machte sie sich von ihm los. »Es geht viel zu schnell.«

»Ich habe dir versprochen, dass ich nicht drängen werde. Aber nichts wird mich davon abhalten, dich zu küssen, wann immer ich kann.« Er nahm seinen Wein und reichte Ana ihr Glas. »Weiter wird es nicht gehen, bis du bereit dazu bist.«

»Ich bin mir nicht sicher, ob ich dir dafür danken muss oder nicht. Wahrscheinlich sollte ich es.«

»Nein. Dazu besteht kein Grund. Du brauchst mir auch nicht dafür zu danken, dass ich dich will. Es ist einfach so. Manchmal denke ich daran, wie Jessie immer größer und älter wird. Und ich weiß, dass, würde ein Mann sie zu etwas drängen, zu dem sie nicht bereit wäre … ich würde ihn umbringen.« Er nippte, grinste dann. »Und sollte sie sich einbilden, dass sie dazu bereit wäre, bevor sie … nun, sagen wir, vierzig wäre, würde ich sie in ihr Zimmer einsperren, bis sie es sich anders überlegt hätte.«

Ana lachte, und plötzlich wurde ihr bewusst, als sie ihn da so stehen sah, mit dem Rücken zu der chaotischen Anrichte, ein Küchenhandtuch in den Bund seiner Hose gesteckt, dass sie kurz, ganz kurz davor war, sich in ihn zu verlieben.

Wenn das geschehen würde, dann wäre sie auch bereit. Und nichts würde dieses Gefühl verhindern können.

»Da spricht der paranoide Vater.«

»Paranoia und Vaterschaft sind Synonyme, glaub mir. Warte ab, bis Nash seine Zwillinge hat. Er wird sich nur noch mit Krankenversicherungen und Zahnhygiene beschäftigen. Ein Niesen wird ihn in Panik versetzen.«

»Und Morgana wird ihn wieder auf den Teppich holen. Ein paranoider Vater braucht nur eine vernünftige Mutter an seiner Seite, um …« Sie brach ab und verfluchte sich in Gedanken selbst. »Tut mir leid.«

»Ist schon in Ordnung. Es ist einfacher, wenn die Leute nicht wie auf Eierschalen um das Thema herumschleichen. Alice ist jetzt seit vier Jahren nicht mehr da. Wunden heilen, vor allem, wenn man gute Erinnerungen hat.« Aus dem Zimmer nebenan ertönte ein Rums, dann das Getrippel von kleinen Füßen. »Außerdem bringt eine Sechsjährige dich auch dazu, einen kühlen Kopf zu behalten.«

Im gleichen Moment kam Jessie in die Küche gestürmt und warf sich Ana in die Arme.

»Du bist da! Ich hab schon Angst gehabt, du würdest nicht kommen.«

»Aber natürlich. Ich würde doch nie eine Einladung zum Dinner bei meinen Lieblingsnachbarn ausschlagen.«

Während Boone die kleine Szene beobachtete, wurde ihm bewusst, dass seine Kopfschmerzen verschwunden waren. Seltsam, dabei hatte er noch nicht einmal ein Aspirin genommen.

Nun, als romantisches Dinner würde Boone es nicht gerade bezeichnen. Sicher, da standen Kerzen auf dem Tisch und Blumen aus dem Garten in der Vase. Sie saßen in der gemütlichen runden Nische an dem großen Bogenfenster, das direkt aufs Meer hinauszeigte. Das Rauschen der Wellen und die Schreie der Möwen drangen zu ihnen.

Die perfekte Szenerie für Romantik.

Aber da gab es weder gemurmelte Geständnisse noch geflüsterte Versprechen. Stattdessen fröhliches Gelächter und die aufgeregt plappernde Stimme eines Kindes. Da wurde nicht beschrieben, was das Kerzenlicht mit seidiger Haut anstellte, kein Wort davon, wie die flackernden Flammen das Grau ihrer Augen noch intensiver machten. Nein, das Gespräch drehte sich um die aufregenden Dinge, die man in der ersten Klasse erlebte, um den Unsinn, den Daisy heute angestellt hatte, und das Märchen, das noch aus Boones Gedanken herausgefiltert werden musste.

Als das Dinner beendet war und Ana restlos alles über Jessies Klasse und ihre neue beste Freundin Lydia wusste, erhob Ana sich und verkündete, dass sie und Jessie für den Küchendienst verantwortlich seien.

»Lasst nur, das mache ich später.« Boone fühlte sich einfach zu wohl in diesem Moment. Außerdem stand ihm nur zu deutlich vor Augen, wie es in der Küche aussah. »Das schmutzige Geschirr rennt nicht weg. Damit habe ich so meine Erfahrungen.«

»Du hast gekocht.« Ana stapelte bereits Teller. »Wenn mein Vater kocht, kümmert sich meine Mutter ums Aufräumen, und umgekehrt. Das ist alte Donovan-Tradition. Außerdem ist die Küche immer der beste Platz, an dem Mädels sich unterhalten können, nicht wahr, Jessie?«

Jessie hatte zwar keine Ahnung, was das bedeutete, aber ihr Interesse war sofort geweckt. »Ich helfe. Ich mache nicht mehr viel Geschirr kaputt.«

»Männer sind in der Küche nicht erlaubt, wenn Mädchen sich unterhalten.« Ana lehnte sich mit einem verschwörerischen Blinzeln zu Jessie. »Sie stören dann nur.« Zu Boone sagte sie: »Ich denke, du und Daisy, ihr könntet einen kleinen Spaziergang am Strand gebrauchen.«

»Ich meine nicht …« Ein Strandspaziergang. Allein. In völliger Ruhe. »Wirklich?«

»Ja, und lass dir ruhig viel Zeit. Jessie, als ich neulich in der Stadt war, habe ich das hübscheste aller Kleider gesehen. Blau, die gleiche Farbe wie deine Augen, mit einer großen Schleife.« Ana hielt inne, einen Stapel Teller in der Hand. »Bist du immer noch hier?«

»Ich bin schon weg.«

Als er in die Dämmerung eintauchte, Daisy um seine Beine springend, hörte er die sanfte Musik von weiblichem Lachen aus den Fenstern seines Hauses dringen.

»Daddy hat erzählt, du bist in einem Schloss geboren worden«, sagte Jessie, als sie Ana half, das Geschirr in die Spülmaschine zu laden.

»Ja, das stimmt. In Irland.«

»In einem richtigen Schloss?«

»Ja, direkt am Meer. Es hat Türmchen und Erker, Geheimgänge und sogar eine Zugbrücke.«

»Genau wie in Daddys Büchern.«

»Sehr ähnlich, ja. Es ist ein verzauberter Palast. Mein Vater und seine Brüder wurden dort geboren, und davor ihr Vater, und davor dessen Vater. Es geht viel weiter zurück, als ich es sagen könnte.«

»Wäre ich in einem Schloss geboren worden, würde ich immer dort leben.« Jessie stand ganz nahe bei Ana, erfreute sich, ohne genau zu wissen, warum, an dem weiblichen Duft, der weiblichen Stimme. »Warum bist du von dort weggegangen?«

»Oh, es ist immer noch mein Zuhause, aber manchmal muss man weggehen, um sein eigenes Zuhause zu schaffen. Deinen eigenen Zauber.«

»So wie Daddy und ich es getan haben, als wir hierhergezogen sind.«

»Ja.« Ana schloss die Tür der Spülmaschine und ließ heißes Wasser ins Spülbecken laufen, um Töpfe und Pfannen einzuweichen. »Wie geht es dir hier? Gefällt es dir in Monterey?«

»Oh ja. Nana hat gesagt, ich werde Heimweh bekommen, sobald der Reiz des Neuen vergeht. Was bedeutet das?«

Nicht gerade eine sehr überlegte Äußerung gegenüber einem leicht zu beeindruckenden Kind. Sie war sicher, dass Nana da wohl eher an sich selbst gedacht hatte. Laut sagte sie: »Weißt du, wenn du Heimweh bekommst, dann solltest du daran denken, dass der schönste Platz immer der ist, an dem du gerade bist.«

»Ich mag es dort, wo Daddy ist, und wenn es in Timbuktu wäre.«

»Bitte?«

»Grandma Sawyer hat gesagt, er hätte genauso gut nach Timbuktu ziehen können.« Jessie nahm den Topf, den Ana ihr hinhielt, und begann ihn mit konzentrierter Miene abzutrocknen. »Gibt es diesen Ort wirklich?«

»Doch. Aber man sagt es auch, wenn man einen weit entfernten Ort meint. Deine Großeltern vermissen dich, Sonnenschein, das ist alles.«

»Mir fehlen sie auch, aber ich rede mit ihnen am Telefon, und Daddy hat mir geholfen, einen Brief auf dem Computer zu schreiben. Glaubst du, du könntest Daddy heiraten, damit Grandma Sawyer ihm nicht mehr im Nacken sitzt?«

Die Pfanne, die Ana gerade abspülte, rutschte ihr aus der Hand und beschwor eine kleine Flutwelle herauf, als sie zurück ins Spülbecken fiel. »Ich denke nicht, dass das geht.«

»Ich habe gehört, wie er zu Grandma Sawyer gesagt hat, dass sie ihm ständig im Nacken sitzt, dass er sich eine neue Frau suchen soll, damit er nicht einsam ist und ich nicht ohne Mutter aufwachsen muss. Seine Stimme hatte diesen ärgerlichen Klang, so wie bei mir, wenn er richtig böse auf mich ist. Oder als Daisy sein Kissen zerbissen hat. Und dann hat er gesagt, dass er verflucht sein will, sich noch mal zu binden, nur um Frieden zu kriegen.«

»Ich verstehe.« Ana presste angestrengt die Lippen aufeinander, um ein ernstes Gesicht zu wahren. »Ich glaube nicht, dass er es gerne hört, wenn du das wiederholst, Jessie, und solche Wörter benutzt.«

»Denkst du, Daddy ist einsam?«

»Nein. Nein, das glaube ich nicht. Ich denke, er ist sehr glücklich mit dir und Daisy. Wenn er eines Tages wieder heiraten sollte, dann nur, weil er jemanden gefunden hat, den ihr alle sehr lieb habt.«

»Ich liebe dich.«

»Ach, Sonnenschein.« Die Hände voller Schaum, ging Ana vor Jessie in die Hocke und umarmte sie fest. »Ich liebe dich auch.«

»Liebst du Daddy?«

Ich wünschte, ich wüsste es, dachte sie. »Das ist anders«, sagte Ana laut. Sie bewegte sich auf unsicherem Grund. »Wenn du größer bist, wirst du erfahren, dass es verschiedene Arten von Liebe gibt. Aber ich bin sehr glücklich, dass ihr hierhergezogen seid und wir alle Freunde sein können.«

»Daddy hat in letzter Zeit nie eine Lady zum Dinner eingeladen.«

»Nun, ihr seid ja auch erst wenige Wochen hier.«

»Nein, ich meine nie, auch nicht in Indiana. Deshalb dachte ich, das heißt vielleicht, dass ihr heiratet, und dann könnte Grandma Sawyer ihn endlich in Ruhe lassen, und ich wäre kein armes mutterloses Kind mehr. Habe ich recht damit?«

»Nein.« Ana bemühte sich redlich, nicht laut herauszulachen. »Es bedeutet nur, dass wir uns alle mögen und zusammen essen wollten.« Sie sah aus dem Fenster, um sicherzugehen, dass Boone nicht schon wieder zurückkam. »Kocht er eigentlich immer so?«

»Er macht immer ganz schlimme Unordnung, und manchmal sagt er auch diese Wörter … du weißt schon … die man nicht sagen soll.«

»Ja, ich weiß.«

»Die sagt er dann, wenn er aufräumen muss. Und heute hatte er ganz schlechte Laune, weil Daisy sein Kissen zerrissen hat und überall Federn herumflogen. Und dann ist auch noch die Waschmaschine explodiert, und vielleicht muss er auf Geschäftsreise gehen.«

»Das ist ziemlich viel an einem Tag, was?« Ana biss sich auf die Lippe. Sie wollte das Mädchen nicht ausfragen, aber sie war einfach neugierig. »Er muss verreisen?«

»Vielleicht. Dahin, wo sie Filme machen, weil die Leute jetzt aus einem seiner Bücher einen großen Film machen wollen.«

»Das ist ja toll.«

»Er sagt, er muss darüber nachdenken. Das sagt er immer, wenn er nicht Ja sagen will, aber schon weiß, dass er es tun wird.«

Dieses Mal strengte Ana sich nicht an, um sich das Lachen zu verbeißen. »Du kennst deinen Daddy ziemlich genau, was?«

Als die Küche aufgeräumt und sauber war, gähnte Jessie ausgiebig. »Willst du dir mein Zimmer ansehen? Ich habe auch aufgeräumt, so wie Daddy mir gesagt hat, weil wir Besuch bekommen.«

»Aber gern.«

Keine Umzugskartons mehr, stellte Ana fest, als sie in das geräumige Wohnzimmer mit der hohen Decke und der Galerie gingen, zu der eine geschwungene Treppe hinaufführte. Die Möbel wirkten gemütlich, die farbenfroh gemusterten Polster schienen robust genug, um die Hände und Füße eines lebhaften Kindes auszuhalten.

Ein paar Zimmerpflanzen fehlen vielleicht am Fenster, überlegte Ana. Einige Duftkerzen in Messinghaltern auf dem Kaminsims, hier und da noch ein paar bunte Kissen. Aber da waren durchaus die typischen Kleinigkeiten und der Krimskrams, die ein Heim ausmachten. Familienfotos in Silberrahmen, das Ticken der alten Standuhr, ein Drachenkopf aus Messing, der neben dem Feuerbock Wache hielt, das Schaukelpferd, das eigentlich ein Einhorn war, in einer Zimmerecke.

Und wenn eine dünne Schicht Staub auf dem Treppengeländer lag, dann machte es das nur umso sympathischer in ihren Augen.

»Ich durfte mir mein Bett selbst aussuchen«, erzählte Jessie fröhlich. »Und wenn erst mal alles ausgepackt ist, darf ich mir auch meine Tapete aussuchen. Hier schläft Daddy.« Sie zeigte nach rechts, und Ana erhaschte einen Blick auf ein großes Bett mit einer jadegrünen Tagesdecke – keine Kissen! –, eine altmodische Kommode, an deren einer Schublade ein Griff fehlte, und vereinzelte Daunenfedern, die der Aufräumaktion entwischt waren.

»Er hat auch ein eigenes Bad, mit einer riesigen Badewanne mit Düsen und einer Dusche mit Glaswänden, aus denen Wasser von allen Seiten kommt. Ich benutze das andere Bad, das mit den zwei Waschbecken und diesem Ding, das aussieht wie eine Toilette, aber keine ist.«

»Du meinst ein Bidet.«

»Ich glaub schon. Daddy sagt, das ist etwas ganz Feines und meistens für Ladys. Das hier ist mein Zimmer.«

Es war der Traum eines jeden kleinen Mädchens, von einem Mann erfüllt, der offensichtlich verstand, dass die Kindheit viel zu kurz und sehr wertvoll war. Ganz in Pink und Weiß gehalten, stand das Bett in der Mitte, ein Zentrum, umgeben von Regalen, vollgestopft mit Puppen und Büchern und Spielzeug. Eine schneeweiße Kommode mit einem runden Spiegel und ein Kinderschreibtisch, über und über mit verschiedenfarbigem Zeichenpapier und Buntstiften bedeckt.

An der Wand hingen hübsch gerahmte Illustrationen aus Märchen. Aschenbrödel, wie sie die Prunktreppe vor dem Schloss hinunterhastete und dabei ihren Schuh verlor. Rapunzel, die ihr goldenes Haar aus dem Turmfenster zu ihrem angebeteten Prinzen herunterließ. Die listige Elfe, eine Hauptfigur aus einem von Boones Büchern, und – Ana war völlig verblüfft – eine der preisgekrönten Illustrationen ihrer Tante. Sie konnte es kaum fassen, das Bild hier zu sehen.

»Das ist aus ›Der goldene Ball‹«, entfuhr es ihr.

»Die Lady, die es geschrieben hat, hat es Daddy geschickt. Für mich, als ich noch ganz klein war. Außer Daddys Geschichten mag ich ihre am liebsten.«

»Ich hatte ja keine Ahnung«, murmelte Ana. Soviel sie wusste, hatte ihre Tante sich nie von ihren Zeichnungen getrennt, es sei denn, sie blieben in der Familie.

»Daddy hat die Elfe gemacht. Die anderen Bilder hat meine Mutter gemalt.«

»Sie sind wunderschön.« Vielleicht nicht so gewitzt wie Boones Elfe und auch nicht so edel wie die Zeichnungen ihrer Tante, aber wunderschön, mit dem ursprünglichen, wahren Geist von Märchen und Magie.

»Sie hat sie für mich gemacht, als ich noch ein kleines Baby war. Nana sagt, Daddy sollte die Bilder wegnehmen, damit sie mich nicht traurig machen. Aber das tun sie gar nicht. Ich sehe sie mir gerne an.«

»Du musst froh sein, dass du etwas so Schönes hast, das dich an sie erinnert.«

Jessie rieb sich schläfrig die Augen und versuchte das Gähnen zu unterdrücken. »Ich habe auch Puppen, aber ich spiele nicht oft mit ihnen. Meine Großmütter schenken mir immer welche, aber mir gefallen die Stofftiere besser. So wie das Walross, das Daddy mir geschenkt hat. Gefällt dir mein Zimmer?«

»Es ist sehr, sehr hübsch.«

»Ich kann von hier aus das Wasser sehen, und deinen Garten auch.« Jessie zog die sich bauschenden Fenstervorhänge beiseite. »Und das da ist Daisys Bett.« Sie deutete auf einen Hundekorb mit einem pinkfarbenen Kissen. »Aber sie schläft lieber bei mir. Daddy mag das nicht, aber er tut so, als wisse er es nicht.«

»Vielleicht möchtest du dich hinlegen, bis Daisy zurückkommt?«

»Vielleicht.« Jessie warf Ana einen abschätzenden Blick zu. »Eigentlich bin ich gar nicht richtig müde. Kennst du denn ein paar Geschichten?«

»Ich könnte mir eine ausdenken.« Ana hob Jessie hoch und setzte sich mit ihr auf das Bett. »Welche würdest du denn gerne hören?«

»Eine mit Zauberei.«

»Das sind immer die besten.« Ana überlegte kurz, dann lächelte sie. »Irland ist ein Land, das es schon sehr lange gibt«, begann sie und legte dem Mädchen einen Arm um die Schultern. »Ein sehr altes Land voller Geheimnisse, dunkler Hügel und grüner Felder. Mit Seen, die so blau sind, dass dir die Augen wehtun, wenn du zu lange darauf schaust. Und seit Jahrhunderten gibt es dort Magie, denn es ist immer noch ein sicherer Ort für Elfen und Kobolde und Hexen.«

»Gute Hexen oder böse?«

»Für beide, aber es hat immer mehr gute Hexen als böse gegeben. Überhaupt bei allen, nicht nur bei Hexen.«

»Gute Hexen sind immer hübsch.« Jessie strich mit ihrer Hand über Anas Arm. »Daran kann man es erkennen. Ist die Geschichte von einer guten Hexe?«

»Genau, sie handelt von einer guten und sehr schönen Hexe.«

»Männer sind keine Hexen«, teilte Jessie ihr naseweis mit. »Die sind Zauberer.«

»Wer erzählt hier die Geschichte, hm?« Ana küsste Jessie aufs Haar. »Also, eines Tages, vor gar nicht allzu langer Zeit, machte sich eine junge, schöne Hexe mit ihren beiden Schwestern auf die Reise, um ihren alten Großvater zu besuchen. Er war ein sehr mächtiger Zauberer, aber mit dem Alter war er sehr brummig geworden. Er langweilte sich. Nicht weit von dem Haus, in dem er lebte, stand ein Schloss. Und in dem Schloss lebten drei Brüder. Sie waren Drillinge und auch sehr mächtige Zauberer. Solange man sich zurückerinnern konnte, bestand zwischen dem alten Zauberer und der Familie der drei Brüder eine Fehde. Keiner kannte mehr den Grund für diesen Streit, aber die Fehde bestand weiter. Das tun Fehden oft. Also sprachen die beiden Familien kein noch so kleines Wort mehr miteinander.«

Ana zog Jessie auf ihren Schoß und streichelte ihr übers Haar, während sie weiter erzählte.

»Die junge Hexe war genauso dickköpfig, wie sie schön war. Und sehr neugierig. Und so schlüpfte sie an einem schönen sonnigen Tag aus dem Haus und wanderte über die Felder zu dem Schloss, in dem die Feinde ihres Großvaters wohnten. Auf dem Weg war ein Teich, bei dem hielt sie an, um sich die Füße im Wasser zu kühlen und das Schloss aus der Ferne zu betrachten. Während sie dasaß, mit nassen Füßen und Haaren, die ihr bis weit über die Schulter fielen, sprang ein Frosch aus dem Wasser und begann, zu ihr zu sprechen.

›Holde Maid‹, sagte der Frosch zu der Hexe ›wieso seid Ihr auf meinem Land?‹

Die junge Hexe war gar nicht erstaunt, dass ein Frosch sprechen konnte, schließlich verstand sie sich auf Magie, aber sie fühlte auch im selben Moment, dass es sich hier um einen Trick handelte.

›Euer Land?‹ fragte sie zurück. ›Frösche haben nur das Wasser und das Ufer. Ich gehe da, wo es mir beliebt.‹

›Aber Eure Füße sind in meinem Wasser. Also müsst Ihr Wegzoll zahlen.‹

Sie aber lachte nur und schalt ihn einen gewöhnlichen Frosch, dem gar nichts gehörte. Der Frosch war natürlich sehr verwirrt über ihre Haltung. Immerhin passierte es nicht jeden Tag, dass er aus dem Wasser sprang und mit einer hübschen Maid redete, und er hatte zumindest einen erschreckten Schrei und etwas mehr Respekt erwartet. Er liebte es, andere mit seinen Tricks zu überraschen, und er war sehr enttäuscht, dass es diesmal nicht geklappt hatte. Er erklärte der jungen Hexe, dass er kein gewöhnlicher Frosch sei und dass er sie, wenn sie den Wegzoll nicht bezahlen würde, bestrafen müsse. Auf die Frage, welchen Wegzoll er denn erwarte, antwortete der Frosch, einen Kuss. Das hatte die Hexe natürlich schon geahnt, denn sie war zwar jung, aber nicht dumm. So sagte sie ihm, dass sie stark bezweifelte, er würde sich in einen jungen hübschen Prinzen verwandeln, und deshalb wollte sie sich ihre Küsse für jemand anderen aufbewahren.

Jetzt war der Frosch erst recht verärgert. Er begann zu zaubern, ließ Wind aufkommen, dass die Blätter an den Bäumen raschelten, aber sie gähnte nur gelangweilt. Weil er nicht mehr wusste, was er noch tun sollte, sprang der Frosch direkt in ihren Schoß und begann, sie heftig auszuschimpfen. Um ihm eine Lektion zu erteilen, nahm die junge Hexe den Frosch und warf ihn zurück ins Wasser. Aber als er wieder auftauchte, da war er gar kein Frosch mehr, sondern ein junger Mann, sehr nass und sehr wütend. Er schwamm ans Ufer zurück, und da standen sie nun und schrien sich gegenseitig an, drohten sich mit Zaubersprüchen und Flüchen, sandten Blitze über den Himmel und ließen Donner grollen. Obwohl sie ihm mit den schlimmsten Höllenflüchen gedroht hatte, bestand der junge Mann weiterhin auf seinem Wegzoll, denn es waren sein Land, sein Wasser und sein gutes Recht. Deshalb küsste er sie herzhaft.

Und es brauchte nur diesen einen Moment, um den Ärger in ihrem Herzen in Wärme zu verwandeln und die Wut in seiner Brust in Liebe. Denn auch bei Hexen und Zauberern wirkt der stärkste aller Zauber. Sie heirateten einen Monat später, am Ufer des Teichs. Und sie lebten glücklich und zufrieden. Und jedes Jahr, an genau dem Tag im Hochsommer, geht die Hexe, obwohl sie längst nicht mehr jung ist, an den Teich, lässt ihre Füße im Wasser baumeln und wartet darauf, dass der Frosch zu ihr kommt.«

Jessie war längst eingeschlafen. Da hatte Ana die Geschichte wohl für sich selbst zu Ende erzählt – zumindest dachte sie das. Aber als sie die Bettdecke zurückschlug, lag auf einmal Boones Hand auf ihrem Arm.

»Keine schlechte Geschichte für einen Amateur. Muss irisch sein.«

»Eine alte Familiengeschichte.« Wie oft hatte sie sich erzählen lassen, wie ihre Mutter und ihr Vater sich kennengelernt hatten.

Geschickt zog Boone seiner Tochter die Schuhe aus. »Vorsicht. Vielleicht stehle ich mir ein paar Ideen davon.«

Kaum hatte er Jessie zugedeckt, sprang Daisy mit einem Satz auf das Fußende des Bettes.

»Wie war der Spaziergang?«

»Großartig. Nachdem ich über mein Schuldgefühl hinweg war, dass ich dich mit dem Aufräumen allein gelassen habe – was ungefähr neunzig Sekunden gedauert hat.« Er strich Jessie das Haar aus der Stirn und gab ihr einen Gutenachtkuss. »Das Beneidenswerteste an der Kindheit ist, dass man von einer Sekunde auf die andere einschlafen kann.«

»Hast du immer noch Probleme damit?«

»Mir geht ziemlich viel im Kopf herum.« Er nahm Ana bei der Hand und zog sie aus dem Zimmer, ohne die Tür zu schließen. »Ein großer Teil davon dreht sich um dich, aber da gibt es auch noch andere Sachen.«

»Nicht schmeichelhaft, aber ehrlich.« Sie blieb auf dem Treppenabsatz stehen. »Ehrlich, Boone, ich könnte dir etwas geben.« Röte stahl sich auf ihre Wangen, und sie gluckste vergnügt, als sie seine Miene sah. »Ein sehr mildes, völlig unbedenkliches Schlafmittel auf Kräuterbasis. Willst du?«

»Sex wäre mir lieber.«

Kopfschüttelnd stieg sie die Treppe nach unten. »Du nimmst mich nicht ernst.«

»Im Gegenteil.«

»Ich meine als Herbalistin.«

»Ich verstehe nicht das Geringste davon, aber das heißt nicht, dass ich es abtue.« Allerdings würde er sich deshalb noch lange nichts von ihr verschreiben lassen. »Warum hast du dich eigentlich dafür entschieden?«

»Es hat mich schon immer interessiert. In meiner Familie gibt es seit Generationen Heiler.«

»Ärzte?«

»Nein, nicht direkt.«

Boone nahm den Wein und zwei Gläser mit, als sie auf dem Weg zur Veranda durch die Küche kamen. »Wolltest du keine Ärztin werden?«

»Ich habe mich einfach nicht in der Lage gefühlt, in die Medizin zu gehen.«

»Also, so etwas von einer modernen, emanzipierten Frau zu hören ist schon sehr seltsam.«

»Das eine hat mit dem anderen nichts zu tun.« Sie nahm das Glas an, das er ihr hinhielt. »Es ist nicht möglich, jeden zu heilen. Und ich … habe Schwierigkeiten damit, Leiden zu ertragen. Das, was ich tue, erfüllt sowohl meine Bedürfnisse als es mich auch schützt.« Mehr konnte sie ihm nicht sagen. »Außerdem gefällt es mir, allein zu arbeiten.«

»Das Gefühl kenne ich. Meine Eltern hielten mich für völlig verrückt. Das Schreiben an sich war ja okay, aber sie hätten erwartet, dass ich den klassischen Bestseller schreibe. Mindestens. Märchen waren für sie anfangs sehr schwer zu akzeptieren.«

»Sie müssen stolz auf dich sein.«

»Auf ihre Art. Es sind gute, herzliche Menschen«, sagte er lang gezogen, als ihm bewusst wurde, dass er noch nie mit jemand anderem als mit Alice über seine Eltern gesprochen hatte. »Sie lieben mich, und der Himmel weiß, wie sehr sie Jessie vergöttern. Aber sie haben Probleme damit zu akzeptieren, dass ich für mein Leben nicht unbedingt das will, was sie sich wünschen. Ein Haus am Stadtrand, ein anständiges Golfspiel und eine Ehefrau, die zu mir steht.«

»Nichts davon ist schlecht.«

»Nein, und ich hatte es auch einmal – bis auf das Golfen. Ich möchte nicht den Rest meines Lebens damit verbringen, sie zu überzeugen, dass mir mein Leben so gefällt, wie es ist.« Er wickelte sich eine Strähne von Anas Haar um einen Finger. »Hörst du so was nicht auch von deinen Eltern? ›Ana, wann findest du endlich einen netten Mann und gründest eine Familie?‹«

»Nein.« Sie lachte in ihren Wein. »Nein, nie.« Allein die Vorstellung, dass ihre Mutter oder ihr Vater so etwas sagten, brachte sie erneut zum Lachen. »Ich nehme an, man könnte meine Eltern als … exzentrisch bezeichnen.« Mit sich und der Welt im Reinen, legte sie den Kopf in den Nacken und sah zu den Sternen auf. »Ich glaube, sie wären entsetzt, würde ich mich mit ›nett‹ zufriedengeben. Du hast mir gar nicht gesagt, dass du eine Zeichnung von Tante Bryna dein Eigen nennst.«

»Als die Beziehung zu deiner Familie zur Sprache kam, sahst du aus, als würdest du mir am liebsten an die Gurgel gehen. Deshalb hielt ich es für angebrachter, nichts davon zu erwähnen. Und danach habe ich nicht mehr daran gedacht.«

»Sie muss hohe Stücke auf dich halten. Nach der Hochzeit hat sie Nash nur eine geschenkt, und er bettelt schon seit Jahren.«

»Wirklich? Oh, das werde ich ihm nächstens unter die Nase reiben.« Er legte einen Finger unter ihr Kinn und hob es leicht an. »Es ist schon Jahre her, dass ich im Dunkeln auf einer Veranda gesessen und geknutscht habe. Ich frage mich, ob ich das noch kann.«

Mit den Lippen strich er zart über ihren Mund, einmal, zweimal, bis er sich zitternd und einladend öffnete. Er nahm ihr das Glas aus der Hand, stellte es ab und ließ seinen Mund nehmen, was sie ihm bot.

Süß, so unglaublich süß. Es wärmte ihn, beruhigte ihn, erregte ihn. Weich, so weich. Lockte ihn, verführte ihn, bezauberte ihn. Und lautlos, so lautlos, dieser erstickte Seufzer, der seinen Körper wie ein Blitz in Brand setzte.

Aber er war kein unerfahrener hitziger Junge. Er wusste den Vulkan, der in seinem Innern brodelte, zu kontrollieren. Wenn er ihr nicht die Gänze seiner Leidenschaft geben konnte, so wollte er ihr doch die durch Erfahrung erlernte Beherrschung zukommen lassen.

Und während er von ihrem Mund trank und sich mit ihrem Sein erfüllte, langsam, Schritt für Schritt, gab er ihr so viel Zärtlichkeit und Zuneigung, dass sie hilflos und schwankend auf dem schmalen Grat zur Liebe wanderte.

Er spürte, wie sie sich ihm ergab, spürte es so deutlich wie den Abendwind auf seiner Haut. Wohl wissend, dass es ihn nur näher an die Grenze seiner Beherrschung treiben würde, ließ er sich von dem fiebrigen Verlangen, zu berühren, vorantreiben.

Sie war so zart, so wunderbar weich. Ihr Herz schlug wie wild unter seiner Hand. Er konnte sie fast schmecken, ihre heiße, seidene Haut, auf seinen Lippen, in seinem Mund, tief in seiner Kehle. Es war wie eine Folter, ihr nicht das Kleid von den Schultern zu streichen, dieser Vorstellung nicht Taten folgen zu lassen. Als er die hart aufgerichteten Knospen ihrer Brüste unter der Seide fühlte, entfuhr ihm ein raues Stöhnen, und erneut suchte er ihren Mund.

Der den seinen genauso willig, genauso fordernd begrüßte. Ihre Hände strichen ebenso ungestüm wie seine über seine Haut. Ana wusste, wenn sie sich jetzt diesem einen Moment hingab, würde es kein Zurück mehr geben. Aber jetzt konnte es nicht sein. Nicht hier, auf einer Veranda unter Sternen, mit einem schlafenden Kind im Haus, das jederzeit aufwachen und nach dem Vater suchen konnte.

Doch schon jetzt gab es kein Zurück mehr vorm Verliebtsein. Nicht für sie. Sie konnte diese Flutwelle an Gefühlen nicht aufhalten, genauso wenig wie sie ändern konnte, welches Blut in ihren Adern floss.

Deshalb würde die Zeit kommen, schon bald, da sie ihm geben würde, was sie bisher noch keinem anderen gegeben hatte.

Überwältigt wandte sie den Kopf und lehnte ihr Gesicht an seine Brust. »Du weißt ja nicht, was du mit mir anstellst.«

»Dann sage es mir.« Er liebkoste ihr Ohrläppchen, sandte damit einen Schauer durch ihren Körper. »Ich will die Worte von dir hören.«

»Du weckst ein Verlangen in mir, eine unbeschreibliche Sehnsucht.« Und Hoffnung, fügte sie still hinzu. »Das hat noch niemand getan.« Mit einem tiefen Seufzer zog sie sich von ihm zurück. »Und das ist es, wovor wir beide Angst haben.«

»Ich kann es nicht leugnen.« Seine Augen schimmerten wie Kobalt im schwachen Licht. »Genauso wenig wie ich leugnen kann, dass ich dich auf die Arme nehmen und nach oben tragen will, in mein Bett. Es ist mir ein Bedürfnis, so wie das Atmen.«

Ihr Herz schlug einen wilden Trommelwirbel. »Glaubst du an das Unvermeidliche, Boone?«

»Ich musste es.«

Sie nickte. »Ich glaube auch daran. Ich glaube an Bestimmung, an die Launen des Schicksals, die Streiche jener, die die Menschen früher Götter nannten. Wenn ich dich ansehe, sehe ich das Unvermeidliche.« Sie stand auf, legte ihm eine Hand auf die Schulter, damit er sitzen blieb. »Wirst du akzeptieren können, dass ich Geheimnisse habe, die ich dir nicht anvertrauen kann? Dass es Dinge an mir gibt, die ich nicht mit dir teilen kann?« Sie sah die Verwirrung und das Unverständnis in seinen Augen. Sie schüttelte den Kopf, bevor er etwas erwidern konnte. »Sag jetzt nichts. Überlege es dir gut, denn du musst sicher sein. So wie ich auch.«

Sie beugte sich vor und küsste ihn, stellte für einen Augenblick das Band her und spürte seine Verblüffung, bevor sie sich zurückzog. »Ruhe wohl heute Nacht«, sagte sie, wohl wissend, dass er Schlaf finden würde. Und dass ihr eine schlaflose Nacht bevorstand.

7. Kapitel

Das Geschenk, das Ana sich immer selbst zu ihrem Geburtstag machte, war ein kompletter Tag zur freien Verfügung. Sie konnte faulenzen oder fleißig sein, ganz wie sie wollte. Sie konnte im Morgengrauen aufstehen und sich mit Eiscreme vollstopfen, oder sie konnte bis Mittag im Bett bleiben und sich einen alten Film im Fernsehen ansehen.

Das war ja das Besondere an diesem Tag – überhaupt nichts zu planen.

Heute war sie früh aufgestanden und gönnte sich ein langes heißes Bad im wohligen Duft ihrer Lieblingsöle und eines Säckchens, dessen Kräutermischung entspannende Wirkung hatte. Um sich zu verwöhnen, hatte sie eine Gesichtsmaske aus Holunderblüten und Jogurt angerührt, und so lag sie nun in der Wanne, schlürfte eisgekühlten Fruchtsaft und lauschte der Harfenmusik, die aus der Stereoanlage drang.

Die Haut prickelnd und das Haar vom Kamilleshampoo weich und glänzend, rieb sie sich mit dem eigens nur für sie hergestellten Körperöl ein und schlüpfte dann in einen seidenen Morgenmantel, der die Farbe des Mondes hatte.

Während sie in ihr Schlafzimmer zurückkehrte, überlegte sie, ob sie nicht einfach wieder ins Bett kriechen sollte, um diesen wunderbar faulen Morgen zu krönen. Doch in der Mitte des Raumes, wo nichts anderes als ein antiker Gebetsteppich gelegen hatte, als sie ins Bad gegangen war, stand nun eine massive Truhe. Das war zu schön, um wahr zu sein!

Ana stieß einen freudigen Schrei aus und rannte zu der Truhe, um die Schnitzereien mit den Händen zu betasten. Das Holz war auf Hochglanz poliert und roch nach Bienenwachs und Rosmarin. Es fühlte sich an wie Seide unter ihren Fingern.

Die Truhe war alt, uralt. Schon als Kind auf Schloss Donovan hatte sie sie bewundert. Man sagte, die Truhe sei aus Camelot, in Auftrag gegeben von dem jungen König Artus für Merlin.

Glücklich seufzend ließ Ana sich davor nieder. Sie schafften es immer wieder, sie zu überraschen. Ihre Eltern, ihre Tanten und Onkel … so weit weg, doch immer in ihrem Herzen.

Die vereinte Kraft von sechs Hexen und Zauberern hatte diese Truhe von Irland hierhertransportiert, durch die Lüfte, durch Raum und Zeit, auf eine Art, die alles andere als konventionell war.

Langsam hob sie den Deckel an, und der Geruch von alten Visionen, urzeitlichen Beschwörungen, Zauber aus früher Zeit stieg zu ihr auf, aromatisch, trocken, rauchig von dem kalten Feuer, das ein Zauberer in der Nacht entfacht. Ana war entzückt.

Sie kniete sich hin, hob die Arme, dass die Seide zu den Ellbogen rutschte, und legte die Hände zusammen, mit den Handflächen zum Gesicht.

Macht. Eine Macht, die respektiert und akzeptiert werden musste. Die Worte, die sie sprach, entstammten einer alten Sprache, der Sprache der Weisen. Der Wind, den sie heraufbeschwor, zerrte an den Vorhängen, ließ ihr Haar um ihr Gesicht flattern. Die Luft sang, tausend Harfensaiten wurden angeschlagen, dann wurde es still.

Ana ließ die Arme wieder sinken und griff in die Truhe. Ein Heliotrop-Amulett, das Rot des Blutsteins lief in die tiefgrünen Ränder. Sie wusste, es war seit Generationen in der Familie ihrer Mutter, ein Heilstein von enormer Kraft und größtem Wert. Tränen brannten in ihren Augen, als ihr klar wurde, dass er an sie weitergereicht wurde, wie es nur alle halbe Jahrhunderte geschah, um sie in die höchsten Ränge der Heiler aufzunehmen.

Das ist mein Geschenk, dachte sie und rieb den Stein zwischen ihren Fingern, wie schon andere vor ihr, zu anderen Zeiten, es getan hatten. Ihr Erbe.

Vorsichtig legte sie ihn zurück in die Truhe und nahm das nächste Geschenk. Eine Kugel aus Sardonyx. Die fast durchsichtige Oberfläche würde ihr einen Blick auf das Universum erlauben, wenn sie es denn wollte. Von Sebastians Eltern. Sie spürte es, als sie die Hände über die Kugel legte. Und dazu ein Schaffell, auf dem etwas in der uralten Sprache geschrieben stand. Eine Elfengeschichte, merkte sie, als sie las, und lächelte. So alt wie die Zeit, so verheißungsvoll wie das Morgen. Tante Bryna und Onkel Matthew, dachte sie, als sie es zurücklegte und voller Dankbarkeit auf ihre Geschenke hinabsah.

Obwohl das Amulett von ihrer Mutter war, so wusste Ana doch, dass noch etwas Besonderes von ihrem Vater dabei sein würde. Als sie es fand, lachte sie herzlich auf. Ein Frosch, nicht größer als ihr Daumennagel, meisterhaft geschnitzt aus grüner Jade.

»Gleicht dir aufs Haar, Dad«, sagte sie lachend. Sie legte auch dieses Geschenk wieder zurück, schloss den Deckel der Truhe und erhob sich. In Irland war es jetzt Nachmittag, und sechs Leute warteten darauf zu erfahren, ob ihr ihre Geschenke gefallen hatten.

Sie war auf dem Weg zum Telefon, als es an der Hintertür klopfte. Ihr Herz machte einen kleinen Sprung, dann beruhigte es sich wieder. Irland würde noch ein Weilchen warten müssen.

Boone hielt das Geschenk hinter seinem Rücken versteckt. Zu Hause stand noch ein zweites Paket, etwas, das Jessie und er zusammen ausgesucht hatten. Aber dieses Geschenk hier hatte er Ana geben wollen. Allein.

Er hörte sie kommen und grinste, die Begrüßung und die kleine vorbereitete Rede lagen ihm bereits auf der Zunge. Er konnte von Glück sagen, dass er nicht an diesen Worten erstickte, als er sie erblickte.

Sie war eine strahlende Erscheinung, ihr Haar ein Goldregen, der sich über die silberne Robe ergoss. Ihre Augen schienen dunkler, irgendwie tiefgründiger. Wie konnte es sein, dass sie klar wie das Wasser eines Sees waren und doch wirkten, als würden sie tausend Geheimnisse verbergen? Und dieser überwältigende weibliche Duft, der sie einhüllte, hätte ihn fast in die Knie gezwungen.

Als Quigley ihm zur Begrüßung um die Beine strich, zuckte Boone zusammen, als hätte ihn gerade der Blitz getroffen.

»Boone.« Ein stilles Lachen in ihrer Kehle, legte Ana die Hand auf das Fliegengitter. »Ist alles in Ordnung?«

»Äh … ja … sicher. Ich … Habe ich dich etwa geweckt?«

»Nein.« In dem gleichen Maße gelassen, wie er nervös war, öffnete sie einladend die Tür. »Ich bin schon eine ganze Weile auf. Ich faulenze.« Da er regungslos stehen blieb, neigte sie den Kopf. »Willst du nicht einen Moment hereinkommen?«

»Ja … natürlich.« Er trat ein, hielt aber vorsichtshalber Abstand.

Während der letzten zwei Wochen hatte er sich zurückgehalten wie nur irgend möglich und der Versuchung widerstanden, zu oft mit ihr allein zu sein. Und wenn sie einmal allein waren, hatte er darauf geachtet, die Stimmung unbeschwert zu halten. Jetzt wurde ihm klar, dass er das nicht nur für Ana, sondern auch für sich getan hatte.

Sie war einfach unwiderstehlich, selbst wenn sie im hellen Sonnenlicht standen, sich über Jessie, den Garten oder beider Arbeit unterhielten.

Aber das hier, vor ihr zu stehen, eingefangen in dem exotischen Parfüm, das seine Sinne quälte, zu wissen, dass das Haus leer war … das war geradezu unerträglich.

»Stimmt irgendwas nicht?«, fragte sie, aber sie lächelte, als wüsste sie es genau.

»Nein … nein, alles in Ordnung. Äh … wie geht es dir?«

»Gut.« Ihr Lächeln wurde breiter, wärmer.

»Schön.« Er war überzeugt, wenn er sich noch mehr verspannte, würde er zu Stein werden.

»Ich wollte mir gerade einen Tee machen. Tut mir leid, ich habe keinen Kaffee im Haus, aber vielleicht möchtest du ja auch eine Tasse?«

»Tee.« Er atmete leise aus. »Großartig.« Er sah ihr nach, als sie zum Herd ging, mit der Katze, die sich an ihre Beine schmiegte. Ana stellte den Kessel auf, dann schüttete sie Quigleys Frühstück in seine Schale, ging in die Hocke, um ihn zu streicheln, während er fraß. Der Morgenmantel rutschte und gab den Blick auf einen samtenen Oberschenkel frei.

»Was macht der Waldmeister? Und der Ysop?«

»Äh …«

Sie warf ihr Haar zurück und lächelte zu ihm auf. »Die Kräuter, die ich dir für deinen Garten gab.«

»Ach ja, die. Sie wachsen …«

»Ich habe Salbei und Thymian in Töpfe umgepflanzt. Vielleicht möchtest du welche mitnehmen, für die Fensterbank in der Küche? Du kannst sie beim Kochen verwenden.« Sie erhob sich, als der Kessel zu pfeifen begann. »Frische Kräuter sind immer aromatischer.«

»Ja, gern.« Er hatte sich fast schon wieder entspannt. Hoffte er zumindest. Es war beruhigend, ihr beim Teeaufschütten zuzusehen, wie sie die Porzellankanne vorwärmte, lose Teeblätter hineingab. Bisher hatte er nicht geahnt, dass eine Frau beruhigend und erregend zugleich sein konnte. »Jessie gluckt über die Goldlacksamen, die du ihr gegeben hast, wie eine Henne über ihre Eier.«

»Sie darf sie nur nicht zu oft gießen.« Ana stellte die Kanne beiseite, um den Tee ziehen zu lassen. »Nun?«

Er blinzelte. »Nun – was?«

»Boone, wirst du mir nun zeigen, was du da hinter deinem Rücken versteckst, oder nicht? Ich sehe doch, dass du etwas in den Händen hältst.«

»Täuschen kann man dich also nicht, was?« Er hielt ihr eine in hellblaues Papier gewickelte Schachtel hin. »Herzlichen Glückwunsch zum Geburtstag.«

»Woher wusstest du, dass ich heute Geburtstag habe?«

»Nash hat's mir verraten. Willst du es nicht öffnen?«

»Doch, natürlich.« Ana riss das Papier herunter, und eine Schachtel mit dem Logo von Morganas Laden kam zum Vorschein. »Eine exzellente Wahl«, sagte sie. »Mit nichts, was du bei ›Wicca‹ kaufst, könntest du verkehrtliegen.« Sie hob den Deckel und hielt den Atem an.

Die zierliche Statue einer Zauberin kam zum Vorschein, wundervoll geschnitzt aus Bernstein. Ihr Kopf lag im Nacken, das lange Haar fiel ihr prachtvoll über das Gewand. Die schlanken Arme erhoben, leicht gebeugt an den Ellbogen, die Hände zusammengelegt, mit den Handflächen zum Gesicht – ein Spiegelbild der uralten Haltung, die Ana vor der Truhe heute Morgen eingenommen hatte.

»Sie ist wunderschön«, murmelte sie ergriffen. »Unglaublich schön.«

»Ich war letzte Woche in dem Laden. Morgana hatte gerade eine neue Lieferung bekommen. Die Statue erinnerte mich an dich.«

»Danke.« Die Bernsteinfigur in einer Hand, legte sie die andere an seine Wange. »Du hättest nichts Perfekteres finden können.«

Sie beugte sich vor, stellte sich auf die Zehenspitzen, um seine Lippen zu berühren. Sie wusste genau, was sie tat, wusste, als er den Kuss erwiderte, dass er an der Kette, die die Selbstbeherrschung ihm angelegt hatte, fast erstickte. Macht, frisch und klar wie Regenwasser, strömte in sie.

Das war es, worauf sie gewartet hatte. Das war der Grund, weshalb sie den Morgen mit dem ewig währenden weiblichen Ritual von Ölen und Lotionen und Parfüms verbracht hatte.

Für ihn. Für sie. Für das erste Mal zusammen.

Dornen zerrissen seinen Magen, dröhnend wie Amboss und Hammer schlug das Verlangen den Takt in seinem Kopf. Obwohl ihre Lippen nur leicht auf seinen lagen, betäubte ihn ihr Geschmack, verwandelten sich Zurückhaltung und Selbstbeherrschung in unklare, völlig nichtige Konzepte. Er versuchte sich zurückzuziehen, doch ihre Arme schlangen sich weich um seinen Nacken.

»Ana …«

»Schsch …« Sie beruhigte und erregte ihn mit dem Spiel ihrer Lippen auf seinem Mund. »Küss mich einfach.«

Wie sollte er es nicht, wenn ihre Lippen so einladend geöffnet waren? Er legte beide Hände an ihr Gesicht, während er einen unmenschlichen inneren Kampf mit sich ausfocht, diese Umarmung nicht zu weit gehen zu lassen.

Als das Telefon klingelte, stieß er ein lautes Stöhnen aus, aus Frustration und Erleichterung. »Ich sollte besser auf der Stelle gehen.«

»Nein.« Sie wollte lachen, konnte aber nur leise lächeln, während sie sich aus seinen Armen löste. Nie zuvor hatte sie eine so köstliche Macht erfahren. »Bitte, bleib. Warum gießt du nicht Tee in die Tassen, während ich ans Telefon gehe?«

Tee einschenken, dachte er. Wenn er Glück hatte, schaffte er es, die Kanne anzuheben. Sein gesamter Körper war in Aufruhr.

»Mama!« Jetzt lachte sie doch, und Boone hörte die überschäumende, ehrliche Freude. »Oh, danke! Danke euch allen. Ja, ich hab's bekommen, heute Morgen. Eine wunderbare Überraschung.« Sie lachte wieder, lauschte. »Aber natürlich, es geht mir bestens. Ich … Dad!« Sie gluckste vergnügt, als ihr Vater sich am Hörer meldete. »Ja, ich weiß, was der Frosch bedeutet. Ich liebe ihn. Dich liebe ich auch. Nein, der ist mir lieber als ein echter.« Sie lächelte Boone an, als er ihr eine Tasse Tee reichte. »Tante Bryna! Ja, es ist eine wunderschöne Geschichte. Ja, sicher. Morgana geht es gut und den Zwillingen auch. Nicht mehr lange … Ja, natürlich werdet ihr rechtzeitig hier sein.«

Rastlos wanderte Boone im Raum umher, nippte an dem Tee, der erstaunlich gut schmeckte. Er fragte sich, was, zum Teufel, sie da wohl hineingegeben haben mochte. Was, zum Teufel, hatte sie in ihn hineingegeben? Allein ihre Stimme zu hören löste ein unbändiges Sehnen in ihm aus.

Er würde schon damit fertig werden, sagte er sich. Sie würden gemeinsam eine Tasse Tee trinken – ganz zivilisiert –, und er würde gefälligst die Finger von ihr lassen. Dann würde er die Flucht ergreifen und sich in seiner Arbeit vergraben, um den restlichen Tag nicht mehr an sie denken zu müssen.

Die Geschichte war fast fertig, und schon bald würde er mit den Illustrationen beginnen können. Er wusste bereits, was er wollte.

Ana.

Er schüttelte heftig den Kopf und trank einen großen Schluck Tee. Es hörte sich an, als würde sie mit jedem einzelnen ihrer Verwandten reden. Umso besser. Das ließ ihm Zeit, sich wieder zu sammeln.

»Ihr fehlt mir, alle. Wir sehen uns dann in zwei Wochen. Seid gesegnet.«

Ihre Augen schwammen leicht in Tränen, aber sie lächelte, als sie sich zu Boone umdrehte. »Das war meine Familie.«

»Das dachte ich mir.«

»Sie haben mir heute Morgen eine Truhe mit Geschenken geschickt. Ich hatte noch keine Gelegenheit, sie anzurufen und ihnen zu danken.«

»Das ist nett. Ana, ich sollte wirklich … Heute Morgen? Ich habe keinen Lieferwagen gesehen. Das muss mir völlig entgangen sein.«

»Er war sehr früh da.« Sie sah weg und setzte die Tasse ab. »Sonderlieferung, sozusagen. Sie können es gar nicht mehr abwarten, Ende des Monats zu kommen.«

»Du freust dich auf sie.«

»Immer. Sie waren im Sommer kurz hier, aber mit der ganzen Aufregung um Sebastians Hochzeit blieb kaum Zeit, um einfach nur in Ruhe zusammenzusitzen.« Sie öffnete die Hintertür, um Quigley hinauszulassen, wandte sich dann wieder zu Boone. »Noch etwas Tee?«

»Nein, danke, wirklich nicht. Ich muss gehen. Die Arbeit ruft.« Er bewegte sich übertrieben unauffällig auf die Tür zu. »Nochmals herzlichen Glückwunsch, Ana.«

»Boone.« Sie legte eine Hand auf seinen Arm, spürte seine Muskeln zittern. »Jedes Jahr an meinem Geburtstag schenke ich mir etwas. Ein sehr einfaches Geschenk – einen Tag lang nur das tun, was ich will, was immer sich gut anfühlt.« Sie schloss die Tür und stand zwischen ihm und dem Ausgang. »Ich will dich. Das heißt, wenn du mich noch willst.«

Ihre Worte hallten in seinen Ohren, als er sie anstarrte. Sie war so ruhig, so gelassen. Sie hätte genauso gut übers Wetter reden können. »Du weißt, dass ich dich will.«

»Ja.« Sie lächelte, die Verkörperung der Ruhe, wie das Zentrum eines Hurrikans. »Ja, ich weiß es.« Als sie einen Schritt vor machte, machte er einen zurück. Ist es das, was sie Verführung nennen? fragte sie sich, ohne den Blick von ihm zu nehmen. »Ich kann es sehen, wann immer ich dich ansehe, kann es fühlen, wann immer du mich berührst. Du warst sehr geduldig, sehr zärtlich und zurückhaltend. Du hast dein Wort gehalten. Nichts würde zwischen uns passieren, bis ich es will.«

»Ich habe mich bemüht.« Er trat noch einen Schritt zurück. »Es war nicht einfach.«

»Für mich auch nicht.« Sie blieb stehen, wo sie war, der silberne Morgenmantel schimmerte im Sonnenlicht. »Du brauchst nur zu akzeptieren, das anzunehmen, was dir zu geben ich bereit bin, und es dabei zu bewenden lassen.«

»Was möchtest du von mir?«

»Dass du der Erste bist«, sagte sie offen. »Dass du mir zeigst, wie die Liebe sein kann.«

Er wagte es, die Hand auszustrecken und ihr Haar zu berühren. »Bist du sicher?«

»Absolut.« Sie bot ihm ihre Hände. »Wirst du mit mir zu Bett gehen und mich lieben?«

Wie konnte er antworten? Was konnte er antworten? Es gab keinen Ausdruck, um das zu beschreiben, was in diesem Moment in ihm passierte. So suchte er erst gar nicht nach Worten, sondern hob sie auf seine Arme.

Er trug sie so vorsichtig, als wäre sie zerbrechlich wie die Zauberin aus Bernstein, die er ihr geschenkt hatte. Und tatsächlich dachte er so über sie. Panik flammte in ihm auf bei dem Gedanken, dass er vielleicht nicht vorsichtig genug sein würde, nicht zärtlich genug. Wie leicht konnte man Graziles zerbrechen …

Als er am unteren Treppenansatz angelangt war, hämmerte sein Herz vor Erwartung und Furcht. Oben fragte er nur: »Wo?«, und Ana zeigte kurz auf die Tür zu ihrem Schlafzimmer.

Ihr Duft erfüllte den Raum, sehr weiblich, Parfüm und Puder – und da war noch etwas, das er nicht genau bestimmen konnte. Wie Blumen und Rauch. Die Sonne fiel durch die Vorhänge und tauchte das große alte Bett mit dem geschnitzten Kopfende in goldenes Licht.

Er wich der Truhe aus, bezaubert von dem Licht, das sich in den Kristallen brach, die an durchsichtigen Fäden vor den Fenstern hingen. Regenbogen statt Mondlicht, dachte er, als er Ana auf dem Bett niederlegte und sie zärtlich betrachtete.

Albern, jetzt nervös zu werden, ermahnte sie sich, aber ihre Hände zitterten, als sie ihn zu sich heranzog und festhielt. Sie wollte dies. Wollte ihn. Und doch, die Sicherheit, die sie noch vor wenigen Minuten verspürt hatte, hatte sich aufgelöst unter dem Ansturm der Sehnsucht.

Er sah das Verlangen, die Nervosität in ihren Augen. Verstand sie, dass diese ein Spiegelbild seiner eigenen Gefühle waren? Sie war so zart, so wunderschön. Frisch und unberührt. Sein. Und er wusste um die Wichtigkeit, sie zärtlich zu nehmen.

»Anastasia.« Er verdrängte seine Ängste, hob ihre Hand, drückte seine Lippen auf ihre Handfläche. »Ich werde dir nicht wehtun. Ich schwöre es.«

»Das weiß ich.« Sie verschränkte ihre Finger mit den seinen. Wünschte, sie wüsste, ob es die Angst vor dem einen Moment im Leben einer Frau war oder die Angst vor der unglaublichen

Intensität ihrer Liebe zu ihm, die sie so zittern ließ. »Zeige es mir.«

Regenbogenfarben tanzten um sie herum, als er seinen Mund auf ihren legte. Ein langer, betörender Kuss, der die Zeit stillstehen ließ.

Er spielte mit ihrem Haar, seine Finger griffen in die seidige Flut. Zu seinem eigenen Vergnügen breitete er die Strähnen über dem Kissen aus, wie Gold auf feinem irischen Leinen.

Sein Mund löste sich von ihrem, aber nur, um eine langsame Reise an ihrem Hals hinab zu ihren Schultern anzutreten, bis er das nervöse Zittern zu einem verlangenden werden fühlte. Selbst als sie ihre Ängste unter dem Ansturm der Empfindungen ablegte, liebkoste Boone sie weiter langsam, zart, träge.

Sie hörte ihn murmeln, Versicherungen, Versprechen. Der tiefe Klang seiner Stimme ließ sie schweben, sie lächelte leise, als seine Lippen wieder auf die ihren trafen.

Sie hätte wissen müssen, dass es mit ihm so sein würde. Er ließ sie sich geliebt fühlen, geschätzt, geborgen. Als er den Morgenmantel von ihren Schultern streifte, fürchtete sie sich nicht mehr, sondern hieß seinen Mund auf ihrer Haut willkommen. Fiebrig zerrte sie an seinem Hemd, und er zögerte nur einen unmerklichen Moment, bevor er ihr half, es ihm auszuziehen.

Ihre Haut war wie Samt. Unglaublich weich und duftend, zog ihn an wie Nektar, lud ihn ein, zu kosten und zu schmecken. Als er die Lippen über ihrer Brust schloss, entfuhr ihrer Kehle ein erstickter Seufzer, der wie Donner in seinem Kopf hallte.

Er benutzte Lippen und Zunge, um sie langsam zur nächsten Stufe der Leidenschaft zu führen, während seine eigene Begierde ihn dazu anfeuerte, sich zu beeilen.

Anas Lider wurden schwer, viel zu schwer, um die Augen noch offen zu halten. Woher wusste er, wo er sie berühren musste, um ihr Herz in ihrer Brust erschauern zu lassen? Und doch tat er es, und ihr Atem ging in kleinen Stößen, als er ihr mehr offenbarte.

Leises Flüstern, zarte Berührungen. Der schwere Duft von Lavendel und Rosen in der Luft. Seidige Laken, zerwühlt, Haut, feucht von Leidenschaft. Ein Wasserfall von Regenbogenfarben auf ihrem Gesicht.

Sie schwebte, emporgehoben durch die Magie, die sie gemeinsam schufen.

Da war plötzlich Hitze, lodernd, verzehrend. In ihr. So schnell, so wild, dass sie aufschrie und sich gegen ihn sträubte. »Nein, Boone, ich …« Dann ein Blitz, ein heller Speer der Lust, der sie durchfuhr, sie schwach und erschlafft zurückließ.

»Ana.« Er verkrallte die Finger im Laken, musste sich zurückhalten, um nicht in sie einzudringen, sie zu nehmen und an einen Ort zu führen, von dem er wusste, dass dort die Erlösung lag. »Süß, so süß. Hab keine Angst. Ich werde dir nicht wehtun.«

»Nein.« Erschüttert bis ins Zentrum ihres Wesens, hielt sie ihn fest. Sein Herz schlug wild an ihrem, sein Körper war angespannt wie eine Violinsaite. »Nein. Zeige es mir. Zeige mir mehr.«

Ihre Augen waren jetzt geöffnet, sahen ihm zu, wie er ihren nackten Körper im Sonnenlicht betrachtete. Unter der erwachten Leidenschaft lag so viel Vertrauen. Ein Vertrauen, das ihn demutsvoll werden ließ.

Und so zeigte er ihr mehr. Alle Ängste schwanden, es war kein Raum mehr für sie, wenn ihr Körper vor tausend anderen Gefühlen erschauerte. Als Boone Ana erneut auf den Gipfel führte, ließ sie sich mitreißen, genoss das Feuer, verlangte verzweifelt nach mehr.

Überwältigt von ihrer Reaktion auf jede seiner Berührungen, auf jeden seiner Küsse, hielt er sich zurück, solange er konnte. Das Atmen fiel ihm schwer, das Blut pochte hinter seinen Schläfen, als er langsam in sie eindrang, darauf vorbereitet, sie würde aufschreien und sich versteifen. Er würde aufhören müssen, ganz gleich, wie sehr sein Körper auch nach Erlösung verlangte, wenn sie ihn darum bat.

Doch sie versteifte sich nicht, hauchte nur seinen Namen, während sie die Arme um ihn legte. Der kurze Schmerz wurde noch im selben Augenblick gelöscht durch eine Lust, die stärker und mächtiger war, als sie es sich je hätte träumen lassen.

Sein, dachte sie. Sie war sein. Und sie bog sich ihm entgegen mit dem Instinkt aus uralten Zeiten.

Tiefer, immer tiefer glitt er in sie, füllte sie aus, trieb sie vorsichtig immer höher, hinauf auf den Gipfel. Und als sie aufschrie, als ihr Körper von Schauern geschüttelt wurde, barg er sein Gesicht in ihrem Haar und folgte ihr.

Boone beobachtete das Sonnenlicht, das auf den Wänden tanzte, und lauschte auf Anas Herzschlag, jetzt wieder ruhig. Sie lag dicht an seiner Seite, einen Arm auf ihm, und streichelte ihm übers Haar.

Er hatte nicht gewusst, dass es so sein konnte. Er hatte Frauen gehabt. Mehr noch, er hatte geliebt, so tief, wie es ein Mensch nur konnte. Und doch ... diese Vereinigung war mehr gewesen, als er je in seinem Leben erwartet oder erfahren hatte.

Und er konnte es ihr nicht erklären, denn er verstand es selbst nicht.

Er küsste sie auf die Schulter und sah sie an. Ihre Augen waren geschlossen, ihr Gesicht von einem zarten Hauch überzogen, ihre Züge gänzlich entspannt. Er fragte sich, ob sie wusste, wie viel sich für sie beide an diesem Morgen geändert hatte.

»Alles in Ordnung mit dir?«

Sie schüttelte den Kopf, ließ Alarmsirenen in ihm aufschrillen. »Nein, ich bin nicht in Ordnung.« Ihre Stimme kam tief aus ihrer Kehle. »Mir geht es wunderbar. Du warst wunderbar. Überhaupt ist einfach alles wunderbar. Ich kann gar nicht sagen, wie wunderbar.«

»Du hast mir einen ganz schönen Schrecken eingejagt.« Er strich ihr eine Strähne von der Wange. »Ich kann mich nicht erinnern, je so nervös gewesen zu sein.« Ihre Lippen warteten schon auf ihn, als er den Kopf beugte und sie küsste. »Und du bereust es nicht?«

Sie hob eine Augenbraue. »Wirke ich wie jemand, der bereut?«

»Nein.« Er nahm sich Zeit, ihr Gesicht zu betrachten, zeichnete mit einem Finger die Konturen sanft nach. »Eigentlich siehst du wie jemand aus, der sehr zufrieden mit sich ist.« Und dass es so war, verschaffte auch ihm immense Befriedigung.

»Du hast recht, genauso fühle ich mich, und unglaublich faul und träge.« Sie reckte sich ein wenig und legte den Kopf an seine Schulter.

»Herzlichen Glückwunsch zum Geburtstag.«

Sie gluckste an seiner Brust. »Das war das … einzigartigste Geschenk, das ich je bekommen habe.«

»Das Schöne daran ist, du kannst es immer wieder benutzen.«

»Stimmt.« Sie hob den Kopf, und ihre Augen waren ernst. »Du warst sehr gut zu mir, Boone. Sehr gut für mich.«

»Nun, ich habe es nicht aus reiner Nächstenliebe getan, weißt du? Ich wollte dich, vom ersten Augenblick an, als ich dich sah.«

»Ich weiß. Es machte mir Angst – und erregte mich.« Sie streichelte seine Brust, wünschte sich für einen Moment, sie könnten für immer hier liegen bleiben, sicher und eingehüllt im Sonnenlicht.

»Das ändert alles.«

Ihre Hand verharrte regungslos. »Nur, wenn du es willst.«

»Dann will ich es.« Er setzte sich auf und zog sie mit sich hoch, damit sie sich ansehen konnten. »Ich möchte, dass du ein Teil meines Lebens wirst, Ana. Ich möchte mit dir zusammen sein, sooft es geht. Und nicht nur auf diese Weise.«

Sie fühlte die alte Angst, die an ihr zu nagen begann. Zurückweisung. In diesem Falle würde es sie zerstören. »Ich gehöre doch schon zu deinem Leben.«

Er erkannte etwas in ihrem Blick, spürte die plötzliche Spannung im Raum. »Aber?«

»Kein Aber«, sagte sie hastig und schlang die Arme um ihn. »Nichts, nur dieses.« Sie küsste ihn, legte alles in diesen einen Kuss, während sie wusste, dass sie sie beide betrog, indem sie etwas zurückhielt. Weil sie nicht wusste, wie sie es ihm darbieten sollte, ohne ihn zu verlieren. »Ich bin hier, wenn du mich willst, solange du mich willst. Das verspreche ich.«

Er drängte sie schon wieder, tadelte er sich in Gedanken. Wie konnte er von ihr erwarten, verliebt zu sein, nur weil sie sich gerade geliebt hatten? Er war ja nicht einmal sicher, was genau er selbst fühlte. Es war alles so schnell gegangen, und er ließ sich von seinen momentanen Gefühlen hinreißen. Er erinnerte sich daran, während er Ana hielt, dass es hier nicht nur um seine eigenen Bedürfnisse ging.

Da war auch noch Jessie.

Was mit Ana passierte, würde auch seine Tochter betreffen. Deshalb durfte er sich keine Fehler erlauben, kein impulsives Handeln, keine Versprechen, bis er sich absolut sicher war.

»Wir werden es langsam angehen lassen«, sagte er laut und kam sich schäbig vor. »Aber sollte irgendjemand an deine Tür klopfen, der dir Geschenke bringt oder dich um eine Tasse Zucker bittet …«

»Werde ich ihn am Kragen packen und hinauswerfen.« Sie drückte ihn fest. »Es gibt niemanden außer dir.« Sie küsste ihn auf den Hals. »Du machst mich glücklich.«

»Ich kann dich auch noch glücklicher machen.«

Sie neigte lachend den Kopf und sah ihn abschätzend an. »Wirklich?«

»Nicht so.« Belustigt und geschmeichelt biss er ihr leicht in die Lippe. »Zumindest jetzt noch nicht. Nein, ich dachte mehr daran, hinunterzugehen und einen kleinen Lunch für uns zuzubereiten, während du dich faul im Bett rekeln kannst. Und dann werde ich dich wieder lieben. Und noch mal, und noch mal …«

»Nun …« Eine verlockende Aussicht, aber sie erinnerte sich nur zu gut daran, wie die Küche aussah, nachdem er eine Mahlzeit zubereitet hatte. Außerdem gab es bei ihr zu viele Flaschen und Gläser, deren Inhalt er besser nicht benutzen sollte. »Warum machen wir es nicht umgekehrt? Du wartest, während ich uns einen kleinen Lunch zusammenstelle.«

»Es ist dein Geburtstag.«

»Genau.« Sie küsste ihn und schlüpfte aus dem Bett. »Deswegen geht ja heute auch alles nach meinem Willen. Es dauert nicht lange.«

Es bräuchte schon einen sehr dummen Mann, um ein solches Angebot auszuschlagen, dachte Boone und verschränkte die Arme hinter dem Kopf. Er lauschte dem Wasserrauschen im angrenzenden Bad und stellte sich dann vor, wie es wohl wäre, den ganzen Tag mit ihr im Bett zu verbringen.

Auf dem Weg nach unten verknotete Ana den Gürtel des Morgenmantels. Liebe, so überlegte sie, tat wahre Wunder für die Stimmung. Besser, viel besser als jeder Trank, den sie brauen könnte. Vielleicht, mit der Zeit, mit genügend von dieser Liebe, könnte sie ihm auch den Rest offenbaren.

Boone war nicht Robert, und sie schämte sich dafür, die beiden miteinander verglichen zu haben. Aber das Risiko war so groß, und der Tag war so schön.

Vor sich hin summend, hantierte sie in der Küche.

Sandwiches wären am besten, wenn sie im Bett essen wollten. Zwar nicht gerade exklusiv, aber praktisch. Sandwiches und der Wein ihres Vaters. Sie tanzte zum Kühlschrank, von dessen Tür mittlerweile jeder Zentimeter mit Jessies Zeichnungen bedeckt war.

»Noch nicht einmal angezogen«, erklang Morganas Stimme gespielt tadelnd hinter ihrem Rücken. »Das hatte ich schon erwartet.«

Eine kalte Hühnchenbrust in der Hand, drehte Ana sich um. Es stand nicht nur Morgana an ihrer Hintertür, nein, auch Nash, Mel und Sebastian waren da.

»Oh.« Sie spürte, wie ihr die Röte in die Wangen stieg, als sie das Fleisch beiseitelegte. »Ich habe gar keinen Wagen kommen gehört.«

»Wahrscheinlich warst du einfach zu sehr mit dir selbst beschäftigt, mit deinem Geburtstag und so«, konstatierte Sebastian.

Sie alle drängten herein, mit Küssen und Umarmungen und Geschenken. Nash öffnete bereits eine Flasche Champagner. »Mel, hol doch mal Gläser, damit wir mit der Party beginnen können.« Er blinzelte seiner Frau zu, als sie ächzend auf einen Stuhl sank. »Du bekommst nur Apfelsaft.«

»Ich bin einfach zu dick, um mich zu streiten.« Sie versuchte ihr Gewicht bequemer zu verlagern. »Und? Hast du schon aus Irland gehört?«

»Ja, heute Morgen stand eine Truhe da. Sie ist einfach großartig. Gläser sind im Schrank daneben«, sagte Ana in Mels

Richtung. »Und die Geschenke lagen darin. Ich habe schon mit ihnen allen in Irland gesprochen ...« Kurz bevor sie und Boone sich geliebt hatten. Wieder wurde sie rot. »Ich ... äh ... ich muss noch mal ...« Mel drückte ihr ein Glas Champagner in die Hand.

»Stoß erst mal mit uns an«, forderte Sebastian sie auf. Dann legte er den Kopf schief. »Anastasia, liebste Cousine, du siehst blendend aus. Siebenundzwanzig zu werden bekommt dir anscheinend bestens.«

»Raus aus meinem Kopf«, fauchte sie leise und nippte an ihrem Glas, um etwas Zeit zu gewinnen, damit sie sich überlegen konnte, wie sie es am besten erklären sollte. »Ich kann euch gar nicht genug danken, dass ihr so unverhofft vorbeigekommen seid. Wenn ihr mich für eine Minute entschuldigen wollt ...«

»Unseretwegen brauchst du dich nicht anzuziehen.« Nash schenkte die restlichen Gläser ein. »Sebastian hat recht, du siehst großartig aus.«

»Danke, aber jetzt muss ich wirklich ...«

»Ana, mir ist was Besseres eingefallen.«

Boones Stimme aus der Diele brachte jedermann zum Schweigen. »Warum gehen wir nicht ...« Barfuß, mit bloßer Brust und wirren Haaren, kam Boone in die Küche und erstarrte.

»Hoppla.« Mel grinste in ihr Glas.

»Sehr passend ausgedrückt.« Ihr Mann musterte Boone mit zusammengekniffenen Augen. »Auf einen kurzen nachbarschaftlichen Besuch vorbeigekommen?«

»Halt den Mund, Sebastian.« Das kam von Morgana, die die Hände auf dem Bauch verschränkt hatte und lächelte. »Wir scheinen hier etwas unterbrochen zu haben.«

»Wären wir früher gekommen, wäre das wohl der Fall gewesen«, flüsterte Nash Mel zu, die prompt zu glucksen anfing.

Ana warf ihm einen vernichtenden Blick zu, bevor sie sich Boone zuwandte. »Meine Familie hat wohl eine kleine Überraschungsparty für mich im Sinn gehabt, und sie alle finden es ausgesprochen amüsant, dass ich auch ein Privatleben habe.« Sie sah über die Schulter zurück. »Das sie nichts angeht.«

»Sie ist immer schlecht gelaunt, wenn sie gerade aus dem Bett kommt«, merkte Sebastian an und ergab sich in die Vorstellung, Boone zu akzeptieren. Für den Moment. »Mel, sieht aus, als bräuchten wir noch ein Glas.«

»Schon passiert.« Mit einem Lächeln reichte sie Boone die Champagnerflöte. »»Wenn du sie nicht besiegen kannst, verwirre sie‹«, flüsterte sie ihm den alten Spruch als Rat zu, und er nickte.

»Also dann.« Boone trank einen großen Schluck, um sich zu stärken. »Hat jemand Kuchen mitgebracht?«

Mit einem erlösenden Lachen deutete Morgana auf die große Schachtel. »Nash, gib Ana ein Messer, damit sie die Torte anschneidet. Auf die Kerzen können wir wohl verzichten. Es scheint, als hätte sie sich schon eine Kleinigkeit gewünscht.«

8. Kapitel

Ana war einfach zu sehr an ihre Familie gewöhnt, als dass sie lange verärgert oder beschämt sein konnte. Und zu glücklich mit Boone, als dass sie ihm hätte böse sein können. Während die Tage vergingen, festigte sie langsam, aber stetig ihre Beziehung.

Sie vertraute ihm ihr Herz und ihren Körper an, aber ihr Geheimnis vertraute sie ihm noch nicht an.

Obwohl seine Gefühle für sie immer stärker wurden, zu einer Liebe gewachsen waren, von der er nie gedacht hatte, dass er sie noch einmal erleben würde, war er doch genauso zurückhaltend wie sie, wenn es darum ging, den letzten Schritt zu einem gemeinsamen Leben zu machen.

Denn im Zentrum dieser Entscheidung stand ein Kind, das keiner von ihnen wegen der eigenen Bedürfnisse verletzen wollte.

Sie stahlen Zeit für sich, ein paar Stunden am Nachmittag, ein paar Stunden an einem verregneten Morgen. In der Nacht lag Ana allein in ihrem Bett und fragte sich, wie lange dieses magische Zwischenspiel wohl andauern würde.

Als Halloween immer näher kam, waren sie und Boone mit ihren eigenen Vorbereitungen beschäftigt. Manchmal wollten Ana schier die Nerven durchgehen, wenn sie daran dachte, dass er ihre ganze Familie an dem Feiertag kennenlernen würde. Dann lachte sie über sich selbst, weil sie sich schon fast wie ein Teenager benahm, der die erste Verabredung den Eltern vorstellte.

Schon am Mittag des einunddreißigsten Oktobers war sie bei Morgana, um der hochschwangeren Cousine bei den Vorbereitungen für das Halloween-Fest zu helfen.

»Ich könnte Nash das machen lassen.« Morgana stützte mit beiden Händen ihren Rücken und setzte sich dann, um den Brotteig weiter zu kneten.

»Nash würde alles für dich tun, du müsstest ihn nur fragen.« Ana schnitt Lammfleisch für den traditionellen Irish Stew in kleine Würfel. »Aber er hat diebischen Spaß dabei, seine Tricks vorzubereiten.«

»Ein Amateur, der sich einbildet, die Profis ausstechen zu können.« Morgana zuckte zusammen und stöhnte auf.

Ana war sofort bei ihr. »Liebes?«

»Nein, keine Sorge, es sind nicht die Wehen. Obwohl ich mir wünsche, sie wären es. Ich kann mich ja kaum noch bewegen.« Als ihr der wehleidige Ton in ihrer Stimme auffiel, zog sie eine Grimasse. »Und ich verabscheue Leute, die ständig jammern.«

»Jammer, soviel du willst. Hier sind nur wir beide.« Immer gut vorbereitet, goss Ana einen Trank in ein Glas. »Hier, trink das.«

»Ich fühle mich, als würde ich nur noch gleiten können. Wie Kleopatras Schiff. Breit genug bin ich ja.« Sie trank, die Finger um das Amulett an ihrem Hals gelegt.

»Und du hast auch schon zwei Crewmitglieder.«

Immerhin brachte das Morgana zum Lachen. »Lass uns über etwas anderes reden«, bat sie. »Alles, was mich davon ablenkt, dass ich fett und unleidlich bin.«

»Du bist nicht fett und nur ein ganz kleines bisschen unleidlich.« Trotzdem suchte Ana nach einem anderen Thema. »Wusstest du übrigens, dass Mel und Sebastian wieder zusammen an einem Fall arbeiten?«

»Nein.« Diese Information reichte aus, um ihr Interesse zu wecken. »Ich bin überrascht. Mel ist doch so eigen, wenn es um ihre Arbeit als Privatdetektivin geht.«

»Tja, sieht so aus, als hätte sie die Mauer eingerissen. Ein Junge, der von zu Hause weggerannt ist, gerade mal zwölf. Die Eltern sind völlig am Ende. Als ich gestern Abend mit ihr telefonierte, sagte sie, sie hätten bereits eine Spur. Deshalb entschuldigt sie sich auch, dass sie heute nicht helfen kann.«

»Mel in der Küche ist keine Hilfe, sondern eine Katastrophe.« Aus jeder Silbe, die Morgana sprach, klang Zuneigung für ihre angeheiratete Verwandte. »Sie ist wunderbar für Sebastian, nicht wahr?«

»Ja.« Ana lächelte vor sich hin, während sie Kartoffeln und Zwiebeln über das Lammfleisch im Tontopf schichtete. »Eigensinnig und stur und mit einem weichen Herzen. Sie ist genau das, was er braucht. Ein Glück, dass die beiden sich getroffen haben.«

»Hast du gefunden, was du brauchst?«

Zuerst erwiderte Ana nichts, konzentrierte sich darauf, Kräuter über Fleisch und Gemüse zu streuen. Sie hatte geahnt, dass Morgana einen Weg finden würde, um auf das Thema zu kommen. »Ich bin sehr glücklich.«

»Ich mag ihn. Ich hatte sofort ein gutes Gefühl.«

»Das freut mich.«

»Sebastian auch, obwohl erst mit einigen Einschränkungen.« Morgana runzelte leicht die Stirn, aber ihre Stimme klang weiterhin unbeschwert. »Vor allem auch, nachdem er in Boones Kopf herumgewühlt hat.«

Anas Lippen wurden dünn. »Das habe ich ihm noch immer nicht so richtig verziehen.«

»Nun«, Morgana legte den Teig in eine Schüssel, um ihn gehen zu lassen, »Boone hat's nicht gemerkt, und Sebastians

Nackenhaare haben sich wieder gelegt. Er war nicht gerade begeistert, als er dich an deinem Geburtstag frisch aus dem Bett antraf.«

»Das geht ihn nicht das Geringste an.«

»Sebastian liebt dich.« Morgana drückte Anas Arm, als diese zum Ofen ging. »Um dich wird er sich immer Sorgen machen, weil du die Jüngste von uns bist – und weil deine Gabe dich so verletzlich macht.«

»Ich bin nicht völlig wehrlos, Morgana. Auch nicht dumm.«

»Das weiß ich. Liebes, ich …« Unwirsch wischte sie sich die Tränen aus den Augen. »Es war dein erstes Mal. Ich wollte nicht neugierig sein, aber … Himmel, so sentimental war ich in meinem ganzen Leben nicht.«

»Du konntest es nur besser verheimlichen.« Ana kam zu Morgana herüber, um sie in die Arme zu nehmen. »Es war wunderbar, er war so zärtlich und sanft. Ich wusste immer, dass es einen Grund gab, warum ich wartete, und er ist dieser Grund.« Sie richtete sich lächelnd auf. »Boone hat mir mehr gegeben, als ich mir je erträumt habe.«

Mit einem Seufzer legte Morgana ihre Hände an Anas Gesicht. »Du liebst ihn.«

»Ja. Ich liebe ihn sehr.«

»Und er?«

Ihr Blick wurde unstet. »Ich weiß es nicht.«

»Ach, Ana.«

»Ich werde mich nicht auf diese Weise mit ihm verbinden.« Ihre Stimme wurde wieder fester. »Es wäre unehrlich, wenn ich ihm noch nicht gesagt habe, was ich bin. Und noch nicht den Mut aufgebracht habe, ihm zu sagen, was ich für ihn fühle. Ich weiß, dass ihm viel an mir liegt. Dazu brauche ich meine Gabe nicht, um das zu merken. Das reicht. Wenn da mehr ist, wird er es mir sagen, da bin ich sicher.«

»Es überrascht mich immer wieder, wie dickköpfig du bloß bist.«

»Ich bin eine Donovan«, gab Ana zurück. »Und das mit Boone ist wichtig für mich.«

»Schön. Aber du solltest es ihm sagen.« Morgana hielt Ana am Arm fest, bevor sie sich abwenden konnte. »Ja, ich weiß, ich hasse es auch, wenn mir jemand ungebeten einen Rat gibt, den ich nicht hören will. Aber du musst die Vergangenheit loslassen und dich der Zukunft zuwenden.«

»Ich stelle mich ja der Zukunft. Und ich wünsche, dass Boone in ihr eine Rolle spielt. Ich brauche einfach mehr Zeit.« Sie presste die Lippen zusammen, bis sie ihre Stimme wieder unter Kontrolle hatte. »Morgana, er ist ein guter Mann. Er besitzt Mitgefühl und Fantasie und eine Großzügigkeit, deren er sich gar nicht bewusst ist. Und er hat ein Kind.«

»Ist es das, was dir Angst macht? Das Kind einer anderen zu übernehmen?«

»Oh nein. Ich liebe sie. Wie sollte man sie nicht lieben? Noch bevor mir klar war, dass ich Boone liebe, hatte ich mich schon in Jessie verliebt. Sie ist der Angelpunkt seines Lebens, so, wie es sein sollte. Es gibt nichts, absolut nichts, was ich nicht für die beiden tun würde. Diese zwei Menschen sind ganz nah an meinem Herzen.«

»Was ist es dann?«

Ana stockte, beschäftigte sich damit, die Eier für den Salat abzuschrecken. »Hast du ein bisschen Dill da? Du weißt doch, Onkel Douglas mag seinen Dill.«

Mit einem Schnauben setzte Morgana ein Glas auf die Anrichte. »Anastasia, lenke nicht ab.«

Viel zu heftig drehte Ana den Wasserhahn ab. »Du weißt ja gar nicht, wie viel Glück du mit Nash hast. Jemanden, der einen liebt, ganz gleich, was sein mag.«

»Sicher weiß ich das«, erwiderte Morgana warm. »Aber was hat Nash damit zu tun?«

»Wie viele Männer gibt es, die eine von uns so bedingungslos akzeptieren? Wie viele wagen eine Ehe und Kinder mit einer Hexe?«

»In Finns Namen! Anastasia!« Die Empörung in ihrer Stimme wurde entkräftet durch die Tatsache, dass sie sich wieder setzen musste. »Du redest gerade so, als wären wir warzenübersäte, hässliche alte Vetteln, die irre kichernd auf ihren Besenstielen reiten und die Muttermilch noch in der Brust sauer werden ließen!«

Ana fand das nicht komisch. »Denken nicht die meisten genau das über uns? Robert …«

»Ach, Robert … Soll ihn der Blitz treffen!«

»Gut, vergiss Robert«, winkte Ana ab. »Aber wie oft sind wir über die Jahrhunderte verfolgt, gejagt, gefürchtet, ausgegrenzt worden, nur weil wir sind, was wir sind? Ich schäme mich meines Blutes nicht, ich bedaure nicht, diese Gabe geerbt zu haben. Aber ich könnte es nicht ertragen, dass, würde ich ihm die Wahrheit über mich sagen, er mich ansieht wie …«, sie lachte bitter auf, »… wie einen Kessel voller Kröten und Molche.«

»Wenn er dich liebt …«

»Wenn«, betonte Ana vieldeutig. »Wir werden sehen. Aber jetzt, denke ich, solltest du dich für eine Stunde hinlegen.«

»Du lenkst schon wieder ab«, setzte Morgana an, als Nash hereingestürmt kam. Er hatte Spinnweben im Haar – künstliche –, und ein diabolisches Funkeln stand in seinen Augen.

»Das müsst ihr euch ansehen. Es ist absolut fantastisch! Ich bin ja soooo gut! Ich hätte mich fast selbst erschreckt.« Er schnappte sich eine Selleriestange und biss herzhaft hinein. »Kommt schon, steht da nicht einfach so rum!«

»Amateure«, seufzte Morgana und rappelte sich auf.

Die beiden Frauen bewunderten Nashs holografische Gespenster in der Eingangshalle gebührend, als man draußen einen Wagen vorfahren hörte.

»Sie sind da!« Voller Vorfreude sprang Ana auf die Haustür zu, dann erstarrte sie plötzlich. Noch während sie sich umdrehte, sank Morgana gegen Nash.

Der wiederum weiß wie seine Gespenster wurde. »Baby? Geht es los? Jetzt? Oh Gott!«

»Schon in Ordnung.« Morgana atmete tief durch, und Ana stützte ihren anderen Arm. »Nur ein Ziehen, wirklich.« Sie lächelte Ana zu. »Schon sehr passend, die Zwillinge ausgerechnet an Halloween zu bekommen.«

»Kein Grund zur Aufregung«, versicherte Douglas Donovan Nash immer wieder. Wie sein Sohn war auch er ein großer Mann, allerdings war das dunkle Haar, das er Sebastian vererbt hatte, tiefen Geheimratsecken gewichen. Für den Anlass hatte er einen schwarzen Frack gewählt, zu dem die knallorangefarbenen Turnschuhe in scharfem Kontrast standen – zumal sie auch noch im Dunkeln fluoreszierten. »Eine Geburt ist das Natürlichste von der Welt. Ist ja auch die perfekte Nacht dafür. Du wirst sehen, deine Zwillinge kommen ganz von alleine.«

»Richtig.« Nash schluckte den Kloß in seiner Kehle hinunter. Sein Haus war voll – Hexen und Zauberer, wenn man es genau nehmen wollte –, und seine Frau saß auf dem Sofa und sah aus, als würde es ihr nicht das Geringste ausmachen, dass sie seit drei Stunden Wehen hatte. »Vielleicht war es ja falscher Alarm.«

Camilla rauschte in einem Abendkleid voll aufgenähter Münzen vorbei und klopfte Nash mit ihrem Federfächer auf die Schulter. »Überlass das nur Ana, mein Junge. Sie wird sich bestens um alles kümmern. Ich weiß noch, als ich Sebastian bekam, habe ich dreizehn Stunden in den Wehen gelegen. Wir haben Witze darüber gemacht, erinnerst du dich, Douglas?«

»Ja, nachdem du endlich aufgehört hast, mich mit Flüchen zu belegen, mein Herz.«

»Natürlich.« Sie schwebte in Richtung Küche davon, um noch einmal den Stew zu überprüfen. Ana nahm nie genug Salbei.

»Sie hätte mich in einen Igel verwandelt, wäre sie nicht anderweitig beschäftigt gewesen«, gestand Douglas Nash im Vertrauen.

»Na, da fühl ich mich doch gleich besser«, murmelte Nash und sah Douglas skeptisch an.

Douglas entging die Ironie völlig. Herzlich klopfte er Nash auf die Schultern. »Ich bin immer froh, wenn ich helfen kann. Dafür sind wir ja hier, Dash.«

»Nash.«

Douglas lächelte milde. »Ja, natürlich.«

»Mama.« Morgana drückte die Hand ihrer Mutter. »Bitte, rette den armen Nash vor Onkel Douglas. Er sieht so blass um die Nase aus.«

Bryna legte den Zeichenblock zur Seite. »Soll dein Vater einen kleinen Spaziergang mit ihm machen? Ich werde ihn gleich darum bitten.«

»Das wäre wundervoll.« Sie seufzte dankbar, als Ana ihre Schultern rieb. »Im Moment kann er hier im Haus sowieso nichts tun.«

Padrick, Anas Vater, ließ sich auf dem Stuhl nieder, sobald Bryna aufgestanden war. »Wie geht's unserem Mädchen?«

»So weit ganz gut, es ist noch ziemlich schwach. Aber wahrscheinlich wird es bald richtig losgehen.« Sie beugte sich vor und küsste ihn auf eine Pausbacke. »Ich bin froh, dass ihr alle hier seid.«

»Ich möchte nirgendwo anders sein.« Er legte die mollige Hand auf ihren Bauch, um den Schmerz zu besänftigen, und lächelte seiner Tochter mit dem ihm eigenen verschmitzten Lächeln an. »Und mein kleiner Liebling – hübscher denn je. Du kommst ganz nach deinem Dad, wenn ich das recht betrachte.«

»Nach wem sonst?« Ana fühlte die nächste Wehe kommen und hielt ihre Hände fest auf Morganas Schultern. »Immer schön tief durchatmen, Liebes.«

»Willst du ihr nicht Wiesenkraut geben?«, fragte er.

Ana überlegte, dann schüttelte sie den Kopf. »Nein, noch nicht. Sie hält sich gut. Aber du könntest mir meinen Beutel bringen. Ich werde Kristalle benutzen.«

»Schon erledigt.« Padrick erhob sich und ließ die geschlossene Faust kreisen. Als er die Finger wieder öffnete, lag ein Zweig blühender Glockenheide auf seiner Handfläche. »Wo kommt das denn jetzt her?«, sagte er mit der gleichen Stimme, die er benutzt hatte, als die erwachsene Frau in den Wehen selbst noch ein Kind gewesen war. »Passt du bitte für mich darauf auf? Ich habe einen Auftrag zu erledigen.«

Morgana strich sich mit dem Zweiglein über die Wange. »Er ist der liebenswürdigste Mann der Welt.«

»Wenn du nicht aufpasst, wird er diese beiden schrecklich verwöhnen. Dad ist völlig vernarrt in Kinder.« Durch das Band spürte Ana, dass Morgana sich wesentlich unwohler fühlte, als sie sich anmerken ließ. »Bald werde ich dich nach oben bringen müssen, Morgana.«

»Noch nicht.« Sie legte ihre Hand auf Anas. »Es ist so schön, hier unten mit euch allen zusammen zu sein. Wo ist eigentlich Tante Maureen?«

»Mama ist in der Küche und streitet wahrscheinlich mit Tante Camilla, wie man den besten Stew macht.«

Morgana schloss die Augen und stöhnte. »Himmel, ich könnte jetzt einen ganzen Topf davon essen.«

»Später«, versprach Ana und sah auf, als Kettengerassel und lautes Gejammer ertönte. »Da ist jemand an der Tür.«

»Der arme Nash. Er kann es einfach nicht erwarten, seine Arbeit auszuprobieren. Ist es Sebastian?«

Ana reckte den Hals. »Sieht so aus. Er und Mel begutachten gerade die Hologramme. Hoppla, das war's dann wohl für die Rauchmaschine und die Fledermäuse.«

Sebastian kam herein. »Was für Amateure«, war sein einziger Kommentar.

»Lydia hat die ganze Zeit geschrien«, erzählte die begeisterte Jessie von den Schrecken des Spukhauses in der Grundschule. »Und Frankie hat so viele Bonbons gegessen, dass er sich übergeben hat.«

»Das hört sich ja wirklich nach einem denkwürdigen Tag an.« Um genau das zu vermeiden, hatte Boone vorsorglich die Hälfte von den Süßigkeiten, die Jessie gesammelt hatte, weggeräumt.

»Mein Kostüm war das schönste.« Als sie vor Morganas Laden aus dem Wagen stiegen, drehte Jessie sich einmal um die eigene Achse, dass der bauschige pinkfarbene Rock mit den silbernen Sternchen nur so flog. Ganz stolzer Vater und sehr zufrieden mit sich, ging Boone in die Knie, um die Flügel aus Aluminiumfolie zu richten. Es hatte ihn zwei volle Tage gekostet, um das Elfenkostüm anzufertigen. Aber es hatte sich gelohnt.

Jessie tippte ihrem Vater mit dem Zauberstab aus Pappe auf die Schulter. »Jetzt bist du ein schöner Prinz.«

»Und was war ich vorher?«

»Ein hässlicher Frosch.« Sie kicherte laut, als er ihr leicht in die Nase kniff. »Meinst du, Ana erkennt mich so überhaupt?«

»Niemals. Ich erkenne dich ja kaum.« Sie hatten auf eine Maske verzichtet, dafür hatte Boone seiner Tochter Wangen und Lippen rot gemalt, und ihre Lider erstrahlten in glitzerndem Gold.

»Wir lernen ihre ganze Familie kennen«, sagte sie zu ihrem Vater – als ob man ihm das sagen müsste. Schon die ganze Woche hatte er deswegen Magenkrämpfe. »Und ich sehe endlich Morganas Katze und ihren Hund wieder.«

»Ja.« Er bemühte sich, sich wegen des Hundes keine Sorgen zu machen. Pan mochte zwar aussehen wie ein Wolf, aber beim letzten Besuch war er sanft und freundlich zu Jessie gewesen.

»Das wird die beste Halloween-Party der Welt!« Jessie stellte sich auf die Zehenspitzen und klingelte an der Haustür. Sie sperrte den Mund auf, als die Tür langsam von allein aufging und Kettengerassel und Stöhnen die Luft füllte.

Ein untersetzter Mann mit lustigen Augen warf einen Blick auf Jessie und sprach dann in bester Gespenstermanier mit tiefer Stimme: »Willkommen im verwunschenen Schloss. Tretet ein, auf eigene Gefahr.«

Jessies Augen standen wie zwei große blaue Untertassen in ihrem Gesicht. »Ist es wirklich verwunschen?«

»Kommt herein und findet es heraus … wenn ihr euch traut.« Er ging vor Jessie in die Hocke und zog ein Plüschkaninchen aus seinem Ärmel.

»Ooh.« Jessie schmiegte die Wange an das Stofftier. »Sind Sie ein Zauberer?«

»Was sonst. Ist das nicht jeder?«

»Nein. Ich bin eine Elfenprinzessin.«

»Das geht auch. Ist das deine Eskorte für den Abend?«, fragte er und sah zu Boone.

»Nein.« Jessie lachte fröhlich. »Das ist mein Daddy. Und eigentlich bin ich Jessie.«

»Na, eigentlich bin ich Padrick.« Er richtete sich wieder auf, und obwohl seine Augen immer noch lustig funkelten, hatte Boone das sichere Gefühl, dass er hier gerade abgeschätzt wurde.

»Sawyer.« Er streckte die Hand aus. »Boone Sawyer. Wir sind Anastasias Nachbarn.«

»Nachbarn, sagen Sie? Ich bezweifle, dass das alles ist.« Nach dem Handschlag nahm Padrick Jessie bei der Hand. »Komm, lass uns nachsehen, was euch alles erwartet.«

»Geister!« Jessie zuckte ehrlich erschreckt zusammen. »Daddy, sieh nur! Geister!«

»Ja, für einen Laien gar nicht schlecht gemacht«, stimmte Padrick gönnerhaft zu. »Ach übrigens, Ana ist gerade mit Morgana und Nash nach oben gegangen. Wir kriegen heute Abend nämlich Zwillinge. Maureen, meine Passionsblume, komm und lerne Anas Nachbarn kennen.« Er drehte sich um, als eine bemerkenswerte Amazone mit einem scharlachroten Turban in die Halle kam.

»Sie können sicher einen Drink gebrauchen«, sagte Padrick zu Boone.

Der stieß langsam die Luft aus. »Ja, Sir, gute Idee – das könnte ich wirklich.«

Zögernd klopfte Mel an die Tür zu Morganas Schlafzimmer und steckte vorsichtig den Kopf hinein. Sie war sich überhaupt nicht sicher, was sie zu erwarten hatte – die klinische Atmosphäre eines Kreißsaals oder den ätherischen Schimmer eines magischen Kreises.

Weder noch. Morgana war in halb sitzender Stellung auf ihrem gemütlichen Bett, Kerzen und Blumen um sie herum, Harfen- und Flötenmusik klang durch den Raum. Sie sah erhitzt aus, Nash dagegen war weiß wie ein Laken, aber alles, was sie sah, einschließlich Anas auffordernden Winkens, wirkte völlig normal, was ihr die Entscheidung, einzutreten, erheblich erleichterte.

»Komm herein, Mel. Du solltest dich doch auskennen. Schließlich hast du Sebastian und mir geholfen, das Fohlen auf die Welt zu bringen.«

»Ich fühle mich zwar wie ein Pferd«, knurrte Morgana leise, »aber das heißt nicht, dass ich gerne mit einem verglichen werde.« Dann begann sie in Stößen zu atmen, als eine neue Wehe einsetzte.

»Okay, okay.« Nash griff ihre Hand und hielt die Stoppuhr. »Es geht schon. Wir machen das großartig, ganz großartig.«

»Wir?«, presste Morgana zwischen den Zähnen hervor. »Zur Hölle, ich möchte dich hier sehen und …«

»Atme.« Anas Stimme war sanft, als sie Kristalle über Morganas Bauch positionierte. Die Steine blieben in der Luft hängen und strahlten ein überirdisches Licht aus. Mel starrte mit offenem Mund, dann erinnerte sie sich daran, dass sie selbst seit zwei Monaten mit einem Zauberer verheiratet war.

»Geh nicht.« Morgana lockerte den Klammergriff um Nashs Hand, als die Wehe nachließ. »Bleib hier.«

»Ich gehe nirgendwohin, Schatz. Du bist einfach wunderbar.« Wie wünschte er sich, der Schmerz hätte endlich ein Ende für sie. Er tupfte mit einem feuchten kalten Tuch den Schweiß von ihrer Stirn. »Ich liebe dich, Schönheit.«

»Das will ich dir auch geraten haben.« Sie brachte ein Lächeln zustande und lehnte sich erschöpft mit geschlossenen

Augen zurück. Sie wusste, dass sie noch einen langen Weg vor sich hatte. »Wie mache ich mich, Ana?«

»Sehr gut. Vielleicht zwei Stunden noch. Länger wird es nicht dauern.«

»Zwei Stunden?!« Nash presste die Lippen zusammen, rang sich dann ein Lächeln ab, auch wenn es sehr schief ausfiel. »Na, das ist doch wunderbar.«

Mel räusperte sich, und Ana sah zu ihr hinüber. »Ich wollte dir nur sagen, dass Boone hier ist, mit Jessie.«

»Oh.« Ana wischte sich mit dem Ärmel den Schweiß von den Brauen. »Das hatte ich ganz vergessen. Ich komme gleich nach unten. Könntest du bitte Tante Bryna heraufschicken?«

»Mache ich. He, Morgana, wir sind alle bei dir.«

Morganas Lächeln zeigte einen leicht boshaften Anflug. »Wie nett. Möchtest du vielleicht mit mir tauschen?«

»Ich denke, dieses Mal werde ich passen, danke.« Mel zog sich eilends zurück.

Als Ana auf der Schwelle zum Wohnzimmer stand, fiel ihr als Erstes auf, dass Jessie sich köstlich amüsierte. Anas Mutter lachte ihr volles, herzliches Lachen, während Jessie ihr alle Ereignisse der Halloween-Party in der Schule erzählte. Und da Jessie bereits zwei Plüschtiere im Arm hielt, ging Ana davon aus, dass ihr Vater seine Tricks auch schon vorgeführt hatte.

Sie konnte nur hoffen, dass er diskret vorgegangen war.

»Wie sieht es oben aus?«, fragte Bryna leise, als sie an Ana vorbeiging.

»Alles bestens. Du wirst noch vor Mitternacht Großmutter werden.«

»Danke, Anastasia.« Bryna küsste sie auf die Wange. »Und dein junger Mann gefällt mir.«

»Er ist nicht …« Aber ihre Tante war bereits halb die Treppe hinauf.

Und da stand Boone, neben dem offenen Kamin, in dem fröhliche Flammen flackerten – einen Drink in der Hand, mit Sicherheit ein Gebräu ihres Vaters –, und hörte mit fasziniertem Gesicht einer von Onkel Douglas' Geschichten zu.

»Also haben wir die arme Seele für die Nacht aufgenommen, schließlich stürmte und gewitterte es draußen wie verrückt. Und was tut dieser Mensch am Morgen? Rennt laut schreiend davon und schimpft über Geister und Hexen.« Douglas tippte sich vielsagend mit dem Finger an die Schläfe. Auf dem Kopf saß jetzt ein orangefarbener Zylinder. »Wirklich bedauernswert.«

»Vielleicht hatte es etwas damit zu tun, dass du in dieser alten Ritterrüstung herumstolziert bist«, gab Matthew Donovan zu bedenken, während er den Cognac in seinem Glas schwenkte.

»Aber nein, ein Ritter ähnelt doch in keinster Weise einer Hexe. Ich glaube vielmehr, dass es an dem Jammern von Maureens Katzen lag.«

»Meine Katzen jammern nicht«, kam es beleidigt von Maureen. »Sie sind sehr gut erzogen.«

»Ich habe einen Hund«, mischte Jessie sich ein, »aber ich mag Katzen auch.«

»Wirklich?« Padrick war nur zu willig. Er griff zwischen die Aluminiumflügel und zog eine kleine Plüschkatze hervor. »So wie die hier?«

»Ja!« Jessie war begeistert. Und entzückte Padrick damit, dass sie auf seinen Schoß kletterte und ihm einen Kuss auf die rosige Wange drückte.

»Dad.« Ana kam auf ihren Vater zu und blickte ihn liebevoll an. »Du änderst dich nie.«

»Ana!« Jessie hüpfte auf Padricks Knie auf und ab, die ganze Menagerie an die Brust gepresst. »Dein Daddy ist der lustigste Mann auf der ganzen Welt! Und er kann ganz toll zaubern!«

»Ja, ich mag ihn auch.« Dann legte sie den Kopf schief. »Aber wer bist du?«

»Aber ich bin doch Jessie.« Kichernd hüpfte sie auf den Boden und drehte sich einmal im Kreis. Sie war völlig fasziniert von dieser Party.

»Nein, wirklich?«

»Doch, ehrlich. Daddy hat aus mir für Halloween eine Elfenprinzessin gemacht.«

»Deine Stimme hört sich auf jeden Fall wie die von Jessie an.« Ana ging vor ihr in die Hocke. »Gib mir einen Kuss, dann weiß ich es sicher.«

Jessie presste ihre roten Lippen auf Anas Mund, selig über den Erfolg ihres Kostüms. »Hast du mich wirklich nicht erkannt?«

»Nein, ich war felsenfest davon überzeugt, du wärst eine echte Elfenprinzessin.«

»Dein Daddy hat gesagt, dass du seine Elfenprinzessin warst, weil deine Mama die Königin war.«

Maureen lachte herzhaft auf und blinzelte ihrem Mann zu. »Ach, mein Froschkönig.«

»Du musst entschuldigen, aber ich kann nicht lange bleiben und mit dir reden«, sagte Ana zu Jessie.

»Ich weiß. Du hilfst Morgana dabei, ihre Babys zu bekommen. Kommen sie eigentlich beide gleichzeitig heraus oder einzeln?«

»Sie kommen nacheinander. Hoffe ich wenigstens.« Sie lachte und wuschelte Jessie durchs Haar, dann sah sie zu Boone. »Bleibt, solange ihr wollt. Zu essen ist genug da.«

»Mach dir um uns keine Gedanken. Wie geht es Morgana?«

»Sie hält sich sehr gut. Ehrlich gesagt, ich werde Cognac für Nash mitnehmen. Er ist mit den Nerven am Ende.«

Mit einem verstehenden Nicken hielt Matthew ihr eine Karaffe und einen Schwenker hin. »Ich weiß, was er durchmacht.« Als er ihr die Sachen reichte, verspürte sie seine Macht wie einen Blitzschlag und wusste, dass er in Gedanken und mit seinem Herzen, trotz seiner äußeren Gelassenheit, oben bei seiner Tochter war.

»Keine Sorge, Onkel Matthew, ich kümmere mich um sie.«

»Niemand könnte es besser. Du bist die Beste von allen, die ich kenne, Anastasia.« Er sah ihr in die Augen, als er mit einem Finger über das Blutsteinamulett fuhr, das sie um den Hals trug. »Und ich habe viele gekannt.« Dann erschien ein Lächeln auf seinen Lippen. »Boone, warum bringen Sie Ana nicht nach oben zurück?«

»Gern.« Boone nahm Ana Karaffe und Glas ab, bevor sie den Raum verließen.

»Deine Familie«, setzte er an und schüttelte den Kopf, nicht merkend, wie Ana sich versteifte.

»Ja?«

»Sie sind unglaublich. Alle. Einmalig. Schließlich geschieht es nicht jeden Tag, dass ich mich mitten zwischen Fremden wiederfinde, während eine Frau im Obergeschoss Zwillinge zur Welt bringt, ein Wolf – ich schwöre, dieser Hund ist kein Hund – unter dem Küchentisch an einem riesigen Knochen, der von einem Mammut stammen könnte, nagt, während in der Halle mechanische Fledermäuse herumflattern und Ketten rasseln. Ich bin vollkommen begeistert.«

»Nun, es ist Halloween. Was hattest du denn an diesem Tag anderes erwartet?«

»Ich glaube nicht, dass das viel damit zu tun hat.« Er blieb auf dem oberen Treppenabsatz stehen. »Ich kann mich nicht entsinnen, mich je so gut amüsiert zu haben. Sie sind einfach wunderbar, Ana. Dein Vater mit seinen Tricks – ich komme ihm einfach nicht auf die Schliche, wie er es macht.«

»Nein, das wirst du bestimmt auch nicht. Er ist sehr … talentiert.«

»Er könnte damit auftreten. Ich muss dir einfach sagen, dass ich diese Party um nichts in der Welt hätte verpassen wollen.« Er legte die freie Hand in ihren Nacken. »Das Einzige, was fehlt, bist du.«

»Ich hatte befürchtet, du würdest dich vielleicht unwohl fühlen.«

»Nein. Nur bringt das meine Pläne ein wenig durcheinander. Ich hatte vor, dich in dunkle Ecken zu ziehen und dir Schauergeschichten zu erzählen, die dir das Blut in den Adern hätte gefrieren lassen, bis du dich vor Angst schlotternd an mich geschmiegt hättest.«

»So leicht bin ich nicht zu ängstigen. Da musst du dir schon ein bisschen mehr einfallen lassen.« Lächelnd schlang sie die Arme um seinen Hals. »Ich bin praktisch mit solchen Geschichten aufgewachsen.«

»Mit Onkeln, die nachts in Ritterrüstungen umherstiefeln«, murmelte er an ihren Lippen.

»Oh, das war noch das wenigste.« Sie schmiegte sich enger an ihn. »Als Kinder haben wir immer im Verlies gespielt. Einmal habe ich sogar eine ganze Nacht im Spukturm verbracht, wegen einer von Sebastians Mutproben.«

»Wirklich sehr tapfer.«

»Nein, dumm. Es war schrecklich unbequem und kalt. Zumindest hat Morgana ein Kissen und eine Decke für mich hochgezaubert.«

»Gezaubert, meine Prinzessin?«, wiederholte er. Das Wort amüsierte ihn.

»Hochgebracht«, verbesserte sie sich und schmiegte sich noch enger in seine Arme, damit er an nichts anderes mehr dachte als an sie.

Als die Tür neben ihnen aufgezogen wurde, stoben sie auseinander wie schuldbewusste Teenager. Bryna hob eine Augenbraue, erfasste die Situation und lächelte.

»Entschuldigt, wenn ich störe, aber ich denke, Boone ist genau der Mann, den wir brauchen.«

Seine Finger klammerten sich unwillkürlich fester um die Karaffe. »Ich? Da drinnen?«

Bryna lachte. »Nein, das nicht. Aber wenn ich Ihnen Nash herausschicken darf … Er könnte ein aufmunterndes Gespräch mit einem Mann gebrauchen.«

»Aber nur für ein paar Minuten«, schränkte Ana ein. »Morgana braucht ihn neben sich.«

Bevor Boone zustimmen oder ablehnen konnte, waren die beiden Frauen schon wieder in das Zimmer verschwunden. Mit einem resignierten Seufzer schenkte er sich einen Cognac ein, trank einen kräftigen Schluck und füllte das Glas nach, als Nash auf den Flur herauskam.

»Hier, das beruhigt die Nerven.«

»Ich hätte nicht gedacht, dass es so lange dauert.« Nash stieß den Atem aus und trank. »Oder dass sie so dabei leiden muss. Ich schwöre dir, sobald das hier vorbei ist, rühre ich sie nicht mehr an.«

»Ja, sicher.«

Obwohl Nash wusste, dass es das Klischee eines werdenden Vaters war, begann er, systematisch den Gang auf und ab zu laufen.

»Nash, ich will mich ja nicht einmischen, aber … Würdest du dich nicht besser fühlen, sicherer, wenn Morgana in einem Krankenhaus wäre, mit einem Arzt und allen medizinischen Möglichkeiten?«

»Eine Klinik? Nein.« Nash rieb sich über das Gesicht. »Morgana wurde in diesem Bett geboren. Sie würde die Zwillinge nirgendwo anders zur Welt bringen wollen.«

»Dann wenigstens einen Arzt …«

»Ana ist die Beste.« Der Gedanke daran beruhigte ihn wieder ein bisschen. »Glaub mir, Morgana ist bei ihr in den besten Händen.«

»Ich weiß, dass es exzellente Hebammen gibt, und natürlicher ist es auch, denke ich.« Boone lockerte die Schultern. Wenn Nash zufrieden mit der Situation war, dann war es nicht an ihm, den werdenden Vater zu beunruhigen. »Tja, ich denke, sie hat es schon öfter gemacht.«

»Nein, es ist das erste Mal für Morgana.«

Boone gluckste. »Ich bezog mich eigentlich auf Ana. Dass sie Babys auf die Welt holt.«

»Oh, ja, natürlich. Sie weiß genau, was sie tut. Ich glaube sogar, wenn sie nicht dabei wäre, würde ich wahnsinnig werden. Aber …« Nash trank noch einen Schluck, marschierte noch eine Länge auf und ab. »Das geht jetzt schon seit Stunden. Ich weiß nicht, wie sie das aushält. Ich weiß nicht, wie überhaupt eine Frau das aushält. Ich meine, sie könnte doch etwas tun … Verflucht, sie ist eine Hexe.«

Boone verkniff sich das Grinsen und klopfte Nash aufmunternd auf die Schultern. »Nash, das ist kein guter Zeitpunkt, um seine Frau zu beschimpfen. Frauen können nun mal giftig werden, wenn sie in den Wehen liegen. Sie haben auch das Recht dazu.«

»Nein, ich meinte …« Nash brach gerade noch rechtzeitig ab, als ihm klar wurde, dass er zu weit ging. »Ich muss mich zusammenreißen.«

»Stimmt genau.«

»Ich weiß, dass alles gut gehen wird. Ana wird nicht zulassen, dass etwas passiert. Aber es ist so schwer zu sehen, wie sie leidet.«

»Wenn man jemanden liebt, dann ist es das Schwerste der Welt. Aber du wirst es überleben. Und in diesem Falle wirst du sogar mit dem Fantastischsten überhaupt belohnt.«

»Ich hätte nie gedacht, dass ich einmal so fühlen würde. Für niemanden.«

»Ich weiß, was du meinst.«

Nash fühlte sich erheblich besser und gab Boone den Cognacschwenker zurück. »Ist das für dich so bei Ana?«

»Könnte durchaus möglich sein. Sie ist etwas ganz Besonderes in meinem Leben.«

»Oh ja, das ist sie.« Nash zögerte, und als er sprach, wählte er seine Worte sehr sorgfältig. Loyalität beiden Seiten gegenüber war eine schwere Last. »Du wirst sie verstehen lernen, Boone. Mit deiner Vorstellungskraft, mit deiner Fähigkeit, auch hinter das zu sehen, was allgemein als Realität bezeichnet wird. Sie ist eine sehr spezielle Lady, mit Eigenschaften, die sie von anderen unterscheidet. Wenn du sie liebst und willst, dass sie ein Teil von deinem und Jessies Leben werden soll, lasse dich nicht von diesen Eigenschaften abschrecken.«

Boone zog die Brauen zusammen. »Ich kann dir nicht ganz folgen.«

»Behalte einfach im Kopf, was ich gesagt habe. Danke für den Drink.« Nash atmete noch einmal tief durch, dann ging er zu seiner Frau zurück.

9. Kapitel

»Atme. Tief und ruhig atmen. Komm schon, Schatz, atme!«

»Was, glaubst du, tue ich denn?«, stieß Morgana hervor und schaffte es nicht ganz, Nash so richtig wütend anzufunkeln.

Nash schätzte, dass er den Höhepunkt seiner Krise wohl hinter sich hatte. Morgana hatte ihn mit jedem erdenklichen Schimpfnamen belegt und noch ein paar neue dazuerfunden. Ana hatte versichert, dass sie es fast geschafft hatte, und daran klammerte er sich, so wie Morgana sich an seine Finger klammerte. Also lächelte er seine verschwitzte Frau nur an und kühlte ihr weiter geduldig die Stirn.

»Spucken, beißen, kratzen.« Er gab ihr einen sanften Kuss und war dankbar, dass sie ihn nicht in die Lippe biss. »Du wirst mich doch nicht in eine Kröte verwandeln oder einen zweiköpfigen Molch oder so was, hm?«

Morgana lachte, stöhnte und stieß die Luft aus den Lungen. »Mir fällt bestimmt etwas Originelleres ein. Ana, ich muss mich mehr aufsetzen.«

»Nash, setz dich hinter sie aufs Bett. Stütze sie. Jetzt wird es schnell gehen.« Ana spürte Morganas Schmerzen in ihrem eigenen Rücken und reckte sich, während sie sich noch einmal umdrehte und überprüfte, ob alles bereitstand. Ja, da waren die warmen Decken am Kamin, das heiße Wasser, sterilisierte Zangen und Scheren, das pulsierende Leuchten der Kristalle.

Bryna stand neben ihrer Tochter, die Augen hell und strahlend vor Mitgefühl und Verständnis. Bilder von damals, als sie in demselben Bett gelegen hatte, um ein neues Leben auf die

Welt zu bringen, schossen durch ihren Kopf. In demselben Bett, in dem jetzt ihr Kind in den letzten Wehen lag.

»Erst pressen, wenn ich es sage. Hecheln, ja so. Hecheln«, wiederholte Ana. Sie fühlte, wie die Presswehe sich in ihrem eigenen Leib aufbaute und ihr den Schweiß auf die Stirn trieb. »Ja, Darling, du hast es gleich geschafft, versprochen. Ja, gut. Habt ihr schon Namen ausgesucht?«

»Ich hatte an Stan und Olli gedacht.« Nash hechelte im Takt mit Morgana, bis sie ihm den Ellbogen – kraftlos – in den Magen stieß. »Na schön, Lisl und Karl, wenn es ein Mädchen und ein Junge werden.«

»Bring mich nicht zum Lachen, du Idiot.« Aber sie lachte trotzdem, und der Schmerz ließ ein wenig nach. Dann, in einer plötzlichen Bewegung, riss sie die Arme nach hinten und schlang sie um Nashs Hals. »Himmel, Ana, ich muss …«

»Dann drück«, stieß Ana aus. »Los, pressen. Hab noch ein bisschen Geduld. Gleich ist es vorbei.«

Zwischen Lachen und Weinen warf Morgana den Kopf zurück und stellte sich dem Kampf, neues Leben in die Welt zu bringen. »Oh Gott!«

Draußen zuckte ein Blitz über den wolkenlosen Himmel, und Donner rollte über das Firmament.

»Tolle Effekte«, setzte Nash an, aber dann schien jeder klare Gedanke aus seinem Kopf verschwunden zu sein. »Himmel, seht euch das an! Mein Gott!«

Am Fußende des Bettes hielt Ana vorsichtig ein kleines Köpfchen in ihren Händen. »Halte dich etwas zurück, Liebes. Ich weiß, es ist schwer, aber nur eine Minute. Atme. Ja, das ist es, genau so. Beim nächsten geht es leichter.«

»Es hat ja Haare«, murmelte Nash ergriffen. Sein Gesicht war so schweiß- und tränenüberströmt wie Morganas. »Sieh nur. Was ist es denn?«

»Der Teil ist noch nicht draußen.« Ana lächelte ihrer Cousine strahlend zu. »Also gut, jetzt kommt die Preisfrage. Eine Lisl oder ein Karl.«

Lachend brachte Morgana ihr Kind zur Welt. Als der erste laute Schrei ertönte, barg Nash das Gesicht im wirren Haar seiner Frau.

»Morgana, Herr im Himmel, Morgana. Unser Kind. Es ist endlich da.«

»Ja, unser Kind.« Der Schmerz war bereits vergessen. Mit leuchtenden Augen hielt Morgana die Arme auf, damit Ana das kleine Bündel hineinlegen konnte. In der Sprache ihres Blutes murmelte sie ihrem Baby etwas zu, während ihre Hände den kleinen Leib willkommen hießen.

»Ein Junge oder ein Mädchen?« Nash strich mit einer zitternden Hand über den kleinen Kopf.

»Du hast einen Sohn, Nash«, teilte Ana ihm mit.

Dieser erste kräftige Schrei oben aus dem Schlafzimmer ließ alle Gespräche unten im Wohnzimmer verstummen, jeder hielt inne, jedes Augenpaar ging in Richtung Treppe. Absolute Stille im Raum. Boone sah gerührt auf seine Tochter, die friedlich auf dem Sofa eingeschlafen war, ihren Kopf auf Padricks Schoß gebettet.

Er spürte das Beben unter seinen Füßen, sah den Wein in seinem Glas schwappen. Bevor er etwas sagen konnte, nahm Douglas seinen Zylinder ab und schlug Matthew herzhaft auf den Rücken. »Ein neuer Erbe für das ehrwürdige Haus der Donovans.«

Mit Tränen in den Augen ging Camilla zu ihrem Schwager und küsste ihn auf die Wange. »Gesegnet seist du.«

Boone wollte gerade gratulieren, als Sebastian durch das Zimmer ging. Er entzündete erst eine weiße Kerze, dann eine goldene. Nahm eine Flasche Wein, entkorkte sie und schenkte die goldfarbene Flüssigkeit in einen Silberkelch.

»Ein Stern funkelt auf in der Nacht. Leben, von Leben gegeben. Die Liebe gab ihm die Kraft zu werden, vom ersten Atemzug bis zum Tod wird er wandeln auf Erden. Das andere Geschenk bekam er mit seinem Blut, auf dass es zu nutzen er finde den Mut. Zauber des Mondes, Macht der Sonne und nie vergessend, dass niemand zu Schaden komme.«

Sebastian reichte Matthew den Kelch, der den ersten Schluck nahm. Fasziniert beobachtete Boone, wie die Donovans den Kelch von einem zum anderen weitergaben und davon tranken. Eine irische Tradition?

Als ihm der Kelch hingehalten wurde, war er sowohl geehrt wie auch überrascht. Er hatte kaum die Lippen an den Rand gelegt, als ein weiterer Schrei von oben ertönte und das zweite neue Leben ankündigte.

»Zwei Sterne.« Matthews Stimme war belegt. »Zwei Geschenke.«

Und dann brach die ehrfurchtsvolle Stimmung, weil Padrick Luftschlangen und einen Konfettiregen aus der Luft gezaubert hatte. Als er vergnügt in eine Tröte blies, lachte seine Frau laut auf.

»Frohes neues Jahr!«, rief sie und deutete zur Wanduhr, die zwölf zu schlagen begann. »Das ist der beste Abend vor Allerheiligen, seit Padrick damals die Schweine fliegen ließ.« Sie grinste Boone strahlend an. »Er ist schon immer ein Possenreißer gewesen.«

»Schweine flie…« Weiter kam Boone nicht, weil jeder sich umdrehte, als Bryna den Raum betrat. Sie ging direkt zu ihrem Mann, der die Arme fest um sie schloss.

»Alle sind wohlauf.« Sie wischte sich die Freudentränen aus den Augen. »Wir haben einen Enkel und eine Enkelin, Liebster.

Und unsere Tochter hat uns alle eingeladen, nach oben zu kommen, um sie in unserer Mitte zu begrüßen.«

Da Boone nicht stören wollte, hielt er sich zurück, während die Gruppe aus dem Raum drängte. Sebastian blieb auf der Schwelle stehen und hob fragend eine Augenbraue. »Kommen Sie?«

»Ich denke, die Familie …«

»Sie sind akzeptiert worden«, sagte Sebastian kurz angebunden, nicht sicher, ob er dem Rest der Donovans da zustimmte. Er hatte nicht vergessen, wie tief Ana einmal verletzt worden war.

»Eine seltsame Art, es auszudrücken.« Boone achtete darauf, dass seine Stimme ganz ruhig blieb – im Gegensatz zu der plötzlichen Wut, die in ihm aufloderte. »Vor allem, da Sie sich dieser Meinung offenbar nicht angeschlossen haben.«

»Das tut nichts zur Sache.« Sebastian legte leicht den Kopf schief, eine Warnung und eine Herausforderung, wie Boone empfand. Doch als Sebastians Blick zum Sofa ging, wurde seine Miene nachgiebiger. »Jessie wäre bestimmt enttäuscht, wenn Sie sie nicht aufwecken und mit nach oben nehmen würden.«

»Aber Sie möchten es eigentlich lieber nicht.«

»Ana möchte es«, gab Sebastian zurück. »Und darum geht es hier.« Er wandte sich ab, drehte sich aber noch einmal um. »Sie werden sie verletzen. Anastasia weint nie, aber Ihretwegen wird sie weinen. Weil ich sie liebe, werde ich einen Weg finden müssen, Ihnen dafür zu vergeben.«

»Ich sehe nicht …«

»Aber ich sehe.« Sebastian nickte kurz mit dem Kopf. »Holen Sie das Mädchen, Sawyer, und kommen Sie mit. Es ist eine Nacht der Güte und der kleinen Wunder.«

Ohne zu wissen, warum Sebastians Worte ihn so aufgebracht hatten, starrte Boone auf den jetzt leeren Türrahmen. Er

musste sich nicht vor einem gluckenhaften Cousin rechtfertigen, der sich in Sachen einmischte, die ihn nichts angingen. Als
Jessie sich bewegte und verschlafen blinzelte, verdrängte Boone
den Gedanken an Sebastian.

»Daddy?«

»Ich bin hier, Froschgesicht.« Er hob sein Kind auf die
Arme. »Rate mal.«

Sie rieb sich die Augen. »Ich bin so müde. Ich glaube, ich will
schlafen gehen. Auch wenn das hier meine schönste Halloween-Party war.«

»Wir gehen auch gleich nach Hause, mein Schatz, aber ich
denke, da gibt es etwas, das du erst sehen solltest.« Während sie
gähnte und den Kopf an seine Schulter bettete, stieg er mit ihr
die Treppe hinauf.

Sie standen alle zusammen und veranstalteten sehr viel mehr
Lärm, als Boone in einem Geburtszimmer erwartet hätte. Nash
saß neben Morgana auf dem Bett, hielt ein winziges Bündel im
Arm und grinste von einem Ohr bis zum anderen wie ein aus-
gemachter Trottel.

»Sieht er nicht aus wie ich?«, fragte er in die Runde. »Die
Nase. Er hat eindeutig meine Nase.«

»Das ist Allysia«, teilte Morgana ihm mit und strich dem
Sohn, den sie hielt, mit einem Finger über die weiche Wange.
»Ich halte Donovan.«

»Ach ja, schön. Dann hat sie meine Nase.« Nash blickte auf
seinen Sohn. »Und er hat mein Kinn.«

»Eindeutig ein Donovan-Kinn«, protestierte Douglas. »Das
kann doch jeder sehen.«

»Hah!« Maureen stellte sich in Positur. »Die beide schlagen
ganz nach den Corrigans. Unsere Seite der Familie hatte immer
die stärkeren Gene.«

Und während sie hitzig debattierten, schüttelte Jessie den

Schlaf ab und lehnte sich vor. »Sind das die Babys? Sie sind geboren? Kann ich sie sehen?«

»Macht Platz für das Kind.« Padrick stieß seinen Bruder mit dem Ellbogen aus dem Weg. »Lasst sie durch.«

Jessie hielt sich am Hals ihres Vaters fest und streckte sich. »Oh!« Die eben noch müden Augen wurden klar und blickten hellwach, als Ana die beiden Babys auf die Arme nahm und sie so hielt, dass Jessie sie sehen konnte. »Sie sehen aus wie kleine Elfen.« Ganz vorsichtig berührte sie mit einem Finger erst die Wange des einen, dann die des anderen Babys.

»Das sind sie ja auch.« Padrick küsste Jessie auf die Nasenspitze. »Ein ganz neuer Elfenprinz und eine ganz neue Elfenprinzessin.«

»Sie haben aber doch gar keine Flügel«, kicherte Jessie.

»Manche Elfen brauchen keine.« Padrick blinzelte seiner Tochter zu. »Weil ihr Herz schon Flügel hat.«

»Nun, diese Elfen hier brauchen jetzt ihre Ruhe.« Ana legte die Babys zurück in Morganas wartende Arme. »Die Mutter übrigens auch.«

»Mir geht's großartig.«

»Trotzdem.« Ana warf einen warnenden Blick über ihre Schulter, bei dem alle Donovans sich sofort anschickten, wenn auch widerwillig, den Raum zu verlassen.

»Boone«, rief Morgana. »Würden Sie bitte auf Ana warten und sie nach Hause bringen? Sie ist ausgelaugt.«

»Ich bin völlig in Ordnung. Er sollte …«

»Das mache ich gern.« Er setzte sich die gähnende Jessie auf die Schultern. »Wir sind unten, wann immer du so weit bist, Ana.«

Es dauerte noch eine Viertelstunde, bis Ana davon überzeugt war, dass Nash all ihre Anweisungen auch tatsächlich verstanden hatte. Morgana war schon fast eingeschlafen, als Ana die Tür hinter sich schloss und die junge Familie allein ließ.

Sie war ausgelaugt, und die Kraft der Kristalle in ihrem Beutel war fast aufgebraucht. Fast zwölf Stunden lang hatte sie zusammen mit ihrer Cousine Wehen ausgestanden. Sie hatte das Band so eng wie nur möglich geknüpft. Ihr Körper war schwer wie Blei, ihr Verstand wie benebelt. Ein häufiges Resultat bei einer engen empathischen Verbindung.

Oben an der Treppe schwankte sie ein wenig. Sie fing sich aber und griff schnell nach dem Blutstein, um seinen letzten Rest an Kraft zu empfangen.

Als sie ins Wohnzimmer kam, fühlte sie sich etwas besser. Boone saß auf einem Sessel neben dem Feuer, mit geschlossenen Augen, Jessie schlafend auf seinem Schoß. Langsam öffnete er die Lider und lächelte Ana voller Zärtlichkeit zu.

»Hallo. Ich muss zugeben, diese ganze Szenerie hier hat auf mich einen ziemlich verrückten Eindruck gemacht, aber du hast da oben verdammt gute Arbeit geleistet.«

»Es ist immer überwältigend, Leben auf die Welt zu bringen«, sagte sie leise. »Du hättest nicht die ganze Zeit zu warten brauchen.«

»Ich wollte warten.« Er küsste Jessie leicht aufs Haar. »Und sie auch. Am Montag wird sie mit dieser Geschichte der Star in der Schule sein.«

»Es war eine lange Nacht für sie, eine, die sie nie vergessen wird.« Ana rieb sich die Augen, fast so wie Jessie, bevor sie eingeschlafen war. »Wo sind die anderen?«

»In der Küche. Sie plündern den Kühlschrank und betrinken sich. Gerade bei Letzterem wollte ich nicht mitmachen, ich hatte schon mehr als genug von dem Wein.« Er grinste schief. »Vorhin hätte ich schwören können, dass das Haus wa-

ckelte, deshalb habe ich beschlossen, auf Kaffee umzusteigen.«
Er deutete auf die Tasse neben sich auf dem Tischchen.

»Jetzt wirst du die halbe Nacht nicht schlafen können. Ich
will nur den anderen Bescheid sagen, dass ich nach Hause gehe.
Wenn du Jessie schon ins Auto bringen willst …«

Draußen atmete Boone tief durch. Ana hatte recht, er war
hellwach. Es würde bestimmt Stunden dauern, bis die Wirkung
des Kaffees nachließ. Morgen früh würde er dafür zahlen müssen, aber das war die Sache wert gewesen. Er sah hoch zu Morganas schwach erleuchtetem Schlafzimmerfenster. Oh ja, ganz
bestimmt war es die Sache wert gewesen.

Er zog Jessie die Flügel von den Schultern und legte sie vorsichtig auf die Rückbank des Wagens.

»Eine wunderbare Nacht«, murmelte Ana hinter ihm. »Jeder
Stern steht am Himmel.«

»Zwei neue Sterne.« Nachdenklich hielt Boone die Bei-
fahrertür auf. »Matthew sagte das. Es war wunderschön. Sebastian hat einen Trinkspruch ausgebracht, über das Leben und
Geschenke und Sterne, und sie haben einen Kelch mit Wein
herumgereicht. Ist das eine irische Tradition?«

»So könnte man sagen.« Sie lehnte den Kopf nach hinten
an die Kopfstütze und war innerhalb von Sekunden eingeschlafen.

Als Boone vor seinem Haus vorfuhr, beschäftigte er sich mit
dem Problem, wie er die beiden ins Bett tragen sollte. Aber da
blinzelte Ana auch schon.

»Lass mich erst Jessie hineinbringen, dann helfe ich dir.«

»Nein, ich komme schon allein zurecht.« Mit glasigen Augen stieg Ana aus dem Wagen. »Ich helfe dir mit ihr.« Sie lachte
leise, als sie die ganze Wagenladung Stofftiere einsammelte.
»Dad übertreibt immer ein bisschen. Ich hoffe, du bist deswegen nicht verärgert.«

»Soll das ein Witz sein? Er ist großartig. Komm, Schatz.« Er nahm Jessie auf die Arme, und wie Kinder es oft tun, wachte sie nicht auf. »Sie war auch völlig hingerissen von deiner Mutter und dem Rest der Familie, aber dein Vater ist mit Sicherheit ihr Held. Wahrscheinlich wird sie mir von nun an in den Ohren liegen, nach Irland zu fliegen, um ihn auf dem Schloss zu besuchen.«

»Er würde sich sehr freuen.« Sie nahm auch noch die silbernen Flügel und folgte Boone ins Haus.

»Leg das Zeug einfach irgendwo ab. Möchtest du noch einen Cognac?«

»Nein, danke.« Ana ließ Plüschtiere und Flügel aufs Sofa fallen und lockerte ihre Schultern. »Aber ein heißer Tee wäre nicht schlecht. Ich bereite ihn zu, während du Jessie ins Bett bringst.«

»Gut. Es wird nicht lange dauern.«

Unter Jessies Bett drang ein Knurren hervor, als Boone sie in ihr Zimmer trug. »Na, du bist mir der richtige Wachhund«, meinte er ironisch. »Wir sind's doch nur, du kleiner Angsthase.«

Unendlich erleichtert kam Daisy schwanzwedelnd unter dem Bett hervorgekrochen. Sie wartete, bis Boone Jessie ausgezogen und ins Bett gesteckt hatte, dann sprang sie aufs Bett und kuschelte sich neben Jessies Füßen ein.

»Wage es, mich morgen früh wach zu machen, und ich werde dir die Lefzen zuklammern.«

Daisy klopfte erfreut mit dem Schwanz aufs Bett und schloss beruhigt die Augen.

»Ich weiß nicht, warum wir uns nicht einen intelligenten Hund aussuchen konnten, wenn wir uns schon unbedingt ein Tier zulegen mussten«, sagte Boone, als er in die Küche zurückkam. »Es wäre doch …« Mitten im Satz brach er ab.

Der Kessel stand auf dem Herd und brodelte vor sich hin, Tassen waren auf dem Tisch bereitgestellt, die Teekanne war vorbereitet. Ana saß am Tisch, hatte den Kopf auf die Arme gelegt und schlief tief und fest. Sie war völlig erschöpft von den letzten Stunden.

In der hellen Küche warfen ihre Wimpern Schatten auf ihre Wangen. Boone konnte nur hoffen, dass es an dem grellen Licht lag, dass Ana so blass aussah. Das Haar floss über ihre Schultern, ihre Lippen waren im Schlaf leicht geöffnet.

Er musste an die schöne Prinzessin denken, die von der bösen Fee in einen hundertjährigen Schlaf versetzt worden war und nur von der wahren Liebe erster Kuss aufgeweckt werden konnte.

»Anastasia, du bist so unglaublich schön.« Er berührte ihr Haar, erlaubte es sich, die seidigen Strähnen zu ertasten. Er hatte sie im Schlaf gesehen, und das plötzliche Bedürfnis, sie in sein Bett zu tragen, morgen früh die Augen aufmachen und sie betrachten zu können, zerriss ihn schier. »Was soll ich bloß tun?«

Seufzend ließ er die Hand fallen und ging zum Herd, um den Kessel herunterzunehmen. So sanft, wie er Jessie getragen hatte, hob er Ana auf seine Arme, und wie Jessie wachte auch sie nicht auf. Mit zusammengebissenen Zähnen und verkrampftem Magen trug er sie nach oben und legte sie auf sein Bett nieder.

»Du ahnst nicht, wie sehr ich mir gewünscht habe, dich hierzuhaben«, murmelte er, als er ihr die Schuhe auszog. »In meinem Bett, in der Nacht. Die ganze Nacht.« Er zog die Decke über sie und hörte den Seufzer, mit dem sie sich auf dem Kissen zusammenrollte. Trotz ihrer Erschöpfung lag ein Lächeln auf ihrem Gesicht.

Der Krampf in seinem Magen löste sich langsam wieder, er beugte sich zu ihr und küsste sie sanft auf die Lippen. »Gute Nacht, Prinzessin.«

In Unterhose und T-Shirt tappte Jessie im Morgengrauen in das Schlafzimmer ihres Vaters. Sie hatte einen Traum gehabt, einen bösen Traum, über das Spukhaus in der Schule. Sie suchte die Wärme und den Trost des Vaters.

Er vertrieb die Monster immer ganz schnell.

Sie flitzte zum Bett und kletterte hinein, schmiegte sich an den warmen Körper. Aber das war ja gar nicht ihr Vater, das war Ana.

Fasziniert spielte sie vorsichtig mit Anas Haar. Ana murmelte etwas im Schlaf, streckte den Arm aus und zog Jessie nah zu sich heran. Seltsame Gefühle überkamen Jessie, es kitzelte in ihrem Bauch. Ana roch anders, und sie fühlte sich auch anders an. Und doch kam Jessie sich beschützt und geborgen vor, genau wie bei ihrem Vater. So legte sie den Kopf vertrauensvoll an Anas Seite und schlief wieder ein.

Als Ana erwachte, fühlte sie einen Arm auf sich liegen. Einen kleinen, schlaffen Arm. Verwirrt schaute sie auf Jessie herunter, dann sah sie sich im Zimmer um.

Es war nicht ihr Zimmer. Jessies auch nicht. Es war Boones.

Sie hielt das Kind an sich gedrückt, während sie sich zu erinnern versuchte.

Das Letzte, was sie wusste, war, dass sie den Kessel aufgestellt und sich dann an den Tisch gesetzt hatte. Sie war so müde gewesen. Sie hatte den Kopf auf die Arme gelegt und … musste offensichtlich eingeschlafen sein. So musste es gewesen sein, dachte sie.

Wo war Boone?

Vorsichtig drehte sie den Kopf. Und wusste dann nicht, ob sie erleichtert oder enttäuscht sein sollte, dass der Platz neben ihr leer war. Unter den gegebenen Umständen wäre es unangebracht gewesen, sicher, aber doch auch so schön, sich an ihn zu kuscheln, wie das Kind sich an sie kuschelte.

Als sie den Kopf wieder zurückdrehte, sah Jessie sie an.

»Ich habe schlecht geträumt«, flüsterte das Mädchen. »Vom kopflosen Reiter. Er hat gelacht und gelacht und mich gejagt.«

Ana küsste Jessie auf die Braue. »Aber er hat dich nicht gefangen, nicht wahr?«

»Nein. Ich bin aufgewacht und wollte Daddy holen. Er kann nämlich alle Monster verscheuchen. Die im Schrank und die unter dem Bett und die hinter dem Fenster und überhaupt alle.«

»Ja, Daddys können das gut.« Sie erinnerte sich an ihren eigenen, der jede Nacht während ihres gesamten sechsten Lebensjahrs die Ungeheuer mit einem »magischen Besen« vertrieben hatte.

»Aber du lagst hier im Bett, und bei dir habe ich auch keine Angst. Wirst du jetzt immer in Daddys Bett schlafen?«

»Nein.« Ana strich Jessie übers Haar. »Ich glaube, du und ich, wir beide sind eingeschlafen, und dein Vater hat uns beide zu Bett gebracht.«

»Aber es ist doch so ein großes Bett«, hielt Jessie dagegen. »Platz gibt es hier aber doch genug. Ich habe Daisy, die bei mir schläft, aber Daddy hat niemanden. Schläft Quigley bei dir?«

»Manchmal.« Ana war sehr erleichtert über den Themenwechsel. »Wahrscheinlich fragt er sich schon, wo ich bin.«

»Er weiß es«, verkündete Boone von der Tür her. Er trug nur Jeans und sah unausgeschlafen und gehetzt aus. Der graue Kater strich ihm um die Beine. »Er hat miaut und an der Hintertür gekratzt, bis ich ihn schließlich ins Haus gelassen habe.«

»Oh.« Ana versuchte, ihr Haar mit den Fingern zu glätten, während sie sich aufsetzte. »Tut mir leid. Ich vermute, er hat dich geweckt.«

»Richtig geraten.« Boone steckte die Daumen in die Gürtelschlaufen. Quigley sprang aufs Bett und gab Laute von sich, als würde er sich beschweren.

Die Magenkrämpfe waren wieder da, doppelt so stark wie vorher. Wie sollte er erklären, was dieses Bild, Ana und sein kleines Mädchen da zusammen in dem Bett zu sehen, mit ihm anstellte? »Jessie, wie bist du denn dorthin gekommen?«

»Ich hatte einen bösen Traum.« Sie lehnte den Kopf an Anas Arm und streichelte Quigley. »Deshalb wollte ich zu dir ins Bett kriechen, aber Ana war da. Sie hat die Monster auch verscheucht, genau wie du.« Quigleys anklagendes Maunzen brachte Jessie zum Kichern. »Er hat Hunger. Ich werde ihn füttern. Darf ich?«

»Ja, natürlich, wenn du möchtest.«

Jessie war schon aus dem Bett gehüpft und rief der Katze zu, ihr in die Küche zu folgen.

»Entschuldige, dass sie dich geweckt hat.« Boone zögerte, setzte sich dann aber doch auf die Bettkante.

»Das hat sie nicht. Anscheinend ist sie hereingeschlüpft und sofort wieder eingeschlafen. Ich muss mich bei dir entschuldigen, dass ich dir so viel Umstände mache. Du hättest mich wachrütteln und nach Hause schicken sollen.«

»Du warst erschöpft.« Er berührte ihr Haar. »So völlig erschöpft und so wunderschön.«

»Babys zu gebären ist anstrengende Arbeit.« Sie lächelte. »Wo hast du geschlafen?«

»Im Gästezimmer.« Er verzog schmerzhaft das Gesicht, als er sich zu recken versuchte. »Als Erstes werde ich ein anständiges Bett dort hineinstellen.«

Ana legte automatisch eine Hand auf die Mulde in seinem Rücken, um den Schmerz zu lindern. »Du hättest mich dort ablegen sollen. Ich glaube nicht, dass ich den Unterschied zwischen einem Bett und einer Holzplanke bemerkt hätte.«

»Ich wollte dich aber in meinem Bett.« Sein Blick hielt ihren gefangen. »Du ahnst nicht, wie sehr.« Er zog sie an einer Haarsträhne sanft näher zu sich heran. »Diesen Wunsch verspüre ich immer noch.«

Sein Mund lag auf ihrem, diesmal nicht so geduldig, nicht so sanft. Ana spürte Erregung in sich aufflammen – und Unruhe, als er sie langsam in die Kissen zurückdrückte.

»Nur eine Minute.« Seine Stimme klang fast verzweifelt. »Ich brauche nur eine Minute mit dir.«

Er legte seine Hand auf ihre Brust, fühlte die weiche Rundung durch die dünne Seide ihrer Bluse. Während seine Hände fieberhaft über ihren Körper strichen, trank sein Mund unablässig von ihren Lippen, labte sich an ihrem erstickten, lustvollen Stöhnen. Er presste sich an sie, hart, hungrig, ja, wild. Wollte nehmen, von dem er nun wusste, dass sie es ihm geben konnte.

»Ana.« Er knabberte an ihrem Hals, dann zog er sie an sich und hielt sie einfach nur fest. Ihm war klar, dass das nicht fair war. Unfair ihnen beiden gegenüber. Nur ungern gab er sie frei. »Wie lange dauert es, eine Katze zu füttern?«

Ana lachte unsicher und legte den Kopf an seine Schulter. »Nicht lange genug.«

»Das hatte ich befürchtet.« Er ließ seine Hände an ihren Armen hinuntergleiten, und nahm dann ihre Hände. »Jessie liegt mir seit Tagen in den Ohren, dass sie bei Lydia übernachten will. Wenn ich es arrangieren kann, wirst du dann zu mir kommen und bleiben? Hier, in meinem Bett?«

»Ja.« Sie führte seine Hand an ihre Wange. »Wann?«

»Heute Nacht.« Er zwang sich dazu, sie loszulassen, von ihr zurückzutreten. »Ich rufe Lydias Mutter an. Flehe sie an, wenn es nötig sein sollte.« Er riss sich zusammen. »Ich habe Jessie versprochen, ein Eis mit ihr essen zu gehen, vielleicht auch einen kleinen Lunch unten am Wharf. Möchtest du mit uns kommen? Wenn es klappt, können wir sie vielleicht direkt bei Lydia absetzen und dann zum Dinner ausgehen.«

Sie stand auf und versuchte – ohne die geringsten Aussichten auf Erfolg – die Falten in ihrem Rock glatt zu streichen. »Hört sich gut an.«

»Schön. Tut mir leid wegen deiner Sachen, aber ich hatte nicht den Mut, dich auszuziehen.«

Das Bild, wie er, über sie gebeugt, die Knöpfe ihrer Bluse öffnete, jagte ihr einen erregenden Schauer über den Rücken. Sie räusperte sich. »Das lässt sich herausbügeln. Aber ich muss mich erst umziehen und nach Morgana und den Zwillingen sehen.«

»Ich fahre dich.«

»Nein, danke, ist nicht nötig. Mein Vater holt mich ab, damit ich auch meinen Wagen zurückbekomme. Um wie viel Uhr willst du mit Jessie los?«

»Ungefähr in zwei Stunden. So gegen Mittag.«

»Perfekt. Wir treffen uns dann hier.«

Er hielt sie fest, bevor sie zur Tür hinausging, und brachte ihr Herz mit einem hungrigen Kuss zum Stillstand. »Vielleicht könnten wir uns auch einfach was mitbringen und hier essen.«

»Das hört sich noch besser an«, murmelte sie an seinen Lippen. »Oder wir könnten uns auch eine Pizza kommen lassen, sollten wir Hunger bekommen.«

»Das ist überhaupt die beste Idee.«

Um vier Uhr nachmittags stand Jessie auf den Stufen vor Lydias Haus und winkte ihnen fröhlich zum Abschied zu. Der pinkfarbene Rucksack riss fast, so vollgestopft war er. Erstaunlich, was Sechsjährige so alles für eine Übernachtung bei der Freundin für unbedingt notwendig hielten. Und die Krönung war, dass Daisy mit zu der Partie gehörte.

»Sag mir, dass es keinen Grund gibt, mich schuldig zu fühlen«, bat Boone düster nach einem letzten Blick in den Rückspiegel.

»Schuldig? Weshalb?«

»Weil ich mich darüber freue, dass meine Tochter heute Nacht nicht zu Hause schläft.«

»Ach, Boone.« Er war einfach zu süß. Ana gab ihm einen Kuss auf die Wange. »Du weißt doch, Jessie konnte es gar nicht erwarten, bis wir uns verabschiedeten, damit sie endlich zusammen mit Lydia auf große Abenteuerfahrt gehen konnte.«

»Ja, schon, aber … Dass ich sie woanders untergebracht habe, ist ja nicht so schlimm. Aber ich habe Hintergedanken dabei gehabt.«

Da sie genau wusste, um welche Art Hintergedanken es sich handelte, verspürte sie ein heißes Ziehen im Magen. »Deshalb wird sie sich aber nicht weniger gut mit Lydia amüsieren. Vor allem nicht, da du ihr versprochen hast, dass sie ihre Freundinnen in zwei Wochen zu einer Pyjamaparty einladen darf. Wenn du dich immer noch schuldig fühlst, dann stelle dir einfach vor, wie es sein wird, wenn du übernächsten Samstag den größten Teil der Nacht damit verbringst, fünf oder sechs Sechsjährige zu hüten. Hast du jetzt immer noch ein schlechtes Gewissen?«

Er warf ihr einen Seitenblick zu. »Eigentlich hatte ich damit gerechnet, dass du mir ein wenig unter die Arme greifst – da du ja schließlich auch Hintergedanken hast, da bin ich nicht der Einzige.«

»So, das hast du also erwartet, ja?« Dass er sie damit mehr oder weniger gebeten hatte, freute sie riesig. »Vielleicht tue ich das sogar.« Sie legte ihre Hand auf seine. »Für einen paranoiden Vater, der von Schuldgefühlen aufgefressen wird, hältst du dich gar nicht so schlecht.«

»Mach weiter so. Ich fühle mich schon besser.«

»Zu viel Schmeichelei schadet nur.«

»Dann werde ich dir eben auch nicht sagen, wie viele Kerle sich bei unserem Spaziergang auf dem Wharf fast den Hals verrenkt haben, um dir nachzusehen.«

»Wirklich? Waren es viele?«

»Hängt davon ab, was du so unter ›viele‹ verstehst. Außerdem ...«, kam die Retourkutsche, »Schmeichelei schadet nur. Ich weiß nicht, wie du es schaffst, so gut auszusehen, nach dem gestrigen Tag.«

»Wahrscheinlich, weil ich wie ein Stein geschlafen habe.« Sie reckte sich genüsslich, ein Armband mit Achaten funkelte an ihrem Handgelenk auf. »Morganas Zustand ist eher verblüffend. Als ich heute Vormittag bei ihr war, stillte sie gerade die Zwillinge und sah aus, als hätte sie eben erst eine Woche in einem Luxuskurort verbracht.«

»Geht es den Babys gut?«

»Oh ja, gesund und putzmunter. Nash ist schon ein richtiger Profi, wenn's ums Windelnwechseln geht. Er behauptet steif und fest, dass die beiden ihn jedes Mal anlächeln.«

Boone kannte dieses Gefühl, und ihm war gerade klar geworden, dass es ihm eigentlich fehlte. »Nash ist in Ordnung.«

»Nash ist ein ganz besonderer Mann.«

»Ich muss zugeben, es hat mich überrascht, als ich hörte, dass er verheiratet ist. Nash war eigentlich ein eingefleischter Junggeselle.«

»Die Liebe ändert alles«, sagte Ana leise, hielt aber bewusst jeden Anflug von Trauer aus ihrer Stimme heraus. »Tante Bryna nennt es die reinste Form der Magie.«

»Eine passende Beschreibung. Wenn es dich einmal richtig erwischt hat, fängst du an zu glauben, dass nichts unmöglich ist. Warst du schon einmal richtig verliebt?«

»Ein Mal.« Ana wandte das Gesicht ab und betrachtete die Pflanzen am Wegrand. »Es ist schon lange her. Aber es stellte sich heraus, dass die Magie nicht stark genug war. Schließlich wurde mir irgendwann klar, dass mein Leben deshalb nicht zu Ende ist und ich auch allein glücklich sein konnte. Also kaufte ich mir ein Haus am Meer, pflanzte einen Garten und fing wieder von vorn an.«

»Tja, das ist wohl kein Einzelfall.« Er bog auf ihre Straße ein. »Wenn du allein glücklich sein kannst, bedeutet das, dass du nicht daran glaubst, auch mit einem anderen Menschen glücklich sein zu können?«

Furcht und Hoffnung flossen durch sie hindurch. »Ich denke, das bedeutet, dass ich glücklich sein kann, bis ich jemanden finde, der mir die Magie nicht nur bringt, sondern sie auch versteht.«

Er stellte den Motor ab. »Ana, zwischen uns gibt es etwas Besonderes.«

»Ich weiß.«

»Ich hätte nie gedacht, dass ich noch einmal so stark fühlen könnte. Es ist anders als das, was ich früher hatte. Und ich weiß nicht, was das bedeutet. Ich weiß nicht einmal, ob ich es wissen will.«

»Das ist unwichtig.« Sie nahm wieder seine Hand. »Manchmal muss man eben akzeptieren, dass das Heute genug ist.«

»Nein, ist es nicht.« Boone drehte sich zu ihr hin, die Augen dunkel und der Blick durchdringend. »Nicht für mich, nicht mit dir.«

Sie holte vorsichtig Luft. »Ich bin nicht das, wofür du mich hältst oder wie du mich gerne hättest, Boone.«

»Du bist genau das, was ich will.« Seine Hände waren rau, als er sie zu sich heranzog. Ihren erstaunten Ausruf erstickte er mit seinen Lippen.

10. Kapitel

Erregung und Panik zugleich durchzuckten Ana wie ein Peitschenschlag. Boone löste mit ruckartigen Bewegungen ihren Sicherheitsgurt und zog sie auf seinen Schoß. Das war nicht der Boone, der sie so zärtlich geliebt hatte, der sie so sanft und geduldig in die Geheimnisse der körperlichen Liebe eingeweiht hatte. Ihr Liebhaber der stillen Morgen und trägen Nachmittage hatte sich verwandelt, in etwas Wildes, Gefährliches, in jemanden, dem sie nicht widerstehen konnte.

Ana fühlte das Blut unter ihrer Haut kochen, während seine Hände ungestüm und rau ihren Körper streichelten. Das war die ungezähmte Wildheit, die sie beim ersten Mal geahnt hatte, in einem mondbeschienenen Garten mit dem schweren Duft der Blumen in der Luft. Dieser Ausbruch von Leidenschaft und Begierde hatte immer unter all der Geduld und Selbstbeherrschung gelauert, hatte darauf gewartet, endlich freigelassen zu werden.

Ohne nachzudenken, folgte sie ihm, schmiegte sich an ihn, willig und bereit, ihm auf dem Weg zu folgen, den er wählte.

Er spürte das Erschauern ihres Körpers, erstickte ihr Stöhnen mit seinen Lippen, fühlte ihre Finger, die sich in seine Schultern krallten. Der Gedanke schoss ihm durch den Kopf, dass er sie nehmen könnte, jetzt, sofort, gleich hier im Wagen, bevor die Vernunft wieder die Oberhand gewann.

Er zerrte an ihrer Bluse, verlangte danach, ihre Haut zu schmecken. Das Reißen des Stoffes wurde übertönt, als sie nach Luft schnappte. Unter seinem gierigen Mund hämmerte ihr

Puls wie wild, unregelmäßig, erotisierend. Sie schmeckte nach süßer Leidenschaft, nach williger Hingabe.

Mit einem unterdrückten Fluch stieß Boone die Autotür auf, zog Ana mit sich aus dem Wagen. Ohne auf die offen stehende Tür zu achten, trug und zog er Ana halb über den Rasen hinter sich her.

»Boone.« Sie stolperte, versuchte, mit ihm Schritt zu halten, verlor ihre Schuhe. »Boone, das Auto … der Schlüssel steckt noch.«

Er griff in ihr Haar, bog ihren Kopf zurück, starrte sie an. Seine Augen, war alles, was sie denken konnte. Die Hitze in seinem Blick brannte sich bis in ihre Seele.

»Zum Teufel mit dem Auto.« Er presste seinen Mund auf ihren, nahm, gab, lockte, bis sie zitternd und schwankend und atemlos vor ihm stand. »Weißt du eigentlich, was du mit mir machst?«, knurrte er zwischen zwei rasselnden Atemzügen. »Jedes Mal, wenn ich dich ansehe.« Er zog sie weiter, die Treppe zum Haus hinauf. »So weich, so heiter und gelassen, und dann brennt da etwas hinter deinen Augen …«

Er drückte sie gegen die Haustür, eroberte hungrig die vollen Lippen. Jetzt stand noch etwas anderes in ihren Augen. Er konnte sehen, dass sie Angst hatte. Und dass sie erregt war. Gerade so, als ob ihnen beiden klar war, dass das wilde Tier in ihm, das er seit Wochen an der Kette hielt, sich losgerissen hatte.

Der Atem kam hart über seine Lippen, als er ihr Gesicht mit seinen Händen umschloss. »Sage es mir, Ana. Sage mir, dass du mich willst. Jetzt. Auf meine Art.«

Sie fürchtete, die Stimme könnte ihr versagen, ihre Kehle war ausgetrocknet, dieses nie gekannte Verlangen viel zu mächtig. »Ich will dich.« Ihre heiser vorgebrachten Worte ließen die Flammen in seinem Körper auflodern. »Jetzt. Auf jede Art.«

Er griff mit den Händen unter ihre Bluse, sah, wie ihre Augen dunkel wurden wie Rauch. Als er die Tür auftrat, wankte sie zurück, doch bevor sie das Gleichgewicht verlieren konnte, riss er sie in seine Arme. Wie ihre Bluse, so lag auch jetzt seine Selbstbeherrschung in Fetzen da. Die Hände fest um ihre Hüften geklammert, hob er sie hoch, um eine der seidenbedeckten Brustspitzen mit seinem Mund zu umschließen. Er war ungezähmt, wild, und sie bog sich ihm entgegen, vergrub ihre Finger in seinem Haar.

»Boone. Bitte.« Ein Schluchzen nur, ohne zu wissen, worum sie bat. Um mehr.

Er setzte sie wieder ab, aber nur, um ihren Mund erneut in Besitz zu nehmen. Als sie fiebrig an seinem Hemd zu zerren begann, meinte er, sein Herz müsse explodieren.

Er stolperte auf die Treppe zu, riss sich auf dem Weg das Hemd vom Körper. Knöpfe flogen durch die Luft, fielen klappernd zu Boden. Mit gierigen Händen griff er erneut nach ihr, riss ihr den feinen Body bis zur Taille hinunter und drückte sie auf die Stufen nieder. »Hier. Genau hier und jetzt.«

Endlich, endlich ließ er seiner Lust freien Lauf, fuhr mit heißen Lippen über ihren zitternden Körper. Zog sie erbarmungslos mit sich in den Strudel, zu dem Ort, an den er sie so dringend führen wollte. Dort gab es keine Geduld, keine eiserne Selbstbeherrschung um ihrer Zerbrechlichkeit willen. Und die Frau, die sich auf den Treppenstufen unter ihm wand, war alles andere als zerbrechlich und zurückhaltend. Ihre Hände zeugten von Kraft, als sie ihn an sich zog, ihr Mund kündete von Macht, als sie den seinen erforschte, sich ihm biegsam wie eine Gerte entgegenbog.

Sie fühlte sich unbesiegbar, unsterblich, unglaublich frei. Ihr Körper war nie lebendiger gewesen, Hitze durchströmte sie, machte sie trunken. Die Welt drehte sich, in einem Wirbel von

Farben, schneller, immer schneller, und sie musste sich am Treppengeländer festhalten, um nicht vom Rand der Erde zu fallen.

Ihre Fingerknöchel malten sich weiß gegen das Holz des Geländers ab, als er ihr die Hose von den Beinen riss, dann das kleine Stückchen Spitze, das darunter zum Vorschein kam. Sein Mund … gierig, ungestüm, hitzig. Ana hielt den Schrei zurück, als er sie in den endlosen, unerforschten Raum katapultierte.

Sie murmelte in einer Sprache, die er nicht verstehen konnte, aber er wusste, dass er sie jenseits der Grenzen der Vernunft, des Rationalen geführt hatte. Dorthin, wo er sie hatte haben wollen, mit ihm, in den Wahnsinn der absoluten, puren Leidenschaft, dorthin, wo es keine Regeln mehr gab.

Er hatte gewartet, so lange gewartet. Jetzt lag ihr Körper unter ihm, zuckend, sich aufbäumend. Er drang in sie ein, ließ sich ganz von ihr aufnehmen, gemeinsam rasten sie weiter und weiter, unaufhaltsam, unentrinnbar, unabwendbar …

Anas Hand fiel schlaff herab. Sie spürte noch nicht einmal den Schmerz, als sie zusammen auf die Treppen zurückfielen. Sie wollte nichts anderes als Boone halten, aber ihre Kraft war aufgebraucht. Ihr Verstand konnte nicht erfassen, was gerade geschehen war. Nur aufblitzende Bilder, Bruchteile von brodelnden Gefühlen.

Wenn das die dunkle Seite der Liebe war, so hätte nichts sie darauf vorbereiten können. Wenn diese verzehrende Begierde in ihm wohnte, verstand sie nicht, wie er diese bisher hatte zügeln können.

Für sie. Sie barg ihr Gesicht an seinem Hals. Er hatte es nur für sie getan.

Boone versuchte den Weg zurück in die Realität zu finden. Er musste sich bewegen. Nach allem, was er ihr angetan hatte, erdrückte er sie jetzt wahrscheinlich auch noch. Als er sich bewegte, gab sie einen kleinen Laut von sich, der an sein schlechtes Gewissen rührte.

»Hier, Baby, lass mich dir helfen.«

Er richtete sich auf, zog unbeholfen den zerfetzten Ärmel ihrer Bluse hoch zu ihren Schultern, um sie zu bedecken. Mit einem gemurmelten Fluch ließ er ihn los. Um Gottes willen, dachte er angewidert, er hatte sie genommen wie in einem Ringkampf, hier mitten auf der Treppe.

»Ana.« Er fand das, was von seinem eigenen Hemd übrig geblieben war, und legte es ihr um die Schultern. »Anastasia, ich weiß nicht, wie ich es erklären soll.«

»Erklären?« Das Wort war kaum zu verstehen. Ihre Kehle brannte höllisch vor Durst, sie fühlte sich zu schwach, um aufzustehen.

»Es ist … Komm, ich helfe dir auf.« Ihr Körper war nachgiebig wie Wachs. »Ich hole dir etwas zum Anziehen. Oder … Ach, zur Hölle.«

»Ich glaube nicht, dass ich aufstehen kann.« Sie leckte sich über die Lippen, schmeckte ihn dort. »Bestimmt nicht für die nächsten zwei Tage. Aber das macht nichts. Ich bleibe einfach hier sitzen.«

Mit gerunzelter Stirn schaute er auf sie herab und versuchte zu begreifen, was er in ihrer Stimme wahrgenommen hatte. Da war keine Wut, keine Angst. Das hörte sich nach Befriedigung an – sehr sogar. »Du bist nicht wütend?«

»Hm? Sollte ich das denn sein?«

»Nun, ich meine … ich habe dich praktisch überfallen. Nein, ich habe dich bestimmt überfallen. Schon im Auto, und dann habe ich dich ins Haus gezerrt und dich auf den Stufen genommen.«

Mit geschlossenen Augen holte sie tief Luft und stieß sie mit einem Lächeln wieder aus. »Das hast du. Ich glaube, von jetzt an werde ich jede Treppe mit ganz anderen Augen betrachten.«

Er legte einen Finger unter ihr Kinn und hob es sanft an. »Ich hatte eigentlich vorgehabt, es bis zum Schlafzimmer zu schaffen.«

»Nun, irgendwann werden wir wohl dort landen.« Da sie Sorge bemerkte, legte sie ihre Finger an sein Handgelenk. »Boone, denkst du wirklich, ich könnte wütend sein, weil du mich so sehr begehrst?«

»Ich dachte, vielleicht, weil es nicht das ist, was du gewohnt bist.«

Mit Anstrengung setzte sie sich auf und verzog das Gesicht. Die Druckstellen auf ihrem Körper würden bald zu blauen Flecken werden, dessen war sie sicher. »Ich bin nicht aus Glas. Es gibt keine Art, in der wir uns lieben, die nicht richtig sein könnte. Aber …« Sie schlang die Arme um seinen Nacken und lächelte durchtrieben. »Unter diesen Umständen bin ich froh, dass wir es noch bis ins Haus geschafft haben.«

Er glitt mit den Händen zu ihrer Hüfte und zog sie eng zu sich heran. »Meine Nachbarin ist eigentlich recht tolerant.«

»Das habe ich auch gehört.« Sie biss ihn leicht in die Unterlippe. Und weil sie sich daran erinnerte, wie viel Genuss es ihr bereitet hatte, seine Lippen auf ihrem Gesicht und ihrem Hals zu spüren, begann sie eine laszive Wanderung über seine Haut. »Glücklicherweise ist mein Nachbar ein sehr verständiger Mann, wenn es um Leidenschaft geht. Ich denke oft an ihn, wenn ich des Nachts allein in meinem Bett liege.«

Eigentlich war es unmöglich – er fühlte die Erregung wieder in sich aufsteigen. »Wirklich? Was für Fantasien sind das denn?«

»Ich stelle mir vor, wie er zu mir kommt.« Ihr Atem ging schneller, als sein Mund ihre Schulter erkundete. »Wie er an mein Bett tritt, wie ein Nachtalb, wenn der Sturm durch die

Nacht fegt. Ich sehe seine Augen, leuchtendes Kobaltblau, wie der Blitz, der das Dunkel durchschneidet, und ich weiß, dass er nach mir verlangt, wie noch nie jemand nach mir verlangt hat und nie jemand nach mir verlangen wird.«

Wohl wissend, dass sie hier auf den Treppen bleiben würden, wenn er nicht sofort etwas unternahm, hob er sie hoch. »Mit Blitzen kann ich dir nicht dienen.«

Sie lächelte strahlend, als er sie nach oben trug. »Aber das hast du doch schon.«

Stunden später saßen sie auf dem zerwühlten Bett und aßen Pizza bei Kerzenlicht. Ana hatte jegliches Zeitgefühl verloren. War es Mitternacht, oder zog der neue Morgen schon herauf? Sie hatten sich geliebt und geredet und gelacht und sich wieder geliebt. Keine andere Nacht in ihrem Leben war bisher so perfekt gewesen. Was kümmerte sie da die Zeit?

»Ginevra war keine Heldin.« Ana leckte sich Tomatensauce von den Fingern. Sie hatten über epische Poesie, moderne Zeichentrickfilme, alte Legenden und klassische Horrorgeschichten geredet. Wie sie zu Artus und Camelot zurückgekehrt waren, konnte sie nicht mehr nachvollziehen, aber was Artus' Königin anbetraf, rückte Ana keinen Millimeter von ihrem Standpunkt ab. »Und schon gar keine tragische.«

»Sollte eine Frau, vor allem eine mit deinem großen Mitgefühl, nicht mehr Verständnis für ihre Lage aufbringen?« Boone stritt mit sich, ob er das letzte Stück Pizza aus der Schachtel nehmen sollte oder nicht.

»Wieso denn?« Ana kam ihm zuvor und fütterte ihn. »Sie hat ihren Mann betrogen und das Königreich zu Fall gebracht, und das alles nur, weil sie schwach und ichbezogen war.«

»Sie war verliebt.«

»Liebe ist keine Entschuldigung für alle Handlungen.« Amüsiert legte sie den Kopf schief und betrachtete ihn in dem flackernden Licht. Er wirkte wunderbar männlich in Trainings-shorts, mit dem wirren Haar und dem ersten dunklen Schatten auf dem Kinn. »Das ist wieder mal typisch Mann. Ausreden für die Untreue einer Frau zu finden, nur weil das angeblich unter Romantik fällt.«

Es war nicht direkt eine Beleidigung, aber er wand sich. »Ich meine nur, sie hatte einfach keine Kontrolle über die Situation.«

»Aber natürlich. Sie hatte die Wahl, und sie hat die falsche getroffen. Genau wie Lancelot. Dieses ganze pompöse Getue mit Galanterie und Ritter- und Heldentum und Treue. Und dann gehen die beiden hin und betrügen ausgerechnet den Mann, der sie beide liebt, weil sie sich angeblich nicht beherr-schen können?« Sie warf ihr Haar zurück. »Das ist ausgemach-ter Blödsinn. Du kannst nicht wirklich dieser Ansicht sein.«

Er lachte und nippte an seinem Wein. »Du erstaunst mich immer wieder. Da denke ich, du bist eine unverbesserliche Romantikerin, eine Frau, die im Mondschein Blumen pflückt und überall Feen- und Elfenstatuen herumstehen hat, und dann verurteilst du die arme Ginevra, weil sie sich in den falschen Mann verliebt.«

»Arme Ginevra?«, brauste Ana empört auf, doch Boone wehrte lachend ab.

»Moment!« Er amüsierte sich prächtig. Ihnen beiden machte es anscheinend nichts aus, dass sie sich über fiktive Charaktere stritten. »Wie war das denn mit den anderen? Merlin sollte doch aufpassen. Warum ist er dann nicht eingeschritten?«

Geflissentlich wischte sie sich ein paar Krümel vom Bein. »Es liegt nicht in der Hand eines Zauberers, sich in den Lauf des Schicksals einzumischen.«

»Komm schon, wir reden hier über den Zauberer überhaupt. Ein kleiner Spruch, und er hätte alles in Ordnung gebracht.«

»Und damit unzählige Lebensläufe verändert«, argumentierte sie. »Nein, er konnte es nicht tun, nicht einmal für Artus. Alle, ganz gleich, ob Zauberer, Könige, Sterbliche, sind verantwortlich für ihr eigenes Los.«

»Er hatte aber keine Skrupel, Ehebruch zu unterstützen, als er Uther als Duke of Cornwall nach Tintagel schickte, damit Ygraine überhaupt empfangen konnte.«

»Weil das Schicksal war«, sagte sie geduldig, so wie sie mit Jessie sprechen würde. »Das war ja das Ziel. Bei aller Macht, die Merlin besaß, bei aller Größe, die er besaß – die wichtigste Tat, die er mit seiner Magie vollbracht hat, war, Artus auf die Welt zu bringen.«

»Das ist doch Haarspalterei.« Er schluckte den letzten Bissen Pizza. »Der eine Zauberspruch ist okay, der andere aber nicht?«

»Wenn man ein solches Geschenk erhält, dann liegt es in der eigenen Verantwortung, wie und wann man es benutzt und wann nicht. Kannst du dir nicht vorstellen, wie er gelitten hat, zusehen zu müssen, wie der Mensch, den er liebt, zerstört wird? Zu wissen, schon als Artus empfangen wurde, wie es enden wird? Magie schützt dich nicht vor Gefühlen und Schmerz. Sie schützt überhaupt nur selten den, der sie besitzt.«

»Ja, mag sein.« In seinen Geschichten litten Hexen und Zauberer eigentlich immer. Es verlieh ihnen etwas Menschliches, das sie leichter zu akzeptieren machte. »Als Kind habe ich immer davon geträumt, wie es wäre, in jenen Zeiten zu leben.«

»Holde Jungfrauen vor bösen Drachen zu retten?«

»Natürlich. Auf Kreuzzüge gehen, den schwarzen Ritter beim Turnier schlagen … Aber als ich größer wurde, fand ich heraus, wie ich das Beste aus beiden Welten haben konnte. Nämlich in jener Welt leben, wenn ich schreibe«, er tippte sich mit dem Finger an die Schläfe, »und doch die Annehmlichkeiten des zwanzigsten Jahrhunderts genießen zu können.«

»Wie Pizza?«

»Genau, wie zum Beispiel Pizza. Oder einen Computer anstatt Feder und Tintenfass. Baumwollunterwäsche. Fließend Heißwasser. Da wir gerade davon reden …« Er fasste den Saum des T-Shirts, das er ihr gegeben hatte, dann bewegte er sich so rasch, dass sie lachend einen Schrei ausstieß, als er sie packte, sie sich über die Schulter warf und aus dem Bett kletterte.

»Was soll das?«

»Fließend Heißwasser«, sagte er noch einmal. »Ich will dir zeigen, was ich alles in einer Dusche tun kann.«

»Wirst du etwa singen?«

»Später vielleicht.« Im Bad schob er die Glastüren der Duschkabine zur Seite und drehte dann das Wasser auf. »Hoffentlich duschst du gern heiß.«

»Nun, ich …« Sie lag immer noch auf seiner Schulter und war sofort nass bis auf die Haut. »Boone, du ertränkst mich ja.«

»Entschuldige.« Er griff nach dem Seifenstück und begann ihre Waden einzuseifen. »Weißt du, eigentlich habe ich dieses Haus nur wegen der Dusche gekauft. Sie ist so schön groß. Außerdem ist es ziemlich toll, zwei Duschköpfe zu haben.«

Trotz des heißen Wassers zitterte Ana, weil Boone die Seife mit langsamen Bewegungen in ihren Kniekehlen kreisen ließ. »Ehrlich gesagt, es ist etwas schwierig, von meiner Position aus ein Urteil abzugeben.« Sie hob sich das triefende Haar aus dem Gesicht und bemerkte, dass der Boden aus Spiegelfliesen bestand. »Ach du meine Güte!«

Er grinste und fuhr mit dem Seifenstück höher zu ihrem Oberschenkel hinauf. »Sieh dir mal die Decke an. Was sagst du jetzt?«

Sie drehte den Kopf und starrte auf ihr eigenes Spiegelbild. »Äh … Beschlägt das nicht?«

»Spezialglas. Wird ein bisschen trüber, wenn man lange genug hier drinnen bleibt.« Und er hatte vor, sehr lange zu bleiben. Er ließ Ana langsam an seinem Körper zurück auf den Boden gleiten, Zentimeter für Zentimeter. »Aber das schafft Atmosphäre.« Er umfasste ihre Brüste und drückte Ana sacht gegen die Wand. »Willst du eine von meinen Fantasien hören?«

»Das … oh …«, sie schnappte nach Luft, als er mit dem Daumen über ihre Brustspitzen strich, »… scheint mir nur fair zu sein.«

»Ich weiß etwas Besseres.« Er berührte ihre Lippen, neckte, lockte, bis ihr Atem schneller ging. »Ich werde es dir zeigen.«

Sie wusste, für sie würden Duschen zusammen mit Treppen von nun an einen festen Platz in den Tiefen ihrer erotischen Fantasien haben. Sie hielt sich an seinen Hüften fest, während er mit eingeseiften Händen ihre Brüste liebkoste.

Dampf. Überall war Dampf. Um sie herum, in ihr. Die feuchte Luft machte das Atmen schwer. Wie ein tropisches Gewitter. Das Wasser prasselte, die Hitze stieg an. Haut an Haut, als ihre Körper sich aneinander rieben.

So wie er brannte auch sie. Macht traf auf Macht. Es gab keine Zweifel mehr in ihr, dass sie ihm die wilde Lust zurückgeben konnte, die er ihr gezeigt hatte. Eine Lust, die umso süßer, umso reicher und tiefer war, weil sie aus der Liebe erwuchs.

Sie wollte es ihm zeigen. Sie würde es ihm zeigen.

Von diesem neuen Wissen erfüllt, küsste sie ihn wild und verlangend, liebkoste ihn, bis sie seinen Atem hart und rau an ihrem Ohr hörte. Ein Triumphgefühl brandete in ihr auf, dann die Begierde wie ein Blitz, ihn in sich zu spüren.

»Ana, ich …« Er fühlte, wie er den Halt verlor.

»Du willst mich.« Erfüllt von berauschender Macht, warf sie den Kopf zurück. Ihre Augen waren eine einzige Herausforderung. »Dann nimm mich. Jetzt.«

Sie sah aus wie eine Meeresgöttin, das Haar wie dunkles Gold auf ihren Schultern, die Haut schimmernd und übersät mit Wassertropfen. In ihren Augen standen Geheimnisse, die nie ein Mann herausfinden würde.

Als er sie auf seine Hüften hob und ihre Beine um sich schlang, behielt sie die Augen offen. Sie hauchte seinen Namen, als er in sie eindrang. Das Wasser prasselte auf sie beide herunter, und in dem aufsteigenden Dampf konnte sie ihrer beider Spiegelbild sehen – unmöglich zu sagen, wo der eine Körper aufhörte und der andere begann.

Mit einem lustvollen Stöhnen ließ sie ihren Kopf auf seine Schulter fallen. Sie war verloren. Verloren. Dem Himmel sei Dank dafür. »Ich liebe dich.« Sie wusste nicht, ob die Worte nur in ihrem Kopf aufgeblitzt oder ob sie tatsächlich über ihre Lippen gekommen waren. Aber sie wiederholte sie wieder und wieder, bis ihre Körper von wohligen Schauern erfasst wurden.

Boone musste sich an der Wand abstützen, als die letzte Energie aus ihm herausströmte. Der Puls rauschte ihm in den Ohren, und er legte die Hände auf ihre Schultern. »Sage es mir jetzt.«

Ihre Lippen waren zu einem Lächeln verzogen, sie schwankte ein wenig und sah ihn mit verhangenen Augen an. »Was soll ich dir sagen?«

Der Griff seiner Finger wurde fester, ihr Blick klärte sich. »Dass du mich liebst.«

»Ich … Sollten wir uns nicht erst abtrocknen? Wir stehen schon eine ganze Weile unter dem Wasser.«

Mit einer ungeduldigen Bewegung drehte er den Hahn zu. »Ich will dich ansehen, wenn du es sagst, und zumindest einen einigermaßen klaren Kopf dabei haben. Wir werden hierbleiben, bis du es mir gesagt hast.«

Sie zögerte. Er konnte nicht ahnen, dass er sie damit zwang, den nächsten Schritt zu machen – um ihn zu halten oder ihn zu verlieren. Schicksal. Entscheidungen. Es war an der Zeit, dass sie die ihre traf. »Ich liebe dich. Ich wäre nicht hier, könnte nicht hier sein, wenn ich es nicht täte.«

Seine Augen waren sehr dunkel, sein Blick durchdringend. Langsam lockerte er den Griff. »Ich habe das Gefühl, als hätte ich Jahre warten müssen, dich das sagen zu hören.«

Sie strich ihm das feuchte Haar aus der Stirn. »Du brauchtest nur zu fragen.«

Er hielt ihre Hand fest. »Das brauchst du nicht.« Er zog sie aus der Kabine und wickelte sie in ein großes Badelaken ein, und da sie immer noch zitterte, legte er die Arme um sie und drückte sie wärmend an sich. »Anastasia«, murmelte er und spürte die Zärtlichkeit für sie ihn überwältigen, als er leicht ihren Mund, ihre Wange, ihr Haar küsste. »Du brauchst nicht zu fragen. Ich liebe dich. Du hast mir etwas gegeben, von dem ich nie geglaubt hätte, dass es das noch einmal in meinem Leben geben würde.«

Mit einem Seufzer presste sie ihr Gesicht an seine Brust. Das hier ist echt, dachte sie. Und es gehörte ihr. Sie würde einen Weg finden, es zu behalten. »Du bist alles, was ich je gewollt habe. Höre nie auf, mich zu lieben, Boone. Höre niemals auf.«

»Ich könnte es nicht.« Er schob sie ein wenig von sich ab. »Nicht weinen.«

»Ich weine nie.« Tränen schimmerten in ihren Augen, doch sie flossen nicht.

Anastasia weint nie, aber Ihretwegen wird sie weinen.

Sebastians Worte hallten in Boones Kopf. Entschieden verdrängte er sie. Das war doch lächerlich. Er würde nie etwas tun, um sie zu verletzen. Er öffnete den Mund, schloss ihn wieder. Ein Badezimmer voller Dampf war nicht der geeignete Ort, um das zu sagen, was er ihr sagen wollte. Außerdem gab es da noch einige Dinge über ihn selbst, die er ihr erklären musste.

»Lass uns etwas zum Anziehen für dich finden. Wir müssen reden.«

Sie war viel zu glücklich, um auf seine Befangenheit zu achten. Sie lachte, als er sie ins Schlafzimmer zurückführte und ihr eines seiner T-Shirts über den Kopf zog. Verträumt lächelnd goss sie Wein in ihre Gläser, während er schnell eine alte Jeans überzog.

Er hielt ihr die Hand hin, und sie legte willig ihre hinein, um sich von ihm führen zu lassen.

»Wohin gehen wir?«

»Ich möchte dir etwas zeigen.« Er führte sie durch die dunkle Halle in sein Arbeitszimmer. Entzückt drehte Ana sich einmal um die eigene Achse.

»Hier arbeitest du also.«

Große Fenster ohne Vorhänge, mit Rahmen aus warmem Kirschholz, ein paar ausgebleichte Läufer auf dem Boden aus Holzbohlen. Sterne blinkten zu den beiden Oberlichtern herein. Ein hochmoderner Computer, Papier und volle Bücherregale wiesen diesen Raum als Arbeitsplatz aus. Doch Boone hatte charmante Akzente gesetzt. Gerahmte Illustrationen und eine Sammlung von Drachen und Ritterfiguren. Die geflügelte Fee, die er in Morganas Laden erstanden hatte, hatte einen Ehrenplatz auf einem geschnitzten Hocker.

»Du brauchst noch ein paar Pflanzen«, entschied sie sofort und dachte an die Narzissen und Osterglocken, die sie in ihrem Gewächshaus zog. »Wahrscheinlich verbringst du mehrere Stunden am Tag in diesem Raum.« Sie sah auf den leeren Aschenbecher neben der Tastatur.

Er war ihrem Blick mit gerunzelter Stirn gefolgt. Seltsam, dachte er, seit Tagen hatte er keine Zigarette mehr geraucht, hatte sie praktisch völlig vergessen. Er würde sich später dafür gratulieren.

»Manchmal sehe ich aus dem Fenster, wenn du im Garten bist. Dann fällt mir das Konzentrieren schwer, und die Arbeit rückt in weite Ferne.«

Sie lachte und setzte sich auf eine Schreibtischecke. »Wir werden dir Jalousien besorgen.«

»Kommt gar nicht infrage.« Er lächelte, aber nervös steckte er die Hände in die Taschen. »Ana, ich muss dir von Alice erzählen. Ich hoffe, dass es der richtige Zeitpunkt ist und ich die richtigen Worte finde.«

»Boone.« Mitgefühl veranlasste sie, sich wieder zu erheben und ihn zu berühren. »Ich verstehe auch so. Es ist nicht nötig für mich, dass du es mir erklärst.«

»Aber für mich.« Ihre Hand in seiner, drehte er sich und deutete auf eine Zeichnung an der Wand. Ein schönes junges Mädchen kniete neben einem Bach, schöpfte mit einem goldenen Eimer von dem klaren Wasser. »Sie hat das gemalt, bevor Jessie geboren wurde. Sie hat es mir an unserem ersten Jahrestag geschenkt.«

»Es ist wunderschön. Sie war sehr talentiert.«

»Ja, sehr talentiert und etwas ganz Besonderes.« Er nippte an seinem Wein und brachte einen stummen Toast auf eine verlorene Liebe aus. »Ich kannte sie den größten Teil meines Lebens. Die hübsche Alice Reeder.«

Er muss reden, dachte Ana. Also würde sie zuhören. »Habt ihr euch auf der Schule ineinander verliebt?«

»Nein.« Die Vorstellung brachte ihn zum Lachen. »Wir kannten uns nicht einmal. Alice war Cheerleader, Schulsprecherin und überhaupt das netteste Mädchen, das immer alle Auszeichnungen einheimste. Wir hingen mit ganz verschiedenen Cliquen zusammen, und sie war zwei Klassen tiefer als ich.

Ich durchlief gerade die obligatorische Rebellionsphase, war gegen alles und jeden, lungerte auf den Gängen herum und versuchte, so cool wie möglich zu wirken.«

Ana lächelte. »Das hätte ich zu gern gesehen.«

»Ich rauchte unerlaubterweise auf der Toilette, Alice malte die Bühnendekoration für die Theatergruppe. Wir kannten uns vom Sehen, mehr nicht. Ich ging aufs College, landete schließlich in New York. Damals schien es mir unerlässlich, da ich ja schreiben wollte, in einem Loft zu wohnen und am Hungertuch zu nagen.«

Sie legte einen Arm um seine Hüfte, wartete instinktiv ab, bis er die richtigen Worte gefunden hatte.

»Eines Morgens ging ich zu der kleinen Bäckerei in unserer Nachbarschaft, und da stand sie, an einem der Bistrotische, bestellte sich Kaffee und ein Croissant. Wir unterhielten uns … du weißt schon: ›Was machst du denn hier?‹ Wie es den anderen ergangen ist, wo sie jetzt sind, was zu Hause so passiert ist, solche Sachen eben. Es war schön, beruhigend und aufregend zugleich. Zwei junge Leute aus der Kleinstadt, die es mit dem großen Moloch New York aufnehmen wollten.«

Das Schicksal hat sie zusammengeführt, dachte Ana, in einer Millionenstadt.

»Sie studierte Kunst«, erzählte Boone weiter, »und teilte sich eine Wohnung mit zwei anderen Mädchen, nur ein paar Straßen von meiner Wohnung entfernt. Ich brachte sie zur U-Bahn. Und dann sind wir irgendwie aufeinander zugedriftet. Wir gingen zusammen in den Park, verglichen Zeichnungen, konnten stundenlang miteinander reden. Alice war so voller Leben, so voller Energie und Ideen. Wir haben uns nicht Hals über Kopf ineinander verliebt, sind eher langsam hineingerutscht, Stück für Stück.« Seine Augen wurden sanft, als er die Zeichnung betrachtete. »Sehr langsam, sehr zart. Wir haben geheiratet, kurz bevor ich mein erstes Buch verkaufen konnte. Sie war immer noch auf der Uni.«

Er musste die Erzählung unterbrechen, weil die Erinnerungen ihn zu sehr mitnahmen. Seine Hand drückte Anas fester, und sie öffnete sich, um ihm Trost und Beistand zu geben.

»Auf jeden Fall ... alles schien perfekt. Wir waren jung, glücklich, verliebt. Sie hatte bereits den ersten Auftrag für ein Bild. Dann fanden wir heraus, dass sie schwanger war. Also zogen wir zurück nach Hause, wollten das Kind in einer netten und sicheren Nachbarschaft in der Nähe unserer Familien aufziehen. Als Jessie kam, sah es so aus, als könnte nichts mehr schiefgehen. Nur dass Alice nach der Geburt nie wieder ihre alte Energie zurückgewann. Jeder sagte, das sei normal. Sie musste ja müde sein, mit dem Baby und ihrer Arbeit. Sie nahm ab. Ich machte immer Witze darüber, dass sie eines Tages noch ganz verschwinden würde.« Boone schloss für einen Moment die Augen. »Genau das hat sie getan. Sie verging. Als es lange genug angedauert hatte, dass wir uns Sorgen zu machen begannen, wurden Tests gemacht. Bis man herausgefunden hatte, dass sie Krebs hat, war es zu spät, um den Krebs noch aufzuhalten.«

»Oh Boone, es tut mir so leid.«

»Sie litt. Sie litt entsetzlich, und ich konnte nichts dagegen tun. Ich musste zusehen, wie sie dahinsiechte. Und ich dachte, ich würde auch sterben. Aber da war noch Jessie. Alice war erst fünfundzwanzig, als ich sie begrub. Jessie war gerade zwei geworden.« Er holte tief Luft, bevor er sich zu Ana umdrehte. »Ich liebte Alice. Ich werde sie immer lieben.«

»Ich weiß. Wenn jemand dein Leben auf diese Weise berührt, wirst du es nie verlieren.«

»An jenem Tag, als ich sie verlor, hörte ich auf, an das ›Glücklich-bis-an-ihr-Lebensende‹ zu glauben, außer in Büchern. Ich wollte mich nie mehr verlieben, nie wieder diesen Schmerz durchmachen müssen – weder ich noch Jessie. Aber ich habe mich wieder verliebt. Was ich für dich fühle, ist so stark, dass es mich wieder glauben lässt. Es ist nicht das Gleiche, was ich schon einmal gefühlt habe. Es ist nicht weniger. Es ist einfach … das sind wir.«

Sie legte ihre Hand an seine Wange. Sie glaubte zu verstehen. »Boone, meinst du, ich würde es über mich bringen, dich zu fragen, dass du sie vergessen sollst? Dass ich eifersüchtig sein könnte auf das, was ihr beide hattet? Dafür liebe ich dich nur umso mehr. Sie hat dich glücklich gemacht. Sie hat dir Jessie geschenkt. Ich wünschte nur, ich hätte sie kennenlernen dürfen.«

Unermesslich gerührt, legte er seine Stirn an ihre. »Heirate mich, Ana.«

11. Kapitel

Sie erstarrte. Ihre Hände, die sie hatte heben wollen, um Boone zu sich heranzuziehen, blieben mitten in der Luft hängen. Der Atem stockte ihr in den Lungen. Selbst ihr Herz setzte einen Schlag lang aus, voller Hoffnung, während ihr Verstand sie warnte, abzuwarten.

Sehr, sehr langsam zog sie sich aus seiner Umarmung zurück. »Boone, ich denke … ich weiß nicht, was ich sagen soll … lass mir Zeit …«

»Sage jetzt nicht, dass ich dich dränge.« Es erstaunte ihn, wie ruhig er war, jetzt, da er den Schritt gemacht hatte. Einen Schritt, den er in seinem Kopf eigentlich schon vor Wochen unternommen hatte, wie ihm jetzt klar wurde. »Mir ist gleich, ob ich zu schnell voranpresche. Ich brauche dich in meinem Leben, Ana.«

»Ich bin doch in deinem Leben.« Sie lächelte, versuchte die Stimmung leicht und unbeschwert zu halten. »Das habe ich dir bereits gesagt.«

»Es war hart genug, als ich dich begehrte, noch härter wurde es, als ich begann, mir etwas aus dir zu machen. Aber es ist unerträglich, seit ich dich liebe. Ich will nicht im Haus neben dir wohnen, ich will nicht mein Kind über Nacht wegschicken müssen, um mit dir zusammen sein zu können. Du hast gesagt, du liebst mich.«

»Das tue ich.« Sie gab dem verzweifelten Verlangen nach und schmiegte sich an ihn. »Das weißt du auch. Mehr, als ich je gedacht habe, dass ich lieben könnte. Mehr, als ich je lieben wollte. Aber eine Heirat ist …«

»Richtig.« Er strich über ihr feuchtes Haar. »Genau richtig für uns. Ana, ich habe dir einmal gesagt, dass ich nicht leichtfertig mit Intimität umgehe, und damit habe ich mich nicht nur auf Sex bezogen.« Er hielt sie auf Armeslänge von sich ab, wollte ihr Gesicht sehen, wollte, dass sie seines sah. »Ich habe davon geredet, was in mir passiert, jedes Mal, wenn ich dich anschaue. Bevor ich dich traf, war ich zufrieden mit meinem Leben, so, wie es war. Aber das reicht mir jetzt nicht mehr. Ich will mich nicht mehr durch Hecken zwängen, um bei dir zu sein. Ich will dich hier bei mir wissen, bei uns.«

»Boone, so einfach ist das nicht.« Sie wandte sich ab, suchte verzweifelt nach der richtigen Antwort.

»Es kann aber so einfach sein.« Er verdrängte den Anflug von Panik. »Als ich heute Morgen ins Schlafzimmer kam und dich sah, mit Jessie … Ich kann dir gar nicht sagen, was in diesem Moment mit mir geschehen ist. Ich erkannte, dass es genau das ist, was ich will. Dass du da bist. Einfach nur da bist. Zu wissen, dass wir beide uns um sie kümmern können, weil du sie auch liebst. Dass da noch andere Kinder kommen können. Eine Zukunft mit neuen Perspektiven.«

Sie musste die Augen schließen, weil dieses Bild so wunderbar, so perfekt war. Und sie verweigerte ihnen beiden, dieses Bild Realität werden zu lassen, weil sie Angst hatte. »Würde ich jetzt Ja sagen, bevor du mich verstehst, bevor du mich kennst, wäre es nicht fair.«

»Ich kenne dich.« Er zog sie wieder zu sich herum. »Ich weiß, wie leidenschaftlich und mitfühlend du bist, dass du loyal und großzügig bist, dass du ein weites Herz hast. Dass du an die Familie glaubst, dass du romantische Musik und Apfelwein magst. Ich weiß, wie dein Lachen klingt, wie du riechst und schmeckst. Und ich weiß, dass ich dich glücklich machen kann, wenn du es erlaubst.«

»Du machst mich glücklich, und es gibt nichts, was ich nicht für dich tun würde.« Sie machte sich los, musste sich bewegen, um die Anspannung zu mildern. »Ich hatte keine Ahnung, dass es so bald geschehen würde. Ich schwöre dir, hätte ich gewusst, dass du an Heirat denkst …«

Seine Frau werden. Eine ewige Bindung. Sie konnte sich kein anderes Zugehörigkeitsgefühl vorstellen, das ihr mehr bedeutete.

Sie musste es ihm sagen, damit er die Chance hatte, zu akzeptieren oder sich zurückzuziehen. »Du bist ehrlicher zu mir gewesen als ich zu dir.«

»Worüber?«

»Darüber, wer und was du bist.« Sie schloss seufzend die Lider. »Ich bin ein Feigling, leicht zu zerstören durch unangenehme Gefühle, habe geradezu panische Angst vor Schmerzen, physischen und psychischen. Erbärmlich verletzlich durch Dinge, die andere völlig kaltlassen, sie nicht einmal berühren.«

»Ich weiß nicht, wovon du redest, Ana.«

»Nein, wie solltest du auch.« Sie presste die Lippen zusammen. »Kannst du dir vorstellen, dass manche empfänglicher für Gefühle sind als andere? Dass es manche gibt, die einen Schutzmechanismus entwickeln müssen, um sich gegen die Schwingungen, die um sie herumwirbeln, zu verteidigen? Weil sie sonst nicht überleben könnten?«

Boone hielt seine Ungeduld im Zaum und versuchte zu lächeln. »Gibst du dich jetzt geheimnisvoll?«

Sie lachte und presste die Hände auf die Augen. »Du ahnst nicht einmal die Hälfte. Ich muss erklären, und ich weiß nicht, wie ich es anfangen soll.«

Vielleicht war es Schicksal.

Sie wich einen Schritt zurück und stieß eine Mappe vom Schreibtisch. Automatisch ging sie in die Hocke, um die Mappe aufzuheben.

Eine Zeichnung, erst kürzlich fertiggestellt. Eine sehr gute Zeichnung, dachte Ana und atmete tief durch, während sie das Bild studierte. Die boshaften Züge im Gesicht der Hexe unter der schwarzen Kapuze starrten sie an. Das personifizierte Böse, dachte Ana. Boone hatte es mit dem Stift perfekt eingefangen.

»Lass nur«, sagte Boone jetzt, aber Ana schüttelte den Kopf. »Ist das für deine Geschichte?«

»Ja, für ›Das silberne Schloss‹. Aber lenk nicht vom Thema ab.«

»So weit ist das gar nicht vom Thema entfernt«, murmelte sie. »Gewähre mir eine Minute, erzähl mir über die Zeichnung.«

»Ana, verdammt noch mal …«

»Bitte.«

Frustriert fuhr er sich durchs Haar. »Es ist genau das, wonach es aussieht. Die böse Hexe hat die Prinzessin und das Schloss mit einem Fluch belegt. Ich bin zu dem Entschluss gekommen, dass es ein Fluch sein musste, der jeden davon abgehalten hat, das Schloss zu betreten oder zu verlassen.«

»Und du hast eine Hexe gewählt. Das kam dir also ganz automatisch in den Sinn.«

»Es lag nahe, meinst du nicht? Die Story verlangte geradezu danach. Die rach- und eifersüchtige Hexe, wütend auf die liebliche und schöne Prinzessin, belegt sie mit einem Fluch, damit die Prinzessin vom Leben und von der Liebe und vom Glück für ewig ausgeschlossen bleibt. Aber als die wahre Liebe den Fluch besiegt, löst sich auch die Hexe auf, und sie leben glücklich bis an ihr Ende. So wie es sein soll.«

»Für dich sind Hexen also böse und eiskalt kalkulierend.« Kalkulierend, das war eines der Worte, die Robert ihr entgegengeschleudert hatte. Und noch schlimmere.

»Das versteht sich doch wohl von selbst, oder nicht? Macht korrumpiert.«

Sie legte das Blatt beiseite. »Das denken so manche.« Es ist nur eine Zeichnung, sagte sie sich still. Nur Teil einer Geschichte, die er erfunden hatte. Und doch zeigte es ihr, wie groß die Kluft war, die sie zu überbrücken hatte. »Boone, ich möchte dich um etwas bitten.«

»Vermutlich kannst du mich am heutigen Abend um alles bitten.«

»Ich bitte dich um Zeit«, sagte sie. »Und um Vertrauen. Ich liebe dich, Boone. Aber ich brauche Zeit. Und du auch. Eine Woche«, fuhr sie fort, bevor er protestieren konnte. »Nur eine Woche. Bis Vollmond. Dann gibt es Dinge, die ich dir sagen muss. Danach, so hoffe ich von ganzem Herzen, wirst du mich noch einmal bitten, deine Frau zu werden. Wenn du das tust, wenn du es tun kannst, werde ich Ja sagen.«

»Sag jetzt Ja.« Er zog sie zärtlich an sich heran, bedeckte ihren Mund mit seinen Lippen. »Welchen Unterschied macht denn das?«

»Jeden«, flüsterte sie sehr leise und schmiegte sich an ihn. »Oder keinen.«

Boone gefiel das Warten nicht. Es machte ihn nervös, ungeduldig, gereizt. Die Tage schienen dahinzukriechen. Endlos langsam. Er versuchte sich damit zu beruhigen, dass nach dieser einen Woche sein Leben eine wunderbare Wendung nehmen würde.

Nie wieder einsame Nächte. Anstatt sich wie jetzt rastlos zu wälzen, würde er sich an Ana schmiegen können. Das Haus würde von ihr erfüllt sein, ihrem Duft, den Wohlgerüchen ihrer Öle und Kräuter. Abends würden sie zusammen auf der Veranda sitzen und über die Geschehnisse des vergangenen Tages reden, über die Geschehnisse der kommenden Tage.

Vielleicht wäre es ihr auch lieber, dass sie in ihrem Haus lebten. Das war unwichtig. Dann würden sie zusammen durch ihren Garten wandern, unter den Ranken, und sie würde versuchen ihm alle Pflanzennamen beizubringen. Sie könnten zusammen nach Irland fliegen, und Ana würde ihm alle Plätze ihrer Kindheit zeigen, Geschichten erzählen, so wie die Geschichte von der Hexe und dem Frosch, und er würde sie dann niederschreiben. Eine wunderbare Zukunft lag vor ihnen.

Irgendwann würden auch mehr Kinder kommen, und er würde sie betrachten, wie sie ihr eigenes Kind hielt, so wie sie Morganas und Nashs Zwillinge gehalten hatte, an dem Tag, als sie geboren wurden. Dieses Bild machte ihn unsagbar glücklich.

Kinder. Bei diesem Gedanken zuckte sein Kopf hoch. Boone starrte auf das gerahmte Foto von Jessie.

Sein Baby. Einzig seins und sein einziges, schon so lange. Ihm war nie bewusst gewesen, dass er mehr Kinder haben wollte. Dass er unendlich viel Spaß am Vatersein hatte, dass es ihn befriedigte und erfüllte. Dass das er war.

Ein Sohn. Wäre es nicht umwerfend, einen Sohn zu haben? Oder auch eine Schwester für Jessie … Mehrere Schwestern und Brüder für Jessie. Sie wäre begeistert. Bei dem Gedanken begann er zu grinsen. Er wäre begeistert.

Dabei hatte er Ana noch gar nicht danach gefragt, was sie davon hielt, die Familie zu vergrößern. Das mussten sie auf jeden Fall noch ansprechen. Aber vielleicht drängte er sie dann wieder nur.

Doch er sah wieder das Bild vor sich, wie Ana im Schlaf den Arm sicher um Jessie gelegt hatte. Dieses strahlende Leuchten auf ihrem Gesicht, als sie die Zwillinge hielt, damit seine Tochter besser sehen konnte.

Nein, beschloss er. Er kannte sie. Sie würde genauso begeistert mit ihrer Liebe Leben schaffen wollen.

Und Ende der Woche würden sie damit beginnen, Pläne für die gemeinsame Zukunft zu machen.

Für Ana vergingen die Tage viel zu schnell. Sie brachte Stunden damit zu, nach der richtigen Gangart zu suchen, wie sie Boone alles sagen könnte. Dann wieder änderte sie ihre Meinung und entschied sich für eine andere Art.

Da gab es zum einen den brüsken Weg.

Sie stellte sich vor, wie sie in ihrer Küche saßen, zwei Tassen mit dampfendem Tee vor sich. »Boone«, würde sie sagen, »ich bin eine Hexe. Wenn dich das nicht stört, können wir mit den Hochzeitsplanungen anfangen.«

Dann war da der vorsichtige Anlauf.

Sie würden auf ihrer Veranda sitzen, mit einem Glas Wein den Sonnenuntergang betrachten und sich gegenseitig von ihrer Kindheit erzählen.

»In Indiana aufzuwachsen ist sicherlich ganz anders, als in Irland groß zu werden. Die Iren nehmen es als selbstverständlich hin, wenn eine Hexe in der Nachbarschaft wohnt.« Dann würde sie ihn anlächeln. »Noch etwas Wein, Liebster?«

Oder der intellektuelle Ansatz.

»Sicher stimmst du mir zu, dass den meisten Legenden eine Tatsache zugrunde liegt.« Dieses Gespräch würde am Strand stattfinden, mit dem Rauschen der Wellen und den Schreien der Möwen als Hintergrundmusik. »Deine Bücher zeigen großes Einfühlungsvermögen und Respekt für das, was allgemein als Folklore oder Mythen bezeichnet wird. Als Hexe weiß ich deine positive Einschätzung zu Elfen und Magie zu schätzen. Vor allem, wie du die Zauberin in ›Mirandas dritter Wunsch‹ porträtiert hast.«

Ana wünschte nur, ihr wäre genug Humor verblieben, dann hätte sie über jedes dieser bemitleidenswerten Szenarien lachen können. Sie musste sich einfach etwas einfallen lassen, vor allem, da ihr nur noch weniger als vierundzwanzig Stunden blieben.

Boone hatte schon mehr Geduld bewiesen, als sie das Recht hatte, von ihm zu verlangen. Es gab keine Entschuldigungen mehr, ihn noch länger warten zu lassen.

Zumindest würde sie heute Abend moralische Unterstützung haben. Morgana und Sebastian waren mit ihren jeweiligen Ehepartnern und den Zwillingen auf dem Weg zu ihr, für das freitägliche gemeinsame Grillen. Also wenn ihr das keinen Auftrieb für das morgige Zusammentreffen mit Boone gab, konnte ihr nichts mehr helfen. Sie trat auf die Terrasse und klammerte gedankenverloren die Finger um den klaren Zirkon, den sie um den Hals trug.

Jessie musste wohl mit Argusaugen auf diesen Moment gewartet haben, denn schon sprang sie aus der Hecke, die bellende Daisy hinter sich.

»Wir kommen nachher zum Dinner zu dir«, verkündete Jessie laut. »Die Babys kommen auch. Vielleicht darf ich ja eins halten. Ich bin auch ganz, ganz vorsichtig.«

»Das lässt sich sicher machen.« Unwillkürlich suchte Ana den Nachbargarten nach Boone ab. »Wie war es heute in der Schule, Sonnenschein? Erzähle mal, was du so alles erlebt hast.«

»Es war ziemlich gut. Ich kann meinen Namen schreiben und Daddys und deinen. Deiner ist am einfachsten. Quigleys Namen konnte ich nicht schreiben, deshalb habe ich einfach ›Katze‹ geschrieben. Die Lehrerin hat uns nämlich gesagt, wir sollen unsere ganze Familie aufschreiben.« Sie hielt inne, zum ersten Mal sah Ana sie verlegen. »War das in Ordnung, dass ich gesagt habe, du gehörst zu meiner Familie?«

»Aber ja, mehr als das.« Ana drückte Jessie an sich. Und wie in Ordnung das ist, dachte sie und presste die Augen fest zusammen. Das ist es, was ich will, was ich brauche. Ich könnte ihm eine Frau sein und dem Kind eine Mutter. Bitte, bitte, lass mich einen Weg finden, damit ich das haben kann. »Ich habe dich unheimlich gern, Jessie.«

»Du gehst doch nicht weg, oder?«

Weil sie so eng beisammen waren und weil sie es nicht verhindern konnte, berührte Ana das Herz des Kindes und verstand, woran Jessie dachte. An ihre Mutter. »Nein, mein Schatz.« Sie gab Jessie frei und wählte ihre Worte sehr sorgfältig. »Ich will nicht weggehen. Aber wenn ich das müsste, dann würde ich dir immer ganz nah sein.«

»Wie soll denn das gehen?«

»Weil ich dich in meinem Herzen tragen werde. Hier.« Mit diesen Worten nahm Ana die feine Goldkette von ihrem Hals und streifte sie über Jessies Kopf.

»Oh, wie der glänzt!«

»Ja, es ist etwas ganz Besonderes. Wann immer du dich einsam oder traurig fühlst, dann denke an mich. Ich werde es wissen und dir Freude schenken.«

Verwundert drehte Jessie den Kristall in ihren Fingern. Er schien vor Farben und Licht zu explodieren. »Ist das ein Zauberkristall?«

»Ja.«

Jessie nahm die Antwort mit der Selbstverständlichkeit eines Kindes hin. »Das will ich Daddy zeigen.« Sie wollte schon losspurten, als sie sich an ihre Manieren erinnerte. »Danke.«

»Gern geschehen. Ist ... äh, ist Boone im Haus?«

»Nein, er sitzt auf dem Dach.«

»Auf dem Dach?«

»Nächsten Monat ist doch schon Weihnachten, und Daddy bringt die Lichterkette an, damit er sehen kann, ob auch alle Birnen brennen. Er will das ganze Haus aufleuchten lassen, weil er sagt, dass diese Weihnachten ganz besondere Weihnachten werden.«

»Das hoffe ich auch.« Ana hielt die Hand über die Augen und sah hoch. Ihr Herz machte einen Sprung, als sie die Gestalt auf dem Dach erblickte. Wie immer. Sie winkte lächelnd, während ihre andere Hand auf Jessies Schulter ruhte.

Alles würde gut gehen, sagte sie sich. Es musste einfach gut gehen.

Boone ließ Arbeit Arbeit sein und begnügte sich damit, den beiden zuzusehen, bis Jessie in den Garten zurückgerannt kam und Ana wieder ins Haus ging.

Alles würde gut gehen, sagte er sich. Es musste einfach gut gehen.

Sebastian stibitzte eine schwarze Olive und steckte sie sich in den Mund. »Wann essen wir?«

»Du isst doch schon«, spottete Mel.

»Ich meine richtiges Essen.« Er blinzelte Jessie zu. »Die Hot Dogs.«

»Das Kräuterhähnchen«, verbesserte Ana und drehte einen brutzelnden Hühnerschenkel auf dem Grill um.

Sie saßen alle auf Anas Terrasse, Jessie auf einem großen Korbsessel, mit einer glücklich krähenden Allysia auf dem Schoß. Boone und Nash waren in ein Gespräch über Babypflege vertieft, während Morgana Donovan stillte und sich von Mel das glückliche Ende des Ausreißerfalls berichten ließ.

»Der Junge wusste nicht, was er machen sollte«, sagte sie gerade. »Auf der einen Seite tat es ihm wahnsinnig leid, dass er ausgerissen war, auf der anderen hatte er panische Angst, zurückzugehen. Als wir ihn aufspürten, hatte er keinen Cent mehr in der Tasche, war durchgefroren und hungrig und völlig erschöpft. Als er dann erfuhr, dass seine Eltern mehr Angst hatten, als dass sie wütend auf ihn waren, konnte er es gar nicht mehr abwarten, nach Hause zu kommen. Ich glaube, der arme

Kerl hat Hausarrest, bis er dreißig ist, aber damit wird er wohl leben können.« Sie wartete, bis Morgana ihrem Sohn ein lautes Bäuerchen entlockt hatte. Es kribbelte ihr in den Fingern. »Soll ich ihn für dich hinlegen?«

»Danke.« Morgana betrachtete Mels Gesicht, als sie das Baby nahm. »Denkst du nicht daran, dir ein eigenes anzuschaffen? Oder vielleicht auch zwei?«

»Um ehrlich zu sein …« Mel schnupperte diesen wunderbaren Geruch und fühlte ihre Knie weich werden. »Ich glaube, es ist gut möglich, dass ich …« Sie warf einen schnellen Blick zu ihrem Mann, der ganz damit beschäftigt war, Jessie zu necken. »Ich bin noch nicht sicher, aber vielleicht habe ich schon damit angefangen.«

»Oh, Mel, das ist ja …«

»Pst.« Sie beugte sich verschwörerisch vor. »Ich will nicht, dass er es auch nur ahnt, sonst werde ich ihn nie davon abhalten können, selbst nachzusehen. Ich will es ihm sagen können.« Sie grinste. »Das wird ihn umhauen.«

Sanft legte Mel den Kleinen auf seine Seite in den doppelten Kinderwagen.

»Allysia ist auch eingeschlafen«, meldete Jessie sich jetzt leise und fuhr dem Baby zart mit einem Finger über die Wange.

»Möchtest du sie neben ihren Bruder legen?«, fragte Sebastian. Er half ihr und stützte das Baby, während Jessie Allysia hinlegte. »Eines Tages wirst du eine ganz tolle Mutter sein.«

»Vielleicht kriege ich ja auch Zwillinge.« Jessie drehte sich tadelnd zu Daisy um, die zu bellen begonnen hatte. »Pst! Du weckst die Babys auf.«

Doch Daisy hatte das Jagdfieber gepackt. Auf der Flucht und empört miauend, schoss Quigley durch die Hecke in den angrenzenden Garten. Daisy fand dieses Spiel äußerst kurzweilig und raste dem Kater hinterher.

»Ich hole die beiden, Daddy.« Mit noch mehr Lärm als die beiden Tiere zusammen, rannte jetzt auch Jessie los.

»Ich glaube, Hundeschule nützt da nichts mehr«, meinte Boone ergeben und trank den Rest seines Biers. »Eine Irrenanstalt wäre eher angebracht.«

Atemlos folgte Jessie dem Gebell und Gefauche, über den Rasen, die Veranda, um das Haus herum. Als sie Daisy eingeholt hatte, stützte sie entrüstet die Hände in die Hüften und schaute den Hund mit gerunzelter Stirn an.

»Ihr sollt doch Freunde sein. Ana wird es nicht gefallen, wenn du Quigley immer ärgerst.«

Daisy wedelte mit dem Schwanz und bellte noch einmal. Auf der Leiter, die Boone benutzt hatte, um aufs Dach zu kommen, saß Quigley auf halber Höhe und fauchte und zischte.

»Und ihm gefällt es auch nicht, Daisy.« Mit einem schweren Seufzer hockte sie sich neben Daisy und streichelte sie. »Er weiß doch nicht, dass du nur spielen willst und ihm nie wehtun würdest. Aber du machst ihm Angst.« Sie sah die Leiter hoch. »Komm, Miezekatze, komm runter, es ist alles in Ordnung.«

Quigley knurrte nur und kniff die Augen zusammen. Als Daisy allerdings wieder zu bellen begann, sprang er die Leiter noch weiter hinauf.

»Jetzt sieh nur, was du getan hast, Daisy.« Am Fuß der Leiter zögerte Jessie. Ihr Vater hatte ihr verboten, auf die Leiter zu steigen. Aber da hatte er ja auch nicht gewusst, dass Quigley solche Angst haben würde. Vielleicht würde Quigley vom Dach fallen und dann tot sein. Jessie trat zurück, weil sie schnell ihren Vater holen wollte. Aber da miaute Quigley so jämmerlich.

Sie war verantwortlich für Daisy. So war es doch. Und wenn Quigley sich wehtun würde, dann wäre es ihre Schuld.

»Ich komme schon, Kätzchen. Hab keine Angst.« Die Zunge zwischen die Lippen geklemmt, erklomm Jessie die ersten Sprossen. Sie hatte ihrem Vater zugeschaut, wie er es gemacht hatte, und das hatte gar nicht schwer ausgesehen. So wie das Klettern auf der Sprossenwand in der Schule. Oder wenn man die Metallleiter der Rutsche Schritt für Schritt hinaufkletterte.

»Miez-Miez«, lockte sie, kletterte immer höher und kicherte, als Quigley den Kopf übers Dach hinaussteckte. »Du dumme Miezekatze, Daisy will doch nur spielen. Komm, ich trage dich nach unten, keine Sorge.«

Jessie stand fast auf der höchsten Sprosse, als ihr kleiner Fuß plötzlich abrutschte.

»Mhm, riecht das gut«, murmelte Boone. Allerdings schnupperte er an Anas Hals, nicht etwa an dem gegrillten Hühnchen, das sie auf einer Servierplatte auf den Tisch stellte. »Da könnte ich schon dran naschen.«

Nash stieß ihm den Ellbogen in die Rippen. »Wenn du nur küssen willst, dann mach gefälligst Platz. Wir anderen sind nämlich hungrig.«

»Kein Problem.« Boone schlang die Arme um Anas Hüfte – einer rot angelaufenen Ana – und zog sie ein wenig zur Seite, bevor er ihren Mund mit seinen Lippen verschloss. »Die Zeit ist fast um«, murmelte er nach einem sehnsüchtigen Kuss. »Du könntest mich doch auch jetzt schon aus meinem Elend erlösen, und dann …«

Da ertönte Jessies Schrei. Das Herz schlug ihm bis zum Hals, als er über den Rasen hastete und ihren Namen rief. Er sprang über die Hecke, rannte weiter.

»Oh Gott! Oh, mein Gott!«

Alles Blut wich aus seinem Gesicht, als er die gekrümmte kleine Gestalt auf dem Boden liegen sah, ihr Arm in einem unnatürlichen Winkel abgespreizt, ihr Gesicht totenblass.

»Baby!« In Panik kniete er neben ihr nieder. Sie lag so still – selbst in seiner Panik registrierte er diese erschreckende Tatsache. Als er sie aufheben wollte, war da plötzlich überall Blut. Ihr Blut.

»Nicht! Bewege sie nicht!«, befahl Ana und ging neben ihm auf die Knie. Sie atmete schwer, kämpfte mit der kalten Angst, aber ihre Hände legten sich mit eisernem Griff um seine Handgelenke. »Du weißt nicht, welche Verletzungen sie hat. Du könntest ihr mehr schaden, wenn du sie bewegst.«

»Sie blutet.« Vorsichtig legte er die Hände um das Gesicht seiner Tochter. »Jessie, komm schon.« Mit zitternden Fingern suchte er nach dem Puls an ihrem Hals. »Bitte, das kannst du nicht tun. Großer Gott, das darfst du nicht tun. Wir müssen den Notarzt rufen.«

»Das mache ich«, sagte Mel hinter ihnen.

Ana schüttelte den Kopf. »Boone.« Ruhe kam über sie, als sie mit Klarheit wusste, was sie zu tun hatte. »Boone, hör mir zu.« Sie griff ihn bei den Schultern. Fester, als er ihre Hände abschütteln wollte. »Du wirst jetzt zur Seite gehen, damit ich ihr helfen kann.«

»Sie atmet nicht.« Fassungslos starrte er auf sein kleines Mädchen. »Ich glaube, sie atmet nicht mehr. Ihr Arm. Er ist gebrochen.«

Es war viel mehr als nur ein gebrochener Arm, das wusste Ana, auch ohne das Band. Und es blieb keine Zeit mehr für den Notarzt. »Ich kann ihr helfen, aber du musst aus dem Weg gehen.«

»Sie braucht einen Arzt. Um Himmels willen, ruf doch endlich jemand den Notarzt an!«

»Sebastian«, sagte Ana leise. Ihr Cousin trat vor und nahm Boone beim Arm.

»Lass mich gefälligst los!« Boone wollte sich losreißen und fand sich zwischen Nash und Sebastian eingekesselt wieder.

»Was zum Teufel ist eigentlich los mit euch? Wir müssen sie in ein Krankenhaus bringen!«

»Lass Ana tun, was sie kann.« Nash kämpfte mit seiner eigenen Panik und seinem Freund, der sich nicht halten lassen wollte. »Du musst ihr vertrauen, um Jessies willen, lass sie es versuchen, Boone.«

»Ana.« Blass und erschüttert gab Morgana eines ihrer Babys an Mel weiter. »Es ist vielleicht schon zu spät. Du weißt, was mit dir passiert, wenn ...«

»Ich muss es versuchen.«

Zart, ach so zart legte Ana ihre Hände an Jessies Kopf. Sie wartete, bis ihre Atmung tief und ruhig ging. Es war schwer, sehr schwer, Boones Schrecken und Angst zu durchdringen, diese wilden Gefühle zu überkommen, aber sie konzentrierte sich auf das Kind. Allein auf das Kind. Und öffnete sich.

Schmerz. Heiß, brennend, scharf, wie Speere, unendlich viele, schossen in ihren Kopf. Viel zu viel Schmerz für ein kleines Kind. Ana zog ihn aus Jessie heraus, absorbierte ihn, ließ ihren eigenen Körper damit umgehen. Als er selbst für sie zu viel wurde, als er ihre Arbeit zu gefährden drohte, wartete sie, bis er vorbeigegangen war. Dann erst machte sie weiter.

So viele Verletzungen, so viel Schaden, dachte sie, als sie mit den Händen langsam an Jessies Körper herunterstrich. Ein so tiefer Sturz. Ein klares Bild entstand in ihrem Geist. Der Boden, der immer näher kam, die Angst, der plötzliche, harte Aufprall.

Ihre Finger fuhren über die tiefe Wunde in Jessies Schulter, vor ihrem geistigen Auge sah sie das Blut, Unmassen von Blut ... Dann verschwanden die Bilder wieder im Dunkeln.

»Mein Gott.« Boone wehrte sich nicht mehr, er fühlte sich wie betäubt. »Was macht sie da?«

»Sie braucht Ruhe«, murmelte Sebastian. Er ließ Boone los,

trat zurück und fasste Morganas Hand. Sie konnten nichts anderes tun als warten.

Die inneren Verletzungen waren massiv. Schweiß trat auf Anas Stirn, als sie untersuchte, absorbierte, heilte. Sie murmelte einen Singsang vor sich hin, während sie arbeitete, wissend, dass sie die Trance vertiefen musste, wollte sie das Kind retten. Und sich selbst.

Diese Schmerzen! Sie schnitten durch sie, scharf und unbarmherzig, ließen sie erzittern. Ihr Atem wurde flacher, während sie darum kämpfte, zurückzukommen. Unwillkürlich griff sie nach dem Zirkon, den Jessie trug, legte die andere Hand auf das Herz des Kindes.

Als sie den Kopf hob, hatten ihre Augen die Farbe von Gewitterwolken und blickten leer.

Das Licht. Es blendete so. Sie konnte das Kind kaum erkennen, das vor ihr herlief. Sie rief, schrie, wollte rennen, wusste, dass ein winziger Fehler jetzt das Ende bedeuten würde. Für das Kind und für sie.

Sie starrte in das helle Licht und fühlte, wie Jessie ihr immer weiter entglitt.

»Die Gabe ist mein, um zu akzeptieren oder abzulehnen. Die Wahl war mein, vom ersten Tag meines Lebens. Was dieses Kind verletzt, übertragt es mir. So soll es sein.«

Sie schrie auf, spürte, wie sie zerrissen wurde, der Preis, den sie zahlen musste, weil sie sich angeschickt hatte, den Tod zu überlisten. Sie fühlte ihr eigenes Leben schwächer werden, fühlte sich von dem gleißenden Licht angezogen, näher, immer näher. Und dann begann Jessies Herz unter ihrer Hand stockend wieder zu schlagen.

Sie kämpfte, für sie beide, mit aller Macht, die sie besaß.

Boone sah, wie seine Tochter sich regte, sah, wie ihre Wimpern flatterten, während Ana zurücktaumelte.

»Jess… Jessie?« Er sprang vor, riss die Kleine in seine Arme. »Ist alles in Ordnung mit dir?«

»Daddy?« Ihr verwirrter Blick klärte sich. »Bin ich gefallen?«

»Ja.« Schwach vor Erleichterung und Dankbarkeit barg er sein Gesicht an ihrem Hals und wiegte sie in seinen Armen. »Ja, du bist gefallen.«

»Weine doch nicht, Daddy.« Sie streichelte seinen Rücken. »Ich bin doch okay.«

»Lass uns mal nachsehen.« Er holte zitternd Luft, bevor er mit den Händen ihren kleinen Körper abtastete. Da war kein Blut. Kein Blut, kein blauer Fleck, nicht einmal die kleinste Schramme. Wieder drückte er Jessie an sich, während er zu Ana sah, der Sebastian aufstehen half. »Tut dir irgendwas weh, Jessie?«

»Nein …« Sie gähnte und legte den Kopf an seine Schulter. »Ich bin zu Mommy gegangen. Sie sah so hübsch aus in dem Licht. Aber sie sah auch traurig aus, als würde sie gleich weinen, weil ich kam. Und dann war Ana da. Sie nahm mich bei der Hand, und Mommy sah glücklich aus, als sie uns zum Abschied zugewinkt hat. Daddy, ich bin so müde.«

Das Herz schlug ihm im Hals, machte ihm das Sprechen schwer. »Ja, sicher, Baby.«

»Ich werde sie zu Bett bringen«, bot Nash an. Als Boone zögerte, fügte er leise hinzu: »Jessie geht es gut, Ana nicht.« Er nahm das fast schon schlafende Kind auf seine Arme. »Lass dir die Logik nicht im Weg stehen, alter Freund«, sagte er noch, bevor er mit Jessie im Haus verschwand.

»Ich will wissen, was hier los war.« Da er fürchtete, er könnte hysterisch werden, zwang Boone sich, ganz ruhig und deutlich zu sprechen. »Ich will ganz genau wissen, was hier abgelaufen ist.«

»Also gut.« Ana drehte sich zu ihrer Familie um. »Wenn ihr uns einen Augenblick allein lassen würdet … Ich möchte

Boone …« Weiter kam sie nicht, die Welt um sie herum wurde schwarz. Fluchend fing Boone sie auf, bevor sie zu Boden fallen konnte.

»Was zum Teufel geht hier vor?« Er hielt Ana auf den Armen, erschreckt, wie blass und gläsern ihr Gesicht wirkte. »Was hat sie mit Jessie gemacht? Und was hat sie sich selbst angetan?«

»Sie hat das Leben Ihrer Tochter gerettet«, sagte Sebastian. »Und ihr eigenes riskiert.«

»Sei still, Sebastian«, murmelte Morgana. »Er hat schon genug durchgemacht.«

»Er?«

»Ja, er.« Sie legte ihrem Cousin eine Hand auf den Arm, um ihn zurückzuhalten. »Boone, Ana braucht jetzt sehr viel Ruhe. Wenn Sie möchten, können Sie sie nach Hause bringen. Einer von uns wird bei ihr bleiben und sich um sie kümmern.«

»Sie bleibt hier bei mir.« Er drehte sich um und trug Ana vorsichtig ins Haus.

Sie schwebte, wandelte zwischen Welten ohne Farbe. Da war jetzt kein Schmerz mehr, da war überhaupt kein Gefühl mehr. Sie war körperlos wie Nebel. Ein- oder zweimal hörte sie Sebastian und Morgana, die in ihren Geist geglitten waren, um ihr Halt und Zuversicht zu geben. Andere waren dazugekommen, ihre Eltern, ihre Tanten und Onkel. Und noch andere. Doch sie hatte keine wirklichen Empfindungen zu alldem.

Nach einer langen, langen Reise spürte sie, wie sie zurückkam. Farbtupfer, Konturen erschienen in der öden Welt. Reize begannen auf ihrer Haut zu prickeln. Sie seufzte – der erste Laut, den sie in den letzten vierundzwanzig Stunden von sich gegeben hatte. Dann öffnete sie die Augen.

Boone beobachtete sie, wie sie zurückkam. Automatisch erhob er sich von dem Stuhl neben ihrem Bett, um die Medizin zu holen, die Morgana ihm dagelassen hatte. »Hier.« Er stützte Ana und hielt ihr die Tasse an die Lippen. »Trink das.«

Sie gehorchte, als sie den Geruch und den Geschmack erkannte. »Jessie?«

»Ihr geht es gut. Nash und Morgana haben sie vorhin abgeholt. Jessie bleibt über Nacht bei ihnen.«

Sie nickte und trank noch einen Schluck. »Wie lange habe ich geschlafen?«

»Geschlafen?« Dieser sehr verharmlosende Ausdruck ließ ihn trocken auflachen. Konnte man diesen komaähnlichen Zustand, in dem sie sich befunden hatte, überhaupt schlafen nennen? »Du warst für sechsundzwanzig Stunden bewusstlos.« Er sah auf seine Uhr. »Und dreißig Minuten.«

Die längste Reise, die sie je zurückgelegt hatte. »Ich muss meine Familie anrufen und ihr Bescheid sagen, dass alles in Ordnung mit mir ist.«

»Das kann ich machen. Möchtest du etwas essen?«

»Nein.« Sie versuchte sich nicht von seinem distanzierten, höflichen Ton verletzen zu lassen. »Dieser Tee hier ist im Moment alles, was ich brauche.«

»Ich komme in einer Minute wieder zurück.«

Kaum dass sie allein war, schlug sie die Hände vors Gesicht. Es war ihre eigene Schuld. Sie hatte ihn nicht vorbereitet, hatte es schleifen lassen, und dann hatte das Schicksal übernommen. Mit einem müden Seufzer quälte sie sich aus dem Bett und zog sich an.

»Was zum Teufel machst du da?«, wollte Boone ärgerlich wissen, als er zurückkam. »Du sollst dich ausruhen.«

»Ich habe genug geruht.« Ana starrte auf ihre Finger, die sorgfältig jeden einzelnen Knopf der Bluse schlossen. »Außerdem wäre ich sowieso bald auf den Beinen, wenn wir darüber reden wollen.«

Seine Nerven begannen zu vibrieren, aber er nickte nur. »Schön. Wie du willst.«

»Können wir nach draußen gehen? Ich brauche frische Luft.«

»Sicher.« Er nahm ihren Arm und führte sie die Stufen hinunter und auf die Veranda hinaus. Sobald er ihr in den Stuhl geholfen hatte, holte er eine Zigarette hervor und zündete sie sich an. Seit er Ana nach oben getragen hatte, hatte er kein Auge zugetan und hauptsächlich von Zigaretten und Kaffee gelebt. »Wenn du dich kräftig genug dazu fühlst, hätte ich gern eine Erklärung.«

»Ich werde versuchen, dir eine zu geben. Es tut mir leid, dass ich es dir nicht früher gesagt habe.« Ana verschränkte die Hände im Schoß. »Ich wollte es, aber ich habe nie den richtigen Weg gefunden. Vielleicht ist jetzt der Zeitpunkt gekommen.«

»Geradeheraus ist immer am besten«, sagte er und inhalierte tief den Rauch.

»Nun gut. Ich stamme von einer sehr alten Linie ab, sowohl mütterlicher- als auch väterlicherseits. Eine andere Kultur, wenn du so möchtest. Weißt du, was ›Wicca‹ bedeutet?«

Etwas Kaltes strich über seine Haut, aber es konnte nur die Nachtluft sein. »Hexerei.«

»Genau genommen heißt es ›weise‹. Aber Hexerei erklärt es auch.« Sie sah auf, ihr klarer grauer Blick traf auf seinen müden aus umschatteten Augen. »Ich bin eine geborene Hexe, von Geburt an mit empathischen Kräften befähigt, die es mir gestatten, ein emotionales und physisches Band zu anderen zu knüpfen. Meine Gabe ist die des Heilens.«

Boone tat einen langen Zug von seiner Zigarette. »Du sitzt also da, siehst mir ins Gesicht und willst mir erzählen, dass du eine Hexe bist.«

»Ja.«

Wütend warf er die Zigarette fort. »Was für ein Spielchen ist das, Ana? Nach allem, was hier gestern Abend passiert ist, verdiene ich da nicht eine vernünftige Erklärung?«

»Du verdienst die Wahrheit. Du magst es nicht für vernünftig halten.« Sie hob abwehrend die Hand, bevor er sprechen konnte. »Wie würdest du es denn erklären?«

Er öffnete den Mund, schloss ihn wieder. Darüber zerbrach er sich jetzt schon seit über vierundzwanzig Stunden den Kopf und hatte keine befriedigende Antwort gefunden. »Ich kann es nicht erklären. Aber das heißt nicht, dass ich dir diesen Unsinn abkaufe.«

»Nun gut.« Sie stand auf, legte eine Hand auf seine Brust. »Du bist erschöpft. Du hast kaum geschlafen. In deinem Kopf hämmert es unerträglich, und dein Magen fühlt sich an, als lägen Steine darin.«

Er hob verächtlich eine Augenbraue. »Man muss keine Hexe sein, um sich das denken zu können.«

»Nein.« Bevor er zurückweichen konnte, legte sie eine Hand an seine Stirn, die andere auf seinen Magen. »Besser?«, fragte sie nach einem kurzen Augenblick.

Er musste sich setzen, aber er fürchtete, nie wieder aufstehen zu können. Sie hatte ihn nur berührt, mehr nicht, aber jeglicher Schmerz und alles Unwohlsein waren verschwunden. »Was ist das? Hypnose?«

»Nein. Boone, sieh mich an.«

Er tat es, und was er sah, war eine Fremde mit blondem Haar, das der Wind ihr aus dem Gesicht wehte. Die Zauberin aus Bernstein, dachte er wie betäubt. Kein Wunder, dass ihn die kleine Statue an sie erinnert hatte.

Ana sah den Schock in seinen Augen, sah, dass er begann zu glauben. »Als du mich batest, dich zu heiraten, habe ich mir

Zeit von dir ausgebeten. Damit ich mir überlegen kann, wie ich es dir sagen soll. Ich hatte Angst.« Sie ließ die Hände sinken. »Angst davor, du würdest mich ansehen, wie du mich jetzt ansiehst. Als würdest du mich nicht kennen.«

»Das ist doch alles Quatsch. Sieh mal, ich schreibe dieses Zeugs und verdiene gut damit, aber ich kann Märchen und Realität unterscheiden.«

»Meine Gabe fürs Zaubern ist sehr begrenzt.« Trotzdem griff sie in ihre Tasche, in der sie immer Kristalle bei sich trug. Ohne den Blick von Boone zu nehmen, hielt sie sie auf der ausgestreckten Handfläche. Langsam, ganz langsam begannen sie zu glühen. Das Violett des Amethysts wurde tiefer, das Pink des Rosenquarzes leuchtender, das Grün des Malachits intensiver. Dann hoben sie sich von der Handfläche ab, stiegen höher, Zentimeter um Zentimeter, drehten sich wie hell leuchtende Planeten im Raum. »Morgana ist in diesen Dingen bewanderter als ich.«

Boone starrte auf die kreisenden Steine und suchte nach einer logischen Erklärung. »Morgana ist auch eine Hexe?«

»Wir sind Cousinen«, sagte Ana einfach.

»Was Sebastian als deinen Cousin …«

»Sebastians Gabe ist die des Sehens.«

Er wollte nicht glauben. Aber er konnte auch nicht abtun, was er mit eigenen Augen sah. »Deine Familie …«, setzte er an. »Die Zaubertricks deines Vaters …«

»Nichts anderes als Magie.« Sie pflückte die Kristalle aus der Luft und ließ sie in ihre Tasche zurückgleiten. »Ich sagte dir doch, er ist sehr talentiert. So wie alle von ihnen, jeder auf seine Weise. Wir sind Hexen und Zauberer, wir alle.« Sie wollte seine Hand nehmen, doch er zuckte zurück. »Tut mir leid.«

»Es tut dir leid?« Bis ins Mark erschüttert, fuhr er sich mit beiden Händen durchs Haar. Das musste ein Traum sein. Ein

Albtraum. Aber er stand doch hier, auf seiner Veranda, spürte den Wind auf der Haut, hörte das Rauschen des Meeres. »Das ist gut. Wirklich gut. Was tut dir leid, Ana? Dass du das bist, was du bist? Oder dass du es nicht für nötig befunden hast, dieses kleine Detail zu erwähnen?«

»Ich schäme mich nicht für das, was ich bin.« Der Stolz half ihr, sich gerade zu halten. »Es tut mir leid, dass ich mir Ausreden habe einfallen lassen, anstatt es dir gleich zu Beginn zu sagen. Und am meisten tut es mir leid, dass du mich nicht mehr so ansehen kannst, wie du mich noch vor einem Tag angesehen hast.«

»Was hattest du denn erwartet? Soll das einfach so an mir abperlen, als wäre es unwichtig? Soll ich so weitermachen, als wäre nichts geschehen? Mir nichts, dir nichts akzeptieren, dass die Frau, die ich liebe, eine Figur aus den Geschichten ist, die ich mir einfallen lasse?«

»Ich bin genau die Gleiche, die ich auch gestern war und die ich morgen sein werde.«

»Eine Hexe.«

»Ja.« Sie verschränkte die Arme vor der Brust. »Eine Hexe, geboren mit der Gabe. Weder vergifte ich Äpfel, noch locke ich Kinder in mein Pfefferkuchenhaus.«

»Das soll mich wohl beruhigen.«

»Diese Kraft habe nicht einmal ich. Wir alle sind verantwortlich für unser eigenes Schicksal.« Sie sagte es, obwohl sie wusste, dass er ihr Schicksal in seinen Händen hielt. »Die Wahl liegt allein bei dir.«

Er bemühte sich, die Neuigkeit zu erfassen, irgendwie zu verarbeiten, aber er konnte nicht. »Du brauchtest Zeit, um es mir zu sagen. Nun, bei Gott, ich brauche Zeit, um herauszufinden, was ich jetzt tun soll.« Er begann, auf und ab zu marschieren, blieb dann wie vom Donner gerührt stehen. »Jessie. Jessie ist bei Morgana.«

Ana spürte, wie ihr Herz noch ein Stückchen mehr brach. »Oh ja, bei meiner Cousine, der Hexe.« Eine einzelne Träne lief aus ihrem Auge, über ihre Wange. »Was, denkst du wohl, wird Morgana tun? Sie mit einem Fluch belegen und sie in einen Turm einsperren?«

»Ich weiß nicht mehr, was ich denken soll. Herrgott im Himmel, ich befinde mich mitten in einem Märchen! Was soll ich denn da denken!«

»Was immer du willst«, erwiderte Ana resigniert. »Ich kann nicht ändern, was ich bin, und ich werde es auch nicht. Nicht einmal für dich. Aber ich werde nicht hier stehen bleiben und deinen Blick auf mir ertragen, als wäre ich irgendwie monströs und abscheulich.«

»Das stimmt doch gar ni…«

»Soll ich dir sagen, was du fühlst?« Eine weitere Träne fiel. »Du fühlst dich betrogen, wütend, verletzt. Und misstrauisch. Dieses Misstrauen lässt dich fragen, was ich bin, was ich tun kann, was ich tun werde.«

»Meine Gefühle gehen nur mich etwas an«, knurrte er. »Ich will nicht, dass du auf diese Art in mich blickst.«

»Ich weiß. Aber wenn ich jetzt einen Schritt vor machen würde, als Frau, würdest du nur einen Schritt zurückweichen. Das werde ich uns beiden ersparen. Gute Nacht, Boone.«

Als sie die Verandastufen hinunterlief und nach und nach in der Dunkelheit verschwand, brachte er es nicht über sich, sie zurückzurufen.

12. Kapitel

»Ich kann mir vorstellen, dass du ein wenig durcheinander warst.« Nash lehnte lässig am Geländer von Boones Veranda, genoss das Bier und die kühle Abendbrise.

»›Ein wenig durcheinander‹ reicht da wohl kaum aus«, brauste Boone auf. »Weißt du, vielleicht bin ich einfach zu kleingeistig und engstirnig, aber … herauszufinden, dass die Lady von nebenan eine Hexe ist, hat mich aus den Schuhen gehauen.«

»Vor allem, weil du in diese Lady von nebenan verliebt bist.«

»Stimmt. Ich hätte es nicht geglaubt, wer würde das schon? Aber ich habe gesehen, was sie mit Jessie gemacht hat. Und dann habe ich zurückgeblickt und zwei und zwei zusammengezählt.« Boone lachte trocken auf. »Manchmal wache ich mitten in der Nacht auf und denke mir, ich habe das alles nur geträumt.« Er ging zum Geländer und lauschte auf die Wellen. »Das kann alles nicht wahr sein, es ist einfach unvorstellbar.«

»Warum denn nicht? Komm schon, Boone, es ist doch unser Geschäft, den Rahmen ein wenig zu dehnen.«

»Das hier sprengt den Rahmen aber in kleinste Fetzen! Was wir tun, Nash, gehört in Bücher, in Filme. Nicht ins wahre Leben.«

»Aber jetzt ist es mein Leben.«

Boone stieß laut die Luft aus den Lungen. »Ja, wahrscheinlich. Aber hast du dich nie … ich meine, machst du dir nie Gedanken deswegen? Das kannst du mir doch nicht ernsthaft erzählen.«

»Doch, habe ich, anfangs. Zuerst dachte ich, sie nimmt mich auf den Arm, bis ich in der Luft schwebe.« Bei der Erinnerung grinste Nash vor sich hin, während Boone die Augen schloss. »Morgana ist nicht unbedingt der subtile Typ. Nachdem mir erst einmal klar geworden war, dass alles im grünen Bereich liegt, war es richtig spannend, das kann ich dir sagen.«

»Spannend also«, wiederholte Boone ohne rechte Überzeugung in der Stimme.

»Ja. Ich meine, mein ganzes Leben erfinde ich Geschichten über solche Sachen, und dann heirate ich eine waschechte Hexe, mit Elfenblut und allem Drum und Dran.«

»Elfenblut.« Allein das Wort setzte einen Wirbel von Gedanken in Boones Kopf in Gang. »Und das stört dich nicht?«

»Wieso sollte es? Das ist es doch, was sie ausmacht, und ich liebe sie. Bei den Kindern mache ich mir allerdings doch ein paar Gedanken. Ich meine, wenn die erst mal so weit sind, bin ich in der Minderheit. Und das kann dann ganz schön anstrengend werden.«

»Die Zwillinge.« Boone zwang sich, den Mund nicht offen stehen zu lassen. »Du meinst, diese Babys sind auch …«

»Aber ja. Also wirklich, Boone, sie werden schon keine Warzen bekommen. Sie werden einfach nur ein kleines Extra haben. Mel ist übrigens auch schwanger. Sie hat es gerade erst bestätigt bekommen. Und sie ist die realistischste und nüchternste Frau, der ich je begegnet bin. Dabei weiß sie Sebastian zu nehmen, als hätte sie ihr ganzes Leben nur mit Telepathen zu tun gehabt.«

»Was willst du mir damit sagen, Nash? ›Stell dich nicht so an, Boone, nimm's locker‹?«

Nash ließ sich auf der Bank nieder. »Ich weiß, dass es einfach ist.«

»Eines möchte ich dich noch fragen ... Wie lange wart ihr zusammen, als Morgana dir von ihrem – wie soll man es nennen? – ihrem Erbe erzählt hat?«

»Eigentlich direkt von Anfang an. Ich betrieb Nachforschungen für mein Skript und hatte von ihr gehört. Du weißt doch, die Leute kommen mit ihren seltsamen Geschichten immer zu mir. Natürlich glaubte ich kein Wort davon, aber ich dachte mir, es würde ein gutes Interview abgeben. Und als ...«

»Und wie war das bei Mel und Sebastian?«

»So genau weiß ich das nicht, aber sie traf ihn, weil eine Klientin darauf bestand, einen Telepathen anzuheuern.« Nash starrte nachdenklich in sein Bier. »Ich weiß, worauf du hinauswillst, und da hast du nicht ganz unrecht. Vielleicht hätte sie es dir eher sagen sollen.«

Boone lachte bitter. »Vielleicht?«

»Na schön, sie hätte es eher tun müssen. Aber du kennst nicht die ganze Geschichte. Morgana hat mir erzählt, dass Ana sich vor ein paar Jahren in diesen Typen verliebt hatte, da muss sie ungefähr Anfang zwanzig gewesen sein. Sie war völlig verrückt nach ihm. Er war wohl Assistenzarzt an irgendeinem Krankenhaus, und sie glaubte, sie könnten zusammenarbeiten, dass sie ihm helfen könnte. Also hat sie ihm alles gesagt. Woraufhin er ihr den Laufpass gab, und zwar ziemlich brutal. Da sie durch ihre empathischen Fähigkeiten sehr heftig auf – nun, sagen wir mal – schlechte Schwingungen reagiert, war sie ziemlich fertig. Sie beschloss, ihren Weg allein zu gehen.« Als Boone beharrlich schwieg, explodierte Nash. »He, Mann, ich kann dir weder sagen, was du tun sollst, noch, was du fühlen sollst. Aber ich kann dir versichern, dass Ana nie etwas tun würde, das Jessie oder dich verletzt. Dazu wäre sie gar nicht in der Lage.«

Boone sah zum Nachbarhaus hinüber. Die Fenster waren nicht erleuchtet, schon seit einer Woche brannte kein Licht mehr. »Wo ist sie?«

»Sie brauchte Abstand, wollte mal raus. Wollte jedem genug Raum zum Atmen geben.«

»Seit jenem Abend, an dem sie es mir gesagt hat, habe ich sie nicht mehr gesehen. Die ersten Tage danach dachte ich, es wäre besser, wenn ich ihr eine Weile aus dem Weg gehen würde.« Das schlechte Gewissen meldete sich. »Ich habe sogar Jessie von ihr ferngehalten. Dann, vor ungefähr einer Woche, ist sie verschwunden.«

»Sie ist in Irland. Aber sie hat gesagt, sie kommt vor Weihnachten wieder zurück.«

Weil er sich seiner Gefühle immer noch nicht sicher war, nickte Boone nur. »Ich habe mir gedacht, ich könnte mit Jessie für ein paar Tage nach Indiana fahren. Vielleicht kriege ich diese Sache irgendwie in meinen Kopf, bis wir wieder zurück sind.«

»Heiligabend.« Padrick schmeckte den Punsch ab, schnalzte anerkennend mit der Zunge und seufzte. »Es gibt keine schönere Nacht im ganzen Jahr.« Er füllte einen Becher und reichte ihn seiner Tochter. »Das bringt Farbe auf deine Wangen, mein Liebling.«

»Und Feuer in mein Blut, so, wie du ihn immer machst.« Sie lächelte und probierte. »Ist es nicht unglaublich zu sehen, wie groß die Zwillinge in der kurzen Zeit schon geworden sind?«

»Aye.« Er ließ sich von ihrer heiteren Stimme nicht täuschen. »Ich kann es einfach nicht ertragen, meine Prinzessin so traurig zu sehen.«

»Ich bin nicht traurig.« Ana drückte seine Hand. »Wirklich, Dad, mir geht es gut.«

»Wenn du möchtest, verwandle ich ihn in einen violetten Esel für dich. Es wäre mir ein Vergnügen.«

Da sie wusste, dass er das Angebot durchaus ernst meinte, küsste sie ihn auf die Nasenspitze. »Du hast mir versprochen, nicht mehr darüber zu reden, wenn wir erst hier sind.«

»Aye, aber …«

»Ein Versprechen«, erinnerte sie ihn und ging zum Herd, um ihrer Mutter zu helfen.

Sie war froh, dass ihr Haus voll mit den Menschen war, die sie liebte, mit dem Lärm des Familienlebens. Gerüche hingen in der Luft, die sie immer mit den festlichen Tagen in Verbindung gebracht hatte – Zimt, Muskat, Preiselbeeren, Tannenduft. Als sie vor ein paar Tagen wieder nach Hause gekommen war, hatte sie sich in die Vorbereitungen gestürzt. Der Baum musste geschmückt, Geschenke eingepackt, Kekse gebacken werden. Alles, was ihre Gedanken von der Tatsache ablenkte, dass Boone nicht da war.

Dass er seit über einem Monat kein Wort mit ihr gesprochen hatte.

Sie würde überleben. Sie hatte ihre Entscheidung bereits getroffen. Und sie weigerte sich, sich die Festtage mit ihrer Familie verderben zu lassen.

»Wir freuen uns darauf, dich wieder bei uns in Irland zu haben, Ana.« Maureen küsste ihre Tochter auf die Stirn. »Wenn es das ist, was du wirklich willst.«

»Ich habe Irland vermisst«, sagte sie nur. »Die Gans müsste fast fertig sein.« Ana öffnete die Ofentür und schnupperte. »Zehn Minuten vielleicht noch. Ich sehe nach, ob der Tisch fertig gedeckt ist.«

»Sie will nicht einmal darüber reden«, sagte Maureen besorgt zu ihrem Mann, als Ana zur Küche hinausgeschlüpft war.

»Ich würde diesen jungen Mann am liebsten auf eine nette kleine Insel schicken – irgendwo in der Arktis. Nur für einen Tag, vielleicht auch zwei. Vielleicht kommt er dann zur Vernunft.«

»Wenn Ana nicht so empfindlich in diesen Dingen wäre, könnte ich auch einen Trank brauen, der ihn ihr auf ewig ergeben macht.«

Padrick tätschelte seiner Frau liebevoll den Po. »Ach, dafür hast du schon immer ein Händchen gehabt, meine Liebste. Der Junge wüsste gar nicht, wie ihm geschieht – wobei das eigentlich das Beste wäre, was ihm und seinem süßen Kind passieren könnte.« Er seufzte und arbeitete sich mit kleinen Küssen den Arm seiner Frau hinauf. »Ana würde uns das nie verzeihen. Wir werden es sie wohl auf ihre eigene Weise machen lassen müssen. Unsere Tochter weiß schon, was sie will.«

Frustriert von einem langen Tag mit verspäteten Flügen und endlosen Wartezeiten, knallte Boone die Wagentür zu. Er wünschte sich nichts weiter als ein heißes Bad und mindestens acht Stunden Schlaf.

Aber sollte der Weihnachtsmann vor dem Morgen noch auftauchen, hatte Boone Sawyer noch eine ganze Menge zu tun.

»Komm, Jess.« Er rieb sich übers Gesicht. Seit zwölf Stunden waren sie jetzt unterwegs, davon sechs Stunden Däumchen drehen auf Flughäfen. »Lass uns die Koffer hineinbringen.«

»Ana ist zu Hause.« Jessie zog an seinem Arm und zeigte auf die hell erleuchteten Fenster. »Sieh nur, Daddy. Da ist Morganas Auto und Sebastians, und da steht außerdem auch ein ganz großes schwarzes Auto. Alle sind sie bei Ana.«

»Ich sehe es.« Und sein Herz schlug ein wenig schneller. Als er jedoch das »Zu verkaufen«-Schild auf dem Rasen vor dem Haus sah, stockte sein Herzschlag.

»Können wir nicht rübergehen und frohe Weihnachten wünschen? Bitte, Daddy. Ana fehlt mir.« Sie legte die kleinen Finger um den Zirkon, den sie trug. »Bitte, Daddy.«

»Sicher.« Wütend starrte er auf das Schild und fasste seine Tochter bei der Hand. »Ja, wir werden frohe Weihnachten wünschen. Und zwar jetzt sofort.«

So. Sie wollte also wegziehen, ja? Das Haus verkaufen, wenn er nicht hinschaute, und davonlaufen, ja? Einfach so. Na, das würden sie ja sehen!

»Daddy, du läufst viel zu schnell.« Jessie musste rennen, um mit ihm Schritt zu halten. »Und du zerquetschst meine Hand.«

»Entschuldige.« Boone atmete tief durch. Er hob Jessie schwungvoll auf seine Arme und hastete weiter, nahm zwei Stufen auf einmal zur Haustür hoch. Sein Klopfen an der Tür war äußerst gebieterisch.

Padrick war derjenige, der die Tür aufzog, das Gesicht mit einem langen weißen Rauschebart bedeckt, eine rote Zipfelmütze auf dem fast kahlen Kopf. Sobald er Boone erblickte, erstarb das lustige Funkeln in seinen Augen.

»Sieh an, was man so alles vor der Haustür findet. Sind Sie mutig genug, um es mit uns allen aufzunehmen? Wir sind nämlich lange nicht so höflich wie Ana.«

»Ich möchte sie gern sehen.«

»Ach, wirklich? Rühren Sie sich nicht von der Stelle.« Jessie schenkte er sein freundlichstes Lächeln. »Sieht aus, als hätte ich endlich meine Elfe gefunden. Ich sag dir was, Mädchen. Renn schnell hinein, und sieh mal unter dem Christbaum nach, ob da nicht vielleicht ein Päckchen mit deinem Namen liegt.«

»Darf ich?« Jessie umarmte Padrick stürmisch, dann sah sie zu ihrem Vater. »Darf ich? Bitte?«

»Natürlich.« Wie auch bei Padrick erstarb Boones Lächeln in dem Moment, als Jessie außer Sichtweite war. »Ich kam, um mit Ana zu reden, Mr. Donovan.«

»Sie können mit mir reden. Was würden Sie davon halten, wenn jemand das Herz Ihrer Jessie stehlen und dann so einfach in der Hand zerdrücken würde?« Obwohl er gut einen Kopf kleiner war als Boone, hob Padrick die Fäuste und machte einen Schritt auf Boone zu. »Ich werde nichts anderes als diese hier benutzen. Sie haben mein Ehrenwort als Zauberer. Und jetzt stellen Sie sich endlich dem Kampf.«

Boone wusste nicht, ob er lachen oder zurückweichen sollte. »Mr. Donovan ...«

»Hier kommt der erste Hieb.« Padrick reckte das bärtige Kinn vor und erinnerte an einen sehr wütenden Weihnachtsmann. »Sie kriegen nur, was Sie verdienen. Ich habe mir anhören müssen, wie meine Tochter über Typen wie Sie geweint hat, nächtelang, und es hat mein Blut zum Brodeln gebracht. Da habe ich mir gesagt: ›Padrick, wenn du diesem Wurm jemals von Angesicht zu Angesicht gegenüberstehen solltest, wirst du ihn fertigmachen.‹ Das ist eine Sache der Ehre.« Er holte aus, schlug zu, drehte sich einmal um die eigene Achse und verfehlte Boone um gute dreißig Zentimeter. »Sie hat nicht zugelassen, dass ich dem anderen schleimigen Kerl was angetan habe, als er ihr Herz gebrochen hat. Aber dafür habe ich jetzt ja Sie!«

»Mr. Donovan.« Boone versuchte es erneut und wich den Schlägen aus. »Ich will Ihnen nicht wehtun.«

»Tun Sie mir weh! Los, tun Sie mir weh.« Padrick tänzelte, angefeuert durch die Beleidigung. Die Zipfelmütze rutschte ihm über die Augen. »Ich könnte Ihnen die Haut über die Ohren ziehen. Ich könnte Ihnen einen Eselskopf anhexen. Ich könnte ...«

»Daddy!«

Mit diesem einen Wort unterbrach Ana die wütenden Drohungen ihres Vaters.

»Geh wieder rein zu den anderen, Prinzessin. Das hier ist Männersache.«

»Ich werde nicht zulassen, dass du dich am Heiligen Abend auf meiner Türschwelle prügelst. Daddy, geh einfach zurück zu den anderen.«

»Dann schicke ich ihn eben zum Nordpol. Nur für eine Stunde oder zwei. Das wäre sehr passend.«

»Das wirst du nicht tun.« Sie trat hinter ihren Vater und legte eine Hand auf seine Schulter. »Geh hinein, und benimm dich, oder ich werde Morgana zur Hilfe holen.«

»Pah! Mit einer Hexe, die nur halb so alt ist wie ich, werde ich noch lange fertig.«

»Du weißt, wie hinterhältig sie sein kann.« Ana küsste ihn auf die Wangen. »Bitte, Dad. Tu es für mich.«

»Ich konnte dir noch nie etwas abschlagen«, murmelte er. Dann wandte er sich wieder mit funkelnden Augen an Boone. »Wenn Sie sich mit einem Donovan anlegen, legen Sie sich mit allen Donovans an.« Mit einem hoheitsvollen Schnauben ging er ins Haus.

»Tut mir leid«, begann Ana und setzte ihr liebenswürdigstes Lächeln auf. »Er hatte schon immer einen ausgeprägten Beschützerinstinkt.«

»Das war zu sehen.« Da er sich nun doch nicht prügeln musste, fiel ihm nichts anderes ein, als die Hände in die Taschen zu stecken. »Ich wollte … wir wollten fröhliche Weihnachten wünschen.«

»Das hat Jessie schon getan.« Schweigen. »Du kannst gern hereinkommen, einen Becher Punsch trinken.«

»Ich will nicht stören. Deine ganze Familie ist da.« Er verzog die Lippen, und fast konnte man es als Grinsen durchgehen lassen. »Außerdem habe ich keine Lust, mein Leben zu riskieren.«

Jetzt schwand das Lächeln innerhalb einer Sekunde aus ihren Augen. »Er hätte dich nie wirklich verletzt. Das ist nicht unsere Art.«

»So meinte ich das nicht …« Was sollte er nur zu ihr sagen? »Ich kann es ihm nicht verübeln, dass er wütend ist, und ich möchte weder dich noch deine Familie stören. Wenn du es lieber sähst, dass ich …« Er wandte den Kopf, und sein Blick fiel auf das Schild auf dem Rasen. Was ihn daran erinnerte, weshalb er hier war. »Was zum Teufel soll das?«

»Ist das nicht ersichtlich? Ich verkaufe das Haus. Ich habe beschlossen, nach Irland zurückzukehren.«

»Irland? Du glaubst, du kannst einfach alles hinschmeißen und sechstausend Meilen weit wegziehen?«

»Ja, das glaube ich. Boone, tut mir leid, aber das Dinner ist fast fertig, und ich muss jetzt wieder hinein. Wenn du möchtest, kannst du gerne mit uns essen.«

»Wenn du nicht sofort mit dieser verdammten Höflichkeit aufhörst, werde ich …« Er hielt sich zurück. »Ich will nicht essen«, presste er zwischen den Zähnen hervor. »Ich will mit dir reden.«

»Dazu ist nicht die Zeit.«

»Dann nehmen wir uns die Zeit.«

Er schob sie über die Schwelle ins Haus hinein. Im gleichen Moment kam Sebastian in die Diele.

Er legte Ana eine Hand auf die Schulter und warf Boone einen warnenden Blick zu. »Gibt es hier ein Problem, Anastasia?«

»Nein. Ich habe Boone und Jessie zum Dinner eingeladen, aber er kann nicht bleiben.«

»Zu schade aber auch.« Sebastian lächelte tückisch. »Nun, Sawyer, wenn Sie uns dann entschuldigen wollen …«

Boone schlug die Tür hinter sich zu. Der Knall ließ jegliches Gelächter und Gespräch verstummen. Alle Augenpaare starrten in ihre Richtung. Boone bemerkte es kaum, genauso wenig wie er bemerkte, dass Sebastians Augen jetzt vor Heiterkeit geradezu leuchteten.

»Geht mir aus dem Weg«, sagte Boone ganz leise. »Jeder von euch. Mir ist egal, wer oder was ihr seid.« Er war bereit, eine ganze Flottille von Drachen zum Kampf herauszufordern, als er Anas Hand griff. »Du kommst mit mir. Und zwar jetzt sofort, auf der Stelle.«

»Meine Familie …«

»Kann verdammt noch mal warten!« Und damit riss er die Tür auf und Ana nach draußen.

Unter einem Zweig des Weihnachtsbaumes saß Jessie und schaute mit erschreckten Augen auf. »Ist Daddy böse auf Ana?«

»Nein.« Was sie gesehen hatte, reichte Maureen aus, um das kleine Mädchen glücklich in ihre Arme zu schließen. »Ich glaube, die beiden überlegen sich gerade ein weiteres Weihnachtsgeschenk für dich. Und ich glaube auch, dass dir das am allerbesten gefallen wird. Hab nur ein bisschen Geduld.«

Draußen musste Ana sich anstrengen, um mitzuhalten. »Hör auf, mich herumzuzerren, Boone!«

»Ich zerre dich nicht herum«, knurrte er und zog sie unsanft weiter.

»Ich will nicht mit dir gehen.« Sie fühlte Tränen aufsteigen, obwohl sie davon überzeugt gewesen war, keine mehr übrig zu haben. »Ich mache diesen Unsinn nicht noch einmal durch.«

»Du bildest dir ein, du kannst so ein blödes Schild im Garten aufstellen und damit ist alles gelöst?« Das Mondlicht zeigte ihm den Weg zu den Stufen im Fels, die hinunter zum Strand führten. »Erst lässt du die Bombe platzen, und dann trittst du den Rückzug nach Irland an?«

»Ich kann tun und lassen, was ich will.«

»Hexe oder nicht, das solltest du dir besser noch mal überlegen.«

»Du hast doch gar nicht mehr mit mir reden wollen.«

»Jetzt rede ich doch, oder?«

»Aber ich will nicht mehr mit dir reden.« Sie riss sich los und begann den Aufstieg zurück.

»Dann wirst du mir zuhören.« Er erwischte sie an der Hüfte und warf sie sich unzeremoniell über die Schulter. »Und das machen wir schön weit vom Haus entfernt, damit deine Familie mir nicht im Nacken sitzt.« Als er unten angekommen war, stellte er sie auf die Füße. »Einen Schritt«, warnte er, »nur ein Schritt, und ich zerre dich zurück.«

»Diese Befriedigung gönne ich dir nicht.« Um Tränen zu bekämpfen, war Wut das beste Mittel. »Du willst reden? Fein. Sag, was du sagen musst, und dann bin ich an der Reihe. Ich verstehe deine Haltung, was unsere Beziehung angeht. Aber es bekümmert mich zutiefst, dass du es für notwendig ansiehst, Jessie von mir fernzuhalten.«

»Das habe ich nie …«

»Streite es nicht ab. Du hast sie tagelang zu Hause gehalten.« Ana hob eine Handvoll Kiesel auf und warf sie weit hinaus ins Meer. »Du willst ja schließlich nicht, dass deine kleine Tochter zu viel mit einer Hexe zu tun hat, was?« Sie wirbelte zu ihm herum. »Herrgott, Boone, was glaubst du denn von mir? Meinst du, ich mäste sie und reibe mir heimlich die Hände, weil ich sie in den Ofen schieben will? Und den kleinen Hund am besten gleich mit?«

Seine Lippen zuckten. Er streckte die Hand aus, wollte sie

berühren, aber sie wich zurück. »Du kannst mir ruhig etwas mehr zutrauen, Ana.«

»Das hatte ich. Vielleicht später, als ich hätte sollen, aber ich habe dir mehr zugetraut. Doch du hast dich abgewandt. Genau so, wie ich es vorausgesehen hatte.«

»Vorausgesehen?« Auch wenn es ihn zu langweilen begann – er zog sie wieder zu sich herum. »Woher wusstest du, wie ich reagieren würde? Hast du in deine Kristallkugel geguckt? Oder hast du deinen Cousin gebeten, einen kleinen Spaziergang durch meinen Kopf zu machen?«

»Weder noch«, brachte sie mit dem letzten Rest von Haltung heraus. »Das wäre unfair gewesen. Ich wusste, dass du dich abwenden würdest, weil …«

»Jemand anders es schon einmal getan hat.«

»Das ist unwichtig. Tatsache bleibt, du hast dich abgewendet.«

»Ich musste es erst mal verdauen.«

»Ich habe deinen Blick an jenem Abend gesehen. Wie du mich angestarrt hast.« Sie schloss die Augen. »Diesen Blick kenne ich. Oh, du warst nicht so grob und gemein wie Robert. Keine Beschimpfungen, keine Beschuldigungen, aber unterm Strich kommt das Gleiche heraus: ›Halt dich von mir und den Meinen fern.‹« Sie schlang die Arme um sich.

»Ich werde mich nicht für etwas entschuldigen, das ich für eine sehr normale Reaktion halte. Verflucht, Ana, ich war müde und halb wahnsinnig. Die ganze Nacht habe ich dich angesehen, wie du blass und völlig regungslos in meinem Bett lagst. Ich hatte Angst, du würdest nie mehr zurückkommen. Als du erwachtest, wusste ich nicht, wie ich mich verhalten sollte. Und dann erzählst du mir all das.«

Sie bemühte sich um Ruhe, denn sie wusste, das war der beste Weg. »Das Timing war einfach schlecht. Ich war nicht stark genug, um mit deinen Gefühlen fertig zu werden.«

»Wenn du es mir früher gesagt hättest …«

»Hättest du anders reagiert?« Sie warf ihm einen Blick zu. »Nein, ich glaube nicht. Aber du hast recht, ich hätte es dir früher sagen müssen. Ich hätte es nicht so lange verschweigen dürfen.«

»Lege mir keine Worte in den Mund, Ana. Es sei denn, du hast … Wie nennst du es? Das Band knüpfen? Also, wenn du das Band nicht geknüpft hast, weißt du auch nicht, was ich fühle. Es tat weh, dass du mir nicht vertrautest.«

Sie wischte sich eine Träne von der Wange und nickte. »Ich weiß. Es tut mir leid.«

»Du hattest Angst?«

»Ich sagte dir doch, dass ich ein Feigling bin.«

Er runzelte die Stirn, sah zu, wie der Wind mit ihren Haaren spielte, während sie auf die dunkle See hinausschaute. »Ja, stimmt. An dem Abend, als du meine Zeichnung fandest. Die von der Hexe. Das hat dich gekränkt.«

Sie zuckte die Achseln. »Manchmal bin ich überempfindlich. Es lag nur daran, weil ich dir gerade …«

»Weil du es mir an jenem Abend sagen wolltest, und dann habe ich dich mit meiner bösen Hexe verschreckt.«

»Es schien schwierig, es dir in diesem Augenblick zu sagen.«

»Weil du ein Feigling bist«, sagte er sanft, ohne sie aus den Augen zu lassen. »Ana, ich möchte dich etwas fragen. An dem Tag, als Jessie stürzte, was genau hast du da gemacht?«

»Ich habe die Verbindung hergestellt. Ich bin eine Empathin.«

»Ich habe gesehen, wie es dir Schmerzen zugefügt hat.« Er griff nach ihrem Arm und drehte sie zu sich herum. »Einmal hast du aufgeschrien, als ob du es nicht mehr ertragen könntest. Danach bist du in Ohnmacht gefallen und hast wie eine Tote dagelegen, für mehr als einen vollen Tag.«

»Das gehört dazu.« Sie versuchte, seine Hand abzuschütteln. Es tat weh, berührt zu werden, wenn ihre Schutzmauer in Trümmern lag. »Wenn die Verletzungen so ernst sind, ist immer ein Preis zu zahlen.«

»Ja, ich habe Morgana gefragt. Sie sagte mir, dass du hättest sterben können. Sie sagte, das Risiko bestand, weil Jessie …« Er brachte es nicht über sich, die Worte auszusprechen. »Sie war schon fort. Oder fast. Du hast nicht nur einfach ein paar gebrochene Knochen geheilt, du hast sie von der Grenze zur anderen Seite zurückgeholt. Morgana hat mir erklärt, dass ein Heiler dort sehr leicht selbst zum Opfer werden kann.«

»Was hätte ich denn tun sollen? Sie sterben lassen?«

»Ein Feigling hätte es getan. Ich denke, deine und meine Definition von ›feige‹ sind unterschiedlich. Nur weil du Angst hast, bist du noch lange kein Feigling. Du hättest dich selbst retten und sie gehen lassen können.«

»Ich liebe sie.«

»So wie ich. Du hast sie mir zurückgebracht, Ana. Und ich habe dir noch nicht einmal gedankt.«

»Du glaubst, ich wollte deine Dankbarkeit?« Das war einfach zu viel. Als Nächstes würde er ihr sein Mitgefühl anbieten. »Ich will keinen Dank von dir. Was ich getan habe, habe ich aus freien Stücken getan. Weil ich es nicht ertragen hätte, sie zu verlieren. Und ich hätte es für dich nicht ertragen können …«

»Für mich?«, hakte er leise nach.

»Dass du noch jemanden verlierst, den du liebst. Dafür will ich keinen Dank. Das ist es, was mich und meine Kräfte ausmacht.«

»Du hast das schon vorher getan? Was du für Jessie getan hast?«

»Ich bin Heilerin. Ich heile. Sie war …« Noch immer schmerzte es sie, daran zu denken. »Sie wollte entgleiten. Ich musste alle meine Kräfte einsetzen, um sie von der Grenze zurückzuholen.«

»So einfach ist das nicht.« Seine Hände lagen jetzt auf ihren Armen, streichelten sanft. »Nicht einmal für dich. Du fühlst mehr als andere. Das hat Morgana mir auch gesagt. Wenn du deinen Schutzschild fallen lässt, bist du empfänglicher für Gefühle. Schmerz, Elend, alles. Und verletzbarer. Deshalb weinst du auch nie.« Sacht, ganz sacht hob er die Träne von ihrer Wange auf seine Fingerspitze. »Aber du weinst jetzt.«

»Du weißt alles, was es zu wissen gibt. Was soll das Ganze also dann noch?«

»Wir sollten einen Schritt zurück machen. Zu dem Abend, als du mir alles erklärt hast. Der Sinn liegt darin, dass du mir noch eine Chance gibst und dich öffnest. Für mich.«

»Du verlangst zu viel.« Sie schluchzte auf und schlug die Hände vors Gesicht. »Oh, lass mich in Ruhe. Lass mir meinen Frieden. Siehst du nicht, wie sehr du mich verletzt?«

»Doch, das sehe ich.« Er umarmte sie, fest, fester, als sie sich wehrte, um sie zu beruhigen, zu trösten. »Du hast abgenommen, du bist blass. Wenn ich in deine Augen sehe, sehe ich auch den Schmerz, den ich dir zugefügt habe. Ich weiß nicht, wie ich es ungeschehen machen kann. Und ich weiß auch nicht, wie dein Vater sich beherrschen konnte, nicht sein ganzes Arsenal an Flüchen auf mich niederprasseln zu lassen.«

»Wir benutzen unsere Gabe nicht, um zu schaden. Das ginge gegen alles, was wir sind. Bitte, lass mich gehen.«

»Ich kann nicht. Ich dachte, ich könnte es. ›Sie hat mich angelogen‹, sagte ich mir. ›Sie hat mein Vertrauen missbraucht. Sie ist nicht wahr, nicht ehrlich.‹« Er hielt sie bei den Armen, als sie sich losreißen wollte. »Aber das ist unwichtig. Nichts davon ist wichtig. Wenn es Magie ist, dann will ich es nicht verlieren. Ich will dich nicht verlieren. Ich liebe dich, Ana. Alles an dir, alles, was du bist. Bitte.« Er berührte ihre Lippen, schmeckte die salzigen Tränen. »Bitte, komm zu mir zurück. Ich kann nicht ohne dich leben, und ich will es nicht.«

Der Hoffnungsstrahl war fast schmerzhaft. Sie klammerte sich an ihn, wie sie sich an Boone klammerte. »Ich würde es so gern glauben.«

»Ich auch.« Er nahm ihr Gesicht in seine Hände, küsste sie noch mal. »Und ich glaube. Glaube an dich, an uns. Wenn dies hier mein Märchen ist, dann will ich es zu Ende leben.«

Sie schaute zu ihm auf. »Du kannst das alles akzeptieren? Uns alle?«

»Ich denke, ich habe die besten Voraussetzungen dazu, als Märchenbuchautor. Allerdings wird es wohl eine Weile dauern, bis ich deinen Vater davon überzeugt habe, nicht drastisch etwas an meiner Anatomie zu verändern.« Mit einem Finger zeichnete er ihre Lippen nach, als sie sich zu einem Lächeln verzogen. »Ich war mir nicht sicher, ob du je wieder für mich lächeln würdest. Sag mir, dass du mich noch liebst. Bitte, gewähre mir das.«

»Ja, ich liebe dich.« Ihre Lippen erzitterten unter den seinen. »Immer.«

»Ich werde dich nicht mehr verletzen.« Er wischte ihr die Tränen mit dem Daumen von den Wangen. »Ich werde es wiedergutmachen.«

»Das hast du schon.« Sie hielt seine Hände. »Es ist vorbei. Wir haben das Morgen.«

»Weine nicht mehr.«

Sie lächelte und rieb sich übers Gesicht. »Nein. Ich weine nie.«

Er nahm ihre jetzt feuchten Hände und küsste sie. »Du sagtest, ich solle dich noch einmal fragen. Es ist viel länger als eine

Woche, aber ich hoffe, du hast nicht vergessen, was du über deine Antwort gesagt hast.«

»Nein, ich weiß es noch.«

Er legte ihre Hand auf sein Herz. »Ich will, dass du fühlst, was ich fühle.« Seine andere Hand hielt ihre. »Der Mond ist fast voll. Als ich dich das erste Mal küsste, war es ebenfalls im Mondlicht. Ich war bezaubert, betört, bestrickt. Das werde ich immer sein. Ana, ich brauche dich.«

Sie fühlte, wie die Macht seiner Liebe in sie strömte. »Ich gehöre dir.«

»Ich möchte, dass du mich heiratest. Das Kind mit mir teilst, das du mir zurückgegeben hast. Sie ist genauso dein wie mein. Lass uns gemeinsam mehr Kinder ins Leben bringen. Ich akzeptiere dich so, wie du bist, Ana. Ich schwöre, ich werde dich ehren und lieben, solange ich lebe.«

Sie schlang die Arme um ihn. Haare wie Sonnenlicht, Augen wie Rauch. Mondlicht umgab sie in leuchtenden Strahlen.

»Ich habe auf dich gewartet.«

Epilog

Hoch oben auf windzerklüfteten Klippen stand stolz Schloss Donovan. Blitze erhellten die dunkle Nacht, der Wind brauste um die Fenster und ließ die bleigerahmten Rauten erzittern.

Im Haus flackerten wärmende Feuer in offenen Kaminen und Öfen. Hexen, Zauberer und Normalsterbliche waren zusammengekommen und warteten auf den ersten ungeduldigen Schrei, mit dem das neue Leben sich ankündigen würde.

»Schummelst du etwa, Grandad?«, fragte Jessie tadelnd, als Padrick seine Karten sortierte.

»Schummeln?« Er lachte fröhlich und wackelte mit den Augenbrauen. »Aber natürlich! Komm, zieh eine Karte.«

Sie kicherte und nahm eine Spielkarte vom Stock. »Granny Maureen sagt, dass du immer schummelst.« Sie legte den Kopf schief. »Warst du wirklich ein Frosch?«

»Und ob, Darling. Und ein sehr hübscher grüner dazu.«

Jessie akzeptierte es, mit der gleichen Selbstverständlichkeit, mit der sie die anderen Wunder in ihrem Leben mit der Donovan-Familie akzeptierte. Sie kraulte Daisys Ohren, die ihren großen Kopf vertrauensvoll auf Jessies Schoß gelegt hatte. »Wirst du wieder mal ein Frosch sein, damit ich es sehen kann?«

»Lass dich überraschen.« Er blinzelte und verwandelte die Karten in ihrer Hand im selben Moment in Dauerlutscher.

»Oh, Grandad.« Jessie lachte.

»Sebastian?« Mel kam die Treppe herunter und rief nach ihrem Mann, der mit einem Cognac in der Hand dem Kartenspiel zusah. »Shawn und Keely sind wach. Ich habe alle Hände voll zu tun, um bei Ana zu helfen.«

»Komme schon.« Der stolze Papa von drei Monate alten Zwillingen stellte den Schwenker ab und erhob sich, um Windeln zu wechseln.

Nash ließ die einjährige Allysia auf seinem Schoß hüpfen, während Donovan auf Matthews Schoß saß und mit der Taschenuhr seines Großvaters spielte.

»Vorsicht, dass er sie nicht verschwinden lässt«, warnte Nash. »Wir haben ein paar Probleme damit, ihn unter Kontrolle zu halten.«

»Ach, der Junge muss eben seine Kräfte ein bisschen ausprobieren.«

»Mag sein. Aber als ich ihn letztens von seinem Mittagsschläfchen holen wollte, war das Bett voller Kaninchen. Lebender Kaninchen, wohlbemerkt.«

»Ganz die Mama«, sagte Matthew stolz. »Sie hat uns zum Wahnsinn getrieben.«

Allysia kuschelte sich mit dem Rücken an die Brust ihres Vaters und lächelte. Innerhalb von Sekunden kam jeder Hund und jede Katze im Haus angelaufen.

»Ally.« Nash seufzte schwer. »Weißt du nicht mehr, dass wir gesagt haben, immer nur einer?«

»Hündchen.« Jauchzend zog Ally Matthews großem silbernen Wolfshund an den Ohren. »Miezekatzen.«

»Das nächste Mal bitte nur ein Tier, ja?« Nash hob eine Katze am Nackenfell von seiner Schulter, schob eine andere von der Armlehne des Sessels. »Vor zwei Wochen hat sie jeden Hund im Umkreis von zehn Meilen zum Heulen gebracht. Kommt, ihr Monster.« Er stand auf, klemmte sich erst Allysia, dann Donovan wie einen Fußball unter den Arm. Sie strampelten und kicherten. »Ich denke, es ist Zeit fürs Bett.«

»Geschichte«, verlangte Donovan. »Onkel Boone.«

»Er ist beschäftigt. Heute werdet ihr wohl oder übel mit einer Geschichte von eurem Herrn Vater vorliebnehmen müssen.«

Oh ja, Boone war beschäftigt. Beschäftigt damit, das Wunder zu erleben. Der Raum war von Kerzenlicht und Kräuterdüften erfüllt, das Feuer im Kamin strahlte behagliche Wärme aus.

Er hielt Ana in seinen Armen, während sie ihren gemeinsamen Sohn zur Welt brachte.

Dann ihre Tochter.

Dann noch einen Sohn.

»Drei.« Er sagte es immer wieder, dieses eine Wort, selbst als Bryna ihm ein Baby in den Arm legte. »Drei.« Sie hatten ihm gesagt, dass es Drillinge sein würden, er hatte es irgendwie nicht geglaubt.

»Mehrlingsgeburten liegen in der Familie.« Erschöpft und unendlich glücklich nahm Ana eines der Bündel von Morgana entgegen. Sanft presste sie die Lippen auf die weiche Wange. »Jetzt haben wir zwei Jungen und zwei Mädchen.«

Er grinste, als Mel das zweite Bündel in Anas Arm legte. »Wir brauchen ein größeres Haus.«

»Wir werden anbauen.«

»Soll ich die anderen rufen?«, fragte Bryna lächelnd. »Oder möchtest du dich erst noch ein wenig ausruhen?«

»Nein.« Ana legte ihren Kopf auf Boones Arm. »Bitte, sie sollen kommen.«

Alle drängten sich in das Zimmer und veranstalteten unglaublichen Lärm. Ana rutschte in ihrem Bett ein wenig zur Seite, damit Jessie sich zu ihr setzen konnte.

»Das ist dein Bruder Trevor. Deine Schwester Mauve. Und hier dein anderer Bruder, Kyle.«

»Ich werde gut auf sie aufpassen. Immer. Ganz bestimmt. Sieh nur, Grandad, wir sind jetzt eine richtig große Familie.«

»Oh ja, mein kleines Lämmchen.« Er schnäuzte laut und herzhaft in sein kariertes Taschentuch und tupfte sich dann über die Augen. Mit tränenglänzendem Blick sah er zu Boone. »Nur gut, dass ich dich damals nicht fertiggemacht habe.«

Boone reichte ihm das schreiende Baby. »Hier, halte deinen Enkel.«

»Ach, Maureen, mein Sahnetörtchen, er hat genau meine Augen.«

»Nein, mein Froschkönig, das sind meine Augen.«

Sie stritten sich gutmütig und debattierten, wie der Rest der Donovans. Boone legte den Arm um seine Frau und hielt seine Familie sicher und fest.

Blitze zuckten hinter dem Fenster, der Wind heulte ums Haus, und die Flammen im Kamin loderten hoch auf. Irgendwo tief im Wald, hoch auf den Hügeln, tanzten die Elfen. Und von dieser Zeit an lebten sie glücklich bis an ihr Lebensende.

– ENDE –